LA LLAVE DEL ABISMO

JOSÉ CARLOS SOMOZA

LA LLAVE DEL ABISMO

Círculo de Lectores

Para María José, mi creencia.

Sabemos que la Biblia pretende ser la palabra de Dios, mientras que *Las mil y una noches* son una recopilación de cuentos fantásticos. Eso es la solapa: lo que sabemos, o creemos saber, sobre estos libros. Ahora imagine que la Biblia y *Las mil y una noches* hubieran trastocado sus solapas hace milenios: a estas alturas, las andanzas de Yahvé constituirían un deleite para niños pequeños, mientras que muchos devotos... habrían sido torturados por negar a Sherezade.

Fragmento de un texto prebíblico
de origen desconocido

Luego vi a un Ángel que bajaba del cielo y tenía en su mano la llave del Abismo.

Fragmento de un texto prebíblico
de origen desconocido

Si ese Abismo y lo que alberga es real, no hay esperanza.

Sagrada Biblia, Undécimo Capítulo, 8, 28

Primera parte

ALEMANIA

Muros desnudos y ventanas llevan pronto a la locura al hombre que sueña y lee demasiado.

Sagrada Biblia, Primer Capítulo, 2

Alemania. El país de las ciudades subterráneas.

Primer Capítulo

KLAUS

I

Una fea madrugada de otoño un joven llamado Klaus Siegel salió de su casa en una pequeña calle del oeste de Dortmund y se dirigió a pie a la estación de tren. Caía una llovizna incesante que espolvoreaba de oro las aceras bajo las luces de las farolas, y el largo pelo rubio del joven se aplastaba, húmedo, en su cabeza y sobre los tirantes de la holgada pieza roja que vestía. Balanceaba la mano izquierda al caminar, la derecha desaparecía bajo la prenda. Al llegar a la estación, aguardó turno en una máquina expendedora de billetes y adquirió uno para el Gran Tren de las 7.45 con destino a Hamburgo. Pagó con la mano izquierda, brillante de lluvia, y se aferró con la misma mano al barrote cromado de las puertas automáticas al subir al tren. Ocupó un asiento de un grupo de cuatro en el nivel superior de la sección central, y el tren se puso en marcha.

Era el único pasajero en aquella hilera. Nadie se fijó en él, su aspecto no tenía nada de particular; su expresión era neutra y en esto no se diferenciaba del resto de viajeros.

El borde inferior de su largo vestido goteaba, formando una pequeña mancha bajo sus botas. Poco a poco, conforme el tren adquiría velocidad, la mancha se hizo mayor y más oscura, y se añadieron pequeñas gotas rojas.

2

Fue el subalterno segundo de la sección cuarta, Daniel Kean, el primero en advertir la sangre.

Daniel Kean tenía veintinueve años, era alto, esbelto y de rasgos delicados, con grandes ojos azules y pelo rubio dorado hasta la mitad de la espalda. Su único detalle llamativo era un mechón oscuro en la coronilla. Por lo demás, a esas horas parecía lo que todos: alguien que se había levantado demasiado pronto y se acostaría demasiado tarde. Las ojeras marcaban su rostro terso, y los párpados le abultaban cargados de sueño. Trabajaba sin descanso desde los veinte años haciendo turnos extra, siempre para la misma empresa, primero en Hamburgo, luego en Hannover y por último en Dortmund. Los dueños del Gran Tren lo hacían mudarse con frecuencia para ocupar los puestos que otros dejaban vacantes por tener que mudarse con frecuencia. En cualquier caso, a Daniel le daba lo mismo, ya que una ciudad es siempre igual a otra, tanto en Alemania como en el resto del Norte.

Aquella madrugada, dos horas antes de incorporarse a su turno en el Gran Tren, Daniel despertó y comprobó que Bijou ya estaba vistiéndose. Se besaron, y él le contó el sueño que acababa de tener, en el cual no la conocía y se encontraban de repente.

–¿Y qué era lo bonito? –preguntó Bijou peinándose el largo cabello castaño frente al espejo–. ¿Que no me conocías o que nos encontrábamos de repente?

–La alegría de conocerte de nuevo –respondió él, y añadió–: Eh, me ha salido una frase estupenda.

–Ya me había dado cuenta.

Bijou tenía un año menos que Daniel, pero parecía todavía más joven. Al mirarla, Daniel pensaba en la niña que ella había sido alguna vez, de grandes ojos oscuros que semejaban ventanas abiertas hacia su interior. Y otro detalle que amaba de ella: casi nunca sonreía, pero siempre estaba alegre. Daniel suponía que sólo la gente triste necesitaba sonreír.

–Pero es Yun quien necesita frases estupendas –añadió Bijou terminando de vestirse–. Ha tenido un sueño también, aunque no tan agradable como el tuyo.

La pequeña Yun era la hija que ambos habían querido tener, y, pese a todos los problemas que les ocasionaba, seguían pensando que era la mejor decisión de sus vidas. La niña miró a su padre muy seria, con sus grandes ojos rasgados, cuando éste entró en su habitación. Se hallaba leyendo: últimamente a Yun le había dado por leer de todo. Era la evolución normal en un niño de seis años, pero a Daniel le apenaba un poco que su carácter infantil fuese quedando atrás. Cuanto más leía, más seria se mostraba.

–Hoy he soñado algo malo, papá –le dijo Yun.

–Cuéntamelo.

La niña guardó silencio un instante.

–Que te ibas en un tren muy oscuro y no volvías nunca. Querías volver pero no podías. Y ya no regresabas a casa jamás.

–Yo he tenido otro sueño –dijo Daniel agachándose frente a ella y sonriendo–. Soñé que volvía a conocer a mamá y la quería tanto como ahora.

–¿Y yo no estaba?

–Tú aún no habías venido, pero en mi sueño me hacía feliz pensar que ibas a venir, porque de alguna forma te recordaba. Y me decía: «Ya he conocido a mamá, y ahora vendrá Yun».

–Y eso ¿qué significa?

Daniel acarició la mejilla de Yun.

–Nada. Simplemente, me sentí muy feliz. Y tú te has sentido triste. Los sueños pueden ser buenos o malos, pero no significan nada, Yun.

–Mamá dice que soñamos porque vivimos en grandes ciudades y necesitamos soñar.

Daniel asintió, aunque no estaba del todo de acuerdo. Le ocurría lo mismo con otras enseñanzas bíblicas que Bijou transmitía a Yun. Bijou era creyente y él no, pero habían decidido que Yun recibiría una educación equilibrada para que pudiera elegir por sí misma cuando se hiciera mayor. Por otra parte, Bijou nunca le enseñaba cosas muy extrañas, tan sólo las creencias comunes de la gente.

–Es igual que comer –dijo Daniel sonriendo–: las comidas son buenas o malas, pero hay que comer algo todos los días. Y hablando de comer, tengo hambre...

Se puso en pie, pero la mirada de Yun se elevó hacia él desde su carita inmóvil.

–¿Hoy vas a ir en tren?

–Es mi trabajo, pero no es un tren oscuro como el de tu sueño: es el Gran Tren, ¿recuerdas? Ya has viajado en él. Tiene vagones brillantes y techo de cristal. Y te prometo que volveré antes de que te duermas esta noche. Luego nos intercambiaremos los sueños: te tocará a ti soñar que nos conoces otra vez y a mí con el tren oscuro.

Daniel invitó a su hija a reír, pero Yun movió la cabeza, muy seria.

–No quiero que sueñes con el tren oscuro, papá. Lo pasarías mal.

–Pues nadie volverá a soñar con eso. –La besó en la frente.

Al volverse descubrió a Bijou asomada a la puerta y mirando a Yun.

–Se supone, señorita, que deberías vestirte. Hoy entro en la academia y tengo que llevarte más temprano.

Bijou había conseguido un trabajo de subalterna de archivos en la misma academia donde Yun recibía sus clases, lo cual consideraban afortunado tanto ella como Daniel. Aunque el sueldo era escaso, Yun podía así disfrutar, al menos, de la compañía de uno de sus padres.

Se quedaron a contemplar cómo Yun se vestía minuciosamente con una pieza azul oscura bordada de pequeñas estrellas. Luego se retiraron a su habitación y Daniel acabó de ponerse su propia ropa. Mientras comían unas cuantas galletas para desayunar, Bijou y él hablaban en voz baja.

–Sueña mucho –decía Bijou–. Y lee demasiado.

–A todos los niños, llegada cierta edad, les pasa igual.

–Sí, pero ha empezado a tener miedo.

–Eso significa que ya es mayor –repuso Daniel.

–Quizá deberíamos sacarla un poco de la ciudad... Llevarla al parque... –Bijou se tocaba los labios con un dedo.

Daniel besó al mismo tiempo su boca y aquel dedo.

–Podemos hacerlo. Dentro de dos días tengo un turno de descanso. Si consigues un permiso en la academia...

Lo decidieron así. Luego Daniel le dijo a Bijou que lo despidiera de Yun: no quería que la niña lo viera marcharse. Era cierto que últimamente Yun parecía distinta, pero

Daniel lo atribuía al desarrollo normal de todo niño y se figuraba que Bijou quería conservar a la misma pequeñita de antes, cuya sonrisa achicaba sus ojos rasgados y resultaba tan contagiosa. Por supuesto que también él echaba de menos la infancia de Yun, pero suponía que esa nostalgia era, igualmente, el desarrollo normal de todo padre. Además, nada les impedía tener más hijos y disfrutar otra vez del carácter infantil. Todo dependía de que a él lo ascendieran. Con dinero suficiente, podrían permitírselo. Pensando eso, se marchó.

Salió de su casa más o menos a la misma hora a la que Klaus Siegel lo hacía de la suya. Recorrieron calles paralelas bajo idénticas torres humeantes y cielo color violeta, llegaron a la vez a la estación y subieron al mismo tren.

3

El Gran Tren. Poderoso, inmenso, hecho de cristal y acero. Dos niveles por sección –superior e inferior–, catorce grandes secciones, más de cincuenta pasajeros en cada una. Los engranajes de las ruedas soltando bufidos bajo el peso descomunal, azotando con chorros de centellas los costados de la vía. Olor a vidrio y metal calientes. Hermoso y pavoroso. Caminar por su interior, con su techo alto, sus lámparas de araña y sus molduras, los gruesos y ornamentados marcos de los espejos y las paredes forradas de piel o cristal pintado, era pensar que el mundo aún guardaba ciertos tesoros, espectáculos colosales realizados por la mano del hombre. Pero también, de algún modo extraño que Daniel Kean no acertaba a comprender, uno se sentía en sus manos cuando recorría sus pasillos. Esa vibración en el centro del pecho y ese golpe de mazo bajo los pies hacían saber que a partir de ese momento se pertenecía a él. No se podía evitar, se fuera pasajero o empleado, aquella sensación de pequeñez, de percibirse como un simple átomo de carne y sangre en el vientre de la suprema tecnología.

A Daniel le gustaba sentirse así, y sospechaba que al resto de sus compañeros también. Si se trabajaba en el Gran Tren, el Gran Tren protegía, y eso era bueno.

Su tarea consistía en ayudar al subalterno primero de la sección cuarta. Por comodidad, se habían repartido el trabajo y a Daniel sólo le correspondía el nivel superior. Pero el vestuario con los uniformes se hallaba en la última sección, la número catorce, de modo que Daniel se dirigió allí nada más entrar, se desnudó, se puso la doble pieza gris fruncida en los bordes y estampada con el símbolo de la compañía (una flor oscura), calzó las altas sandalias reglamentarias, conectó a su oído izquierdo el auricular por donde recibiría las órdenes de su jefa de sección y volvió a peinarse de manera que su largo cabello cayera por ambos hombros, tanto para cubrir el auricular como para parecer «elegante» según los cánones de la compañía. Cuando el tren salió de la estación, Daniel, ya vestido con el traje de subalterno, empezó a avanzar por los niveles superiores en dirección a la sección cuarta, saludando a los compañeros ya incorporados y sonriendo a los pasajeros que lo miraban.

Entonces, al llegar a la sección séptima, se fijó en Klaus Siegel.

Había unos treinta pasajeros en el nivel superior de aquella sección; el asiento de Klaus quedaba a la derecha de Daniel, junto a la puerta, de modo que fue el primero que

Daniel vio al entrar. Pero Daniel nunca se hubiese fijado en Klaus de no haber sido por las señas que éste hacía al subalterno de la sección. En vez de pulsar el botón de aviso de su asiento o llamarlo en voz alta, Klaus se limitaba a alzar la mano; al hallarse de espaldas, el subalterno no se había percatado.

Daniel hubiese podido optar por llamar él mismo a su compañero (o compañera, no podía estar seguro: ni los uniformes ni, por supuesto, los cuerpos diferenciaban a las personas por detrás), pero decidió que no perdería el tiempo en saber lo que deseaba aquel pasajero. Siempre era posible pasar el encargo a otro en cualquier momento.

Mostró su mejor sonrisa de subalterno y se inclinó con delicadeza.

–Buenos días, me llamo Daniel Kean y pertenezco a la sección cuarta. ¿Puedo ayudarle en algo?

El joven lo miró. Se hallaba junto al cristal de la ventana. Tras él, el remolino de lluvia se retorcía sobre el cristal cada vez que el tren pasaba junto a las luces de la vía. En el interior todo era calma y silencio; afuera, todo estallaba entre el vértigo y el clamor.

–Sí, tú mismo servirás –dijo el joven asintiendo lentamente.

4

Era casi un niño. Eso fue lo primero que notó Daniel. Por supuesto que podía tener cualquier edad, pero algo en su expresión hacía pensar en pura juventud. Llevaba el cabello lacio y húmedo dividido por una raya central zigzagueante, formando en la frente los lados de un triángulo cuya base la constituían las finísimas cejas. Enormes ojos marrones y una boca pequeña y gruesa de color rosado le otorgaban personalidad, que acentuaba consiguiendo no parpadear. Vestía una larga pieza roja con arabescos brillantes en el pecho. Gesticulaba sólo con la mano izquierda y conservaba la derecha en el interior de la pieza.

–Me llamo Klaus Siegel –dijo; hablaba como si estuviese a punto de despertar de un sueño profundo o de entrar en él–. Siéntate, por favor. –Señaló el asiento frente al suyo.

Su tono y sus gestos inquietaron a Daniel. No mucho, sólo ligeramente. Llevaba años tratando con pasajeros de muy diversa índole, creyentes o no, y podía reconocer cuándo alguien era «especial». Aquella mirada fija y la voz lánguida le sugirieron que Klaus Siegel y la realidad no ocupaban el mismo sitio. Sin embargo, procuró no perder su sonrisa cortés al responder.

–Lo lamento, señor Siegel, no podemos sentarnos con los pasajeros. Mi compañero, sin duda, podrá...

Se interrumpió de repente al advertir la mancha oscura en el suelo.

La pared detrás de Klaus Siegel era de fuerte color rojo, igual que sus ropas, el asiento y el suelo, de modo que la mancha era simplemente eso: una oscuridad bajo las botas rojas de Klaus. Daniel no pensó al pronto en nada concreto. Ni siquiera se alarmó. Sin embargo, durante un instante pasó por su cabeza la imagen de su hija Yun mirándolo con la seriedad con que lo había hecho aquella mañana. El joven lo miraba de forma parecida.

–Espere –dijo Klaus Siegel con calma–. No llame a su compañero. Espere y fíjese en esto.

Klaus sólo usó su mano izquierda. Tenía las uñas muy cuidadas y pintadas de color violeta, como tantos otros jóvenes. Con esa mano se abrió la brillante y larga prenda hasta el torso. Una ráfaga de exóticos perfumes escapó de su cuerpo cuando se mostró ante Daniel. Al sonreír, frunció los gruesos labios en un gesto de burla.

Las gotas rojas seguían derramándose por sus piernas.

Daniel retrocedió un paso.

En las filas próximas se habían alzado varias miradas interrogantes, aunque sólo las más cercanas mostraron alarma. Se oyeron comentarios preocupados y alguien señaló la evidencia en el cuerpo del joven.

Todo transcurría con extraña lentitud para Daniel. Advirtió de reojo que su compañero se había percatado por fin de que sucedía algo y se acercaba. Daniel vio la curva de unos senos moldeando la pieza superior del uniforme y dedujo que era una mujer. No conocía su nombre. No importaba, de todas formas. Lo que realmente importaba ahora era calmarse y dejar que otros se encargaran de aquello. *Regla número uno: ¿qué debe hacerse cuando...? Informar a tu superior.* Se apartó el pelo con la mano izquierda para conectar el auricular que llevaba acoplado al oído. Su torpeza le hizo creer que el joven se había dado cuenta, pero Klaus siguió mirándolo en silencio.

–Debo consultar con mis superiores, señor Siegel –le advirtió Daniel.

–No lo has entendido. Quiero hablar sólo *contigo.* Por favor, siéntate.

Daniel titubeaba. Vio que su compañera hacía una mueca de pánico contemplando a Klaus.

–Aléjese –dijo Klaus hacia ella, siempre con calma pero

en un tono que no admitía réplica–. Que nadie se acerque. Sólo *él*.

Los pasajeros más cercanos estaban de pie, y hacían preguntas o las respondían. Daniel y la subalterna cambiaron una mirada, y de pronto parecieron tomar la misma decisión. La subalterna se volvió hacia los pasajeros y empezó a hablarles con esa dulzura característica de los empleados del Gran Tren al tiempo que Daniel se sentaba frente a Klaus. Traspasó su oído izquierdo una suave melodía de arpas y la voz tensa de Merla Shank, su jefa de sección. Daniel supuso que las cámaras de vigilancia disimuladas en las lámparas se habían puesto en marcha y enfocaban al joven. Merla, su jefa, tenía que estar viendo en aquel momento lo mismo que él.

–Oh, por favor –dijo Merla Shank–. ¿Qué es *eso*?

Fuera lo que fuese, a Daniel le producía mucho más pavor que a ella.

5

La muchacha avanzaba con la rectitud con que un cuchillo se hunde en la carne.

De sección en sección, de nivel en nivel, a partir del nivel inferior de la primera sección. Al llegar al fondo subía las escaleras, recorría el nivel superior, bajaba al inferior, y de allí pasaba a la sección siguiente. Llevaba haciendo lo mismo desde que había subido al tren.

Buscaba.

Su certeza sobre lo que iba a encontrar era tan absoluta que parecía manifestarse en cada movimiento.

Estaba alcanzando el final de la sección sexta cuando se detuvo, alzó la cabeza y dilató las fosas nasales, como si olfateara algo. Tras una breve pausa continuó su camino, pero más despacio. Unos metros antes de llegar al pie de la escalera que conducía al nivel superior de la sección séptima volvió a detenerse.

El Gran Tren discurría en ese momento junto a edificios muy próximos repletos de ventanas con rostros asomados a ellas, facciones velocísimas como lanzas arrojadas en dirección opuesta, máscaras mudas que miraban hacia el tren. De improviso, un túnel hizo desaparecer la luz en los cristales como un telón. El vestíbulo de la sección se oscureció, pero nada indicó que a la muchacha le importase aquel cambio.

El tren aún seguía dentro del túnel cuando empezaron a llegar empleados del mismo nivel donde se encontraba la muchacha. Hablaban, recibían o daban órdenes, miraban con expresión preocupada hacia el nivel superior. Bloquearon el paso hacia las escaleras, pero ninguno de ellos subió.

En cambio, otros bajaron. Primero una subalterna segunda. Detrás, una hilera de rostros inquietos, ordenados, silenciosos.

Cerca de la escalera había varios asientos en forma de cubos luminosos. La muchacha ocupó uno y palpó el transmisor que pendía del doble collar negro ceñido a su garganta. Al instante una voz respondió en su oído. La conversación fue breve y en tono bajo, luego la muchacha apagó el transmisor.

Y aguardó.

6

Klaus había establecido las condiciones: el tren debía seguir en marcha, sin detenerse en ninguna estación; ellos dos se quedarían allí y nadie se acercaría ni los interrumpiría; tenía que decirle algo a Daniel y sólo podía escucharlo Daniel. No obstante, había aceptado al menos que los pasajeros abandonaran el nivel y los dejaran solos.

Y eso habían hecho, en fila, dirigidos por la subalterna, sin desmayos ni gritos, ni siquiera muestras de intenso pánico. Los hombros caídos, la cabeza gacha, todos aceptaban lo que sucediese. Daniel comprendió que la costumbre los resignaba. Era el mundo, no ellos. Lo lógico de los locos, razonaban, era hacer cosas como matar a otros sin explicación. ¿Quién podía sorprenderse? Pasaba hoy o mañana, a unos o a otros, y sin duda aquella clase de muerte no era el peor de los destinos. El verdadero, único sentido de la vida era el miedo. El mundo estaba hecho de miedo: a morir, a enloquecer, a ser atacado o a verse impelido a atacar, incluso a cosas muchísimo peores que todo eso. El gobierno era gobierno porque protegía a los ciudadanos todo lo posible, pero en aquel «todo lo posible» se incluían algunas variables y quedaban fuera otras. Tal era la vida normal, de modo que, ¿por qué no aceptarla?

Por lo demás, Daniel no guardaba rencor alguno al loco Klaus Siegel. Y al contemplar de cerca su cuerpo desnudo y maltratado de aquella forma, casi sintió pena por él. ¿Qué edad debía de tener? Era un chaval, sin duda. Se la preguntó. Resultó que Klaus era mayor de lo que esperaba.

–Veinte años –dijo, y pareció ofenderse–. Pero tengo mucha experiencia. Trabajo como ayudante segundo de química en una fábrica de explosivos en las afueras: se llama Siegel, como mi apellido, pero no tiene nada que ver con mi familia. Llevo planeando esto durante meses. Robaba pequeñas cantidades de material cada semana para que nadie lo notara. Lo preparé todo en casa. Sé de lo que hablo, y si algún experto me está viendo, me creerá. Míralo bien.

–Ya te creo –aseguró Daniel.

–No importa. Míralo.

Daniel Kean se obligó a hacerlo. Creyó que se había acostumbrado a ver aquello, pero se equivocaba. La habilidad con que se había cortado la suave piel del torso y había introducido cada lámina en cada hendidura dejando a la vista un cable que se unía a una placa horizontal, como las cuerdas de un instrumento, resultaba escalofriante. Aunque al principio Daniel había pensado que los cables eran rojos debido a la sangre que aún manaba de los cortes, al fijarse mejor descubrió que era pintura. Los cables estaban pintados de rojo excepto el tercero de la izquierda de Daniel, de la derecha de Klaus, que era blanco y se curvaba ligeramente hacia arriba terminando en un lazo atado al dedo pulgar de su mano derecha. Klaus mantenía aquella mano inmóvil sobre el pecho, en la postura de un músico tañendo un laúd.

–¿Sabes lo que pasará si dejo caer el dedo y tenso el cable? –preguntó Klaus.

Daniel podía imaginarlo. Se preguntó si Merla y su equipo lo habían analizado, y se aferró a la posibilidad (muy remota) de que fuera un truco. Pero en aquel momento el auricular le sopló la vocecilla tensa de Merla.

–Estamos metidos en un buen lío, muchachito. Por lo que podemos ver desde aquí, la cosa va en serio. Es un aparato muy exótico, de todas formas, sólo un loco haría algo así... Procuraré explicártelo, pero me interrumpiré cuando él te hable para que no sospeche que estás en contacto con nosotros, ¿de acuerdo? Mueve la cabeza si me has oído bien...

–Lo he hecho para que no podáis detenerme –dijo Klaus, interpretando la sacudida de la cabeza de Daniel como un gesto de comprensión–. Es un plan muy elaborado, así que no pienses ni por un momento en hacer algo raro.

Daniel intentó mostrarle, con gestos de asentimiento y obediencia, que no había pensado en hacer nada. Simultáneamente, se esforzaba en escuchar la complicada explicación de Merla Shank, pero se perdía la mitad de las frases.

–Son catorce cables. Los trece de color rojo... impulso del detonador a cada una de las pastillas orgánicas de... –Aquí dijo un nombre técnico que Daniel no entendió–. Fue muy astuto, porque ni la vigilancia visual ni la... detectan explosivos orgánicos bidimensionales si están bajo la piel... El único cable de activación es el que está pintado de blanco y cuelga... dedo pulgar... Se activa tensándolo. El cable tiene dos centímetros... él permite que quede flácido... Si lo eliminamos a distancia, no llegaremos a tiempo de impedir la explosión... Pero es que, si el muy imbécil se duerme o se desmaya, estallará igualmente... ¿Me oyes bien, Daniel? No hagas que ese chico sospeche que seguimos en contacto, finge que lo escuchas...

Daniel no tenía que fingir: realmente lo escuchaba, tanto o más que a Merla.

–Siento todo esto... –decía Klaus, que parecía ligeramente mareado–. Ya sé que estoy organizando un lío espantoso, pero... tenía que hacerlo... créeme...

La nueva voz que restalló en su auricular era rápida, firme, imperativa.

–Daniel, soy Elsevier Olsen, superior de Seguridad Civil. –A Daniel le impresionó su cargo. Un superior de Seguridad no era alguien con quien se hablaba todos los días: tenían el poder de hacer cualquier cosa con uno sin que se pudiera protestar. Se suponía que protegían más que nadie, y por tanto debía obedecérseles más que a nadie–. A partir de ahora soy el responsable de esta operación. Estoy fuera del tren con mi ayudante, pero os seguimos de cerca en un vehículo oficial... Lo importante es que mantengas despierto a ese loco... ¡Hazle preguntas!

Daniel improvisó una cuando Olsen calló.

–No entiendo... ¿Por qué tienes que hacer esto, Klaus?

El joven lo miraba con la fijeza de un pez.

–Ya te lo he dicho: quiero revelarte algo en privado. No podía hacerlo de otra forma, créeme. Tenía que ser hoy, aquí, ahora y así. Tú y yo. No había otro remedio.

–Daniel –regresó Olsen–: intenta hacerle creer que no puedes seguir hablando, que te sientes mal. Quiero que te dé un respiro. –Daniel vacilaba. Olsen insistió, y al fin Daniel se encorvó, tembló, lanzó un sollozo. Pensó que exageraba los gestos, pero Klaus le permitió una pausa. Durante ella, el superior prosiguió–. Lo estás haciendo muy bien. Ahora cálmate y escucha. Este chico está completamente loco, pero no ha mentido: trabaja en Siegel, ha robado el explosivo y ha fabricado la bomba en su casa. Hemos obtenido alguna información sobre él. Es creyente del Primer Capítulo, un tipo de esos que sueñan y leen demasiado y viven entre muros desnudos y ventanas, como dice la Biblia. Quizá te hable de ninfas, delfines o torbellinos de fuego, espérate cualquier cosa... Lo que importa es que lo distraigas... No debe dormirse ni relajarse...

Daniel escuchaba a Olsen tan concentrado que había olvidado mantener su actitud de angustia. Klaus lo miró frunciendo el ceño: una simple arruga en un rostro como un papel blanco, pero tuvo la virtud de sumir a Daniel en el pánico.

–¿Qué te pasa? –preguntó Klaus en tono de sospecha–. ¿Qué piensas?

–No debe averiguar que estás hablando con nosotros –aconsejó Olsen en su oído.

–Tengo miedo –dijo Daniel, y pensó que aquella declaración servía para replicar a ambos interlocutores.

De pronto fue consciente de su situación y bajó la vista hacia el pulgar atado al cable.

El dedo. El cable.

–Yo también –admitió Klaus–, pero has sido elegido, igual que yo.

–¿Elegido?

–Para saber lo que voy a decirte. Es un secreto.

–¿Por qué yo? –gimoteó Daniel–. ¿Por qué tengo que ser yo?

–¿Quién sabe por qué somos elegidos los elegidos? –se preguntó Klaus filosóficamente–. Naces, creces, crees que vives en un mundo normal: y un día descubres que eres distinto, o que el mundo no era tan normal como creías, y ese día te sientes elegido. Yo iba a llamar a tu compañera, pero acudiste tú. Es el destino. –De pronto se volvió hacia la ventana–. Mira nuestras ciudades –indicó con un gesto.

Daniel, a quien le costaba apartar la vista del pulgar de Klaus atado al cable, se esforzó en obedecer. Contempló, invocados por la velocidad del Gran Tren y apretujados entre sí, edificios de ladrillo y cemento, torres altas con melenas de humo, muros que desalentaban la curiosidad y finas hebras de cielo en los angostos intervalos entre los tejados.

–En un mundo como éste, ¿acaso no es mucho mejor sentirnos elegidos para algo? –preguntó Klaus.

–No sé qué decirte... –dijo Daniel.

Admitía que no era un espectáculo sublime, pero deseaba vivir allí, no importaba dónde, pero vivir. El solo hecho de pensar en no volver a ver a Yun ni a Bijou le ocasionaba un hondo dolor.

–«Cuando el mundo se sumió en la vejez y la maravilla rehuyó la mente de los hombres... –recitó Klaus– hubo un hombre que empleó su vida en la búsqueda de los espacios hacia los que habían huido los sueños...» Supongo que recuerdas el Primer Capítulo... ¿Crees en la Biblia?

¿Qué debía contestar? Olsen también parecía dubitativo, pero cuando Daniel oyó que el superior le aconsejaba responder que sí, ya era demasiado tarde: se había visto obligado a ser sincero.

–No –dijo–. No soy creyente.

Klaus lo miró con una serenidad que no se correspondía con su cuerpo sangrante ni con el estrepitoso fondo rojo de la pared tras él. Hinchó el pecho cambiando de postura y otra gota roja brotó de uno de los bolsillos de carne y se deslizó por su vientre como una gema. Pero su dedo pulgar seguía inmóvil.

–No tiene importancia –repuso, y añadió lenta y gravemente–: ¿Qué es la creencia? Buscar en un agujero, no hallar nada y no darnos por vencidos. Decirnos: «Hay algo», y volver a buscar, sabiendo que encontraremos lo que buscamos...

–Tengo una hija, Klaus... –lo interrumpió Daniel–. Una niña de seis años. Por favor... déjame que la vea de nuevo.

–Eso es –aprobó Olsen–: cambia de tema, intenta mantenerlo despierto. Ha perdido mucha sangre y bajado un poco la mano. Apenas queda un centímetro para que el cable se tense. Ante todo, no debe dormirse...

–La verás –dijo Klaus simultáneamente. En su voz no había emociones. Miraba a Daniel sin pestañear, pero sus párpados estaban entornados–. Nadie va a salir dañado, te lo aseguro... Sólo tienes que escuchar lo que voy a decirte y recordarlo para siempre. Y no revelárselo a nadie. Debes jurar que nunca lo revelarás. Sólo puede oírlo el elegido. Y cuando te lo diga... –llevó la mano izquierda al interior de la prenda y sacó el puño cerrado– tú mismo cortarás el cable blanco. –Mostró la palma: unas finas tenacillas de acero con la punta afilada yacían en el centro de la pequeña mano–. Eso será todo. ¿Entendido, Daniel Kean?

Nada tenía de asombroso que supiera su nombre, pensaba Daniel, ya que él mismo se lo había dicho al presentarse, pero en aquel momento se le ocurrió algo absurdo: que el joven lo conocía.

Que Klaus estaba allí por él.

7

–No –dijo Klaus Siegel–. Estás muy lejos. Siéntate aquí, a mi lado... O mejor, agáchate junto a mí. Quiero decírtelo al oído.

–Calma –decía Olsen–. Todo saldrá bien. Obedécelo.

Temblando, Daniel se levantó del asiento y se acuclilló junto a Klaus, mostrando las rodillas bajo el borde de la pieza inferior de su uniforme.

–Ahora escucha atentamente lo que te diga... –lo instruyó Olsen–. Por absurdo que sea lo que oigas, no te muestres asombrado... Sólo óyelo. Luego...

El espacio, de repente, pareció hacerse inmenso.

En el estado en que Daniel se encontraba llegó a pensar que ésa era la forma de morir desintegrado por una bomba: tu espacio se hacía infinito. Pero sólo se había abierto la puerta de acceso junto a Klaus, la que llevaba al nivel superior de la sección octava. Al pronto, el primer individuo que entró hizo pensar a Daniel en una mujer, pero al volverse tras cerrar la puerta mostró atributos de hombre. Vestía la pieza blanca breve del grupo de Intervención del tren y su anatomía estaba diseñada para la lucha. El otro era mujer y llevaba dos piezas negras bordadas y la gargantilla roja del personal clínico. Irrumpieron de forma tal que Daniel se vio obligado a ponerse en pie de un salto.

–Señor Siegel, un placer conocerle –dijo la mujer hablando con rapidez–, soy la doctora Brunswick, médico de emergencia del Gran Tren. Me gustaría que charláramos.

Klaus y Olsen hablaban a la vez. A ellos se agregó el agente de Intervención. En los oídos de Daniel Kean hubo, por un instante, un empate de sonidos. Pero el único al que quería prestar atención, el único que le importaba –el roce del dedo pulgar derecho de Klaus sobre su piel–, resultaba inaudible.

–Estoy segura de que podemos ayudarle, señor Siegel. –La doctora aparentaba extrema juventud, aunque su edad real fuese indetectable. En cambio, su ansiedad era más obvia: hablaba en tono profesional, pero sus finales de frases contenían jadeos. Se situaba a cierta distancia, sin acercarse, las manos en la cintura y uno de los pies descalzos apoyado en un cubo luminoso. Suponía Daniel que la gargantilla roja ocultaba una cámara que revisaba infatigablemente el estado de salud de Klaus.

–No lo repetiré –advirtió Klaus–. Sólo él y yo...

El dedo. El cable.

–Hagan lo que dice, por favor –pidió Daniel.

–Va a desmayarse –comentó la doctora sonriendo, como si felicitara a Daniel por algo–. Es mi deber advertirlo. Nuestros análisis a distancia determinan que ha perdido... –lanzó cifras, aunque ni Daniel ni Klaus le prestaron atención– de sangre total. La inconsciencia sobrevendrá en cuestión de segundos. Un minuto, todo lo más...

–Creo que es mejor que nos deje solos –insistió Daniel.

–Usted es un simple subalterno, Daniel, no puede tomar decisiones. –La doctora se apoyó en una de las columnas blancas y dejó la otra mano en la cadera. Tenía una figura como la de cualquier otro hombre o mujer: estilizada y pulcra. El uniforme ceñido y bordado en negro se ataba a sus pechos e ingles–. El tren no es suyo, y es el tren lo que importa. Y los pasajeros, naturalmente. Cuando el señor Siegel se desmaye...

–Escuche –cortó Klaus–. Si bajo *ahora* el dedo, dará igual que me desmaye o no.

Daniel pensó que Klaus, al menos, tenía el don de resumir con contundencia una situación. Lo que Klaus quería decir estaba bien claro: iban a morir todos, ahora o luego, en ese mismo instante o cuando él decidiera. Y ni siquiera él, su *dedo pulgar*. O tampoco éste, sino las fuerzas que le quedaran, la última llama de su voluntad. Nada iba a poder impedirlo. Nada evitaría la catástrofe. La cosa ya no *tenía* remedio.

De repente, por el oído izquierdo de Daniel, atronó algo. Casi llegó a creer que el grito de Olsen también se había escuchado en el exterior, ya que la doctora enmudeció de inmediato: luego comprendió que debía de portar un auricular como el suyo. Olsen, sin duda, había abierto un nuevo canal para dirigirse a ella. La doctora asintió a un ser invisible, dio media vuelta y se marchó por donde había venido, junto con el agente.

–Estúpida, estúpida... –mascullaba Olsen. Sólo se controló para agregar–: Daniel, intenta que te diga *ya* lo que sea...

–No tenemos mucho tiempo más. –Klaus hablaba simultáneamente, sin necesidad de que Daniel lo apremiara, su rostro convertido en una máscara de sudor–. Agáchate junto a mí. Jura no revelar a nadie lo que voy a decirte. –Daniel obedeció, pero Klaus no quedó satisfecho hasta hacérselo repetir en voz alta. Luego añadió, en tono solemne–: Te hago entrega de un legado terrible, Daniel Kean. Lo siento por ti.

Daniel vio aproximarse el rostro de Klaus como un planeta en órbita de colisión. Aunque Olsen intentaba animarlo, Daniel tenía la absoluta certeza de que, en cuanto le dijera lo que quería decirle, Klaus haría estallar la bomba. Recordó fugazmente que el Primer Capítulo de la Biblia hablaba de un hombre encerrado en una ciudad como cualquier otra que miraba las estrellas desde la ventana añorando soñar, hasta que una noche los cielos se volcaban sobre él como el mar y lo llevaban flotando hacia una ribera verde sembrada de... Se esforzó en recordar... «Capullos de loto y rojos camalotes...» Se creía que el Primer Capítulo simbolizaba el destino de ciertos espíritus tras la muerte: la llegada a una ribera verde y fragante. Él no era creyente pero ¿qué problema había en confiar en eso en el momento final? Tal vez la creencia fuera cierta, y esa ribera existiera. Allí podría esperar a Yun y a Bijou, a sus padres y a su hermana Lania, y reunirse de nuevo con ellos cuando llegaran.

Muy hermoso pero, por el momento, nada perdía siguiéndole la corriente a Klaus. Así ganaría tiempo, como aconsejaba el superior Olsen.

Acercó el oído libre, el que no estaba cubierto con el auricular, a los labios del joven y se preparó para escuchar cualquier locura.

Los labios de Klaus Siegel se movieron durante unos cuantos segundos, luego se retiraron.

–Guárdalo dentro de ti y nunca lo reveles –advirtió de nuevo. Su expresión era la de quien siente alivio al liberarse de una pesada carga.

Daniel se disponía a replicar cuando de repente el Gran Tren, en su enloquecedor viaje hacia ninguna parte, pasó entre dos grandes edificios separados a cierta distancia. Por aquel espacio se introdujo la forma sangrante de un sol que se elevaba. Fue un destello rojizo, violento, casi furioso.

En coincidencia, Klaus alzó la mano izquierda y se hundió las tenacillas en el cuello.

8

Klaus Siegel murió con tanta rapidez que pareció como si su muerte se le hubiese pasado inadvertida a él mismo. Por un instante frunció el ceño y miró a Daniel Kean. Incluso hizo una pregunta que no sonó, porque las palabras brotaron rojas y mudas desde el cuello.

El dedo.

De igual manera que Klaus había muerto y aún no lo sabía, las manos de Daniel Kean se movieron sin que su dueño fuera consciente de ello y albergaron el brazo derecho de Klaus como una reliquia valiosa.

Así. Bien sujeto.

La mano izquierda se encargó de mantener el antebrazo a la misma altura; la derecha, de elevar la mano y sostener el dedo pulgar.

El dedo.

Quizá el espíritu de Klaus, soñador o no, había sido trasladado a la ribera verde y fragante del Primer Capítulo pero, ahora que disponía de otra oportunidad, Daniel Kean pensó que no deseaba seguir sus pasos. Se esforzó en impedir que aquel dedo hiciese algo más que seguir existiendo, como él o como el cadáver de Klaus apoyado sobre él, tres cosas inermes y carnales balanceadas por el movimiento del tren.

Sólo había un problema: Klaus, ya consciente de su muerte, se desmoronaba con docilidad. El torso se inclinó hacia Daniel en una lenta reverencia y la mano izquierda se desplomó en el asiento dejando las tenacillas clavadas en el cuello. Daniel permitió que la cabeza de Klaus se apoyara en su hombro y continuó inmóvil sosteniendo *(por favor)* aquel único, maravilloso, esperanzador dedo.

–Daniel, escuche, Daniel, escuche, Daniel, escuche... –repetía el auricular como una especie de maldición, pero era justo lo único que no podía hacer en aquel momento.

Por el horizonte discurrían grandes y feísimos edificios. Daniel pensó que tenían que ser laboratorios genéticos: sólo los centros militares eran más feos y sólo los manicomios eran más grandes. Instantes después, fueron sustituidos por enormes ruinas. De pronto las ruinas quedaron paralizadas.

El tren se había detenido. Daniel no recordaba –ni le importaba– en qué parte del trayecto se encontraban. Tampoco prestaba atención a la voz chillona de... No, ya no era Olsen sino Merla Shank. Nada le interesaba salvo una sola cosa, en la que tenía puestas todas sus ilusiones, sus deseos por abrazar a Yun y a Bijou hasta hacerlas reír del apretón.

El dedo.

No sueltes su dedo.

–Aguanta un momento. Déjame.

La voz surgió de atrás. Cuando su propietario invadió su reducido campo visual, Daniel advirtió una melena espesa, ondulada y negra y un largo uniforme, en cierto modo similar a la melena; también una boca notablemente roja y unos rasgos notablemente hermosos. ¿Quizá se trataba de Olsen? Pero el desconocido se apresuró a presentarse.

–Soy Moon, agente de Seguridad Civil. Colaboro con el superior Olsen y acabo de subir al tren... Cálmate, ya ha acabado todo. Ahora necesito que te eches un poco hacia atrás, Daniel. Deja que me encargue yo...

–No puedo –gimió Daniel–. Estoy sosteniendo su dedo.

–Yo te ayudaré.

El agente Moon apartó unos milímetros el cuerpo de

Klaus. Sus ademanes eran silenciosos y calculados como el curso de una estrella.

–Es un cable resistente –dijo Moon inclinándose para contemplar el espacio entre Daniel y Klaus–. No creo que pueda partirlo sin ayuda de algo.

–Las tenazas clavadas en su cuello... –susurró Daniel sin soltar la mano de Klaus, aferrado a ella, fundido a ella–. Podemos cortarlo con eso.

–Cierto. No te muevas.

Pero no hubiese podido desobedecer esa orden ni queriendo: se hallaba unido a Klaus para la eternidad, engastado a aquel dedo mediante sus propios dedos.

–Rápido, por favor –suplicó.

–Falta poco.

Intentó no prestar atención a los grotescos ruidos que producían las rebeldes tenacillas mientras el agente Moon las extraía con delicadeza del cuello de Klaus. Le parecía terrible sentirse a un paso de volver a reír, respirar, besar a Yun o tener orgasmos con Bijou, y que ese paso dependiera de unos cuantos movimientos que hasta su hija podía realizar. Al menos, el auricular había enmudecido, aunque ahora escuchaba un alboroto de órdenes y pasos en las secciones próximas.

–Ya está –dijo Moon–. ¿Tienes sujeta su mano? Échate hacia atrás.

–No... Espera, no tires de él, no, no...

–Si no me dejas meter las tenazas, no podré hacerlo.

Daniel no se atrevía a apartarse más. En cambio, descubrió que podía cortar él mismo el cable con la mano izquierda mientras sostenía el dedo de Klaus con la derecha. Era fácil, o debía de serlo. Lo único que necesitaba era que el agente Moon inmovilizara a Klaus. Se lo explicó con un ligero tartamudeo.

–¿De veras te crees capaz? –preguntó Moon, pero por alguna razón no aguardó la respuesta–. De acuerdo. Cógelas.

Daniel tomó la herramienta y llevó sus afilados bordes hacia el objetivo tratando de no mover ni un solo músculo que no perteneciese a su brazo izquierdo.

El dedo. El cable.

Lo más difícil ya estaba hecho: Klaus había muerto y él había logrado atrapar su dedo antes de que descendiera. Ahora quedaba algo muy sencillo, lo más sencillo de todo. Intentó concentrarse en ese pensamiento, aislarse de los crecientes ruidos que lo rodeaban...

El dedo. El cable.

Lo más sencillo de todo.

Introdujo la boca del tembloroso instrumento en el centro del delgado cuerpo del cable. Ya estaba. Mientras cerraba las tenazas pensó que, en contra de todo pronóstico y por increíble que pareciera, se había salva...

En ese instante la puerta junto a Moon se abrió, Moon recibió un golpe y golpeó a Daniel, que ladeó las tenazas tirando del cable y tensándolo del todo. Clic.

Segundo Capítulo

CIUDAD

I

–Morir otorga fama –dijo un informador frente a las cámaras–. Morir intentando matar a otros la acrecienta.

Era cierto. Klaus Siegel llevaba apenas media hora muerto y ya todo el mundo lo conocía. Las noticias resumían los secretos de su vida, las grandes pantallas mostraban su rostro o su cuerpo desnudo en habitaciones adornadas con velos de colores, los psicólogos desentrañaban su carácter y los creyentes alemanes del Primer Capítulo insistían en que las creencias de ellos nada tenían que ver con lo que había hecho o intentado hacer Siegel. Sus dos madres, que vivían juntas en Hamburgo, hacía tiempo que no se interesaban por él. Sus compañeros de fábrica afirmaban que era un chico serio y trabajador. Dos amigos con los que compartía orgasmos dijeron que estaba loco, aunque uno de ellos se hallaba en un manicomio y sus valoraciones fueron desestimadas.

De todo eso hablaban sin cesar los informadores que sitiaban el Gran Tren, detenido junto a unas ruinas que recordaban ciertos paisajes árabes y que se hallaban, por puro azar, muy próximas a uno de las colosales catacumbas de las afueras de Hamburgo (alguien hizo una broma de mal gusto sobre eso). En cuestión de minutos aquel lugar aparentemente desolado se había llenado de cámaras, informadores, agentes de la autoridad y médicos. Las pantallas instaladas junto a las vías pasaron a ofrecer imágenes de la evacuación ordenada de pasajeros junto a titulares como «Final feliz para el secuestro del Gran Tren». Se entrevistaba a expertos que denunciaban los errores en la prevención y la necesidad de poner en marcha un sistema de vigilancia que vigilara a la vigilancia habitual. Otros señalaban que el plan de Klaus demostraba «frialdad e inteligencia», pero que las grandes dificultades que conlleva la fabricación de una bomba orgánica pueden hacer fracasar a un tecnólogo químico experimentado, no digamos a un ayudante segundo.

Por tal motivo el mecanismo había fallado.

Una consecuencia de aquel fallo, entre otras muchas, fue que Daniel Kean se había hecho bastante menos famoso que Klaus.

Pero Daniel pensaba que bien podía su fama marcharse al mismo lugar al que se había ido Klaus. Él seguía vivo, y eso era lo que le importaba.

–Mira, se lo están llevando –dijo Moon.

A Klaus se lo llevaban metido en una urna vertical colgada de una grúa. El equipo de técnicos que había sacado el cadáver tras extraer uno a uno los explosivos se ocupaba en aquel momento de sujetar el cuerpo con correas para mantenerlo en pie y evitar que yaciera, siguiendo la costumbre religiosa habitual basada en el Segundo Capítulo, costumbre que Daniel Kean encontraba estúpida (como casi todas las de los creyentes), ya que jamás había visto que sucediera nada malo por muy acostado que estuviese un muerto.

Pero el respeto a las normas y tradiciones era, a su vez, otra costumbre más en Europa. ¿Qué importaba que hubiese pocos creyentes de verdad?

–Un tipo curioso, este Klaus –observó el agente Moon.

–Tan curioso como cualquier otro loco –dijo Daniel terminando de vestirse con la holgada pieza a rayas y las calzas flexibles hasta los tobillos con que había salido de su casa aquella mañana, aunque le parecía que de eso hacía una eternidad.

No había querido cambiarse dentro del tren (se agobiaba allí dentro) y al bajar al andén con la ropa en la mano y el uniforme ensangrentado aún puesto había congregado una nube de informadores a su alrededor. Moon, exhibiendo su identificación, lo había apartado de aquel enjambre y conducido a un sitio tranquilo entre las ruinas. No a las ruinas en sí mismas, por supuesto, sino a una caseta hermética donde se reunían los jefes y subalternos que trabajaban en su reconstrucción, a la que había accedido tras volver a identificarse. Las paredes eran tersas; los muebles, metálicos y escasos; el silencio, tranquilizador. Daniel pensaba que era la ventaja de ser agente de Seguridad Civil: tenías a tu disposición todo lo que querías.

Mientras examinaba su propio uniforme, que se acababa de quitar, y comprobaba cómo el material absorbía poco a poco las manchas de sangre, Moon asintió.

–Sí, supongo que el pobre tipo no tenía nada de particular, excepto que, como siempre, creía saber la verdad y deseaba matar a los que no la saben. –Apoyaba una puntiaguda bota sobre un taburete metálico mientras se descalzaba. Las botas eran lo único que llevaba puesto aún: también se había quitado el cinturón del arma reglamentaria, que reposaba en un sofá–. Estoy harto de tratar con locos... ¿Qué te ocurre?

Daniel, que lo había estado observando, se sonrojó y apartó la vista. Sabía que no era educado mirar tan fijamente a la autoridad y menos a alguien tan poderoso como Moon, pero necesitaba expresar lo que sentía. Parpadeó y dijo, sonriendo:

–Es que... no puedo creer que sigamos vivos.

–En realidad, estamos muertos. –Moon no sonreía, inclinado sobre el taburete–. Hemos descendido a las catacumbas. Lo que ocurre es que aún no lo sabemos.

Se quedaron mirándose. Daniel, indeciso ante aquella frase espeluznante, volvió a sonreír. Entonces Moon curvó sus carnosos labios. Instantes después, la risa los dominaba.

–¡Vaya tontería! –dijo Daniel.

–¡Cierto!

Daniel reía mucho más que Moon, cuya forma de reír consistía en mirar a Daniel y contagiarse de sus francas carcajadas. Daniel se sentía bien riéndose del miedo que la broma de Moon le había suscitado. ¿Acaso no se decía que era posible morirse sin saberlo y que la muerte, lejos de ser la ribera verde del Primer Capítulo, era el túnel tenebroso y angosto del Segundo, construido en una ciudad en ruinas, de techo tan bajo que por él sólo podías avanzar reptando?

De niño, Daniel se asustaba con aquellas leyendas: se veía arrastrándose por un lugar así, en total oscuridad, sabiendo que nunca alcanzaría la luz porque ya estaba muerto. El pensamiento resultaba tan espantoso que a veces pasaba noches enteras sin dormir llorando de miedo ante aquella expectativa. Bijou creía en parte en todo eso pero, incluso aunque fuesen meras fábulas, ¿quién deseaba morirse para comprobarlo?

Cuando recobraron la calma, Moon caminó hacia el sofá y sacó un transmisor de su uniforme. La fosforescencia de la pantalla se reflejó en su rostro y su larga cabellera negra mientras la pulsaba.

–No he podido agradecerte tu ayuda como es debido –le dijo Daniel, afectuoso.

–¿Agradecerme? Yo no hice nada, sólo subir a ese tren cuando se detuvo. El héroe has sido tú. En cuanto a ese agente de Intervención que me empujó por error... Te juro que me alegraré cuando expulsen a ese estúpido y te asciendan a ti.

–Él no tuvo la culpa: al detenerse el tren, creyó que todo había acabado, y entró con más rapidez de la debida...

–Y *todo* hubiese *acabado* de verdad, de no ser porque el mecanismo de esa bomba era defectuoso, así que no defiendas a ese imbécil. –Moon leyó la pantalla del transmisor y luego volvió a guardarlo. Aunque el material de su uniforme ya estaba limpio, no parecía tener prisa por volver a vestirse: se sentó en el borde del sofá y miró a Daniel–. Mi jefe me ha dejado un mensaje. Aún está en el tren, pero viene enseguida.

–¿Tu jefe?

–El superior Olsen, el que te habló por el auricular. Querrá conocerte, supongo.

A Daniel no le apetecía ver a Olsen, y aunque la compañía de Moon le resultaba grata, en aquel momento lo que más deseaba era regresar a casa. Pero no le pareció correcto protestar.

–Y, en fin –dijo Moon en tono divertido–, ¿qué te contó ese loco?

–¿Cómo?

–Ese importantísimo secreto, ese «legado terrible» que te dijo al oído, ¿qué era?

–¿Acaso no lo escuchasteis?

–Habló en un tono demasiado bajo para tu transmisor.

Daniel se divirtió al saber eso. Sonrió enigmáticamente.

–Juré no revelárselo a nadie, ¿recuerdas?

Volvieron a reír. Moon ponía cara de malvado cuando reía, con aquellas espesas cejas negras formando una uve en la blancura de su hermoso rostro.

–¡Entonces debes cumplir con tu palabra, Daniel Kean!

No parecían tener nada más que decir. Moon se levantó y comenzó a vestirse. Daniel se esforzaba en buscar algún tema de conversación, pese a que el silencio de Moon no le resultaba tenso. De repente se acordó de otra cosa que sí debía hacer, y decidió pedírsela a Moon.

–¿Puedo usar tu transmisor? He pensado que si mi esposa ha oído las noticias, estará muy preocupada...

–Claro. –Moon se lo lanzó–. A sus órdenes, señor jefe de sección –agregó.

Daniel sonrió y salió de la caseta. Deambuló por entre las ruinas de viejas estatuas religiosas que representaban a extraños seres. Mientras aguardaba la comunicación con la academia donde Bijou trabajaba, advirtió a una muchacha solitaria sentada sobre una piedra, probablemente una pasajera que aguardaba con los demás los vehículos de transporte.

Al pronto le pareció que la muchacha lo observaba. Luego la miró mejor y comprendió que se había equivocado.

De hecho, la muchacha tenía los ojos cerrados.

2

Pasaba inadvertida

Los pasajeros iban y venían, comentando entre sí lo ocurrido o a través de transmisores, y no reparaban en su presencia. En ocasiones, un individuo cualquiera se detenía, intrigado: veía a una mujer con el pelo corto y rubio atado en una cola, vestida con dos breves piezas negras y sentada sobre una piedra. No especialmente llamativa, no especialmente bella, pero el individuo en cuestión se quedaba mirándola sin saber muy bien por qué, como si la mujer tuviese algo que la hiciera superior a su propia apariencia. Luego, cuando el observador de turno se alejaba, ella volvía a alzar el rostro. Nadie le había visto los ojos.

Llegaron varios vehículos de transporte, pero la muchacha no subió a ninguno. Siguió aguardando.

Ya no buscaba.

Había encontrado.

3

–Pero ¿estás bien? ¿No me ocultas nada?

–¿Alguna vez te he ocultado algo? –dijo Daniel con una punzada de remordimiento, porque no creía haberle dicho a Bijou todas las verdades de su vida.

–He estado tan ansiosa... Sabía que era tu tren, aunque al principio todos me decían que no eras tú quien estaba hablando con ese loco...

–Pues era yo. Pero míralo desde el lado bueno: Merla Shank me ha prometido que va a ascenderme a subalterno primero y... –Guardaba aquella sorpresa para cuando regresara a casa, pero decidió decírsela–. Quizá me haga jefe de sección dentro de poco. –Aunque, fiel a su reservado carácter, Bijou apenas dijo «oh», Daniel percibió lo emocionada que se hallaba–. Están muy contentos con lo que hice, aseguran que salvé el tren. Merla me ha llamado «héroe».

–Lo eres –afirmó Bijou categóricamente–. No por lo que has hecho hoy. Hablo en serio. Eres un héroe, Daniel, siempre lo he sabido.

–Pero lo mejor de todo es que me han concedido otros dos días de descanso.

El nuevo «oh» sonó mucho más emotivo.

–Eso es una muy buena noticia –dijo Bijou–. Creo que yo también podré tomármelos. Deberíamos celebrarlo. ¿Dónde estás ahora?

–En algún lugar cerca de Hamburgo. Unas ruinas. –Se detuvo ante un inmenso muro con aberturas estrechas y bajas por las que se vislumbraba una densa oscuridad, y dio media vuelta–. No quieren mover el tren, pero pronto nos trasladarán a casa, estamos esperando los vehículos... ¿Dónde estás tú?

–Aquí, en los archivos. –El tono de ella se hizo divertido–. ¿Dónde pensabas que estaba?

–Quiero decir... Dime dónde estás exactamente. Quiero saber que estás allí. Quiero verte *estando* allí.

–Hay un salón de paredes de color crema, un gran armario, un par de cuadros... También un diván de color verde y blanco, y yo encima del diván... –Ella siguió ofreciéndole detalles, en tono juguetón, hasta que de repente se detuvo–. Necesito verte.

–Y yo a ti. –A Bijou le ocurría lo mismo, pensaba Daniel: el miedo, esa frialdad horrenda, inhumana y humana a la vez, los dominaba. El peligro había pasado, pero había dejado tras de sí un poso de temor, y ardían de impaciencia por reunirse y gozar carnalmente para conjurarlo–. ¿Dónde está Yun?

–En clase. No sabe nada, por supuesto. Pero voy a buscarla ahora mismo. ¿Cuánto tardarás en llegar?

–No lo sé. –Había recordado lo que Moon le había dicho sobre esperar al superior Olsen–. Todavía tengo que hablar con Seguridad. Te llamaré en cuanto salga...

–De acuerdo. Iré a buscar a Yun.

–Dile que tenemos cuatro días de descanso para estar juntos. O mejor...

–¿Sí?

–Dile que papá no se ha ido en ningún tren oscuro. Y que está deseando darle un beso y llevarla al parque.

–Se pondrá muy contenta.

Cuando desconectó el transmisor se dio cuenta de que se había alejado mucho de la vía. O no tanto: aún podía vislumbrar el lomo de cristal del Gran Tren a la sombra de los muros ruinosos que lo flanqueaban. Los pasajeros seguían ocupando los vehículos de transporte. Se preguntó si Moon lo estaría buscando y decidió regresar rápidamente por donde había venido.

En ese instante el mismo viento que distribuía sus largos y lacios cabellos dorados sobre su rostro le trajo el sonido de un lamento hondo y estremecedor. Advirtió que varios pasajeros se habían puesto a rezar junto al tren. Sin duda eran creyentes agradecidos por haber salido indemnes.

Se paró a escuchar aquel cántico de voces graves, y le pareció como si, bajo sus pies, la misma tierra respondiera, aunque su respuesta no fuese una plegaria sino más bien un grito, el aullido de un ser torturado en un profundo sótano.

Naces, creces, crees que vives en un mundo normal...

Sabía que se engañaba. Bajo la tierra no se oía nada. Lo que ocurría era que el cántico se mezclaba con el viento y la atmósfera de aquellas viejas ruinas, provocando esa falsa sensación. En cuanto se salía de la ciudad y se visitaba un terreno tan antiguo como aquél, sin vigilancia alguna, el miedo volvía creyente a cualquiera.

Como tantos hombres del Norte, Daniel Kean nunca viajaba a lugares sin vigilancia. La casa, el interior del tren y las ciudades constituían su mundo. Incluso Bijou, que viajaba mucho más que él, jamás salía de Alemania. En muy contadas ocasiones iban al parque, pero los parques estaban bien vigilados, como la ciudad. Existía la idea generalizada de que viajar lejos resultaba peligroso. En sí mismo, viajar era siempre arriesgado.

Y un día descubres que eres distinto, o que el mundo no era tan normal como suponías...

Los rezos finalizaron de improviso y Daniel parpadeó. Pensó que se había dejado llevar por absurdas supersticiones de creyentes. Si seguía así, acabaría como el pobre Klaus. Iba a reanudar el camino cuando, de pronto, sintió otra cosa.

En esa ocasión no creyó que fueran el viento o las plegarias: estaba seguro de haber oído ruidos a su espalda.

Al volverse distinguió una hilera de estatuas socavadas por el tiempo. Una de ellas era de color carne y apoyaba el pie en una piedra. Cuando miró de nuevo, aquella última figura había desaparecido.

Cinco segundos necesitó su cerebro para convencer a sus ojos de que había visto, en realidad, a una persona viva. Otros cinco segundos, y su memoria lo convenció de que era la misma muchacha que se hallaba sentada cerca de la caseta, la de los ojos cerrados. ¿Realmente la había visto? Ya no estaba tan seguro. ¿Y por qué se había ido tan rápido?

–¿Daniel Kean?

La inesperada voz, resonando delante de él, le hizo volverse.

–Soy el superior de Seguridad Civil Elsevier Olsen –dijo el hombre alto, de uniforme, acercándose y tendiéndole la mano–. Ya hablamos por el auricular, pero es un placer poder conocerte en estas circunstancias más tranquilas. ¿Te sucede algo?

–No, nada.

–Me pareció que hablabas con alguien.

Daniel negó, un poco confuso, mientras estrechaba la mano de Olsen. El apretón de Olsen era firme. Sus dedos, sin dejar de ser finos y tersos como los de cualquier hombre normal, poseían fuerza.

Olsen cambió de tema y sonrió.

–Quiero darte la enhorabuena por tu actuación en el tren, Daniel. El agente Moon –agregó, cabeceando hacia Moon, que lo acompañaba– me ha contado los detalles que me perdí. ¿Has terminado de hablar con tu esposa? ¿Podemos marcharnos?

Olsen cogía suavemente del brazo a Daniel, que parpadeó sorprendido.

–Pensaba irme en el transporte de empleados...

–Lo sé, pero han surgido algunos problemas. Creemos que es mejor escoltarte hasta casa. –La expresión que puso

Daniel debió de despertar, sin duda, la piedad de Olsen, porque suavizó el tono y sonrió–. Te lo explicaré por el camino.

Daniel los acompañó de inmediato. Mientras barruntaba acerca de las palabras del superior Olsen, recordó la figura que había creído ver de pie junto a las estatuas.

Miró por encima del hombro. No había nadie.

4

Ocurría algo extraño, pero no estaba segura de qué podía ser.

Había optado por mantenerse al margen de momento, ya que no deseaba entrar en contacto con su objetivo si no era a solas.

Cuando los dos agentes se alejaron acompañando al subalterno del tren, salió de su escondite tras las piedras y caminó en dirección opuesta, hacia las ruinas.

Mientras caminaba, abrió el transmisor del collar y mantuvo un breve diálogo. Luego lo cerró y siguió avanzando entre piedras y muros, tan colosales que ocultaban el sol. Pronto dejó atrás las vías del Gran Tren, el rumor de rezos y conversaciones, los cuantiosos decorados de la civilización. Se sintió bien en aquel yermo.

Pero no pretendía sentirse bien.

Buscaba un sitio concreto, un terreno donde las ruinas apenas se elevaran sobre la arena. El Segundo Capítulo decía: «Como los miembros de un cadáver sobresaliendo de una tumba poco profunda». Extraordinaria metáfora. En un lugar así podría hallar una entrada.

Bajó una pendiente de escombros hasta dar con una planicie de hierba que, por su disposición y desorden, casi no parecía diseñada. Paredes rotas de escasa altura y antigüedad incalculable cuadriculaban el suelo. ¿Qué habían sido antes? Quizá casas particulares. Terrenos arcaicos como aquél eran frecuentes en toda Europa. Por doquier yacían objetos muertos que revelaban su propia historia: carcasas de aparatos, muebles desvencijados, un zapato, un guante mohoso. La arena los rodeaba, la brisa jugaba a desnudarlos.

Aquel lugar podía servir.

Llevó las manos al borde de su pieza de ropa superior. El viento convertía las puntas de su cabello rubio, contenidas por una cinta negra, en un pincel que dibujara el aire. Lo único que no se quitó fue aquella cinta.

Amontonó las dos piezas negras de ropa, las sandalias y el collar con el transmisor sobre unas rocas, escogió un sitio entre la hierba y se arrodilló.

Quedó inmóvil. Necesitaba percibir la dirección del viento con toda su piel: el viento le señalaría el lugar donde se hallaba la entrada.

Se tomó el tiempo preciso. No le importaba que, mientras tanto, el vehículo oficial en el que viajaba Daniel Kean se alejara cada vez más. Sobre la tierra, distancias y direcciones eran cruciales, pero bajo ella todo formaba parte de todo, una sombra era igual a otra situada a mil kilómetros; si una presencia alteraba un punto, otra en el punto opuesto lo percibiría.

La creencia afirmaba que en las profundidades de la tierra se encontraba la Ciudad Que No Tiene Nombre, el símbolo sagrado del Segundo Capítulo. La Ciudad era como un cuerpo: nada podía ocultarse o perderse bajo su piel. Pero para entrar en ella era necesario encontrar su boca, y para dar con ésta, su respiración.

El viento de entrada a la Ciudad era una tecla más en el instrumento del aire. Los profanos no lo diferenciaban de las brisas comunes, esos callejones transparentes que no conducen a ninguna parte. Sin embargo, la piel entrenada sabía distinguir unos de otros.

La muchacha buscaba el aliento de la Ciudad.

De pronto lo sintió. A su espalda. Cambió de postura y se situó frente a aquella brisa distinta, separando las piernas. El aire era como una lengua árida sobre su carne.

Por fin se incorporó y avanzó con absoluta seguridad, pisando las piedras con sus pies descalzos, hasta hallar una abertura angosta bajo una pared.

En su interior, una oscuridad afligida, como los ojos de un amigo que muere mirándonos.

La entrada.

Regresó y recuperó la ropa y el collar.

Incluso antes de entrar, ya presentía el rastro de su presa.

5

–Klaus Siegel no trabajaba solo. Alguien le ordenó hacer estallar el tren.

–Pero ¿por qué?

–Oh, el motivo no importa tanto ahora: llámalo «desestabilización», «ataque al sistema»... –Olsen se inclinó hacia delante cuando el vehículo comenzó a descender por la larga carretera en pendiente–. En cualquier caso, alguien, un grupo, utilizó a Klaus para provocar esa matanza. Por fortuna, Klaus no soportó la tensión a que era sometido y cometió un error con el mecanismo de la bomba. Además, al parecer se arrepintió de ser manipulado y quiso delatarse. Te eligió a ti, Daniel.

–¿A mí?

–Para hablarte. ¿Tienes idea de por qué lo hizo?

–Fue una casualidad. –Daniel vio a Olsen arquear las cejas y sonrió–. Sí, en serio: pasé por esa sección para dirigirme a la mía, que era la cuarta. En ese momento vi a Klaus haciéndole señas a mi compañera, pero decidí... –Se detuvo, preguntándose si se arrepentía de aquella decisión. Concluyó que no, porque al final todo había salido bien, y la voz de Bijou sonaba muy cálida cuando le había dicho: «Eres un héroe»–. Decidí atenderlo yo. Entonces él me dijo lo que quería y me obligó a sentarme.

–Comprendo. –Olsen tamborileaba sobre un muslo con su mano de uñas muy cuidadas. Era un hombre de voz y ademanes graves, fulgurante anatomía, felina melena castaña y ojos muy verdes. Cuando hablaba mostraba una hilera de dientes, como si sonriera siempre o elevara de continuo el labio superior. A Daniel, como a cualquier otro individuo corriente, su apariencia le cohibía–. ¿Qué opinas, Moon?

–Completamente improbable –dijo Moon.

–Eso creo yo también.

¿Qué quieren decir?, se preguntaba Daniel, pero ambos agentes se habían sumido en el silencio.

No sabía cuánto tiempo llevaban viajando, había perdido del todo esa noción. Moon, que era quien pulsaba las pantallas de control del vehículo, había elegido introducirse por un túnel y después por una carretera cuesta abajo cuya pendiente, al principio suave, se hizo tan pronunciada que Daniel tuvo que sujetarse con ambas manos al asiento, poseído por el vértigo. Ahora el vehículo volvía a discurrir por terreno llano, pero no a la luz del día.

Un gran techo lo cubría todo, aunque el lugar era tan vasto que no daba la impresión de ser el interior de un edificio sino un mundo. Desde la altura proyectaban sus haces fosforescentes varios grupos de focos iluminando ruinosos arcos de piedra y pálidos ventanales muy estrechos. En las paredes había complicadas pinturas, pero viajaban a demasiada velocidad como para poder contemplarlas.

Daniel siempre había sabido que en el norte de Alemania había lugares así. Sin embargo, no era lo mismo saberlo que hallarse en uno. Le resultaba inquietante.

–Es Wonn –dijo Moon sentado tras las pantallas de conducción, contestando a la pregunta de Daniel–. ¿No habías estado nunca? He elegido pasar por Wonn, que apenas tiene tránsito. Así vamos más rápido.

Daniel se mostró conforme, ya que estaba deseando llegar a casa. Había olvidado llamar a Bijou al subir al vehículo tal como le había prometido, y sin duda ya era tarde para hacerlo. Además, no quería volver a pedirle prestado el transmisor a Moon.

Pero algo seguía inquietándolo. Se volvió hacia Olsen.

–¿Por qué cree que necesito escolta, señor? ¿Quién me amenaza?

Olsen dejó de tamborilear y miró a Daniel como si hubiese sido interrumpido durante una reflexión profunda.

–Los que utilizaron a Klaus para hacer estallar el tren –aclaró–. El grupo.

–Oh –asintió Daniel.

–Sin duda querrán saber si Klaus habló demasiado. Harán todo lo posible por averiguar qué te dijo. Y con «todo lo posible» me refiero a todo: atentar contra tu seguridad, o la de tu familia.

–¿Mi familia?

–No debes preocuparte. –Olsen palmeó la rodilla de Daniel–. He enviado a dos agentes a la academia para recoger a tu mujer y a tu hija y llevarlas a casa. Se hallan protegidas.

Daniel se sintió considerablemente aliviado al oír eso, aunque el deseo de reunirse con Yun y Bijou se le hizo más acuciante. Pese a todo, había algo que no dejaba de resultarle gracioso. Se volvió hacia Olsen.

–Perdón, ¿dice que ese grupo quiere saber lo que Klaus me contó?

–Así es –afirmó Olsen.

–Pero... –Daniel lanzó una risita– Klaus no me contó nada.

–Nada que hayas podido entender, muchachito.

Daniel sonrió intentando no mostrarse irrespetuoso en su réplica.

–Me refiero a que no me dijo *nada*... Sólo movió los labios, sin decir nada.

Olsen dirigió hacia Daniel sus ojos verdes centelleantes.

–Asombroso –dijo–. ¿Estás seguro?

–Sí, señor.

–Después de todo aquel plan y aquel esfuerzo, tras hacerte jurar que no lo revelarías... Parece ridículo, ¿no?

–Por supuesto. Quise preguntarle por qué había hecho eso, pero se... se clavó las tenazas en ese momento...

–¿Y por qué le dijiste a Moon otra cosa? –preguntó Olsen. Daniel frunció el ceño y Olsen añadió–: Le dijiste que habías jurado a Klaus no revelarlo.

–Oh, eso fue sólo una broma... –Quiso reír, pero se contuvo al advertir que los ojos de Olsen carecían de humor en la oscuridad–. Yo... no pensé que fuera importante. Sólo bromeaba.

–Bien. –El poderoso cuerpo de Olsen se removió en el asiento–. De todas formas, estamos en el punto de partida, pequeño: porque el grupo creerá que mientes.

–¿Por qué iba a mentir?

–Porque realmente *juraste* no revelar a nadie lo que Klaus te dijera.

–Lo hice para no ponerlo nervioso... –Daniel sentía como si se hubiese metido él solo en su propia trampa–. No pensaba respetar ese juramento... Además, no estoy mintiendo...

–Claro que no, pero eso no quiere decir que ellos vayan a creerte.

El vehículo descendió por otra empinada cuesta y al llegar al final Moon tuvo que encender todos los faros. En la impenetrable oscuridad se distinguían formas. Quizá eran estatuas. Daniel encogió las piernas apoyando los pies en el asiento. Fue un gesto reflejo, por más que supiera que su origen era una absurda creencia: de niño le decían que no era bueno pisar la tierra en los lugares profundos. Sin embargo, al mirar a Olsen comprobó que había hecho lo mismo. De hecho, Olsen utilizaba el mecanismo de giro automático del asiento y daba vueltas distraídamente sujetándose las rodillas con ambas manos. Parecía abismado en profundas cavilaciones. No obstante, a Daniel no le daba la impresión de que Olsen fuera un hombre que pensara mucho las cosas.

Se sentía cada vez más inquieto. ¿Por qué estaban dando aquel rodeo por lugares tan extraños? Miró a Olsen, de quien podía contemplar alternativamente, mientras su asiento giraba, las fundas de las armas sobre las caderas, el largo pelo castaño, las calzas flexibles negras hasta el muslo.

–¿Puedo... puedo llamar a mi familia? –preguntó.

–Por supuesto.

–No aquí –dijo Moon desde el asiento delantero–. Las paredes bloquean la transmisión.

–Saldremos enseguida –aseguró Olsen.

En exacta correspondencia con sus palabras el vehículo se detuvo tan bruscamente que Daniel tuvo que aferrarse al asiento para no caer. Olsen y Moon salieron con rapidez y Moon dejó la puerta abierta e invitó a Daniel a acompañarlos. Habían encendido linternas y, ayudado por aquellos haces de luz, Daniel supo dónde se encontraba.

Era una especie de inmenso sótano en medio de la carretera. El techo, muy bajo, lo formaban vigas de madera y acero. Gruesas columnas de metal roído por el óxido se hallaban dispersas a lo largo de la cuneta, flanqueando el camino, que proseguía hasta perderse en la oscuridad. Las linternas señalaron hacia una de las columnas.

–Mejor, entremos –dijo Olsen de repente.

¿En dónde?, se preguntaba Daniel.

Entonces comprobó que la columna tenía una abertura en arco que daba paso a la oscuridad. Se acercó y vio unas escaleras de caracol que descendían.

Olsen se quedó aguardando en el umbral hasta que Daniel pasó. Moon, que ya había entrado, era sólo una luz que flotaba en la negrura.

–Bajemos –indicó Olsen–. Tenemos que decidir lo que vamos a hacer. Y quiero mostrarte algo.

El descenso se hizo eterno, quizá porque debían moverse con extrema lentitud: los peldaños eran cortos y no perdonaban las distracciones. Moon iba el primero, Olsen el último. Daniel, en medio de ambos, escuchaba la voz del superior mientras miraba dónde ponía el pie.

–¿Sabes qué lugar es éste, Daniel? Una catacumba. Fue construida hace miles de años, pero estas entradas son más recientes. Los creyentes del Segundo Capítulo las emplean para acceder al interior. No te sorprenda saber que Alemania está horadada de esta forma bajo tierra. ¿Recuerdas el Segundo Capítulo? Hay una Ciudad, con mayúscula, sin nombre, bajo cada ciudad de la superficie. ¿Sabes cómo se formó esa otra Ciudad? La raza de híbridos que menciona la Biblia es sólo una metáfora. Según los creyentes, la verdadera explicación se debe a que los muertos, en tiempos remotos, yacían acostados bajo tierra. Ahora los mantenemos de pie y los incineramos, pero antaño, simplemente, se pudrían en el suelo o en cajas colocadas en posición horizontal.

Daniel procuraba escuchar a Olsen, pero la dificultad de la bajada lo distraía, ya que Moon lo había dejado atrás con facilidad y sólo la linterna de Olsen le permitía atisbar los peldaños.

–Con el paso del tiempo –prosiguió la voz ronca de Olsen– los agujeros causados por la acumulación de cuerpos yacentes se unieron entre sí formando un laberinto de cavernas... Pero eso no fue lo peor. Los creyentes afirman que la muerte que yace acaba removiéndose, horada la roca y excava túneles... Y eso han hecho los muertos de la antigüedad: bullen como hormigas. Puedes imaginarte: millones, billones de cuerpos... a lo largo de millones de años... reptando bajo nuestros pies por los túneles de la Ciudad. Por eso se construyeron las catacumbas; de esa forma los muertos no salen al exterior. Fíjate qué ignorantes somos, Daniel: vivimos sintiéndonos relativamente seguros en nuestras cómodas urbes europeas, sin sospechar que no es preciso viajar a las tierras no vigiladas del Este o el Sur para vislumbrar el horror. Lo tenemos bajo nuestros pies y nunca pensamos en ello. Yo no soy creyente, pero te aseguro que esta leyenda me pone los pelos de punta...

Daniel suponía que aquella explicación debía de relacionarse de algún modo con lo que Olsen le había contado antes, aunque no comprendía bien cómo.

–Conozco esa leyenda del Sur, señor –aseguró, algo intranquilo–, pero sólo es eso: una leyenda inspirada por el dístico del Segundo Capítulo: «No está muerto lo que yace eternamen...».

–Oh, pero tiene una base real, incluso científica –lo interrumpió Olsen–. ¿No lo sabías? Por ejemplo, está demostrado que el viento de la Ciudad existe. La putrefacción del cadáver forma un hedor frío que viaja por el aire. Los cuerpos entrenados lo perciben. Ese viento nos señala el paso de un sitio a otro dentro de la Ciudad, y también actúa en forma de aviso para indicarnos dónde la muerte se encuentra más activa...

–¿Por qué estamos bajando tanto, señor? –decidió interrumpirlo Daniel–. ¿Por qué nos hemos...?

–Ya hemos llegado –cortó Olsen.

Las pisadas de Moon, que eran las únicas que sonaban –porque Daniel y Olsen llevaban calzas flexibles–, se habían hecho distintas, como si hubiese terminado de bajar. La linterna de Olsen reveló un suelo embaldosado. Olsen empujó suavemente a Daniel y lo hizo salir de la escalera, que continuaba descendiendo. Las dimensiones de la cámara no eran fácilmente adivinables en aquella tiniebla, pero Daniel la imaginó reducida a juzgar por la ausencia de ecos.

De súbito un potente resplandor le regaló la vista. Parpadeó y observó que Olsen había apagado su linterna. No la necesitaba, desde luego, bajo aquella iluminación cruda que provenía de una ringlera de focos instalados en el techo. Era una luz desagradable, pero gracias a ella Daniel pudo examinar por fin el lugar donde se encontraba.

Era más amplio de lo que suponía. También le sorprendió su aspecto, ya que había esperado paredes mohosas y gran antigüedad y se hallaba frente a una lisa y blanca estructura moderna que en algunos lugares había sido cubierta de garabatos. A espaldas de Olsen trepaban de la pared al techo simétricas tuberías cromadas. Varias daban la vuelta a la habitación y se insertaban en unas mamparas de cristal.

Aparte de Olsen, no parecía haber nadie más en aquella cámara. Moon había desaparecido.

Se fijó Daniel entonces en que la pared de su izquierda mostraba, a ras de suelo, dos agujeros perfectamente rectangulares. Mientras los contemplaba, emergió reptando por uno de ellos un cuerpo. Su pelo era tan negro que, durante un fugaz instante de horror, Daniel pensó que estaba decapitado.

La muerte es un túnel infinito de techo tan bajo que por él sólo puedes avanzar reptando...

Moon terminó de deslizarse fuera de aquel reducto, se puso en pie con agilidad y se sacudió las manos, aunque ni siquiera se había manchado. Su desnudez aparecía tersa y carnal bajo los focos.

–El generador está en la otra cámara –dijo–. Parece viejo, sólo durará algunas horas.

–Tiempo suficiente. ¿Y ella?

–Se acerca –dijo Moon y se apoyó en la pared con los ojos cerrados–. Pero anticiparé su llegada.

Daniel, que jugaba nerviosamente con los bordes de su holgada pieza de ropa, no entendía a qué se referían. Entonces Olsen se quitó la chaqueta corta de su uniforme, que dejó sobre el mismo asiento donde se hallaba la ropa y demás pertenencias de Moon, así como las linternas, se sentó sobre las tuberías acodándose en ellas y volvió a mostrar los dientes al sonreír hacia Daniel.

–No debes preocuparte –dijo–. Te explicaré qué es esto. Hace unas cuantas décadas el gobierno alemán decidió emprender un estudio científico del Segundo Capítulo, y construyó miles de cámaras como ésta, junto a las catacumbas, para detectar el viento sagrado de la muerte. Estas máquinas a mi espalda y esa mampara detrás de ti tenían ese propósito. Pero los experimentos no resultaron concluyentes, y el proyecto se abandonó. Sin embargo, han quedado las cámaras. Lugares tranquilos y aislados, aunque no todo lo solitarios que cabría pensar. Los creyentes bajan a estas cámaras a realizar ciertos rituales, Daniel. Rituales cuya descripción no podrías escuchar sin dejar de ser para siempre el jovencito de mirada vivaz que aún eres... Te he traído aquí para que veas que no te estoy engañando. Hay grupos muy peligrosos, más de lo que imaginas, y se reúnen en lugares como éste para llevar a cabo sus prácticas. Klaus pertenecía a uno de los más fuertes. Y ahora es su grupo el que te amenaza.

Daniel se sentía cada vez más intranquilo, no sólo por las ominosas explicaciones de Olsen: era como si algo estuviese fuera de lugar. El hecho de que Moon siguiera desnudo después de haberse arrastrado por aquel agujero le hacía recordar las palabras de Olsen sobre los creyentes que detectan el viento de la muerte con sus cuerpos. Sabía que muchos creyentes trabajaban para Seguridad, pero no comprendía bien qué clase de trabajo desempeñaba Moon. Por otra parte, ¿por qué Olsen le hablaba de todo aquello? El comportamiento de ambos agentes era extraño.

–El poder de ese grupo es inmenso –siguió diciendo Olsen–, y nosotros somos tu única posibilidad, la única que tu familia y tú tenéis de sobrevivir. Pero necesitamos saberlo todo... –Alzó la mano como deteniendo una posible réplica de Daniel–. Respetamos la palabra que le diste a Klaus, desde luego. No obstante, ahora se trata de tu seguridad y la de tus seres queridos...

Daniel se disponía a decir algo cuando, de súbito, percibió el sonido.

Pasos en la escalera.

Olsen también se detuvo a escuchar. Hasta Moon pareció reanimarse. Olsen continuó, en tono apremiante:

–Vamos, Daniel, ayúdanos. ¿Qué te dijo Klaus?

Los pasos se acercaban. Daniel no lograba averiguar si pertenecían a una sola persona o a varias.

–Alguien viene –murmuró.

–Responde, Daniel –insistió Olsen–. Klaus, ¿qué te dijo?

–Nada. Ya le expliqué que...

–El auricular que llevabas captó sonidos. –Olsen, sentado sobre las máquinas de la pared, extendió los brazos–. Cuando Klaus te habló...

–No me habló. Ese sonido sería mi respiración, o la suya...

–Era una voz –negó Olsen–, y no era la tuya. Lo hemos comprobado.

Repentinamente Daniel comprendió el sentido de todas aquellas preguntas: casi sin darse cuenta había pasado de ser el «protegido» a convertirse en sospechoso.

–¡Eso no puede ser! –protestó–. ¡No me dijo nada! ¡Nada!

–Mientes muy mal –le reprochó Moon, aún apoyado en la pared, de perfil.

¿Qué le ocurría a Moon? Daniel lo miró y se dio cuenta de que ya no era el chico divertido y amable que se reía con él en la caseta. Su mirada fija lo atemorizaba.

Los pasos se habían convertido en golpes de martillo contra los peldaños.

–Hablaste con *ella*, ¿no es cierto? –Aunque sonreía, en el tono de Olsen había algo similar a la tristeza–. En las ruinas. Sin duda te aconsejó que te callaras... Pero debo advertirte que, si confías más en ellos que en nosotros, te equivocarás...

En la mente de Daniel giraban las palabras de Olsen como un torbellino. Los ruidos de la escalera, ya muy próximos, le impedían concentrarse.

–¡No sé a quién se refiere! ¡No hablé con nadie en las ruinas!

Por el hueco de la escalera aparecieron las botas de un agente de Seguridad.

–Cuánto lo siento –se lamentaba Olsen–. Cuánto siento todo esto, Daniel...

Pero Daniel ya no lo escuchaba.

Detrás del agente venían Bijou y Yun.

6

Se habían conocido cinco años antes, en el Gran Tren. Sucedió que a él lo cambiaron de sección para sustituir a un compañero enfermo del corazón.

–Eres nuevo, ¿no? –le dijo ella, que solía viajar en aquella sección, cuando él le sirvió una bebida.

Antes de conocerla había lamentado la enfermedad de su compañero: luego se reprochaba haber llegado a desear que no mejorase nunca. Le encantaba saludar a la joven pasajera y oír como ella le decía, cada mañana:

–Ya no eres tan nuevo.

El saludo se convirtió en hábito. Bijou fingía estar harta de él al verlo acercarse.

–¡Otra vez tú!

Reían hasta las lágrimas cuando recordaban aquellas primeras semanas. Ella pasaba de la seriedad a la carcajada sin el puente de la sonrisa. Sin embargo, siempre parecía alegre. Albergaba la alegría en su seriedad, como protegiéndola.

Se contaron cosas y dejaron de desconocerse. A ella le hizo gracia que él disfrutara con su profesión («¿Subalterno de tren es una profesión?», decía). Él apenas pudo creer que aquella joven subalterna de archivos que vivía en el extrarradio de Hamburgo y tomaba el tren para dirigirse al centro de la ciudad, practicara, entre otras cosas, esgrima con sable. Pero así era: y un día ella lo invitó a verla batirse. La familia de ella, de origen árabe, vivía en París; la de él, en Madrid. Tras algunas citas y goces juntos descubrieron que querían formar entre los dos una nueva familia en Hamburgo. Eso era lo que significaba el «amor». Bijou, que era creyente, concedía gran importancia al asunto:

–No es una decisión cualquiera –le advertía–. Sabes que la Biblia se llama también «del Amor y del Arte» porque ambas palabras definen la vida. El «arte» atenúa el miedo: por ejemplo, cuando nuestros cuerpos gozan. El «amor», en cambio, lo incrementa, porque empiezas a sentir también el miedo de aquel a quien amas.

Lo que Bijou quería decirle era que tomar la decisión de «amarse» los obligaba a arrostrar todas las consecuencias. Mucha gente vivía en común y compartían orgasmos, pero muy pocos se atrevían a dar el paso del «amor», que producía más temor y por tanto no estaba descrito en las fábulas de la Biblia.

Aunque los padres de Bijou Crane eran religiosos, ella no le exigió ninguna ceremonia para dejar constancia de ese «amor» y convertirse en esposos. Sin embargo, se permitieron una semana de vacaciones y alquilaron un apartamento en una casa antigua de las afueras. Era invierno, nevaba y el viento nocturno atronaba, por lo que apenas salieron de la cama. Bijou le decía: «Abrázame, abrázame, con brazos y piernas, con todo tu cuerpo, protégeme del viento, que no nos separe nunca».

Le gustaba tocarlo. Adoraba entrelazarse con él y jugaba a hacerlo no sólo con los dedos de las manos sino con los de los pies. Cuando no lo tocaba, lo miraba con inmensa seriedad y silencio. Sólo admitía la verdad entre ambos, y a veces, cuando él le contaba algo, le preguntaba: «¿Me has dicho la verdad?». Y lo besaba si asentía.

Dos años después, cuando eligieron a Yun, también nevaba, y el centro de niños de su ciudad parecía un palacio enterrado en arena blanca. Convertirse en padres tampoco era una decisión bíblica, porque al igual que el «amor» aumentaba aún más el miedo normal del ser humano, aunque la presencia del hijo fortaleciera luego esa relación. Pero ninguno de los dos tuvo dudas al respecto. Como casi todas las familias de su clase, adquirieron un niño ya diseñado: pocos podían comprar células y diseñar al futuro hijo según su capricho. La mayoría de las personas del Norte que deseaban hijos buscaban niños diseñados, como ellos mismos lo habían sido cuando sus familias los adquirieron.

De modo que acudieron al centro genético de Hamburgo y recorrieron varias salas hasta descubrir aquella linda muñeca de rasgos orientales que les sonreía desde su camita. No se habían planteado tener una criatura con ojos rasgados, pero ambos quedaron fascinados al verla. Yun tenía entonces dos años de vida. Cuando cumplió los tres, ya imitaba la pose de seriedad de Bijou, y a Daniel aquella imitación le divertía mucho.

Discutieron y se enojaron cuando la empresa del Gran Tren trasladó a Daniel a Hannover, porque ella odiaba el trabajo de él pero carecía de su facilidad para cambiar de destino. Tardaron en reconciliarse, más aún en adaptarse a la nueva vida. Los apuros económicos hicieron que Bijou aceptara un puesto de sirvienta en los edificios del gobierno, lo cual distaba de ser un empleo fácil y más bien era degradante. Todo se arregló cuando se mudaron a Dortmund, porque ella logró volver a su trabajo en los archivos. Pese a ello, había semanas en que no podían verse. Volvieron a enojarse, se reconciliaron.

Era imposible estar de mal humor junto a Yun.

7

Dos hombres las conducían. Uno llevaba uniforme de Seguridad Civil; el otro, que parecía más joven, se cubría con un largo abrigo negro. La desesperación de la pequeña Yun, a quien sólo las manos del hombre del abrigo sobre sus pequeños hombros impedían correr hacia Daniel, contrastaba con la pálida calma de Bijou: el agente ni siquiera necesitaba sujetarla para que se quedara allí plantada, mirando a Daniel, pero en sus ojos él advirtió todo el horror que debía de estar sintiendo. Allí, en el interior de aquellas pupilas, su mujer parecía casi una desconocida.

–Se presentaron en la academia y dijeron que nos iban a escoltar hasta casa... –le dijo ella con voz extraña, como excusándose–. No entiendo lo que buscan, Daniel, pero me han explicado lo que debes hacer. –Cruzó con él una mirada llena de inteligencia–. Te pido, por favor, que les digas lo que desean. No te lo pediría nunca, respetaría tu silencio aunque no lo comprendiera, y lo sabes, si no fuera por Yun... Piensa en nuestra pequeña.

–Unas palabras muy razonables –sentenció Olsen–. Ahora, escúchame atentamente, Daniel. Si nos dices lo que queremos saber, regresarás a casa de inmediato con tu mujer y tu hija. De inmediato, tienes mi palabra. Somos la autoridad, así que podemos dejarte ir, no nos importará que conozcas nuestra identidad. Te irás a casa con tu familia y te dejaremos en paz. Pero si te niegas a colaborar, las mataremos: a tu mujer y a tu hija, aquí, ahora, delante de ti. Luego te dejaremos encerrado con ellas en este lugar, con sus cuerpos muertos...

Los sollozos de Bijou interrumpieron a Olsen un instante. El agente que la custodiaba decidió, esta vez sí, aferrarle los brazos. El otro tapó la boca de Yun, que había empezado a llorar. Daniel dio un paso hacia ellas.

–Suelta a mi hija –dijo hacia el hombre del abrigo.

–Cuando deje de llorar –replicó el hombre, y su voz reveló juventud. Tenía una lacia cabellera castaña y su mirada oscura estaba orlada de ojeras.

–Suéltala, Olive –ordenó Olsen. El joven apartó la mano y Yun siguió llorando más suavemente. Bijou también había logrado controlarse–. ¿Sabes lo que ocurre cuando un cadáver queda encerrado bajo tierra junto a una persona viva, Daniel? –prosiguió Olsen–. Ya te he dicho que hay muchas cosas que desconoces... Quizá tu bella esposa conozca algunas. Sé que es creyente y que su familia tiene raíces árabes. A lo mejor de niña le hablaban de la Ciudad de la Muerte... No son meros cuentos: la muerte está viva. Moon entiende de eso, él es creyente del Segundo Capítulo... Explícaselo, Moon. Dile lo que le pasará.

–Enloquecerás mucho antes de morir –dijo Moon con la mirada bizca, como fija en el aire. Sólo dijo eso. Seguía apoyado en la pared blanca, y el contraste con su cuerpo desnudo y su cabellera intensamente negra no podía ser más acentuado.

–La decisión es tuya, Daniel –sentenció Olsen–. Y tuya la responsabilidad de lo que pueda suceder.

Daniel miró a Olsen, directamente a sus ojos verdes.

–No sois de Seguridad Civil...

–Por supuesto que lo somos. –El tono de Olsen era paciente–. Pero ya te he dicho que nos enfrentamos a gente muy poderosa y debemos recurrir a cualquier medida para defendernos. A *cualquiera* –repitió–. No nos queda otra opción.

Moon, que parecía dormitar apoyando la nuca sobre las manos cruzadas y éstas en la pared, abrió los ojos.

–Se acaba el tiempo, Daniel. Decídete.

Pero el tiempo nada significaba para él. Había cesado, como el resto de sus pensamientos. Era como si la primera parte de la historia de su vida hubiese finalizado ya y se encontrase en el instante de tránsito hacia otra cosa. Quizá había una nueva luz al fondo, pero hasta que no la alcanzara seguiría en aquella especie de túnel, viajando aún en el Gran Tren y dirigiéndose a toda velocidad hacia un destino inevitable.

–He dicho la verdad, Klaus no me dijo nada –y agregó, mirando a Olsen–: Te mataré si haces daño a mi familia. Os mataré a los dos. A ti, Olsen. Y a ti, Moon.

–No estás en condiciones de amenazar –dijo Olsen, y desenfundó su pistola.

Daniel y Bijou gritaron a la vez, pero lo único que hizo Olsen fue lanzar el arma a Moon. Éste la cogió distraídamente, comprobó que estaba cargada y alzó el cañón hacia la cabeza de Bijou. Hizo todo aquello sin dejar de mirar a Daniel. Su expresión era aburrida.

–¡Esperad! –Daniel levantó las manos–. Os lo diré

todo... –Percibió la minuciosa atención con que lo escuchaban. No quería mirar a Bijou (aún no) para no contagiarse de su pánico. Oía, desde algún lugar remoto situado a un metro de distancia, el llanto histérico de su hija–. Klaus me dijo... Me dijo que las ciudades... nuestras ciudades eran... –No sabía cómo proseguir. Supuso que cualquier cosa que improvisara serviría, pero no se le ocurría nada. ¿Qué era lo que deseaban saber? Más allá del silencio de Klaus, ¿qué había?–. Las ciudades son...

Ver el dulce rostro de Bijou al extremo del cañón le dejaba la mente en blanco.

–Sólo queremos oír la revelación, Daniel –pidió Olsen–. Sólo lo que te dijo cuando te acercaste a él.

–No escuché nada... Nada... –Había decidido que no iba a llorar, no delante de Yun, pero mientras lo pensaba las lágrimas brotaban como un dolor: involuntarias, impostergables–. Lo juro... Lo juro...

Se arrodilló, deseando hacer cualquier cosa, lamer las botas de Olsen, por ejemplo. Estaba *dispuesto* a hacerlo. *Un héroe:* unas cuantas horas antes había creído que lo era. Pero ¿qué era un héroe?

–Basta, Daniel –dijo Olsen con desprecio–. Levántate.

Un héroe era alguien sin seres queridos. Lo supo en ese instante.

Se incorporó. Respiró hondo, pero no logró llenar los pulmones de aire. La atmósfera de la cámara se le antojaba irreal, con aquel resplandor abarcándolo todo, convirtiendo las caras, salvo las de Bijou y Yun, en rostros de demonios. Pensó que esos rostros vivirían dentro de sus ojos para siempre.

Olsen decretó otra pausa debido a Yun, cuyo llanto se

había hecho doloroso incluso para los que no la amaban. Bijou la abrazó, con permiso de Olsen, y le susurró mentiras tranquilizadoras. Luego volvieron a separarlas. De nuevo, Moon elevó el cañón a la cabeza de Bijou.

–Última oportunidad –advirtió Olsen.

La certidumbre de que nada de lo que hiciera evitaría el porvenir lo calmó de repente. Repitió lo mismo que ya había dicho, pero con absoluta convicción.

–Puedo recordar todo lo que me dijo hasta ese momento... Luego *fingió* que me hablaba... No sé por qué hizo eso, pero lo hizo: movió los labios, tan sólo. Pensé que estaba loco. Después se clavó las tenazas y ya no volvió a decir nada. Si quisiera mentir, me resultaría fácil hacerlo –añadió–. Pero no quiero. No me dijo nada... –Olsen parecía dubitativo, como dispuesto a creerle. Daniel miró a Bijou y supo que su esposa sí le creía y aprobaba su sinceridad.

Me besaría. Me preguntaría si le digo la verdad y luego me besaría.

–¿Y qué hay de la chica con la que hablaste en las ruinas? –indagó Olsen.

–No hablé con nadie en las ruinas. Oí un ruido, me volví y creí ver a alguien... Pero luego no estuve tan seguro, porque desapareció.

Hubo un silencio. Hasta Yun había dejado de llorar. Bijou sonreía ligeramente, como apoyando el aplomo con que Daniel había hablado. Olsen, con los brazos cruzados, parecía reflexionar.

–Es posible que estés diciendo la verdad –juzgó Olsen al cabo de un buen rato–. Pero creo que mientes. –Hizo un gesto. Moon efectuó un solo disparo.

Por un instante los ojos de Bijou fueron, para Daniel,

como dos globos que un niño perdiera en el cielo. Luego el cuerpo de ella rebotó contra su propia sangre en la pared y quedó inerme.

8

Dicen que está enterrada en Arabia, la Ciudad de la Muerte.

Así lo aseguran algunos sabios. Afirman haberla visto tal como el Autor la describe, bajo una mortaja reseca de arena, más antigua que el vasto desierto.

La muchacha le daba la razón a quienes opinaban, sin embargo, que el Autor se refería con aquel símbolo a los cuerpos de hombres y mujeres entrenados para conocer y albergar la intimidad del destino último. La Ciudad no se encontraba sólo en Arabia: rodeaba toda la Tierra, formaba parte de sus entrañas, como los propios cadáveres, y ciertos creyentes la heredaban, y portaban la muerte consigo.

En aquel momento la muchacha *era* la Ciudad.

Había avanzado siguiendo el rastro bajo tierra, por cavernas sumidas en la más absoluta negrura. La sensación de soledad era inmensa porque superaba la simple ausencia de seres a su alrededor. Pero ella conocía la causa: la muerte era la suprema soledad, y en aquel momento ella llevaba la muerte en su interior.

Cuando emergió de la oscuridad y el espacio en torno suyo volvió a adoptar dimensiones precisas, se encontró en una pequeña cámara. Una de las paredes mostraba aberturas a ras del suelo por las que se filtraba un intenso resplandor, así como las voces de los que se hallaban en la cámara contigua, entre ellas la de su objetivo. Lo percibía.

En ese momento oyó el disparo. Estaba vestida y no había ejecutado los ritos precisos, pero sintió la punzada del viento y temió que hubiese sucedido algo irreparable. Decidió que irrumpiría y trataría de recobrar el control, aun a riesgo de herir a los que no debía. Podía arrastrarse a través de las aberturas, pero antes tendría que apagar los generadores cuyo zumbido estaba escuchando, ya que trabajaba mejor en tinieblas.

No sabía con exactitud cuántos eran, ni cuántos ofrecerían resistencia, pero aquel cálculo no le importaba.

Sólo le preocupaban dos cosas: su objetivo y el único de los hombres que era *como ella.*

Sabía que él también la olfateaba. Pese a todo, las cosas seguían inclinadas a su favor. Quizá había perdido la ventaja de la sorpresa, pero ellos carecían de otra ventaja más importante.

Ellos no eran ella.

9

Ni siquiera Daniel Kean (menos que nadie, él) pudo anticipar su reacción en ese instante. Parecía colocado en una balanza en cuyo platillo opuesto estuviera Bijou: al tiempo que el cuerpo de su esposa caía, el suyo se alzaba con frenético ímpetu. En una fracción de segundo había cubierto el trecho que lo separaba de Olsen y sus manos se habían cerrado en la garganta del superior de Seguridad. Daniel carecía de la fuerza y entrenamiento de Olsen, pero cuando ambos rodaron por el suelo y se detuvieron, los ojos de Olsen mostraban más agonía que los de Daniel.

Lo hubiese estrangulado allí mismo, de no ser por la intervención del agente que había controlado a Bijou, que sujetó a Daniel de los brazos. Olsen siguió ahogándose un instante más, como si fuera la furia de Daniel y no sus manos lo que apretaba su cuello.

Daniel forcejeó con una energía desaforada, hasta que de repente unos chillidos lo detuvieron. Era Yun.

–Cálmate, o ahora le tocará a tu hija –dijo Moon, que había girado la pistola hacia la niña.

Ver el arma dirigida a la cabeza de Yun no aplacó la rabia que sentía. Se hallaba como transfigurado. Sabía que tenía que impedir como fuese que Yun muriera, no ya por sí mismo (se sentía perdido) sino por la propia Yun y por Bijou, cuyo cadáver yacía en algún extremo de su campo visual. *Nuestra pequeña.* El último mensaje de Bijou había sido ése. Sin embargo, sus fuerzas crecían en vez de ceder.

Moon lo miraba a los ojos.

–Tu hija, Daniel.

–Sí, mi hija –dijo él, intentando soltarse de la presa del agente.

Moon dejó de mirarlo para concentrarse en el disparo. El cañón, apoyado sobre la sien de la niña, era mucho más grueso que su pequeña frente blanca, el único trozo de su rostro que la mano del joven del abrigo no cubría.

De repente Moon titubeó. Giró la cabeza, pero no hacia Daniel sino hacia Olsen, que se levantaba frotándose el cuello.

–Ella –dijo, nervioso, bajando la pistola–. Está aquí.

Entonces sobrevino la oscuridad.

10

La estaban esperando, pero no habían establecido un plan concreto para cuando llegara. Ése fue el primer error de Olsen.

–¡Olive, Moon: llevaos a la niña! –Concentrarse en gritar fue su segundo error.

Todo era confusión en aquella ceguera. Las manos que sujetaban a Daniel Kean lo soltaron, y éste se lanzó hacia Moon y aferró un brazo casi blando, helado, que no parecía pertenecer a un ser vivo. Aquella serpiente untuosa se deslizó con rapidez, eludiéndolo. Daniel se preparó para una represalia que no llegó. Al menos, Moon no había disparado contra Yun. Oyó a la niña llamándolo. La voz se quebraba bajo el sonido de unas botas en la escalera. Vio un haz de luz trepando entre los peldaños.

–¡Yun! –gritó–. ¡Yun!

Era un suicidio moverse por una habitación que parecía llena de demonios. Pese a ello, o precisamente por ello, Daniel se movió. Recibió un violento empujón y cayó al suelo. Alguien, que había horadado una pared a puro fuego, dejó de disparar, y posiblemente de respirar. Un uniforme fue lanzado al aire, y sólo el ruido que produjo al dar contra un muro permitió saber que dentro cobijaba un cuerpo; tras el golpe, cuerpo, uniforme y muro fueron lo mismo.

–Eres estúpida... –oyó Daniel la voz enronquecida de Olsen–. Eres estúpida o estás loca si crees... –No supo a quién se dirigía, pero un timbre de pavor en su tono le indicó que el superior no estaba seguro de quién era realmente el estúpido y el loco. Quizá sólo fanfarroneaba.

Deseaba llegar a la escalera. Sabía que Moon y el otro

agente habían huido llevándose a su hija, y la única opción que le quedaba era perseguirlos. Sin embargo, las palabras de Olsen le hicieron volver la cabeza hacia el encarnizado combate que tenía lugar en la oscuridad.

Olsen parecía pelear contra la muerte. Su adversario era una figura más negra que las tinieblas cuya sola velocidad producía escalofríos. Daniel casi olvidó su propia tragedia gozando de aquel mínimo segundo en que oyó a Olsen gritar mientras era aplastado por terribles golpes contra la pared, como propinados por un martillo en las manos de la noche. O de cien martillos, aunque los ojos de Daniel le dijeron que se encerraban en un solo puño. ¿Cuánto dolor necesitaba un hombre como Olsen para morir? Daniel deseó que la vida del superior se prolongara durante mucho tiempo.

Pero todo terminó antes de que pudiera completar aquel pensamiento.

Cuando sólo la figura negra y el silencio quedaron en pie, supo que había llegado su propio fin. No sólo no le importaba: lo ansiaba con la violencia única con que a veces se desea lo que más se teme. Pero decidió elegir el lugar correcto.

Arrastrándose y alejándose de la figura, gateó hasta dar con el cuerpo de Bijou. Todo su dolor brotó entonces como una anestesia que finalizara abruptamente.

–¡Mátame o déjame con ella! –rugió cuando las manos de la sombra se posaron en sus hombros, tirando de él.

–Hay una tercera opción –dijo la muchacha suavemente.

Tercer Capítulo

CEREMONIA

I

Ella le hizo jurar aquello por primera vez cuando viajaron a Madrid.

Viajar era arriesgado, pero todo el mundo asume riesgos de vez en cuando. Además, era Tiempo de Invierno, después de Halloween, cuando la tradición ancestral impone a los hijos visitar a los padres. Tras regresar de la casa de las afueras de Hamburgo donde habían celebrado su unión, y disponiendo de tres días más por la festividad, decidieron pasar el Solsticio con la familia de él. Un velocísimo viaje en vehículo aéreo les redujo las molestias y la impaciencia, pero en Madrid fueron por primera vez conscientes de lo lejos que se hallaban del hogar.

Madrid era antigua. La nieve la ensabanaba como a una estatua. A Bijou, que no la conocía, le recordó París, y ambas le hicieron pensar en las ciudades bíblicas del Norte. Señalaba las coincidencias con el dedo mientras paseaban entre silencio y crujidos de hielo: veletas en campanarios, techos picudos, grandes avenidas de columnas, laberintos empedrados y angostos que sólo tras ser recorridos se comportaban como calles, iglesias ruinosas edificadas sobre otras aún más viejas y tanta antigüedad como era posible desear (o temer) en la superficie de Europa. Bijou perdió las palabras mirándolo todo. Daniel la miraba a ella, un poco preocupado.

Esa noche, después de la cena, tras reírse con Emil Kean, el padre de Daniel, que trabajaba como jefe de sección en un tribunal, ser interrogada minuciosamente por la madre, Jana, y ponderar el parecido que existía entre la hermana menor, Lania, y el propio Daniel, que habían sido diseñados a partir de la misma célula, Bijou se agazapó temblando bajo los brazos de él en la antigua cama del cuarto de invitados y le confesó su miedo. Todo le había asustado: la vejez de las plazas, los distintos silencios, la bella y distinguida familia de su esposo; también, ahora, el chirrido del lecho y las máscaras decorativas propias de la temporada que ornaban las paredes.

–Bah, no hagas caso a nada de lo que veas –le dijo él–. Mi padre presume de creyente y se rodea de libros viejos para oler a moho, pero ni siquiera los abre. –Rieron en voz baja–. La casa es antigua, pero saludable.

–Tu familia no tiene la culpa, Daniel –aseguró ella–: son personas maravillosas y viven con «amor»... Se trata de mis recuerdos. Madrid me ha hecho revivir mi infancia en París, con mis padres. El linaje árabe viene de mi padre, que a veces me asustaba hablándome de la muerte...

–Eso nos ha ocurrido a todos. –Trató él de quitarle importancia, pero comprendió que ella necesitaba desahogarse. La abrazó con más fuerza mientras la escuchaba.

–Me decía que la muerte vive bajo tierra... Morir, según mi padre, es entrar en un portal negro y bajar a unas cavernas infinitas...

–Son simples leyendas. Quien las cree sufre más que nosotros.

–Pero la muerte existe, eso es real. –Ella se arrebujó junto a él y lo besó en el oído con palabras quedas–. ¿Por qué existe la muerte, Daniel?

–Menudo efecto te ha causado mi familia. –La broma se deshizo ante la seriedad de ella, que lo miraba vorazmente, como si la respuesta a todos los misterios se hallara escrita en letras diminutas dentro de sus ojos.

–¿Por qué debemos morir? No lo entiendo. ¿Por qué esa oscuridad? Ahora que te conozco, y te amo, no quiero separarme nunca de ti. Tengo tanto miedo...

–No vas a morir. –Él acarició sus mejillas–. Ni tú ni yo. Jamás.

De pronto ella lo miró, muy seria.

–Tienes que jurarme algo.

No fue la última vez que se lo pidió: años después, una noche en que Yun tuvo pesadillas y corrió, lívida y fría, hacia el dormitorio de ellos, volvió a hacerlo. Él la tranquilizó repitiendo su juramento –«sagrado», decía Bijou– y, por dentro, se rió sin malicia de aquel dulce temor. Porque en el futuro podía suceder cualquier cosa, pero su padre le había enseñado que un buen hombre debe vivir como si esa certeza fuera falsa.

No obstante, lo juró. Luego acostó a Yun, le dio un beso y regresó a la cama donde Bijou ya flotaba en el incienso del sueño.

Se quedaba, en ocasiones, mirándolas mientras dormían. Su familia. Una isla de luz entre tinieblas.

2

Pensó, al pronto, en nieve, por la blancura que lo rodeaba.

Se hallaba acostado bocabajo, los brazos en cruz como abarcando el lugar donde yacía. Al removerse liberó un dolor oculto en la zona izquierda de la nuca. La atrocidad del recuerdo le otorgó vigor. Abandonó la inmensa y desconocida cama, dio unos pasos.

Era una habitación grande. Paredes, suelo y techo estaban pintados de blanco o en distintas tonalidades que rondaban ese color, marfil o hueso. Vio una camisa holgada que no era suya apoyada en el respaldo de una butaca, se la puso y olió la tela fresca y limpia. En la misma silla aguardaban un faldellín de gala y sandalias, pero no quiso vestirse del todo por el momento. Su propia ropa había desaparecido.

Una ventana de cristales romboidales le hizo abrir la boca: más allá, se erguían abetos nevados, un lago, pequeñas casas, cumbres de hielo. No le parecieron los alrededores de Dortmund, mucho menos de Wonn. La mañana era gris.

Había una puerta esmerilada. Miró a su través y fue como asomarse a un estanque revuelto. Distinguió sombras quietas. No quería comprobar todavía si se hallaba prisionero, y no tocó el pomo.

La habitación le entregó otra sorpresa: sobre una mesa de mármol alzada por esculturas de cuerpos genuflexos, reposaba una bandeja con comida y té caliente. Tenía hambre. Acercó un diván, que no hizo ruido al moverse, se sentó y empezó a devorar pequeños bollos de pan dulce y queso, y a beber sorbos de té. Tal actividad le hizo comprender que aquel mundo era real. Pero no se alegró: hubiese preferido un sueño.

Nunca supo cómo, porque un momento antes, mientras comía, había mirado y sólo había visto la puerta, y un momento después volvió a mirar y era ella.

–Me pareció que estabas despierto –dijo la muchacha. Tenía una voz grave, levemente teñida de acento del Sur–. ¿Te encuentras bien?

Daniel no se movió de la mesa ni dijo nada. La taza de té que llevaba a sus labios prosiguió su camino.

Le sorprendió reconocerla de inmediato, ya que la primera vez la había visto de lejos, la segunda de forma muy fugaz y la tercera en plena oscuridad. Pero supo que era la figura de las ruinas, la misma que luego había mantenido aquel combate breve y salvaje contra Olsen. Su apariencia, ahora, era inocente: una larga pieza blanca, el cabello suelto y húmedo, hebras pegadas a la frente. Mantenía los ojos bajos. ¿Y cómo había logrado entrar en completo silencio?

Tras aguardar en vano una respuesta, la muchacha hizo algo inesperado: se echó al suelo. Pero no fue un gesto de saludo ni de humillación. Era como si el suelo fuese un lugar para estar. Permaneció sentada con el tronco erguido, sin apoyarse en la pared, las piernas flexionadas cubiertas por la pieza.

–¿Dónde estoy? –preguntó él al fin.

–Una casa en Königshafen, una pequeña villa al sudeste de Alemania, junto al lago Viejo Königssee.

–Ya. –Daniel pensaba mucho cada palabra. Se frotaba el dolor de la nuca–. ¿Cómo llegué hasta aquí, y cuándo?

–Te trajimos. Anoche.

–¿Quién más, aparte de ti?

–Mi amigo. Yo te saqué a la superficie y él aguardaba en un vehículo en el túnel de Wonn. Lo conocerás pronto.

–¿Y mi ropa?

–Estaba muy sucia. Te la quitamos al llegar.

Los silencios eran más largos que las frases. Daniel cerró los ojos.

–No recuerdo nada de eso.

La muchacha seguía con la mirada puesta en el suelo.

–Tuve que golpearte en la catacumba para dejarte inconsciente –dijo–. No deseaba hacerlo, pero no me diste otra alternativa. Querías quedarte allí y yo no podía permitirlo. Permanecer entre cadáveres bajo tierra es muy peligroso.

–No me hubiese importado morir –replicó él.

–No hubieses tenido la suerte de morir –dijo ella suavemente.

Daniel la observaba sin delatar emociones. Advertía curvas férreas y una anatomía compacta bajo la larga pieza blanca.

Un solo detalle le intrigaba.

¿Por qué no me mira? ¿Por qué cierra los ojos?

–Y mi hija... –murmuró.

–Ellos se la llevaron.

–¿Ellos?

–Moon y el otro agente. No pude impedirlo. O quizá sí, pero tuve que dedicarme a salvarte a ti.

Daniel se encorvó, conteniendo el dolor. Pensó en Bijou, cuyo cadáver aún debía de estar en aquella catacumba. Pensó en Yun.

–¿Por qué...? –murmuró–. ¿Qué quieren hacer... con mi hija?

–Lo sabrás todo dentro de poco. ¿Has terminado de comer?

Sus pensamientos se inflamaron de ira. Dijo que sí, se incorporó, estiró los brazos, se frotó la nuca y pidió lavarse. Ella se levantó con presteza.

–Aquí puedes hacerlo.

Lo que había pensado que era un espejo de cuerpo entero al otro lado de la cama resultó ser una pequeña puerta. La muchacha la abrió mientras él se acercaba.

Era justo lo que Daniel pretendía.

Pese a todo, no pudo evitar la sensación de que ella, simplemente, lo estaba esperando y le concedía maltratarla así.

Al empujarla contra la pared, una mesa cercana se volcó y varios adornos de cristal estallaron en el suelo. La muchacha no hizo intento alguno de defenderse; permaneció quieta, con los ojos firmemente cerrados. Sus labios eran gruesos y los pómulos y mandíbula angulosos. Una librea de pecas le estampaba rostro y pecho.

–¡Me hiciste abandonarla! –gritó Daniel–. ¡Me *separaste* de ella y de mi hija!

La había cogido del cuello con las dos manos y en aquel momento hizo presión. No era un cuello especial, ni siquiera grueso: por el contrario, la esbeltez lo presidía. De haber tenido dedos algo más largos y apretar con la fuerza precisa, una sola de las manos de Daniel se hubiese cerrado sobre aquel tallo hasta rozar el pulgar con el índice. Sin embargo, una reciedumbre que era algo más que carne, sangre y aire le impedía siquiera deformarlo. La muchacha parecía esculpida en una sola pieza de alabastro. Respiraba tranquilamente. Era Daniel Kean quien semejaba ahogarse.

–¡Mírame! –Le enfurecía aquella obstinación de sus párpados–. ¿Por qué no me miras? *¡Mírame!*

Pero la puerta de la habitación se abrió antes que los ojos de ella.

3

–Maya no sólo te salvó la vida al sacarte de esa catacumba, Daniel Kean –dijo el hombre de pie en la puerta–: también rescató el cadáver de tu esposa. De modo que suéltala y cálmate.

Daniel ya había obedecido la primera orden; la otra no dependía de su voluntad.

–¿Dónde está mi mujer? –inquirió–. Me calmaré cuando la vea.

–La hemos llevado a un lecho funerario y hemos preparado su cuerpo para que puedas despedirla con dignidad. Pronto podrás verla. Pero antes debemos charlar. Intentaré responder a tus preguntas. –El hombre se mostraba enérgico, autoritario. Se volvió un instante hacia la muchacha, pero no pareció preocupado por ella: como si supiera que Daniel nunca hubiese podido hacerle daño. Cruzaron breves palabras en voz baja e intercambiaron sonrisas fugaces.

–¿Quiénes sois? –La mirada de Daniel delataba asombro.

–Mi nombre es Héctor Darby y estás en mi casa. Ella es mi amiga Maya Müller, y tú eres Daniel Kean. Y ahora, más vale no perder el tiempo en presentaciones idiotas. Tenemos mucho que hacer y más que decir. La rapidez es vital.

Le permitió un par de minutos para terminar de vestirse con la ropa que había sobre la silla, luego lo acompañó a un salón espacioso. Daniel quedó abrumado por la enorme biblioteca. A diferencia de Bijou, a él no le gustaban los libros. En su casa tenía, tan sólo, una edición de la Biblia y algunos textos rituales. En cambio, en la oficina donde trabajaba Bijou, los volúmenes se apilaban por doquier. Pero Daniel pensó que en aquel salón había muchos más. Los veía apretujarse casi con obscenidad, lomo contra lomo, hinchados, desproporcionados. Podía escuchar, con el silencio suficiente, lo que Bijou denominaba la «respiración»: crujidos de viejos legajos, distensión de gruesos tomos, estertor de los finos al ser aplastados. Lo que no eran libros, eran antigüedades. En el centro del salón destacaba un globo terráqueo enorme. Se escuchaba el tictac de un ronco y pesado reloj de pared.

Héctor Darby lo invitó a sentarse en una butaca de patas de hierro, frente a un mural que quizá representaba la pequeña villa de Königshafen. La muchacha se les unió enseguida. Se había puesto una larga y elegante pieza negra de escote recto y su cabello, peinado, ondeaba luminoso. No abría los ojos al caminar, pero su paso era firme y exacto. La mirada de Daniel iba de uno a otro, grande, absorta. La luz gélida de los amplios ventanales le informó de que el mediodía debía de estar cerca.

–¿Qué te sorprende tanto? –preguntó Darby percatándose de su expresión, mientras servía unas copas.

–Sería más fácil decirle lo que no me sorprende –contestó Daniel.

–Soy un hombre biológico –dijo Darby–. Supongo que habrás visto muchos.

–Algunos.

Recordó que, de vez en cuando, los atendía en el Gran

Tren. Resultaban llamativos, y eran indicio de linaje y riqueza. Diseñar una criatura podía resultar caro, pero no diseñarla en absoluto era un verdadero lujo. Permitir que la célula fecundada se desarrollara a su arbitrio, con escaso control exterior, en las vitrinas de los centros genéticos, no estaba al alcance de todos. Daniel pensó que era comparable a adquirir una de las antigüedades de aquel salón: algo innecesario, valioso, frágil. El embrión podía morir durante el crecimiento, y a lo largo de sus vidas los hombres y mujeres biológicos sufrían diversas enfermedades y la vejez los deterioraba con escalofriante premura. En cuanto a la apariencia física...

–Esto de aquí –explicó Darby en tono burlón, tocándose la cara– se llama barba, y esto –llevó la mano a la cabeza– es una calvicie natural. Mis brazos, piernas, torso y pubis también están cubiertos de pelo. Tengo cincuenta y dos años, se me abulta el vientre, me acatarro, mi voz es ronca, sé que soy feo y estoy muy contento de no poseer esa silueta estilizada de los hombres diseñados como tú, de larga cabellera, preciosas facciones, cuerpo curvilíneo sin briznas de vello y extremidades largas y torneadas, que apenas delatáis la edad, vais desnudos en pleno invierno sin sentir frío, y de lejos, y muchas veces de cerca, os parecéis tanto a las mujeres. O quizá habría que decir que las mujeres se parecen tanto a vosotros. ¿Satisfecha tu curiosidad, Daniel Kean?

–Sí, yo...

–¿Deseas saber también algo sobre Maya Müller? –Señaló a la muchacha, que les daba la espalda, de pie frente a la ventana–. No abre los ojos porque no los necesita para mirarte: sus ojos son la totalidad de sus otros sentidos.

–¿Qué?

–Es una forma de decir que es ciega.

Daniel la contempló –la silueta menuda, anchos hombros, el pelo corto y rubio–, recordando que la había visto combatir contra hombres armados en las catacumbas. Dedujo que no debía de provenir del Norte, donde la ceguera incurable era una rareza.

La muchacha seguía de pie frente a la ventana. Afuera había empezado a nevar.

–Oh, ve mucho mejor que tú y que yo, precisamente porque no usa los ojos –dijo Darby percibiendo su sorpresa–. Pero permíteme que te diga que lo que Maya vea o no, no te importa en este momento. Hablemos de lo que *sí* te importa. –Le entregó una copa de oloroso licor.

–¿Dónde está mi hija? –preguntó Daniel, rechazando la copa–. Eso *sí* me importa.

–Lo ignoramos. –Darby hizo una mueca y bebió un sorbo–. Pero no van a hacerle ningún daño. Todavía no. Te necesitan.

–¿Quiénes?

–Los que contrataron a Olsen y Moon. En una palabra: «ellos» –definió–. Mis amigos, Maya y yo, somos «nosotros». Te diré en qué consiste la diferencia, para que no te debatas en dilemas morales: con ellos, tu hija y tú moriréis; con nosotros, tienes una posibilidad de quedar vivo y salvar a tu hija.

Daniel dejó caer su torso en el respaldo, como si de alguna manera las palabras de Darby fuesen un empellón. Flexionó las piernas y apoyó las sandalias en el borde de la butaca. Permaneció así largo tiempo, los muslos desnudos bajo el corto faldellín, juntos y alzados.

–Quieren obligarte a que les ayudes a encontrar algo –prosiguió el hombre biológico tras una pausa–. Nosotros queremos lo mismo. Ambos estamos dispuestos *a cualquier cosa* por conseguirlo.

Sus frases recordaron a Daniel, por un momento, las de Olsen. Se envaró.

–¿Y cómo voy a ayudaros?

–Guardas una información clave.

–Te refieres a lo que todos creéis que me dijo ese loco en el tren...

El hombre biológico asintió lentamente.

–¡Pero no me dijo nada! –exclamó Daniel, impaciente–. Movió los labios y...

–En eso te equivocas. –Darby hizo un vaivén, interrumpiéndolo–. Te transmitió una clave, y tú lo dirás cuando llegue el momento. En concreto... –consultó su reloj, un anticuado artefacto que sacó del bolsillo, unido a una cadenilla– dentro de unas treinta horas...

4

Daniel negó con la cabeza. En su memoria no había lugar a dudas: recordaba el movimiento de los labios de Klaus, recordaba el sorprendente silencio. Nada más.

–Te dijo algo –insistió Darby–. Lo que ocurre es que, al mismo tiempo que te lo dijo, te hizo olvidarlo. Lo enterró en tu inconsciente, de donde tú mismo lo extraerás cuando llegue el momento.

–No se puede obligar a nadie a olvidar algo. Es imposible.

Héctor Darby se plantó ante él, con el semblante deformado por el globo de cristal de la copa. Tras beber hasta apurarla, ordenó:

–Mira a tu alrededor y dime qué ves.

–Un salón.

–¿Qué hay en ese salón?

–Libros, un...

–¿Qué es lo que dicen todos esos libros?

–No lo sé. No los he leído.

–¿Por qué no los lees ahora mismo y me lo dices?

–Son demasiados. –Daniel parpadeó, sin comprender lo que pretendía Darby–. No puedo.

Una lenta, fea sonrisa, partió la extraña barba del hombre biológico.

–De modo que no puedes saber lo que dicen estos libros porque son demasiados. Y sin embargo, presumes de saber qué dice la realidad, mucho más vasta que mi pobre biblioteca, más compleja, más eterna. –Darby caminó lentamente hacia la mesa de licores y rellenó su copa–. Yo sí he leído estos libros, Daniel Kean, y te puedo contar lo que dicen. –Se llevó la copa a los labios–. Dicen: «Lo imposible no existe».

–Ésa es la opinión de un creyente –replicó Daniel con desprecio–. Debí imaginarme que seguía tratando con ellos...

Darby se quedó mirándolo con la copa en la mano.

–Tienes un temperamento juvenil e irreflexivo, Daniel Kean.

–¿Es su manera de decir «no creyente»? –espetó Daniel con rabia.

–Es mi manera de decir «estúpido».

–El señor Kean no nos conoce, Héctor –dijo la muchacha en tono de reproche hacia Darby. Se había sentado sobre un velador de mármol, de cara a la ventana, y su silueta recortada por la luz mostraba las simetrías de una escultura–. Y, teniendo en cuenta sus circunstancias presentes, no se merece tus ironías...

–Me disculpo. –Darby sonrió–. No quiero ofenderte, Daniel, pero tú también deberías pensar un poco antes de hablar. Te diré: Maya sí es creyente, yo no. No lo he sido, no lo soy, no lo seré nunca –agregó machaconamente, en un tono que indicó a Daniel que aquel tema resultaba especial para él.

–¿Qué es usted?

–Yo sólo soy raro –dijo Darby muy serio–. Como puedes ver, colecciono y leo muchos libros. Todos los que leemos somos raros: ello es debido a que leer nos ayuda a saber, y como lo que abunda es la ignorancia, los pocos que sabemos resultamos cada vez más raros. –Sonrió–. Sin embargo, gracias a ese saber, soy capaz de asegurarte que los creyentes hacen cosas que a los no creyentes nos parecen milagros...

–Conozco a varios creyentes, y no hacen más de lo que puedo hacer yo.

–Porque sólo conoces a los superficiales, que son la mayoría. En este mundo hay grados de creencia, igual que de terror. –Darby caminó hacia una estantería y extrajo un volumen grueso, de lomo negro y letras bellamente labradas en oro. No necesitó mostrárselo a Daniel para que éste lo reconociera de inmediato–. Esta edición es muy simple, ni mucho menos de las mejores de mi colección. Se trata de la Biblia, la, así llamada... –leyó el título– «Sagrada Biblia del Amor y el Arte», Nuestro Libro, el libro que describe la realidad. Supongo que la has leído –añadió, sin duda irónicamente, ya que Daniel no conocía a nadie que no la hubiese leído al menos una vez–. Tiene Catorce Capítulos, catorce fábulas o parábolas que conforman la suma del universo. Existen creyentes de cada uno de los Capítulos, o de varios a la vez. Muy pocos son creyentes profundos de uno solo, y de éstos, aún menos llegan a serlo de más de uno. Mi amiga Maya Müller es creyente profunda del Segundo, el que describe la Ciudad subterránea de la muerte. Ayer siguió tu rastro desde el tren hasta Wonn caminando bajo tierra.

–Eso es impos...

Daniel se detuvo. Darby sonrió al agregar:

–Si crees con todas tus fuerzas, consigues lo que quieres. Y la persona que te ha utilizado para guardar esa información es creyente profundo de *varios* Capítulos, además de uno de los sabios más extraordinarios de la historia.

–¿Se refiere... a Klaus Siegel?

–Me refiero a quien utilizó a Klaus de mensajero para transmitirte la información y luego la hundió en tu inconsciente de tal manera que ni la tortura pudiera arrancártela. Luego te hablaré de él.

–¿Y por qué hizo eso?

–Porque para ir de esta habitación a la siguiente, el camino más corto es atravesar la pared, pero los seres humanos debemos conformarnos con abrir puertas, dar rodeos, usar los pasillos... –Darby parecía vagamente irritado–. La información tenía que llegar de un punto a otro, y Klaus y tú sois las puertas y pasillos.

–Pero ¿por qué utilizarme a mí? Ni siquiera soy creyente...

–¿Por qué son elegidos los elegidos, como diría el bueno de Klaus? –Darby se encogió de hombros–. Para el caso, la elección de ese pobre soñador loco que fabricó una bomba absurda es también incomprensible. Pero no importa la forma que tengan las puertas y pasillos si sirven para transmitir la información...

–Y esa información...

–Es la clave de lo que estamos buscando –zanjó Darby con displicencia. Pese a su frialdad, un burbujeo de emociones tensaba su voz–. ¿Por qué no nos ofreces tu versión de lo ocurrido, Daniel?

Le pareció que contaba por enésima vez su entrevista con Klaus Siegel; luego relató el interrogatorio de Olsen. Su anfitrión reanudó los paseos mientras escuchaba. Vestía un llamativo batín de color granate con solapas en tono rubí y pañuelo morado al cuello. No era ropa común en ningún hombre o mujer: a Daniel le hacía pensar en tiempos arcaicos, brumosos, como la atmósfera del salón donde se hallaban.

Otorgar palabras a su tragedia le hizo sentirse mejor, pero al llegar al asesinato de Bijou apenas pudo proseguir. Entonces percibió algo. La muchacha había ladeado la cabeza en dirección a Darby, y éste la miraba a ella. Parecía que la historia les afectaba de algún modo.

–Sentimos mucho lo de tu esposa, Daniel –dijo Darby en tono apesadumbrado–. Maya y yo sabíamos el día, la hora y el lugar en el que tendría lugar la transmisión del mensaje, pero ignorábamos quiénes serían sus protagonistas. Decidimos que ella iría en el tren y yo permanecería al alcance del transmisor, dentro de un vehículo. Ellos, por su parte, enviaron a Olsen. Tras recorrer el tren, Maya logró identificaros, aunque, por desgracia, no con la suficiente rapidez como para impedir que Olsen y Moon te interceptaran. La supuesta bomba lo complicó todo, ya que a Maya le fue imposible penetrar en la sección donde estabais, controlada por Seguridad. Intentó abordarte en las ruinas, pero Olsen se adelantó de nuevo. Era lógico que tú confiaras en unos agentes de Seguridad antes que en una desconocida. Cuando llegó a las catacumbas, Maya logró eliminar a Olsen y a uno de los agentes, pero Moon y el otro escaparon con tu hija. Entonces Maya cargó contigo y con tu esposa, os sacó a la superficie, me llamó y os trajimos aquí. Si hubiésemos sospechado... que ellos iban a utilizar a tu familia para amenazarte... –Una súbita indignación crispó su semblante–. ¡Fue algo... bárbaro y estúpido! ¡Sabían, igual que nosotros, que no ibas a poder decir nada!

La voz de Maya Müller volvió a interrumpirlos, densa, profunda.

–Quedan quince minutos –dijo con tanta seguridad como si lo estuviese leyendo en la nieve del exterior.

¿Quince minutos para qué?, se preguntó Daniel.

Darby se volvió hacia Daniel.

–Hay un transmisor en un pedestal cerca de esa ventana. –Señaló–. Sonará dentro de quince minutos y es conveniente que seas tú quien responda... Llamarán aquí porque saben que estás en mi casa, pero sólo les interesas tú.

–¿Quiénes llamarán? –preguntó Daniel.

–Los que han secuestrado a tu hija. No sabemos nada sobre ellos, salvo que se trata de gente muy similar a nosotros, que buscan lo mismo que nosotros pero que tienen mucha menos piedad que nosotros. Antes de que despertaras me llamó ese tal Moon y me dijo lo que querían de ti... Te citarán en un sitio concreto mañana por la noche. Deberás acudir a esa cita, sea donde sea. En caso contrario, matarán a tu hija.

Daniel se quedó mirándolo y creyó comprender.

–Porque mañana por la noche revelaré la clave que, según dices, Klaus escondió en mi interior –murmuró.

Darby asintió, y su rostro biológico acentuó la expresión de tristeza.

–A mis amigos y a mí también nos interesa conocerla –dijo–. Si nos ayudas, haremos todo lo posible por salvar a tu hija. Tú decides.

5

Transcurrió un silencio punteado por el tictac del reloj de pared. La muchacha seguía sentada en el velador de mármol con las piernas flexionadas, la pieza negra recogida por encima de sus muslos. Darby paseaba de un lado a otro con las velludas manos en los bolsillos del batín. Aún retrepado en la butaca e intentando ordenar sus pensamientos, Daniel elevó la vista hacia el hombre biológico.

–¿Qué es lo que buscan? –preguntó Daniel–. Todos. ¿Qué buscáis?

Darby se detuvo y lo miró, Maya giró los ojos cerrados hacia él. Ambos parecieron meditar la respuesta.

–Algo enormemente valioso –dijo al fin Darby.

–¿Tanto como para matar a una niña?

Darby titubeó, pero Daniel advertía por su expresión que no era esa clase de hombre que gusta de ocultar las verdades desagradables. Su mente parecía tan recia como sus rasgos.

–Por terrible que parezca, así es –dijo Darby–: se trata de algo mucho más importante que cualquier vida humana individual, incluyendo las nuestras.

–¿Puedo saber qué es?

–Nadie lo sabe con certeza. Por eso es tan valioso.

–No entiendo.

–Pues es fácil. Imagina un tesoro. Si son joyas, *sólo* son joyas. Si es un libro, no es ni más ni menos que un libro. Pero un tesoro cuya naturaleza nadie conoce es más preciado que ningún otro, porque puede ser, a la vez, joyas y libros, oro y sabiduría. Sus posibilidades son infinitas y cada cual se imagina la que le apetece.

–¿Y qué se imagina usted?

Darby contempló el fondo de su copa antes de responder.

–Que es ficticio.

Hubo una pausa. Daniel habló con inusitada frialdad.

–¿Quiere decir... que mi esposa está muerta y mi hija ha sido secuestrada por algo que ni siquiera existe?

–Héctor... –murmuró la muchacha.

–Oh, la inexistencia de un tesoro así es valiosa por sí misma –señaló Darby–. Encontrarlo tiene tanta importancia como demostrar que no puede ser encontrado. Además, estoy empezando a cambiar de opinión. Quizá me equivoque y sea real.

–¿Qué le ha hecho cambiar de opinión?

–Los que han secuestrado a tu hija –dijo Darby–. Saber que hay gente decidida a hacer cualquier cosa por esto me hace pensar que tiene que ser real.

–Héctor, ya basta. –Maya Müller, acurrucada sobre el velador, encaró a Darby con los ojos cerrados, su busto marmóreo espolvoreado de pecas–. El señor Daniel Kean está viviendo una horrible experiencia. Deja a un lado tus burlas...

–No me burlaba del señor Kean sino de ti, querida –replicó Darby, y agregó hacia Daniel–: Maya cree mucho más que yo en la existencia de ese tesoro pero, en cierto modo, sabe que tengo razón. Lo que buscamos es tan antiguo y primordial que puede ser cualquier cosa: un objeto, una idea, una ciudad...

–Sabemos su nombre –dijo Maya, como deseosa de mostrarse más sincera que Darby–: lo llaman la *Llave del Abismo.*

–No he oído nunca eso –admitió Daniel.

–Porque no es bíblico –terció Darby–. No se menciona en ninguna parte de Nuestro Libro. Pertenece a una tradición muy distinta, probablemente prebíblica. Los fragmentos de texto que la citan hablan del fin del mundo, y de una criatura que baja del cielo con ella. Puede que la leyenda de la *Llave* provenga de una época anterior a los cataclismos o la caída del Color...

–No había seres humanos antes de la caída del Color –dijo Daniel.

–Ese tema es objeto de muchos debates todavía –precisó Darby–, pero por eso es tan importante encontrarla. La *Llave* podría desvelarnos muchos secretos sobre el origen de la humanidad.

–Hay algo más –añadió la muchacha, y por primera vez Daniel atisbó cierta emoción en su tono–. Las profecías afirman que cuando encontremos la *Llave del Abismo*, los seres humanos... podremos *destruir a Dios...* y dejaremos de tener miedo para siempre.

Daniel tragó saliva. Darby y la muchacha habían vuelto sus rostros hacia él, como aguardando cualquier reacción.

–Eso es absurdo –dijo Daniel en voz baja–. Nadie puede destruir a Dios, si es que existe... Y nadie puede dejar de tener miedo. El miedo es la vida... No tener miedo es...

–Imposible –cortó Darby–. Esta vez te doy la razón, Daniel Kean: si hay algo imposible en este universo, es justo eso. Ya te he dicho que pienso que la *Llave* es ficticia.

–Yo *creo* en ella –dijo Maya Müller con infinita seriedad.

Antes de que nadie pudiese añadir nada, se oyó el grito de un niño horrorizado. El transmisor quedó mudo un instante, luego volvió a repicar.

–Son ellos –dijo Darby, y consultó su reloj–. Con un minuto de antelación. Nos dijeron que debías contestar tú, Daniel... Si no lo haces, matarán a tu hija.

6

Como viviendo en un sueño, Daniel atravesó el amplio salón en dirección al vibrante aparato, contemplándolo como si se tratara de la entrada hacia algún sitio prohibido. Oyó la voz nada más levantarlo.

–¿Cómo estás, «héroe»? –Lo reconoció de inmediato: era el mismo tono, entre neutro y divertido, que había empleado en la catacumba para decirle: «Tu hija»–. Sé dónde te encuentras, y me sorprende haber confiado en ti. En el tren demostraste tu valor, pero prefiero los cobardes a los mentirosos...

Daniel sostenía el transmisor con extrema cautela, como si fuera dañino. Decidió eludir la provocación de Moon y centrarse en su único interés.

–Déjame hablar con mi hija.

–Oh, no sé si ella querrá hablar contigo. Está avergonzada de tus mentiras. Ya es casi Tiempo de Invierno, Daniel. Se acerca Halloween, y tu pequeña empieza a sentir la llamada ancestral de los padres dentro de su cuerpo. Es la peor época para frustrar sus expectativas. Ella suponía, igual que yo, que dentro del blanco y delgado pecho de su padre latía un corazón honrado. Pero ha madurado de repente cuando le conté la verdad: que su madre murió por tu culpa. Por tus mentiras.

–No es cierto. –Daniel sentía la boca seca.

Darby, en una esquina de su campo visual, gesticulaba, pidiéndole calma. La voz de Moon, joven y potente, resonaba con fuerza en el transmisor. Sin duda, Darby y la muchacha podían oír la conversación.

–Daniel, una débil línea separa el engaño de la estupidez: no te atrevas a sugerirme que la cruce. –Un ligero matiz de amenaza teñía las palabras de Moon–. Ya intentaste engañarnos cuando aseguraste que no habías hablado con Maya Müller en las ruinas, ¿recuerdas? Y ahora estás con ella, en casa de su amigo, el hombre biológico, preparado para ofrecerles la misma información que a nosotros... En mi lengua, lo que has hecho te define como mentiroso y traidor. ¿Y en la tuya?

–Piensa lo que quieras –capituló Daniel en voz baja–, pero déjame hablar con mi hija, por favor...

–Me gusta más esa forma de pedir las cosas –dijo Moon–. No lo olvides a partir de ahora.

Hubo una pausa entre zumbidos. Entonces la oyó.

–¡Papá! Papá, ¿eres tú?

El mundo giró para él en torno a su voz. Se la imaginó sola, sitiada por manos de extraños.

–Yun, pequeña... ¿cómo estás?

–Bien... Pienso en ti y en mamá.

Era su hija, sin duda. Remota, cubierta de otros ruidos pero, pese a todo, reconocible por aquella manera de hablar, aquellas frases serias que imitaban las de Bijou.

–¿De veras estás bien?

–Sí. ¿Sigues en el tren oscuro, papá?

El recuerdo de lo que ella le había dicho la mañana previa lo dejó paralizado. Darby y la muchacha se habían acercado, expectantes, pero Daniel no los advirtió. Un acuario de lágrimas le emborronaba la visión.

–Sí –contestó–, pero pronto saldré de él. Te lo juro. Volveremos a estar juntos.

–¿Con mamá?

Antes de que se le ocurriese una respuesta para aquella terrible pregunta, volvió a escuchar el vibrante tono de Moon.

–Suficiente por hoy, «héroe». Ahora escucha atentamente...

Cuando oyó lo que exigían de él, apenas pudo creerlo. Darby le hacía señas para que aceptara, y eso hizo. Permaneció un instante aferrando con fuerza el transmisor después de que la comunicación se cortara. Luego miró a Darby.

–Quieren que acuda mañana..., a las nueve de la noche..., a un lugar de...

Darby asentía moviendo su calva cabeza.

–Sí –dijo–. La revelación será en Japón. Nosotros te acompañaremos. Pero antes, como te prometí, despediremos a tu pobre esposa.

7

El Tercer Capítulo narra la fantasmal ceremonia durante el Tiempo de Invierno, en la que el protagonista participa, junto a un viejo enmascarado de manos enguantadas y un coro de espectros, en el nevado pueblo de sus ancestros. Desde hace siglos se sabe que este Capítulo celebra algo más que el Solsticio. Algunas tradiciones lo han entendido como símbolo de la adolescencia, y en ciertas culturas los hijos, al llegar la pubertad, bailan frente a los padres al aire libre, ataviados tan sólo con guantes y máscaras, hasta que el calor de los cuerpos desnudos horada la nieve. De igual manera se visita la casa familiar, se cantan ritmos salvajes, se adoran árboles y columnas, se desciende a subterráneos o se incinera a los muertos. Los expertos en el Tercer Capítulo admiten muchas interpretaciones, pero coinciden en afirmar que el Autor *también* hablaba del modo de despedir a los seres queridos.

Aunque Daniel no era creyente, le gustó comprobar que los requisitos de aquella antiquísima ceremonia se cumplían con fidelidad en el funeral de Bijou.

El cuerpo de Bijou se hallaba sujeto por correas transparentes a un lecho funerario vertical en una habitación aturdida de incienso. Su piel, etérea a fuerza de livideces, había sido lavada y perfumada, y la herida de bala limpiada con esmero y disimulada bajo su bonito cabello castaño. El lecho, que contaba con pequeñas ruedas, fue arrastrado por Darby, Maya y Daniel a través de oscuros pasillos hasta una puerta que daba al exterior.

Allí, en un patio al aire libre que soportaba la lenta caída de los copos entre paredes de ladrillo gris, habían instalado la urna crematoria, que tenía aspecto de crisálida abierta. Sus cristales convexos eran verdes. Daniel ayudó a abrir las correas y trasladar el cuerpo a la urna. Las manos de la muchacha palpaban afanosas, como insectos: Daniel llegó a olvidar que era ciega. La urna fue sellada y Héctor Darby repartió máscaras, guantes y mantos. Los mantos eran negros; las máscaras y guantes, blancos. Las máscaras, muy elaboradas, representaban rostros humanos. Daniel entibió el interior de la suya con el aliento. Creyó que lloraría. No lo hizo.

Con voz grave y enérgica, Darby recitó el *Efficiunt Daemones*, la cita que abre el Tercer Capítulo, escrita en el viejo idioma latino: «Consiguen los demonios que las cosas que no son, sin embargo, se muestren ante los hombres como si existieran». Después de la plegaria, apretó un lugar en la pantalla de la urna, se escuchó un mecanismo, y cuando Daniel logró mirar por las aberturas de su máscara, Bijou había empezado a arder tras el cristal, rodeada de bruma verde.

Había dejado de nevar. En el cielo se oyeron graznidos, quizá cuervos diseñados. Un resto de sol invernal se abrió paso orlando el borde de las máscaras que, sostenidas por las manos, ya no cubrían los rostros. A los pies de la urna, cinco años de la vida de Daniel Kean –quizá toda su vida– se resumieron en una pirámide de ceniza. Sintiéndose como en un sueño, aceptó la pequeña hornacina, del tamaño de su puño, que Darby le entregó. Agradeció a Darby la ceremonia, inclinó la cabeza sobre la hornacina y varias gotas salpicaron la tapa de metal. Lloró como un niño. Como cualquier ser humano. Lloró por Bijou, pero también por todas las muertes.

Maya Müller acercó sus manos vivas y apoyó una en su hombro.

–Lo siento, Daniel Kean –dijo, y en su tono se advertía un esfuerzo por mostrar emociones–. Me reprocho no haber llegado antes, pero no sé si eso hubiese cambiado el destino... Ahora debes intentar olvidar. Y pensar en tu hija. Tu esposa ya no te necesita; tu hija, sí. –Daniel se volvió hacia ella y, a través del velo de lágrimas, tuvo un atisbo de su rostro endurecido, el cúmulo de pequeñas pecas, los ojos tercamente cerrados.

En ese momento Darby tendió un velludo brazo hacia Daniel.

–Esto no debió suceder nunca –dijo, escueto, con su voz potente–. Y Maya y yo te aseguramos que no volverá a suceder. Mañana por la noche, en Japón, cuando reveles el mensaje, acabará tu pesadilla y recuperarás a tu hija. Ahora que sabemos que tú eres el que esperábamos, haremos cuanto sea posible por ayudarte... Nos enfrentamos a gente peligrosa, pero no subestimes nuestras capacidades. Además, tenemos a varios amigos que ya están esperándonos en Tokio. Cuando lleguemos allí, los conocerás.

–Entonces... sabíais desde el principio que Japón era el lugar de la revelación...

–Todos lo sospechábamos –admitió Darby–. El hombre que os eligió a Klaus y a ti era japonés. Se llamaba Katsura Kushiro. Como ya te dije, fue un creyente profundo. Murió hace muchos años, pero antes de su muerte trazó planes muy detallados para que su secreto llegara a las manos correctas. Creemos que él encontró la *Llave* y la ocultó en algún lugar de Japón. Tú nos conducirás a ella.

–Confía en nosotros, Daniel Kean –dijo la muchacha, erguida en su traje negro.

¿Qué otra cosa puedo hacer?, pensó él.

Y, sin embargo, tenía una extraña sensación.

Algo que había visto, u oído, no cuadraba. Pero ignoraba qué era.

8

Necesitaba estar solo.

Al llegar a su habitación se dejó caer en el primer asiento que vio. Era una vieja mecedora de respaldo forrado de piel. En sus manos, como si se tratara de su propio corazón palpitante, la hornacina con las cenizas de Bijou. Contemplando su reflejo en las tapas de metal, Daniel recordó el juramento que le había hecho a su esposa.

Tan infantil le había parecido entonces, y tan profundo y apropiado ahora.

Por supuesto que lo cumpliría. Nunca la dejaría sola. Estaría siempre con ella.

La mecedora se quejaba con voz lastimera. Había un punto en su curva madera que Daniel no podía traspasar sin hacerla gemir. Se balanceara atrás o adelante, al cruzar aquel eje, el mueble, infalible, maullaba como un gato pequeño.

Yun. Debo pensar en Yun.

Aún intentaba entender lo que le había ocurrido. El día

anterior tenía un trabajo, una familia, cierta felicidad; ahora apenas le quedaba una cajita de metal llena de ceniza. Para explicar aquel vértigo, Héctor Darby le había contado una historia imposible y confusa. Pero algo resultaba muy obvio: no iba a abandonar a Yun. La seguiría allí donde estuviese.

La simple idea de viajar a Japón, al Este del mundo, lejos de la ordenada y vigilada atmósfera del Norte, le hacía temblar. Jamás se hubiese atrevido a dar tal paso de no ser por Yun. Había oído cosas horribles sobre lo que sucedía en Japón, sobre todo en su Zona Hundida, cosas que en aquel momento deseó no haber escuchado nunca. Pero Moon le había asegurado que Yun le sería devuelta allí, y Darby había prometido ayudarlo. No tenía elección.

Decidió seguir retrepado en la mecedora hasta que le dijesen que era la hora de partir. Se sentía inquieto, no sólo por el futuro. Había *algo* en el pasado más reciente, un leve pero importantísimo detalle que no encajaba en el conjunto. Seguía sin recordar qué era... ¿Por qué le parecía tan urgente averiguarlo?

Al fin desistió. Supuso que acabaría recordándolo.

No quería dormir pero, al ritmo de los cada vez más leves crujidos, sus ojos se cerraron contemplando la hornacina.

Soñó con Bijou; ella era de carne y hueso de nuevo, y le sonreía, sentada sobre sus piernas como un gato de diseño que esperase algo de su amo: quizá una caricia, quizá comida. Tenía los ojos cerrados. Él le exigió que los abriera, y ella, complaciente, alzó los párpados como telones y descubrió para él dos pequeños y terribles mundos, dos cavernas iluminadas por algo que no era luz sino su reverso, una especie de tiniebla que oscurecía a la propia oscuridad.

Segunda parte

JAPÓN

Vivimos en una plácida isla de ignorancia, entre las brumas de negros mares de infinito.

Sagrada Biblia, Cuarto Capítulo, I, 1

Algún día, al juntar las piezas de conocimiento disociado, se abrirán vistas tan terroríficas de la realidad... que enloqueceremos ante esta revelación.

Sagrada Biblia, Cuarto Capítulo, I, 1

Nunca añadiré voluntariamente un eslabón a tan odiosa cadena.

Sagrada Biblia, Cuarto Capítulo, I, 2

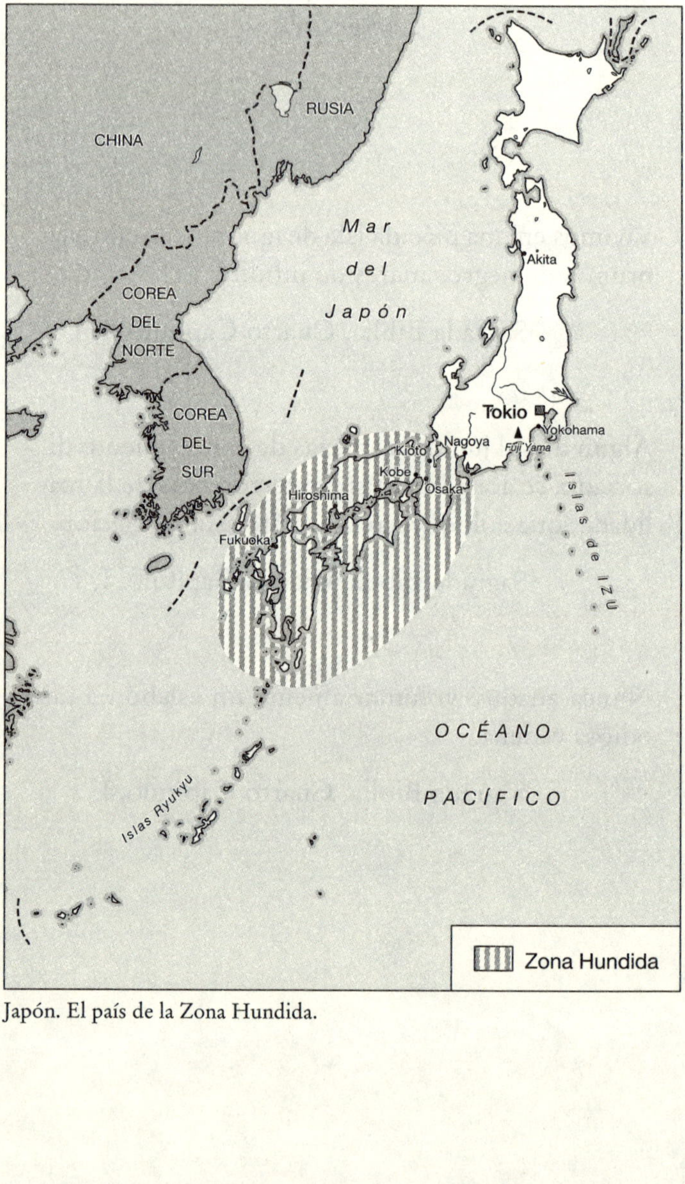

Japón. El país de la Zona Hundida.

CUARTO

I

Lo primero que Daniel Kean vio en Japón fue un suicidio.

Acababa de bajar del vehículo aéreo y soportaba, junto a Darby y la muchacha, una cola lenta e interminable en el gigantesco aeropuerto, cuando de repente se fijó en que, un centenar de metros delante de él, en una sala vertiginosa, cilíndrica, abierta en la cima, alguien arrojaba un objeto por la baranda de una escalera. Luego le pareció que el objeto había caído solo y extendía brazos y piernas en el aire. Se oyeron gritos, hubo una oleada de confusión.

–Es sólo un suicidio –dijo Darby, cogiéndolo del brazo–. No llames la atención haciendo aspavientos, Daniel Kean. En este país la gente se precipita desde los sitios altos por muchas causas, casi todas religiosas. Los suicidios son más frecuentes en primavera que en invierno, pero siempre se ve alguno que otro en cualquier época del año. Esto no es el Norte, es el Este: las cosas que creerías terribles en el lugar del que procedes aquí son simples rituales o formas de concebir el mundo. Pero lo importante es que no destaques. Vas anunciándote por todas partes.

–¿Por qué?

Darby enarcó las cejas.

–Tienes cara de no haber salido de Dortmund en toda tu vida, muchachito. Si a eso le unimos la expresión de pánico que ahora mismo estás poniendo, bien... Constituyes un objeto muy atractivo para que otros quieran hacer muchas cosas contigo, ninguna de ellas del todo agradable para ti. En Japón es vital pasar inadvertido.

Ciertamente, pensó Daniel mientras se arreglaba su túnica rosada y echaba tras los hombros la larga trenza en la que había anudado su cabello, nadie podía reprocharle sentirse angustiado. Había pasado más de diez horas en el interior del vehículo aéreo, la mayor parte de ellas llorando en silencio al acordarse de Bijou o de Yun, las restantes oyendo las explicaciones de Darby o durmiendo y despertando en medio de estremecedoras pesadillas. Y ahora estaba allí, en aquel vasto y extraño lugar donde la gente se arrojaba de cabeza a la multitud por culpa de sus creencias religiosas, tan distinto del confortable mundo del Norte.

Las mismas creencias que, si Darby tenía razón, habían logrado depositar aquella clave en su interior.

2

Durante el viaje a Japón, Darby había sacado su pequeño *scriptorium* de bolsillo y le había mostrado una imagen: la de un hombre biológico como él, pero de facciones orientales, pelo ralo y blanco y espesas cejas; su expresión era un inefable misterio encerrado en una afable sonrisa.

–Estás viendo al sabio japonés Katsura Kushiro –explicó Darby–, el hombre que ha introducido el mensaje dentro de ti. Cuando falleció, hace unos treinta años, estaba considerado como uno de los más extraordinarios creyentes que han existido, experto en varios Capítulos, entre ellos el temido Cuarto, que habla de Dios, y el Undécimo, el del Tiempo. Lo curioso es que Kushiro nunca se interesó por la *Llave:* más bien fue la *Llave* la que se interesó por él. Sucedió que, hurgando en viejísimos textos, encontró un dato censurado en las versiones más antiguas del Cuarto: las coordenadas del lugar donde, supuestamente, Dios habita bajo las aguas... No pongas esa cara: es cierto que nadie ha probado que exista realmente un ser todopoderoso viviendo en las profundidades del océano, pero tampoco se ha demostrado lo contrario. La mayor parte de las exploraciones submarinas han fracasado... Supongo que Dios nos atemoriza demasiado como para intentar encontrarlo. Pero Kushiro obtuvo una pista y viajó a Nueva Zelanda acompañado de científicos y creyentes de confianza para cerciorarse de que era correcta.

–¿Por qué allí?

–Nueva Zelanda es la tierra de Dios. Sus ciudades se mencionan en el Cuarto. Los polinesios, además, son Su Pueblo elegido. Y es el país más próximo a las coordenadas que descubrió. En Nueva Zelanda realizó otro hallazgo increíble, ignoramos dónde exactamente, ya que tanto sus discípulos como él lo mantuvieron en estricto secreto. Y, al cabo de más de un año de ausencia, regresó... solo.

–¿Qué ocurrió con el resto? –Daniel estaba más interesado en la historia de lo que había pensado en un principio.

Darby se encogió de hombros.

–Al parecer, sólo sobrevivió Kushiro, que en los pocos textos que escribió a partir de entonces nunca hizo mención a lo que habían descubierto en Nueva Zelanda. Murió poco después, sin revelar nada más. –Darby manipuló su *scriptorium* y la imagen de Kushiro dio paso a la de una mujer de cabello rojizo. Llevaba una pieza negra brillante en forma de abrigo abierta en los pechos y botas negras de lazos hasta los muslos. Se adornaba con un collar de acero. Sus facciones eran orientales, pero existía algo en ellas, y en la apariencia carnal de su cuerpo, que a Daniel le hizo saber que era biológica–. Su hija, Mitsuko, creyente del Cuarto, tenía sólo diez años cuando Kushiro murió. Su padre le confesó, cuando agonizaba, que lo que habían encontrado en Nueva Zelanda tenía relación con la *Llave del Abismo*, pero la instó a que nunca se mezclara en su búsqueda, pues le traería nefastas consecuencias. También le dijo que había trazado planes para que, años después de su muerte, una persona, en un lugar remoto, recibiera una clave de labios de otra y, usándola adecuadamente, lograra entrar en su laboratorio de Japón y encontrara algo que había guardado allí, relacionado con su descubrimiento. Le ofreció los datos de la revelación: el día, la hora y el tren de Hamburgo donde tendría lugar... Tras su muerte, Mitsuko guardó en secreto esos datos. Pero hace un par de años, de improviso, mis amigos y yo logramos averiguarlos. Al parecer, Mitsuko quebrantó la promesa hecha a su padre y reveló los datos a sus alumnos de confianza... Después, Mitsuko y sus discípulos desaparecieron.

–¿Desaparecieron?

–Así es. Ignoramos su paradero. Quién sabe, quizá sean ellos nuestros enemigos. –Apagó la imagen y miró a Daniel–. Esta noche lo averiguaremos.

3

El hotel se llamaba Imperial 58, lo cual hacía suponer que existían por lo menos otros cincuenta y siete con ese nombre, y estaba en el distrito de Hibiya. El edificio mostraba un drástico vacío que permitía, por uno de los lados, vislumbrar el interior de las habitaciones, como si hubiese sido cortado limpiamente con un hacha. Daniel ya estaba acostumbrado a eso. Habían viajado desde el aeropuerto a Tokio en un tren que no se parecía en nada al Gran Tren: su interior era, al mismo tiempo, un salón con velas encendidas y una gran cama redonda.

–En Japón todo es dos cosas a la vez –le explicó Darby–. Nada es una sola por completo. Llevan ese hábito a su arquitectura, su tecnología... incluso a su educación: existe la figura del profesor *hon mie*, como lo denominan en el antiguo idioma del país, que se encarga de separar conceptos para que los alumnos no perciban el conjunto. Creen que todo lo que se une es peligroso, o, cuando menos, indeseable. El símbolo de la cadena, formada por pequeños eslabones, que una vez completa sirve para atar o encerrar, es una metáfora japonesa de la concepción del mundo. Viene a decir: si integras, te encadenas a ti mismo. Lo han sacado de la Biblia: «Nunca añadiré voluntariamente un eslabón a tan odiosa cadena». ¿Recuerdas el Capítulo Cuarto? –y recitó–: «Lo más misericordioso de este mundo... es la incapacidad de la mente humana para relacionar todo cuanto contiene. Vivimos en una plácida isla de ignorancia...», etcétera. Los japoneses consideran que Japón es la «plácida isla de ignorancia», y resulta «misericordioso» no relacionar los conceptos entre sí. Kushiro, en su texto de interpretación al Cuarto, cuenta una fábula: un discípulo aprendió los ruidos de un bosque, luego las plantas de un bosque, luego las fieras del bosque, y entonces quiso saber lo que era un bosque, unió todo lo que había aprendido y el bosque lo devoró.

Darby hablaba mientras ascendían sobre la plataforma del hotel, entre paredes manchadas de arterias de humedad. En ese momento sacó su reloj de bolsillo.

–Son casi las siete. Tenemos el tiempo justo para cenar y explicarte la situación antes de que acudas a tu cita de las nueve. Nuestros amigos nos están esperando en una suite. Algunos tienen casa en Tokio, pero hemos preferido reunirnos en un hotel. Confío en que te encuentres a gusto con ellos.

Una suave melodía de flautas sonaba a partir del piso doscientos. Había música y silencio, que podían ser diferenciados uno de otro aunque sonaran simultáneamente. Daniel no veía puerta alguna, pero en ese instante una abertura dejó paso al interior de un salón. Sólo se detuvieron para descalzarse en un cuadrado que Darby llamó «doma». Las puertas no eran del todo puertas, sino puertas que a la vez eran paredes, o paredes que a la vez eran entradas, situadas bajo dinteles de madera. El suelo, en aquella inefable dualidad, era suelo y pedestal, asiento y adorno, subía y bajaba por todo el salón, o se horadaba en imprevistos agujeros, que aturdían a Daniel y le hacían vigilar dónde pisaba. Así, hasta llegar a un lugar despejado, alfombrado por tatamis, donde había varias personas cenando.

La noche removía las hojas de papel que cubrían la enorme abertura hacia el exterior, ya que en aquel punto era donde el edificio dejaba de ser edificio y toda la pared que daba a la calle había sido sustituida por simples láminas colgantes del mismo material que las puertas. A pesar de que la mayoría de los comensales se encontraban desnudos o casi desnudos, eran cuerpos diseñados y no sentían el frío nocturno. Sólo Darby se frotaba los brazos de vez en cuando, arrebujado en su túnica.

Al ver a Daniel, todos se levantaron y uno de ellos esbozó una sonrisa.

–Bienvenido, Daniel Kean. Te esperábamos.

4

Empezaba a hartarse del escrutinio al que lo sometían. Vestido sólo con las calzas rosadas y un largo collar, después de que, tras darle la bienvenida, le pidieran que se quitara la túnica aduciendo que en Japón la desnudez era mucho más común que en el Norte, e incluso una muestra de respeto («Piensan que la ropa es integrar el cuerpo, y por eso la rechazan»), Daniel se sentía un objeto al que los amigos de Darby evaluaban para saber si merecía la pena de adquirir. Intentaba mostrarse natural, pero con varios pares de ojos clavados en su blanca y delgada anatomía eso resultaba difícil. Más aún cuando comprobó que los cuerpos que lo rodeaban eran como el de la muchacha ciega: deslumbrantes, poderosos, con un aura de fuerza como sólo los grandes creyentes pueden desprender.

–Comprendemos tu dolor y extrañeza, mi querido Daniel –dijo Meldon Rowen, uno de los congregados–. Ayer, tu vida era la de cualquier joven común del Norte, hoy estás en Japón, con un grupo de gente rara, esperando para entrevistarte con esos canallas. No obstante, debo asegurarte que aquí te encuentras entre amigos. Cenemos y hablemos tranquilamente, mientras haya tiempo.

La joven camarera que repartía el licor rellenó su taza. El camarero, vestido, como ella, a la usanza que ya Daniel denominaba «japonesa» (nada más que adornos y pinturas), y cuyas trenzas colgaban hasta sus piernas, se arrodilló, besó el suelo y le ofreció, entre los dientes, una fruta roja como la sangre. Rowen le recomendó que la probara.

–Se llama *shinzo* –explicó–, que significa «corazón» en antiguo idioma japonés. Debe tomarse con la mano de la boca de quien te la ofrece y arrojarla al licor. Es un ritual previo a la comida en honor de la parte más importante del cuerpo, el corazón, lo cual está inspirado, de nuevo, en el Cuarto: «Una oscura lesión del corazón» causa la muerte de dos personajes...

Daniel capturó la fruta con dedos temblorosos y la dejó caer en la taza de licor. El camarero aguardó de rodillas, muy erguido, las puntas de las trenzas como pinceles caligráficos en vertical sobre el tatami, a que Daniel lo probara. Cuando Daniel hubo bebido un sorbo (la fruta no le supo a nada), el camarero gateó hacia el siguiente invitado con otro *shinzo* en la boca. Su compañera, mientras tanto, había empezado a dejar sobre la mesa los cuencos de comida, donde destellaban pequeñas cosas indescifrables de colores asombrosos. A Daniel le pareció como si comiera joyas.

–Estoy de acuerdo con que el corazón sea la víscera más importante –intervino de repente un hombre a quien Rowen llamaba «doctor Schaumann»–, pero la negativa de la ciencia moderna a no estudiar ni prevenir las enfermedades del corazón sólo por motivos religiosos referidos al Cuarto Capítulo es absurda.

–Nuestra época se caracteriza por gobiernos que niegan ser religiosos pero que no se atreven a abandonar las supersticiones –definió Héctor Darby–. Nos atemoriza admitir que no creemos en nada.

–Olvidáis que la creencia es la verdad –alzó la voz tajante un joven hermoso de largo pelo rizado, ojos achinados y esbelta figura cargada de joyas y tatuajes–. Yo más bien diría que hasta incrédulos como tú, Héctor, o como Brent Schaumann, terminan aceptando la existencia del mundo tal como es.

–No hablamos del mundo «tal como es», Yil –replicó Schaumann–, hablamos de poner barreras al desarrollo de la ciencia a causa de ciertas frases ambiguas en los textos de Nuestro Libro...

–No hay nada ambiguo en morir del corazón, que debe ser la muerte natural de los seres, Brent.

–¿Por qué «natural»? ¿Sólo porque ésa es la explicación ofrecida en el Cuarto?

La discusión, que Daniel apenas escuchaba, se prolongó mientras los camareros terminaban de servir. Cuando se retiraron, Meldon Rowen volvió a tomar la palabra.

–Héctor Darby te ha explicado ya todo lo concerniente a esa revelación. Ahora me gustaría hablarte de nosotros...

Hizo una pausa. A Daniel le parecía evidente que Rowen había sido diseñado a capricho por unos padres ricos. Cada centímetro de su figura había recibido la bendición de la genética y el dinero a partes iguales: desde su lustrosa cabellera negra como la antracita hasta el bronceado cobrizo de la piel o el brillo de uñas y ojos, todo en aquel ser humano se le antojaba a Daniel perfecto. Vestía una doble pieza negra de tirantes ajustada a su torso y cintura, y su voz bien modulada resultaba tranquilizadora.

–¿Quiénes somos?, te preguntarás –prosiguió Rowen–. Bien, digamos que un grupo de amigos. Procedemos de lugares muy distintos, pero nos unen intereses comunes. –Miró a Darby–. Héctor y yo, por ejemplo, nos conocemos desde hace mucho tiempo: a él le apasionan los libros y a mí regalárselos. –Darby protestó, sonriendo–. O dicho de otra forma: él tiene inteligencia y yo dinero. Ésa es una razón tan buena como cualquier otra para mantener una larga amistad...

–Meldon es el heredero de un importante imperio tecnológico –intervino Darby–, pero prefiere el camino difícil y le tienta todo aquello que constituye una aventura. Gracias a él estamos aquí.

–Y gracias a Héctor *sabemos* por qué estamos aquí –dijo Rowen, y hubo risas.

Daniel intentó sonreír para mostrar cortesía, pero apenas podía concentrarse en lo que decían. Ni siquiera tenía apetito. Permanecía sentado en el suelo volviendo la cabeza a uno y a otro, sintiéndose lejos de todos.

–En cuanto a los demás... –Rowen señaló a una mujer junto a él, desnuda y sin adornos, cuyo lacio y ondeado pelo carbón, piel casi negra y abrumadora belleza denotaban también un diseño específico–. Anjali Sen es de origen indio, creyente profunda del Duodécimo Capítulo, célebre maestra y gran amiga... La pasión y profundidad de las creencias de Anjali me ha hecho creer a mí también, Daniel. El doctor Brent Schaumann es nuestro científico... –Rowen hizo un gesto hacia el hombre de cabello lacio sentado en el extremo opuesto, cubierto con una pieza rosada, de largas y bonitas piernas y encantadora sonrisa–. Es biólogo y experto en el Quinto Capítulo, aunque no exactamente un creyente...

–Conozco demasiado la Biblia como para creer en ella –intervino Schaumann con aparente seriedad.

Daniel ya se había percatado de que Schaumann era serio sólo cuando pretendía hacer reír.

–Brent es un gran sabio –dijo Darby–, además de uno de mis mejores amigos.

–Siempre te pones sentimental con el *shinzo*, Héctor –susurró Schaumann.

Rowen se volvió hacia el joven moreno de ojos achinados a quien Schaumann había llamado «Yil». Era el que peor caía a Daniel, y el sentimiento parecía recíproco, a juzgar por las cansinas y despectivas miradas que el joven le dedicaba. De larga cabellera castaña rizada, el joven tenía un aire exótico, aunque no parecía oriental sino de alguna raza del Sur. Se agazapaba en el suelo vestido sólo con ajorcas, brazaletes y otros adornos de metal labrado. De su cuello colgaba una serpiente de plata con otra cabeza en lugar de cola.

–La parte más dinámica del grupo la aporta Jeremy Yin Lane –dijo Rowen–, alias Yilane, creyente profundo del Décimo. Es discípulo de Anjali en Bombay e hijo del muy llorado, y gran creyente del Decimotercero, Ezra Obed Lane.

–¿Por qué la parte «dinámica»? –repuso Yilane sin sonreír–. No tengo nada de dinámico.

–Lo que ocurre con Yilane –dijo la oscura y hermosa Anjali Sen– es que no quiere ser nada que los demás digan de él. Le gusta resultar indefinible.

–Irreducible –matizó Yilane.

–¿Ves?

Por primera vez Daniel vio reír abiertamente a Yilane. Era como si la india tuviera la virtud de entresacar las mejores emociones de los demás. A Daniel le pareció que Anjali tampoco le resultaba indiferente al joven Yilane.

Rowen hizo cesar las carcajadas gesticulando hacia la muchacha ciega.

–Por último, a Maya Müller ya la conoces. Es creyente del Segundo y gran amiga de Héctor Darby. Como ves, formamos un grupo muy heterogéneo. Unos somos amigos de otros, pero lo que de verdad nos ha unido es la búsqueda de la *Llave del Abismo*. Fue el padre de Yilane, Ezra Obed, quien se enteró de la revelación de Kushiro hace dos años, frecuentando los círculos religiosos de Alemania. Ezra, por desgracia, se hallaba ya muy enfermo del corazón, pero lo comentó con su hijo antes de fallecer, y a través de Yilane lo supimos todos. –Rowen sonrió–. Hemos estado dos años esperando este acontecimiento, Daniel. Ignorábamos que tú serías el *messenja*, pero...

–¿El *messenja*? –inquirió Daniel.

–Es la palabra en viejo idioma japonés que designa al portador de un mensaje. No te conocíamos, pero nos alegramos mucho de que estés aquí... aunque sea... en estas tristes circunstancias...

Rowen hizo una pausa. Todos parecían esperar a que Daniel hablara.

–Bien... –murmuró Daniel–. Ya sabía que buscabais algo muy importante...

Yilane lo interrumpió con sequedad, echando todo el largo y desordenado pelo castaño hacia atrás con una sacudida de la cabeza que produjo un campanilleo de sus pendientes. El pelo azotó su espalda y regresó poco a poco, insumiso, hacia su rostro.

–No creo que un empleado de tren tenga ni *la menor idea* de lo importante que es lo que buscamos –dijo.

Por un instante hubo un hondo silencio. Anjali Sen volvió su rostro de pómulos altos y largas pestañas hacia el joven.

–Jeremy Yin... –murmuró con tono de reproche.

Daniel no quería irritar al creyente ni aumentar la tensión. Se esforzó en sonreír.

–Tienes razón –dijo–. No soy creyente, y no entiendo bien la importancia de esa... *Llave...* Pero comprendo lo útil que soy para vosotros... También comprendo que me utilicéis. Pensáis que alguien ha puesto una información en mi interior, y queréis conocerla. Desde luego, si recobrar a mi hija dependiera de lo que otra persona supiera, yo utilizaría a esa persona de la misma forma... –Hizo una pausa. Se había deshecho la trenza y su pelo rubio con el mechón oscuro en la coronilla caía por sus hombros. Mantenía las piernas flexionadas, una rodilla en alto, la otra en el suelo. Su figura grácil parecía mínima, como su suave tono de voz, pero en sus palabras había fuerza–. En cierto modo, yo también busco algo importante. Mi esposa y mi hija eran lo más importante del mundo para mí. Hoy sólo me queda mi hija... –Elevó los ojos y los miró. La música cesó, respetando el breve silencio–. Ayudadme a recuperarla y os prometo que haré todo lo que pueda por ayudaros.

Una parte de él, al acabar aquella especie de discurso, se sintió ridícula. ¿Acaso el licor, con su extraña fruta roja tan parecida a un corazón, lo había confundido hasta ese punto? ¿Qué les importaba a ellos lo que él estuviera sufriendo? ¿Y cómo iba a poder negarse a ayudarlos, si se encontraba en sus manos? Sintió que se ruborizaba de humillación por confesarse así ante individuos que lo observaban con tanta frialdad.

Pero comprobó que se equivocaba: en la mayoría de las expresiones advirtió distintas tonalidades de emoción.

Meldon Rowen dejó la taza en la mesa y, con ella, un aliento largamente retenido. Bajó los ojos mientras hablaba. El borde de sus párpados formaba dos curvas negras bajo la oscuridad de su pelo.

–Daniel, para nosotros, lo que te ha ocurrido ha representado una sorpresa terrible, casi incomprensible... Hace dos días pensábamos que la cena de hoy sería una especie de celebración. A fin de cuentas, esta medianoche vas a revelar el mensaje de Katsura Kushiro al mundo, el secreto para obtener la *Llave del Abismo.* Era lo que más deseábamos, el fin de una larga búsqueda. Cuando Héctor nos avisó de que se había producido la esperada revelación en ese tren alemán, nuestro entusiasmo fue desbordante... Pero todo ha tomado un rumbo diferente. Por desgracia, ya sabes que hay otro grupo que conocía los mismos detalles, y que actuó antes que nosotros, y de una manera brutal. Nosotros nunca te hubiésemos hecho daño... –Se despejó el pelo del rostro y alzó la mirada hacia Daniel. Sus ojos verdes estaban húmedos–. Creo que ya es hora de llevarte a la Vieja Torre, Daniel. Desde allí, ellos te obligarán a acompañarlos al lugar de la revelación. Cuando la revelación se produzca esta medianoche, trataremos de salvaros a tu hija y a ti y eliminar a nuestros competidores... Sin embargo, no quiero engañarte...

Rowen hizo una pausa y lanzó una fugaz mirada a los demás, que fijaban la vista en la mesa. Luego prosiguió, siempre con su magnético tono de voz:

–No sabemos a quiénes nos enfrentamos, pero sospechamos que son muy poderosos. Ese tal Moon no era agente de Seguridad, sino un creyente profundo del Segundo, igual que Maya. Y sin duda habrá otros más poderosos que él. –Tras un hondo silencio, añadió–: Intentaremos hacer todo lo posible, Daniel, pero lo que nos aguarda esta noche será muy difícil. Para todos.

5

El ambiente era salvaje. Los golpes de los enormes *odaikos* electrónicos, tambores con el diámetro de una plaza de aldea, producían un efecto demoledor. A ellos se unían los chillidos de los bailarines, que seguían la costumbre japonesa religiosa, inspirada en el Cuarto, de danzar imitando gritos de animales. Sentado en una butaca junto a un candelabro y vestido con un breve sayal negro estampado con la imagen móvil de unas llamas, Moon pensó que no podía haber encontrado mejor club *nomiya* para beber sake caliente y distraerse. No se quejaba del exceso: Tokio y su locura le gustaban.

El local se hallaba en las ruinas del Viejo Roppongi y sus dueños eran escultores sagrados de figuras de arcilla. Se decía que sus paredes y techo estaban forrados de piel humana, pero Moon no lo creía. Más bien parecía pergamino, puede que algún tipo de cuero. Como era tradicional, no se trataba de un «local-del-todo», y una de sus paredes había desaparecido uniéndose a un pequeño edificio de casas particulares cuya respectiva pared también había sido suprimida, de modo que era posible observar la vida privada de los vecinos del inmueble, e incluso intervenir en ella accediendo a cada habitación mediante unas escaleras. Los vecinos no tenían derecho alguno: eran simples subalternos. Aunque unos amortiguadores de ruido atenuaban el estrépito del local en el interior de sus casas, se veían invadidos con frecuencia, a cualquier hora del día o de la noche, estuviesen comiendo, durmiendo o bañándose, por gente borracha. Podían ser golpeados, usados carnalmente o asesinados. Y siempre había nuevos candidatos para ocupar la casa de una familia eliminada.

A Moon le gustaba espiar a los inquilinos: veía a un muchacho en la blancura de un baño, veía los rituales amorosos de una pareja en el lecho, veía a un niño de unos siete años que apagaba la luz de su cuarto azul e intentaba dormir.

Aquel niño, un bulto diminuto en su pequeña cama, le hizo pensar en la niña de Kean. Consultó la hora en el reloj de un pedestal: quedaban casi treinta minutos para que Daniel Kean llegara a la Vieja Torre. Pero él aún tenía que recibir instrucciones. La Rubia se estaba retrasando.

No se llama la Rubia sino Turmaline. Recuérdalo. No le gusta que la llamen la Rubia sino Turmaline.

Bebió otro sorbo de sake y al alzar los ojos de nuevo la vio.

Turmaline le hacía señas con los brazos desde la habitación azul del niño en el edificio de vecinos. Moon se puso en pie de inmediato, se ajustó un tirante de su túnica de llamas y se desplazó entre el sudor perfumado de los cuerpos que bailaban en dirección a las escaleras que conducían al edificio.

Cuando pasó al interior de la habitación, los amortiguadores de ruido hicieron desaparecer el estruendo. Moon miró hacia la cama y vio al niño. Era un niño japonés, de lacio pelo negro. Estaba desnudo, tenía los ojos vidriosos y adoptaba una extraña posición sobre las sábanas deshechas. Moon se fijó en que Turmaline le había roto el cuello.

–Qué incendiado estás, Moon... –lo saludó Turmaline señalándole los adornos móviles de su pieza–. ¿Te calientan mucho estos sitios de degeneración japonesa?

Moon no respondió. No era saludable mostrarse molesto por las provocaciones de la Rubia. En vez de eso, se limitó a pasar la mano por su vestido negro haciendo desaparecer la imagen de las llamas.

La Rubia se sentaba en el diván del dormitorio, junto a un gran oso de peluche. Tenía el cabello sujeto en un moño tan abultado que parecía otra pequeña cabeza brotando de su coronilla. Era la primera vez que Moon trabajaba con Turmaline, pero ya la conocía lo suficiente para saber que la llamaban la Rubia porque su pelo era su seña de identidad: consistía en un injerto de afilados metales de aleación bañados en oro. Cubría toda su espalda y pesaba tanto que, en otra cabeza que no fuera la de ella, hubiese hecho que el cuello se doblase y las vértebras reventaran. Uno solo de sus cabellos podía hacer rico a un hombre. La Rubia los usaba para matar.

Por lo demás, vestía como siempre, con elegancia: en aquella ocasión, mallas de red marfil, collar turquesa y sandalias negras. Los pechos tenían los pezones pintados en distintas tonalidades de azul.

–¿Cómo está la niña? –preguntó Turmaline.

–Mucho mejor que este chico, por lo que veo –dijo Moon.

–Contesta.

–Como me dijisteis que tenía que estar.

–Quiero oír «bien», «mal», «ilesa» o «dañada», Moon.

–Bien. Ilesa. Mis chicos la tienen en la ciudad.

–Hay cambio de órdenes –dijo la Rubia.

Moon escuchó con creciente frustración.

–¡Es absurdo! –protestó–. ¡Yo pensaba que Kean...! ¡Tenía planes con él, el tipo para el que trabajas me prometió...!

–El Amo –puntualizó la Rubia–. Lo de esta noche es muy grande, más de lo que puedas imaginar. El Amo quiere asegurarse de que saldrá bien.

–¡Y saldrá bien gracias a mí! –Moon tragó saliva. De alguna manera seguía sintiéndose fuerte. Ahora que Elsevier Olsen había sido eliminado, toda la operación dependía de él, y lo sabía–. ¡Tu Amo me necesita! ¡Si yo no hubiese estado en Alemania, ese estúpido de Olsen ni siquiera habría podido capturar a la niña! Soy una pieza importante, no una más del engranaje...

–Ya no –dijo Turmaline–. Tú y yo somos ahora piezas pequeñas.

–¿A qué te refieres?

–El Amo ha contratado a otro. Alguien decisivo. Lo llaman la Verdad.

Turmaline lo miraba con fijeza.

–He oído hablar de ella, pero es pura leyenda –se burló Moon, aunque la seriedad de Turmaline le atemorizaba–. Ha querido asustarte...

–Es posible –concedió la Rubia–. Pero si es así, lo ha

conseguido. –Se puso en pie. De dos zancadas cubrió el trayecto hacia la escalera–. Limítate a hacer lo que te he dicho.

–Eres una necia. ¿Acaso piensas que la Verdad, si es que existe tal sujeto, va a venir a Tokio sólo porque el Amo lo llame?

–No, no va a venir –dijo la Rubia–. Ya *está* en Tokio.

Cuando Moon parpadeó, cayó en la cuenta de que se hallaba solo en un dormitorio azul, junto al cadáver de un niño.

6

–No discutas con ellos –aconsejó Maya–. No te servirá de nada.

Le entregó una toalla. Daniel, sentado al borde de la bañera, la cogió y se secó el cabello. El baño, amplio, de paredes de mármol, espejos nítidos y apliques dorados, se desplazaba a unos cincuenta kilómetros por hora y el agua que aún llenaba la bañera oscilaba con los balanceos del vehículo.

–Haz todo lo que te ordenen. –Maya se retrepó ágilmente en la repisa, apoyando la nuca en el espejo: Daniel contemplaba a su gemela en el reflejo, adosada a ella por la cabeza y el tronco–. *Todo.* Oponerte no es una opción mientras tengan a tu hija. Pero recuerda que no le harán daño antes de que se produzca la revelación. La necesitan como cebo para atraerte.

–¿Qué les digo si me preguntan por vosotros?

–La verdad: que hemos venido contigo a Japón y que también deseamos saber lo que vas a revelar. De todas formas, no podemos engañarles.

–Pero ellos creen que colaboro con vosotros...

–Que lo crean. –Maya se encogió de hombros–. Van a hacer lo que pensaban, sea como fuera. Sólo les interesa la revelación. A partir de ahí, ya no les importarás.

–¿Y qué ocurrirá entonces?

–Llegará nuestro turno. Intentaremos eliminarlos y salvar a tu hija. –La muchacha ciega flexionó las rodillas, agazapada en la repisa–. Ya sé cómo suena lo que acabo de decir, pero no tienes otra opción que creernos.

El agua de la bañera desapareció en un remolino por el desagüe produciendo un suave gorgoteo. Simultáneamente, el vehículo frenó. El amplio baño de mármol y el vehículo formaban un todo dividido en dos partes, al estilo japonés, sin fusionarse en una sola cosa. En la zona del vehículo se hallaban Yilane y el doctor Schaumann. Sólo tenían contacto con Maya y Daniel, que se encontraban en el baño, a través de una pantalla instalada en una esquina.

El vehículo-baño viajaba con lentitud de pez grande por las calles, seguido de cerca por el vehículo europeo de Meldon Rowen, en el que también iban Darby y Anjali. Como Daniel debía vestirse con una ropa especial, Maya le había propuesto tomar un baño durante el trayecto. «Servirá para relajarte», le había dicho. Daniel había chapoteado en espuma perfumada mientras Tokio se deslizaba entre sombras por el techo. Bañarse en aquel recinto lujoso y móvil hubiese parecido a Daniel, en otras circunstancias, una experiencia apetecible.

–Hemos venido por el Jardín Imperial para no introducirnos en los vericuetos cercanos al río Sumida, donde está la sagrada zona portuaria –le explicó la muchacha–. Después de los escultores y poetas, los clanes de marineros son los más sagrados de Japón, porque se mencionan en el Cuarto. A veces, para distinguirse unos de otros, los miembros de un clan se deforman físicamente con operaciones quirúrgicas, o diseñan embriones en sus propios laboratorios. Japón es la tierra de las mezclas.

–Pues la gente parece muy normal –dijo Daniel asomado a un círculo que él mismo había despejado en el vaho de la ventana.

–La gente es normal en todas partes –dijo Maya Müller–. La diferencia es que, en Japón, la gente, siendo normal, es consciente de que hay *algo* en ellos que no lo es. Piensan siempre con esa dualidad. Para ellos, nada es todo del todo. Un ser humano también es un animal. Un soldado es, al mismo tiempo, valeroso y cobarde. Un individuo común esconde un héroe.

–Yo no escondo ningún héroe –dijo Daniel en tono amargo.

–Tú no eres un individuo común –fue la extraña respuesta de ella.

Daniel no pudo meditar en esas palabras, porque en la pantalla apareció el rostro sonriente de Yilane.

–Maya: dile a tu compañero de baño que se vista de una vez. Llegaremos dentro de cinco minutos.

–Por suerte no todos parecéis odiarme tanto como él –comentó Daniel cuando la pantalla volvió a apagarse.

La muchacha se agachaba para sacar unas piezas de vestuario de una bolsa. Sus manos se movían de manera exacta, como si poseyeran visión propia.

–Yilane no te odia. Es un creyente joven y apasionado, y esperaba que la revelación de Kushiro sonara poco menos que desde la boca de un dios y no de un empleado de tren.

Todavía no tiene edad para comprender que la puerta hacia la inmensidad puede ser muy pequeña. –Le entregó la ropa que sostenía–. Te pondrás esto: son dos piezas térmicas. Si las mantienes un tiempo sobre tu piel, no importará que te obliguen a quitártelas luego, porque el calor se transmitirá a las zonas de tu cuerpo que hayan estado en contacto con ellas y eso permitirá al doctor Schaumann seguirte la pista donde quiera que estés. No escucharemos lo que te digan, pero sabremos en todo momento dónde te encuentras.

–¿Esperas que me lleven muy lejos?

–La cita de la Torre es sólo para separarte de nosotros. Te llevarán al laboratorio de Kushiro, en la Zona Hundida. Allí obtendrán tu mensaje.

–¿La Zona Hundida? –Daniel se estremeció–. Pero es peligroso entrar en ella...

–A ellos les interesa más que a nadie que llegues sano y salvo –replicó escuetamente Maya y sacó de un armario un cinturón con un par de fundas con sus correspondientes armas de fuego que colocó sobre la repisa.

Daniel empezó a vestirse: eran dos fajines de color rojo naranja, cálidos al tacto, de bordes que se cerraban sólo con tocarse y cuya anchura podía regularse a voluntad. Se puso uno en el torso y otro en la cintura. Las piezas se adaptaron muy bien a su esbelto cuerpo, y de inmediato se sintió confortable con ellas.

Tenía miedo, un miedo puro, superior al habitual. Ni siquiera lo relacionaba con el temor a lo que pudiera ocurrirle a Yun. Era algo hondo, casi físico, como una araña de hielo que avanzara por su espalda. Cerró los ojos intentando serenarse. Luego miró a la muchacha por encima del hombro.

–¿Puedo hacerte una pregunta? –dijo.

–Claro.

–¿Por qué estás metida en esto? ¿Por encontrar esa... *Llave*?

Maya, que introducía un afilado cuchillo en la funda de una de las botas, se detuvo. Sus ojos cerrados aletearon.

–Sí. Yo creo en ella.

–¿Y por eso te uniste al grupo?

–Conozco a Héctor Darby desde mucho antes que a los demás. Le debo la vida... –Hizo una pausa–. Fui creada en una pequeña comuna de Yemen, en Arabia, para servir en los rituales de búsqueda de la Ciudad de la Muerte. Me entrenaron para captar el viento sagrado de la Ciudad y penetrar en ella. Allí, en el Sur, a las niñas entrenadas con este fin se les llama «perras», porque se afirma que ventean la muerte. Decir que es un entrenamiento muy duro no es decir ni la mitad. Las «perras» del Sur no sobreviven muchos años, o si lo hacen, pierden parte de sus cuerpos, o de sus mentes. Allí fue donde quedé ciega. –Daniel la miraba en silencio. El tono de la muchacha era suave, sin inflexiones–. Por suerte para mí, Héctor Darby me conoció y liberó. Héctor es amigo del doctor y de Meldon Rowen, Rowen es amigo de Anjali, y Anjali de Yilane. Supongo que ahora todos fingimos ser amigos, pero sin la *Llave* no creo que nuestra unión durara mucho.

–¿Y si no existiera? –preguntó Daniel al cabo de un instante, aún impresionado por la historia de ella–. ¿Y si la *Llave* fuera una mera ilusión, Maya?

La muchacha pareció considerar despacio aquella posibilidad.

–Quizá lo sea –admitió–, pero Héctor suele emplear en

estas ocasiones una frase que me gusta. Dice que si tienes una ilusión, debes intentar que dure hasta tu muerte, porque entonces para ti será una forma de verdad. Yo tengo esa ilusión y quiero que dure hasta mi muerte. –Tras una pausa, agregó–: Creo que la *Llave* puede ser capaz de quitarnos el miedo. He vivido toda mi vida con miedo y quiero saber qué se siente cuando dejas de tenerlo.

Daniel se quedó mirándola un instante.

–Pareces tan decidida, tan segura de ti misma... ¿Nadie ha podido quitarte nunca una idea de la cabeza, Maya Müller?

La muchacha se irguió. Por un instante Daniel pensó que ella lo miraba, pero sus ojos seguían clausurados.

–¿Qué importancia tienen las ideas que sólo están en la cabeza? –replicó ella.

7

La pantalla volvió a encenderse. Esta vez era el doctor Brent Schaumann.

–Hemos llegado. Vieja Torre de Tokio. Oh, no intentes ver nada por las ventanas del baño, Daniel, está muy oscuro. Te contaré algo sobre este lugar para que no te sorprendas cuando entres. La Vieja Torre se llama así porque es la más antigua de la ciudad, anterior a la era de los cataclismos. El gobierno de Tokio la conserva sin modificación, por interés religioso y arqueológico; sólo han añadido un par de modernos ascensores que llevan hasta la cúspide. Nadie conoce con certeza la razón por la que fue construida, aunque la teoría más en boga entre los creyentes japoneses afirma que se erigió en honor de Dios, o que Dios mismo la hizo cuando se sumergió en el océano; y por tanto sería el Monolito descrito en el Cuarto, pero no existen pruebas científicas de tal cosa. Otra antigua tradición cuenta que en París había una torre similar, aunque a mí esta leyenda me parece, simplemente, una muestra de envidia francesa. –Tras una risita, Schaumann prosiguió–. Mide un poco más de trescientos metros de altura, y no es de piedra, como aparenta, sino de metal, pero tú no vas a ver ese metal por ninguna parte, ya que toda esta zona permaneció hundida durante siglos a más de mil metros bajo el océano en la era posterior a los cataclismos y está cubierta por completo de limo y fósiles. La parte intermedia es de gran belleza porque se ha convertido en coral.

Daniel, que apenas escuchaba la explicación del doctor (se ajustaba los bordes de sus exiguas prendas, sólo por puro afán de hacer algo con las manos), quedó desconcertado ante la última frase. *¿Qué me importa a mí lo bella que pueda ser?*

Pero Schaumann seguía hablando.

–Ignoramos dónde quieren que vayas, pero yo te aconsejaría que usaras los ascensores para subir a lo más alto. Ten serenidad, obedece las instrucciones que te den y déjanos el resto a nosotros... Suerte.

La pantalla se apagó. Cuando Maya Müller abrió la puerta del baño, un fantasma de vapor escapó hacia la noche. Daniel salió del vehículo y miró a su alrededor. Se encontraba en una especie de selva (le habían dicho que era un parque) y al pronto no vio la torre por ninguna parte. Tampoco mucha gente, sólo algunos transeúntes caminando por el borde de la carretera. Un golpe de viento húmedo lo cegó un instante con sus propios cabellos. El viento venía a rachas, pero era soportable.

Por fin la divisó, al otro lado de la calle, y comprendió por qué no la había visto antes: parecía una roca natural, una especie de montaña escarpada que se alzaba en medio de los árboles. No logró distinguir su cima en la lóbrega noche de las nubes.

Miró a Maya por última vez. La silueta de la muchacha se recortaba en la luz que emergía del baño de mármol. Ella dijo:

–Hace dos días te lo pedí, y ahora vuelvo a hacerlo: ten confianza en nosotros.

Daniel asintió, pero no quedó tranquilo.

Aquella frase le había hecho recordar la extraña sensación que había experimentado en casa de Darby tras el funeral de Bijou, la idea, vaga pero persistente, de que algo no encajaba en el conjunto.

Seguía sin saber qué era, pero intuía que, por mucho que Maya dijera lo contrario, no podía confiar en nadie.

Estaba solo.

Empezó a caminar hacia la torre.

8

No encontraba la entrada. Todo lo que había descubierto, tras rodear dos veces la gigantesca estructura, era piedra cortada en ángulos formando una especie de base de pirámide cubierta de vegetación y escombros. Quiso pedir ayuda a los demás, pero el vehículo-baño de Maya y sus amigos había desaparecido. La sensación de abandono que experimentó lo hizo detenerse. Jadeaba como si, en lugar de dos, hubiese dado veinte vueltas seguidas corriendo sin parar.

Se sintió ínfimo bajo la noche, desnudo bajo aquellas bandas rojizas que ni siquiera eran ropa, vacío del todo. Había tenido que dejar su preciado equipaje a cargo de Maya. No podía llevar nada consigo, y no sabía si, al término de aquella pesadilla, conservaría lo único que aún le quedaba: su vida, quizá la de Yun. Había venido a rescatar a Yun, y apenas podía rescatarse a sí mismo.

Yun.

Tenía que hacerlo por ella. Debía enfrentarse a cualquier cosa por ella.

Respiró hasta llenar los pulmones y decidió dar una vuelta más. El doctor Schaumann había dicho que la torre aún era usada por grupos de creyentes, lo cual indicaba que debía de haber algún modo de entrar. Pero tenía que apresurarse: calculó que estarían a punto de dar las nueve. Si se retrasaba, Yun podía pagar las consecuencias.

Llevaba recorrida la mitad del trecho cuando descubrió algo. En las dos inspecciones previas había mirado al nivel del suelo, ya que suponía que la entrada a un sitio alto debía de estar, como mínimo, en la superficie. Pero en aquel momento vislumbró, en una hondonada llena de rocas, unos agujeros estrechos como madrigueras que le recordaron las aberturas de las catacumbas de Wonn.

Se le ocurrió que era típico de la extraña dualidad japonesa: para subir, debías descender. Tenías que llegar hasta el fondo si querías alcanzar la cima.

Bajó por la hondonada, se puso en cuclillas e introdujo la cabeza por uno de los agujeros. Olió a moho, pero comprobó que franquearlo no era tan difícil como había supuesto: tras un corto pasadizo, la abertura se ensanchaba. En aquel punto flotaba un tenue resplandor.

Apoyó el vientre en el suelo, se deslizó y comenzó a reptar. Por fortuna la tierra, blanda y húmeda, no le arañaba. Tosió al recibir una nube de moho en el rostro y tuvo que cerrar los ojos, pero siguió arrastrándose.

La muerte, ese túnel por el que sólo puedes avanzar reptando.

El recuerdo de tenebrosas leyendas lo aturdía. Decidió que no era el lugar más apropiado para tener memoria, y se esforzó en concentrarse sólo en sus movimientos.

Estaba llegando al final cuando oyó las voces.

Resonaban como ecos profundos procedentes del subsuelo. No decían nada coherente, o nada que él pudiese entender, pero eso no le ahorró el terror. Sintiendo que el miedo resultaría mortal si se quedaba paralizado en medio del trayecto, puso todo su empeño en seguir moviendo mecánicamente brazos y piernas. Al fin sacó la cabeza por la abertura del fondo.

Se hallaba en una especie de vasto salón. No podía precisar del todo sus contornos, pero distinguió montículos, trozos de escaleras que ascendían hasta los confines de la mirada y paredes pintadas bajo la única y fantasmal luz que poblaba todo el recinto, proveniente de las cabinas de dos ascensores centrales. Las voces venían de allí.

Las cabinas estaban abiertas, eran espaciosas y se hallaban muy iluminadas. Al acercarse a la primera, un horrendo espectro verde apareció ante él y lo miró a los ojos. Cuando logró calmarse descubrió el espejo en la pared del fondo. Su cuerpo estaba cubierto de cabeza a pies por salpicaduras de diversos tonos verdosos, como si dos pintores locos lo hubiesen torturado con sus brochas. La tierra por la que se había arrastrado, además de ensuciarlo, le había colgado del pelo retorcidas raíces de plantas y había removido sus dos prendas un par de centímetros hacia abajo hasta casi arrancárselas.

Por contraste, en el reluciente ascensor todo parecía nuevo y limpio. Era, a la vez, cuarto de baño y ascensor. En este último había un mapa en una pantalla, pero no de la torre sino del parque que la rodeaba, así como tres botones. El baño era de una blancura cegadora, y contenía el espejo, una ducha y un retrete japonés de baja altura. Las voces, mezcladas entre sí, emergían del techo. Una decía: *Pulse, pulse, pulse, pulse...*, sin cesar. Otra elaboraba más su mensaje: *Por favor, quítese los zapatos... Está en terreno sagrado...* Una tercera daba la bienvenida. Una cuarta y última exigía respeto y limpieza al visitante. Daniel pulsó cada uno de los botones sin que nada ocurriera. Comprendió que tendría que obedecer las instrucciones.

Pasó al interior del baño, se desnudó, entró en la ducha y se desprendió el moho del estómago, el pecho y los muslos, así como la tierra que tenía adherida al pelo. Luego cogió las dos prendas rojas y las limpió lo mejor que pudo. Después de secarse volvió a ponerse los fajines rojos, pero no se calzó las sandalias.

Cuando regresó a la zona del ascensor, comprobó que la segunda y cuarta voces habían desaparecido. Pulsó el segundo botón, y la puerta se cerró.

Llegó a su destino con tanta rapidez que apenas pudo creer lo que vio cuando las puertas se abrieron.

Se hallaba en una plataforma al aire libre que daba al vacío. El lugar sólo contaba con suelo y techo, sin paredes. Vio destellar la enjoyada superficie de la ciudad a lo lejos, y dedujo que debía de estar a más de doscientos metros de altitud. Nunca antes había visto una ciudad de aquella forma. Pensó que tanto horizonte a su disposición no podía ser saludable. Se había acostumbrado a vivir en la trinchera de las ventanas angostas, las paredes altas y el hormigón protector. Pero en aquella desnudez cósmica, ¿quién impediría que el cielo se abriera como un mar invertido y lo arrastrara? Sin embargo, no fue ese espectáculo lo que le pareció más extraordinario.

Lo fascinante era que toda la plataforma estaba tapizada de fósiles. Del techo pendían volutas enormes de arcaicos moluscos y helechos de piedra. En algunos salientes se estampaban esqueletos de peces como peines de púas finas. Era como una escultura del fondo del mar. Recordó entonces lo que le había contado el doctor Schaumann sobre la permanencia de la torre bajo el océano durante siglos.

Decidió recorrer aquella primera plataforma antes de subir al tercer piso, para asegurarse de que no lo esperaban allí. Salió de la cabina y empezó a moverse con cuidado sobre las pirámides de valvas. Durante un tramo hubo de gatear, porque un dosel de esponjas de piedra restaba altura al techo. Estaba descalzo y apenas vestido, pero su cuerpo diseñado le protegía de los pinchazos y rozaduras, así como de la gelidez del viento que atravesaba, inclemente, toda la plataforma. Supuso que, de encontrarse en la misma situación, el pobre Héctor Darby no habría podido dar un paso.

La plataforma era circular, pero no necesitó recorrerla por completo para cerciorarse de que no había nadie, ya que apenas existían lugares donde esconderse. Regresó al ascensor y pulsó el tercer botón.

Las puertas se abrieron sobre un Tokio más remoto, el Tokio que conocían las gaviotas y rozaban las nubes. Pero fue la propia plataforma, de nuevo, lo que más le asombró. Colmenas de cristales coloreados y abigarrada geometría cubrían cada resquicio. En ocasiones sobresalían en forma de anémonas rígidas multiplicando la luz de una luna en creciente. Era una hermosa pesadilla de vidrieras rotas. *La zona de corales*, recordó. Allí debía de ser la cita, pues no había más pisos por encima. O quizá sí, ya que existía un techo, pero tendría que descubrir el modo de seguir subiendo.

Avanzar entre aquella florescencia era como hacerlo por el interior de una lámpara hecha pedazos. En un momento dado su camino se vio obstaculizado por un gran montículo. Se disponía a sortearlo cuando se detuvo.

El montículo tenía cuernos, ojos y boca.

Los ojos estaban vacíos, la caverna de la boca mostraba los dientes. A la luz de la luna parecía un monstruo, pero se trataba, sin duda, de un fósil de animal de gran tamaño, un viejo buey, quizá. Daniel intentó imaginar su destino: atrapado bajo toneladas de agua durante los cataclismos y empujado por poderosos torbellinos, terminaría cayendo sobre la plataforma sumergida y allí habría permanecido durante eones, visitado por peces y cangrejos, convirtiéndose al fin en una carcasa de moluscos. Manos aviesas habían colgado guirnaldas de sus cuernos, tal vez para que no fuera «animal-del-todo», o con algún otro propósito desconocido que no importó a Daniel. Una extraña tristeza lo invadió al contemplar a aquella criatura, tan inmensa y tan muerta.

Entonces oyó un ruido.

La figura se hallaba de pie más allá del montículo, junto al borde de la plataforma. Un segundo después, o quizá menos, se deslizó hacia la izquierda y desapareció en un silencio de pez detrás del hinchado bloque central de cristales. Pero Daniel, rígido de terror, no necesitó más tiempo para reconocerla.

–Yun –dijo.

9

Todo se transformó para él en una frenética carrera sobre un espejo partido.

Tras dar la vuelta a la plataforma volvió a verla frente a un pilar de metal herrumbroso. Los reflejos orlaban sus cabellos y el contorno de su cuerpo, pero negaban las facciones.

–¡Yun! –llamó Daniel.

Oyó una risita. La figura alzó los brazos y desapareció en el techo. Al acercarse, Daniel comprendió que había trepado por el pilar y, contorsionándose como un papel que se arruga, se había introducido por una abertura superior.

Buscó a su alrededor y vio una escalera de metal en buen estado que ascendía hasta otra abertura. Se apresuró a usarla. El nivel superior era de menor diámetro que las dos plataformas previas. Cuando Daniel salió por la trampilla, la figura había llegado al borde de la nueva plataforma y permanecía quieta, como sabiendo que no tenía escapatoria.

Daniel se acercó con cautela. Todavía no podía ver sus

facciones, pero ya no estaba tan seguro de que fuera Yun: era más alta, de pelo algo más largo...

–¿Por qué me persigues? –preguntó la sombra con una voz que, desde luego, no era la de Yun ni tenía su acento, por mucho que sonara como la de una niña.

–¿Y tú, por qué huyes? –Daniel jadeaba.

Aquel intercambio de dudas pareció sumir a la figura en cierta paz. Dejó de mostrar actitud defensiva y apoyó las manos en la cintura. Daniel se acercó más y por fin la contempló.

Era como mirar una ilusión, un trampantojo humano. No era Yun, ni lo parecía, pero en aquel estanque de formas incompletas una confusión así era posible.

Tenía estatura y voz infantiles, pero los senos, turgentes, denunciaban a una muchacha mayor. En la penumbra del pubis se advertían genitales de hombre y mujer, como en los cuerpos divergentes. El rostro podía ser de ambos, y en eso no se diferenciaba de Daniel ni de ningún otro diseñado, aunque en su caso lo llevaba dividido por una línea desde la frente a la barbilla, cada mitad pintada de un color: la izquierda de algo que parecía blanco, la derecha de algo que parecía rojo. Su edad era ambigua; podía ser muy joven, pero el destello de su mirada indicaba experiencia. Sólo llevaba encima un par de pendientes en forma de anillo, enormes, que casi rozaban sus pequeños hombros.

–¿Quién eres? –preguntó el desconocido.

–Me llamo Daniel. ¿Y tú?

–¿Qué hacías persiguiéndome, Daniel? –dijo el divergente sin contestar.

Daniel no creía que aquel niño-hombre, o lo que fuese, tuviera relación alguna con los que habían secuestrado a su hija, pero decidió que era mejor no meterse en nuevos líos.

–Pensé que eras... alguien.

–*Soy* alguien –dijo el ser intermedio en tono ofendido.

–Alguien que conozco –precisó Daniel.

–Oh, eso suele suceder. –El rostro dividido sonrió–. La gente ve en mí lo que más desean. Mi nombre es Neizra. Al principio te confundí con un ritualista. ¿Qué haces en la torre?

–Tengo una cita. –Daniel, impaciente, estaba deseando marcharse–. ¿Sabes si hay otra plataforma sobre...?

–Una cita... –lo interrumpió Neizra–. ¿Y a qué hora es esa cita, Daniel?

–A las nueve.

–Llegas casi quince minutos tarde –dijo Neizra–. Tu hija va a morir.

Daniel sintió que las piernas se le doblaban.

–No... Lo siento, yo...

El ambiguo semblante de Neizra parecía complacido con su reacción.

–Ven –ordenó.

La criatura se apartó del borde y caminó con presteza por la plataforma. Daniel lo siguió apresuradamente. No veía a nadie más aparte de aquel ser, pero Moon le había dicho que sólo le devolverían a su hija después de la revelación, a medianoche. Yun no tenía por qué encontrarse allí.

–Quiero hablar con mi hija... –pidió mientras seguía a Neizra.

–Cállate.

Habían llegado a una pared en ruinas que, sin embargo, no parecía tan antigua como el resto de la torre. Consistía en un simple muro de ladrillos blancos erigido a un lado de la plataforma, como formando parte de una construcción ya derruida.

–Quédate ahí. –Neizra señaló el muro–. Date la vuelta.

–Por favor, he hecho lo que he podido... Te suplico...

–La vuelta. –Giró un dedo Neizra–. Apoya las manos en el muro.

Daniel obedeció. El viento, con olor a río nauseabundo, agitó su melena rubia. Creyó que era su propia melena lo que le rozaba la espalda, pero eran unos dedos. Entonces los dedos se deslizaron bajo su prenda inferior.

–Separa las piernas –dijo Neizra a unos centímetros de su hombro, mientras apoyaba la otra mano en la espalda de Daniel–. No te muevas... He dicho: no te muevas... ¿No has aprendido aún la postura de separación? ¿O quizá no eres de aquí? ¿De dónde se supone que vienes, Hombre Completo?

–Alemania –gimió Daniel.

La pequeña mano de Neizra abarcó sus genitales.

–¿Dónde está eso?

–Europa, el Norte...

–«Europa, el Norte.» –Neizra pareció relamerse con los nombres, como si fueran dulces–. Nunca he estado en «Europa, el Norte».

La estatura y complexión de Neizra (apenas llegaba a los hombros de Daniel), así como su tono de voz, hacían pensar a Daniel en un niño pero, a juzgar por la forma en que acariciaba sus partes, como sólo Bijou y ciertos hombres y mujeres con los que había tenido orgasmos habían hecho, semejaba alguien mucho mayor. Le sorprendió que Neizra pareciera querer gozar carnalmente con él, ya que lo que menos esperaba de los individuos que habían raptado a su hija era que desearan causarle placer. Pero quizá Neizra sólo pretendía demostrar que podía hacerle cualquier cosa.

–¿Y por qué has venido a Japón, Hombre Completo? –preguntó Neizra.

Algo en aquellas preguntas hizo que Daniel Kean volviera la cabeza. No supo cómo ni por qué, pero al sorprender el rostro dividido y advertir la expresión de sus facciones pintadas, creyó comprender lo que sucedía.

–No me mires y responde cuando te pregunte –dijo Neizra, hosco, y acentuó la orden con un fuerte tirón que hizo gemir a Daniel.

–Busco a mi hija –respondió Daniel mirando de nuevo hacia la pared, mientras, para sus adentros, tomaba una decisión. Pensó que, si todo estaba perdido, daba igual acelerar la pérdida.

–Es cierto, tu hija... Separa más las piernas...

Su captor se distraía con el curioso cierre de su prenda. Decidió aprovechar la oportunidad y giró el codo derecho hacia atrás. La desesperación aumentó sus fuerzas, y el ruido que escuchó le hizo pensar que había ganado de un solo golpe. No fue así, pero al menos Neizra perdió el equilibrio. Daniel se abalanzó sobre él, y durante el forcejeo le resultó evidente que, por muy avezado que Neizra pareciera, no era más que un niño.

–¡Dónde está! –jadeó Daniel, a horcajadas sobre sus pechos–. ¡Mi hija! ¡Dónde está!

–¡No... sé...! –La criatura intermedia gimió. Aquel pavor tampoco logró circunscribir su sexo: un chico angustiado, una chica angustiada–. ¡No sé nada de tu hija...!

Daniel observó los grandes aros de metal en las orejas de Neizra e introdujo los dedos de la mano derecha por ambos. Sujetándole el pelo con la otra mano tiró de los adornos. Oyó el dolor de Neizra en el sonido de desgarro. El divergente se tensó y lanzó un alarido.

–¡Alguien... arriba...! ¡Te esperan... arriba! –En el rostro doblemente pintado de Neizra las lágrimas de cada ojo adquirieron distinto color al rodar por las mejillas. Pero la sangre en sus orejas era sólo roja.

–¿Hay otra plataforma arriba?

–¡Sí, la última!

–¿Cómo puedo subir?

–¡Unas escaleras... detrás de ti!

–¿Quién me espera arriba? –preguntó Daniel sin soltar los pendientes.

–¡No lo sé, no lo conozco! –Neizra sollozaba–. ¡Te lo juro! ¡Vengo cada noche a la torre por orden de un superior, en busca de ritualistas que quieran hacer algo conmigo...! ¡Hace una hora encontré a alguien arriba...! ¡Me dijo que tú vendrías...! ¡Me ordenó que te dijera lo de tu hija...! ¡A cambio dijo que podía usarte, si me apetecía! ¡Cualquier cosa, menos matarte! Me aseguró que tú harías todo lo que te ordenara... ¡Me amenazó! ¡Por favor, perdona!

Sus ojos, abiertos y suplicantes, contemplaban a Daniel como esperando cualquier clase de decisión. Al fin, Daniel le soltó y se incorporó.

–¡Mis orejas! –lloraba el ser intermedio, aún en el suelo. Se había tapado los oídos. Por entre los dedos culebreaban gotas rojas–. ¡Mis pobres orejas...!

–Vete –dijo Daniel, arreglándose la ropa.

Neizra se apartó de un salto y echó a correr con las manos en la cabeza. De repente se detuvo en el centro de la plataforma y se encaró con Daniel.

–¡No sé quién es el de arriba, norteño, pero me da *mucho miedo*! ¿Y sabes qué? ¡Deseo que tenga en su poder a tu hija! ¡Y ojalá que...! –Barbotó una serie de obscenidades. Según ellas, el mejor destino que Yun podía esperar era la muerte. Cuando acabó de desahogarse, aún gimoteando, su menudo cuerpo doble se perdió en la oscuridad.

Daniel no se lo reprochó: él también tenía miedo de lo que le aguardaba arriba.

Contempló las escaleras. Subían en diagonal por fuera de la plataforma. Respiró hondo y avanzó hacia ellas.

10

Aquél era, en efecto, el sitio más alto. También el más reducido: constaba de un simple cubo de piedra de unos cuatro metros por cuatro, erguido sobre todo lo demás, con cuatro postes colocados en las cuatro esquinas que quizá servían para sostener luces. Desde aquella altura, ni siquiera el monte Fuji, dibujado en el tenebroso horizonte, parecía importante.

La fuerza del viento era brutal. Daniel veía las cosas a través de las rejas de su pelo desordenado. Se lo apartó al abandonar las escaleras y contempló el escenario.

Tokio ceñía la torre por completo varios centenares de metros más abajo, pero era mucho más extenso hacia el lado opuesto a las escaleras, frente a él. Infinidad de pequeñas luces lo poblaban formando una galaxia de silencio. De un extremo a otro, de norte a sur, de este a oeste, el espacio era Tokio.

Excepto en una esquina, donde la oscuridad era una persona.

–Llegas tarde, Kean.

La silueta en sombras estaba aureolada por las luces de la ciudad. Formaba como un vacío negro, una interrupción de las cosas, una nada erguida cerca de uno de los vértices del cubo, junto al poste. Los extremos de sus prendas negras aleteaban con el viento como pájaros sobrevolando un cadáver. Su voz tenía más entidad que su figura: era grave, claramente audible, aunque sin énfasis.

–Disculpa la broma del divergente de abajo, pero me molesta esperar. Acércate.

Daniel dio varios pasos hacia la figura. Empezaba a diferenciar la piel blanca de los trozos negros de ropa. La silueta permanecía de pie con las piernas separadas sobre el borde del cubo, de cara al luminoso horizonte. No cambió de postura mientras Daniel se acercaba. Mantenía los brazos junto al cuerpo.

Daniel no quiso llegar hasta el borde. Se situó tras ella y aguardó.

–Eso es Tokio –dijo la figura sin señalarlo de ninguna forma: no movió los brazos, ni la cabeza, ni hizo ningún otro gesto, y sin embargo su voz (siempre neutra) provocó que Daniel mirara hacia el luminoso y descabellado paisaje–. Desde aquí puede disfrutarse de una vista magnífica. Y resulta útil para aprender ciertos secretos. Te contaré algo. Todo el mundo cree saber que la religión fundamental de Tokio se inspira en el Cuarto. Lo que pocos conocen es que, al igual que este Capítulo, Tokio también se divide en tres partes. Mira esas colosales esculturas que se alzan sobre los edificios, en forma de tentáculos, garras y alas. Ésa es la primera parte, la Arcilla. En Japón se piensa que Dios nos creó como un escultor podría moldear un trozo de arcilla, por eso los escultores son sagrados aquí. Pero bajo esa arcilla, ¿qué hay? Otra ciudad más salvaje, menos eterna, que aúlla por las calles su furor con el consentimiento de los gobiernos. Es la segunda parte, la Orgía. Por último, rodeándola y recordando a sus habitantes que la ciudad vino de él y a él regresará, está ese universo denso y oscuro más allá del río Sumida que algún ignorante llama «mar», donde Dios duerme su sueño de siglos. Arcilla, Orgía y Mar son las tres partes del Cuarto. Equivalen al Pasado, Presente y Futuro de la humanidad. En el pasado fuimos creados, en el presente vivimos y gozamos en perpetua locura, y en el futuro... nuestro destino consistirá en ir en busca de Dios bajo el mar, e intentar destruirlo...

Hizo una pausa, pero no pareció que reflexionara. Fue como el silencio que se establece entre dos ruidos mecánicos. Luego prosiguió:

–La fábula del Cuarto termina con la historia de un hombre, una especie de héroe, que asesina a Dios atravesándolo con el bauprés de un barco pequeño, aunque las partes segmentadas de Dios vuelven a unirse al final y el ciclo se repite. Los creyentes discuten sobre la interpretación adecuada de este asesinato teológico. Pero sólo hay *una* posible interpretación: el bauprés del barco es el símbolo de la *Llave.* El hombre moderno piensa que ya no cree en Dios, lo cual puede ser cierto, pero aún le teme. Dios forma en la mente del hombre una sombra que no tiene entidad, ni siquiera realidad, que sólo está hecha de miedo. Su realidad es el miedo que provoca. El hombre teme a Dios, y Dios sólo teme a la *Llave.* Quien posea la *Llave* puede destruir a Dios. Es necesario, pues, encontrar la *Llave*... para destruirla.

–¿Destruirla?

La voz calló un instante, como valorando la interrupción de Daniel.

–La *Llave* ha de ser destruida –continuó–, porque Dios debe seguir vivo en nuestra mente. Lo que nos da terror nos consuela. El miedo es el poder. Dios debe vivir.

Entonces se volvió.

Lo hizo con mucha lentitud, casi con cuidado, como un engranaje que girase. Se situó de frente a Daniel sin apartarse del borde. No sonreía, no movía el rostro, sólo miraba. A la débil luz de la luna, Daniel supo algunas cosas.

Se trataba de una mujer biológica. No tan mayor como Darby, quizá de unos cuarenta años, pero su ausencia de diseño genético saltaba a la vista.

La naturaleza había dictaminado que aquella mujer tuviera baja estatura y rasgos orientales. Su cuerpo era delgado y en los pómulos, clavículas y rodillas resaltaban los huesos. El pelo era de color rojo. Llevaba una fina correa negra atada al cuello con un pequeño cascabel, señal de humillación y esclavitud, y vestía dos piezas de seda negra: una en el torso, que alcanzaba y cubría sus manos; la otra, un faldellín por encima de sus rodillas. Su rostro, incluyendo los labios, tenía el color exangüe de la luna. Lo único que no era blanco en aquel óvalo eran los iris de sus ojos rasgados, negros como caparazones de insectos encerrados en cristal.

Mirando aquellos ojos, Daniel Kean se dio cuenta de otra cosa.

La mujer estaba muerta.

Alguna vez –quizá cuando aún vivía– había sido hermosa. Ahora era como un saco vacío, la cáscara rota que antaño había albergado a una criatura.

No sé quién es el de arriba, norteño, pero me da mucho miedo.

–La *Llave* no es tan sólo una leyenda –dijo la mujer con aquella voz que parecía brotar de un lugar hueco y abandonado–. Kushiro dejó una clave para que otros la encontraran. Esa clave está dentro de ti, Kean, y hoy vas a entregárnosla...

De súbito Daniel comprendió que se había equivocado. La mujer no estaba muerta, sino algo mucho peor. Había sido como *saqueada*, convertida en otra cosa. Su hueco tono de voz revelaba que estaba siendo *obligada* a hablar mediante... ¿qué? ¿Amenazas? ¿Dolor? ¿Qué clase de cosa la obligaba a mover aquellos labios blancos?

–Una sola clave –dijo la voz que emergía de la garganta de la mujer–. Nos hemos cerciorado de eso. Durante días... muchos días... hemos interrogado a esta mujer. Si hubiera sabido algo más, lo habría dicho. Pero sólo hay una clave. El padre de esta creyente la depositó en ti. Por eso estás aquí.

El padre de esta creyente. Se refería a Katsura Kushiro, sin duda.

Daniel creyó reconocerla. Recordó que Darby le había enseñado una imagen suya y le había dicho que tanto ella como sus discípulos habían desaparecido. Aquella mujer tenía que ser Mitsuko Kushiro.

–¿Qué... le habéis hecho...? –murmuró Daniel sintiéndose incapaz de contemplar por más tiempo la densidad atormentada de los ojos de la mujer: agradeció que el viento los cubriera, casi con piedad, bajo su propio pelo.

Un largo silencio.

–En el antiguo Japón existía un arte llamado *bunraku*

–dijo la mujer–. Consistía en usar muñecos como si fueran personas. Alguien los obligaba a moverse y hablar. Cuando todo finalizaba, el muñeco quedaba quieto. Desarticulado. No podía hacer nada por sí mismo. Sin embargo, no sufría. Porque lo peor de ser un muñeco es saber que lo eres, y los muñecos del *bunraku* lo ignoraban. *Esta mujer no lo ignora.* Por dentro sigue pensando y sintiendo, sigue habitando los espacios de su mente, pero ahora soy yo quien lleva las riendas de su cuerpo.

La mujer pronunciaba las palabras con calma, después de pausas variables, pero los círculos negros y dilatados de sus ojos hablaban otro lenguaje para Daniel: eran como túneles que llevaran a la locura.

–¿Quién eres? –murmuró Daniel.

–No es el momento de responder a eso –dijo la mujer tras un silencio, y retrocedió–, sino de *demostrártelo...* –El viento hizo sonar su vestido como las velas de un barco desplegadas bajo las estrellas.

–¡No! –gritó Daniel, comprendiendo lo que ella se disponía a hacer.

La mujer inició su suicidio de manera medida, sin titubeos, el cuerpo recto y rígido, los pies juntos, los brazos pegados al tronco, inclinándose de espaldas al borde de la plataforma, junto al poste. Daniel extendió la mano y consiguió sujetarla del brazo en el último momento, agarrándose al poste con la otra mano para detener su propia caída. Ella no hizo intento alguno de ayudarle. Quedaron así durante un instante: ella pendiendo de la mano de él; él, aferrando el poste.

De pronto la resistencia que la mujer ofrecía cambió de sentido, se convirtió en una lucha desesperada por recobrar el equilibrio. Regresó a su posición previa, de pie en la cornisa, con un campanilleo del cascabel de su cuello. El gesto había sido rápido y casi simétrico, como un ballet.

–Ella hará y dirá todo lo que yo le ordene. –La mujer jadeaba a escasa distancia del rostro de Daniel–. Todo.

De improviso se apartó las dos piezas de su vestido, mostró pezones y genitales, se irguió, presionó los labios blancos contra la boca de Daniel y formó con él la extraña imagen de una pareja entrelazada en las alturas, bajo el vacío de la noche. Luego lo apartó de un empellón y sus labios se torcieron. Daniel se estremeció al ver aquel simulacro de sonrisa.

–*Todo* –repitió la mujer–. Igual que tú.

–Yo no estoy drogado como ella.

–La única droga de ella es el terror, Daniel Kean. El miedo a todo lo que sabe que puedo hacerle... y a lo que sabe que *voy a hacerle.* –Los ojos rasgados de la mujer manaron lágrimas mientras sonreía–. El miedo es el hilo de *bunraku* de la humanidad. ¿Recuerdas el interrogatorio de Olsen, cuando te arrodillaste a suplicar? Me gustó entonces hacerte daño, por eso ordené a Olsen que matara a tu esposa.

A Daniel le parecía horrible tener tan cerca y a la vez tan lejos al autor de aquella frase. La mujer frente a él seguía sonriendo, pero ahora también temblaba, con todo su cuerpo, desde la cabeza a las piernas pálidas y desnudas. Mantenía las piezas de ropa apartadas mostrándose ante él.

–¿Eres... Moon?

–Moon es sólo una pieza más, insignificante en el conjunto –aseguró la voz quebrada de la mujer–. De hecho, yo también trabajo para alguien superior. Pero en aquel momento me pareció divertido ver tu sufrimiento. Volveré a hacerte daño cuando me apetezca, Daniel Kean, sólo por capricho, y tú tan sólo moverás la cabeza y asentirás. Sonreirás cuando te lo ordene. Harás cualquier cosa que yo quiera que hagas.

–Lo único que voy a hacer, si puedo, es matarte, seas quien seas... Nunca voy a estar bajo tu voluntad...

–Ya *estás* bajo mi voluntad. Tú también eres un muñeco de *bunraku*, Kean. ¿Quieres comprobarlo? –Hubo un silencio que el viento destrozó. Daniel se apartó el cabello de la cara, cuyos mechones volaban a su alrededor como finas cuerdas–. Tu hija está aquí, conmigo. Se encuentra asustada, pero en buen estado. Ella es tu hilo, como hace unos días lo era también tu esposa. Voy a tirar de este hilo, sólo un poco: si no haces *exactamente* lo que voy a decirte, mataré a tu hija en este mismo instante... o haré otro muñeco con ella.

Pese a la furia que sentía, el pánico se apoderó repentinamente de Daniel Kean. Su cerebro atormentado le había entregado una feroz y nítida fantasía: vio a Yun convertida en algo así, su cuerpo exánime pero aún viva y consciente, otorgando su voz a las palabras de un loco, y apenas pudo soportar mantenerse en pie.

–Es un hilo fuerte, por lo que veo –dijo la garganta de la mujer con cierto esfuerzo, como si cada vez le costara más articular palabras–. Daré un suave tirón: quítate las bonitas prendas que llevas –ordenó.

Daniel lo hizo. En dos gestos, las franjas rojas cayeron a sus pies. El viento las arrastró por la plataforma. Sintiéndose humillado, se envolvió el cuerpo con los brazos.

–No, no es eso lo que quiero –dijo la mujer–. Moveré el hilo mejor. Arrodíllate y coloca las manos en la cabeza.

Bunraku. El hilo.

–Júrame obediencia –dijo la voz de la mujer cuando Daniel adoptó la postura requerida.

–Te juro obediencia.

–Más alto.

–¿Cómo sé que está viva mi hija? –murmuró Daniel entonces.

–No lo sabes. Puede que no esté viva. Puede que la esté torturando ahora mismo. El hilo que te mueve no es tu hija ni su destino, Kean, sino el *miedo a lo que pueda sucederle*. Es el hilo más poderoso: si conoces, lo rompes; si ignoras, él tiene poder sobre ti. Repite el juramento en voz alta. –Daniel lo gritó. Sintió que las lágrimas afloraban a su rostro, como al de Mitsuko. La simetría de aquellas dos voluntades rotas lo abrumaba. La voz volvió a hablar–. Ahora, otro suave tirón. En esa esquina que te señalo hay un pequeño vaporizador. Cógelo y perfúmate con él todo el cuerpo, particularmente las zonas bajo las que tenías esa ropa tan cálida. Luego bajarás diez peldaños por la escalerilla por la que has subido, y aguardarás bien sujeto a las barras. Procura no caerte: el terror de una caída como ésa destrozaría tu pequeño cerebro antes de que llegaras al suelo. ¿Queda claro, Kean? Hazlo... Pero, no. –Lo detuvo cuando Daniel daba la vuelta–. No quiero que camines... Debes arrastrarte. Gatea hasta la esquina, Daniel Kean...

Daniel volvió a arrodillarse y comenzó a avanzar con penosa lentitud, la vista fija en el suelo de la plataforma, mientras escuchaba la voz de la mujer.

–¿Te percatas con qué sutileza te manejo, Kean? No me importa responder ahora a tu pregunta... ¿Quién soy? Soy el que mueve los hilos, el que hace que te arrastres desnudo como un gusano, el que te impulsa hacia el final, lo último que verás antes de morir, lo peor que descubrirás sobre ti mismo, el lugar al que irás cuando hayas muerto... Me llaman la Verdad.

11

–Ha desaparecido.

La breve información los sumió en el silencio. Yilane volvió la cabeza y observó el rostro pensativo del doctor Schaumann en la penumbra de la cabina del vehículo.

–¿Qué significa exactamente eso, doctor?

–«Exactamente» significa que ya no capto la señal térmica. No sólo le han quitado la ropa sino que han borrado de alguna manera el calor sobre su piel.

–Conocían el truco. –Yilane se rascó un tatuaje sobre su nuca.

–O lo sospechaban. De todas formas, tendrán que bajar en algún momento. Rowen podrá seguirlos mientras...

–No bajarán –dijo Maya Müller–. Van a trasladarlo en un vehículo aéreo.

Yilane la miró.

–No te pregunto cómo lo sabes porque me consta que sabes muchas cosas –dijo sonriendo–. Incluso aquellas que ni siquiera sabes.

Schaumann pulsó la pantalla del comunicador. Darby apareció en el recuadro.

–Nosotros lo hemos perdido. ¿Habéis visto algo?

Darby negó.

–Todo lo que vemos son nubes y sombras. No entiendo

cómo lo habéis perdido. ¿Le han borrado la temperatura?

–Algo así.

–Esperad. –La voz de Darby reflejaba ansiedad. Se oían, de fondo, las frases entrecortadas de Anjali Sen y Meldon Rowen–. Anja está viendo algo por la pantalla. Un vehículo aéreo se acerca a la torre...

–Nosotros ya lo sabíamos. –Yilane sonrió sin ganas.

La muchacha regresó al asiento. Su musculoso cuerpo se removió como intentando adaptar aquella pequeña base a su propia estructura. Aunque se dirigió al doctor Schaumann, no volvió la cara hacia él.

–Brent, ¿a qué velocidad puede ir esto? –preguntó.

–No llegaremos antes que un vehículo aéreo a la Zona Hundida, si eso es lo que preguntas. Pero ellos no podrán usar el aéreo en la Zona Hundida. Estamos empatados.

–El aéreo se aleja en dirección suroeste, hacia el Color –informó Héctor Darby–. No ha llegado a posarse en la torre.

–Deben de haberlo recogido desde alguna escalerilla en el costado –dijo Maya. Sus párpados temblaban como si sus ojos hubiesen iniciado algún tipo de actividad.

–¿Quién puede estar detrás de todo esto? –preguntó Yilane a nadie en particular–. Este plan demuestra gran astucia.

–Sea como sea, vamos tras ellos –dijo Schaumann.

Por un instante ninguno de los tres hizo otra cosa que tocar pantallas y salpicar de rectángulos luminosos el interior de la cabina. En un momento dado, Yilane volvió la cabeza y miró a la muchacha por encima del hombro. Los pendientes, ajorcas y el medallón de serpiente destellaron a la luz de las pantallas.

–A menos que nuestro querido empleado de tren nos esté traicionando... Dime una cosa, Maya. ¿Crees que Daniel Kean sospecha que le hemos engañado desde el principio?

Durante la pausa que siguió, incluso el doctor Schaumann apartó la vista de sus queridas pantallas y miró a la muchacha. El perfil de Maya Müller permanecía impasible, como cincelado en piedra.

–No –dijo Maya sin cambiar de expresión–. No lo creo.

Quinto Capítulo

COLOR

I

Descendían a gran velocidad, y eso le provocó un intenso mareo.

Se hallaba en la cabina trasera del vehículo aéreo, arrodillado frente a un asiento. Le habían permitido recostar la cabeza en él, pero no podía levantarse. La posición era más incómoda aún, porque había otro asiento frente al primero, y la distancia entre ambos era tan estrecha que se veía obligado a elevar los pies y apoyarse en el suelo sólo con las rodillas.

Tal postura era innecesaria, como lo había sido la orden de bajar por la escalerilla lateral de la torre y esperar a que el vehículo lo recogiese en vez de ser recogido en la plataforma, o de mantenerlo desnudo después de haber borrado las trazas de temperatura de su vestuario con el vaporizador. Ahora comprendía que todas aquellas órdenes tenían un único objetivo: amedrentarlo, anular su voluntad.

La misma función ejercía la guardiana que se había ocupado de él cuando entró en el vehículo, y que le había ordenado echarse en el suelo encañonándolo con una potente arma de ráfagas. No le permitía alzar la cabeza, y Daniel apenas había podido ver otra cosa de ella que las botas color bronce, de larga puntera, con adornos. De vez en cuando apoyaba una de esas botas en su espalda. Cuando la apartaba, la sustituía por el cañón del arma, que recorría su piel como un dedo índice de metal.

Durante el breve trayecto le había estado hablando en tono divertido, como desafiándolo a que replicara.

–La Zona Hundida es oscura. Lo más oscuro que hayas visto en tu vida. Pero lo peor son los ruidos... Cosas que reptan y se arrastran. Nadie sale de la Zona Hundida igual que entró. Seguro que ni siquiera habías oído hablar de ella... –Daniel jadeaba con la mejilla apoyada en el asiento. Veía la puntera de una bota como un puñal de bronce junto a su rostro y oía su voz, no menos recia. Recordaba, fugazmente, ojos grandes, casi saltones, azules. Repentinamente la bota se alzó, le golpeó el hombro–. Responde, estúpido. ¿Habías oído hablar de la Zona Hundida?

–Un poco.

–«Un poco.» –La guardiana rió–. A partir de ahora tendrás experiencia de primera mano. Ya llegamos...

Daniel reprimió las náuseas mientras la vibración lo hacía estremecerse. La cabina del vehículo era, también, un pequeño salón. Había un velador con mantel y un servicio completo de tazas de té. En aquel momento retemblaron produciendo un ruido como de castañeteo de dientes.

Oía a la guardiana hablar por un micrófono, entre zumbidos y voces remotas. Pensó que la chica había dejado de prestarle atención y se incorporó ligeramente. De inmediato sintió el cañón del arma presionando en su nuca.

–¿Te he dado permiso para levantar la cabeza?

–Voy a vomitar –dijo Daniel con un hilo de voz.

–Hazlo. Sobre el asiento. Después tendrás que limpiarlo.

Con la cabeza apoyada en el asiento, Daniel apenas logró dos violentas arcadas. Pero sólo fueron dolorosas y desagradables, no expulsó nada. Cuando logró calmarse, sintió el cañón apoyado en su sien.

–Vas a desear morir antes de que el día acabe –le susurró Botas Puntiagudas.

La vibración cesó de repente, y Botas Puntiagudas lo alzó del pelo y le obligó a caminar sin que pudiese erguirse del todo. Salieron del vehículo aéreo en dirección a un nuevo transporte, esta vez terrestre, de color naranja. Arrastrado del pelo y encorvado, Daniel apenas percibió a su alrededor otra cosa que luces difusas y un soplo de aire denso. No tenía modo de saber dónde se encontraban. Escuchaba el rumor de tráfico, y en un momento en que logró mirar hacia arriba entrevió nubes dispersas, lo que le hizo suponer que aún se hallaba fuera de la Zona Hundida.

No pudo averiguar más, porque al pie de la escalera de aquel nuevo vehículo una mano enguantada sostuvo su barbilla obligándolo a alzar la cabeza.

–Volvemos a vernos, gran héroe –dijo Moon.

2

El interior estaba formado por varias habitaciones conectadas entre sí por un largo pasillo central. Daniel supuso que debía de ser una especie de camión. Botas Puntiagudas lo dejó en manos de otro guardián de pelo naranja que lo condujo por el pasillo hasta la última habitación. Allí le encadenó el cuello a las muñecas con dos clases de cadenas semejantes a collares. Luego lo arrojó al suelo sin miramientos y cerró la puerta. Las paredes de la cabina, que eran azules, cambiaron de color automáticamente y se hicieron rojas. La puerta desapareció, convirtiendo la cabina en un cubo perfecto, sin aberturas.

Al intentar incorporarse, Daniel descubrió que las cadenas reaccionaban a cualquier intento de presión que efectuara: si tiraba de ellas, se enroscaban como serpientes, estrangulándolo. Debía mantener las manos inmóviles a cierta altura y la cabeza ligeramente flexionada si quería respirar. Los eslabones eran de diversos colores entre los que predominaban el rojo y el azul, y cuando cerraba los ojos seguía viéndolos brillar en la oscuridad. Se le ocurrió algo absurdo: que a Yun le gustaría el color de aquellas cadenas.

Entonces, al elevar la vista, descubrió que no estaba solo.

De pie junto a una silla de madera se hallaba una muchacha de cabello castaño mucho más corto que el suyo, vestida con una túnica de gasa decorada con líneas verticales anudada al cuello y la cintura. Cuando el vehículo se puso en marcha y adquirió velocidad, el pelo y la túnica de la muchacha se agitaron. Daniel pensó que tenía que existir algún tipo de mecanismo de provisión de aire, ya que la habitación parecía hermética.

Tras mirarlo un instante, la muchacha se dio media vuelta. Por detrás, la túnica consistía sólo en los nudos del cuello y la cintura, de modo que parecía más bien un delantal. Daniel sospechaba que la muchacha estaba allí para interrogarlo: quizá pretendían hacerlo hablar, o rastrear su inconsciente para asegurarse de que era el portador del mensaje.

Mientras el silencio se prolongaba, la angustia fue ganando terreno dentro de él. Ahora que estaba en manos de «ellos» por completo, comprendía la trampa. ¿Qué garantías tenía de que le devolverían a Yun con vida cuando se produjera la revelación? Ni siquiera confiaba en que el grupo de Maya y Darby fuesen capaces de ayudarlo. Contemplar sus manos atadas con los eslabones móviles le pareció todo un símbolo de aquella amarga sensación.

Alzó la vista hacia la muchacha.

–¿Dónde la tenéis? –preguntó. La joven se volvió y lo miró. El cabello le enmascaraba los rasgos–. Mi hija. ¿Dónde está?

–No sé de lo que me hablas –dijo con acento norteño–. ¿Quién eres?

–Me llamo Daniel Kean.

–Ina –dijo la chica girando del todo hacia él. Se sujetaba al respaldo de la silla debido al balanceo del vehículo–. Ina White. –Frunció el ceño–. ¿Por qué te han traído?

–Se supone que tengo algo que revelar.

En la mirada de ella, ahora fija en la suya, creyó captar el asombro y la comprensión.

–Eres el *messenja*... –dijo Ina White.

Daniel asintió.

–¿Y tú?

–También me necesitan. Soy una de las discípulas de Mitsuko Kushiro... Ellos... –la ansiedad se filtró entre sus palabras– han amenazado con matarla si no colaboro.

Daniel la contempló allí de pie, apoyada en la silla. Era alta, de anatomía vigorosa y atractivas facciones, con labios carnosos y rosados. Su mirada denotaba inteligencia y seguridad en sí misma.

–¿Para qué te necesitan? –le preguntó Daniel.

–Para ayudarles a entrar en el laboratorio.

–Pensé que eso podían hacerlo sin ayuda.

–No –dijo Ina–. No creas que se trata de romper puertas. Es el laboratorio de un creyente profundo y está sellado con barreras que nadie puede traspasar. Soy la única discípula que conoce el modo de entrar. –Titubeó un instante–. O debería decir que soy la única que ha aceptado *colaborar*... Mi maestra Mitsuko se negó a hacerlo, y la mayoría de mis compañeros también... Supongo que al final optaron por alguien más rastrero –añadió con desprecio–, más cobarde...

–Estás haciendo lo que debes, Ina.

Ina persistió negando con la cabeza cierto tiempo.

–Estoy traicionándola, a ella y al noble recuerdo de su padre. Pero no puedo hacer otra cosa. Le debo todo lo que soy, no podría aceptar que muriese por mi culpa...

Por un instante ambos parecieron sumirse en los pensamientos que aquellas palabras habían invocado. El vehículo se movía, sin duda a gran velocidad, pero dentro de la habitación rojiza sólo se percibía aquel balanceo y un rumor hondo de motores.

–La he visto –dijo Daniel entonces–. A tu maestra.

Ina se inclinó para mirarlo con fijeza.

–¿Se encuentra bien? –preguntó, ansiosa.

Daniel no quiso romper la expresión de alivio en el rostro confuso de la chica, y asintió lentamente. No sería él quien le hablara del muñeco de *bunraku*, decidió.

Pero más que alegrarla, su respuesta fue para ella como un súbito cansancio: pareció perder toda la energía, dobló las rodillas, se dejó caer en el asiento.

–Nos matarán a todos cuando consigan lo que quieren... –dijo con absoluta calma, como si se tratara de una evidencia muy simple–. Si es que no nos capturan antes los denebianos. Quizá nos entreguen a ellos cuando todo termine.

–¿Quiénes son los denebianos?

Ella lo miró como si dudara de la seriedad de su pregunta.

–¿Nunca has estado en la Zona Hundida de Japón?

–Nunca.

La expresión del rostro de Ina era tensa.

–Te lo explicaré –dijo con voz alterada–. El laboratorio de Katsura Kushiro está en el Color de la Zona Hundida. Dentro de la Zona no hay leyes, y el Color es el peor de sus lugares. Nadie prohíbe hacer nada en el Color. La gente que vive allí ha enloquecido y forman pequeños grupos de ritualistas que luchan entre sí o asaltan los escasos vehículos que se aventuran en su interior. La mayoría se llaman a sí mismos «denebianos» por la estrella Deneb de la constelación del Cisne... ¿Recuerdas la historia del Quinto Capítulo?

–El Capítulo que habla de la caída del Color –dijo Daniel.

Ina asintió.

–Imagino que sabes que no es una metáfora, como casi todos los demás: ha sido comprobada científicamente. En verdad, un meteorito cayó sobre nuestro planeta en épocas remotas, provocando una inmensa destrucción... Una de las consecuencias de su impacto fue que se fundieron los polos y el nivel del agua ascendió. Se dice que Japón eran cuatro islas y quedó convertida en una sola llamada Honshu. Pero hasta Honshu fue inundada cuando el mar creció, y la propia Tokio permaneció sumergida durante siglos. La leyenda afirma que sólo el sagrado Fuji quedó a salvo...

–Te refieres a la época de los cataclismos –dijo Daniel–. Tan sólo conocía sus efectos en el Norte.

–En el Este las consecuencias fueron peores. Varias masas de tierra, entre ellas la mitad de Honshu, permanecieron bajo el nivel del mar cuando las aguas descendieron. Hace un par de siglos el gobierno japonés encontró bajo el agua un grupo de ruinas dispersas que formaban ciudades enteras, y quisieron preservarlas... Así comenzó el Acristalamiento. Sobre la presencia de esa magna cantidad de ruinas, las teorías divergen. Hay estudiosos que piensan que existía una civilización antes de la caída del Color; otros, más precavidos, hablan de que la época de cataclismos fueron en realidad varias épocas, y en medio de ellas nacieron y murieron civilizaciones... Es difícil probar nada de esto, porque el Color poseía una fuente de radiación cuyos efectos aún perduran en el brillo fosforescente del fondo del mar, imposibilitando cualquier intento de datación de las ruinas. En todo caso, se pretendía que la Zona Hundida fuese un área religiosa dedicada a la adoración e investigación, pero con el tiempo se instalaron en ella grupos de ritualistas del Quinto Capítulo deseosos de realizar sacrificios a lo que ellos consideran que son las deidades del Color... Como recordarás, según la Biblia, parte del Color regresó tras su caída a su lugar de origen en la estrella Deneb, y de ahí el nombre de los denebianos, que son uno de los peores grupos...

Absorto en las palabras de Ina, Daniel apenas se había percatado de que cada vez le costaba más esfuerzo mantenerse erguido en el suelo, como si la habitación estuviera inclinándose. Había optado por colocar las manos sobre la cabeza para no tener que permanecer encorvado, y en ese momento las bajó de forma inconsciente. El súbito tirón le hizo inclinar el cuello. Luchó por volver a incorporarse, pero el forcejeo activó las cadenas, que se retorcieron sobre su garganta.

Se vio obligado a dejar las manos inmóviles y permanecer de costado hasta que otras manos lo sostuvieron. Daniel agradeció a Ina la ayuda con una sonrisa.

–Vamos cuesta abajo –dijo, apoyado de nuevo en la pared.

–Y seguiremos así durante un rato –repuso Ina–. La Zona Hundida se divide en dos partes. La primera es un descenso constante: la llaman el Gris o la Máscara. En ella la profundidad máxima es de apenas cien metros bajo el mar, y no supone mayor problema. En ocasiones nos detendremos para pasar una esclusa y luego seguiremos avanzando, siempre hacia abajo. Luego vendrá la Zona Hundida propiamente dicha, a unos ochocientos metros, y dentro de ella el Color, que se encuentra a la mayor profundidad de todas: unos mil doscientos metros. Allí está el laboratorio.

–Pareces conocer bien el terreno.

–Lo he recorrido a pie muchas veces por motivos religiosos. Conozco atajos para llegar al laboratorio mucho antes que por carretera. De hecho, viajar en vehículo por la Zona Hundida es un riesgo casi mayor que hacerlo a pie... Hay kilómetros enteros de carreteras vacías, a veces hundidas en el fango milenario, y zonas plagadas de ritualistas denebianos. En este vehículo no hay más de cuatro hombres armados. Si nos ataca una tribu, no tendremos tiempo ni de pensar qué ocurre antes de que nos atrapen... Pero ése será el menor de nuestros problemas cuando se produzca la revelación. –Miró a Daniel–. Porque estoy segura de que, entonces, Moon y sus hombres acabarán con nosotros...

Mientras escuchaba a Ina, Daniel comprendió algo de repente.

Ina tenía razón, y lo había expresado con absoluta claridad: los matarían, antes o después. A ellos dos, a Mitsuko Kushiro y a Yun. Lo había visto en la mirada oscura y divertida de Moon y en el doble infierno de los ojos de la hija de Kushiro. Iban a matarlos, y Darby y sus amigos no podrían hacer nada para impedirlo.

Tenía que planear algo por su cuenta.

3

En ese instante se abrió una puerta y apareció Moon.

Debía de haber activado algún mecanismo, sin duda, porque la habitación había cambiado de color como si se hubiese sumergido en agua. Ahora ya no era roja sino azul. En los laterales se habían abierto ventanas rectangulares, pero la luz de la propia habitación impedía a Daniel Kean ver otra cosa en el exterior que no fueran sombras fugaces. Moon lograba mantener el equilibrio sin sujetarse a nada, pese a que la inclinación del vehículo era muy ostensible. Junto a él se hallaba el guardia del pelo naranja.

–Venía a daros la bienvenida a la Zona Hundida de Japón –dijo Moon; al mismo tiempo, el vehículo se detuvo, aunque siguió inclinado–. Ésta es la última de las esclusas del Gris. A partir de ahora entraremos en ese maravilloso acuario que es el Japón arcaico...

Moon vestía un yuri color negro atado a las ingles y un cinto de donde pendían dos armas de corto alcance y un cuchillo de mango rojo. Se había pintado el rostro de manera desagradable, con labios y ojos muy acentuados, y mostraba el desdén de quien se sabe atractivo y gusta de ver la prueba en quienes lo contemplan. Se acercó tanto a Daniel que éste, con el cuello encadenado a las muñecas, no pudo elevar la vista lo bastante como para seguir desafiando su mirada, como pretendía.

–Nuevas experiencias para un subalterno de tren, ¿eh, gran héroe? –dijo Moon.

–Quiero ver a mi hija... –murmuró Daniel.

–Te está esperando en la entrada del laboratorio. Cuando Ina nos ayude a entrar y se produzca la revelación, te la devolveremos. Imagino que podrás regresar solo llevándola en brazos. A fin de cuentas, estaréis únicamente a trescientos kilómetros de la salida. Y si no puedes, lo más probable es que tus amigos Darby, Rowen y la ciega te encuentren en algún momento. Porque nos están siguiendo, ¿no es cierto?

–No lo sé.

–Puedes apostar a que sí, pero no nos preocupan –dijo Moon, jugando distraídamente con el cabello de Daniel.

–¿Qué pruebas tengo de que no le habéis hecho daño a Yun?

–La confianza lo es todo en este negocio.

–Quiero hablar con ella.

–Es imposible.

–Escucha, Moon: quiero pruebas de que está bien, o no voy a colaborar.

Moon retrocedió y se sentó en el antepecho de una ventana, elevando un pie. Tras una pausa, volvió a hablar, pero su sonrisa había desaparecido del todo.

–¿Y qué se supone que piensas hacer para «no colaborar»?

Daniel había tomado una decisión desesperada.

–Me mataré. No tendréis ninguna revelación...

Por un instante Moon y Daniel se midieron con la mirada. Ina, de pie tras la silla, observaba la escena con aprensión.

–Pues hazlo –dijo Moon al fin. Sacó el cuchillo de la funda y se lo arrojó–. Tienes un par de segundos, gran héroe. Mátate.

El cuchillo rebotó hacia él por el suelo, obligándole a apartar las piernas. Cuando la hoja se detuvo, apuntaba a su cuerpo. Daniel contempló su brillo, luego a Moon.

–¿Qué pasa, subalterno de segunda? –espetó Moon–. ¿No te atreves? ¿O es que hay algo que todavía te lo impide? Te ayudaré. –Se acercó, agachándose hasta que su rostro quedó a la altura de los ojos de Daniel–. ¿Es tu hija? ¿Aún tienes la ilusión de recuperarla? Debo confesarte algo: te he mentido. Sólo vas a recuperar su cadáver. Tu pequeña ha muerto ya. –Daniel apartó la vista, pero el creyente tomó su rostro del mentón y le hizo volver a mirarlo. Moon parecía excitado contemplándolo–. Vamos, héroe. Quiero una súbita explosión de carácter, como la que tuviste cuando disparé a tu esposa... Coge el cuchillo y córtate las muñecas, o húndelo en tu bonito y delgado cuello, Daniel Kean. Puedes hacerlo a pesar de estar encadenado, y lo sabes. Te resultará mucho más fácil que cortar el cable de la bomba de Klaus... –Cogió el cuchillo por la hoja y acercó el mango al rostro de Daniel.

Durante una breve eternidad Daniel contempló el mango rojo del cuchillo. Deseaba matarse, pero no porque Moon se lo ordenara. Apartó la vista.

–Es una trampa, Daniel –dijo Ina–. No va a dejar que lo hagas. Todo lo que ocurra esta noche depende del *messenja*...

Moon dejó el cuchillo en el suelo y se levantó. Daniel lo vio dirigirse hacia Ina.

–Quiero que sepáis una cosa. Ambos. –Moon se alejaba de Daniel mostrando su espesa melena azabache–. Sois prescindibles. Todos lo somos, pero vosotros, más.

La chica retrocedió hasta la pared, y en ese punto Moon la alcanzó, desenfundó una de las armas y colocó el cañón en la frente de Ina. Ella no dijo ni hizo nada, pero no dejaba de mirar fijamente a Daniel.

–Podemos mataros o entregaros a los denebianos, o ambas cosas –dijo Moon–. No dependemos de nada ni de nadie. Si tú mueres, Ina, entraremos en el laboratorio de Kushiro de otra forma, y si mueres tú, Daniel, haremos que tu cadáver nos hable según los ritos del Decimotercero y obtendremos la revelación... Podemos hacer *lo que queramos* con vosotros dos, de modo que... –Sin retirar la pistola de la cabeza de Ina, Moon miró a Daniel y sonrió–. Veo que has cogido el cuchillo por fin. ¿Vas a usarlo?

–Deja a la chica en paz –susurró Daniel, arrodillado, sosteniendo el cuchillo con ambas manos.

–¿O si no...? ¿Lo usarás?

–Si te acercas lo bastante, ya lo creo que lo usaré.

–Así que ahora todo consiste en matarme a mí...

El guardia imitó la sonrisa de Moon. En ese instante el vehículo, con un estremecimiento, reanudó la marcha.

–Ya entramos –dijo Moon guardando la pistola y apartándose de Ina–. ¿Sabes, gran héroe? Quizá muramos todos antes de que puedas decidir a quién quieres matar... Nuestros últimos informes aseguran que hay un grupo de denebianos no muy lejos de aquí. ¿Ya sabes lo que son los denebianos, Daniel? Algunos creen profundamente en el Quinto Capítulo y celebran ritos en los que grandes árboles se levantan de la tierra y agitan sus copas. Intentaremos pasar junto a ellos, y si se enfadan tendremos que suplicarles que nos dejen viajar en paz sin hacernos demasiado daño... Así que, ¿a quién pretendes asustar con tu pobre intento del cuchillo? Suéltalo...

Tras un titubeo, Daniel abrió las manos. Se sintió miserable y cobarde.

Moon se agachó, recogió el cuchillo y lanzó a Daniel una bofetada con el dorso de la otra mano. Daniel cayó de costado. Entonces Moon lo agarró del pelo. Daniel se vio obligado a erguirse y alzar los brazos para que las cadenas no lo asfixiaran. Quedó de rodillas, y los eslabones le golpearon la cara con un doble tintineo. Moon lo sostuvo en vilo del pelo mientras le hablaba.

–Ya jugaste a ser héroe una vez, Daniel Kean, ahora nos toca a nosotros. –Dio otro súbito tirón a su pelo y Daniel gimió de dolor–. Te conservamos con vida sólo porque guardas dentro de ti algo que nos interesa. Cuando nos lo entregues, quedarás vacío, y podremos abrirte las entrañas si nos apetece... ¿Queda claro? –Daniel asintió. Moon lo soltó y se levantó–. He aquí a un verdadero héroe...

La puerta se cerró tras las risas de Moon y el guardia, la pared cubrió de nuevo las aberturas hasta hacerlas desaparecer y la habitación volvió a ser rojiza. El rostro de Daniel empleó más tiempo en perder el color que lo teñía.

Durante un instante sólo se escucharon los jadeos de ambos prisioneros. Luego, aún de rodillas, Daniel miró a Ina.

–Ayúdame a escapar –le dijo.

4

El Gris, también llamado la Máscara, se extiende en un trayecto sinuoso hasta las profundidades de la Zona Hundida, donde no llega la luz del día. La frontera se encuentra en Nagoya, a unos doscientos kilómetros al sudoeste de Tokio: allí, los vehículos se detienen frente a la primera esclusa. El descenso posterior se realiza a través de un túnel sombrío de altura variable, de compleja estructura. No vemos agua por ninguna parte, sólo paredes oscuras y una carretera que, incluso cuando parece elevarse, desciende siempre. Nos hundimos sin ser apenas conscientes de ello, cien, doscientos metros. Atravesamos esclusas con el tamaño y la forma de antiguas puertas de templos, con un color obstinadamente negro.

Todo tiene aires de misterioso preámbulo.

Cerca de las fantasmales ruinas de Kioto, la humedad, de golpe, se convierte en una presencia pegajosa y tibia, como un trópico. Los mecanismos de ventilación se ponen en marcha, pero ya no es posible olvidar que sólo un muro de cristal nos separa del océano. Aunque la ilusión de vida civilizada persiste, y nos acompañará durante todo el camino, se hace difícil seguir sintiéndose el centro de la Creación.

En algún punto antes de traspasar la Máscara se pierde parte de la confianza en controlar lo que nos rodea. Incluso aquellos que recorren el mismo trayecto casi a diario (creyentes y científicos en su mayoría), experimentan la opresión de hallarse en un universo distinto, ajeno al hombre y, al mismo tiempo, *propio* del hombre. Cada nueva esclusa se convierte en la lucha de nuestra conciencia con el miedo. ¿Y si ya no hay vuelta atrás?, pensamos. ¿Qué nos aguarda más allá de la última puerta negra?

–Por eso la llaman la Máscara –explicaba el doctor Schaumann en la pantalla del comunicador–. Es la sensación de que las cosas no son lo que aparentan. Tened en cuenta que es como si estuviésemos viajando hacia atrás en el tiempo, hasta los «días extraños» de la caída del Color, cuando, según la Biblia, la Tierra se convirtió en un «campo desolado» cubierto de materia muerta... No ha podido demostrarse que esta explicación bíblica sea incorrecta... Y cada nueva esclusa nos acerca más a esa remota época y nos aleja de la vida que conocemos.

–Podría afirmarse, entonces, que nos estamos acercando a la vida *real* –propuso Héctor Darby en la oscuridad de la cabina del vehículo.

–Prefiero llamarla «vida», a secas, Héctor –dijo Schaumann–. No tengo claro lo que es la realidad.

Se hallaban detenidos en la última esclusa desde hacía varios minutos, casi los mismos que el doctor Schaumann había empleado en recordarles los detalles científicos del lugar por el que iban a viajar. Desde la cabina sólo podía contemplarse un tramo de carretera flanqueado de luces que se introducía entre dos paredes monstruosas, hinchadas, cortadas por una sola línea vertical, sobre cuya superficie se derramaba el agua de la condensación del aire. Un rumor como de ronquidos de dioses dormidos lo hacía vibrar todo, pero no era constante: parecía la respiración de algo poderoso, iba y venía.

Héctor Darby, de pie, acariciándose la barba, podía ver las luces traseras del baño-vehículo de sus compañeros. Meldon Rowen, junto a él, estiraba su morena anatomía sentado frente a los controles. Anjali Sen, la oscura india, hacía ejercicios arrodillada sobre el asiento, flexionando los brazos. El viaje se había hecho lento, fatigoso. Darby sabía que la aparente atmósfera cordial era forzada: seguían sin saber dónde se encontraba Daniel, y el trayecto hasta el laboratorio no estaba exento de peligros.

–Sin duda nos llevan bastante ventaja –dijo Anjali.

–Ya contábamos con eso –resopló Rowen.

El rostro pecoso de ojos cerrados de Maya Müller sustituyó a Schaumann en la pantalla.

–Héctor, Meldon, Anja... Se me ocurre que podríamos probar a dividirnos más allá de la Máscara: nosotros seguiríamos por la carretera hacia Kioto, en previsión de una posible emboscada, y vosotros cambiaríais de rumbo, por ejemplo, en la encrucijada de Gifu. De este modo...

–De este modo, complicaríamos más las cosas –dijo Anjali. Darby sabía que había una inofensiva aunque incesante rivalidad entre las dos mujeres. El temperamento controlador de la creyente india chocaba con la terca obstinación de Maya–. Opino que no debemos separarnos.

–A mí tampoco me gusta –reconoció Darby–. ¿Qué es lo que pretendes, Maya? ¿Servir de cebo mientras nosotros escapamos por una vía alternativa?

–Pretendo que no sirvamos de cebo todos –replicó la muchacha.

Su plan fue recibido con un silencio escéptico.

–Déjanos unos minutos para decidirlo –propuso Rowen.

–De acuerdo. –Maya cortó la comunicación.

–Estoy preocupado por Daniel –confesó de pronto Darby. Anjali, que seguía flexionando los brazos iluminada por las pantallas que quedaban encendidas, se detuvo y lo miró–. No sólo no le hemos contado la verdad sobre lo que hicimos..., tampoco le hemos dicho lo que va a encontrar en la Zona Hundida.

–No creo que eso importe, Héctor –objetó Anjali–. Lo custodiarán hasta el laboratorio. No va a pasarle nada.

–Excepto si... –Darby se mesaba la barba–. Excepto si intentara huir...

Hubo un silencio. Rowen y Anjali parecieron meditar en aquella inesperada posibilidad.

–Esperemos que no lo haga –sentenció al fin Rowen–. No sobrevivirá si intenta huir.

5

–No sobreviviremos si intentamos huir, Daniel.

–Tampoco si esperamos aquí encerrados hasta llegar al laboratorio, Ina –replicó Daniel–. Ya has oído a Moon. No tenemos nada que perder.

–Te ha mentido para provocarte. Estoy segura de que tu hija aún vive...

–Quizá, pero si es así quiero averiguarlo por mí mismo. Hace un momento dijiste que conocías varios atajos para llegar a pie al laboratorio antes que este vehículo. Si llegamos antes de medianoche, quizá todavía no se hayan atrevido a dañar a mi hija y podríamos tratar de rescatarla.

Sabía cómo sonaba lo que estaba diciendo, pero aun así aguardó la reacción de Ina, deseoso de que ella aceptara.

Tras una reflexión, la muchacha negó con la cabeza.

–Nada ni nadie nos protegería. Estamos *dentro* del mar, en la Zona Hundida, donde las cosas son distintas al mundo que conoces. El mar contiene a Dios y al Color, y su realidad no es la nuestra...

–Se trata tan sólo de un lugar acristalado a cierta profundidad bajo el agua, nada más. El resto son pensamientos de creyentes.

–Yo soy creyente –afirmó Ina cambiando de tono.

–Yo no –dijo Daniel Kean–. Yo sólo quiero salvar a mi hija, igual que tú a tu maestra, y ninguna creencia va a obligarme a marchar hacia la muerte con las manos atadas al cuello, sometido al capricho de ese criminal. ¿Puedo contar con tu ayuda o debo hacerlo solo?

Se hallaban en extremos opuestos de la cabina rojiza: Daniel sentado en el suelo, sin nada encima salvo la cadena que lo ceñía; Ina de pie en una esquina, con su túnica a rayas agitada por los jadeos. Daniel ni siquiera sabía si les estaban escuchando, y en cierto modo le daba igual. Su desesperación había dado paso a un sentimiento de extraña invulnerabilidad. Sin embargo, no quería intentar nada sin la ayuda de la chica.

Ina lo miró un instante. Luego bajó la vista.

–No conozco el mecanismo de cambio de color de esta cabina –dijo en voz baja–. Sólo sé que, mientras sea roja, nada en el mundo nos permitirá salir. Es completamente hermética en este estado.

–El aire entra por algún sitio: tu pelo se mueve, lo siento en toda la piel...

–Es como una red de pequeños poros, pero eso no quiere decir que sea frágil.

–Empecemos por intentar liberarme. –Daniel se apoyó en la pared para ponerse en pie–. Quizá con tu ayuda lo...

De súbito el cubo rojizo se convirtió en una trampa mor-

bolsa llena de tierra. La chica lo esperó de pie, apoyada en la pared, tensando la túnica con cada inspiración. Al llegar junto a ella el guardián levantó una mano bruscamente haciendo que Ina apartase la cara, pero se limitó a sujetarla de la túnica–. Te explicaré la situación –susurró, arrastrando las frases–. Había un árbol en el camino. Nos hemos desviado. Quizá haya denebianos cerca. Tus gritos los atraerán. No vuelvas a gritar, pase lo que pase, aunque te caigas y te rompas tu bonita cabeza... –La otra mano del guardián señaló la cabeza de Ina. Entonces, de manera imprevista, la golpeó. La bofetada apenas sonó en el espacio sin ecos de la cabina, pero hizo que Ina girara el rostro hacia el lado opuesto y gritara–. Has gritado otra vez... –El castigo se repitió. Ina apretaba los dientes–. Ahora, mucho mejor... ¿Y ahora?

El guardián parecía estar jugando: hacía flotar una mano mientras aferraba de la túnica a Ina con la otra, amagaba varios golpes y de repente descargaba uno de verdad. Sonreía cuando cogía desprevenida a la chica. Una de las bofetadas hizo que Ina casi cayera al suelo y su túnica se desprendiera del cuello con un seco sonido de desgarro. El guardián soltó la prenda, que quedó colgando de la cintura de Ina.

–¡Mira lo que has hecho, estúpida! –rugió–. ¡Vuelve a vestirte! ¡Vístete! –Y empezó a golpearla con ambas manos, sin pausa, por todo el cuerpo, mientras Ina intentaba inútilmente anudarse los extremos de la túnica rota al cuello.

Lo hizo en ese instante. No por él. Tampoco por Yun. Lo hizo porque le resultaba imposible seguir contemplando cómo aquella chica, a quien apenas acababa de conocer, era maltratada salvajemente.

Carecía de un plan previo, confiaba más en su voluntad

que en sus fuerzas. Extendió las piernas poniéndose en pie de un salto y logró llegar hasta su objetivo antes de que éste se diera cuenta de lo que sucedía. Colocó las manos atadas delante del cuello del guardián. El tirón hacia delante hizo que las cadenas se activaran y comenzaran a estrangularlos a ambos.

Tomado por sorpresa, el guardián realizó pobres forcejeos. Quizá hubiese conseguido liberarse, pero Ina hundió una rodilla en su vientre y, sin transición, golpeó con ambos puños su rostro. Un segundo después Daniel sostenía un cuerpo exánime.

–¡Tiene una llave cromática colgada del cuello! –exclamó Ina ayudándolo a dejar el cuerpo en el suelo.

Se movieron torpemente. Daniel perdió tiempo manipulando la pequeña llave hasta que comprendió que era Ina quien tenía que cogerla y abrir las cadenas. Ella lo hizo, y Daniel se sintió aliviado al encontrarse libre. Dieron la vuelta al cuerpo y sacaron sus armas. Ina se quedó con el cuchillo y le entregó la pistola a Daniel. Luego ella volvió a anudarse la rasgada túnica y Daniel examinó la pieza negra del guardián: era casi transparente, pero estaba formada de recias anillas flexibles.

–Protege de las balas –dijo Ina.

Daniel se la quitó y probó a ponérsela. Era pequeña, pero se adaptaba muy bien a su torso. Luego se colgó la funda del arma en el hombro y miró a Ina.

–¿Y ahora?

–Si salimos de aquí, es posible que podamos abrir la puerta exterior y saltar del vehículo en marcha –sugirió ella.

–No tiene ninguna llave más –dijo Daniel–. ¿Cómo abrió la puerta?

–No necesita llaves para eso. La puerta es porosa, como el resto de la cabina, sólo puede abrirse si logramos que aparezca, lo cual quizá ocurra al contacto con su mano. Ayúdame a llevarlo hasta la entrada...

Comenzaron a arrastrar el cuerpo. En ese momento la mitad de la cabina se hizo azul y la puerta se abrió.

–En efecto, la cabina es porosa –dijo Moon, de pie en el umbral–. Todo lo que habláis puede ser escuchado.

6

A Moon lo escoltaban dos de sus hombres, o quizá mujeres; era difícil determinarlo pese a que uno de ellos fuera Botas Puntiagudas y mostrara genitales de mujer bajo una corta pieza amarilla. Ambos iban armados, igual que Moon, aunque Moon aparentaba no necesitar más armas que su sonrisa. Permanecía en medio de la entrada, las manos desgarbadamente colocadas en el marco de la puerta, y miraba con fijeza a Daniel, como si sólo éste se hallara presente. Un vistoso medallón de plata y ónice brillaba en su pecho desnudo.

–Ahora os explicaré lo que ha pasado, por si no pudisteis comprender la pronunciación de Yamu –dijo Moon–. Nos topamos con un árbol bloqueando la carretera, probablemente una trampa denebiana, y tuvimos que desviarnos campo a través, si es que puede llamarse «campo» a esta zona particularmente desagradable e inhóspita que hemos tenido la delicadeza de no mostraros... Nos hallamos a casi ochocientos metros bajo el mar, bordeando el Color, a punto de entrar en él, en un área plagada de denebianos y otros ritualistas de diversa índole. Pero nosotros no somos menos peligrosos. A mi derecha, Lam es creyente del Segundo como yo y dispara muy bien; a mi izquierda, Send dispara mejor que Lam. Ambos llevan armas sensibles al calor corporal. ¿Sabe un empleado de tren lo que significa eso? Explícaselo, Ina.

–No pueden fallar –dijo la chica secamente–. Son atraídas por la temperatura del cuerpo.

–Podríamos acertaros con los ojos cerrados a cien metros de distancia –tradujo Moon–. Y ahora... Ya tenemos bastantes problemas de fondo intentando no caer en las trampas denebianas. Soltad las armas y a Yamu. Por cierto, Daniel: devuélvele la pieza de defensa. Te queda fatal.

Cuando Moon acabó de hablar, ni Daniel ni la chica hicieron nada.

–¿Ninguno de los dos quiere ser el primer cobarde? –Moon volvió la cabeza hacia el guardia a quien había llamado Lam. Éste se hallaba enfundado en un abrigo negro que sólo permitía ver sus manos de uñas largas y rojo-plateadas y la compleja pistola. En ese momento extendió el codo al apuntar.

La bala destrozó por completo la cabeza del guardián al que Daniel y la chica aún sujetaban. No fue simplemente un agujero: el cerebro de Yamu estalló como una burbuja dejando al aire la superficie de la lengua y los dientes de la mandíbula inferior. Las paredes, la pieza que llevaba Daniel y la túnica de Ina quedaron envueltas en sangre. Ambos soltaron el cuerpo a la vez.

–*Todos* somos prescindibles, incluyendo nosotros, ya os lo dije –recalcó Moon–. No lo repetiré: soltad las armas. –Sus palabras y su aspecto podían resultar pretenciosos, pero en aquellos ojos opacos Daniel percibió algo mucho más inquietante. Era como si los ojos de Moon fuesen un vehículo moviéndose a gran velocidad y, al mirarlo, Moon embistiera con ellos.

El tren oscuro.

Un ruido lo sobresaltó: Ina había arrojado el cuchillo al suelo. Él aún sostenía la pistola.

–¿Y bien, gran héroe? –indagó Moon sin dejar de *(matarlo)* mirarlo con aquellas pupilas carbonizadas–. ¿Qué quieres hacer?

En realidad, quería hacer muchas cosas, pero los ojos de Moon le dejaban pocas opciones, o más bien ninguna: eran como trampas pegajosas donde su voluntad quedaba atrapada. Comprendió que lo ocurrido antes con el cuchillo se había debido a eso. Ina tenía razón: Moon lo engañaba. Nunca le hubiese dejado obrar con libertad.

Pese a todo, alzó la mano con que sostenía la pistola, dispuesto a disparar. Entonces parpadeó al ver que el arma ya estaba en el suelo. Había obedecido a Moon sin ser consciente de ello.

Hubo un silencio. La habitación seguía balanceándose y vibrando, pero nadie se movió ni habló durante aquella pausa. A juzgar por su expresión, Moon parecía muy lejos de hallarse satisfecho.

–La pieza, héroe –ordenó–. Quítatela.

Mientras Daniel deslizaba los tirantes de la pieza por encima de su cabeza, Moon siguió hablando en tono cansino, las manos apoyadas en el vano de la puerta.

–¿Sabes, gran héroe? Estoy empezando a hartarme de ti. Ya es hora de que alguien te enseñe dónde está tu lugar. Tira la pieza al suelo y arrodíllate.

Hizo todo lo posible por no ceder pero, al tiempo que ponía en juego su voluntad, sus rodillas se doblaban temblorosas. No sabía qué le estaba ocurriendo, era como si no fuese él, o como si se hubiese dividido en dos partes, ambas igualmente inútiles.

Moon, entonces, bajó las manos del marco de la puerta y se acercó. Su rostro eran sus ojos: como dos moscas en un plato de leche. Aunque intentó moverse, Daniel sólo logró sentarse sobre los talones, incapaz de levantar las rodillas. *Me está haciendo algo con los ojos.*

–Aún no tienes ni remota idea de lo que podemos hacer los creyentes, Daniel Kean –dijo Moon–. Te pondré ejemplos: puedo ordenar que te mates, o que mates a Ina, o que te ofrezcas a mí para ser usado, incluso que sientas «amor» por mí. No importa cuánto me odies. No importa si sabes que gocé a tu pequeña niñita oriental antes de matarla... Si te ordeno que sientas «amor» por mí, lo sentirás. Harás y serás cualquier cosa que yo quiera...

Los ojos de Moon eran grandes círculos negros, como si las letras centrales de su nombre hubiesen crecido y lo abarcaran todo. Sin embargo, Daniel se hallaba lúcido y era capaz de razonar lo que le sucedía. Incluso había logrado rescatar un dato perdido en el fondo de su memoria y forjado un plan, pero los ojos de Moon no le permitían llevarlo a cabo.

–Vamos a empezar por lo sencillo –dijo Moon cubriendo con su sombra el cuerpo arrodillado de Daniel–. Vas a usar la lengua. Sólo la lengua, por ahora...

–Déjalo, por favor, déjalo... –oyó, remotísima, la voz de Ina.

–¿Celosa? –se burló Moon, y alguien rió grotescamente,

quizá Lam, quizá Send–. Lo siento, no me gustas, Ina. Tu lengua, Daniel Kean. Quiero verla.

A Daniel le pareció que un gusano rosado emergía a ciegas de sus labios.

De improviso, el mundo adoptó la forma de una explosión y todos cayeron al suelo o contra las paredes como piezas de un tablero desordenado. Se oyeron gritos desde el fondo del vehículo, y los guardias y Moon giraron la cabeza.

En ese instante Daniel se dio cuenta de que Moon había dejado de mirarlo.

Podía moverse.

7

Supo que no dispondría de otra oportunidad.

Un corto trecho de aire separaba su mano izquierda de la derecha de Ina: se levantó de un salto, la aferró por la muñeca y se lanzó hacia delante, empujando a Moon, que aún estaba en el suelo. El cuerpo de Moon golpeó a Lam, pero el choque contra Botas Puntiagudas, más resistente o con más suerte, precipitó al suelo también a Daniel. Por un instante todos jugaron a incorporarse mientras las miradas de Daniel y la guardiana se cruzaban (aquellos terribles ojos azules). La pistola de la chica había caído en un lugar –por desgracia y por fortuna– inaccesible para ambos. Esa vez fue Ina quien tiró de su mano.

–¡Detrás de mí, Ina! –gritó él, parapetándola con su cuerpo.

Botas Puntiagudas parecía haberse hecho daño en el

hombro, y por el momento no representaba una amenaza. Moon se levantaba mientras desenfundaba el arma. Pero Lam ya se había recuperado, y le apuntaba.

Se oyó un estruendo. Daniel sintió todo lo que se puede llegar a sentir al morir, salvo la muerte.

El proyectil se había estampado contra el dintel de la puerta, pero su solo estallido, que había disuelto el marco en mil fragmentos, bastó para que Daniel volviese a resbalar. No cayó al suelo en esa ocasión: las palmas de sus manos extendidas lo impidieron. Se incorporó y corrió hacia el largo pasillo central del vehículo. Vio a Ina llegar al fondo y doblar un recodo.

–¡Hay una salida! –le gritó ella.

Se introdujo por el pasillo sin mirar atrás, sabiendo que una vez dentro se convertiría en un blanco tan fácil que Lam podría acertarle con los ojos cerrados. A menos que su teoría fuese correcta.

Oyó el nuevo disparo y se inclinó hacia delante. Percibió la bala sobre su cabeza bufando al rasgar el aire como un insecto rabioso. Estaba ileso. Siguió corriendo, llegó al final del pasillo y descubrió la salida a su izquierda. En ese momento vio que otro individuo armado, quizá el conductor, se dirigía hacia él desde el extremo frontal del vehículo y alzaba una pistola intentando afinar la puntería.

–¡Salta! –gritaba Ina desde fuera–. ¡Salta, Daniel!

Lo hizo. El conductor no había disparado, quizá porque había visto que por el mismo pasillo se acercaban sus compañeros. Ina detuvo su caída y echaron a correr hacia lo que parecían árboles.

La noche era eterna y húmeda. Daniel no tenía tiempo de mirar a su alrededor, sólo a sus pies y a los de Ina, que abrían el camino. Una rama explotó en pedazos junto a ellos. Ina cambió de rumbo y Daniel la siguió. El terreno, desnivelado, empezó a exigirles más esfuerzo. Daniel descubrió que subían por una ladera, entre una pesadilla de troncos cubiertos de gotas resplandecientes. El color de aquel bosque era azul.

Se detuvieron un instante para recuperar el aliento. Ina habló dando bocanadas.

–Han caído en una trampa denebiana... Lo vi al salir: un árbol arrojado al paso del vehículo... Eso significa que hay ritualistas cerca. ¡Tenemos que...!

El problema más grave podía ser ése, pero no era el único: Daniel lo supo cuando el tronco que se hallaba en medio de ambos fue pulverizado entre un estruendo de chispas de ámbar, como si una carga explosiva colocada en su interior hubiese detonado en ese instante. Giró la cabeza para oír (más que ver) las sombras de Lam y del conductor acercándose.

–¡Allí! –gritó uno de ellos. Volvieron a disparar.

Con el corazón latiendo a la velocidad de su terror, Daniel siguió a Ina hacia la espesura que coronaba la colina. Hubo nuevas detonaciones, pero resonaron salvadoramente remotas. Al llegar a los arbustos Daniel imitó a la chica y se arrojó al suelo. Un rocío gélido y mohoso los empapó. Gatearon como animales por entre la maleza, y por un momento sólo los oídos de Daniel lograron no perder a Ina. Le faltaba el aire, no tanto por el esfuerzo como por la propia atmósfera, densa, de invernadero, como si el oxígeno fuese sudor.

Ina no se detuvo al salir de los matorrales: bajó la ladera dando zancadas, con la estela de seda de su túnica desgarrada flotando tras ella. Atravesaron lo más deprisa que pudieron un terreno angosto flanqueado de colinas hasta que éstas se hallaron lo bastante próximas unas de otras como para formar un desfiladero. En aquel punto hicieron un alto, y durante casi un minuto se limitaron a respirar.

–¿Estás bien? –preguntó Ina–. ¿No te han herido?

Estaba bien. Se lo dijo, y le contó entrecortadamente lo que había comprendido mientras Moon lo amenazaba.

–Antes de subir al vehículo me obligaron a rociarme con un producto que anula los rastros de calor de la superficie del cuerpo... Cuando Moon habló de armas sensibles al calor corporal, decidí arriesgarme... Pensaba protegerte durante la huida, pero al final te expuse a las balas.

–Hiciste lo único que podíamos hacer, Daniel –afirmó Ina con vehemencia–. Al principio dudé de tu decisión. Ahora te lo agradezco.

–Aún tenemos que salir de aquí. ¿Sabes dónde estamos?

–En la antigua zona de Kansai, al oeste de Honshu –dijo Ina–. Ignoro en qué sitio exacto, pero creo que no muy lejos del Color...

Daniel se sentía más tranquilo en la paz de la noche. Alzó la vista y contempló el cielo negro, estampado de infinidad de estrellas.

–Hay quienes aseguran que pueden orientarse por las estre... –comenzó a decir.

Entonces ahogó un grito.

Las estrellas se *movían*.

No de la manera imperceptible en que lo hacen los astros, sino a simple vista. Cambiaban de lugar continuamente, todas por igual, a una velocidad no muy grande pero incesante: tras cada parpadeo que daba, Daniel advertía que el mapa del cielo era otro. Parecía un inmenso caldo negro con partículas doradas en suspensión yendo de aquí para allí, chocando entre ellas, arremolinándose a kilómetros de altura.

–Son cardúmenes de peces, no estrellas –dijo Ina–. Estamos bajo el mar, no lo olvides. Lo que parece el cielo es una bóveda de cristal presurizado, Daniel. Esto es la Zona Hundida. Ocupa unos treinta mil kilómetros cuadrados de área. Los cristales que la cubren son especiales, y el sistema de ventilación muy sofisticado. La atmósfera en el interior se conserva a la misma presión que en la superficie, pese a que en algunos puntos la profundidad alcanza más de mil metros. Fue una labor colosal, los trabajos de construcción del Acristalamiento duraron más de un siglo...

–¿Por... por qué brillan? –preguntó Daniel con la vista fija en el burbujeo de luces.

–Son fosforescentes debido a la radiación del Color, ¿no lo sabías? –El tono de Ina mostraba asombro ante la pregunta. Entonces sonrió–. Lo siento. Olvidé que nunca habías estado en la Zona Hundida... Los peces en esta región desprenden luz desde hace millones de años debido al Color, Daniel.

–Es... –murmuró él, y olvidó hallar una palabra para proseguir.

–Sí, fascinante –cortó Ina en tono cansino–. Sobre todo para quien lo ve por primera vez. Abrumador, fascinante... y terrible.

–No iba a decir «fascinante». –Daniel bajó la cabeza, confuso–. A mí también me parece terrible: como una inversión de las cosas.

–Una inversión del orden natural –asintió Ina–. Pero el

mundo también es esto, Daniel Kean. Lo que llamamos «natural» es únicamente aquello a lo que estamos más habituados. Para los denebianos, lo «natural» es ver peces nadando en el cielo. Vamos, debemos continuar...

–¿Crees que aún nos siguen?

–No son los hombres de Moon lo que más me preocupa. –Ina miraba de un lado a otro, y su tensión era perceptible para Daniel incluso en la penumbra–. Al salir del vehículo lo sentí: hay ritualistas cerca. No voy a mentirte: tú y yo juntos podríamos recibir ahora mismo el Gran Premio a las Presas Denebianas del Año. Somos macho y hembra, jóvenes y saludables; estamos desarmados y desnudos. –Como para acentuar la palabra llevó las manos a los jirones de la túnica y terminó de arrancarla, arrojándola sobre la hierba. Luego se apartó el pelo de la cara. La maleza le llegaba a las rodillas–. Debemos jurar algo: si nos capturan, el que pueda de los dos intentará matar a ambos.

–¿Matar?

Ina asintió, mirándolo.

–Los denebianos no nos matarán. Les somos mucho más útiles con vida. Utilizan a los diseñados del exterior para someterlos a sus rituales, basados en interpretaciones extremas del Quinto Capítulo: nos darán drogas que harán que nuestro cuerpo se vuelva gris y se desprenda a trozos, como dice la Biblia que ocurrió con los cuerpos de la familia en cuya granja cayó el Color. Te aseguro que no es la clase de vida que vas a desear vivir, Daniel, de modo que júrame que me matarás si llega el momento... –Daniel lo hizo, estremecido, y ella juró lo mismo.

Quedaron mirándose en silencio. Para Daniel, de repente, el pacífico bosque que los rodeaba se había llenado de pisadas, sombras y ojos brillantes. *Cosas que reptan y se arrastran.*

–Bien, sigamos –dijo Ina–. Con suerte, llegaremos al Color en cuanto crucemos estas colinas. A partir de ahí podré guiarte al laboratorio de Kushiro.

Daniel bajó la cabeza. No había perdido la esperanza de salvar a Yun pero, por mucho que se repetía a sí mismo que Moon sólo había intentado provocarlo, se le antojaban cada vez más remotas las posibilidades de hallar a su hija con vida.

Ina no le permitió aferrarse al silencio. Sus palabras tampoco fueron compasivas.

–Es muy probable que no volvamos a ver a las personas que intentamos proteger, Daniel, pero no podemos arriesgarnos a perderlas sólo a causa de nuestro desánimo. Si retrocedemos, nos encontraremos con Moon. En caso contrario, quizá tengamos alguna posibilidad de llegar antes que él y salvar a tu hija. Tú mismo lo dijiste: nos hubieran matado, de todas formas.

Daniel asintió, comprendiendo que Ina tenía razón.

Reanudaron la marcha bordeando las colinas hasta llegar a un espeso juncal. Ina propuso atravesarlo para no ser vistos desde el exterior. Al introducirse por él crearon un mundo de crujidos. Las altas plantas apenas se movían con el aire circundante, hacía calor y la humedad del ambiente resultaba pegajosa. El largo pelo de Daniel se enredaba a veces entre los juncos, obligándolo a realizar frecuentes pausas.

–¿De dónde han salido tantas plantas y árboles? –le preguntó a Ina–. Deben de estar diseñados para sobrevivir en un lugar sin la luz del sol...

–Lo están –dijo Ina–. Son diseños genéticos preparados para crecer en estas condiciones. Los ritualistas los plantan para realizar sus ceremonias, y también para alimentarse. Ellos mismos se han diseñado a lo largo de generaciones, y se afirma que algunos han conseguido ver en la oscuridad y respirar sólo un par de veces al día. Lo que no han podido diseñar son sus mentes: han enloquecido encerrados aquí dentro, como habitantes de un acuario humano. Sus leyes y conocimientos no son los nuestros, pero son poderosos creyentes del Quinto y Sexto Capítulos.

Daniel se quedó mirándola. Las sombras de los juncos cruzaban el rostro en penumbra de Ina White y sus labios carnosos, entreabiertos.

No sabía cómo decirle lo que estaba pensando: él mismo se sentía aturdido ante lo que recordaba haber experimentado. Cuando habló, lo hizo con lentitud, escogiendo las palabras.

–Ina, no puedo entender cómo Moon lo logró, pero me obligó realmente a *hacer* lo que me ordenaba... Fue algo muy extraño... Quizá se trató de simple sugestión, pero no podía evitar obedecerle... Era como si mi cuerpo no fuera mío.

–Tu cuerpo no es tuyo –replicó Ina–. Es sólo un vestido. Es tan ajeno a ti, y al mismo tiempo tan peligroso, como podrían serlo estos juncos. Así sucede desde que fuimos creados, Daniel. Lo único que de verdad nos pertenece es la conciencia, que es como un faro que iluminara las tinieblas. Ser creyente significa controlar la luz de ese faro de tal manera que podamos hacer cosas con ella, además de iluminar.

Como dando por zanjada la conversación, Ina continuó caminando. Daniel la siguió, pensativo. *Un día te despiertas y ves que el mundo no es como creías.* ¿Podía Ina tener razón? Sabía que nunca había experimentado nada parecido a lo que había sentido mientras Moon lo miraba. Ni siquiera la humillación sufrida con Mitsuko admitía comparación. En aquel momento había obedecido voluntariamente a la voz que controlaba a Mitsuko para no poner en peligro a su hija; en cambio, lo de Moon había sido como un sueño en plena vigilia, la invasión de su ser más íntimo. ¿Acaso no era buena prueba de que la creencia era cierta, o al menos conseguía muchas de las cosas que el creyente se proponía, como opinaba Héctor Darby? ¿O podía haberse tratado de pura y simple sugestión? Aún dudaba.

Más allá del juncal el terreno ascendía hacia la cima de una colina. Ina propuso subir hasta ella. Cuando por fin llegaron, Daniel se dio cuenta de que se hallaban en un sitio lo bastante elevado para gozar de una amplia panorámica.

Ambos contemplaron el espectáculo, estupefactos.

La colina descendía hacia un valle estrecho en el que se alzaban extrañas casas de tejados ondulados. Ina las llamó «pagodas» y explicó que eran templos abandonados de remota antigüedad. Más allá, detrás de nuevas colinas, flotaba una niebla resplandeciente de un tono entre violeta, verde y azul, que abarcaba toda la curvatura del cielo de cristal.

–El Color –dijo Ina.

Pero lo que en aquel momento dejó a Daniel sin palabras fue lo que se movía sobre las altas lomas que formaban el horizonte.

Lentas, majestuosas, las criaturas avanzaban proyectando su resplandor fosforescente sobre las pagodas como zepelines de luz. Cuando se acercaron, Daniel reprimió un grito al ver sus colosales cabezas, sus anatomías como grandes mansiones embrujadas, el albor de sus panzas con las que, por un momento, empedraron la bóveda acristalada por encima de ellos.

–Cachalotes –dijo Ina en tono reverencial–. Una manada. Suelen descender a más de mil metros para capturar presas. Los más pequeños son crías. Dicen que es de mal agüero ver cachalotes en el cielo.

Daniel estaba dispuesto a creerlo: un sudor frío lo bañaba al paso de aquellos monstruos de silencio, nubes sólidas de tormenta que se desplazaban entre destellos de tonalidad violeta y remotos crujidos.

–Van a quebrar el cristal... –susurró, espantado.

–No –dijo Ina–. Ni siquiera lo rozan. Lo que oyes es su voz. Se comunican con ecos. Al reverberar en las placas de cristal, producen sonidos como de golpes o...

Daniel ni siquiera fue consciente de que Ina se había interrumpido. Torcía el cuello alzando la cabeza hasta el límite, abrumado por aquel desfile. Una parte de él recordó casi de forma exultante que, en otros tiempos (quizá mejores, quizá tan sólo distintos), el Gran Tren le había parecido el espectáculo más colosal que podía contemplarse. Pero frente a aquel despliegue cegador de pura naturaleza apenas se le ocurría otra cosa que mirar, seguirlos hasta el fin con la mirada como un niño seguiría las evoluciones de una deslumbrante cometa...

–Daniel...

... seguirlos para siempre, hasta el destino último. Hasta el lugar donde Yun y Bijou lo esperaban...

Bajó la vista, parpadeante, cuando sintió que Ina lo cogía del brazo.

–¡Daniel, corre todo lo que puedas!

Entonces vio las sombras.

Sexto Capítulo

DOOWICH

I

No sabía cuántos ni *qué* eran. A la luz cada vez más lejana de los cachalotes que surcaban las alturas vio dos o tres siluetas que avanzaban hacia ellos desde diferentes ángulos de la cima de la colina, y advirtió reflejos de trajes de colores y desgreñadas melenas.

–¡Corre, Daniel! –gritó Ina bajando la ladera.

Daniel consideró afortunado que la tierra fuera blanda y no hubiera más obstáculos en el camino que un campo de flores diseñadas. El cuerpo de Ina le servía de guía en la oscuridad, ahora que las enormes criaturas marinas se hallaban demasiado lejos y no iluminaban. Corrió sin pensar en nada, sin mirar atrás, sin escuchar otra cosa que los latidos desbocados de su corazón y el crujido de las plantas al ser aplastadas.

Cuando alcanzaron la base de la ladera Ina hizo una pausa fugaz y señaló las ruinas de las pagodas.

–¡Tenemos que llegar hasta allí!

Reanudaron la frenética carrera. Daniel albergaba la certeza de que si caía, aminoraba el paso o siquiera titubeaba, sería atrapado. El miedo y la debilidad le hicieron pensar en rendirse, pero el recuerdo de las palabras de Ina (prométeme que me matarás») azuzaba su cuerpo fatigado.

Ina, que le llevaba bastante ventaja, se dirigía a una explanada de muros rectangulares que parecían iluminados por un crepúsculo eterno. Su cuerpo era como una escultura móvil de color blanco. De súbito se detuvo y giró hacia Daniel. Él temió que tampoco hubiese salida por allí. La vio mover los brazos. La oyó gritar su nombre.

Se dio cuenta de que le avisaba de algo. Giró la cabeza.

El primer perseguidor, que se hallaba a considerable distancia de los demás, lo había alcanzado.

Oyó algo semejante a una risa. Fue zancadilleado. Rodó con las piernas flexionadas y el mundo, de repente, se le hizo diminuto: flores, cálices, tallos, olor a humedad y barro, el calor brutal de un cuerpo. Dejó de dar vueltas y quedó boca arriba, al tiempo que una figura se arrojaba sobre él. Extendió las piernas y dio patadas al aire, pero su enemigo las eludió con facilidad y se sentó sobre su vientre. Daniel distinguió una masa de pelo oscuro con olor a fango, pechos desarrollados de mujer, brillo de vidrios de colores en forma de chaqueta abierta y unas facciones asimétricas y repulsivas, con espesas cejas, ojos a distinta altura, un párpado vuelto del revés, labios como peldaños, nariz convertida en un morro negro. El hedor animal de aquella anatomía lo aturdió. Lanzó gritos y se revolvió, lo cual parecía divertir a su captora. Su risa, de dientes separados y grandes, era ronca y revelaba mucha menos comprensión que ansias. Incluso llegó a soltar las manos de Daniel para deslizarlas por el rostro de éste y hurgar dentro de su boca. Tenía una piel correosa y fétida. Daniel intentó morderla, pero era como querer quebrar una rama gruesa con los dientes.

Aprovechó que tenía libres las manos para lanzar un último y desesperado ataque con ambos puños. Le acertó en la sien, pero la mujer del atuendo de cristal volvió a reír y cerró su zarpa sobre las muñecas de Daniel, inmovilizándolas. Sus dedos eran como los dientes de un cepo. Luego llevó la otra mano a su garganta, bloqueando el paso del aire. No parecía querer estrangularlo sino hacerle perder la conciencia, y eso fue lo que más le aterró. *Les somos mucho más útiles con vida.* Se debatió como pudo, pero sólo lograba mover la cintura y los pies. El risueño rostro de la mujer comenzó a volverse melaza en sus ojos...

De repente la vio alzar la asimétrica mirada hacia un punto que quedaba fuera de su alcance. El golpe lo recibió en la misma sien donde él la había golpeado, pero el talón del pie de Ina, sin duda, era más fuerte. Al mismo tiempo, Daniel colaboró juntando los muslos y flexionando las rodillas hacia arriba. Entre un crujido de cristales, su captora dio una vuelta completa en el aire y cayó de lado. Ya no reía.

–¡Deprisa! –gritó Ina, ayudándolo a incorporarse.

Comprendió su urgencia: el resto de los perseguidores estaba llegando.

Se encontraban muy cerca de las ruinas, pero a la confusa luz crepuscular del Color, Daniel no advirtió ninguna salida. Empezaba a creer que no tenían escapatoria cuando de repente vio aquella abertura en uno de los muros.

–¡No te detengas! –lo apremiaba Ina.

No lo hizo, ni siquiera cuando halló una angosta escalera de piedra tras la abertura. Bajó los peldaños a la misma velocidad, arriesgándose a tropezar y caer. Se precipitaron por pasadizos débilmente iluminados con lámparas enrejadas. Todo era oscuro y callado, un laberinto de paredes de arrecife. Siglos de abandono y océano habían convertido la piedra en esponjas horadadas.

Al fin, Ina se detuvo. El silencio en torno a ellos era absoluto.

–¿Qué era... eso... esa mujer? –Daniel intentaba recuperar el aliento.

–Una ritualista de cualquier clan... Estaba deformada genéticamente con «estigmas mentales y físicos» para imitar al Híbrido del Sexto Capítulo... Hemos escapado por ahora, pero tenemos que seguir... Sin duda conocen estos túneles, y no les costará alcanzarnos... –Daniel, que apoyaba la cabeza en el hombro de Ina, sintió la mano de ella en la mejilla, confortándolo–. Saldremos de ésta, te lo juro.

El contacto de aquella mano alivió su miedo. Se besaron y acariciaron un instante, sin buscar un placer final, sólo para atenuar el temblor de los cuerpos. Luego siguieron avanzando, y Daniel no vio a Ina titubear a la hora de escoger un camino, aunque de vez en cuando ella se detuviera como si sus sentidos fueran capaces de percibir sutilezas en aquel aparente sosiego.

–¿Dónde estamos? –preguntó él.

–En los túneles que se extienden bajo los templos. Algunos son vestigios de habitáculos antiguos, otros han sido construidos por los ritualistas. Si los atravesamos, llegaremos al otro lado de las colinas, en la zona del Color. Quizá allí dejen de perseguirnos.

De pronto se puso tensa. Daniel quiso preguntarle qué ocurría pero ella le indicó con gestos que guardara silencio. Al fin habló, en un susurro apresurado:

–Están dentro. Los percibo. Hay un nivel superior de grutas sobre nosotros... Quizá pretenden cortarnos el paso por encima, pero no creo que logren bajar a tiempo. Lo que tenemos que hacer ahora es encontrar algún modo de pasar al otro lado...

Ina parecía cada vez más asustada. Movía la cabeza de un lado a otro y retrocedía, como si ya no estuviera tan segura del camino a seguir. De repente señaló una tenue alfombra de luz violeta en un recodo. El tono de su voz reflejó alivio.

–¡Allí! ¡Una salida!

Alcanzaron el recodo. La abertura estaba tallada en la piedra, al fondo de un angosto túnel de techo abierto en varias cornisas, y era rectangular. Una bruma amoratada la hacía resplandecer como la esperanza.

–Esa luz es el Color... –explicó Ina–. ¡Lo hemos logrado!

Se introdujeron en el túnel, y habían avanzado unos doce pasos cuando lo oyeron. Extraños ecos de maleza removida, como plantas pisoteadas por una criatura que se acercase. El resplandor comenzó a oscurecerse. Ina, que iba delante, lanzó un grito. Daniel se alzó de puntillas para mirar por encima del hombro de ella.

Apenas pudo creer lo que veía.

2

Llevaban media hora viajando por la Zona Hundida, y en el interior del vehículo reinaba la inquietud. Las noticias que Darby les ofrecía por la pantalla no resultaban tranquilizadoras.

–Hay señales de alta actividad ritualista, Maya. Creo que hicimos bien en separarnos como tú sugerías, pero vosotros también deberíais tomar un desvío. Seguir por la carretera principal es arriesgado, más aún en esa especie de sauna árabe de mármol en que viajáis. Resultáis tan discretos como si llevarais un cartel luminoso anunciando vuestra presencia...

–No servirá de nada habernos separado si nos desviamos como vosotros, Héctor –dijo Maya.

–¿Temes una emboscada de la gente de Moon?

–No lo sé, pero en caso de que se produzca, nos esperarían en la carretera principal. No tienen modo de saber dónde estáis vosotros.

–Ésa es una buena pregunta. –El doctor Schaumann apartó los ojos del monótono camino oscuro, apenas ilustrado por la fosforescencia de las criaturas que se removían en el cielo–. ¿Dónde estáis vosotros?

–En dirección a las ruinas de Kobe –dijo Darby–. Daremos un rodeo antes de llegar y enfilaremos hacia las colinas del Color. ¿Y vosotros?

–Nos encontramos a unos diez kilómetros pasado Kioto –contestó Yilane.

–Al fondo vemos las colinas del Color –dijo Schaumann–. Arden piras en algunas de ellas, como era de esperar en los días previos a Halloween. Por supuesto, son eléctricas: aunque pretenden imitar las hogueras del Sexto, saben que no es saludable hacer fuego de verdad bajo el Cristal. A eso puede deberse la actividad ritualista, Héctor.

–De todas formas, tened cuidado. Volveremos a llamaros cuando nos desviemos hacia Amanohashidate. –Darby desapareció de la pantalla.

–«Tened cuidado» –dijo Yilane, y torció sus gruesos labios en un gesto de impaciencia–. Ya es tarde para tenerlo. Todo esto ha salido mal desde el principio.

–¿Y qué se supone que tendríamos que haber hecho, Jeremy Yin Lane? –Maya volvió a sentarse frente a él y cruzó los brazos. Su pieza fina y flexible de color negro le moldeaba el cuerpo como otra piel. Las armas en su cintura golpearon el asiento con ruidos metálicos.

–Resultas encantadora cuando pones esa voz –se burló Yilane.

–Pues debe de estar encantándote continuamente –apuntó Schaumann–, porque Maya es tan capaz de cambiar su voz como que el sol salga ahora mismo tras esas colinas.

–Cuando dejéis de reíros de mí –dijo la muchacha, aunque las únicas carcajadas habían sido las de Schaumann–, me gustaría que Yilane me respondiera. ¿En qué nos hemos equivocado?

–Sería más fácil si te dijera qué hemos hecho bien, Maya Müller. En primer lugar, ¿cómo sabemos que lo están llevando por tierra?

–Permite que sea yo quien responda a eso, Maya –intervino Schaumann–. Moverte con un aéreo dentro de esta urna a presión, Yil, es más peligroso que andar con los ojos vendados junto a un barranco. A un centenar de metros del Cristal hay un campo magnético de bloqueo. Sirve para impedir, precisamente, que cualquier objeto conducido por un jovencito loco como tú pueda estrellarse contra él. Sería casi imposible romperlo, pero el constructor no quiso arriesgarse, e hizo bien. A esta profundidad, una brecha del tamaño de mi dedo meñique nos enviaría a todos los que estamos en la Zona Hundida, creyentes o no, al Sagrado Reino sumergido de Dios...

–Lo han llevado por tierra –dijo Maya–. Y aunque no fuese así, tardarían lo mismo. No noto mucha diferencia.

–Yo, en cambio, noto una gran diferencia –objetó Yilane–. Por tierra o aire llegarán antes que nosotros, escucharán la revelación de labios de ese idiota y se habrán ido con la *Llave* antes de que hayamos llegado a vislumbrar la colina del laboratorio...

–Me gusta la gente optimista –comentó el doctor Schaumann.

–Lo he calculado. –Yilane hizo un vaivén frente a un panel. El lado de la cabina en que se sentaba era un vacío azul donde flotaban pantallas–. Incluso si no encontramos ningún obstáculo, no llegaremos antes de medianoche. Nunca debimos aceptar que Kean se fuera con ellos...

Tras una pausa la voz de la muchacha sonó divertida, pero ambos hombres la escucharon con repentina seriedad.

–Yilane: te conozco desde hace dos años y, aunque siempre hemos mantenido la distancia, quiero pensar que te conozco bien y que no guardas a otro muy distinto en tu interior. Si me equivoco, dilo ahora. Estamos en un camino sin retorno y me gustaría que me acompañara gente conocida.

–¿A qué te refieres?

–A que fingiré que no has querido sugerir lo que has sugerido.

–¿Y qué he sugerido, Maya Müller? –dijo Yilane, aparentemente concentrado en las pantallas.

–Que permitirías que una niña de seis años fuese asesinada a cambio de encontrar la *Llave*.

Hubo un silencio breve.

–Escuchad, no me parece prudente...

Pero Yilane interrumpió el intento conciliador de Schaumann. Seguía dando la espalda a Maya y al doctor, y su largo y rizado pelo castaño, echado sobre un hombro, y su faldellín rosado contrastaban con el fondo azul monocromo. Un tatuaje con forma de reptil era visible en su nuca.

–La vida de esa niña no era problema nuestro, Maya. La raptaron para presionarlo *a él.* Pero tú lo rescataste de las manos de Olsen. Él *sí* era problema *nuestro.* No debimos dejar que volvieran a llevárselo. ¿Qué pretendéis evitar, Rowen, Darby y tú? Van a matar a esa niña de todas formas, como a su estúpido padre, y lo sabéis.

La muchacha apoyó las manos en los muslos y separó las piernas. Habló sin elevar la voz, pero su tono calmo resonaba poderoso en el interior de la cabina.

–Yin Lane, te disculpa el hecho cierto de que eres muy joven, y las apasionadas enseñanzas que te inculcó tu padre te hacen ser posesivo y ambicioso.

Abandonado todo intento de seguir con las pantallas, Yilane dio media vuelta en el asiento y quedó de perfil. Lo hizo con mucha lentitud y en total silencio.

–¿Qué has dicho? –su voz se había hecho delgada y fría como un cuchillo.

–Yil, Maya... –Alzó la mano el doctor–. Por favor...

–Ezra Obed fue muy exigente contigo, Yil. –La muchacha hablaba como si reprendiera a un niño–. Tú mismo lo has dicho en ocasiones. Me consta que posees nobles sentimientos, pero tu padre se las arregló para que los separaras de tus propósitos de modo que no se influyeran mutuamente. Creo que deberías asumir de una vez por todas que tu padre ha muerto y ya nadie es dueño de tu destino.

Durante un momento sólo se oyó el rumor monocorde

del motor y las múltiples ruedas deslizándose con suavidad por la carretera en penumbra. Yilane había completado su giro y se hallaba de frente a Maya. En su rostro no se movía un músculo. Sus largos cabellos rizados le ocultaban los brazos hasta el codo.

–No te atrevas a hablarme así, Maya Müller –dijo al fin–. Eres una simple «perra» del Sur, una esclava... Sin la ayuda de Darby, aún estarías atada por una correa olfateando la muerte en el desierto...

–Yilane, basta –ordenó el doctor Schaumann.

La muchacha continuaba con la cabeza inclinada, en actitud tranquila.

–No tienes ningún derecho a mencionar a mi padre... Gracias a él estamos aquí. Si no llega a hablarnos de la revelación...

–Te habló a ti, a nadie más –cortó Maya–. Fuiste tú quien hablaste con Anjali. Tu padre pretendía que sólo lo supieras tú...

El gesto de Yilane fue violento como un rayo. Pero la mano con la que buscaba el cuello de Maya Müller encontró otra mano, recia como una roca, en el camino. Quedaron frente a frente, amenazadores, y en la pausa se impuso la voz de Schaumann.

–¡Basta, he dicho! ¡Yilane, Maya! ¿Qué pretendéis?

El joven se soltó de la presa. De pronto pareció a punto de echarse a llorar.

–Deberías purificar tu sucia boca antes de mencionar a mi pad...

En ese instante la muchacha se irguió, pero no pareció que fuera debido a las duras palabras de Yilane. El vehículo había empezado a aminorar la velocidad. Schaumann, inclinado sobre el parabrisas, conectó los faros suplementarios.

–¿Qué sucede, doctor? –preguntó Maya.

–Ritualistas.

Las figuras se hallaban quietas y de pie en la carretera a oscuras. Llevaban un vestuario complejo de ropas holgadas que abultaban en diversos lugares del cuerpo, pero eran del tamaño de niños pequeños y no parecían tener rostro.

–Son sólo muñecos rituales –dijo Yilane–. Están cubiertos de ropa por completo «hasta el cuello», a la manera del Híbrido... Es una forma de celebrar...

Pero Maya no lo escuchaba: giró el rostro hacia los altos árboles que flanqueaban la carretera y sus pecosos pómulos palidecieron a la luz de los controles.

–¡Doctor, no frene!

–¿Qué quieres decir? El vehículo se detiene automáticamente ante cualquier...

–¡Es una trampa! ¡Acelere de forma manual!

Las manos de Schaumann volaron por los controles cuando, de improviso, el techo de la cabina se hundió.

3

Al principio Daniel Kean pensó en una criatura viva. Se movía, parecía respirar, extendía lo que semejaban ser múltiples extremidades. Luego ya no estuvo tan seguro, porque no vio ningún rostro, ni nada que pudiera ser llamado «cabeza» o siquiera «cuerpo». Era un denso ovillo de vegetales creciendo en la abertura de salida. Sus zarcillos producían ruidos de desgarro al avanzar, como si, al mismo tiempo que crecía, se rompiera en mil pedazos. Un hedor a moho y raíces descompuestas lo acompañaba, y se hacía más intenso e insoportable conforme aquel grotesco nudo de hojas y ramas como cuerdas aumentaba.

La abertura quedó cubierta en cuestión de segundos y el resplandor violeta se extinguió. Sin embargo, el tapón hinchado de vegetales siguió moviéndose hacia ellos.

–¡Tenemos que retroceder! –gritó Ina.

Dieron media vuelta, pero se detuvieron al ver las dos figuras que se acercaban desde el otro extremo del túnel. Lo hacían con parsimonia, como si supiesen que la captura era ya inevitable. Bajo la débil luz de las lámparas podían vislumbrarse sus deformes y oscuras facciones.

Daniel casi deseaba seguir avanzando: su miedo le hacía preferir los adversarios humanos antes que la cosa de vegetal corrompido que crecía a su espalda. Sin embargo, Ina se lo impidió, cogiéndolo del brazo. Había dejado de mirar a los ritualistas y elevaba la cabeza. El estruendo como de árbol talado que estallaba tras ellos hizo que tuviese que gritar para que Daniel la oyera.

–¡Arriba! –Señalaba una cornisa de piedra que daba paso a otro nivel de cavernas. Empezó a trepar con agilidad y Daniel la imitó.

Huyeron por un nuevo escenario, más oscuro, menos preciso, horadado por miles de pequeñas ventanas iluminadas por el Color. Ina escogió una pendiente hacia arriba, pronunciada al principio, que se compensaba al final con un repentino descenso. Entonces señaló otra abertura. Era como un respiradero entre las rocas, pero resultaba lo bastante amplia como para cruzarla.

Se encontraron en lo alto de un promontorio, sobre una

ladera con árboles diseminados que crecían oblicuamente. Frente a ellos, las rocas formaban una nueva cima. Ina decidió subirla. La ascensión, escarpada, les obligó a echar el cuerpo hacia delante, y, en particular a Daniel, a ayudarse de las manos.

Hicieron una pausa en un rellano, junto a un tronco sin ramas ni hojas, y se asomaron por la pendiente.

Desde aquel punto podían contemplar toda la ladera, y Daniel vislumbró la abertura por la que acababan de salir y la otra abertura, bloqueada, más abajo.

Entonces creyó comprenderlo todo.

4

El vehículo, con el sistema automático desactivado, se desviaba hacia la cuneta después de embestir como bolos los muñecos ritualistas. Tras intentar maniobrar en vano, encajado entre el asiento y el techo hundido de la cabina, el doctor Schaumann flexionó sus largas piernas y sonrió.

–Vamos a estrellarnos –dijo.

El parabrisas estalló en ese momento, y una extraña medusa negra bloqueó la visión de Schaumann. En su cúspide, dientes en lugar de ojos; bajo ellos, dos ojos en lugar de boca. Schaumann comprendió tras un parpadeo que estaba contemplando una cabeza humana al revés.

–No lo dudes –dijo la cabeza con voz de mujer.

Maya, agachada en la cabina, apoyaba las manos en el suelo. A su alrededor el mundo se fragmentaba, pero dentro de su cuerpo existía cada vez más unidad.

Los combates se ganaban o perdían durante los preparativos, ella lo sabía. En el Sur se decía que un cuerpo era una flecha y su propio arco al mismo tiempo. El poder de los músculos no residía en su despliegue, sino en el punto de partida. Por eso empleó aquellos segundos de caos, cuando aún nada estaba decidido, para recogerse en sí misma.

Luego alzó la cabeza y examinó la situación.

La mujer del parabrisas.

Intuía que no se trataba de una simple ritualista deformada genéticamente, con mucha fuerza pero escasa habilidad: había realizado un salto calculado desde un árbol aprovechando que el vehículo frenaba, y había hundido el techo y hecho trizas el cristal con dos golpes. Fuera quien fuese, era una experta. Y tampoco atacaba. Se estaba preparando, como ella. Desenfundaba los músculos, esos sables albergados en la piel.

Tendría que ocuparse de ella. Pero antes debía guiar, como siempre, a quienes poseían la desventaja de ver sólo con los ojos.

–Yilane –dijo–: están entrando por detrás, en el baño.

La respuesta de Yilane no la escuchó, pero supo que el joven creyente la había entendido y se dirigía hacia la mitad del vehículo que era baño de lujo. Ahora, ambas mitades temblaban y saltaban; el *scriptorium* emitía avisos de desastre, y probablemente se produciría una colisión contra algo en pocos segundos. Maya Müller calculó que, para cuando eso ocurriera, ella y su adversaria se encontrarían en una etapa muy avanzada del combate.

Instantes después, se irguió como un resorte y extendió las piernas buscando la abertura del parabrisas despedazado.

5

–Es un árbol –dijo Daniel–. Un simple árbol... Lo introdujeron por esa abertura.

El pánico ante lo que había imaginado como una criatura monstruosa hecha de hojas y ramas se deshizo dentro de él en un repentino acceso de risa. Logró contenerse con esfuerzo.

–¿Eso crees? –preguntó Ina, enigmática. Luego se apartó y miró a su alrededor–. No parecen seguirnos, pero no podemos esperar aquí para asegurarnos...

Continuaron subiendo por una pendiente menos pronunciada. La tierra estaba llena de pequeñas piedras. Daniel avanzaba despacio, usando la pared como apoyo. Ina, con más soltura, sin desfallecer ni un momento, le instó a hacerlo en ella. Cuando alcanzaron la cima, Daniel decidió romper el jadeante silencio.

–Tengo que saberlo, Ina. Explícame qué crees que hicieron con ese árbol...

–Fue el árbol *quien lo hizo.* Ellos se lo ordenaron. Los creyentes del Quinto Capítulo adoran el Color y controlan los árboles a voluntad. La Biblia lo dice cuando afirma que el Color agita como un viento fantasmal las copas de los árboles...

Daniel no replicó. Intentaba capturar sus fragmentarios recuerdos de lo ocurrido. Estaba convencido de que Ina se engañaba, como cualquier otro creyente, pero incluso si la explicación correcta era la suya, ¿cómo se las habían arreglado para cortar aquel tronco e introducirlo con tanta rapidez por la abertura de la ladera?

Decidió que la oscuridad violácea que los rodeaba era

engañosa. No podía estar seguro de lo que veía, ni de lo que recordaba haber visto.

Irguiéndose de puntillas sobre una roca, Ina oteó el horizonte, con su esbelta figura vestida con el resplandor intenso del cielo.

–Ya estamos en el Color –dijo.

Daniel, de pie junto a ella, contuvo el aliento.

El mundo que se extendía más allá, con sus ruinas, montículos y techos de pagodas, estaba cubierto por una luz mortecina como la de un atardecer sin sol. Procedía del otro lado de la bóveda de cristal, en las alturas; y su tonalidad era sobre todo violeta, aunque contenía otros matices, en particular tintes verdosos. Daniel percibió que viraba de un tono a otro constantemente, más aún si la miraba con fijeza. Recortados sobre aquel fondo, montes y edificios adoptaban un color pardo oscuro y despedían el brillo de los objetos tersos y bruñidos. Existía un llamativo contraste entre la piedra y las plantas que crecían sobre ella, visible incluso desde la distancia: bosques, matorrales y cultivos mostraban la misma apariencia artificial del diseño, mientras que el suelo donde se asentaban delataba los estragos de una abrumadora antigüedad. Con sus rocas porosas y sus rugosidades de limo, aquella tierra no podía ocultar que alguna vez había formado parte del lecho del océano.

Pero el Color no era sólo una tonalidad. En su interior pululaban billones de formas que aportaban su propia luz al entorno. Daniel identificó peces, quizá también grandes medusas o pulpos batiendo sus apéndices sobre la cumbre de las montañas. Se le antojó una visión tan pavorosa que casi sintió náuseas.

–En esa colina está el laboratorio. –Ina la señaló, y

de repente entornó los ojos y su expresión cambió por completo.

6

Existía toda una teoría respecto de la predilección que experimentan determinados vehículos por chocar contra lugares sagrados. Haciendo equilibrio sobre el asiento, el doctor Schaumann vio a través del parabrisas destrozado cómo su querida máquina-baño japonesa rebotaba y saltaba sobre los baches de lo que, eones atrás, había sido el fondo del mar en dirección a uno de los muchos templos erigidos en la zona. Lo identificó: se trataba de un Cobertizo Clausurado, construido para celebrar las ceremonias del Sexto Capítulo. Como cualquier otro científico, Schaumann era profundamente supersticioso y no creyó que fuera casual tal elección. En todo caso, ya estaba tomada. Y por suerte, el lugar parecía de madera.

–Cuidado –advirtió–. Chocamos.

No creía que Maya y Yilane lo estuvieran oyendo, pero pensó que al decirlo controlaba mejor la situación. En el doctor, el control de las cosas lo era todo.

Instantes después las tablas que formaban la pared delantera del Cobertizo saltaban por los aires. Las múltiples ruedas del vehículo chirriaron, un faro desistió de iluminar y uno de los costados –el opuesto al del doctor, por fortuna– golpeó contra una columna, la resquebrajó y produjo un cambio en el trayecto final que hizo que el vehículo se estrellara con un estruendo de cristales, metal y madera contra la pared del fondo. Allí concluyó su recorrido.

Maya y su oponente habían saltado mucho antes. La muchacha había caído de rodillas sobre un espacio circular y dorado, y quedó un instante aturdida. Se dio cuenta de que había perdido los datos sobre la localización y postura de su adversaria. *¿Dónde estás?*

Entonces la oyó, cada sonido de su cuerpo al removerse tan identificable como un código. *Va a saltar.* Se incorporó arqueándose hacia atrás, pero incluso mientras lo hacía supo que ya era demasiado tarde. El mazo de hierro de una bota se estrelló contra su barbilla haciéndole doblarse hasta el límite de sus vértebras. En una feroz combinación, el otro pie de su atacante la golpeó en medio del vientre, alzándola del suelo en medio de un arco de sangre. De algún modo logró atenuar la caída girando sobre sí misma. Sabía qué táctica estaba empleando su enemiga: impedir que se concentrara. Golpeaba, tomaba impulso, volvía a golpear, comprendiendo que, tras el cambio de espacio que había originado el choque, ella necesitaba tiempo para volver a orientarse.

Era cierto, pero ese tiempo ya había pasado.

La noche de su cerebro se iluminó con formas, con objetos. Se hallaba en un Cobertizo Clausurado: la abundancia de adornos sagrados circulares así lo atestiguaba. Los círculos indicaban el ciclo estacional del Sexto Capítulo en el que el Hijo de Dios nace, crece en un ático clausurado, escapa debido a su gran tamaño y por último tres hombres, mediante conjuros, lo devuelven «al seno de aquel que lo engendró», como requisito previo para ser engendrado de nuevo. Esta repetición de muerte y nacimiento se simbolizaba con círculos. Su adversaria se hallaba frente a ella, en un lugar identificable, flexionando sus articulaciones para atacar de nuevo. Maya sospechaba que había sido diseñada para esa clase de lucha. Necesitaba engañarla, usar algo en su beneficio. Ni pensar en armas, por supuesto: el tiempo que tardara en desenfundarlas era justo el que emplearía aquella máquina genética de anatomía flexible para destrozarla contra la pared...

La pared.

Detrás de ella. Un círculo enorme apoyado en la pared. Un solo bloque de metal. Bronce, probablemente.

Aguardó, tensa, dando la impresión de que los golpes la habían debilitado. Sintió el aire desplazarse frente a ella en una oleada de furia, un maremoto invisible, y sólo entonces se movió. Saltó hacia atrás y se colgó de los bordes del círculo alzando las piernas. El impulso de su adversaria dio de lleno en el objeto, haciéndolo caer. Con las manos aún aferradas al borde, la muchacha sólo necesitó guiarlo en su caída.

Oyó el seco estampido de los huesos al quebrarse. Se incorporó y comprobó que el pesado disco no se movía. Había aterrizado de rodillas sobre un círculo y acababa el combate en otro. Tal simetría le pareció de buen augurio.

–Jamás hasta ahora había visto matar a alguien con el Sagrado Ciclo Estacional del Hijo –dijo la voz mesurada y grave del doctor, que salía en aquel momento del vehículo.

Maya hizo un rápido resumen de la situación: no había otros enemigos cerca y Schaumann, al parecer, se encontraba bien. Pero ¿y Yilane?

Entonces se oyeron gritos *fuera* del Cobertizo.

–¡Es Yilane! –dijo el doctor Schaumann.

7

Ina cogió su mano y lo guió ladera abajo. Daniel ignoraba qué era lo que había visto, pero fuera lo que fuese parecía importarle mucho, ya que apretaba el paso sin soltarlo, como si temiera que Daniel quisiera escapar.

Llegaron a un terreno llano y árido, entreverado de rastrojos, más allá del cual se vislumbraban enormes ruinas. Una gruesa y herrumbrosa tubería sobresalía de la tierra y discurría entre las enfermizas plantas volviendo a hundirse poco después. En su parte central, una llave giratoria. Ina soltó la mano de Daniel, se acercó, apoyó un pie en la estructura e hizo girar la llave. Tras un quejumbroso chirrido empezó a manar agua de una espita.

–¿No tienes sed? –le dijo.

Millares de gotas hacían resplandecer su cuerpo bajo los destellos del Color. Ina no sólo había bebido sino que se dejaba bañar por ellas con minuciosidad, como si le importara más lavarse que otra cosa. Daniel tenía que reconocer que también le apetecía el contacto refrescante del agua. Aunque su organismo diseñado podía resistir mucho tiempo sin beber, se sentía sucio de barro, impregnado aún del olor repulsivo de los ritualistas.

–Ésta es la única agua potable de la Zona Hundida –explicó Ina cuando acabaron de quitarse el barro del cuerpo, cerrando la llave de paso–. Proviene de grandes depósitos exteriores que filtran el agua de mar para desalinizarla. También producen oxígeno y reciclan el aire en el interior de la Zona. Pero no era aquí donde quería traerte... Ven, tenemos tiempo aún. Quiero que veas algo.

Se encaminó hacia las ruinas. Daniel, que ya suponía que

ése era el destino de aquella repentina excursión, guardó silencio y la siguió.

El recinto, flanqueado de paredes agujereadas, carecía de techo y el Color lo revelaba por completo. Era indudable que en épocas remotas había sido un hermoso y altivo edificio, pero Daniel no podía imaginar su forma original a partir de aquellos restos. Constaba de una especie de entrada con una gran columna de piedra y un elevado pedestal de vieja roca a la manera de un muro, bajo el cual crecían las plantas.

Pero lo más impresionante se hallaba sobre el pedestal.

–¿Qué... es eso? –murmuró Daniel, alzando la cabeza.

Los rasgos de la colosal figura eran irreconocibles, también su sexo. Daniel ni siquiera estaba seguro de si el artista había querido representar a un ser humano, porque la forma de aquel cuerpo era completamente distinta a la de cualquier persona, diseñada o biológica.

La figura se sentaba entrelazando las piernas y alzaba ambas manos, o los restos de lo que habían sido las manos, ya que algunos dedos habían desaparecido: una mostraba la palma hacia delante, la otra hacia arriba. Constituían, por lo demás, las únicas partes humanas visibles. El sitio ocupado por lo que debía de ser la cabeza era una especie de bóveda sin rostro en cuyo interior parecía haber sido instalado un altar. Sin embargo, lo verdaderamente desconcertante era el vientre. Semejaba un odre gigantesco, tenso, curvado hasta el límite, incrustado entre los muslos cruzados de la criatura. La enorme estatua estaba hecha de algo que podía ser metal, y se hallaba lamida por el óxido. En algunos sitios había sido pintada de rojo o de verde con dibujos de semilunas o cruces. Viejas guirnaldas rituales colgaban de sus brazos, pero las flores hacía mucho que se habían secado y se hallaban negruzcas y arrugadas. Un hedor a infinita humedad y podredumbre la envolvía; incesantes gotas producían ecos al caer en su interior hueco.

Impresionado con aquella majestuosa imagen, Daniel no quiso avanzar más. Ina, en cambio, caminó directamente hasta el arcaico pedestal y apoyó las manos en la piedra, en un gesto que a Daniel se le antojó calculadamente ritual. Luego se volvió hacia él sin apartar las manos y empezó a hablar; su sombra desnuda se proyectaba sobre la roca.

–Es una de las estatuas gigantes que se han hallado por todo Japón, y en muchos otros lugares del Este y el Sur. Son muy antiguas, y su significado exacto se desconoce, pero la leyenda dice que representan a la Madre, la Segunda Mujer, la que, en el Sexto Capítulo, crea a los Retoños de Dios... Es el llamado «fenómeno del Dunwich», uno de los pocos nombres no borrados de la Biblia. ¿Sabes qué significa? –Daniel negó con la cabeza–. En realidad, se pronuncia «Doowich», y deriva de *Two-witch*, o *Two-Witches:* «Dos brujas». Simbólicamente, hay dos mujeres en la fábula, aunque carnalmente sean una sola: la mujer antes de ser fecundada por Dios y la mujer fecundada que crea a los Retoños. Te supongo familiarizado con el Sexto, Daniel...

El Sexto era un Capítulo muy inquietante, y aunque Daniel lo había leído, como cualquier otra persona, había intentado apartarlo de la memoria. Sin embargo, recordaba con nitidez que trataba de un viejo que vivía con su hija en una casa del bosque y lograba crear a dos vástagos monstruosos. El peor permanecía oculto hasta el final en un Cobertizo Clausurado y era destruido mediante brujería en la cima de una colina, mientras que al otro lo devoraban unos perros. La interpretación más común afirmaba que Dios podía tener descendencia con los hombres si se efectuaban ciertos ritos cíclicos de los que el Capítulo hablaba sólo con metáforas.

–No soy creyente, ya te dije –contestó Daniel–. Y, si debo ser sincero, esa cosa me repugna...

–Es un símbolo sagrado de la naturaleza –dijo Ina frunciendo el ceño y mirando hacia la estatua, como extrañada de que alguien pudiese decir eso de una figura como aquélla–. No tiene nada de repugnante. Lo que ocurre es que es algo ajeno a nuestras conciencias, como esa columna de piedra que tocas... o como tu propio cuerpo.

Daniel no veía nada sagrado en la gigantesca figura, pero no quería discutir.

–Te contaré una cosa. –Ina lo miraba sin dejar de tocar la piedra–. Es una historia que me contaron cuando estudiaba con mi maestra Mitsuko en Tokio, y que explica de alguna manera el Fenómeno del Doowich. Se dice que, hace muchos eones, las mujeres no éramos como los hombres, tan repulsivamente esbeltas, de piel tersa, fría y armónica silueta y bellos y desagradables rostros, sino grandes, plenas, hermosas como esta figura, de carne colgante y velluda y enormes vientres. Esa figura era debida a que en nuestro interior, antaño... –se llevó la mano al vientre y sonrió tras una pausa– habitaba la vida.

Daniel conocía aquella leyenda. Bijou se la había contado después de leerla en viejos textos basados en el Sexto. Recordó que Bijou le había dicho que era sólo un cuento: la ciencia aún no había determinado si realmente las mujeres habían sido capaces de realizar tamaña cosa en otros tiempos.

–No me refiero a esa triste imitación que es la criatura biológica –continuó Ina–, sino a la transformación sagrada de una mujer en Madre. No me preguntes cómo, yo no lo entiendo. Pero los sabios afirman que no es preciso entenderlo sino *creerlo.* El Sexto lo explica mediante metáforas: la mujer seguía un Ciclo semejante al Ciclo Estacional del Capítulo, con una etapa roja, otoñal, en la que expulsaba sangre, y una etapa blanca, invernal, en la que manaba leche. Dos ciclos, dos brujas, dos mujeres. Etapa roja de Halloween, blanca del Solsticio. El cuerpo de la mujer crecía convirtiéndose en un templo. No había necesidad de laboratorios. La vida se desarrollaba dentro de nosotras, y nuestra carne era como una bóveda y hospedaba a los seres. Pero Dios, tras la caída del Color, acabó con todo eso... –Torció los labios en una mueca de odio–. Nos hizo crear monstruos, y las autoridades impidieron que volviéramos a ser Madres. Con el paso del tiempo, nos transformamos en réplicas vuestras: figuras inútiles, llenas de detalles inútiles, trampas de carne...

Daniel se encogió de hombros.

–Ina, se dicen muchas cosas sobre nuestros antepasados: que eran más ágiles que nosotros, que estaban cubiertos de pelo... Puede ser cierto, pero nadie ha...

–Fue Dios, Daniel –cortó Ina, y en su voz había una mezcla de intensas emociones en las que parecía despuntar la amargura–. Dios nos arrebató nuestra verdadera forma y pervirtió los lugares destinados a la vida dentro de nosotras. Dejamos de ser madres de humanos y nos convertimos en incubadoras de sus criaturas... Por eso la vida comenzó a diseñarse en laboratorios. Pero quedan estas viejas estatuas en conmemoración de lo que fuimos...

Hizo una pausa y su mirada pareció adentrarse en sí misma.

–Perdona, pero... –la interrumpió Daniel–. ¿No crees que deberíamos seguir? Dijiste que el laboratorio estaba cerca...

Por un momento pensó que ella se había enfadado. Los ojos castaños de Ina White ardían. Un instante después, sin embargo, su semblante se relajó.

–Tienes razón –dijo–. Te pido disculpas. De hecho, los secretos del Sexto pertenecen a niveles de nuestra naturaleza muy remotos que tú no puedes comprender... Sólo que... Pero no importa.

Se apartó del pedestal y caminó lentamente hacia el exterior.

8

Antes de que el vehículo se estrellara contra el Cobertizo, Yilane había salido de la zona del baño por la puerta trasera luchando contra dos ágiles oponentes. Sus adversarias no llevaban armas y sólo vestían collares ceñidos y recias botas pero, además de superarlo en número, contaban con la ventaja de haber sido diseñadas genéticamente para el combate. Aunque Yilane era un experto luchador, empezaba a equivocarse. Y cuando una de ellas, de espaldas en el suelo, lo atrapó del cuello con sus fuertes piernas, pensó que quizá había cometido la equivocación final.

Cerró los ojos, preparado para recibir el golpe de la otra, pero un estruendo hizo que los abriera. Vio a la chica que iba a golpearlo adornando con el interior de su cabeza la piedra gris. Frente a él, Maya enfundaba su arma humeante. Entonces las largas columnas de músculo que lo aferraban se separaron, permitiéndole incorporarse. Se volvió hacia la que le había hecho la presa y apoyó un pie sobre ella.

–No sois simples ritualistas. ¿Quién os ha enviado?

El pie de Yilane se movía con los jadeos de su prisionera. La carne de ésta era brillante, húmeda, oscura. Sus ojos, en la penumbra del bosque artificial, eran dos manchas blancas con botones de ébano en el centro.

–Un hombre llamado Moon –dijo al fin.

–¿Quién más?

–Sólo hablé con él. –La luchadora lo miraba con temor–. Por favor, deja que me vaya...

–Vete –dijo Yilane quebrándole la garganta con el talón. Luego se volvió hacia Maya–. No necesitaba ayuda. No grité por eso.

–No te ayudé porque gritaras –replicó ella.

El silencio era inmenso. En aquel bosque no había rumor de hojas, ni otras luces que no fuesen las del cielo, cambiantes, remotas. Yilane, de pie sobre la roca donde había luchado, le dio la espalda a Maya y elevó la vista. Allí, en el cristal, a medio centenar de metros por encima de su cabeza, un calamar enorme se alimentaba parsimonioso. El joven contempló a la criatura con una unción casi religiosa, como si deseara estar junto a ella en ese instante.

–Yin Lane –dijo la muchacha–, ¿vas a seguir perdiendo el tiempo haciendo como que te has ofendido, o vendrás con nosotros al Cobertizo Clausurado? Hemos de decidir lo que vamos a hacer.

–Lo que vamos a hacer está bastante claro. Ya sabemos

que Moon ha querido eliminarnos, y ahora eliminaremos a Moon.

–Como siempre, crees que tus deseos son hechos consumados.

–Es la mejor manera de cumplirlos, Maya Müller.

–Sólo es la mejor manera de expresarlos, Yin Lane. ¿Qué te parece si vamos al Cobertizo?

Yilane respiró hondo, volviendo parcialmente su esbelta figura, cruzada de venas y suaves músculos. Entonces bajó de la roca de un salto.

–La próxima vez no me ayudes si no te lo pido –advirtió.

–La próxima vez, gana antes. –La muchacha quiso cogerlo del brazo pero Yilane la rechazó–. Jeremy Yin –dijo Maya en un tono inesperadamente suave, aunque también había burla en su voz–, ¿no vas a perdonarme nunca?

El joven se detuvo y la miró, entornando sus ojos rasgados. Bajó la vista.

–Siento haberte hablado antes como lo hice –dijo–. Pero no me gustó que mencionaras a mi padre. Si estamos aquí, es sobre todo gracias a él. No lo olvides.

–Lamento haberte ofendido –admitió Maya–, pero la vida de Daniel Kean y su hija me preocupan. ¿En paz? –Le tendió la mano. Yilane se la estrechó–. Ahora vamos a concentrarnos en la tarea que nos aguarda.

En el interior del recinto el doctor había sacado uno de los asientos de la cabina y se apoyaba en él. Sonrió al ver la cara con que Yilane contempló el estado del vehículo-baño.

–Ésa no es la peor de las noticias –dijo–. Piensa cuál sería el panorama que menos te agradaría. Quizá aciertes.

–Incomunicados –dijo Yilane.

–Correcto. La pantalla del comunicador no responde, y

tardaremos horas en ponernos en marcha de nuevo, si es que logro arreglar esto...

Yilane le contó lo que había dicho la guerrera antes de morir. Luego se quedó mirando, con cierta melancolía, el disco de bronce en el suelo, apoyado sobre un bulto invisible y rodeado de una laguna de sangre.

–Esto tiene que haberlo hecho Maya –dijo.

Ambos hombres rieron. La muchacha se había sentado sobre uno de los círculos de metal y en aquel momento se dedicaba a revisar y volver a guardar todas sus armas. Las palpaba una a una, y las dejaba a un lado.

–¿Qué opináis? –dijo de repente cuando las risas cesaron–. ¿Qué opinas, doctor?

Los labios de Schaumann se hicieron finos, como conscientes de que iban a pronunciar graves palabras.

–Estoy un poco asustado por la envergadura de todo esto, Maya. Moon no sólo se limita a arrebatarnos a Daniel sino que nos tiende una emboscada con un grupo de diseñadas que fingen ser ritualistas... Parece que tenías razón: si llegamos a ir todos por el mismo sitio, a estas horas lo mejor que nos hubiera ocurrido es tener dos vehículos destrozados y a Meldon Rowen dando alaridos en el Cobertizo.

–¿Yilane?

–Propongo que intentemos llamar a los demás por los transmisores portátiles.

–Ya lo he intentado –dijo el doctor–. Dentro de la Zona Hundida sólo funcionan bien los comunicadores de pantalla. Y el nuestro está...

–¿No es eso el comunicador? –Yilane torció la cabeza en dirección a la voz electrónica que había empezado a sonar dentro del vehículo.

Schaumann y él corrieron hacia la cabina. La muchacha no se apresuró.

–¿Me escucháis bien? –Era la borrosa imagen de Héctor Darby.

–Al parecer, podemos recibirte pero no llamarte –dijo Schaumann, y le hizo a Darby un breve resumen de la situación.

Tras una pausa, el hombre biológico arqueó las espesas cejas.

–La idea de separarnos fue buena, después de todo. Nosotros hemos llegado ya a la colina del laboratorio. –Los tres rostros que lo escuchaban abrieron la boca, expectantes–. Aún no hemos subido, pero quedan unos diez minutos para la medianoche... y no vemos ningún otro vehículo en los alrededores...

Tras un instante de asombro, Yilane golpeó el asiento con repentina alegría y el doctor apretó los puños. Sólo Maya Müller siguió atenta a la voz de Darby sin manifestar emociones.

–¡Eso significa que hemos llegado a tiempo! –exclamó Yilane.

–Vaya, vaya... –Schaumann inclinó la cabeza y una guedeja de su lacio pelo castaño cayó por su frente dividiéndole la sonrisa–. De modo que aún tenemos una posibilidad... Viejo humano biológico, siempre te sales con la tuya...

–No lo sé, Brent –dijo Darby, preocupado–. Tanta calma no me... –Entonces, repentinamente, su tono se hizo tenso–. Esperad un momento... Estamos viendo algo...

9

Daniel Kean no se lo había imaginado así, aunque tampoco sabía cómo debía haber imaginado el laboratorio de un sabio religioso muerto hacía treinta años.

Lo que veía durante las pausas en la penosa ascensión era, a fin de cuentas, una simple valla que rodeaba una especie de establo con tejado de dos aguas en madera grisácea. La valla carecía de puerta, y en la parte frontal mostraba una amplia entrada completamente accesible.

Se sentía triste, fatigado, y ahora también extrañamente ridículo, una vez que había descubierto cuál era la meta, el lugar al que todos ansiaban llevarlo. Y ese «todos» incluía a Ina, que se hallaba varios metros por delante subiendo en solitario, impulsada por sus inagotables fuerzas, y no paraba de hostigarlo para que la siguiera.

–No te quedes rezagado, Daniel. Falta poco.

Ina jadeaba también, pero eso no tenía nada de raro: habían recorrido la última parte del camino casi al trote, y ahora tenían que vérselas con la colina más alta de todas cuantas habían encontrado hasta el momento, anillada por una carretera que daba varias veces la vuelta a su alrededor hasta llegar a la cumbre, donde el techo de aquel maldito establo parecía rozar los mismísimos cielos en que nadaban peces y moluscos. Ina había propuesto atajar por un sendero que cruzaba la colina desde la base a la cumbre, en vez de recorrer toda la carretera. Era un trayecto más escarpado pero, según ella, seguro y rápido. En lo de escarpado no se equivocaba, y una vez cubierta la mitad del recorrido, de pie sobre el anillo intermedio, Daniel tuvo que detenerse a recobrar el aliento.

Se disponía a reanudar el camino cuando oyó algo. Una especie de motor. Al mirar hacia atrás lo vio.

Era un vehículo grande que recorría la carretera un par de anillos bajo ellos, a gran velocidad, con los faros encendidos. Al pronto se sobresaltó pensando en Moon, al que esperaba encontrar de un momento a otro, pero aquel vehículo no era tan voluminoso y su forma revelaba que se trataba tan sólo de un transporte, no de la unión de éste con algo más. No era una máquina japonesa, y le resultaba familiar.

Apretó el paso y ascendió hasta el siguiente anillo antes de que el vehículo llegase al punto que él acababa de abandonar. Advirtió a Ina sobre la presencia del intruso y juntos otearon la carretera, aguardándolo.

Cuando volvió a verlo, Daniel cayó en la cuenta.

–¡Espera! ¡Sé quiénes son! No es Moon... Son amigos: Héctor Darby y Meldon Rowen...

Ina, agazapada tras un arbusto, le pidió que repitiera los nombres. Cuando él lo hizo, frunció el ceño en un gesto de sorpresa.

–Darby y Rowen fueron quienes contrataron a Moon, Daniel.

–¿Qué?

–Moon mismo me lo dijo: Darby y Rowen son sus *jefes*.

Daniel se quedó mirándola.

–Te equivocas...

Y de repente lo recordó. Supo cuál era aquel detalle que, una y otra vez, había eludido su conciencia, la pieza que no encajaba en la historia oficial que sus «amigos» le brindaban. Se vio a sí mismo en la casa de Königshafen y volvió a oír la frase de Darby, aquel desliz oculto hasta ese instante en las arcas de su memoria... Comprendió de inmediato que Ina tenía razón, y un gesto de asco torció sus labios.

–Asesinos... –musitó.

Ina movió la cabeza asintiendo.

–Si están aquí, eso sólo puede significar que quieren terminar lo que empezaron. Vamos, Daniel, entraremos antes que ellos.

–¡Espera! ¿Por qué vienen solos?

Daniel le habló del otro vehículo. Temía que hubiesen llegado ya. Recordó la fuerza y habilidad de Maya, y pensó que Ina y él no iban a poder ofrecer la más mínima resistencia en caso de tener que enfrentarse a la muchacha ciega.

Ina apretó su brazo en ademán tranquilizador, pero parecía también ansiosa.

–Nos arriesgaremos. Incluso si han llegado antes no creo que hayan podido entrar. ¿Ves esas escaleras de piedra? –Las señaló. Daniel las había visto mientras subía. Parecían haber sido talladas en la propia roca, y giraban en ángulo recto hasta terminar en la abertura de la valla–. Cuando subamos por ellas y crucemos esa valla, ya no podrán hacernos nada.

–Pero, la valla no tiene puerta... –Daniel se levantó para seguirla.

–No juzgues por las apariencias. Las puertas más seguras nunca se ven. Se trata del laboratorio de Kushiro, y yo sé cómo entrar y ellos no. –Lo apresuró con un gesto–. Vamos, sólo debemos cruzar la valla...

La vereda por la que ascendían finalizaba en el segundo tramo de escaleras. La carretera no llegaba hasta allí y moría al pie del primer tramo. Daniel pensó que eso les otorgaría una ligera pero importante ventaja, y no se equivocaba.

Mientras subían la escalera llegó el vehículo, pero Ina no se detuvo y corrió hacia la valla.

–¡Rápido, Daniel!

De pie sobre los últimos peldaños, Daniel vio bajar del vehículo a Héctor Darby, Anjali Sen y Meldon Rowen.

–¡Daniel! –gritó Darby–. ¡Daniel, al fin! ¡Te vimos subir desde la carretera!

Encaró a Darby, que empezaba a subir la escalinata. Deseaba desfogar su rabia. Se sentía traicionado por aquellos en quienes más había confiado.

–¡Lo sé todo! –gritó, los ojos ardiendo de lágrimas–. ¡Vosotros contratasteis a Olsen y Moon! ¡Me habéis engañado desde el principio! ¿Dónde tenéis a mi hija?

Darby y sus amigos se detuvieron en el primer rellano, como inseguros. Daniel deseaba que Darby negara vehementemente la acusación, pero lo único que hizo el hombre biológico fue alzar una mano en un gesto de calma.

–Daniel, espera... Puedo explicártelo todo...

Anjali, la creyente india, se volvió hacia Rowen y le habló al oído. Rowen tomó la palabra con firmeza, aunque la ansiedad erosionaba sus palabras.

–Daniel, eso es un malentendido... Te lo explicaremos luego. Ahora es importante que *no cruces la valla* con esa chica... No podrás volver a salir si la cruzas por tu propia voluntad, por eso necesitaban traerte hasta aquí...

Daniel lo miraba, indeciso. Se volvió hacia Ina, que le tendía la mano desde la entrada.

–¡Daniel, vamos! ¡Deprisa!

–Sea quien sea, te está engañando, Daniel... –insistió Rowen acercándose peldaño a peldaño–. No cruces la valla... Espéranos...

Daniel se alejó de Rowen y subió los últimos peldaños, pero titubeó ante la abertura. De súbito, al volver a mirar a Ina, se percató de que habían aparecido otras dos personas tras ella. Eran un joven de abrigo negro que sujetaba de los hombros a una niña vendada y amordazada.

Al ver a Yun, olvidó todo lo demás. Abrió la boca y quiso llamarla, pero Ina, tendiéndole la mano aún, habló antes.

–Entra, Daniel, o la mataremos.

Séptimo Capítulo

REVELACIÓN

I

Medianoche en Japón.

Una señal sonó junto a la cama de Moon, en el dormitorio del vehículo. *Las doce*, pensó Moon. Se apartó de Lam, que lo acariciaba arañándole la espalda como un gato, y se puso a imaginar lo que podía estar sucediendo en aquel momento en el laboratorio.

«Ya son las doce», dijo Schaumann desde la cabina. Estaba intentando poner el vehículo en marcha. Maya Müller, que revisaba los desperfectos de las ruedas, supo que eran las doce sin necesidad de escuchar al doctor. Sintió miedo al pensar en Daniel Kean y en su hijita y deseó poder hablar con Darby.

Darby consultó su reloj y comprobó que eran las doce. Deseaba que Maya hubiese estado allí, con ellos. Vio a Daniel Kean entrar en el laboratorio conducido por aquella chica y supo que no podía hacer nada por impedirlo.

Las doce, pensó Turmaline de pie en la estrecha cámara de comunicación del lujoso vehículo. Viajaba por la Zona Hundida de regreso del laboratorio, después de dejar a Olive y la niña, y acababa de recibir la confirmación de que Ina y Kean habían llegado ya. En aquel momento envió un mensaje al Amo para que supiera que el plan se desarrollaba conforme a lo previsto. Le enviaba mensajes casi cada hora. Tenía miedo de que el Amo se enfadara, particularmente ahora que la Verdad trabajaba para él.

Al Amo no le hacía falta recibir ningún mensaje, porque ya lo sabía todo. *Las doce*, pensaba. *La revelación es nuestra.* Sin embargo, seguía sintiendo miedo de que algo saliera mal, entre otras cosas porque la Verdad se enfadaría.

Las doce, pensó la Verdad, y no pensó nada más.

Estaba en la oscuridad, esperando.

2

–Son las doce –dijo el chico que sujetaba a Yun.

–Entonces ya está todo –replicó Ina y terminó de ponerse las calzas de pequeños rombos blancos y azules hasta media pantorrilla–. Ahora sólo debemos entrar, y luego Daniel Kean nos conducirá a la revelación.

A Daniel lo habían obligado a vestir otras cortas calzas blancas y unas botas del mismo color. Cubrir los pies era, según Ina, «imprescindible» para poder entrar en las habitaciones interiores. Una vez dentro tendría que descalzarse. Daniel obedeció sin protestar. Haría cualquier ridícula cosa que le pidieran, dócilmente, sin importarle lo que fuera. Lo único que le importaba era la pequeña y frágil figura que se hallaba junto al chico del abrigo negro.

El chico no se andaba con contemplaciones. Sostenía una pistola con el cañón apuntando a la sien de Yun, y amenazaba a Daniel con disparar cada vez que éste tardaba en obedecerle. Daniel lo había reconocido de inmediato: era el joven del abrigo que había traído a Yun a las catacumbas y luego había escapado con Moon llevándose a su hija. Tenía el mismo aspecto que Daniel recordaba, con aquel largo y cerrado abrigo que le llegaba a los pies y la melena lacia y castaña.

Cuando Daniel terminó de calzarse, el chico, a quien Ina llamaba Olive, siguió dándole órdenes a gritos.

–¡Quédate en la puerta! ¡Vuélvete hacia el marco, de perfil! ¡No nos mires! ¡Baja la cabeza! ¡Abraza el marco!

–¿Abrazarlo...?

–¿Quieres que dispare, Kean? ¿Disparo, idiota?

Se apretó contra el desportillado marco y sintió la aspereza de la madera raspando su piel. No entendía lo que le pedían, ni qué esperaban encontrar en aquel maloliente y desvencijado vestíbulo del establo o en el resto de habitaciones a las que había que acceder (otro absurdo más) por la ventana, pero lo aceptaba todo. Sólo se atrevió a balbucir, durante uno de los escasos silencios de Olive:

–¿Puedo hablar con mi hija?

–Ya lo estás haciendo. Ella te oye.

–Pero... ¿podéis quitarle... el velo de la boca?

–No –oyó que decía Ina, quizá después de que Olive la consultara con la mirada. A Daniel le parecía obvio que era ella la que mandaba.

–Qué lástima, no podemos –dijo Olive con sarcasmo–. Pero te oirá si le hablas.

Manteniendo la postura indicada, Daniel alzó la vista y miró a Yun. La niña no aparentaba estar herida, aunque Daniel no lo sabía con seguridad, ya que no podía hablar y no se movía salvo si el chico la tomaba de los hombros conduciéndola. Vestía un camisón blanco sucio desgarrado en los bordes y su rostro desaparecía bajo la venda y la mordaza.

–Yun, escúchame, pequeña... –comenzó Daniel.

Improvisó unas cuantas frases sencillas, aunque torpes. Le dolió pensar que Bijou lo hubiese hecho mucho mejor. Pese a todo, se obligó a hablar con calma: lo que menos deseaba era mostrar su miedo frente a ella.

–Claro –dijo Olive cuando Daniel dejó de hablar, haciendo un mohín con sus labios bermejos–. Papá te llevará a casa...

Daniel lo miró un instante, anegado de rabia y dolor. No creía que hubiese más enemigos que Ina y el chico, y sintió, no por primera vez, la tentación de arrojarse contra Olive. Pero se contuvo. Aunque sospechaba que podía derrotarle, Olive estaba armado y ponía mucho cuidado en mantener la distancia. Daniel sabía que jamás llegaría a alcanzarle antes de que disparara sobre Yun. Por otra parte, algo en su mirada de ojos grandes y absortos, como paralizados, le hacía pensar que Olive no necesitaba de excusas para matar a una niña.

–Coloca a Kean en las Posiciones de Entrada –dijo Ina desde algún lugar tras él.

Olive le dio nuevas instrucciones: de pie en el dintel de la puerta, debía estirar los brazos hasta tocar con la punta de los dedos en el marco al tiempo que separaba las piernas. «Estirarse vigorosamente –decía Ina en tono de recitar un texto aprendido–, para recuperar el dominio de los músculos, como dice el Séptimo Capítulo.» Luego tuvo que extender un brazo hasta el límite, dejarlo en reposo junto al cuerpo y repetir el gesto con el otro, para, acto seguido, acuclillarse y girar en diversas direcciones.

Olive daba las órdenes muy rápido, una sola vez; parecía divertido con el empeño que ponía Daniel por obedecerle, hasta el punto de que éste no estaba seguro de si lo único que pretendía Olive era burlarse de él. Sin embargo, Ina se lo tomaba muy en serio, y a ratos lanzaba un gemido y murmuraba: «Así... Eso es... Así», como si estuviese experimentando algo sublime.

Aunque la atención de Daniel se centraba en el bienestar de Yun, los extraños gestos y actividades que le obligaban a realizar le producían cierto vago temor, y lo que había visto hacer a Ina poco antes acentuaba esa sensación.

La casa no sólo estaba rodeada por la valla de madera sino por un muro interior de piedra que presentaba una abertura amplia en el mismo lado que la valla. Tras cruzar la valla con Daniel, Ina se había dirigido a aquel muro y había ejecutado una serie de extrañas posiciones. Daniel comprendió que Olive había estado esperando con Yun fuera del muro porque ni siquiera él se consideraba capaz de rebasar aquella última barrera.

Ahora sucedía algo similar: Ina, llevando calzas, realizaba una especie de danza subida al antepecho de una de las ventanas. Éstas carecían de cristales y eran simples marcos de madera con la pintura raspada, por lo que Daniel seguía sin entender qué clase de obstáculos impedían a Ina penetrar de inmediato en el desvencijado recinto. A esto se unía que, en esa ocasión, él había sido obligado a adoptar posturas similares en el umbral de la puerta de la casa.

De repente oyó a Ina decir:

–La casa nos admite. Trae a Kean.

Se hallaba de pie en el antepecho, como si no se atreviera todavía a dar el paso decisivo hacia el interior. Se volvió hacia Daniel.

–Tengo un auricular –dijo, apartándose el cabello para mostrárselo– y estoy en comunicación constante con Olive. Si me desobedeces, aunque sólo sea una vez, o si simplemente haces algo que no me gusta, daré orden a Olive de que dispare a tu hija... O quizá le diga que le haga otras cosas antes... ¿Está claro? –Daniel asintió–. Pues vamos.

Mientras subía a la ventana, cuyo marco aparecía roto en varios lugares, Daniel giró la cabeza y miró a Yun, que respiraba bajo su doble venda acompañada de Olive, prometiéndole en silencio que la rescataría. Luego observó la entrada de la valla. No pudo ver a Darby y sus compañeros, y le sorprendió que no hubiesen hecho intento alguno de seguirlos.

–No te preocupes por ellos –dijo Ina desde la habitación, como si le leyera los pensamientos–. No podrán pasar.

3

–Debimos decirle la verdad cuando pudimos hacerlo –comentó Darby.

–Entonces era tarde –objetó Rowen alzando la pierna para introducir la pistola en la funda del tobillo–. Y ahora es tarde para lamentarlo. Conozco bien tus crisis pesimistas, Héctor. Luego podremos reconocer las culpas de cada uno. Ahora debemos decidir si intervenimos o esperamos...

Se hallaban en el interior del vehículo estacionado al pie de las escalinatas. Rowen había propuesto recoger las armas y prepararse para un eventual enfrentamiento. Darby contemplaba fascinado y casi divertido el impulsivo carácter de su amigo: por muy mimado por la fortuna que estuviera, Meldon Rowen no era de los que aguardaban sentados dando órdenes.

–No podemos entrar, Meldon. –Darby sacudió la cabeza–. Además, ya lo han hecho pasar al interior. Son las doce y cuatro minutos. Daniel los conducirá hasta la revelación y todo habrá acabado.

–Era lo que esperábamos que sucediese. El plan era intervenir luego.

–Pero no esperábamos ser sólo tres, es decir, dos: yo no cuento.

–Ellos también son dos, Héctor. –Rowen, que buscaba munición en uno de los compartimentos de la cabina, de pie frente a un espejo, se volvió para mirarlo y mostró la blanca dentadura en contraste con su moreno rostro–. Eh, ¿qué pasa? ¿Vas a abandonar ahora, que estamos tan cerca?

–No he dicho eso –aseguró Darby, vehemente–. Pero ya no me importan la revelación ni la maldita *Llave:* sólo quiero salvar a Daniel Kean y a su hija.

–Es lo que quiero yo. Por eso propongo que entremos, pase lo que pase...

La voz de exótico acento de Anjali Sen pareció llenar toda la cabina.

–La cuestión, Meldon, es que no *podemos* entrar. El laboratorio de Kushiro es una fortaleza hermética basada en los conocimientos del Séptimo Capítulo.

–Esa chica ha logrado entrar...

–Esa chica es Ina White, y el chico un tal Olive Frey, los he reconocido. Son discípulos de Mitsuko. Sólo ellos podían traspasar la valla y el muro interior de esa forma...

–Lo tenían todo muy planeado –comentó Darby.

–Un momento. –Rowen frunció el ceño. Sus ojos verdes relampagueaban–. Nosotros también hemos hecho planes. ¡Anja, tú te ocupaste de estudiar las cerraduras rituales del laboratorio! ¡Dijiste que era posible traspasarlas!

–He dicho que no *podemos* entrar –replicó Anjali Sen–. Me refería a los tres. No he dicho que *yo no pueda.*

–El riesgo es muy grande si lo haces sin ayuda, Anja –dijo Darby.

–Voy a intentarlo, de todos modos. –Anjali dio media vuelta y abrió la compuerta de la cabina. Rowen parecía confundido.

–Espera... ¿De qué riesgos habláis? –Lanzó una mirada nerviosa al hombre biológico–. ¿Qué riesgos, Héctor? ¿Qué puede pasarle a ella?

Darby hizo un gesto vago, pero quizá Rowen vio la respuesta en su rostro, porque no aguardó a que hablara. Salió del vehículo con rapidez y Darby lo acompañó.

El paisaje que los rodeaba era abrumador. Desde la cima de la colina se podía vislumbrar casi toda la Zona Hundida, y sobre ellos, dando la falsa impresión de hallarse al alcance de la mano, la bóveda de cristal y el inmenso piélago de agua resplandeciente donde menudeaban siluetas confusas. Darby distinguió dos pulpos de gran tamaño como flotando en las nubes sobre el techo del laboratorio. Incluso sus bocas de pico resultaban nítidas en el interior de la masa de tentáculos.

En cierto modo, era imposible olvidar que se encontraban dentro de una vasta cámara presurizada. La atmósfera tenía la cualidad artificiosa de un salón climatizado. Ni un soplo de viento agitaba las ramas de los árboles de diseño que cubrían la ladera. Y hacía frío, probablemente debido a la baja temperatura del exterior. Darby, que se había quitado la chaqueta durante el viaje, tuvo que volver a ponérsela.

–¡Anja! –llamaba Rowen.

La doble pieza azul brillante que vestía Anjali Sen parecía flotar en la penumbra mientras subía la escalinata. Rowen llevaba una pieza ceñida y translúcida. Ambos resaltaban bajo los resplandores violetas del cielo con sus perfectas anatomías, como si se tratara de seres completamente felices y eternamente jóvenes. Sólo Darby parecía lo que era: un viejo cansado.

Anjali Sen giró la cabeza cuando Rowen la alcanzó.

–¿Qué vas a hacer? –preguntó Rowen en tono exigente.

–Ya te lo he dicho: intentar entrar.

–¡No puedes hacerlo sola!

–¿Quién te ha hecho jefe del grupo, Meldon? ¡Estoy aquí igual que tú o que Héctor, porque me interesa encontrar la *Llave*! ¡Y más vale que sepas algo: esto no es ninguna aventura maravillosa, por mucho que lo parezca! ¡No lo ha sido para ese empleado de tren y su familia, y ya es hora de que no lo sea tampoco para nosotros!

La expresión de Rowen era inescrutable. Darby sabía que la relación del empresario y la india iba más allá del placer mutuo. El «amor» entre ambos era perceptible.

–Supón que lo logras –dijo Rowen–. ¿Qué harás? Necesitarás armas, ayuda...

–No voy a poder entrar con ningún objeto encima, Meldon. –La creyente sonrió mientras se desabrochaba el lazo de sus finos pantalones azules–. Pero no estoy indefensa, ya lo sabes...

Darby pensó que Anjali no exageraba: Anjali era una de las creyentes más poderosas que había conocido. Sin embargo, su experiencia se limitaba al Duodécimo Capítulo, el Capítulo de la montaña y el hielo, de modo que el reino del aire y los susurros del Séptimo, con el cual Kushiro había construido aquella fortaleza, quedaba fuera de su alcance. Un solo error y quizá se produjese algo peor que su muerte. ¿Qué? Eso sólo podían saberlo los creyentes.

–Cuando entre, intentaré rescatar a Kean y a su hija. –Anjali posó en Rowen sus grandes ojos negros–. Ina y Olive son jóvenes, puedo superarlos sola. –Besó fugazmente los labios de Rowen y se acercó a Darby, que cogió sus manos y las apretó con afecto–. Héctor –murmuró de forma que Rowen no la oyera–, si ocurriera algo... llévate a Meldon de aquí lo antes posible.

Darby asintió y le deseó suerte.

Anjali terminó de desvestirse y avanzó despacio hacia la valla. La abertura era amplia y parecía invitarla a entrar, pero la india sabía que se trataba de una falsa impresión. Si ponía un pie más allá de aquel sencillo borde de madera sin ejecutar las posturas debidas, podrían suceder cosas en las que prefería no pensar.

Se detuvo justo en el límite y se volvió para contemplar por última vez el atractivo rostro de Rowen, sombreado por las incontables criaturas marinas que se movían sobre él tras el cristal. Le hizo un guiño, como animándolo.

Quería darle a entender que se sentía segura, que pensaba que iba a lograrlo.

En realidad, estaba lejos de mostrarse tan optimista.

4

–El laboratorio se divide en ocho cámaras –dijo Ina–, como las ocho partes del Séptimo Capítulo, y está construido con sonidos. Los objetos que ves a tu alrededor son simples materiales para evitar el silencio, al igual que nuestros cuerpos. Ese jarrón, esas cortinas... No se trata de decoración sino de cajas de resonancia. Todo dentro de este laboratorio está colocado para la creación de sonidos. Si se te ocurriera la locura de andar solo por las habitaciones, te aconsejo que nunca entres en una en la que no oigas nada. «*Ex nihilo nihil*», como dice el Séptimo... Significará que está bloqueada: si entras, tu mente quedará arrasada, porque sólo mediante los sonidos o susurros podemos establecer contacto con lo infinito. Pero no me molestaré en explicarte lo que no podrías entender jamás. ¡Busca!

Ina lo azuzaba como un perro de aquí allá y se limitaba a observarlo. Daniel ignoraba qué debía hacer, pero a ella eso le parecía lo correcto. «Si supieras conscientemente adónde ir, no serías el *messenja*», le había dicho.

–Eres una vasija, Kean –le explicó–. Llevas algo dentro que acabará apareciendo. Tú sólo muévete y mira a tu alrededor.

Ya habían recorrido lo que ella denominaba la «tercera» cámara, que era el derruido cuarto por donde habían entrado. La sala en que se encontraban se conservaba en mejor estado, y poseía amplios cortinajes de colores, jarrones de bronce, mesas de madera y un curioso suelo lleno de arena fina y castaña. El techo era bajo y algunas paredes mostraban revestimiento de piedra. Olía a moho y a polvo. Ina le había ordenado quitarse las calzas, y de vez en cuando le hacía alzar los brazos sobre la cabeza. Daniel obedecía y fingía escuchar las complicadas explicaciones. Entretanto, intentaba decidir qué hacer.

–Me has engañado, ¿verdad? –le preguntó mientras deambulaba por la cámara produciendo al pisar con sus blancos pies un ruido como de arañazos sobre la arena–. Nunca fuiste alumna de Mitsuko. Trabajas para Moon...

–Moon y yo trabajamos juntos, cierto –concedió Ina–, pero él no es mi jefe. Y te equivocas: Olive y yo sí *éramos* discípulos de Mitsuko.

–Entonces, Darby y sus amigos...

–Ellos contrataron a ese tal Olsen al principio, lo que ocurre es que, sin que lo supieran, Olsen ya estaba sirviendo al Amo por su cuenta y fingió trabajar para ellos.

–¿Quién es ese Amo?

Tras un titubeo Ina espetó:

–Alguien más poderoso que tú y que yo, estúpido. Él fue quien ordenó secuestrar a tu familia. –Su voz se hizo amenazadora–. No dejes de caminar. Si te paras un solo instante te golpearé. Puedo hacerte mucho daño, te lo aseguro.

Pero Daniel intuía que disponía de cierto privilegio. Al fin y al cabo, Ina también dependía de él. Intentó ganar tiempo con preguntas.

–¿Por qué me ayudaste a escapar?

–Decidieron que debía aliarme contigo para que no te creyeras solo. Sospechaban que intentarías huir en algún momento, y planearon lo de los árboles en la carretera y el bosque para darte la oportunidad. Los hombres de Moon tenían la orden de no herirte. Tú pensabas que ese producto que te habías rociado te hacía invulnerable...

–¿También el ataque de los ritualistas fue planeado?

Ina fijó los ojos castaños en él con expresión de desprecio.

–¿De qué hubiera servido eso, imbécil? Eso fue real. Estuvimos a punto de ser capturados. Por suerte, conozco bien la Zona Hundida. –Tras una pausa, rezongó–: Vamos a la siguiente cámara... Te advierto que, si sigues sin mostrarme la revelación, puedo empezar a pensar que te callas voluntariamente para ofrecérsela luego a Darby.

–Eso no es cierto...

–Pero puedo pensar que lo es, Daniel Kean, y actuaré en consecuencia. Existen varias maneras de descubrir lo que contiene una vasija: puedes volcarla... o romperla. Recuerda que sigo en contacto con Olive. No te gustaría que obligara a tu hija a caminar sola dentro del laboratorio... Será mucho peor que matarla. ¿Queda claro?

–Sí –musitó Daniel, horrorizado.

Ina no expresaba emociones. A Daniel le parecía que hablaba incluso con más frialdad que el propio Moon.

–Pues procura llevarme a la revelación cuanto antes.

Daniel la siguió hasta la puerta. Antes de abrirla, la chica se detuvo a escuchar. Pareció captar lo que deseaba –una especie de repiqueteo–, porque asintió y cogió el pomo.

–Podemos entrar.

5

Por un momento Anjali Sen se preguntó si Kushiro se había percatado de manera racional o, como diría el doctor Schaumann, «fríamente científica», de las implicaciones de lo que había construido en la cima de aquella colina en la

Zona Hundida. Sabía que era una idea absurda, pero el palpitante poder que percibía en aquel mundo aparentemente yermo le hacía preguntarse eso.

Seguía moviéndose con delicadeza: brazos, cintura, piernas..., en una danza pausada aunque incesante, de pie ante la abertura de la valla. Sabía que su cuerpo y el entorno debían convertirse en una misma cosa. La «vivienda blanca» de la que hablaba el Séptimo, la casa del hombre de las montañas en la que penetra el protagonista de la fábula, sitiada por terribles criaturas, era una metáfora de la protección invisible que rodeaba al laboratorio. Anjali recordaba que, justo antes de llegar a la casa, el protagonista comparaba el paisaje a una pintura y afirmaba: «Nosotros deambulábamos en cuerpo y alma a través de esas pinturas». Era preciso formar parte del decorado para poder acceder a él. La técnica para lograrlo resultaba muy difícil, incluso para una avezada creyente como ella.

Tranquila, se repetía. Lo peor que podía hacer era apresurarse. Sonreía mientras ejecutaba las posiciones, era su manera de controlar los nervios.

Por ahora estaba haciéndolo bien: los gestos de los brazos y la fuerza con que separaba o juntaba las piernas se armonizaban con el conjunto de pequeños sonidos que la rodeaban abriendo una vía por la que podría acceder. Pero a partir de ahí tendría que improvisar... ¿Cómo conocer con exactitud todos y cada uno de los pasos necesarios? Ni los discípulos de Mitsuko, ni la propia Mitsuko o el mismísimo Katsura Kushiro lo conocían todo. La creencia no era científica: no había modo de medirla ni comprobarla. No podía explicarse con palabras, y los textos bíblicos que la revelaban eran tan sólo símbolos o metáforas, por eso los no creyentes como Darby nunca la comprenderían por completo, aunque conocieran sus implicaciones.

Creer consistía sobre todo en *creer*, sin trabas, sin reparos. Y creer en una sola cosa. «Si crees, aunque sólo sea un poco, en la posibilidad opuesta, no conseguirás nada», recordó que decía uno de sus maestros. «Debes creer como si sólo existiera aquello en lo que crees.»

Siguió moviéndose en medio del escenario que la rodeaba, intentando formar parte de él.

6

La nueva cámara tenía esa clase de contrastes, o de asimetrías, que Daniel ya había visto en otros lugares de Japón: un dormitorio, un puente, una biblioteca. El puente era una pasarela de madera que cruzaba por encima del lecho. Ina le ordenó que la subiera y se situara sobre ella para abarcar así toda la habitación.

El ruido de repiqueteo lo producían dos objetos de metal colgados de una lámpara que sobresalía de la pared: una gran cadena de la que pendía una cruz y un cinturón. Se agitaban suavemente, como movidos por una extraña brisa. Ina se despojó de las calzas, se colgó la cruz del cuello y se abrochó el cinturón. Llevando sólo tales adornos encima subió al lecho y se arrodilló. Las paredes que la rodeaban eran espejos, y otras cuatro Inas aparecieron desde distintos ángulos.

–Voy a intentar establecer nexos –explicó–. ¿Sabes lo que son? La criatura que en el Séptimo Capítulo se disfraza con una máscara y unos guantes fingiéndose humana le susurra al protagonista una revelación trascendental: le dice que existen vínculos «horribles e inmemoriales entre la humanidad y la infinitud». En pocas palabras, lo que abras aquí –añadió, señalándose el cuerpo– se abrirá en el aire –señaló su imagen en el espejo–, y de esa forma podemos encontrar muchos más accesos al espacio oculto... Kushiro dedicó su laboratorio a establecer esos nexos mediante los sonidos que en la Biblia se llaman, metafóricamente, «susurros de las criaturas». Si hago esto... –se incorporó hasta ponerse de pie y separó las piernas violentamente– estoy desplazando aire y produciendo ondas sonoras... Las mismas ondas de luz, al rebotar en los espejos, «suenan» también, en cierta forma... Al movernos en este lugar es como si tocáramos un delicado instrumento... Tú no puedes percibir la melodía, pero la casa sí, y reacciona en consecuencia...

Quedó un instante en aquella postura y alzó los brazos mientras seguía con la enrevesada explicación. Daniel fingía escucharla intuyendo que sólo haciéndola hablar evitaría que Ina se impacientara. De pronto experimentó un sobresalto al ver que la chica lo observaba a través del espejo.

–He abierto nuevos accesos para ti –dijo Ina adoptando un énfasis amenazador–. Todo el espacio está a tu disposición ahora, Kean. Llévame a la revelación, o te juro que voy a arrancarte esa piel delgada y pálida que tienes... A ti y a tu hija.

Daniel se estremeció. Había algo en la forma de hablar de Ina que le hacía sospechar que era muy capaz de hacer lo que decía. Decidió distraerla con nuevas preguntas.

–Tu Amo es ese a quien llaman la Verdad, ¿no es cierto?

La reacción de Ina fue inmediata. Interrumpió los gestos

y quedó sentada de costado en el lecho, mirándolo por el espejo. El sudor hacía resplandecer su piel.

–Es la Verdad quien trabaja para el Amo –dijo en tono grave y cuidadoso–. ¿Cómo sabes ese nombre?

–He hablado con ella. –Fue el turno de Daniel de mostrarse enigmático–. La Verdad ha capturado a tu maestra, ¿lo sabías? La ha convertido en algo peor que una esclava... ¡Aunque supongo que eso era lo que tú deseabas...!

Antes de que pudiera terminar la frase, Ina ya se había levantado de un salto y subido a la pasarela. Daniel vio la furia en sus ojos, pero no intentó apartarse. Una bofetada lo arrojó al suelo y un talón lo hizo rodar al extremo opuesto. Pero lo peor de todo fue cuando ella dejó de golpearlo y lo miró. La frialdad de Ina le daba aún más miedo que su salvajismo. Sabía, sin embargo, que esa vez era él quien controlaba la situación, y decidió seguir presionándola.

–¡Puedes golpearme cuanto quieras, eso no cambiará las cosas para tu maestra...! –gritó abrazado a sí mismo, sudoroso, irguiéndose ante ella–. ¡Mitsuko Kushiro está destruida, aunque aún siga con vida! ¿Eso era lo que pretendías conseguir? –Ina lo miraba como dudando sobre si volver a golpearlo. Entonces regresó al lecho. Daniel suavizó el tono–: Ina, ¿por qué no me ayudas? No eres como ellos..., como Moon o la Verdad... Te han engañado o te han convencido de alguna forma para hacer esto, pero no eres como ellos...

Ina lo contemplaba arrodillada desde el lecho. Sus senos subían y bajaban en una lenta respiración. De repente se recostó boca arriba. En el espejo del techo, otra Ina extendió sus cabellos castaños por las sábanas.

–Ella y yo teníamos diferentes puntos de vista –dijo en

un murmullo. Parecía hablarle más a aquella muchacha que flotaba sobre ella que a Daniel–. Era una maestra excelente. Me enseñó todo lo que sé sobre el Séptimo, el uso de los sonidos, cómo cada cosa que roza tu cuerpo puede convertirse en un canal, una puerta hacia otras cosas... Tenía una increíble mansión al norte de la ciudad, pero solíamos ir a las playas del sur de Tokio, que bordean la Zona Hundida. Allí aprendíamos a ser pájaros y abrirnos al contacto con Los Que Susurran. Me decía: «No te veas como un simple instrumento sobre el que otros tocan. Eres una mujer, Ina. Fuiste sagrada en otro tiempo. Ahora sólo somos cavernas, pero antaño nuestras riberas eran soleadas y en ellas crecía la semilla de la carne». También me decía: «Somos reinas, no los nidos vacíos que Dios usaba para incubar, sino verdaderas reinas capaces de gobernar la creación»... ¡Me decía todo eso...! –Calló un instante, conteniendo los sollozos. La mano que reposaba sobre su vientre se abrió con suavidad, como albergándolo–. Manteníamos una relación de «amor»... Ella gozaba carnalmente con otros discípulos, pero conmigo, además, sentía «amor», no sólo «arte». Y un día me habló de la revelación, y de la *Llave del Abismo.* No logré entender por qué no quería buscarla, como había hecho su padre...

Daniel no quería interrumpir a Ina, pero recordó lo que Darby le había explicado. *Kushiro le aconsejó que no se involucrara*, pensó. Ina seguía hablando mientras miraba a la muchacha del techo.

–Me contó que su padre había encontrado la *Llave* en Nueva Zelanda, la había ocultado en lugar seguro y había anunciado una revelación relacionada con ella, una clave que obtendría un *messenja* en un tren en Alemania, un día determinado... ¡Yo le dije que debíamos intentar conocerla! Ella me decía: «Ina, la *Llave* no nos está destinada... Deja que las cosas sucedan... Mi padre sabía lo que hacía...». ¡No era capaz de comprender que no se trataba de tener sino de *destruir*! «Madre... –le decía, la llamaba así–. Madre, la *Llave* es lo único que puede *matar* a Dios. Lo único que devolverá a las mujeres el poder de la vida o las vengará para siempre, ¿no lo comprendes?» La Biblia dice que Dios se oculta bajo las aguas soñando su sueño eterno en la ciudad de los grandes pilares, pero tiene miedo de la *Llave*... porque sabe que el día en que el hombre la encuentre... –Su boca se torció en una mueca–. Ese día... su autoridad en la Tierra habrá terminado.

Dio la vuelta en la cama, se apoyó en una pared de espejo y quedó en silencio, los ojos cerrados, su reflejo unido a ella como dos seres gemelos que soñaran un mismo sueño. De repente pareció despertar. Daniel observó que el cambio se había producido sin transición: su mirada y su voz volvían a ser implacables.

–Le dije todo eso, pero no me hizo caso. Entonces hablé con Olive y con otro discípulo llamado Shar, y nos propusimos encontrar a un nuevo jefe que quisiera ayudarnos. Shar terminó abandonando y se marchó, pero Olive y yo entramos en contacto con el Amo. Cuando el Amo nos dijo que él *sí* quería encontrar la *Llave*, no dudamos a quién debíamos servir...

–Y la traicionasteis. –Aunque temía que ella volviera a golpearlo, Daniel era incapaz de ocultar su desprecio–. La vendisteis a unos asesinos...

–En efecto –murmuró Ina y lo miró de una forma que él ya conocía: entornando uno de los ojos y abriendo el otro de par en par. Su expresión, entonces, dejaba de ser hermosa para convertirse en una máscara que sugería cosas horribles–. La traicionamos. La vendimos... Los servidores del Amo entraron en su morada gracias a nuestra ayuda... También les facilitamos el acceso al resto de los discípulos. Olive y yo somos capaces de muchas cosas, Daniel Kean. Te lo demostraré.

Se inclinó hacia uno de los espejos, se apartó el cabello y presionó con un dedo en el auricular. Habló hacia su reflejo, como si hubiese alguien allí capaz de escucharla.

–Olive: abandona a la niña en las cámaras del sótano y oblígala a caminar sola.

7

Yun intentaba no tener miedo. Lo había estado intentando durante los últimos días y casi lo había conseguido, pero ahora las cosas se habían complicado.

Hasta ese momento, para ella, todo había consistido en una sucesión de lugares distintos, órdenes simples y la compañía de Olive. La mayoría de sus frases comenzaban siempre con: «Olive, ¿puedo...?». Y, en general, Olive se lo permitía. A Yun no le caía del todo mal el tal Olive, lo cual era una suerte, ya que no había podido separarse de él desde... En fin, desde aquello que había sucedido en las catacumbas, fuera lo que fuese (Yun no estaba segura de ciertos recuerdos). Descontando el hecho de que no le permitía hablar con sus padres, Olive era buen chico. O lo había sido hasta que la llevó a aquella fea casa de madera en medio de una especie de bosque donde siempre era de noche y había peces en el cielo. Ahora las cosas habían empeorado.

En aquella casa Olive se mostraba mucho más nervioso que nunca y la miraba como si fuera a darle una especie de sorpresa. Ésa era la explicación que él mismo le había ofrecido cuando le dijo que tenía que vendarle los ojos y la boca:

–Es una sorpresa –había dicho.

Y desde luego que lo fue, porque había consistido ni más ni menos que en la llegada de su padre.

Pero a Yun no le pareció agradable, pese a todo. Porque hasta ese momento había podido mantener el miedo a raya, pero al escuchar la voz de su padre había descubierto que únicamente podía ser fuerte si él no estaba. Junto a su padre, lo único que quería hacer era llorar como una niña pequeña.

La presencia de su padre era su mayor alegría, y también su mayor temor.

Intentaba tranquilizarse, pero era muy difícil. Más aún cuando Olive, tras quitarle la venda y la mordaza, le dijo que darían un «paseo». El paseo consistió en entrar en la casa (siempre después de que Olive ejecutara raros gestos en la ventana) y bajar unas escaleras blancas hasta una especie de sótano de paredes encaladas. Entonces Olive se agachó frente a la cerradura de una puerta con marco de cristal que tenía grabado un hermoso jarrón con flores. ¿Qué hacía? Escuchar.

Yun deseaba seguir mostrando valor, pero (*digámoslo con claridad, señorita*, como diría su profesor de academia, el señor Phelps) empezaban a temblarle las piernas.

Sobre todo porque intuía que Olive tenía tanto miedo como ella.

–Podemos entrar –dijo Olive al fin.

La habitación a la que pasó era oscura y fría, pero no parecía haber nada malo en ella. Su guardián, entonces, sacó del abrigo el pañuelo y la venda.

De pronto a Yun le resultó imposible seguir soportando el miedo. No quería desobedecer a Olive, pero aquello era superior a sus fuerzas.

–Olive, por favor, no vuelvas a taparme los ojos...

–Es una sorpresa, Yun.

Digámoslo con claridad, señorita...

–Olive... –Empezó a llorar mientras el mundo desplegaba una noche sin luna sobre su mirada–. No me... –Luego las palabras desaparecieron también.

–Sabes contar hasta veinte, ¿verdad? –oyó la voz de Olive en aquella tiniebla–. Ahora comenzarás a contar y yo me esconderé. Cuando termines, me buscarás. Puedes ir por donde quieras, recorrer toda la casa, pero no te quitarás la venda de los ojos ni de la boca... Aunque desees quitártelas, no lo harás. Adiós, Yun. Comienza a contar.

Yun gimió aterrorizada mientras, sin poderlo evitar, su mente, como un reloj imprevisto, le susurraba los segundos. *Uno...* Oyó la puerta cerrarse. *Dos...*

8

–Te quedan unos quince segundos antes de que tu hija empiece a moverse por la casa, Daniel. Con suerte, seguirá siendo tu hija tras cruzar la primera puerta, pero más allá de la segunda...

–Ese libro –murmuró Daniel apuntando con el dedo hacia las estanterías casi vacías–. Está en ese libro.

–¿En cuál?

–El de los grabados en dorado y las tapas negras.

Ina lo señaló.

–¿Éste? –Daniel movió la cabeza afirmativamente. Ina cogió el libro y lo hojeó rápidamente. Luego lo mostró sujetándolo de cara a Daniel, de forma que las figuras de la cubierta resultaran visibles–. ¿Sabes qué es este libro? –Indicó los curiosos símbolos de la portada–. Esto de aquí son letras, palabras en el antiquísimo *kanji*, el idioma japonés escrito... Dicen: «*Ai Gei*». ¿Sabes lo que significa *Ai Gei*? Podría traducirse como «amor» y «artesanía»... Este libro es, tan sólo, la Sagrada Biblia de Amor Artesanía escrita en antiguo japonés... Una Biblia común y corriente. –Arrojó el libro a la estantería y se cruzó de brazos.

–La clave que buscas está en ella –murmuró Daniel intentando adoptar un tono convincente.

Se dio cuenta de su error cuando Ina cambió de actitud. Aquella mirada, con uno de los párpados ligeramente entornado, le heló la sangre.

–Daniel, estás hablando con una creyente. Con cada parte de mi cuerpo siento tu mentira. ¿Piensas, acaso, que todos y cada uno de los objetos inútiles que hay en esta casa no han sido estudiados a fondo? Mitsuko y sus servidores leales han sido interrogados y *anulados.* La casa es nuestra desde hace tiempo, con todo lo que contiene. A ti te queremos para que nos ofrezcas la revelación, no para que juegues a los enigmas... –Hizo una pausa y su grueso labio superior se alzó mostrando los dientes–. Esclavo ignorante, tu hija ha empezado a moverse a solas por las habitaciones... Dentro de poco abrirá una puerta sin esperar a oír ruidos, y su mente quedará tan vacía y oscura como el espacio entre las estrellas... Tienes una última oportunidad...

Daniel, desesperado, miraba a su alrededor buscando algo que convenciera a Ina. Entre los anaqueles, colgado de la pared, veía un cuadro misterioso: mostraba a unos seres que parecían insectos o cangrejos gigantes, de cuerpo rosáceo y alas membranosas, que caminaban en el aire. Ignoraba qué podían ser aquellas criaturas crustáceas, pero resultaba evidente que flotaban porque había pájaros volando bajo los apéndices inferiores de los seres, semejantes a patas.

–«Pájaros bajo los pies» –dijo, trémulo.

Por un instante la vio titubear.

–Repítelo –exigió ella. Lo hizo, pero cometió el error (o quizá ella podía leer su mente) de desviar la vista hacia el cuadro que le había inspirado. Ina siguió la dirección de su mirada y al descubrir lo que era soltó la risa–. No te rindes, ¿eh?

–Te juro que no lo he inventado... –mintió–. Ha venido a mi cabeza...

–Los segundos pasan...

–¡Ina, créeme, te lo suplico!

Se oía a sí mismo decirlo y sabía que su voz sonaba falsa. Pero ¿cómo podría convencerla si ignoraba la clase de información que ella quería oír?

Entonces, de improviso, se produjo el cambio.

Al principio lo único que percibió fue que ella se quedaba mirándolo como si lo viera por primera vez. Luego, con gestos veloces, Ina se despojó del cinturón, se descolgó la pesada cruz, subió a la pasarela y lo cogió del brazo. Daniel se dejó arrastrar hasta la puerta de la siguiente cámara, donde Ina se detuvo a escuchar. Quiso pedirle que volviera a comunicarse con Olive para salvar a Yun, pero en ese momento Ina abrió la puerta y pasaron a la siguiente habitación, que estaba vacía, y de allí a unas escaleras. Ina escogió el tramo que ascendía y, tras aguardar ante otra puerta, penetraron en una especie de desván de techo bajo formado por listones de madera.

A diferencia de las anteriores, aquella cámara estaba llena de objetos: sillas, cajas apiladas, marcos vacíos, baúles, barras metálicas con o sin sucias cortinas unidas a ellas... El suelo era un mosaico de baldosas que imitaban figuras.

Figuras de pájaros.

Daniel quedó asombrado por la coincidencia, ya que su frase había sido una mera improvisación. De cualquier forma, pensó que aquel azar le favorecía.

Ina lo empujó sobre las baldosas.

–Busca.

–Ina... Dile a Olive que...

–Busca, Kean.

Comprendió que Ina ya no estaba dispuesta a pensar más en él. Se había colocado otras calzas, blancas, de rombos amplios, que cubrían del todo sus torneadas, fuertes piernas. Luego se sentó sobre un taburete alto y apoyó los pies en el borde del asiento.

–Busca, Kean –repitió.

Daniel gateó intentando encontrar algo que pudiese satisfacerla. El problema, en aquel lugar, era justo el opuesto a los anteriores: había *demasiadas* cosas, y todas parecían importantes, o al menos enigmáticas. De pronto la sorpresa lo paralizó.

Entre un marco y un haz de barras de acero sobresalía una nariz. Era un rostro de color oscuro. Daniel apartó las barras con cuidado. La escultura estaba elaborada en algún tipo de metal o piedra, y consistía en el busto de un hombre, incluyendo sus manos entrelazadas.

Lo reconoció enseguida. Kushiro esbozaba la misma extraña sonrisa que en la imagen que le había mostrado Darby. En la base de la pieza, bajo las manos, había grabadas unas palabras:

Empecé a sospechar.
Ahora temo saber.

Debajo: «Sagrada Biblia, Cuarto Capítulo, II, 29».

–Era su lema –comentó Ina–. Aborrecía unir conceptos, como buen japonés... Siempre tenía miedo de llegar a saberlo todo, por eso decidió legar a la posteridad su hallazgo... De igual forma, su hija no quiso buscar la *Llave.* –Sus labios se torcieron–. Puedo aprender filosofía japonesa, incluso puedo comprenderla, pero jamás llegaré a *compartirla.* Es preciso saberlo todo, porque sólo sabiéndolo todo tenemos alguna posibilidad de enfrentarnos a Dios. Pero dar los primeros y fundamentales pasos para luego retroceder... ¿No es absurdo? ¿Sabes qué pienso? Que no debió ser Kushiro quien encontrara la *Llave.* Quizá... Quizá no debiste ser *tú* quien recibiera la revelación... ¿Por qué no la recibí yo, por ejemplo? ¿Por qué escoger a una criatura tan mediocre y estúpida como tú, un esclavo, un no creyente...?

–Creo que puedo responderte a eso –dijo Daniel, desafiante–. Tú también eres mediocre y estúpida si no te has dado cuenta...

–¿De qué?

–De que te han engañado, Ina.

–¿Qué quieres decir?

–Mírate. Te han dejado sola. ¿Por qué no está contigo ese Amo del que tanto hablas? ¿Por qué no está la Verdad? ¿Por qué tan interesados todos en traerme hasta aquí para luego dejarme a solas contigo? Voy a decírtelo: porque no confían en que yo vaya a revelar nada... –Ina se incorporó lentamente. Su actitud al acercarse a Daniel era de amenaza, pero éste siguió hablando en tono desafiante desde el suelo–. Te han dejado las sobras del banquete... Para ellos, tú también eres una esclava. Y voy a decirte algo más: tu Amo y la Verdad no quieren la *Llave* para destruir a Dios, sino para *salvarlo.* Lo que pretenden es destruir la *Llave*, Ina...

–Mientes... –Ina se plantó frente al cuerpo arrodillado de Daniel. Su rostro parecía un estanque en el que alguien hubiese arrojado una piedra: emociones opuestas iban y venían. Cerraba los puños hasta emblanquecer los nudillos. Sin embargo, aunque Daniel temía que volviera a golpearlo, no quiso detenerse.

–¿Qué te dijeron para convencerte? ¿Acaso que deseaban vengar a las mujeres por lo que Dios les había hecho? –Daniel sonrió–. Te han estado utilizando... Sin tu ayuda no hubiesen podido secuestrar a Mitsuko... Y cuando obtengan lo que quieren, nos destruirán a todos... incluyéndote a ti y a Olive.

–¡Es mentira! –gritó Ina, y desvió la vista un instante.

Era el momento que Daniel esperaba. Había extendido la mano derecha por el suelo hasta dar con el objeto, y en ese instante reunió fuerzas, lo levantó y azotó el aire con él. Acertó en el hombro izquierdo de Ina. La chica retrocedió y cayó de lado. Al hacerlo aplastó varios marcos, que se fragmentaron.

Daniel se puso en pie y alzó de nuevo la barra metálica. El mismo pánico que le provocaba lo que había iniciado le daba fuerzas para intentar concluirlo.

–No puedes matar a una creyente... –dijo Ina, que ni siquiera hizo amago de esquivarlo.

Tras el nuevo golpe saltaron astillas y sangre. Algo pareció destrozarse en la cabeza de Ina, pero a Daniel le dio la extraña impresión de que quizá era algo que ya estaba roto desde mucho tiempo atrás.

La barra sólo encontró objetos inanimados cuando golpeó por tercera vez, como si Ina se hubiese convertido, por fin, en la materia que la formaba: madera, cristal, piedra. Al pronto Daniel creyó que la muchacha había logrado desaparecer. Entonces oyó su voz a la espalda, y supo que se había movido con increíble rapidez:

–*No puedes* matarme...

Daniel hizo girar su improvisada arma, pero en esa ocasión la barra no llegó a su destino: la mano izquierda de Ina la detuvo en el aire mientras la derecha aferraba la garganta de Daniel, empujándolo hacia una de las esquinas del desván.

–Soy un gato en esta habitación –dijo ella con voz ronca, el rostro convertido en una masa de sangre–. Cazo. Y devoro.

La respiración desapareció del cuello de Daniel.

9

Moviéndose como si las paredes a su alrededor fueran cuchillas, Anjali Sen cruzó la ventana y pisó por fin el suelo de la casa.

Había entrado: lo más difícil ya estaba hecho.

Vio dos puertas de salida. Abrió la de la izquierda solamente cuando estuvo segura de escuchar una leve crepitación, como la que podría producir la garra de un animal pequeño. Un pasillo corto daba a unas escaleras y se prolongaba con otra habitación. Ocho cuartos en total, ocho «cámaras», como las ocho partes del Séptimo. Conocía bien la estructura del recinto. Confiaba en encontrar a la niña cuanto antes, y confiaba en que los creyentes que la custodiaban no resultaran peligrosos. Luego buscaría a Daniel Kean.

Llegó al pie de las escaleras y percibió que debía bajarlas. Alcanzó un pequeño vestíbulo y una puerta cerrada de marco de cristal. Esperó hasta escuchar un débil ruido y sujetó el picaporte.

La habitación era grande, de paredes con arabescos amarillos, y estaba vacía. En la pared del fondo había otra puerta. Anjali se dirigió a ella, aguardó, oyó un suave susurro y abrió.

La nueva cámara era de un azul puro, sin matices. El único mobiliario consistía en una especie de podio formado por cubos azules. Al fondo había otra puerta, y frente a ella, a punto de aferrar el pomo, se hallaba la niña, vendada y amordazada.

–¡No! –gritó Anjali.

Cruzó la habitación con rapidez y sujetó a la pequeña de los brazos, deseando que no fuera demasiado tarde. La niña había empezado a llorar. Anjali se disponía a quitarle la venda cuando oyó que la puerta tras ella se abría.

–Así que tenemos visita, ¿eh, Yun? –Olive hablaba con mucha rapidez, como si hubiese ensayado las frases–. Supe que habían logrado *entrar*... Mira quién es... Imagino que se cree muy importante por haber entrado...

Olive había trepado hasta sentarse en el podio azul y dejaba que las recias botas que calzaba colgaran por fuera. A Anjali le dio la impresión de que Olive quería utilizar la altura como ventaja en algún ritual. Le vio forcejear con un cinturón atado a su vientre, bajo el abrigo. Intentaba quitárselo con una sola mano. La otra sostenía la pistola de ráfagas apuntando hacia Anjali.

Nada más verlo, la creyente supo dos cosas: que Olive estaba mucho más nervioso que ella y que no resultaba un adversario de su nivel. Ella lo superaba, incluso desarmada y desnuda. Situó a Yun a su espalda y se encaró con Olive.

–¿Qué le habéis hecho a la niña?

Olive había dejado de apuntarle con la pistola y usaba ambas manos para terminar de desabrocharse el cinturón.

–No lo sé... –dijo en un tono que sonaba muy sincero–. Ha caminado por la casa, ¿verdad, Yun? Ha dado un paseo, un pequeño paseo...

–¿La habéis obligado a caminar *a solas*? –dijo Anjali, incrédula–. ¿Qué clase de bestias inhumanas sois?

Olive parecía indeciso. Tiraba de su cinturón y sostenía la pistola sin llegar a utilizar ninguno de los dos. Anjali sabía que quería usar el cinturón para provocar algún tipo de ataque, quizá ondas sonoras.

–No fue idea mía –dijo Olive–, sino de Ina... Pero lo importante..., lo verdaderamente importante, zorra, es lo que... *tú vas a hacerme a mí.* –Se detuvo y sonrió con amplitud. Su sonrisa, al arrugar su blanco y redondo rostro y achicar sus ojos, le otorgó una expresión necia–. No quería decir eso... Iba a decir: «Lo que voy a hacerte». ¿Por qué he dicho eso...?

Anjali Sen la oscura lo miraba en silencio con ojos centelleantes.

El terror deformaba ahora los rasgos del joven creyente.

–No... No te dejaré...

Alzó el arma hacia su cabeza.

–No hagas idioteces –dijo Anjali–. No vas a matarte. –Olive apartó el cañón de su frente–. Suelta la pistola y baja –ordenó con sequedad.

Olive obedeció, pero no se detuvo al bajar del podio. Entre hipidos y sollozos de niño asustado, corrió en dirección opuesta, hacia la puerta.

–¡Ina! ¡Ina, han entrado! ¡Ayúdame!

Abrió la puerta y salió.

Sin esperar.

10

Estaba asfixiándose, pero aún sostenía la barra.

Dejó que Ina tirara de ella y luego, inesperadamente, tiró hacia él. El gesto sorprendió a Ina, que soltó la barra una fracción de segundo. Recibió el golpe en medio de su expresión de sorpresa. Su rostro quedó dividido por el acero y luego salió despedido hacia atrás con un sonido de entrecejo quebrado. La presión sobre la garganta de Daniel desapareció y éste vio la mano de Ina –aún abierta, aún en garra– alejarse junto a su propietaria a velocidad vertiginosa y chocar contra la pared. Cayeron objetos de una repisa cercana al estremecerse toda la estructura; algunos rebotaron en Ina, que no se movió.

Cuando logró serenarse lo suficiente, Daniel comprendió que estaba muerta. Le parecía increíble haberla matado, pero no tuvo tiempo de pensarlo demasiado, porque en ese momento oyó los gritos.

Eran más bien aullidos feroces acompañados de sordos retumbos. Y se acercaban. Fuera lo que fuese aquello que los producía, Daniel no quería encontrárselo.

Ya no podía huir por la puerta, de modo que buscó un escondite a su alrededor. Pero el desván era pequeño, y aunque estaba atiborrado de objetos no ofrecía ningún refugio rápido y seguro. Daniel se sintió atrapado. Entonces algo le llamó la atención en el techo, por encima del cadáver de Ina.

Era una trampilla de madera cerrada con un pestillo. Poniéndose de puntillas, consiguió abrirla, liberando una escalerilla de metal que chirrió al desplegarse, como una dentadura de hierro. Daba a un espacio muy oscuro. No le pareció que fuera otra habitación sino la parte superior del mismo desván, una especie de altillo bajo el tejado.

Trepó por la escalera a toda prisa. No tuvo tiempo de examinar el reducido lugar al que accedió: recogió la escalera y cerró la trampilla justo cuando la puerta del desván se abría de golpe.

Las tablas del suelo estaban algo separadas entre sí, lo que permitió a Daniel espiar los movimientos de Olive. Era Olive, sin duda: podía contemplar su cabeza de largos cabellos y las hombreras de su abrigo. Pero algo extraño y terrible le había sucedido, porque no cesaba de dar aquellos escalofriantes aullidos de animal enfermo. Daniel pensó en

Yun y se estremeció. Vio avanzar a Olive de una tiniebla a otra, entre las delgadas franjas de luz, y supuso que no tardaría en descubrir a su compañera, si es que no lo había hecho ya, y luego vería la trampilla.

Sin embargo, mientras pensaba esto, la sombra de Olive regresó a la puerta y salió de la habitación. Sus gritos se perdieron escaleras abajo.

Daniel siguió inmóvil unos cuantos segundos y luego respiró aliviado.

Pero todavía tenía que encontrar a Yun y escapar de allí. El hecho de que Olive hubiese venido solo le aterraba. No podía quitarse de la cabeza que algo malo le había sucedido a su hija.

Se disponía a abrir la trampilla con la escalera plegable cuando, de pronto, una forma en la oscuridad atrajo su atención. Miró hacia un lado.

Y ahogó un grito.

11

En medio de las tinieblas flotaba un rostro.

Lo veía como a través de la bruma: reborde de nariz y pómulos, hondas órbitas. La blanca cara de un muerto: Katsura Kushiro.

Todo en Daniel quiso huir, pero su mirada, dócil como un perro, siguió posada en aquel espectro. Advirtió que el cuerpo estaba echado en una especie de raído sofá y envuelto en una manta, pero eran claramente visibles sus manos abiertas reposando en el regazo. ¿Qué hacía allí el cadáver de Kushiro? ¿Por qué lo habían trasladado a aquel angosto reducto en vez de incinerarlo? ¿O acaso *no estaba muerto*?

Sintió tanto miedo que ni siquiera consiguió gritar. Inmóvil sobre la trampilla, apartó la cara y la hundió entre los brazos con la ingenua esperanza de que, cuando volviera a mirar, la horrenda visión habría desaparecido.

Nada ocurrió, salvo que sus ojos se habituaron a la exigua luz que penetraba en forma de finas barras de polvo, y la estructura del lugar se hizo patente, con su techo en ángulo que se correspondía, sin duda, con el tejado de la casa. En la zona donde él se hallaba, la inclinación del techo era muy pronunciada, por lo que le resultaba imposible ponerse en pie, pero algo más allá *(cerca del cadáver)* la altura le permitía levantarse.

Aunque la presencia del cuerpo de Kushiro le resultaba pavorosa, había algo en su postura, en la posición del rostro ladeado y las manos yertas, que le impulsaba a observarlo de cerca.

Comenzó a gatear, y las tablas del suelo emitieron un sonido agudo y oscilante. Al llegar al área central, el sonido cambió por completo convirtiéndose en una susurrante serie de notas que se entrelazaban siguiendo el ritmo de sus movimientos.

Quedó un instante desconcertado: aquel chirrido imitaba... ¿qué? Recordó parques diseñados, Yun corriendo entre los árboles...

Cantos de pájaros.

Entonces se fijó en el supuesto cadáver. En realidad se trataba sólo de un rostro y unas manos reposando sobre la tela negra de un viejo sofá, en una posición tal –el rostro, en el respaldo; las manos, sobre el asiento– que no parecía sino que alguien los hubiese dejado así con el único propósito de asustar. El color de los tres objetos era tan blanco que casi brillaban. Las facciones de la máscara, perfectas, le hicieron saber que se encontraba ante la reproducción en algún material flexible del rostro de Kushiro. Pero ¿por qué fabricar una cosa como aquélla? Entonces comprendió.

La escultura metálica.

La máscara tenía que ser el molde sobre el cual se había realizado la obra. ¿Quién lo había dejado allí, y por qué? Quizá nadie en particular, pues en ese momento se dio cuenta de que varias cajas habían volcado en un anaquel cercano, vaciando su contenido. Los moldes podían haber estado en una de ellas. Tal vez el cuerpo de Ina, al golpear la pared, había provocado que se derrumbaran. Recordó que varias cosas se habían caído en ese instante.

Casualidad o no, la máscara sobre el respaldo parecía mirarlo. Dio otro paso hacia ella y volvió a oír el quejido de las tablas.

Pájaros bajo los pies.

La coincidencia le erizó la piel.

Tenía que ser eso, una coincidencia. Aquella frase era una invención suya creada para distraer a Ina y ganar tiempo. Se había inspirado en un absurdo cuadro colgado de la pared; los dibujos de las baldosas del desván y el crujido de las tablas eran meras casualidades. Sólo los creyentes, que siempre concedían suma importancia a las relaciones azarosas, pensarían lo contrario. Y, pese a todo...

En ese instante notó algo más. El rostro de Kushiro *no era una máscara.* Tenía ojos. Y lo miraba fijamente.

12

El horror, como una mano invisible, pareció empujarlo. Retrocedió, y las plantas de sus pies combaron la madera. Cayó entre una lluvia de astillas.

Sintió que el suelo contra el que golpeaba no lo detenía, que continuaba descendiendo por un interminable abismo de oscuridad...

Alguien lo llamaba desde ese abismo. Un rostro se inclinó sobre él.

–Calma –dijo Darby, y repitió–: Calma, Daniel.

Pero no estaba nervioso. Sólo deseaba moverse. Miró a su alrededor. Se hallaba tendido en un asiento convertido en diván. La habitación era minúscula –Darby se acurrucaba para poder sentarse a su lado–, sin ventanas, iluminada con paneles azules. Notaba un suave balanceo.

–¿Dónde estoy?

–En nuestro vehículo –dijo Darby moviendo su calva cabeza mientras se masajeaba la barba–, de regreso a Tokio.

Creyó que soñaba. La nuca le dolía y le resultaba difícil concentrarse. Pese a ello, hizo la pregunta precisa, la única cuya respuesta le importaba.

Darby sonrió.

–Se encuentra bien. Ahora está descansando en la otra cabina. Por fortuna, Anjali llegó antes de que resultara dañada... Ese tal Olive no tuvo tanta suerte: mientras huía, abrió una puerta sin aguardar a oír los sonidos y... Bueno, cuando Anjali te halló, Olive ya había muerto.

Daniel se estremeció.

–Recuerdo sus gritos...

–Era imposible captar en él «cualquier discurso coherente», como afirma el Séptimo. Pero lo que importa es que te has recuperado. Al parecer, parte de las tablas del suelo del altillo cedieron, caíste al piso inferior y te golpeaste la cabeza. Has estado inconsciente hasta ahora...

Imágenes fugaces empezaban a asediarlo. ¿Acaso había visto realmente unos ojos en la máscara de Kushiro? Concluyó que, sin duda, se había dejado llevar por el pánico.

Entonces recordó algo más. Al mirar a Darby supo que estaba pensando en lo mismo. Dejó que el silencio y la culpa lo obligaran a hablar.

–Daniel, te pido que nos perdones –murmuró Darby al fin–. No te dijimos toda la verdad.

–Lo sé. Citaste en tu casa una frase de Klaus: «¿Por qué son elegidos los elegidos?». No me di cuenta entonces, pero luego comprendí que no podías haber oído a Klaus sin estar en contacto con Olsen... En el tren, sólo Olsen oyó nuestra conversación.

Darby asintió.

–Olsen era superior de Seguridad, pero también un mercenario. Lo contratamos para que ayudara a Maya a encontrar al *messenja*, pero te juro que nunca le ordenamos que secuestrara a tu familia o te interrogase, o trajese a alguien como Moon... Cuando descubrimos que trabajaba para otros, ya era demasiado tarde. Nuestro error, del que me hago enteramente responsable, fue no decirte nada... Decidimos que perderías la confianza en nosotros si lo sabías... Pero, estás fatigado... Debes intentar descansar, hablaremos luego...

Daniel se quedó mirando los cada vez más borrosos ojos del hombre biológico. Sentía, en efecto, un cansancio extremo, ahora que la tensión de la agotadora jornada estaba empezando a ceder en su interior.

–De poco os ha servido todo el plan –musitó con sus últimas fuerzas–. Al final no ha habido ninguna revelación...

Mientras la inconsciencia volvía a apoderarse de él escuchó, como un eco, las remotas palabras de Darby:

–Te equivocas: ya *tenemos* la revelación, Daniel... Ya sabemos dónde está la *Llave del Abismo.*

Octavo Capítulo

CASA

I

La oscuridad adquirió la forma de un rostro quieto y blanco.

Seguía en el desván, frente a la máscara de Kushiro. Aunque no se trataba exactamente del desván, sino de aquel altillo angosto de techo en ángulo al que había accedido para escapar de los horrendos gritos de Olive.

Desconcertado, miró al suelo: se hallaba intacto, ninguna tabla se había partido. Su encuentro con Darby, sin duda, había sido sólo un sueño.

Tenía que inclinarse imitando el descenso del techo con el fin de ponerse en pie. La Biblia afirmaba, en su Octavo Capítulo, que los techos en ángulo no eran inocuos: a través de ellos penetraban cosas indeseables. Bijou nunca hubiese admitido vivir en una casa que tuviera una habitación como aquélla. Resultaban peligrosas, incluso aunque no fueras creyente.

La máscara le impresionaba, pero no era otra cosa que un objeto con la forma de un rostro. Él había creído ver ojos encerrados en las aberturas vacías, ojos que brillaban con fuerza y autoridad, pero también con terror. Sin embargo, se engañaba; las órbitas eran simples huecos rasgados a través de los cuales se advertía la oscuridad de la tela del respaldo donde la máscara reposaba.

Lo que debía hacer, antes que nada, era buscar a Yun. Si Olive había enloquecido, ¿qué podía estar ocurriéndole a Yun? Tenía que encontrarla antes de que su hija abriera una puerta al azar y su mente sufriera las consecuencias...

De pronto sucedió algo que le hizo estremecerse.

En el sofá la máscara se movía. Era como si otro rostro naciera bajo ella. Al mirarlo Daniel descubrió que, en realidad, lo que importaba no era aquella máscara sino lo que ocultaba debajo, la cabeza sin rasgos, la oquedad de la boca agitándose a ciegas con palabras que provenían de una lejana oscuridad:

–*Soy lo último que verás antes de morir, lo peor que descubrirás sobre ti mismo, el lugar al que irás cuando hayas muerto...*

–Basta, Daniel –dijo el doctor Schaumann, y Daniel abrió los ojos.

2

Moon se hallaba intranquilo.

No tenía motivos, en realidad. Él había cumplido con su deber. Ahora sólo quedaba esperar a que la Rubia acudiera a la cita en la primera esclusa de la Zona Hundida y le pagara lo acordado por su trabajo. Lo que más deseaba Moon era marcharse del maldito Japón y regresar a Europa con su bello amigo Lam. Había planeado descansar una buena temporada. Emplearía el tiempo libre en pagar caros tatuajes para su piel, o comprar aderezos o perfumes y adorarse a sí mismo a través de ellos. Su contrato con el Amo había concluido, y eso era razón de más para sentirse satisfecho.

Pero no se sentía satisfecho.

Era cierto que su estado de ánimo podía deberse al sueño que había tenido mientras estaba en la cama con Lam. En él había visto a un joven de cabello espeso y negro vestido con un cinturón del que pendían flecos de cuerdas ceremoniales y un doble collar de perlas. El joven se contoneaba en las sombras, toda su piel sudorosa, del mismo color tierra que las paredes, bailando una danza silenciosa e incesante.

Sin embargo, habían sido sus facciones lo que había dejado a Moon sin aliento.

Eran las suyas.

Al despertarse había creído comprender. Moon era creyente de la Ciudad, el destino último de los seres. Supo que había contemplado un augurio: ésa sería su forma de vida cuando muriera. Llevaría ese cinturón y en su cuello ceñirían una doble cadena, lo cual indicaba una servidumbre eterna, enloquecedora, a los amos de la muerte.

Y si la pesadilla lo había dejado inquieto, la anunciada visita de Turmaline (se estaba retrasando, como siempre) no contribuía precisamente a tranquilizarlo, menos aún con las noticias que ella le había comunicado varias horas antes:

–Ina y Olive han fracasado. –Siempre imperturbable, diseñada para complacer tan sólo al Amo, Turmaline soltaba las palabras sin emociones, con una pronunciación tan delineada y fría como una teoría matemática–. Están muertos.

Imbéciles, era lo que había pensado Moon al oírla.

–¿Y esa revelación que tanto os interesaba...? –preguntó.

Agradeció que la transmisión fuera sólo auditiva y Turmaline no pudiera ver su cínica sonrisa.

–No es asunto tuyo –cortó la Rubia tras un titubeo.

–La habéis perdido, ¿no es cierto? –Moon no dejó que su mecánica interlocutora pensase una respuesta–. En cuanto a Kean y a su tierna niña...

–Están a salvo, junto con los demás –dijo Turmaline–. Nuestra última información los sitúa a todos en Singapur, en la mansión que Meldon Rowen tiene en Sentosa.

–¿Qué pensáis hacer?

–Te repito...

Cierto, sus «asuntos» habían finalizado ya, y era aconsejable que la Rubia también lo supiera. Zanjó el tema y habló con otro tono.

–Estoy en la esclusa de salida de la Zona. ¿Cuándo vendrás a pagarme?

No había ningún problema en mostrarse sincero en ese punto con la Rubia.

–Estoy preparándome –dijo la Rubia–. Nos vemos en tres horas.

«Preparándose» era una palabra de difícil significado para Turmaline. Moon sabía que para conservar las hebras metálicas bañadas en oro que colgaban de su cabeza, su propietaria debía entregarse a sesiones intensivas de control de temperatura y humedad. Lugares como la Zona Hundida, situados a varios centenares de metros bajo el nivel del mar, podían estropear su preciosa cabellera en cuestión de días. Pero Moon llevaba más de tres horas esperando, lo cual le había servido, ciertamente, no sólo para recordar su pesadilla sino para meditar en los sucesos de la noche, producidos por las inexplicables decisiones del Amo.

Si le hubieran dejado llevar el asunto, tal como el Amo había planeado en un principio, a esas horas ellos serían los triunfadores. ¿Por qué lo habían marginado al final? ¿Por qué aquel complicado truco de hacer que Daniel huyera con Ina White, esa inútil y enfermiza creyente discípula de la japonesa? ¿Acaso el Amo no había confiado en que Moon obedecería sus órdenes y le entregaría la revelación? Quizá era eso: quizá aquel individuo a quien todos llamaban «Amo», que Moon nunca había visto y sólo conocía de oídas a través de Turmaline, había temido que él quisiera obtener más ventajas de la situación que el simple dinero. Pensar eso le deprimía.

¿O tal vez se trataba de otra cosa? Se preguntaba si podía haber una razón más sutil para aquellos aparentes errores. Por lo poco que lo conocía (siempre a través de Turmaline), el Amo le había parecido muy astuto, y, desde luego, la Verdad tenía fama de serlo...

De pronto Moon quedó inmóvil.

La Verdad.

Lo pensó detenidamente. Se le había ocurrido una explicación para aquel fallido plan de última hora. La más probable. Quizá la única posible.

Si no se equivocaba (y estaba seguro de no equivocarse), podía salir ganando.

3

Aunque Daniel accedía a someterse a aquellos exámenes, no le agradaban en absoluto. Ahora que todo había pasado, lo único que deseaba era olvidar, pero los estudios del doctor le obligaban, por el contrario, a recordar los más pequeños detalles. Pese a todo, su compañía le resultaba grata. Schaumann era un hombre vital y positivo, que con cada gesto transmitía ese deseo de vivir que Daniel reconocía haber perdido en parte.

–Antes del siguiente examen vamos a darnos un baño –indicó Schaumann esa misma mañana–. Servirá para relajarnos.

Pese a que ya había estado en ella a lo largo de aquel único día que se encontraban en Sentosa, a Daniel le abrumó de nuevo la gigantesca sala de mármol que constituía el baño de la mansión de Rowen, donde todo adoptaba curvas gráciles, incluso la servidumbre, compuesta por una pléyade de jovencitos y jovencitas de piel tostada y cabelleras azabaches, cuyos cuerpos, en curiosa simetría, hacían juego con el suave alabeo de los muebles. La obsequiosidad de aquellos sirvientes, pegajosos como la hiedra y perfumados como flores, le incomodaba. En cambio, Schaumann parecía hallarse en su elemento y estiraba las bonitas piernas en la laguna turquesa regada por el chorro de dos gárgolas de bronce, mientras los criados permanecían atentos a sus mínimos deseos.

–He descubierto, a mi edad –decía Schaumann, con su alegre rostro acariciado por nubecillas de vapor–, que no me gusta ser rico sino tener un amigo rico... Paso temporadas enteras aquí, en Sentosa: los jardines y playas son fascinantes, ya te invitaré luego a dar un paseo por los alrededores... Y su atmósfera es justo lo que necesito. –Se tocó el pecho. Daniel, recostado en la gran piscina frente a él, lo miró sin entender–. Creo que tengo una pequeña lesión del corazón –explicó Schaumann–. El corazón, el punto débil de la vida, ya sabes. El mío está afectado desde hace tiempo... A veces pienso que por un viejo «amor»... –Sonrió enigmático–. Aunque creo que lo que más daño me hace es lo de «viejo»... Tú dirás que sesenta y dos años no son nada en un cuerpo diseñado, pero la edad no sólo son números que se agregan a tu cómputo total: también significa aburrimiento.

–Si viviera aquí, yo no me aburriría –reconoció Daniel.

–Olvidas que quien vive aquí es Meldon Rowen, exclusivamente. En realidad, mi vida es mucho menos excitante y complicada que todo esto. Pero no perdamos más tiempo: tenemos cosas que hacer.

El doctor no podía disimular su buen humor desde que se encontraban en la mansión. Según sus propias palabras, todo Singapur le gustaba, desde el edificio del aeropuerto en forma de minarete azul turquesa (por cuyo interior se movían, como gatos entre perfumes, vigilantes de ambos sexos tan hermosos como Anjali Sen) hasta la propia selva diseñada, según Schaumann, a partir de un único fractal cuyo motivo se repetía incontables veces en las hojas de los helechos y palmeras o en el dibujo de las alas de mariposas. «Opinan que las matemáticas son la única forma de entender la jungla, y les doy la razón –decía Schaumann–. Singapur es el lugar preferido por artistas y científicos. Nadie te molesta, tienes de todo y puedes soñar. El conjunto te parece caótico al principio, pero cuando lo miras detenidamente adviertes sus reglas. La ventaja es que una excursión por el campo te hace aprender geometría», concluía soltando su risa cristalina. A Daniel, en cambio, el país le pareció más bien triste. Añoraba la monótona sociedad de las ciudades del Norte y su rutina cotidiana, y ansiaba regresar a todo eso, por muy remoto que se le antojara.

La propia mansión se encontraba en Sentosa, una isla al sur de la capital unida a tierra firme por una telaraña de puentes y barreras que impedían atisbar el horizonte. Era más tranquilizador así, ya que la Casa de Dios –el mar– quedaba convenientemente separada de la civilización. Había playa, pero era un reducto cuadriculado y vigilado por guardianes y cámaras que no daba al océano sino a un remanso azul cerrado. En ella se tendían cuerpos lánguidos y grupos de creyentes formaban círculos y cantaban junto a la orilla. A su alrededor la selva hacía brotar pirámides y troncos de conos blancos y azules que refulgían al atardecer. Eran los edificios de la empresa de Rowen.

La casa había surgido tan de improviso en medio de aquel exacto verdor que le tuvieron que decir que ya habían llegado para que Daniel se lo creyera: ello era debido a que la verdadera casa se encontraba a unos veinte metros de altura sobre la vegetación, apoyada en cuatro paralelepípedos de piedra de jade rodeados por escaleras en espiral. A Daniel le asombró la belleza del jardín, adornado con esculturas de ébano que representaban figuras humanas de un realismo asombroso.

A partir de las escaleras, la impresión de seguir avanzando en espiral persistía como un eco en el interior. Las habitaciones eran redondas y las paredes carecían de ángulos. Vistas de cerca, las líneas verticales resultaban ser columnas. Triángulos y cuadrados estaban proscritos, la decoración se basaba en círculos. Por lo demás, a Daniel le bastó con saber que dispondría de una habitación para él y otra adyacente sólo para Yun.

–Prepararemos otra para tu hermana –le dijo Rowen–. Ya le he enviado un mensaje: un vehículo aéreo la recogerá esta misma noche en París.

Una vez libre (Daniel no quería pensar en la palabra «inservible») y a salvo junto a Yun, se había decidido que regresaría a Europa cuanto antes. Pero nada tenía de malo descansar unos días en la imponente mansión de Rowen mientras terminaban de recobrarse de la tensa experiencia de Japón. La idea de que su hermana se reuniera con ellos para regresar todos juntos había sido casi lo primero en lo que Daniel había pensado al llegar a Singapur, y Rowen, muy complaciente, no había dudado en concedérselo.

Aunque a cambio (Daniel no quería pensar en la palabra «obligación») tuviera que someterse a los exámenes de Schaumann.

El lugar donde se realizaban era una habitación situada en lo alto de la casa. Su aspecto era radicalmente distinto al resto: las paredes poseían ángulos y el techo descendía de una manera similar a la de la parte superior del desván de Kushiro. Había mesillas, juegos de té, lámparas de araña y sofás.

–Llevamos ya dos exámenes con éste, doctor –dijo Daniel–. ¿Cuántos más cree que serán necesarios?

–Oh, un par de ellos, como mucho. –Schaumann lo miró, de pie en la ventana. No se había vestido tras el baño, y los contornos de su esbelta figura estaban subrayados por el dorado atardecer, mientras que el resto permanecía en sombras–. Sólo hasta cerciorarnos de que no hay otros detalles importantes hundidos en tu inconsciente que pudieran relacionarse con la revelación.

–No entiendo por qué todos ustedes están tan seguros de

que hubo una «revelación» o como quieran llamarla –observó Daniel–. Sólo dije unas cuantas frases al azar que se referían a lo que me había ocurrido...

–Tú piensas que es azar, pero el azar no puede demostrarse –arguyó Schaumann arrastrando una mesa rectangular hasta situarla frente a Daniel–. Y si no puedo demostrar que no es cierto, me resulta más sencillo admitirlo. Nos has contado que hallaste esa trampilla por azar, y que también por azar dijiste la frase: «Pájaros bajo nuestros pies». Sin embargo, cuando subiste a la zona superior del desván, las tablas crujían imitando el canto de los pájaros...

–Otro azar.

–No necesariamente –apuntó Schaumann–. El laboratorio se construyó siguiendo instrucciones precisas de Kushiro, y esas tablas sonaban así con algún propósito... Luego creíste ver que la máscara te miraba, retrocediste, el suelo se hundió, caíste al desván y quedaste inconsciente... Cuando Anja te encontró, murmurabas aquellas frases...

–¿Y qué? ¿Qué de especial tiene que dijese: «Máscara y manos», «Chillido de pájaros», «Trampilla» y...? –Se esforzó en recordar.

–«Escalera de metal» y «Ángulo en el techo» –completó Schaumann.

–¡Fueron cosas que vi o sentí momentos antes! La trampilla y la escalera de metal llevaban a la parte superior del desván, que tenía el techo en ángulo. Allí estaban los moldes de la máscara y las manos de Kushiro... En cuanto a lo del «chillido de pájaros», eran...

–Los crujidos de las tablas del suelo del altillo, lo sé –asintió el doctor.

–Si me hubiese quedado inconsciente en esta habitación,

quizá habría dicho: «Sillas de patas curvas», «Cortinas» o «El doctor desnudo arrastrando una mesa».

Schaumann soltó su risita mientras se sentaba sobre la mesa, frente a Daniel.

–Quizá tengas razón –admitió–. De hecho, es lo más probable. Pero no hablamos de cosas que la razón pueda entender, Daniel, ni la tuya ni la mía. Nos movemos a un nivel mucho más profundo, el de la creencia. –Schaumann sonrió con cierta dulzura–. Las cosas no tienen un solo significado; es una de las enseñanzas que he aprendido en esta vida. Los objetos se muestran inocentes ante nuestros ojos y nos preguntan: «¿Qué soy?». Dependiendo de tu respuesta, serán una cosa u otra... o bien una cosa y otra a la vez. En el Octavo Capítulo, que contiene mucha sabiduría matemática, se afirma que los ángulos de un techo son también una puerta que permite el paso a otras realidades. Puedes insistir todo lo que quieras en que sólo se trata de un techo con una forma especial y no de una puerta, pero lo único que conseguirás manteniendo ese punto de vista es que la puerta *nunca se abra para ti*, ¿comprendes?

–¿Y qué otra cosa pueden significar las palabras que murmuré? ¿Por qué todos estáis tan seguros de que esas palabras son la «revelación»?

El doctor Schaumann pareció ir a responder, pero de pronto elevó el dedo índice al tiempo que sonreía con enigmático placer.

–Por ahora es mejor que no sepas más –dijo–. Vamos con el examen.

4

Turmaline y Moon vestían casi igual por puro azar: piezas muy finas de tirantes, la de Turmaline en gris con dibujos en naranja abierta a partir de la cintura, la de Moon de color perla hasta los muslos. Ambos ocupaban sendos asientos enfrentados en el salón más espacioso del vehículo de Moon, el suyo, junto a una pared roja, la Rubia junto a un búcaro. Ambos llevaban el pelo suelto, lo cual, en el caso de la Rubia, resultaba más llamativo, porque el peso de su blondo cabello era abrumador. Turmaline, sin embargo, mantenía la cabeza perfectamente erguida.

Agazapado en el asiento, abrazando sus piernas desnudas, Moon observaba a su visitante con la pericia de quien intenta descubrir un desperfecto en un objeto valioso. Entonces apoyó los pies descalzos en la alfombra, alargó la mano, cogió la copa de la mesilla y bebió otro sorbo de licor. Turmaline apenas había tocado su copa.

–Brindemos, pues, por... el mutuo fracaso de nuestro trabajo –dijo Moon. La Rubia lo miró con algo que podía ser más que curiosidad (a Moon le gustó pensar que era un «titubeo»).

–¿A qué viene todo esto, Moon? –dijo Turmaline sin hacer ademán de aceptar el brindis–. Ya tienes tu oro. ¿Qué pretendes?

–Pensé que te agradaría tomar una copa antes de irte para olvidar el mal trago del fracaso.

–No todo ha fracasado –dijo la muchacha de los cabellos dorados con cierta suspicacia–. El Amo los vigila en Sentosa. Vayan a donde vayan, los seguiremos de cerca.

Algo en aquella respuesta interesó a Moon. Dirigió a la

Rubia una de esas miradas que hacían temblar incluso a sus curtidos ayudantes, pero Turmaline, simplemente, le devolvió el escrutinio con sus ojos azules.

–¿Los seguiréis *de cerca*? ¿Cuánto de cerca?

–Todo lo necesario –dijo la Rubia, evasiva.

Moon percibía por primera vez una grieta en aquella voz inflexible.

–De modo que no os habéis dado por vencidos...

–No es el estilo del Amo.

–No, claro. Menos aún ahora, que cuenta con la inapreciable ayuda de la Verdad... Me gustaría saber quién es. ¿Tú has llegado a verla?

–Es obvio que no.

–¿Por qué tan obvio?

–No estaría viva si la hubiese visto –respondió Turmaline.

–Ya. –Moon sonrió–. «Quien ve la Verdad, no ve otra cosa», dicen... Se cuentan muchas leyendas sobre ella: que puede imitar cualquier identidad, por ejemplo, o usar cualquier cuerpo como un muñeco bajo su control... –Turmaline lo miraba sin responder–. ¿Sabes lo que estoy pensando? Que tu Amo quería que el plan de esta noche *fracasara.* Porque el verdadero plan es otro. Nosotros sólo somos un señuelo. ¿Cómo dijiste? «Piezas secundarias»...

–No entiendo adónde quieres ir a parar, Moon.

–Creo que lo entiendes perfectamente: cometiste un error al hablarme de la Verdad en el club de Tokio. Ella es la clave, ¿no es cierto? Raptar a la hija de Kean y utilizar a Ina White... Todo eso es el decorado. El único protagonista es la Verdad. Siempre lo fue. ¿O acaso no lo sabes?

Hubo una pausa. En el gran salón del vehículo no se escuchaba el menor ruido.

–No sé nada de los planes del Amo –dijo la Rubia al fin alzando distraídamente un pie de uñas rojo sangre y apoyándolo en el asiento sin dejar de mirar a Moon. Su cabello hizo clinc cuando su mano lo apartó–. Me limito a cumplir órdenes.

–¿Y por qué das la impresión de que también te sientes tan marginada como yo? –Moon le hizo un guiño, como invitándola a compartir un secreto–. El Amo nos ha utilizado como *distracción*, Turmaline. En realidad, es la Verdad la que hará todo el trabajo. Pero nosotros somos profesionales. ¿No es doloroso que nos traten así?

–Nada de lo que insinúas tiene sentido –afirmó la Rubia pronunciando con lentitud cada palabra.

Moon pareció aceptar aquella conclusión.

–Es posible que me equivoque. Pero ¿y si estoy en lo cierto? ¿Y si podemos sacar más beneficios a todo esto? Trabajas por dinero, igual que yo. Haz esto: habla con el Amo y dile que conocemos su plan, y que es *muy arriesgado*, aunque digno de admiración. Y dile que queremos que él también reconozca que lo hemos *descubierto.*

Tras aguardar en vano una reacción de su interlocutora, Moon cogió la botella de licor, observó que estaba vacía, se levantó y desplazó su sinuoso cuerpo hasta un pequeño armario de cristal para coger otra.

–Piénsalo, Turmaline –insistió–. A mí no me importa lo que el Amo busca, y creo que a ti tampoco. Me dan igual todas las llaves de este mundo. Y por mí, Dios puede seguir reinando bajo el agua hasta el fin de la eternidad o ser destruido. No acepté este trabajo por la mística. ¿Quieres saber por qué lo acepté?

–Ardo de impaciencia.

La inusitada ironía de Turmaline hizo que Moon se volviera y la mirara un momento. La Rubia sonreía con una levedad casi imperceptible.

–Lo acepté porque si soy rico tengo menos miedo –confesó Moon–. Y si soy aún más rico, tendré aún menos miedo. Quizá tú puedas llevarte una mano a la cabeza y sentir que tienes todo el oro que quieres ahí colgando, pero me da la impresión de que también deseas más... ¿O acaso tu obediencia te ciega hasta ese punto?

–No –negó la Rubia–. No hasta ese punto.

–Lo sabía. Somos iguales. –Moon retornó a las botellas del armario.

–¿Entonces?

Mientras elegía un licor nuevo, opalescente, Moon siguió hablando.

–Pregúntale al Amo cuánto vale lo que he descubierto. Sólo eso.

–Supongamos que me dice que no vale más de lo acordado –replicó la Rubia–. ¿Qué ocurriría?

–Que las cosas podrían complicarse, ¿no? –Moon contempló el licor a través del cristal tallado: su turbia densidad era perfecta–. ¿Qué crees que pasaría, por ejemplo, si Darby, Rowen y los demás supiesen que *los hemos dejado ganar*? ¿Qué ocurriría si supieran que «la verdad» está más cerca de lo que ellos sospechan? Lo cual, en este caso, es algo más que un juego de palabras... –Sonrió ante su propio ingenio.

–Sinceramente, Moon, no creo que el Amo acepte tales condiciones –zanjó la Rubia.

–¿Por qué?

–Porque todo ha terminado ya.

A Moon le sorprendió la tajante declaración.

–¿Qué quieres decir con eso? –Se volvió hacia Turmaline y descubrió que la Rubia se había levantado en silencio y se hallaba frente a él. Incluso descalza, Turmaline era muy alta, y su delineada y perfecta figura ensombrecía la de Moon.

–Que todo ha terminado para ti. –La Rubia torció el cuello en un gesto centelleante.

Mientras veía la ola de metal embravecido aproximarse a su rostro, Moon aún tuvo tiempo de recordar el extraño y terrible sueño. El presagio de su muerte.

5

El miedo es el hilo de bunraku *de la humanidad...*

Daniel no quería escuchar aquella voz muerta extendiéndose como una enfermedad por todo su cuerpo. Pero no había forma de no escucharla: se hallaba en lo alto de la Torre, frente a ella.

¿Recuerdas el interrogatorio de Olsen, cuando te arrodillaste a suplicar? Me gustó entonces hacerte daño...

Cayó de rodillas frente a esa voz, obligado por ella, y su odio y su rabia lo hicieron temblar más allá del miedo que sentía. Vio a Olsen y a Moon sosteniendo el arma. Vio la mirada de Bijou alejándose.

... por eso ordené a Olsen que matara a tu esposa.

Máscara y manos... Chillido de pájaros... Trampilla... Escalera de metal...

Escuchaba algo más, como una presencia lejana que lo llamara, pero en aquel momento todo su ser estaba pendiente de los labios blancos de la mujer *bunraku*, de su cuerpo de carne muerta mostrado ante él y sus palabras como plegarias vacías.

Volveré a hacerte daño cuando me apetezca, Daniel Kean, sólo por capricho, y tú moverás la cabeza y asentirás...

–Basta, Daniel.

Desde su mesa, el doctor Schaumann separó las piernas hasta colocar los muslos casi paralelos al borde del mueble. Estuvo un rato en esa posición mirando a Daniel, que se debatía en la pesadilla.

–Basta –repitió con suavidad.

Los párpados de Daniel temblaron y abrió los ojos. El doctor Schaumann se levantó y puso las manos en la cintura. Mostraba el pecho sudoroso y jadeante descubierto por la camisa blanca que llevaba, y que constaba sólo de cuello y mangas. Su pelo estaba recogido por encima de la nuca.

–Ya te lo dije –murmuró Schaumann con calma, sin sonreír–: te advertí que en el examen volverías a *vivir* ciertas experiencias... Es una consecuencia directa de las pruebas, no hay manera de evitarlo. Como te expliqué, nuestro cuerpo también es espacio: tiene ángulos, rincones de sombra y luz... Los gestos que hago imitan esos ángulos y los hacen corresponder con la forma de las paredes, el techo y las mesas donde nos encontramos, y de esa manera puedo ver el entorno, el lugar que nos rodea, la casa, y a ti mismo por dentro... Los creyentes dirían que es pura creencia basada en el Octavo, pero yo lo considero un simple examen científico... No obstante, al hurgar en tus recuerdos, despierto otros sin querer... ¿Cómo te sientes?

Daniel, de rodillas sobre su mesa, demoró en responder.

Jadeaba y miraba al doctor y todo lo que le rodeaba con ojos muy grandes.

–Cansado –mintió.

En realidad, la furia lo dominaba, lo abrumaba por completo: revivir su diálogo con la Verdad era –lo comprendió después– revivir su odio y su más feroz deseo de venganza. Miró a Schaumann creyendo que lo percibiría, que su agitación lo delataría, pero observó que, a su modo, el doctor también intentaba vencer una extraña emoción. Su mano derecha se palpaba el pecho a la altura del corazón.

–¿Qué ocurre? –preguntó Daniel.

–Realmente, no lo sé –dijo Schaumann hablando con mucho cuidado–. Entré en tus pensamientos y te llevé al lugar de la revelación, como siempre, pero esta vez... he notado otra cosa.

De pronto sucedió algo. Daniel, que respiraba acompasadamente sin dejar de mirar a Schaumann, se dio cuenta de inmediato del cambio. El rostro del doctor perdió vida, su boca se abrió como una puerta empujada por el viento, los ojos se oscurecieron.

–¿Doctor? ¿Brent?

Sin responder, Brent Schaumann se levantó y subió a la mesa. Permaneció de pie, con su esbelta figura rígida y la mirada perdida en un punto indefinido.

–Hay algo más... –dijo con esfuerzo–. Lo percibo... –Giró de medio lado hasta situarse de perfil, y echó la cabeza hacia atrás. Fijó la vista en el techo respirando entrecortadamente–. ¿Qué es? ¿Por qué no puedo acceder...? Déjame acceder... Los ángulos se cierran... –Pareció realizar un esfuerzo final, y de pronto todo cesó–. Oh, no pongas esa cara –dijo Schaumann aún de pie sobre la mesa–. No eres tú, ni nada que hayas hecho, Daniel, sino algo que... Tengo que meditar sobre el asunto. Te veré luego.

Descendió de la mesa de un ágil salto y salió de la habitación.

Pero Daniel no volvió a ver a Schaumann en todo el día, y a la mañana siguiente tuvo otras cosas en qué pensar, ya que esperaba la llegada de su hermana Lania.

Para entonces ya había tomado una decisión.

6

El aéreo privado de Rowen aterrizó puntualmente, y Lania Kean salió por la compuerta con la expresión de quien contempla un mundo mágico. El viaje en sí mismo había sido asombroso, empezando por el aéreo, cuyo interior era tan grande y confortable que Lania se dijo que hubiese podido vivir en él el resto de sus días. Rowen fue a recibirla al aeropuerto personalmente, negándose a que Daniel lo acompañara («para que el encuentro no se produzca de golpe», dijo), y el viaje hasta Sentosa hizo que Lania disfrutara más de los ademanes suaves y la deslumbrante palabra de su anfitrión que del paisaje. Pese a aquella fastuosa bienvenida, un vago sentimiento de inquietud la oprimía. Toda la opulencia de Sentosa y la increíble mansión de Rowen no significaron nada para ella hasta que al fin apareció Daniel, casi tímidamente, en el inmenso balcón de la casa donde se había dispuesto el encuentro. Para ambos hermanos, la presencia del otro era como un espejo: habían sido creados a partir de la misma célula y sus esbeltas figuras eran idénticas.

Se abrazaron, besaron y extinguieron con suaves caricias el miedo que habían sentido aguardando aquel momento. A él le dolió saber que su padre había entrado en contacto con un grupo de creyentes para intentar averiguar su paradero.

–Pero él no es creyente –dijo, un tanto desorientado.

–¿Y le vas a reprochar que acuda a ellos? –Lania hacía esfuerzos por no llorar–. ¿Sabes lo preocupados que hemos estado todos?

Decidió contarle lo sucedido. No le ofreció detalles, sólo la versión moderada que había ensayado para ella: en el tren, aquel soñador le había confiado un secreto; ahora otros deseaban saberlo, y para conseguirlo no habían dudado en matar a Bijou. Se sintió bien hablando con Lania. El sufrimiento por el que había pasado pareció atenuarse junto a ella.

Hubo una pausa cuando Daniel acabó de hablar. Al fin, Lania sonrió. Volvieron a abrazarse y ella tomó aire, como si las palabras de Daniel la hubieran liberado de un peso.

–Bueno, pero estás aquí, y todo ha terminado... –le dijo.

Mirándola, Daniel se dio cuenta de que Lania era un confortable regreso a la vida, a las miradas que hablaban, al afecto que no necesitaba hablar. Desde aquella remota mañana en que Klaus Siegel se había dirigido a él en el último asiento de la sección décima del Gran Tren, Daniel se sintió verdaderamente en paz. O casi. *Estamos aquí, pero no todo ha terminado.*

Su hermana no era muy dada a mantener las actitudes solemnes durante mucho tiempo, y enseguida lo cogió de la mano.

–Llévame con Yun.

Pese a la alegría que manifestó la niña al ver a Lania, Daniel no podía dejar de percibir el notorio cambio operado en ella. La seriedad de su hija se había convertido en rigidez, como si la ausencia de Bijou, que Daniel había intentado explicarle con sencillas palabras, la estuviese paralizando de algún modo. Lania también pareció darse cuenta. A veces Daniel tenía la terrible sensación de que Yun lo hacía responsable de la muerte de Bijou. Lania, sin embargo, no le concedió importancia a aquella actitud.

–Necesita un poco más de tiempo –le comentó a Daniel–. Cuando regrese a casa contigo se adaptará.

El almuerzo de bienvenida tuvo lugar en un enorme salón redondo, sin muebles. El mullido suelo estaba sembrado de círculos de bandejas que sostenían bebidas y cuencos con viandas. Todos se sentaron o recostaron de manera informal. La presentación «oficial» de Lania Kean corrió a cargo de Rowen, y hasta el siempre seco Yilane le dedicó comentarios amables. Daniel notó que a Lania le llamaba la atención el aspecto de Héctor Darby, que, vestido con una gran túnica negra, alargaba sus velludos brazos para coger uvas de un cuenco, pero su hermana se cuidó de demostrar sorpresa, así como tampoco inquirió nada sobre los ojos cerrados de Maya Müller o la soberana presencia de Anjali Sen y el doctor Schaumann. Parecía aceptar a aquellos personajes como lo que eran, por el simple hecho de que, de alguna forma, habían ayudado a Daniel.

En un momento dado, Rowen alzó su copa al tiempo que tomaba la palabra.

–Hace pocos días nos reuníamos también con Daniel, y también brindamos, pero la ocasión entonces distaba de ser feliz. Ahora todo ha cambiado: Daniel ha recobrado a su hija y mañana retornará con ella y contigo, Lania, a su vida de siempre. En cuanto a nosotros, emprenderemos otros viajes que nos llevarán por fin al destino que hemos soñado... –Se detuvo, como buscando el final apropiado–. Todos tenemos cosas que lamentar, pero también que celebrar. Brindo por eso.

Las conversaciones regresaron, y Lania pareció encantada con las anécdotas que contaba Rowen, y los comentarios de Yilane, Darby y Anjali. Daniel, en cambio, estuvo lacónico. Le agradó que Rowen y los demás se hubiesen encargado de distraer a su hermana, ya que él se sentía incapaz de hacerlo.

Al finalizar la comida hubo como cierta prisa general por abandonar el sitio y reunirse con otros en medio del salón. Daniel vio a Darby hablando con el doctor Schaumann y se acercó a ellos.

–Voy a ir –dijo sin preámbulos.

Ambos lo miraron, aunque Darby pareció manifestar más asombro que el doctor.

–¿Adónde? –preguntó Darby.

–Adonde vayáis. Adonde os haya dicho la revelación que debéis ir.

Darby lo miraba con la boca abierta. Meneó la calva cabeza un instante.

–No entiendo... –murmuró–. ¿Por qué...?

–Porque los que me han hecho daño os seguirán, estoy seguro. Y quiero encontrarlos. –Controló el temblor de su voz para añadir–: Mi hermana cuidará de Yun. Si Rowen lo permite, pueden aguardar aquí hasta mi regreso.

–Daniel, es absurdo... –comenzó Darby.

Daniel le dio la espalda de repente. Aunque creía haber

meditado su plan cuidadosamente, no se sentía menos desconcertado que el hombre biológico. ¿Acaso eso era lo que realmente deseaba hacer?

Alguien lo detuvo. Era el doctor. Schaumann sólo llevaba encima una fina capa de ungüentos y pinturas elegantes que resaltaban sus delicados rasgos, y toda su figura aparecía de un color intensamente carnal bajo las luces del salón. Pero había algo en el brillo de sus ojos y la rigidez de su postura que no era sólo adorno.

–Daniel, te comprendo y te admiro. –Su voz parecía tensa–. Pero no quiero hablar ahora de esa decisión que has tomado... Sólo quería... Me gustaría repetir la exploración que te hice ayer, pero fuera de casa...

–Pensé que únicamente podía hacerse en lugares con esa clase de techo.

–No es imprescindible aquí en Sentosa –repuso el doctor–. La vegetación diseñada adopta formas geométricas exactas y eso servirá... Conozco un sitio que sería ideal. ¿Qué te parece si nos vemos en el jardín, junto a las estatuas, a eso de las diez de esta noche?

–Muy bien, pero ¿qué ocurre? ¿Tiene relación con lo que percibiste ayer?

En vez de responder directamente, Schaumann se inclinó hacia él.

–No quiero que le cuentes a nadie lo de ayer, Daniel –susurró–. Aún no estoy seguro de nada, así que debemos ser discretos. ¿De acuerdo? –Daniel apenas tuvo tiempo de asentir. El doctor se apartó de él tras murmurar–: Esta noche, junto a las estatuas.

7

No hubo una reacción inmediata a su decisión, lo cual Daniel ya esperaba. Suponía que ellos también tenían que meditar antes de aceptarle o rechazarle. De hecho, él mismo no lo tenía claro. Sabía que si se detenía a pensarlo no lo haría, y debido a ello aún no había hablado con su hermana. ¿Por qué debía acompañarlos en aquella absurda búsqueda, ahora que todo había...?

Pero no todo había terminado.

No se sorprendió demasiado de que el emisario escogido por el grupo para interrogarle fuese Maya Müller, la chica ciega e intuitiva. En cambio, sí le asombró, y mucho, la manera que ella tuvo de abordarlo. Entró en su habitación poco después del almuerzo y (costumbre inveterada en ella, al parecer) se sentó en el suelo para hablarle:

–Meldon tiene caballos de verdad en el jardín. No imágenes de *scriptorium* ni figuras mecánicas sino auténticos caballos, diseñados en los centros de genética de su propia empresa en Sentosa. ¿Has visto caballos de carne y hueso alguna vez? –Daniel tuvo que reconocer que no–. Puedo enseñarte algo que pocos conocen: a montar. No hay peligro alguno, han sido diseñados para eso.

La proposición era extravagante, pero él decidió aceptar. En el jardín aguardaban dos hermosos ejemplares de aquel curioso animal: uno en blanco perla, el otro un alazán de crin con reflejos rojizos. Maya le enseñó a aferrar la montura y alzarse sobre el estribo. Tal como le había asegurado, habían sido diseñados para complacer a jinetes sin experiencia, y en poco tiempo Daniel se afianzó sobre el alazán y empezó a disfrutar. Maya, que había elegido el blanco, cabalgó fuera del perímetro del jardín. Sus pulseras de metal y ébano despedían destellos cuando alzaba las riendas.

La tarde era inmensa y cálida. En el cielo no había una sola nube, y una brisa fresca oreaba las grandes y húmedas plantas a ambos lados de la vereda por la que se introdujeron. Maya retrasó el trote para ir juntos. A Daniel la sensación de ir sobre un caballo le parecía tan asombrosa que durante un buen rato se olvidó de todo y se dedicó a gozar en silencio. Por eso mismo las palabras de Maya, imprevistas, le sobresaltaron aún más.

–Daniel, no puedes acompañarnos.

Se sorprendió del tono tajante que ella había empleado y la brusquedad con que había sacado el tema. Decidió devolver el golpe con la misma fuerza.

–Comprendo. Ya tenéis la revelación, de modo que Daniel ya no sirve para nada y puede regresar a casa. «A su vida de siempre», como dijo Rowen. Lástima que haya perdido a su esposa por el camino y «su vida de siempre» ya no exista... Pero ¿qué puede importaros eso? –No había indicios de ofensa, ni siquiera un acento mordaz, en el tono de su voz. Era una declaración fría, casi objetiva.

–No lo entiendes –dijo ella sin permitir que el silencio se prolongara–. Lo que pretendes es muy peligroso... Sospechábamos que había alguien más importante que Moon en todo esto, pero saber que es la Verdad ha superado nuestras peores expectativas.

La sola mención del nombre odiado bastó para que todo el placer que Daniel sentía por la deliciosa experiencia de cabalgar desapareciera como un sueño.

–¿Quién es esa... «Verdad» realmente? –preguntó en voz baja.

–Nadie lo sabe. –Maya se encogió de hombros–. Se dicen tantas cosas sobre ella que todo parece falso: que no es ni hombre ni mujer, que ni siquiera está viva o que su nombre es uno de los inscritos en el libro del Hombre Negro del Octavo... En todo caso, se sospecha que es creyente profundo del Último Capítulo y que trabaja a sueldo, como Moon. Algunos piensan que no existe, que se trata de una fábula... Yo era de las que creían eso, hasta que nos contaste tu experiencia con Mitsuko... Lo que viste que le hizo a la hija de Kushiro demuestra que es un adversario real y temible, Daniel.

–No tengo miedo de la Verdad –dijo Daniel.

–Yo sí –reconoció Maya.

–¿Crees que podría... atacar aquí, en Sentosa? –Daniel se estremeció pensando en Lania y Yun.

–No lo creo. Por ahora le interesa encontrar la *Llave*, no eliminarnos. Además, Sentosa está vigilada. Eres tú el que me preocupa. Ya te pedimos que te arriesgaras una vez; no queremos que vuelvas a hacerlo por algo que no te incumbe.

–No lo hago por la *Llave* –replicó Daniel–. Sea lo que sea ese tesoro, no me interesa. Me interesa la Verdad.

–¡Nada podrás hacer contra ella, si la encontrases! –Por primera vez la voz de la muchacha parecía teñida de impaciencia–. Ni siquiera eres creyente, Daniel...

–Héctor Darby tampoco.

–Héctor Darby busca la *Llave*, no una absurda venganza...

–¿Y eso qué significa? ¿Que él sí puede arriesgarse? –Daniel contempló enfurecido el perfil inalterable de la muchacha. Los caballos, rozándose, imprimían un ritmo paradójicamente parsimonioso a los cuerpos, en contraste con la violencia de las palabras–. ¿Sabes lo que Ina White me llamó mientras me golpeaba para conocer la revelación? Dijo que yo era una «vasija»: sólo importaba mi contenido. Quizá eso es lo que soy para todos vosotros... El *messenja*, la vasija... ¡Pero puedes decirles a los demás que ya estoy roto y vacío, y nada podrán obtener de mí! –Notó los ojos húmedos. Era como si en la boca tuviera palabras de fuego que necesitara expulsar antes de que le quemaran–. ¡Mi «vida de siempre» se ha hecho pedazos, Maya! ¡No podría volver a vivir tranquilo con Yun sabiendo que ese demonio puede regresar y llevársela cuando quiera! Díselo así a tus amigos: voy a ir con vosotros...

–No tengo que decirles nada –repuso ella–: no son ellos quienes me han enviado. En realidad, no les parece del todo mal que nos acompañes. «Quién sabe –dicen–; quizá la "vasija" contenga otras cosas...» –Tras una pausa agregó–: Siento expresarlo así.

–Entonces, ¿por qué has venido?

–Por ti. Y porque ya te hice daño una vez y no quiero repetirlo.

–No fuiste tú quien ordenó asesinar a mi esposa.

–He padecido una gran variedad de sufrimientos –dijo la muchacha–, y a estas alturas de mi vida puedo asegurarte que sólo hay algo peor que hacer sufrir a otro, y es permitirlo. He venido a avisarte, Daniel Kean: el lugar al que vamos es mucho más peligroso que la Zona Hundida, y nuestros enemigos poseen un poder considerablemente mayor. Pregúntate si la venganza puede compensar el hecho de que Yun se quede sola.

–Pregúntate qué harías tú en mi lugar –dijo él.

Hubo un silencio denso que nada pareció capaz de quebrar. Cabalgaron por una estrecha senda que les obligó a separarse. Maya movía las riendas con pericia conduciendo la blanca montura entre la densidad de la vegetación. Cuando llegaron a un lugar donde las plantas más pequeñas podían ocultarlos por completo, bajó del caballo e invitó a Daniel a hacer lo mismo.

Tras atar a los animales a unos troncos y acariciarlos, se internaron entre los helechos. La atmósfera era húmeda y fragante, y se escuchaban misteriosos ruidos. Una neblina tan ligera como un recuerdo remoto tapizaba las siluetas de las plantas sin llegar a hacerlas desaparecer, incluso resaltándolas.

Alcanzaron un claro rodeado de grandes árboles. Al alzar la vista, Daniel descubrió que eran palmeras gigantescas, diseñadas como columnas abigarradas.

–Es fascinante –dijo.

–Me gusta oírte decir lo fascinante que es –contestó Maya moviéndose entre la bruma. Abrazó uno de los troncos y permaneció un rato así, como amándolo.

Fueron de un sitio a otro, Daniel mirándolo todo, la muchacha palpando. A él lo sorprendían las fugaces antorchas de las mariposas con sus vuelos prefijados y a ella la geometría de los troncos. Había tanta humedad que los cabellos de ambos se derramaban como oro derretido y sus cuerpos destellaban tanto como los collares y ajorcas que vestían. En algo no se parecían: casi más que el paisaje que lo rodeaba, a Daniel le maravillaba la exactitud con que la muchacha lo exploraba.

–¿Nada se te pasa inadvertido, Maya Müller? –le preguntó.

Se sorprendió cuando ella pareció tomarse la pregunta en serio.

–En realidad, muchas cosas –confesó tras una silenciosa reflexión–. No conozco el color de esas orquídeas que ahora mismo tenemos a nuestra izquierda. Sé lo que son, puedo percibir su forma, disposición y cantidad, pero no el color. Me sucede igual con los lugares o las personas. Puedo imaginar tus rasgos, te identificaría entre mil individuos distintos, y sin embargo, cuando sonríes... –se detuvo, como buscando las palabras–. Cuando sonríes, aunque sé que estás sonriendo, ignoro qué efecto causa tu sonrisa en tu rostro... Supongo que hundo tanto la mano en el agua que no percibo la superficie. Y a veces me gustaría mucho poder ver algo, simplemente, sin conocerlo: sentarme y disfrutar de la forma de un rostro, aunque lo ignore todo sobre la persona que hay detrás. Ver sin ojos consiste sólo en saber.

–¿A qué edad...? –comenzó a preguntar Daniel, y se interrumpió.

–¿A qué edad perdí la vista? –dijo la muchacha–. A los doce años.

A Daniel le pareció espantoso saber eso. No se imaginaba qué podía haber causado aquella ceguera, salvo la ausencia de atención médica. En el Norte, los sentidos dañados podían recuperarse con las intervenciones adecuadas.

–¿Te molestaría si te preguntara qué te ocurrió? –dijo con tacto.

–Sí –contestó ella.

Tras otra pausa, cambió de tema inesperadamente. Se puso a comentar cosas sobre Singapur: sus flores y mariposas, las históricas casas de fachada blanca y artesonado negro de Chatsworth Road que imitaban las ciudades bíblicas. Hablaba con la rapidez de quien intenta eludir el silencio. En un momento dado un insecto de múltiples colores zumbó entre ambos con gran estruendo pero, habiendo sido diseñado para no incordiar, se apartó enseguida.

–¿Sabes una cosa? –dijo Daniel interrumpiéndola–. Me gustaría ver tus ojos. ¿Por qué nunca los abres?

–Procuro no hacer cosas inútiles –dijo ella con brusquedad y dio la vuelta en dirección a los caballos.

–Siento haberte ofendido –murmuró Daniel cuando volvieron a cabalgar.

Ella no habló durante un buen rato. Cuando por fin lo hizo, dijo:

–Un adagio del Sur afirma que los ojos de una persona se parecen a lo más importante que han contemplado jamás. No creo que te gustara ver los míos.

El azul de la tarde se oscurecía como si entraran en aguas profundas.

–¿Tan horrible fue lo que contemplaste? –preguntó Daniel tras un silencio.

–Más de lo que crees. Pero ahora, por favor, no quiero pensar en eso. Nos rodea la belleza de la vida, Daniel. Mírala a tu alrededor... y no la desperdicies. –En el mismo tono, y casi sin interrumpirse, añadió–: Siento mucho lo de tu esposa, intenté evitarlo cuando descubrí que Olsen nos traicionaba, pero no lo logré... Ahora quiero evitar tu muerte, Daniel Kean. Te ruego que regreses a Alemania con tu hija y te olvides de nosotros.

–Ya me he olvidado de vosotros –replicó Daniel con calma–. Ahora busco a la Verdad. Voy a acompañaros, Maya: tan sólo quiero que me digas cuándo os marcháis y adónde.

–Compruebo que no he podido quitarte la idea de la cabeza, Daniel Kean.

–Las ideas que sólo están en la cabeza, ¿de qué sirven? –adujo él, y logró (al fin) crear una carcajada sincera en ella.

–Nos marchamos mañana a primera hora –dijo Maya Müller–. En cuanto al lugar al que vamos, nos lo revelaste tú con tus propias palabras...

–No entiendo cómo.

La muchacha abrió la boca para contestar cuando de pronto su semblante cambió por completo.

Estaban llegando a los inmensos pilares de la mansión, cuyas escaleras se vislumbraban en la creciente oscuridad. Todo parecía tranquilo, pero Maya azuzó a su caballo hacia los pilares y bajó de un salto antes de que el animal se detuviera. Daniel la siguió con la mirada y distinguió a un grupo de personas congregadas en el jardín, bajo luces de antorchas. Las llamas se reflejaban en la bruñida superficie de las esculturas. Fue entonces cuando recordó su cita con el doctor Schaumann.

Una figura se apartó del grupo. Era Meldon Rowen.

Al ver la expresión de su rostro Daniel se estremeció.

Tercera parte

NUEVA ZELANDA

Era locura, por supuesto... pero ¿no iba yo dando tumbos por un mundo oscuro tan loco como yo?

Sagrada Biblia, Undécimo Capítulo, VI, 29

Nueva Zelanda. El país de la exploración.

Noveno Capítulo

TINIEBLAS

1

Estaba rodeado de absoluta oscuridad.

Densísima, sin fisuras. Una placa negra delante de los ojos.

Intentaba conciliar un sueño imposible, echado sobre aquella tabla y envuelto en una aceitosa crisálida de sudor. Pero era la negrura lo que le aturdía, lo que ponía a prueba sus nervios, afilados por los acontecimientos de una jornada agotadora.

No cedas tan pronto, se dijo Daniel Kean. *Es lo que todos esperan.*

En su mente estallaban fulgores de imágenes, el recuerdo de los sucesos que lo habían llevado hasta allí.

2

Nada más llegar supo que aquel país era, en efecto, el peor de todos cuantos había conocido, incluyendo la Zona Hundida.

No podía decirse que no le hubieran advertido: primero Maya Müller en Sentosa, luego Meldon Rowen mientras el aéreo comenzaba a descender. Le gustaba al empresario señalar los «momentos especiales» con sus palabras bien moduladas, y en ese instante se levantó de su asiento en la cabina de tripulantes y se dirigió a todos.

–Estamos llegando a Nueva Zelanda y debemos distribuirnos las tareas. –Daniel recordaba el brillo de su traje rosado con chaqueta de solapas anchas y una túnica en forma de pantalón, y cómo los bucles negros de su melena ocultaban parcialmente las solapas–. Aterrizaremos en la ciudad de Wellington, justo en el istmo central que une las dos mitades de la Gran Isla. Casi todos conocemos la ciudad, salvo Daniel. Por eso estas palabras tienen la finalidad de informarle en especial a él. –Y Rowen fijó sus ojos verdes enmarcados en aquel rostro moreno y perfecto en Daniel–. Ésta es la Tierra de Atua, Daniel, la Tierra de Dios. Sus poblaciones poseen una antigüedad remotísima y algunas persisten tal como la Biblia las menciona. Apenas hay vigilancia ni control. La naturaleza no ha sido diseñada aquí. Sentirás cosas, es imposible que no las sientas. Se trata del miedo natural y humano ante lo remoto y lo antiguo, el terror que genera lo puramente salvaje y la proximidad del mar y el bosque no diseñados, las Tallas y el Puerto... No debe preocuparte ese miedo. Todos lo experimentamos, no sólo tú, pero el miedo sólo importa cuando su origen se hace *real*, y no es de esperar que tal cosa suceda en Wellington... Ciertamente, nuestro destino se encuentra mucho más lejos que esta simple ciudad, y mientras nos hallemos en Wellington estaremos prácticamente seguros... –Se dirigió a los demás e inició un breve debate sobre las tareas de cada cual. Por último, con una sonrisa de ánimo, añadió–: Recordadlo, vamos a encontrar la *Llave.* Es lo que el doctor hubiese dicho si estuviera con nosotros...

Daniel vio a Héctor Darby bajar lentamente la cabeza.

3

La expresión del rostro del doctor Schaumann, sus ojos dilatados y la rigidez pálida de su figura con manos abiertas y crispadas hablaban de una agonía más allá de la cual no podía conocerse nada más. Su corazón latió hasta el final, y a partir de ese punto todo era enigmático. Y estaba bien que así fuese, pues la ignorancia es la condición humana que la Biblia bendice, esa «isla de ignorancia» en medio del mar de oscuridad.

Una muerte natural es una pregunta sin respuesta. El Noveno Capítulo habla de un hombre que, aparentemente, fallece por la descarga de un rayo, o al menos tal es la «creencia común» que los «curiosos investigadores» apoyarán casi sin reservas. Pero el Capítulo ofrece otra explicación más ominosa, relativa a amenazas indescifrables que moran en las tinieblas. Se interpreta esta inquietante fábula como la actitud más aconsejable ante la muerte imprevista: una mezcla de desconfianza, miedo y resignación. Las tres emociones pugnaban por abrirse paso en el semblante desconcertado de Héctor Darby, para quien la repentina desaparición del doctor había sido más cruel que para el resto.

Daniel, desde el principio, quiso hacer compañía a Darby, y se reunió con él en el salón donde tendrían lugar las exequias, una cámara inmensa y redonda, que hacían mayor dos gigantescos espejos de pared con marco de oro puestos frente a frente. Contemplando la réplica infinita de uno mismo se sobrellevaba mejor la muerte de otro: tan extraña idea se le ocurrió a Daniel Kean. Darby, lloroso, le contó los detalles que ignoraba.

–Aún no puedo creerlo... Estuvo encerrado en su habitación toda la tarde, desde que os marchasteis Maya y tú a cabalgar... Yo... ni siquiera pensé en él hasta que anocheció. Deseé preguntarle entonces algunas cosas sobre el plan del viaje, ya sabes, aquello que a Brent le gustaba preparar con antelación... Tan cuidadoso como era... ¿Qué estaba diciéndote?

–Que deseaste preguntarle algunas cosas sobre el viaje –susurró Daniel sentado en el reposabrazos del sofá que ocupaba Darby para poder estar más cerca de éste.

–Sí... Subí a su cuarto, pero ya se había ido. Los sirvientes me dijeron que había bajado al jardín...

–Yo había quedado con él en dar un paseo a las diez.

–No, bajó mucho antes... Ya lo habían encontrado cuando salí... Los vigilantes sólo sabían que había estado caminando un rato entre las estatuas de ébano y, cuando volvieron a verlo, se hallaba en el suelo... Yilane fue el primero que lo examinó, y dijo lo mismo que el médico de Rowen: un fallo del corazón.

¿Y qué otra cosa podía ser, tratándose de un cuerpo diseñado?, pensaba Daniel. Recordaba, además, que el doctor le había comentado que tenía una «lesión».

El funeral fue rápido pero completo. Rowen lo anunció con solemnidad: el doctor contaría con una ceremonia a su altura, por mucho que amigos como Darby no lo desearan o que la premura del viaje del día siguiente aconsejara la brevedad. En cierto modo, el empresario se consideraba «responsable», ya que Schaumann había muerto en su casa. Tres ritualistas cantaron que el espíritu de Schaumann escogería el camino de la luz y sería transportado a la ribera verde del Primer Capítulo y no a la Ciudad tenebrosa del Segundo, y un bailarín con guantes y faldellín rojo danzó al ritmo de los cánticos. Un nicho tallado en una enorme pieza de oro acogía el cuerpo del doctor, colocado en posición sedente, como una especie de ídolo, con las manos entrelazadas en el pecho y las rodillas juntas. Se dijeron las frases usuales: «Hemos perdido a un amigo y a un gran científico», o: «Los demás debemos proseguir con la tarea, es lo que a él le gustaría». Se repartieron máscaras y mantos, Rowen recitó el *Efficiunt* y los lacios y bonitos cabellos del doctor empezaron a resplandecer. En los ojos enmascarados de Daniel persistió la mirada y la expresión de Schaumann durante un instante después de ser devoradas por el fuego. Ya desnudos los rostros, Daniel advirtió consternación en Anjali Sen, Meldon Rowen y Yilane, y cierta frialdad en Maya.

Pero nadie expresó la tragedia como lo hizo Héctor Darby.

Schaumann carecía de familiares cercanos, y Darby fue el encargado de recibir sus cenizas en una hornacina repujada. En ese instante tuvo una crisis. Estallando en fuertes sollozos, alzó la voz:

–¡Ahora, que estábamos tan cerca...! ¡Precisamente ahora! ¡Por favor...! ¡Mi pobre y dulce Brent!

Todos los asistentes, incluyendo ritualistas y bailarines, lo contemplaron con una curiosidad no exenta de miedo. Daniel pensó que era extraño ver llorar al hombre biológico: hasta qué punto perdía su apariencia, en contraste con la inalterable perfección de los diseñados. Tuvo compasión por él, y pensó en Bijou.

Sólo cuando logró recalar en el lecho esa madrugada, apenas un par de horas antes de subir al aéreo, recordó su cita con Schaumann. El doctor había muerto sin revelar qué era lo que le preocupaba tanto, por qué deseaba repetir su examen «fuera de casa». Daniel se propuso hablarlo con Darby, pero luego lo olvidó, distraído por el pavor de la ciudad de Wellington.

4

Tejados picudos, campanarios de iglesias abandonadas, hastiales, puertas labradas y ventanas de rombos otorgaban un ominoso aire bíblico a Wellington, y la presencia insoslayable del nauseabundo mar lo acrecentaba. Ni en el aeropuerto ni en la ciudad parecía haber gente. La noche se extendía sobre las calles solitarias y mal iluminadas convirtiéndolas en estanques de sombras.

Se encaminaron hacia la zona del Puerto. Se llamaba así, pese a que no había naves marinas (apenas las había en ningún lugar) ni existía actividad comercial de ningún tipo, sólo era un muelle de piedra legamosa cuyo nombre contenía connotaciones religiosas. Maya y Yilane se separaron del grupo para conseguir el equipo en un viejo almacén, mientras Rowen dirigía a los demás a un Lugar de Reunión para encontrar un buen guía. Los Lugares de Reunión no eran los antros estrepitosos que Daniel había esperado sino salas decoradas con sombras donde grupos reducidos charlaban en voz baja. Había cortinajes blancos que ocultaban paredes enteras, frente a los cuales los recién llegados eran examinados por las miradas de los clientes. Sin embargo, nadie parecía interesado en nadie.

Esculturas de rostros oscuros y cuerpos retorcidos se alzaban por doquier, dentro y fuera de los Lugares. Darby se detuvo bajo una de ellas y la señaló a Daniel.

–Son las Tallas –explicó.

–¿Qué representan? –Daniel estaba estremecido.

–¿Quién puede saberlo? Son demasiado antiguas y su significado exacto se ha perdido. ¿Acaso el dolor o el miedo del encuentro con Dios? Mira esos ojos grandes, pavorosos... Podrían ser encarnaciones humanas de la divinidad. Lo cierto es que hay muchos rostros como éstos esculpidos en piedra a lo largo de varias islas del Pacífico, algunos de increíble antigüedad. Se discute si podrían ser incluso anteriores a la caída del Color... Pero estoy hablando como el pobre Brent... Sólo quería decirte que esto es lo que nos ha traído hasta aquí, Daniel... Estas Tallas se conocen como las representaciones de la Máscara y las Manos. Hay un lugar sagrado en Nueva Zelanda, al sur de la región llamada Otago, más allá de la ciudad de Dunedin, con un santuario de piedra que representa una máscara y unas manos. Cuando mencionaste esas palabras estando inconsciente supimos lo que quería decirnos Kushiro: sin duda, ése es el lugar donde encontró la *Llave*, y donde puede estar todavía...

–Pero ¿y el resto de las frases? «Escalera de metal»... «Ángulo en el techo...»

–Anja y Meldon aseguran que lo sabremos todo cuando lleguemos. Pero no es fácil encontrar el santuario, por eso necesitamos un guía que conozca bien el terreno...

–Puedo llevaros a alguien que conoce a los mejores guías –dijo inopinadamente una voz a su espalda.

Era un joven de largo cabello castaño. Vestía adornos tribales: collares de piedras verdes, un cinturón de placas, calzas de piel, brazaletes. Su sonrisa le iluminaba el rostro.

–Creo que estáis buscando guías para viajar a Otago, ¿no es cierto? –dijo–. He oído a vuestros amigos preguntar en el piso superior, pero no encontrarán a nadie dispuesto a emprender el camino mañana, menos en los días previos a Halloween.

–Tenemos oro –advirtió Darby.

–El oro no compra el miedo de los hombres –repuso el joven desconocido sin dejar de sonreír. Era, sin duda, un nativo. Daniel creía percibir los rasgos diseñados de la raza polinesia en sus facciones–. Pero a cambio de un poco de ese oro puedo presentaros a alguien que os recomendará al mejor de los guías...

Darby se animó con aquella inesperada propuesta.

–¿Cómo te llamas? –preguntó.

–Yuli.

–Bien, Yuli. ¿Adónde vas a llevarnos?

–No está lejos. Queda en el mismo puerto.

–Deberíamos avisar a Meldon y Anja –dijo Daniel en voz baja, pero Darby se mostró impaciente.

–Perderíamos tiempo. Meldon me dio algo de oro para pagar el alojamiento en Wellington. Lo usaré. Les llamaremos si obtenemos éxito.

Siguiendo la figura de largo y lacio pelo castaño y esbelto cuerpo atravesaron una plaza flanqueada de casas de tejado picudo a dos aguas, a imitación de la sagrada arquitectura de las ciudades coloniales. A pocos pasos el olor del mar se hizo intenso, pero la noche lo había convertido en simple vacío. El lugar, en efecto, no estaba lejos. Era un edificio enorme, casi desproporcionado, de paredes curvas que revelaban su espantosa antigüedad. Varias Tallas junto a la entrada atrajeron la atención de Daniel. En la base de una podían leerse, en idioma universal y polinesio, los dos versos que abren el Noveno Capítulo:

> He visto el sombrío universo abierto,
> donde los negros planetas giran ciegamente.

Darby le señaló otro, en este caso escrito sólo en polinesio a los pies de una segunda Talla.

–«*Kamate. Ka Ora* –recitó–. *Tenei te tangata / Puhuruhuru.*» Significa: «Es la muerte. Es la vida. Es el temible ser que hace que brille el sol». Hablan de Dios... Ya sé qué es este lugar... –Antes de que pudiera añadir nada más señaló la puerta de entrada–. Yuli nos llama...

El silencio y la oscuridad eran tan vastos como el vestíbulo al que accedieron. El joven se dirigió a un guardián de linaje polinesio y cabello rizado que cruzaba las piernas enfundadas en botas sentado en el oscuro recinto. Tras hablar con él un instante se volvió hacia Darby.

–Mi compañero quiere lo mismo que me vais a pagar a mí.

Darby aceptó, y tras el intercambio de oro Yuli se dirigió grácilmente a una puerta de doble hoja al fondo.

–¿Qué es todo esto? –preguntó Daniel Kean.

–Ya lo has oído: el sitio donde se encuentran aquellos que conocen a los mejores guías –respondió Darby.

–¿Qué sitio es?

–Un manicomio, por supuesto.

5

Al cruzar la puerta, Daniel pensó que soñaba. Era un jardín similar a la ordenada jungla de Sentosa, a plena luz del día. Hacía calor, y la ceñida ropa de Daniel –chaqueta de cremallera y pantalones de malla– parecía impropia en aquel ambiente.

–Es una atmósfera artificial –advirtió Darby–. Los locos no soportan la oscuridad ni el mal tiempo.

Yuli se introdujo por una solitaria vereda. Daniel movía la cabeza de un lado a otro mientras caminaba.

–Esto no parece un manicomio...

–Hay muchos lugares que son manicomios sin parecerlo, Daniel –replicó Darby–. Además, no juzgues por lo que has visto en el Norte. Ya sabes que la Biblia permite deducir que la locura es una consecuencia directa de la sabiduría. Los locos han contemplado más cosas que los cuerdos, y de alguna manera poseen una visión más amplia, prismática, como las facetas de esa piedra llamada Trapezoide cuya contemplación, en la fábula del Noveno Capítulo, provoca los sueños del protagonista y despierta al ser que yace en las tinieblas. Por eso deben ser recluidos, porque son puentes entre la oscuridad y la luz. En el Norte se les tiene por visionarios mientras que aquí, en el Sur-Este, son, más bien, lo opuesto.

–¿Lo opuesto?

–No ven visiones: las producen. Mirándolos, te asomas a

lo oculto. Por eso nunca debes mirar a los ojos de un loco, dice la leyenda. La metáfora del Trapezoide es correcta. Los locos son como piedras talladas de mil maneras distintas, y cuando los contemplamos accedemos al mundo de tinieblas que se encuentra al otro lado...

–¿Y tú crees en esa leyenda?

–No, pero no quiero ser el primero en arriesgarme –repuso Darby.

Yuli se había detenido junto a un estanque de agua muy azul y hablaba con un hombre vestido con una ligera túnica transparente y adornado de brazaletes. Su piel era tan blanca que Daniel estuvo seguro de que podría ser usada para escribir un largo texto y que todas sus palabras resultaran comprensibles.

–Yo no puedo continuar más adentro –explicó Yuli dirigiéndose de nuevo a ellos–. Él es el *ariki* del centro y os guiará. Se llama Evengel. Suerte. –Se despidió con una reverencia después de que Darby le entregara la pequeña cantidad de oro estipulada.

–¿Habéis estado alguna vez con locos? –preguntó Evengel–. No les miréis a los ojos. Es *tapu*.

–Ya se lo he dicho –comentó Darby.

La esbelta silueta los guió por sombrías veredas y plazuelas rodeadas de flores. Daniel contempló a varias personas sentadas en bancos o en el suelo. Eran cuerpos diseñados, más o menos igual de bellos que los de cualquier otro hombre o mujer. De hecho, Daniel ni siquiera estaba seguro de si se trataba de locos o empleados. Su confusión aumentó cuando Darby le dijo que ser empleado no significaba necesariamente no estar loco.

–Siempre he creído que la realidad la establece quien la

ve –dijo Darby–, y aquí la mayoría ve *otra* realidad. Tú, por si acaso, no mires a los ojos de nadie.

–Pareces haber conocido a muchos locos –comentó Daniel de pasada–, a juzgar por lo que sabes sobre ellos...

–Mi padre fue uno –dijo Darby.

Desconcertado, Daniel intentó improvisar una disculpa, cuando de repente comprendió que habían llegado a su destino.

6

La mujer, sentada en un banco con varios setos de flores alrededor, tenía la piel ligeramente bronceada y el pelo castaño corto, pero fue la túnica que la cubría de la cintura a los pies lo que atrajo la atención de Daniel. Sus colores irisados variaban como si flotasen en un líquido. Observada desde distintos ángulos, la prenda pasaba del verde al azul y de éste al rojo y el violeta en una cascada inagotable.

–Vestir ropa llamativa resulta útil para no mirar sus ojos –le susurró Darby–. Por eso se la ponen.

–Shane Davenport –la presentó Evengel con mucha seriedad. Luego se inclinó y los dejó solos.

Permanecieron de pie frente a ella mientras Darby improvisaba una conversación.

–Me han dicho que conoce bien la región de Otago, Shane. ¿Fue creada en Nueva Zelanda?

–Fui creada en el Sur. Arabia. –Shane Davenport hablaba al tiempo que sonreía. Su sonrisa (que Daniel veía de refilón, no se atrevía a alzar la vista) era bonita y su tono de voz también. Parecía encantada de estar allí, frente a ellos.

A diferencia de Darby y Daniel, ella sí los miraba a los ojos–. Vine a la Tierra de Atua con el propósito de cazar.

–¿Es cazadora? –inquirió Darby.

–Digamos que lo fui. He viajado por Marlborough, Christchurch, Dunedin, hasta Invercagill... Sólo hay ruinas.

–¿Qué cazaba? –se interesó Darby.

–Ejemplares como tú, pero híbridos.

Daniel manifestó sorpresa pero Darby le hizo un gesto que parecía querer decir: «Déjala que hable».

–Se refiere...

–Me refiero a machos biológicos híbridos... No puedo creer que tu jovencito no sepa lo que son los híbridos... –Davenport lanzó una carcajada–. Más vale que le hables de la vida, si es que pretendes atravesar los condados del sur con él...

Darby siguió preguntando.

–¿Cuándo dejó de cazar, Shane?

–Cuando sucedió aquello que obliga a los cazadores a dejar de cazar: ser cazado.

Al tiempo que decía esto, apartó la túnica con un gesto violento, produciendo una ráfaga súbita de luces coloreadas.

Pese a la exacta labor quirúrgica, aún eran perceptibles las finas líneas que, a nivel de la zona media del muslo, separaban la piel del material sintético. La rodilla artificial brillaba bajo el sol artificial de los locos.

Y eso no era todo.

Casi más impresionante, para Daniel, resultó descubrir el vientre algo abultado, los cuantiosos lunares, las cicatrices, el espeso vello púbico, el inconfundible olor de la carne biológica liberado por el mismo movimiento.

Daniel se preguntó cómo no se había dado cuenta antes. Comprendió que su forma de mirarla, centrando la atención en la túnica, había impedido que se percatara.

–¿Cómo te sientes siendo biológico, Darby? –dijo Davenport–. Te diré cómo me siento yo: como un animal viejo. Tengo treinta y siete años y me parece que tengo ochenta. De modo que, amigo mío, te esperan dos tareas... No sólo deberás proteger el culito diseñado de tu diseñado compañero sino tu propio y viejo culo... Porque te juro que en las Tierras de Atua hay híbridos que cazan a los biológicos como tú y se dan el festín de sus vidas...

Una vena latía en la frente de Darby, revelando su tensión. Sin embargo, cuando habló, su voz fue la más suave que Daniel le había escuchado hasta entonces.

–Siento mucho lo que te han hecho, Shane.

–No sucedió nada que no esperase que sucediera –murmuró Shane Davenport, con idéntica y repentina suavidad–. ¿Cómo dice el Noveno? «Nada sucedió que se pueda demostrar que fuera contrario al orden natural.» –Volvió a reír y cambió de postura, apoyando la pierna artificial en el banco–. Había cazado varias veces en las cavernas al sur de Dunedin e iba acompañada del mejor guía que pueda concebirse, la persona cuyo nombre, probablemente, os interesará conocer. Dejadme contaros lo que ocurrió. Hay una tribu de guerreros híbridos. Viven más allá de Otago. Yo los cazaba. Un día ellos me cazaron a mí. Nos tendieron una emboscada. Íbamos unos diez, todos cuerpos de diseño salvo yo. Los mataron a todos excepto a mi guía y a mí, después de hacerles ciertas cosas propias de su especie que no describiré en honor de tu lindo amigo. Luego os contaré lo que ocurrió con mi guía. En lo que a mí respecta, decidieron conservarme en cautividad. Estaban fascinados con mi cuerpo. No les interesaba el diseño genético sino aquellos de nosotros que olían a carne y vida. Estuve prisionera un mes, más o menos. Ellos no lo llaman «mes», y ni siquiera sé cómo lo llaman... No hablan como nosotros... Y no me ataban: tan sólo me dejaban allí tirada, en las cavernas húmedas, y cuando les parecía que iba a morir, me sacaban al sol y me tendían sobre las piedras. Hicieron experimentos conmigo. Ellos quizá los llaman «juegos»... A veces me parecía que sólo querían oírme gritar. No me dejaban desmayarme ni dormir... Fueron las últimas criaturas que he podido mirar antes de que la oscuridad entrara en mis ojos...

Hizo una pausa, pidió disculpas y siguió hablando. Daniel, que contemplaba su boca, advirtió unas facciones ajadas como un libro manoseado.

–Cuando se hartaron de los «juegos», me devoraron. Quizá tuve una única suerte: no les gustó la carne de hembra biológica treintañera. Tras probar mi pierna izquierda, me dejaron sobre las rocas y se marcharon. Habían restañado la sangre del muñón con emplastos, esperando seguir consumiéndome, y ésa fue la causa de que no muriera... Al quedarme sola, me arrastré entre la arena y las rocas hasta que ya no pude seguir moviéndome. Quise morir, pero comprobé que cuesta mucho... –Volvió a brotar su risa–. Unos exploradores me encontraron, me llevaron a una laguna, me dieron agua y me cuidaron hasta que, al mirarme a los ojos, uno de ellos empezó a gritar y se disparó la pistola en la cabeza... Así supieron que yo estaba loca. Al final decidieron que sería menos peligrosa en Wellington, y me trajeron aquí. ¿Quieres saber por qué se disparó cuando me miró, jovencito? –susurró Davenport en dirección a Daniel–. ¿Por qué no me miras? Hace tiempo que nadie me mira a los ojos...

A Daniel le pareció que era posible obedecerla. No creía que sucediera nada malo. Se contaban muchas cosas sobre los locos, pero en el Norte no se les tomaba tan en serio. Durante un fugaz instante sus ojos treparon, dóciles, por el pecho, el cuello y la oscuridad que envolvía los ojos de Shane Davenport, hasta que... la mano de Darby se interpuso. Una ronca carcajada sacudió el escuálido pecho de la mujer biológica.

–Siempre es igual –rugió–: el joven quiere mirarme y el viejo lo impide.

–Shane –terció Darby–, dígame quién fue su guía y cómo encontrarlo...

–Ah, sí, mi guía... Es el mejor de todos. No podréis dar dos pasos a partir de Balclutha sin él. Se llama Nath Svenkov y vive en una torre a pocos minutos de aquí, en el mismo barrio del puerto. Estará deseoso de acompañaros si se le paga bien...

–¿Cómo logró sobrevivir él a la emboscada? –preguntó Daniel.

Los cabellos de la mujer le azotaron el rostro, donde se removían las sombras de sus ojos enloquecidos.

–No necesitó sobrevivir, muchachito –dijo–. Él *tendió* la emboscada. Hizo tratos con los híbridos, me vendió a ellos... ¡Espera! ¡No te vayas! ¿No quieres mirarme a los ojos? ¿No quieres...? ¡Cobarde!

La risa de Davenport pareció seguir a Darby y Daniel mientras se alejaban.

7

–¿Te vas a fiar de un loco?

–¿No has creído su historia?

Caminaban junto al muelle. El oleaje de la Casa de Dios se fundía con la noche y sólo era visible cuando la espuma lo subrayaba.

–En su mayoría, no –repuso Darby–. ¿Cazadora de híbridos? ¡Nadie ha visto realmente un «híbrido»!

–Entonces, la traición de su guía...

–Quizá no sea un tipo de fiar el tal Svenkov, pero es el único nombre que tenemos y debemos probar con él –dictaminó Darby–. En cuanto a la señorita Davenport, lo que sabemos es que un día vino a Wellington sin una pierna y con algo que contar.

–Pero me impediste que la mirara a los ojos –dijo Daniel–, y buscas al guía que ella nos aconseja... No lo entiendo, Héctor... Afirmas no tener creencias, como yo, pero te comportas como si las tuvieras...

–¿Y quién no se comporta así en nuestra época? A falta de datos fiables, prefiero hacer caso de la explicación más común. –Tras una pausa, Darby se detuvo y apartó la vista de Daniel fijándola en un punto del aire negro–. Mi padre era creyente del Noveno. Ya te dije que muchos piensan que la piedra Trapezoide del Noveno es un símbolo de la locura, y sus facetas los distintos opuestos que conviven en un mismo pensamiento, y citan como prueba las palabras de la revelación final, en las que el protagonista declara: «Soy el ser, el ser soy yo»... Mi padre ansiaba llegar a ese final, fundirse en una sola cosa con la contradicción para hallar la verdad... Yo fui creado según sus deseos. Su cargo de jerarca de la secta le permitía vivir holgadamente, y pagó por obtener una criatura a partir de una de sus células. Quería tener un hijo biológico para conocer la vida que se desarrolla «por sí sola», según me explicó. Luego he pensado que lo que deseaba era buscar de nuevo la contradicción, ya que él mismo era un símbolo del artificio: su cuerpo era divergente, tenía ambos sexos... De modo que fue mi padre y mi madre a la vez. Mi razón y mi locura. Mi luz y mi oscuridad. Me desarrollé, pues, en la casa de un ser de cuerpo y mente escindidos. Brent Schaumann solía decir que esa educación fue la que me enseñó a dudar de todo... –Sonrió–. Nunca vi un solo aspecto de la verdad sin ver también su opuesto. Era difícil para mi mente de niño entender aquella dualidad encerrada en una sola persona pero, pese a todo, creo que... mantuvimos una relación aceptable. Luego sus creencias lo enfermaron. En el manicomio se sentaba frente a mí cuando yo lo visitaba, y yo procuraba no mirar sus ojos...

Dio la espalda a Daniel y siguió caminando. El viento hinchaba los flancos de su chaqueta. De pronto se detuvo y se volvió hacia él.

–Daniel, ¿recuerdas que reaccioné con cierta violencia cuando me acusaste de ser creyente? Ahora puedo confesarte algo que nunca le conté a Brent Schaumann ni a nadie... –Su semblante se crispó en una mueca–. En el fondo *odio* la creencia. Odio el mundo de los creyentes, cualquiera que sea su religión, ese mundo de tinieblas lleno de criaturas atroces y un Dios que sueña bajo las aguas hasta el momento en que decida destruirnos... Sin embargo... ¿quién nos asegura que es *falso*? Y eso es lo peor. Odio a los creyentes, pero no puedo prescindir de lo que creen. He llegado a pensar que los odio porque los necesito. ¡Si tuviera datos fiables...! ¡Algún dato!

Héctor Darby siguió caminando a solas, con las manos en los bolsillos.

8

La torre se alzaba entre los picudos tejados del extremo opuesto del puerto. En realidad, constaba de dos partes: un viejo edificio y, sobre su azotea, un cilindro de metal al que parecía accederse mediante una escalerilla. No podía descartarse que aquel herrumbroso añadido fuera también una especie de vivienda. Las dos ventanas del edificio se hallaban iluminadas. Darby se quedó mirándolas mientras llamaba.

Un sirviente polinesio de bonita sonrisa los invitó a subir al salón de la planta superior, donde los muebles destacaban por su tamaño y vejez, como rescatados gracias a un febril trabajo de restauración. A Daniel le hizo pensar en la casa de alguien otrora rico que no estaba atravesando su mejor momento.

Había dos personas en el salón. Como el sirviente no se dirigía a ninguna en particular, Darby alzó la voz.

–¿El señor Svenkov?

–Soy yo.

Daniel se desplazó un poco para verlo, ya que Svenkov no se había movido de la silla donde se sentaba. De inmediato supo dos cosas sobre él: que era de linaje polinesio y que poseía una personalidad arrolladora. Llevaba el largo cabello, negro y lacio, dividido por una blanca raya central, y se cubría con una espléndida chaqueta de plumas blancas hasta la cintura y calzas grises hasta medio muslo con sandalias de cordones. El resto eran adornos tribales: collares, pendientes, ajorcas de bellísimas conchas y sortijas en los dedos de sus largas y cuidadas manos. Pero sobre todo, era el conjunto de su cuerpo, no sólo su perfección sino su modo de estar retrepado en la silla, lo que hacía pensar a Daniel en una soterrada pero discernible fuerza.

Tras aquella primera impresión, Daniel recibió otra. Svenkov lanzó una carcajada al ver a Darby y, cuando habló, su voz, lejos de ser el graznido bronco que Daniel había esperado, sonaba melodiosa.

–¡Oh, por favor...! ¡Por favor...! –No parecía poder contenerse. Se llevó las manos al rostro y siguió riendo. Lo más desagradable para Daniel fue percatarse de que el sirviente y el otro hombre también rieron, y hasta Darby, que parecía ser el motivo de la diversión, sonrió abiertamente–. Debes disculparme, hombre natural, pero acababa de apostar con mi amigo Amet cien *pounamus* del lago Karuga a que iba a recibir muy pronto la visita de un hombre biológico que deseaba contratarme...

–Tal como lo dices –replicó Darby.

–Seguro que ya lo sabías, Nath –dijo el hombre que se llamaba Amet con una voz bastante menos bella que la de Svenkov.

–Juro por Atua que no... Díselo, hombre biológico, ¿nos hemos conocido antes? –Darby lo negó y Svenkov gesticuló triunfal hacia Amet, que se limitó a apurar la copa que sostenía–. Ha sido un gracioso azar –ponderó Svenkov acariciándose la mejilla con sus largas uñas, quizá para mostrar a Darby la espléndida sortija de su dedo anular–. Y ahora, ¿qué puedo hacer por vosotros?

–Nos gustaría hablar a solas.

El explorador se levantó sin dejar de medir a Darby con la mirada.

–Todo lo que hay en esta habitación es mío, incluyendo a mi sirviente y Amet. Sería como si me pidieras hablar sin paredes. Dime lo que quieras, o lárgate.

Éste es el verdadero Svenkov, juzgó Daniel. Le pareció muy mal comienzo, y comprendió la reticencia de Darby. A éste, en cambio, ni Svenkov ni su mundo parecían impresionarle mucho. Se encogió de hombros y dio media vuelta.

–En ese caso, te deseamos buenas noches.

–¿Qué es lo que has venido a buscar? –lo detuvo Svenkov.

–He venido a ofrecer –dijo Darby–. Te aseguro que es una buena oferta, pero no la conocerás si no es a solas.

Svenkov lo miraba por encima del hombro, y la solapa de la chaquetilla de plumas rozaba su mentón. Su rostro de altos pómulos mostraba esa astucia poderosa que Daniel asociaba con el diseño de su raza. Tras escrutar a Darby un instante movió la mano. El sirviente y Amet parecieron cobrar vida: el primero se dirigió a las escaleras y Amet abandonó el sofá y lo siguió. Cuando se quedaron solos, Svenkov rellenó dos copas de licor sobre una mesa.

–Habla –indicó.

–Hay un santuario dedicado a la Máscara y las Manos al sur de Dunedin –dijo Darby de inmediato–. Queremos que nos lleves a él. Somos un grupo de seis personas y disponemos de dinero y equipo en abundancia. Tenemos prisa: salimos mañana, o no hay trato.

Svenkov les entregó las copas y regresó a la mesa sin responder. Cada paso que daba con sus altas sandalias hacía tintinear los metales que lo adornaban.

–Conozco ese lugar –dijo al fin–, está en ruinas, no hay nada. ¿Qué se supone que queréis encontrar allí, hombre biológico?

–Lo ignoramos, hombre de diseño, por eso queremos ir –repuso Darby y sonrió–. Te pagaremos lo mismo si nos llevas y traes sanos y salvos, aunque no hallemos nada.

–¿Y queréis salir mañana? ¿He oído bien? –Svenkov dejó su copa sobre la mesa y cogió un pequeño espejo redondo que yacía sobre un soporte junto a las botellas–. ¡Demasiada prisa para ir en busca de *nada*! –y añadió con acento quejumbroso mientras contemplaba su rostro en el espejo–: ¿Por qué todos quieren engañar a Svenkov? ¿Acaso Svenkov tiene el aspecto de un ingenuo del que cualquiera puede burlarse? –Retornó a Darby y mostró sus blancos dientes–. ¡Sólo puedo aceptar ir en busca de *nada* si lo recibo casi *todo*!

Darby mencionó una cantidad sustanciosa de oro.

–La mitad ahora y el resto al final, si resultas tan bueno como aseguran –dijo.

Svenkov dirigió sus ojos verdes hacia Daniel.

–¿Y tú?

–Me llamo Daniel.

–No tienes aspecto de tener tanto oro.

–Tú tampoco –contestó Daniel, y Darby soltó una risita.

Svenkov miró un instante más a Daniel mientras mordisqueaba una larga guedeja de su propio pelo negro. Los pendientes que colgaban de sus lóbulos eran una cascada de medallones engarzados entre sí. Luego volvió a mirar el espejo que aún sostenía.

–Habéis venido a casa de Svenkov para reíros de él –gimió–. ¡Vosotros, norteños, creéis poder comprar a un hijo de Atua con vuestro oro! ¡Decís: «Mañana debes partir y llevarnos a este sitio», y esperáis que Svenkov os obedezca con una reverencia! Pero Svenkov lo ignora todo: no sabe quiénes sois, ni qué buscáis... ¿Esperáis que se incline, se calle y obedezca?

–Vámonos, Héctor –dijo Daniel, molesto–. Dejemos en paz a este arrogante.

Lo que hizo Darby, en cambio, fue aumentar un poco su oferta. Svenkov abandonó el espejo y Daniel percibió el gesto de astucia, la fina ceja alzada, los carnosos labios ligeramente curvos.

–Quiero el doble –dijo Svenkov–. Y además... –alzó un índice– la mitad de todos los objetos de valor que encontremos.

A Daniel le pareció tan exagerado que miró a Darby convencido de que se reiría de aquella propuesta, pero para su sorpresa Darby asintió.

–No es todo –advirtió Svenkov–: seré el *ariki*, el jefe. Viajar por Otago ya es bastante malo de por sí. Durante el viaje, yo seré el jefe. Y mi concepto de ser el jefe implica que tú y tú... –los apuntó con el índice– así como vuestros compañeros, haréis exactamente lo que yo diga, cualquier cosa, sea la que sea, sin discusión...

–Podemos negociarlo...

–No es negociable –dijo Svenkov con su voz melodiosa, pero en un tono frío–. Nada de lo que exijo lo es.

–Tengo que preguntar a los demás.

Daniel se mostró incrédulo. La prepotencia de Svenkov le irritaba y estaba cada vez más seguro de que Shane Davenport les había contado la verdad.

–Héctor, espera... ¿Podemos hablar un momento? –Svenkov se hizo el desinteresado y asintió con un cabeceo. Darby y Daniel se alejaron hasta la esquina opuesta y Daniel cuchicheó–: ¿Por qué te fías de él? Podemos encontrar otros guías. Este tipo no es imprescindible aunque crea lo contrario... Hablemos con Meldon. Estoy seguro de que hallaremos a...

De pronto el rostro de Darby se endureció.

–Muchachito: no tenemos tiempo para elegir. Permíteme llevar este asunto a mi manera.

–Pero...

–Tú elegiste venir con nosotros –cortó Darby–, pero no buscas lo mismo que nosotros. Déjanos escoger la mejor manera de buscar. –Daniel se quedó mirándolo mientras Darby se volvía hacia el explorador–. Señor Svenkov, obviamente tengo que hablar con los demás, pero en principio estoy capacitado para aceptar sus condiciones.

Svenkov no pareció más feliz: les dio la espalda y se sentó. Pero Daniel sorprendió su rostro en el pequeño espejo situado sobre la mesa.

La sonrisa de Svenkov en aquel espejo era desagradable.

9

Rowen, Anjali, Maya y Yilane se presentaron una hora después cargados con las mochilas donde guardaban el equipo recién adquirido, así como las placas de oro convenidas. Svenkov había insistido para que se hospedaran allí esa noche, y Rowen, que no había obtenido resultados en su propia búsqueda, decidió acceder.

Aunque Svenkov se mostró obsequioso, haciendo gala de su destreza para cautivar a un auditorio con su melodiosa voz, Daniel percibió que se sabía dueño de la situación y había empezado a mostrar su temperamento arrogante. Al principio protestó al conocer la ceguera de Maya, y Rowen y Darby, siempre moderados, lo tranquilizaron asegurándole que la muchacha sabía cuidar de sí misma. Luego abrió un mapa tridimensional de Otago y la región sur sobre la pared con su *scriptorium* y no perdió la oportunidad de burlarse de sus clientes, en particular de Anjali, que parecía conocer mejor que otros los arrecifes de la costa sudeste, diciendo cosas como: «Eso que mencionas hace años que no está», o: «Bien se ve que necesitáis un guía».

–El santuario se encuentra en esta zona –señaló con un dedo ensortijado un área cercana a la costa del sudeste–. Puede llegarse en una sola jornada a pie desde la playa...

–¿Hay otros santuarios similares? –preguntó Rowen.

–Ninguno de esa importancia.

Rowen se quedó mirando las luces flotantes del mapa.

–Entonces ése es nuestro destino –dijo.

Fue Yilane quien sacó a relucir el tema de los híbridos, y mientras se servía una copa de la tercera o cuarta botella de la noche, Svenkov dijo, simplemente:

–Hay toda clase de bichos no diseñados en la selva y la costa, y varias tribus salvajes, pero no he visto ningún híbrido.

Y dio por zanjado el asunto. Nadie insistió, y Darby no mencionó a Davenport.

Al final de la velada se distribuyeron los dormitorios y,

al dirigirse a Daniel, Svenkov alzó una ceja en una mal fingida expresión de pesar.

–Me temo que te ha tocado la cámara de la zona superior –dijo–. Tendrás que salir fuera para subir por la escalerilla.

Daniel pensó que, habiendo notado su abierta hostilidad, el polinesio se había propuesto hacerle la vida difícil. No le importó: tomó su mochila, subió a la azotea y salió a la noche de Wellington, llena de sombras y puntos remotos de estrellas que giraban en el vacío, y del mar que tapizaba con sonidos aquel fondo. Luego trepó por la escalerilla hasta acceder al interior del recinto de metal. Su dormitorio era una habitación redonda y desnuda, sin ventanas, con una mesa rectangular a modo de catre y una luz cenital simple. Daniel se desnudó y se recostó sobre la tabla boca arriba con la luz aún encendida, mirando el techo y escuchando los lejanos giros de la noche.

En un momento dado, llevó la mano hasta la mochila que yacía en el suelo y extrajo su más preciado tesoro, del que no se había separado desde que había salido de Alemania, salvo durante su viaje a la Zona Hundida.

Besó la fría superficie de metal de la hornacina, como si de alguna forma pudiese así estar más cerca del recuerdo, y le susurró las palabras de siempre: que nunca la abandonaría, tal como Bijou le había exigido cierta vez («Júrame que siempre llevarás mis cenizas contigo»), y que vengaría su muerte. Luego, con extrema delicadeza, volvió a dejar la hornacina en la mochila y apagó la luz.

Le dio la impresión de que apagaba toda su vida.

10

Y allí estaba ahora, tembloroso, envuelto en sudor, acostado sobre una tabla y sumido en la oscuridad, preguntándose si sus deseos de venganza tenían algún sentido.

Pero no cedas tan pronto, se dijo.

Al día siguiente Svenkov los llevaría al santuario, ellos encontrarían la *Llave* y la Verdad los encontraría a ellos.

No sabía por qué estaba tan seguro, pero lo estaba: si los acompañaba, acabaría enfrentándose al individuo que lo había arrojado a una oscuridad aún peor que la del interior de aquel antro.

Oyó un ligero ruido y levantó la cabeza. Sus rubios cabellos se pegaban a su frente por el sudor. Tendió la mano hacia la placa de luz, la encendió, parpadeó. La habitación seguía vacía, clausurada. Quizá los ruidos del edificio inferior se transmitían al cilindro de metal. Volvió a apagarla.

¿Y si se engañaba? ¿Y si la Verdad había abandonado la búsqueda tras el fracaso de Ina y Olive? No lo creía, y sin embargo...

Dando vueltas a aquellos pensamientos, terminó durmiéndose.

Tuvo que dormirse, porque de repente veía a Mitsuko a los pies de su catre.

Se hallaba agazapada en un hueco de la pared, en actitud de buitre, y miraba con la fijeza de los muertos. Una luz sangrienta caía sobre su figura. Vestía calzas negras y una gasa de igual color, que ceñía su garganta por encima del humillante collar de cascabel y se dividía en dos bandas a cada lado de sus pechos. Cuando habló, lo hizo con la misma voz vacía con que lo había hecho en la torre de

Tokio. Fuera sueño o no, Daniel la oyó gélidamente clara:

–Volveremos a vernos, Daniel. Y moriréis. Todos.

Tenía que ser un sueño, porque, aunque quiso reaccionar, siquiera levantarse o erguirse, no lo logró. Estaba como atado a aquella tabla.

–O no todos –dijo Mitsuko sin apenas mover los labios, pálida bajo la bruma color sangre que la iluminaba–. Tú y tu hija viviréis...

Extendió una pierna, luego la otra, como las patas de un insecto gigantesco, salió del hueco de la pared y avanzó hacia él. Sujetaba la gasa por los extremos como si pretendiera estrangularse.

–Viviréis... –repitió con voz ronca– dentro de *mi boca.* –Sus mejillas abultaban como si guardase dentro un enorme trozo de algo que, paradójicamente, se agrandara mientras era masticado–. *Aq...í de... tro, Dan... el Ke...* –De repente se llevó las bandas de gasa hacia la boca. Daba la impresión de que se disponía a vomitar y no deseaba que cayese al suelo.

Se oyó un horrendo gorgoteo al tiempo que los labios de Mitsuko desaparecían y su boca se ensanchaba hasta transformarse en un agujero desproporcionado. Ojos, nariz y mejillas quedaron convertidos en líneas de goma mientras del enorme foso brotaba una cosa negra y brillante como el vientre de una araña que emergía y se enroscaba sobre la gasa.

–*Aquí* –dijo la voz, ahora con absoluta claridad.

Entonces Daniel comprendió: lo que hablaba era justo la *cosa* que Mitsuko estaba vomitando. El cuerpo de Mitsuko era sólo una cáscara que servía para albergarla.

Y esa cosa era la Verdad.

Llenaba toda la habitación. Daniel dejó de respirar y se agitó indefenso, boca y nariz bloqueadas como en una bolsa negra atada a su garganta.

No le mires los ojos. Porque sus ojos son el Trapezoide de mil caras donde yace la locura...

Gritó. Manoteó.

Necesitó varios segundos de jadeos para cerciorarse de que ya estaba despierto y otros cuantos para encender la luz.

Seguía en la mohosa y clausurada habitación, con la mochila y la ropa en el sitio donde las había dejado. No había sucedido nada que fuera «contrario al orden natural», pero juzgó la pesadilla como la más horrenda y vívida que había sufrido nunca. Y no creyó que se tratara de un simple sueño.

Supo que no iba a poder abandonar. Le gustase o no, la Verdad lo consideraba uno más de ellos y su amenaza se extendía también a Yun. Si quería vivir en paz, tendría que asegurarse de que la Verdad era eliminada.

Se quedó boca arriba en la cama, sin atreverse a volver a dormir, aguardando el amanecer.

Décimo Capítulo

ARRECIFES

I

Hubiese podido estar muerta, pero estaba dormida. La única diferencia con un cadáver era que se hallaba acostada, y nadie dejaría un cadáver en esa posición.

Por lo demás, su belleza resplandeciente parecía artificial. No respiraba, no se movía: yacía bocarriba, el cabello cuidadosamente distribuido alrededor de la cabecera de un lecho muy simple. Un cuerpo femenino sin aderezos, adornos ni sábanas, con los ojos cerrados.

Turmaline.

Los ojos se abrieron.

Tengo poco tiempo. Escucha con atención.

Turmaline se incorporó y abandonó el lecho en un solo gesto silencioso. Caminó con pasos mullidos hacia la puerta y salió al exterior.

Aún no había amanecido en Wellington, pero una claridad verdosa, difusa, llenaba el horizonte. La casa alquilada por una semana era una magnífica villa situada en las colinas que dominaban la ciudad. De paredes verde manzana y ventanas blancas, poseía un jardín y un patio muy amplios. La soledad daba cierto miedo, pero era lo que Turmaline buscaba: no había nadie alrededor, y la vigilancia era escasa.

Se detuvo junto a la pared de la fachada e inclinó el lado izquierdo de la cabeza, donde se encontraba la pequeña placa receptora de su auricular, despejándose el cabello metálico para que las palabras del Amo llegaran con nitidez. Su pelo lanzó chispazos con los primeros rayos del sol.

El diálogo fue breve. Turmaline había cumplido las órdenes, pero era preciso hacer más. La Verdad aún no se hallaba libre para actuar. La próxima misión de Turmaline estaba clara.

Cuando el auricular enmudeció, regresó a la casa. Mitsuko aguardaba en el suelo del salón, en la postura en que Turmaline la había arrojado por la noche. En su mirada ya no había rastros de rebeldía, como meses atrás. La hija de Kushiro ya era, tan sólo, la voluntad del Amo.

–Nos vamos –dijo Turmaline–. Tenemos el tiempo justo para llegar al aeropuerto. –Mientras la japonesa de cabello rojizo se ponía en pie, la Rubia agregó, sonriendo–: Y una buena noticia para ti: te queda poco para morir.

2

Nunca había visto nada parecido.

A su alrededor todo parecía vivo y caótico: arena amontonada, rocas, el verdor legamoso derramado por los bordes, el mar indefinible que rompía contra los arrecifes. Incluso el cielo, con sus nubes bizarras y gibosas, parecía tener otra cualidad. Sintió como si no estuviese en la Tierra, como si se hallara en un mundo remoto no hollado jamás por el ser humano. Pero lo peor de todo era que, a pesar de ese sentimiento de extrañeza, lo que estaba contemplando...

–... nos pertenece –dijo Darby, y Daniel lo miró–. Y nosotros pertenecemos a *esto.* Es aberrante, ¿verdad? De algún modo piensas que la ciudad es tranquilizadoramente falsa. En cambio, esta playa solitaria es lo real. Aquí nació la vida, y probablemente las ideas religiosas...

El aéreo de Svenkov, un vehículo pequeño, maniobrable, con una sola cabina donde los pasajeros se sentaban en círculo y un *scriptorium* para suministrar los datos del trayecto, se había posado cerca de la playa, al sur de Ratanui, a unos ochocientos kilómetros al sur de Wellington. El viaje, emprendido en la madrugada, había durado poco más de tres horas. No era un tiempo muy largo para haber cambiado tanto de escenario, pensaba Daniel, y lo mismo parecían pensar sus compañeros.

Jeremy Yin Lane, alias Yilane, se había despojado incluso de sus adornos y joyas y se arrodillaba sobre la arena. En su espalda era visible el tatuaje en forma de serpiente, desvelado por un viento inconstante que agitaba su cabellera y provocaba náuseas por su «hediondo olor a pescado». Pero el joven Yilane, orgulloso de su linaje ancestral y su creencia en el Décimo Capítulo, parecía querer demostrar que sólo él era capaz de dar el primer paso en aquel recinto infinito y sagrado. El propio Svenkov había escogido la zona de rocas para detenerse, sin avanzar hacia la arena. Allí había dejado su mochila y armas, y utilizaba el faldellín de cuerdas que se había quitado de la cintura como alfombra para pisar el borde filoso de las piedras. Parecía una bella ave de presa posada en un promontorio, el largo pelo azabache bailando con la brisa.

–He conocido norteños que enloquecieron mirando este mar –exclamó sonriente.

Nadie contestó a sus burlas, pero Daniel pensó que podía no estar exagerando.

Se refugió en la contemplación de la plena belleza de Anjali Sen, la oscura creyente india, que se había reunido con Yilane para entonar unos cánticos de rodillas. Maya, la chica ciega, también rezaba a prudente distancia de las olas, mientras que Rowen se quejaba y aseguraba entre dientes que su propio aéreo poseía un vehículo auxiliar que podría haber aterrizado en la misma playa y les hubiese ofrecido más comodidad y protección. Svenkov parecía disfrutar con sus críticas.

–Si quiere prescindir de mí, no tiene más que decirlo –soltó con frialdad–. Pero mientras yo sea el *ariki* de este grupo las cosas se harán a mi manera.

Mirando los grotescos arrecifes Daniel pensaba cómo había podido concebirse un paisaje así. ¿Era la voluntad de algún Ser Superior que las rocas adoptaran formas asimétricas y salvajes, y que en sus mismos bordes creciera un légamo como aquél?

Darby, tras enjugarse los labios, se había acercado al lugar donde Maya se sentaba. Rowen también parecía considerar que ese punto, en una zona despejada de arena a suficiente distancia de olas y arrecifes, era propicio para un campamento. Daniel aún titubeaba, confuso, hipnotizado por la barahúnda del mar, cuando percibió una figura junto a él.

Yilane sostenía algo en las manos. El mar parecía haberlo transfigurado: dilataba las fosas nasales y jadeaba con fuerza.

–Son amuletos –explicó–. Nada de lo que ves a tu alrededor es dañino, tan sólo es ajeno. O eso parece. Se trata del vestíbulo de la Casa de Dios. Nosotros, los creyentes del Décimo, entramos en ese vestíbulo adornados con estos collares y pendientes. ¿Los has visto alguna vez? –Alzó un collar formando una O dentro de la cual se asomaba su rostro delineado de ojos orientales–. Las cuentas son conchas de moluscos. Emisarios, como se les llama en algún texto interpretativo. Póntelo, y los pendientes también. Te ayudarán.

–¿Moluscos? –dijo Daniel sosteniendo el largo y blanco collar y los pequeños pendientes.

–Criaturas del mar. Los objetos sagrados se elaboran con ellos, en recuerdo de la Tiara de la Orden. Son símbolos. Te protegerán de la oscuridad de los arrecifes y de los Emisarios mayores que habitan en ellos.

Yilane ya le daba la espalda cuando Daniel lo detuvo.

–¿Me protegerán? –Pese a todo, y al olor biológico que desprendían aquellos objetos que Yilane había traído en la mochila, Daniel se colocó el collar y dejó que las conchas se desplomaran entre chasquidos por la tersa piel de su pecho–. ¿Cómo me van a proteger de lo que estoy viendo?

Yilane lo miró entornando los rasgados ojos.

–Sé que no eres creyente, Daniel Kean –dijo con desprecio–. Y pese a todo, constituyes la prueba de que la creencia es real... Por eso estás aquí. De modo que a nadie le importa lo que opines.

Sus palabras produjeron un silencio.

–Me gustaría creer, Yilane –dijo Daniel con suavidad–. Me sentiría más feliz, te lo aseguro.

–En eso te equivocas –intervino Anjali Sen sonriendo hacia Daniel–. No serías más feliz, todo lo contrario. Creer es conocer, y conocer da miedo. Pero Yilane también se equivoca si piensa que no nos importan tu opinión o tus sensaciones. Es muy difícil acostumbrarse a esto. He aquí –dijo y extendió la mano– el mar no diseñado, tal como era desde el principio de los tiempos, aquel sobre el que habla el Viejo Borracho de las leyendas del Décimo, de cuyas olas brotan las espantosas rocas que contemplas. Nada ni nadie puede ayudarte a atenuar tu pánico, Daniel, seas creyente o no. Pero el sentido de la creencia aquí es la similitud: con estos adornos intentamos fundirnos con las criaturas marinas, los Emisarios de Dios, cuyas casas espirales ya vacías cuelgan de nuestros cuellos y orejas como un recuerdo de sus invisibles cuerpos gelatinosos. Te lo ruego, Daniel: ven aquí, a la arena, y tranquiliza tu espíritu con bailes y cánticos.

La invitación era amable, pero obviamente Yilane no la compartía. El joven se había alejado dándoles la espalda. Cuando Daniel lo miró fugazmente, observó que se recogía el espeso pelo rizado en la nuca, quizá para descubrir todos sus tatuajes y dibujos. Entonces una serpiente cálida y oscura le tocó el brazo.

Llevado de la mano por Anjali, como un niño, Daniel se obligó a avanzar por la fina, demasiado cremosa arena que manchaba sus pies.

No sólo era pánico sino un malestar hondo, nauseabundo. Nadie podía reprochárselo. Pensaba que todo en su cuerpo era ajeno a lo que le rodeaba, incluyendo el olor y color de las cosas, la percepción del frío y el viento o los inmensos cielos. La Zona Hundida era *humana*, pero aquel templo abigarrado no.

–Te acostumbrarás –dijo Anjali.

Daniel supo que sólo intentaba consolarlo.

3

No se acostumbró. En cambio, buscó el amparo (sin saber bien por qué) del hombre biológico.

Héctor Darby apenas había participado en los cánticos y danzas de los demás. Cuando terminaron de traer el equipo del aéreo y lo repartieron entre las distintas mochilas, el bibliófilo regresó a la arena y se sentó frente a la Casa de Dios. Su túnica y holgada camisa se hinchaban como jorobas a la espalda y los ralos pelos bajo su calva se agitaban. Permanecía con el ceño fruncido, como si el mar tuviese palabras escritas en el horizonte, y él intentara descifrarlas.

El sol ya había inaugurado un camino de fuego en su descenso por una esquina del océano cuando Daniel (una silueta en el ocaso naranja) se sentó a su lado.

–Estamos en el inicio de los tiempos –dijo Darby sin preámbulos, como si la presencia de Daniel le hubiese impulsado a dar voz a un monólogo ya comenzado–. Procedemos de aquí, no podemos negarlo. Incluso para un no creyente la Biblia sirve como receptora de la tradición, y a partir del Décimo Capítulo el Autor comienza a viajar: nos lleva a un pueblo de pescadores para mostrarnos el verdadero mar y los híbridos que habitan en los arrecifes. Luego, en Capítulos sucesivos, al desierto austral, a la Antártida... Y habla de ciudades sumergidas o enterradas y razas que vivieron en épocas pretéritas, muy anteriores a la humanidad. ¿Son sólo fábulas o la verdadera historia? ¿Qué pensar al respecto en un sitio como éste?

–Siempre creí que la Zona Hundida era lo peor que iba a contemplar jamás –dijo Daniel.

Darby negó con la cabeza.

–La Zona Hundida es un cristal, y nosotros nos sentíamos *protegidos* en su interior, como nos sentíamos tras la cápsula del centro genético donde fuimos creados. Aquí nos encontramos fuera de toda protección y todo control, Daniel. Hemos iniciado los viajes bíblicos. Y no hay duda de que cada cosa que vemos obedece a un esquema no humano, ajeno al diseño y la lógica: la forma de esos arrecifes, o de esa pequeña isla rocosa separada de la costa... –La señaló, y Daniel se obligó a contemplarla de nuevo: un detalle geológico nauseabundo–. Un trozo de tierra en medio del «agua azul», como describe el Décimo... Y este... este olor...

–Es repugnante... –dijo Daniel intentando evitar las náuseas por enésima vez. No había podido comer en todo el día.

–Tiene que haber razones científicas para este olor –se esforzó Darby–. ¿Por qué en el mar diseñado no lo percibimos? Brent sabría más de esto que yo, pero creo que se debe a que aquí no existe control sobre la vida, como en el mar con diseño geo-biológico. Éste es el olor de las cosas que se pudren, de los cuerpos que permanecen allí donde mueren. –Miró a Daniel fugazmente, pero no a los ojos: contempló su cuerpo terso, pulcro, tendido junto al suyo, incluso inclinó la cara hacia su piel–. Tú eres inodoro, como todos los diseñados, o acaso despides una sutil fragancia –dijo–. No es *vuestro* olor, Daniel, es el *mío*, el olor de las cosas abandonadas y no vigiladas... Si los híbridos existieran, esas horrendas mezclas de pez y hombre, olerían así. ¿Recuerdas a Shane Davenport, que deliraba creyendo cazar híbridos? Creo que se sintió igual. Todos los biológicos sentimos que pertenecemos más a esta naturaleza que a la vuestra. Probablemente Kushiro también lo pensó. ¡Los verdaderos híbridos somos nosotros!

Su voz se quebró y lo sumió en el silencio. Más de una vez había visto Daniel sufrir a Darby por no pertenecer al linaje del diseño, pero nunca como hasta ese momento. No supo qué contestarle: eran ideas absurdas, pero Darby era un bibliófilo y su cultura y sabiduría no tenían parangón. Fuera como fuese, la tensión que advertía en su ánimo le llevó a intentar un débil consuelo.

–Estoy seguro de que el doctor te habría quitado estas ideas de la cabeza...

De pronto quedó inmóvil. Acababa de recordar lo que Schaumann le había dicho la última vez que habían hablado, y le pareció correcto contárselo a Darby, en parte por distraer su amargura. Cuando terminó, Darby lo miró un instante.

–A mí me dijo algo parecido. –Y ante la expresión de sorpresa de Daniel añadió–: Tras la comida de bienvenida a tu hermana, Brent y yo hablamos un rato. Me dijo que, al examinarte en el cuarto de techo en ángulo, había percibido otra cosa de forma indirecta... No en ti sino en el ambiente, entre nosotros... No añadió nada más. Creí que se hallaba tenso por la expectativa del viaje.

–¿Qué crees que podía ser?

–No lo sé. Parecía reacio a comentarlo. Supuse que deseaba asegurarse antes de emitir una opinión definitiva. Brent era así. –Darby se frotó los brazos–. Luego, cuando murió, ya no volví a pensar en eso hasta ahora.

Se miraron en la creciente oscuridad.

–¿Podría significar algo importante? –inquirió Daniel.

Darby pareció reflexionar mientras deslizaba la mirada

de uno a otro de los miembros del grupo. Daniel lo imitó. En la orilla, Anjali y Yilane rezaban mientras las olas cubrían sus tobillos. Maya palpaba un desnudo y retorcido tronco de árbol. Rowen y Svenkov charlaban junto a la hoguera. Al fin, Darby movió la cabeza.

–Por lo pronto, creo que debemos respetar su voluntad y no hablar con nadie de esto –dijo–. Será nuestro secreto.

–De acuerdo.

La sonrisa de máscara de Darby apareció y desapareció como una breve contracción muscular. Su velluda y tosca mano buscó el hombro de Daniel y acarició su brazo.

–Te debo una disculpa por la forma de tratarte en casa de Svenkov –dijo–. Desde que conocemos la revelación me encuentro tenso, Daniel. Saber que quizá mañana hayamos llegado al santuario y obtenido la *Llave*, sea lo que sea... casi diría que me angustia... Y si debo ser sincero, tu insistencia en acompañarnos tampoco me agradó demasiado. Ni Maya ni yo queremos que sufras más de lo que has sufrido...

–Lo sé. Maya intentó convencerme de que no os acompañara.

–Pero ahora me alegro de que estés aquí –concluyó Darby con voz grave.

No hablaron más. La noche sobrevino como la muerte: poderosa, totalizadora. Daniel no había conocido oscuridad tan absoluta, aquella en la que cerrar los ojos casi es una forma de luz. Sólo Maya permanecía impávida cuando se reunieron alrededor de la hoguera, y hasta el curtido Svenkov parecía nervioso y caminaba como un animal esbelto y perfecto por la orilla cubierto por una camisa tan blanca que fulguraba en la opacidad de la noche.

El sueño de Daniel fue agitado. Creyó distinguir, al abrir los ojos un instante, diminutos resplandores en la sombra de uno de los arrecifes. Pensó que soñaba, hasta que la voz de Yilane, que hacía el turno de guardia, despertó a los demás.

–Son ritos tribales –dijo Svenkov poniéndose en pie, mientras Yilane señalaba las luces–. Hay tribus en los alrededores, nunca lo he negado, pero yo seré quien diga cuándo debemos empezar a preocuparnos, si no te importa.

Aunque Yilane no le agradaba, a Daniel le irritó el trato despectivo del polinesio. Se acercó a Yilane cuando las cabezas volvieron a reposar sobre la arena.

–No le hagas caso, es un estúpido –le dijo.

Yilane desvió la vista fugazmente para mirarlo y siguió oteando el horizonte.

4

Cuando despertó, supo de inmediato que sucedía algo.

El cielo de color rosa estaba limpio de nubes y una bola de luz incandescente se alzaba por un costado del mar, que empezaba a recuperar su azul. Había un silencio inmenso por el cual se deslizaba a toda prisa el sinuoso y moreno cuerpo de Svenkov, que hacía la última guardia.

–¡Fuera de ahí! –gritaba–. ¡Largo! –Corría hacia unas rocas enormes y grises que se alzaban en la orilla y llevaba algo en la mano. Al llegar a cierta distancia lo lanzó. Daniel creyó que se había vuelto loco.

La piedra trazó un arco invisible en el aire y rebotó contra las rocas.

Entonces aparecieron, con suprema calma, como si no les importara en absoluto la hostilidad de Svenkov: cuerpos morenos y delgados, ojos que no parpadeaban emergiendo de negras cuencas, lenguas moradas colgando del mentón, labios gruesos y oscuros... Tres machos. Daniel reprimió un grito y su respiración se cortó. *Híbridos. Son así.* Vio a Svenkov buscar otra piedra y tuvo una extraña reacción, como si el terror que le inspiraban aquellos seres necesitara refocilarse en sí mismo y odiara que el polinesio los atacara.

–¡Malditos indígenas! –murmuraba Svenkov.

Daniel se incorporó de un salto (al mismo tiempo veía otros cuerpos levantarse en la arena) y se acercó, paradójicamente impulsado por el miedo. Sólo entonces creyó comprender. El anillo negro pintado alrededor de los ojos hacía creer que éstos sobresalían, y lo que parecían lenguas y labios eran...

Una piedra acertó a uno de ellos en el brazo, pero el nativo no dio muestras de dolor. Svenkov volvió a agacharse para coger un nuevo proyectil, y en ese momento Daniel lo sujetó del hombro.

–¡Basta, Svenkov! ¡No nos atacan!

Svenkov se soltó con un simple tirón, y cuando ambos hombres volvieron a mirar sólo vieron el paisaje. Había sucedido exactamente así: un parpadeo, y los jóvenes pintarrajeados aún se alejaban con tranquila parsimonia; otro, y sus cabelleras oscuras flotando al viento se convirtieron en maleza. La presencia de los visitantes pareció incluso disolverse en el recuerdo, como un sueño.

Svenkov se encaró con Daniel. La melena azabache le ocultaba medio rostro, pero la mitad que mostraba daba cuenta de la magnitud de su fiereza. Jadeaba, erguido y salvaje, como si el hecho de no haber podido arrojar aquella última piedra lo hubiese recargado con una energía que necesitara liberar respirando, y su torso perfectamente proporcionado y las suaves redondeces de sus músculos se agitaban con la respiración. Vestía dos diminutas y ceñidas piezas en colores azul, rojo y blanco, que parecían hechas de cuentas de cristal, y se adornaba con una pulsera de gruesas piedras verdes sagradas, y todo eso lo hacía resaltar casi como un dios. Le pareció a Daniel que el polinesio había sido diseñado para mandar y ser obedecido.

–No vuelvas a entrometerte en lo que hago, norteño –advirtió Svenkov.

–¡No eran enemigos, Svenkov! ¡Sólo cuerpos diseñados con tatuajes en la piel!

–No me gusta que me espíen...

–Anoche había luces en los arrecifes, y les restó importancia... ¿Es ahora cuando ha decidido que debemos preocuparnos?

A juzgar por aquella forma de mirarlo, Daniel casi esperaba que Svenkov lo golpeara allí mismo, pero entonces oyeron una voz tras ellos.

–Daniel tiene razón –dijo Anjali, aproximándose–. Esos nativos no nos atacaban.

–Pero piensan que esta tierra es de ellos –replicó el explorador con frialdad–. Si no les enseñamos que deben tenernos miedo, acabarán atacándonos.

–No quiero entrometerme en sus decisiones, Svenkov –dijo Rowen uniéndose a Anjali–, pero ¿no cree que sería mejor no darles excusas?

–Más vale que ustedes no me las den a mí. –El tono del polinesio era amenazador–. Soy el jefe, el *ariki*, ¡y eso significa algo más que una simple palabra! –Y volvió a mirar a Daniel–. ¡Nadie debe contradecirme!

Maya y Anjali empezaron a protestar, pero una voz se alzó sobre todas.

–Estoy de acuerdo con el señor Svenkov –dijo Yilane sin inmutarse–. ¿Quién tiene más experiencia que él para servir de guía en la sagrada Tierra de Dios? –Hasta Anjali Sen pareció aceptar aquellas palabras–. Y esos nativos estaban espiándonos.

Svenkov, entonces, hizo algo inesperado. Dobló las rodillas y las clavó en la arena que las olas empezaban a lamer. Se llevó las manos al pecho.

–¡He aquí a Svenkov! –gritó–. ¿Qué es? ¡Un servidor de los norteños! ¡Un *taurekareka* a quien pueden humillar! ¡Pero lo único que quiere Svenkov es proteger la cordura de todos en esta tierra de locos! ¡Conoce el terror del mar y los arrecifes, y sólo pretende salvar unas cuantas mentes norteñas! –Y se agitaba y gritaba como un animal grande y enfurecido, no carente de hermosura, mientras el agua convertía sus negros cabellos en una tinta insoluble.

Tras aquella especie de éxtasis se sentó en una roca con los ojos cerrados. No habló ni se movió durante una hora, y en esa pausa Maya sonrió junto al oído de Daniel.

–No culpes a Yilane por no defenderte: sus razones no eran religiosas.

–¿Qué quieres decir?

La muchacha lo «miraba» con párpados tan inmóviles como sus pecas, sin dejar de sonreír.

–No soporta que Anja te trate con amabilidad, ¿no lo has

notado? Es evidente que quiere mantener con ella una relación de «amor»...

–Pensé que Meldon y ella...

–Ah, claro, es así. Pero Yilane no puede nada contra Meldon y se desahoga contigo. Sea como sea –agregó en un rápido susurro–, yo me preocuparía mucho más de nuestro querido guía...

–No me gusta cuando grita –dijo Daniel contemplando de lejos a Svenkov.

–A mí me agrada menos su silencio –repuso ella.

Poco después, el polinesio pareció animarse. Ordenó partir de inmediato y apuntó con el dedo a los que escogía, sin pronunciar otros nombres que «hombre biológico», «ciega» o «rubio» (por Daniel): Maya, Anjali, Rowen y Darby se encargarían de recoger el equipo; Yilane intentaría averiguar hacia dónde se había dirigido el grupo de indígenas; la tarea de Daniel consistiría en borrar las huellas del improvisado campamento, esparciendo en un rincón apartado de la playa los restos de la fogata.

Daniel obedeció sin protestar. Deshizo el círculo de pequeñas piedras, echó arena sobre las cenizas y cargó con las ramas aún no consumidas hasta el lugar que Svenkov había indicado, un trozo de playa cubierto de guijarros. No entendió por qué el explorador había elegido aquel rincón tan alejado hasta que oyó pasos a su espalda. Giró y recibió el golpe en pleno rostro. Cayó de costado sobre la grava y, al querer levantarse, Svenkov lo pateó.

–Si gritas, te mataré. –A la altura de los ojos de Daniel una larga culebra terminada en punta se desenroscó y restalló en el aire.

Intentó defenderse inútilmente manoteando, pero optó

al fin por aguantar el castigo acurrucado sobre los guijarros o girando sobre sí mismo cuando los golpes se repetían sobre la misma zona. Apenas llevaba un faldellín de cintas y su cuerpo quedó a merced del látigo de Svenkov, que podía escoger con facilidad el objetivo. En su piel diseñada las señales se limitaban a tenues enrojecimientos, pero escocían como quemaduras. De todas formas, Daniel sentía que Svenkov era realmente capaz de matarlo si llamaba a los demás.

De repente el chasquido del látigo se interrumpió. Daniel alzó la cabeza, con el rostro manchado de arena y lágrimas. No había oído a Yilane acercarse, y apenas lo vio alzar la rodilla. Svenkov se dobló por la cintura y cayó sobre la arena con un gruñido.

–Eres el jefe y lo acepto –espetó Yilane–, pero nosotros te contratamos a ti, imbécil, no al revés. –Tendió una mano a Daniel y lo ayudó a incorporarse. Enseguida se volvió para prevenir una posible represalia de Svenkov. Sin embargo, el explorador se limitó a levantarse y sacudirse la arena.

–Buen golpe –reconoció. Parecía incluso de buen humor–. Pero tu amigo el rubio necesitaba una lección... ¿Tú eres su protector?

–En cualquier caso, no soy el tuyo. –Yilane se había atado el pelo en la cabeza. Daniel veía perfectamente su tatuaje en la espalda–. No vuelvas a golpearnos, Svenkov. A ninguno de nosotros.

Oyeron la voz de Rowen, llamándolos, y Svenkov les lanzó una última mirada, recogió el látigo y comenzó a caminar en dirección a los demás.

–Tenías razón –dijo Yilane a Daniel, sonriendo–. Es un estúpido.

Mirando al joven creyente, Daniel pensó que, después de todo, era posible que Yilane y él se hicieran amigos.

Pero del mismo modo supo que, a partir de ese momento, tendría que considerar a Svenkov como enemigo.

5

–Escuchad.

Yilane, que iba delante de Daniel, se había detenido y alzado la mano.

Se hallaban en un paso especialmente denso, con raíces mohosas sobresaliendo de la tierra como dedos retorcidos. Lo más llamativo era aquel sordo rumor. La expresión del joven creyente era extática cuando volvió a hablar.

–Es «El Sostenido Rumor del Agua en medio del Antinatural Silencio»...

–¿Qué significa eso? –preguntó Daniel. Fue Darby, jadeando tras ellos, quien respondió.

–Yil se refiere al momento en que el protagonista del Décimo llega al pueblo de pescadores en el vehículo y escucha el rumor de una cascada en el «silencio antinatural». Muchos creyentes opinan que ese silencio anticipa la aparición de híbridos...

–Pero no hay silencio, todo lo contrario –objetó Daniel–: todo está lleno de extraños ruidos...

–Por eso es «antinatural» –replicó Yilane con tono de suficiencia, como si la conclusión fuera obvia–. Los creyentes somos capaces de percibirlo. –Se había detenido junto a un árbol y miraba a Daniel desdeñosamente. Daniel pensó que no podía haber mayor contraste entre el esbelto y exacto cuerpo del joven y las retorcidas líneas de la vegetación que lo rodeaban.

En verdad, hasta la selva diseñada de Sentosa parecía pintada sobre un papel en comparación con aquel laberinto donde todo crecía, buscaba aferrarse, extenderse. Allí donde podía haber vida la había, aunque fuese inútil o inservible, incluso absurdamente fea, y allí donde había espacio para moverse, las cosas desplegaban pequeñas patas, agitaban escamas o alas. La vegetación era una enfermedad verde que producía múltiples excrecencias en la piel de la tierra. Gorgoteos, risitas de niños, susurros y diálogos incomprensibles cruzaban velocísimos en el aire. Daba la impresión de que, despojada de diseño y observada de cerca, la vida en una selva no diseñada era tan sólo un hervidero de horrores.

Llevaban varias horas de fatigosa marcha, tras dejar el aéreo camuflado bajo ramas según las instrucciones de Svenkov. Éste había asegurado que el santuario no se hallaba lejos, pero las distancias se hacían confusas entre aquellas murallas vegetales. Y tampoco era fácil moverse rodeados de criaturas sin diseño. No es que ninguna de ellas se acercara demasiado a los diseñados (paradójicamente, era Darby quien más padecía el constante revoloteo de los insectos, aunque era el único que se hallaba vestido por completo), pero el simple hecho de contemplarlas, con sus grotescas formas y anómalas conductas, hacía pensar en la creación de una mente enferma. Todas eran pequeñas, a diferencia de las criaturas bíblicas, pero ¿quién podía afirmar que no existían ejemplares de mayor tamaño? ¡En verdad, para Daniel, no sólo el silencio era «antinatural» allí!

Anjali Sen miró a Svenkov.

–¿Hay una cascada cerca?
–Hay un río con varias –aseguró Svenkov.
–Necesito ver ese lugar –pidió Yilane.
–¿Podría ser peligroso? –inquirió Anjali Sen.
–No más que cualquier otra cosa por aquí –dijo Svenkov muy tranquilo–. El río se encuentra en nuestro camino, de todas formas...

El único que parecía adaptado al entorno era Svenkov. Claro que contaba con ventajas: lo que Daniel había tomado por un simple adorno en su cuello –una especie de colgante– le servía de alguna forma de brújula. Svenkov lo consultaba de vez en cuando y cambiaba de rumbo en medio de la espesa vegetación. A ratos cantaba: extrañas palabras mecidas en viejas melodías. Gustaba de ir acicalado, las breves franjas de vestuario inmaculadas atadas a su alta y delineada anatomía y el lacio pelo negro muy peinado. En ocasiones capturaba algún insecto, aduciendo que en la ciudad los vendía a los de su linaje, que se hacían adornos y joyas con sus caparazones. Su figura era inquietante y bella a partes iguales, y Daniel se sentía a la vez atraído y repelido cuando lo miraba.

Ni Yilane ni él habían hablado a los demás de la pelea con Svenkov. Había sido el polinesio quien, a los pocos minutos de iniciar el camino por la selva, se había rezagado para poder acercarse a Daniel.

–Siento haberte golpeado, *manuhiri* –le había dicho–, pero la única manera de sobrevivir en sitios como éste es seguir las órdenes estrictas de un jefe. No obstante, exageré con la disciplina. Te pido disculpas.

Daniel había estrechado su mano sin creer una sola palabra de lo que decía. El mensaje seguía siendo: «El único que importa soy yo». Pese a todo, aceptó su oferta de paz. Deducía que el punto débil del polinesio era intentar compensar su miedo con extravagancias. Al igual que Yilane, Svenkov mantenía la ilusión de encajar más en aquel mundo que el resto, pero se trataba sólo de *su disfraz*. En realidad, era una criatura tan ajena a la vida no diseñada como cualquiera de ellos. Sólo los tres nativos que había visto por la mañana habían parecido a Daniel adaptados al entorno.

Reanudaron la marcha y el rumor creció hasta parecer que los rodeaba. Los árboles empezaban a escasear abriéndose a un claro inundado de sol tras un muro de altas piedras. Yilane soltó la mochila y trepó ágilmente a una roca, agarrándose a la rama de un tronco inclinado. Su voz delató la emoción que sentía.

–«El agua del río era abundante –recitó– y pude ver dos vigorosos tramos de cascadas...»

Daniel pensaba que el escenario daba pie a recordar la Biblia. La cascada más grande se derramaba en una cristalina curva al caer al torrente, una cortina centelleante con flecos de espuma. Había otras de menor tamaño en ambos extremos, situadas a distintos niveles. Flanqueando los márgenes, un terreno embarrado y enormes helechos de tallo plateado. Insectos fulgurantes que parecían hechos de cristal atravesaban el aire como agujas relumbrando.

Svenkov ordenó un descanso, y Daniel acompañó a Yilane hacia el cauce. Rowen y Anjali se apresuraron a seguirlos. En la orilla contemplaron con reverente respeto los atronadores dedos líquidos repicando sobre el lecho de burbujas, como un gran diamante desmenuzándose en poliedros fríos. Era una visión extraña, casi mística, que reproducía el escenario bíblico. Yilane entonó susurrantes plegarias mientras movía los brazos.

Daniel estaba aturdido y temeroso. *He vivido lo suficiente para llegar a ver estos lugares terribles*, se dijo. *Pero ¿dónde están la Verdad y el Amo?*

El único que manifestaba su desacuerdo era Darby:

–No creo que esto tenga nada de «antinatural»... Es agua que cae de una roca.

–Hablamos de «descontrol», Héctor –señaló Rowen como intentando demostrar que estaba acostumbrado a lugares así–. Las criaturas biológicas pueden no haber sido diseñadas, pero están controladas... El agua desplomándose desde esos peñascos es fruto del caos, como señala la Biblia.

–Quizá veamos híbridos –dijo Yilane.

A modo de réplica se oyeron aullidos desde las copas de dos palmeras anormalmente unidas en su raíz. Pero Daniel pensó que llevaban oyendo gritos así desde que habían iniciado la marcha.

–Híbridos... –Darby resopló, secándose el sudor de la calva–. ¿Quién los ha visto realmente? ¿Tú, Yilane? ¿Seres no diseñados, unión de peces y hombres, de ojos saltones, piel fría y membranas en los dedos? ¡Seamos sinceros! ¿Los ha visto alguien?

–La Biblia los menciona... –dijo Yilane.

–¡Pero no hay datos fiables al respecto!

Nadie replicó. A Daniel le parecía que Darby no contaba con ningún apoyo en su escepticismo. Pensó, por otra parte, que si la naturaleza imitaba a la Biblia, ¿no demostraba eso que ésta tenía razón?

–¿Qué le pasa? –oyó la voz de Svenkov de repente. Señalaba a Maya.

En contra de lo que venía siendo habitual desde que el viaje se iniciara, Maya Müller había dejado de pasar inadvertida. Hasta ese momento había ocurrido como si su ceguera se contagiara también a quienes la veían, pero en ese instante todas las cabezas giraron hacia ella. Tras dejar la mochila, las armas y su corto atuendo en el suelo trepó ágilmente a una gran roca junto a la orilla y permaneció quieta durante el lapso de dos parpadeos, los pies juntos, las manos en los muslos, una figura de color carne contrastando con el fondo verde castaño. Luego se volvió hacia ellos.

–Hay algo –dijo mientras bajaba de la roca y cogía las armas–. Un peligro. Cerca.

–No era necesario que subieras ahí para decir eso –replicó Svenkov con desprecio–. Esto es selva no diseñada, ciega. Está llena de peligros.

–Es mejor que la crea, Svenkov –aconsejó Darby–. Nunca se equivoca.

Los demás estaban sacando las armas. Svenkov no se lo pensó dos veces y extrajo de la mochila un grueso artilugio de dos cañones, largo como su brazo, atemorizador y vistoso como él mismo. Lo revisó y enfundó en un cinturón que dejó colgar de la cadera. Tras aguardar un rato ordenó que Rowen y Anjali inspeccionaran un extremo del río y Yilane y Daniel el otro.

Con su cuerpo y pelo chorreantes, Yilane pisaba el barro del margen avanzando cautelosamente.

–Siento que soy «observado con propósitos malignos, desde todas partes, por ojos fijos que nunca parpadean»... –citó Yilane el Décimo en voz baja–. ¿Y tú?

Daniel estaba pensando en una respuesta cuando de pronto aparecieron.

6

Los vio antes de oírlos.

Ojos saltones. Labios gruesos y anormalmente violáceos. Manos que se abrían para descubrir membranas entre los dedos. Mejillas que brillaban como el vientre de un pez. La vegetación se transformó en todo eso.

Supo que esa vez no se trataba de tatuajes. Pero no le importaba lo que fuera. Sintiendo un horror y repulsión indecibles disparó al más cercano y brotó sangre del pecho de la criatura.

–¡Vete, Daniel! –gritó Yilane. Peleaba sin armas, y derribó a varios de un solo golpe–. ¡Son demasiados!

Era cierto. Salían de todas partes: de los helechos gigantes, de lo alto de las ramas, de las rocas, del río. No usaban armas de fuego sino mazas o clavas, pero las manejaban con terrible habilidad. Daniel retrocedió disparando lejos de Yilane, para no herirlo. Aliviado, comprobó que la mayoría de sus enemigos optaba por cambiar de rumbo, pero no le tranquilizó ver que se agregaban a la lucha contra Yilane, que empezaba a ceder abrumado por el número creciente. Dos de ellos se acercaron sosteniendo una especie de piel de animal o capa. Mientras era aferrado de brazos y piernas, el joven creyente miró de nuevo a Daniel.

–¡Vete! –chilló.

Daniel se percató de que se hallaban a cierta distancia del combate principal. Estaban solos. *Yilane está solo.*

Cuando volvió a mirarlo, ya no lo vio. La capa o piel estaba ahora arrollada sobre sí misma y se movía y saltaba sobre la tierra con gestos frenéticos. Las criaturas intentaban sujetarla. Daniel comprendió que habían envuelto a Yilane en ella. *Quieren capturarnos vivos.* El recuerdo de la historia de Shane Davenport atravesó su memoria, más veloz y destructivo que las balas.

Tomó la decisión en ese instante, y avanzó hacia los seres con el arma en alto. Era un suicidio y lo sabía: nunca podría derrotarlos a todos. Sin embargo, tampoco huiría abandonando al creyente a su suerte. Disparó a unos cuantos, hasta que uno logró aferrar su brazo con una mano rugosa y fría.

Entonces una sombra pegajosa cubrió el sol sobre su cabeza y lo sumió en la oscuridad.

7

Maya Müller detectaba algo extraño en sus oponentes, pero no le interesaba averiguar qué era. Por el momento, lo único que quería era matarlos.

Aunque sólo usaban mazas, acababan de demostrarle lo peligrosos que resultaban desarmándola de un solo golpe, de modo que decidió hacer que se confiaran y retrocedió hasta unas rocas.

Dos de los seres la embistieron. Percibió que sus direcciones no eran opuestas ni su ataque perfectamente simultáneo, por lo que no se estorbaban entre sí: aquello también demostraba experiencia. Calculó el instante exacto y se agarró a dos ramas que se entrecruzaban sobre su cabeza. En ese momento todo su mundo era una blancura ciega con un par de líneas trazadas en el cielo. Giró, se balanceó y golpeó a uno de los guerreros con el talón, pero la maza del otro la atrapó como a un pájaro en pleno vuelo arrojándola contra la roca.

Se reprochó el error. Su adversario contaba ahora con ventaja y se aproximaba por la espalda. No sólo uno: oía varios pasos. Supo que intentar contraatacar sería, quizá, la última equivocación que le permitirían cometer. Tensó los músculos.

Los golpes la aplastaron contra la roca. Los soportó como pudo. Las mazas iban y venían a un ritmo salvaje, como si intentaran superar el obstáculo de su carne y hundirse en la piedra. Cuando era arrojada a un lado, otro golpe la enviaba hacia el opuesto. Al fin cayó de rodillas y sólo entonces se detuvieron. Sintió que una mano aferraba su pelo. El tirón le hizo crujir las vértebras. Braceó para liberarse, pero las mazas volvieron a caer sin piedad obligándola a permanecer inmóvil.

Fue arrastrada. El suelo se hizo pastoso bajo ella. Supo que la habían llevado hasta el margen de barro del río. Allí la mano la soltó.

Percibió que había quedado al cuidado de uno solo de los guerreros: el resto, sin duda, optaba por los adversarios aún no derrotados.

Había silencio, sus atacantes no hablaban. De pronto el guerrero que la custodiaba le dio la espalda, quizá pensando que ya no debía preocuparse más de ella.

Quizá murió pensando eso.

La muchacha cogió la maza de la criatura que acababa de abatir y corrió hacia el estrépito del combate. ¿Qué había ocurrido con los demás?

Darby... Había caído envuelto en ¿qué? Una especie de piel pegajosa. Puede que ileso, pero fuera de combate. No percibía a Daniel ni a Yilane. ¿Y los otros?

Esperaba que, al menos, uno de ellos quedara en pie, pero decidió luchar como si estuviera sola.

8

La pistola de dos cañones de Svenkov sonaba como un trueno pulverizando cuerpos y árboles. Llevaba una ristra de perlas explosivas envolviendo su cintura y muñeca derecha, y recargaba el arma con suma destreza.

Meldon Rowen también había reaccionado con rapidez. Svenkov lo vio de refilón y pensó que el empresario podía ser cualquier cosa menos un inútil acostumbrado a sus riquezas: había atrapado a uno de los guerreros y lo mantenía como escudo frente a los demás, colocándole la pistola en la cabeza. La maniobra, sin embargo, no frenaba a sus enloquecidos adversarios, y peor aún, Rowen se dirigía de espaldas hacia un terreno fangoso y resbaladizo. Perdería, se dijo Svenkov, pero al menos admiró su coraje.

En peor situación se hallaba Anjali Sen. Una capa de piel sintética untada con una sustancia adhesiva la mantenía casi inmóvil en el suelo, bocabajo. Uno de los guerreros que le habían arrojado la piel –había matado al otro– se acercaba sosteniendo una maza. La maza se alzó, trazó un arco vertiginoso. Anjali giró, envolviéndose en la piel que la ataba. Algo esparció tierra sobre su pelo. Continuando el giro, proyectó ambas piernas contra las de su agresor, haciéndole perder el equilibrio, y siguió pataleando para soltarse de la pegajosa superficie, sólo para quedar de nuevo inmóvil ante el filo cortante de una clava que rozaba su garganta.

Un pie desnudo se apoyó sobre la piel que la envolvía. Su

captor la miraba sin emociones con aquellos ojos fijos en el rostro de labios hinchados.

Anjali estaba decidiendo qué hacer a continuación (no tenía tiempo de usar su creencia) cuando una detonación abatió sobre sus párpados un grumo espeso. Al abrir los ojos vio el cuerpo desplomándose. Svenkov alzó su pistola humeante en un gesto que indicaba: «Me debes una».

De pronto Anjali comprendió que, increíblemente, estaban ganando: en aquel momento Maya Müller lo confirmó con un feroz golpe.

Ayudada por Svenkov, terminó de deshacerse de la pegajosa trampa y buscó a Meldon Rowen, ansiosa.

Lo vio por fin, recostado en la hierba. El truco del rehén no había funcionado: tenía una herida en el torso y sangraba.

–Te pondrás bien –dijo Anjali examinándolo–. Es un corte superficial. –Rowen la miró y sonrió, respirando fatigosamente.

–¿Cómo están los demás? –preguntó.

Maya había liberado a Darby. Yilane y Daniel no aparecían. La inquietud se apoderó del grupo.

Alrededor de ellos se extendía un cementerio de cuerpos oscuros y rostros deformes. Sin decir palabra, Maya se agachó y palpó un cadáver. Seguía percibiendo algo extraño. Hundió los dedos en sus facciones. Alguien –quizá Rowen– exclamó algo. Se oyó un desagradable ruido de desgarro y Maya alzó la piel arrancada. Hizo lo mismo con una de las manos membranosas. Los demás contemplaron ambos objetos en un silencio asombrado.

–Ahí tenéis vuestros «híbridos»... –masculló Darby.

Las máscaras parecían elaboradas en un material gomoso

que se amoldaba perfectamente a la piel, y habían sido pintadas de manera similar, con grandes ojos azules y labios gruesos. Los guantes con membranas interdigitales eran más toscos. Por lo demás, los verdaderos rasgos de los guerreros eran polinesios.

–Forman parte de una tribu de las cuevas –dijo Svenkov–. Se disfrazan así, a imitación de los híbridos anfibios del Décimo, a los que adoran... Querían capturar esclavos, probablemente. Actúan bajo las órdenes de los creyentes de su clan.

Tres pares de ojos fatigados y sucios lo observaban, pendientes de sus palabras. Pero la única que habló tenía los ojos cerrados.

–Ya lo sabías, ¿no es cierto, Svenkov?

El polinesio alzó una fina ceja con expresión de astucia. Maya Müller dejó caer la máscara y el guante y cogió la clava. Su figura, vestida de barro y sangre, parecía más salvaje que las de sus víctimas.

–De algún modo sabías que iban a atacarnos –dijo–, por eso ordenaste que nos detuviéramos aquí... Me pregunto si fuiste tú, incluso, quien los avisó de nuestra presencia con ese colgante-transmisor de tu cuello...

–No sé de lo que hablas, ciega –repuso Svenkov, desabrido–. Me he jugado la vida tanto como vosotros...

–¿Por qué lo hiciste? –continuó ella como si no lo hubiera oído, y aunque hablaba con calma mostraba los dientes–. ¿Pretendías librarte de Yil y Daniel? Me pareció que en la playa tuvisteis un altercado... ¿Es éste tu modo de vengarte?

–¿Pensáis *eso* de Svenkov, que...? –comenzó Svenkov un nuevo rito de quejas que Darby interrumpió, jadeante.

–Sea como sea, tendremos que rescatarlos.

–¿Rescatarlos? –Svenkov los miró con incredulidad–. Esa tribu no perdona a sus prisioneros... Los van a matar antes de que terminemos de hablar. –Y les dio la espalda mientras agregaba–: Si tienen suerte, ya estarán muertos.

Undécimo Capítulo

SOMBRAS

I

La Verdad lo sabe todo.

No es difícil saberlo todo: consiste en que no te importe lo que ignoras.

Lo que la Verdad ignora no forma parte de la Verdad, y, por definición, no resulta importante. Al menos, él así lo cree. Y lo que la Verdad cree, siempre es verdad. La Verdad cree en creer. Es un fanático de la creencia.

La infancia de los fanáticos siempre es triste, pero para la Verdad –un niño creado para ser usado y torturado por un sabio profundo aunque poco escrupuloso del Undécimo–, ese período fue el más terrible de todos. Sólo la creencia le ayudó a sobrevivir. Aprendió que, cualquier cosa que fuese aquello en lo que creía, tenía que ser bueno porque le había salvado. En consecuencia, de adulto siguió creyendo en lo mismo. Tal continuidad se le antojaba positiva. Solía decir que sólo los fuertes pueden permitirse no cambiar nunca. En un momento dado se percató de que no había nadie comparable a él. Entonces decidió llamarse «la Verdad» y trabajar para quien le pagara más.

Aunque ser la Verdad le obliga a vivir solo, la soledad no le molesta.

Nunca se aburre. Puede imaginarse siendo cualquier cosa, incluso varias a la vez. En este preciso instante se imagina que es hombre y mujer, y juega compartiendo orgasmos consigo mismo en un estanque rojizo mientras paladea a pequeños sorbos un licor con el aspecto y las ansias del fuego, pero gélido, que tensa sus sentidos. La vida puede ser muy divertida si dependes sólo de lo que crees.

La Verdad vive de lo que pide por su trabajo. Pide mucho y es inmensamente rico. Nadie discute su precio, porque no hay nada mejor que conseguir que la Verdad trabaje para ti, si puedes permitírtelo. Teniendo oro, tienes a la Verdad. Y si tienes a la Verdad, nada podrá detenerte.

Eso cree el Amo, y por eso lo ha contratado.

En este caso, sin embargo, los riesgos son mayores, y la Verdad no los ignora.

Hay que ser sinceros: el plan del Amo es muy ingenioso y hasta ahora ha dado resultado, pero es difícilmente controlable. Y a la Verdad no le gustan las cosas incontrolables. Está harto de esperar oculto, sin poder intervenir, y su situación es peligrosa, más aún cuando surgen imprevistos.

Como el ataque de esa tribu de estúpidos, por ejemplo. Todo puede fracasar debido a esto.

El Amo afirma que no hay (todavía) motivo de alarma, pero la Verdad no confía en el Amo, sentimiento que es recíproco. Sin embargo, ambos saben que saldrán perdiendo si uno decide traicionar al otro. Esto se llama «confianza de diseño», opina la Verdad con sarcasmo. Deben ayudarse mutuamente para no perjudicarse a sí mismos.

El Amo se muestra optimista, aunque la Verdad sabe que miente. Y se da la curiosa paradoja –todo sea dicho– de que a la Verdad no le importa el hecho de que el Amo disimule su miedo con pequeñas mentiras.

Incluso le agrada.

A la Verdad le gustan las mentiras.

2

Despertó acurrucado en un lugar estrecho y pétreo. Durante un fugaz lapso de locura y horror creyó haber sido enterrado en vida. Tras ese relámpago, descubrió con alivio que se encontraba en un nicho excavado en la roca con una abertura lateral. Miró a su alrededor, y el horror regresó.

De pie junto a él había un ser de rostro blancuzco y ojos y labios abultados.

La criatura movió una mano de dedos membranosos agitando una vara de algún tipo, quizá de bambú. Se escuchó un silbido. Daniel sintió un ardor en el muslo, gritó y cayó al suelo. El ser repitió el gesto, y cuando Daniel volvió a gritar, volvió a golpearlo. Parecía indicarle que callara y avanzara en una dirección concreta. Daniel lo hizo, gateando apresuradamente. Ante todo, no deseaba volver a ser azotado. Pero lo fue.

Pronto aprendió aquel lenguaje de hirvientes silbidos. Golpe de vara: detenerse junto a una formación de roca que evocaba una columna. Golpe de vara: ponerse en pie. Golpe de vara: abrazarse a la columna. Golpe de vara: quedar inmóvil. Golpe de vara: no volver la cabeza. Golpe de vara...

–¡Por favor, ya basta...! –gritó–. ¿Qué más queréis que haga?

–Quieren oírte gritar –dijo una voz desde un rincón oscuro–. Si gritas, te golpearán para que grites más. Si callas, te golpearán para que grites.

Aquella voz le resultaba familiar, pero desde el lugar donde se encontraba, abrazado a la columna de piedra, no podía localizar su origen. La caña con que era golpeado siseó dos veces más, luego enmudeció. Pese a todo, Daniel no se atrevió a moverse y siguió alzado de puntillas, tembloroso, aguardando la continuación. Hubo movimiento de sombras a su espalda, oyó pasos y al girar la cabeza comprobó que su captor se había marchado.

El lugar en que se encontraba era extraño. Al principio creyó estar en una caverna, ya que las paredes eran de piedra y olía a humedad antigua, fermentada, pero el brillo del sol llegaba desde algún lugar del techo proyectando sombras móviles de hojas de hayas o algún otro tipo de árbol de hoja ancha, y más allá había una vereda entre espesos matorrales por la cual, sin duda, había desaparecido el carcelero. Quizá se trataba de la antesala a la entrada de una cueva.

Soltó el aliento. Sentía un escozor insoportable en espalda, trasero y muslos, pero no quiso abandonar el contacto con la columna para frotarse las heridas.

–Calma, Daniel –habló de nuevo la voz–. No manifiestes tu miedo.

–¿Yilane?

–Estoy aquí. No te separes de la columna, pero intenta mirar hacia atrás.

Daniel lo hizo sin apartarse mucho. Comprobó que no se había equivocado: al fondo se abría la negra boca de una caverna. Yilane se hallaba de pie y de cara a la pared junto a la entrada, en el punto de penumbra previo a las tinieblas. Había sido desnudado como Daniel, y la tersa parte posterior de su cuerpo mostraba la deforme caligrafía de la vara.

–No te muevas de la postura en que te han dejado –advirtió Yilane volviendo el rostro apenas–. Nos están vigilando, y si te mueves, regresarán y te golpearán de nuevo.

–Al menos estamos juntos –dijo Daniel en un susurro.

–Sí, al menos.

–¿Sabes algo de los demás?

El joven creyente negó con la cabeza.

–Desperté poco antes que tú y lo único que vi, aparte de ti, fueron nuestras mochilas... Están en ese rincón. Pero no te hagas ilusiones: nos han quitado las armas y transmisores. Nuestra única esperanza consiste en que somos diseñados. Les interesan más los biológicos, sin duda se creen herederos directos de los antiguos híbridos...

Daniel recordó a la pobre loca mutilada de Shane Davenport y tragó saliva.

–¡Pero son híbridos realmente! ¿Has visto sus ojos y sus bocas?

–Son fantoches –rezongó Yilane con desprecio–. Llevan máscaras y guantes adosados a la piel. Probablemente nunca se los quitan. Pero ellos creen ser híbridos, y lo que importa es lo que ellos *creen*. No se consideran seres humanos sino criaturas fabricadas por Dios, por eso no hablan como nosotros. El silbido de las cañas y nuestros gritos son una forma de lenguaje para ellos...

–Entonces están fingiendo...

–No es exactamente eso, Daniel. Resulta difícil de explicar. ¿Recuerdas el Undécimo? Un profesor de universidad pasa varios años en trance, y al despertar *cree* haber sido poseído por una criatura no humana cuya raza puede trasladarse en el tiempo y apoderarse de otras mentes. Sospecho que es la misma creencia que profesa esta tribu. El Undécimo viene a decir que si crees que no eres humano, entonces *no lo eres*, no importa lo que otros piensen. Pero no entremos en discusiones filosóficas. Lo que te interesa saber es: son *distintos, ajenos a nosotros*, así que no esperes clemencia ni comprensión. Para ellos somos como objetos de estudio: nos examinarán, nos golpearán, nos usarán...

–Pero dijiste que quizá no les interesemos...

–Cierto, y si tengo razón nos destruirán con rapidez. Eso será una suerte para nosotros... –Daniel se disponía a expresar su desacuerdo con lo que Yilane consideraba «una suerte» cuando sombras repentinas ocultaron el cuerpo del creyente. El tono de Yilane se hizo apremiante–. ¡Ahí vienen de nuevo...! ¡Obedécelos y déjame hacer las cosas a mí, Daniel...! ¡Quizá podamos...! –Se interrumpió.

Daniel clavó la vista en la piedra sin atreverse a mirar hacia atrás, donde las sombras se acumulaban.

3

Intentaba encontrar una entrada.

Había seguido el rastro a través del río, con el agua color barro rodeándola, el pelo formando una enredadera sucia, las pecas y salpicaduras de sangre mezcladas en su rostro. Ahora estaba desorientada. Palpaba la piedra y la sentía palpitar en señal de respuesta, pero hasta que no hallara una entrada a la Ciudad interior no podría encontrarlos.

A menos que fueran ellos quienes bajaran a la tierra.

Se arrodilló un instante mientras la parda corriente le lamía las piernas. De pronto percibió otra cosa.

–¿Por qué te paras? –oyó–. ¿Qué ocurre?

Ocurre que si gritas no puedo concentrarme, estúpido.

Estaba harta de Svenkov, el polinesio de ridículo nombre, el sensual, perverso, radiante Svenkov. Incluso en su oscuridad privada la muchacha percibía toda el aura de pájaro exótico y presuntuoso que despedía. Se sentía inmunizada ante su influjo, pero era consciente de que los demás, incluyendo a Darby, estaban cautivados por aquella criatura de largo y negro pelo. Peor aún: aunque sabían, como ella, que Svenkov era de algún modo el responsable de lo sucedido, nadie se atrevía a prescindir de él. Rowen lo aceptaba de buen grado, y hasta la agresiva Anjali nunca se oponía directamente a sus decisiones. En consecuencia, ella se veía obligada a aceptarlo.

Pero lo que experimentaba en aquel momento no era enfado sino temor, agudizado por sus presentimientos.

–¿Qué haces? –insistió Svenkov–. ¿Has encontrado piedras de jade, ciega?

Haciendo caso omiso a las palabras de Svenkov, salió del agua dando zancadas, los ojos cerrados y aquella maza de punta de acero en la mano.

El resto del grupo, con Svenkov a la cabeza muy sonriente, la vio acercarse a unos árboles. Éstos formaban una especie de muralla junto al río y poseían troncos inmensos y rugosos como la correosa piel de algún animal de gran tamaño. A la muchacha se le antojaban caóticos, incomprensibles, fruto de la desquiciada labor sin control ni vigilancia de la naturaleza libre. Su espesura cubría el sol casi por completo. La muchacha eligió uno de los más anchos y se resguardó tras él. Rowen, Anjali y Darby se le unieron. Svenkov los contempló con semblante desdeñoso. Despreciando aquel escondite, avanzó ágilmente entre la maleza hasta situarse en una línea más avanzada. Estaba descalzo, vestía un velo rojo sobre los hombros y se adornaba las sienes con pequeñas flores sobre los gruesos pendientes plateados.

–Hay algo tras los matorrales –susurró la muchacha apuntando con la clava–. Un peligro.

–¿En serio, ciega? –El tono de Svenkov, desde su escondite, era burlón–. Adivina qué puede ser.

–Basta ya, Svenkov –cortó Darby–. ¿Qué hay?

–Hemos llegado, hombre natural. Al santuario.

–¿Esto es el santuario? –exclamó Rowen.

–Lo que está detrás de estos árboles, sí. El lugar del comienzo del tiempo, el Trono de la Máscara y las Manos de la Tierra de Atua. –Svenkov los miraba ahora erguido, oculto tras la maleza, su voz tan perfecta como su apariencia–. Nath Svenkov, el pobre Svenkov, os ha traído al sitio que queríais, pese a vuestra evidente desconfianza, pese a que habéis decidido dejaros guiar por una ciega antes que por su experiencia...

–¿El santuario? –repetía Rowen–. Pero ¿dónde?

–Desde el lugar donde está tu amiga verás tanto como ella –se burló Svenkov–. Aquí podrás observar mejor. Acércate, *manuhiri.*

–Cuidado –dijo Maya.

–No podemos quedarnos aquí para siempre –replicó Anjali Sen, avanzando.

Rowen ya se había acercado. Svenkov seguía de pie con una mano apoyada en una rama.

–¿Qué es? –preguntó Rowen.

–Míralo tú mismo –dijo Svenkov.

Rowen atisbó a través de los helechos, jadeando de temor. Darby se acercó por detrás y miró sobre el hombro de su amigo. La remotísima antigüedad de las piedras que se alzaban en el claro, más allá de los matorrales, le dejó sin aliento. Pero lo que atrajo de inmediato su atención fueron las casuchas de tejado ondulado y los enmascarados que paseaban entre ellas.

–¡Quizá los hayan traído aquí! –susurró, esperanzado.

Svenkov negó con la cabeza.

–Los que ves son simples custodios. El resto de la tribu está en otro lugar.

–¿Y esas chozas? –dijo Rowen.

–Donde duermen. Están obligados a vigilar el santuario día y noche.

–Debe de haber cuatro o cinco, no más –dijo Maya tras ellos con pasmosa seguridad–. Podemos sorprenderlos.

–Y atraparlos vivos –añadió Darby–. Quizá sepan dónde están Daniel y Yilane.

–¿Atraparlos...? –Svenkov puso una mano en la cadera y miró a Rowen–. ¿Hablan en serio? Es casi imposible capturar vivo a un creyente tribal. Luchan demasiado bien, y para vencerlos debes matarlos.

–Puedo hacerlo –dijo Maya.

–No me importa lo que creas que puedes hacer, ciega. –Svenkov seguía mirando a Rowen, aunque hablara hacia Maya. Le sonreía con sus bien delineados labios y sus ojos chispeaban como si intentara hipnotizarlo–. Nadie va a hacer nada hasta que no decida...

Un crujido lo interrumpió. Tan veloz que ninguno de

ellos pudo seguir su trayecto con la mirada, la muchacha se introdujo entre los helechos, los traspasó y corrió hacia el claro con la maza en alto.

4

Los iban a matar, estaba seguro.

Temblaba de pies a cabeza mientras era conducido entre golpes de vara por una vereda embaldosada flanqueada de coníferas, helechos gigantes y apretados bosques de bambú. A uno y otro lado había muros de piedra, espejeantes estanques azules y veredas de vegetación bien recortada, alrededor de los cuales menudeaban enmascarados de distinta edad. Al fondo se alzaba una especie de salón señorial abierto como un escenario con nativos de ambos sexos portando máscaras más elaboradas por todo vestuario. Hacían gestos entre sí como en una danza silenciosa.

La sensación de falsedad se le hacía muy intensa. *Pero lo que importa es lo que ellos creen.* Fueran o no verdaderos «híbridos», ¿qué importancia tendría eso para él cuando se ejecutara la sentencia?

Ocupando un simple sillón de bambú en el centro del falso salón se hallaba un individuo que no portaba máscara ni guantes. Sus facciones de diseño acentuaban los rasgos polinesios; tenía piel olivácea, montículos de pechos con pezones oscuros y una diadema de flores blancas como único aderezo. Pero no era mujer, o no del todo, y lo mostró al girar en el sillón y separar las piernas. A Daniel y Yilane los hicieron detenerse a gran distancia de él-ella.

Tras un prolongado silencio durante el cual la criatura

intermedia examinó con ojos voraces y negros a sus prisioneros, uno de los enmascarados que lo rodeaban se adelantó y lanzó algo a sus pies que se hizo trizas.

–Ha partido un espejo –musitó Yilane junto a Daniel–. Así simboliza el miedo del protagonista del Undécimo a ver su «propia forma», porque se ha quitado la máscara por nosotros.

Daniel no entendía la importancia de quitarse o dejarse puesta una simple máscara. Fue entonces cuando oyeron su voz: suave, sin entonación, casi infantil.

–Sólo un momento... trasladado... en vosotros... entender...

–Creo que dice que ha logrado trasladarse a nosotros –tradujo Yilane–, y por eso puede entendernos... Lo simboliza no llevando máscara.

–Hablar... ahora... escuchar... –El divergente movía las delicadas manos morenas mientras se esforzaba en pronunciar. Sin embargo, Daniel no podía dejar de pensar que estaba sólo imitando a alguien que no hablaba el idioma.

–Quiere que hablemos –dijo Yilane–. Lo intentaré.

Yilane dio un paso y las varas se movieron ante él. El divergente hizo un gesto y Yilane siguió acercándose hasta situarse a pocos metros.

De nuevo, otro silencio opresivo. Palabras suaves, respuestas estridentes. Por mucho que Daniel intentaba descifrar aquel absurdo diálogo, lo único que percibía era que la voz de Yilane sonaba cada vez más tensa, hasta que de repente quedó ella sola, altiva, rabiosa, poseída de la furia y el orgullo que Daniel ya conocía.

–¡Soy Jeremy Yin Lane, creyente del Sagrado Capítulo del Mar! ¡No podéis hacernos esto...! ¡No...! ¡Dejadme...!

Las protestas de nada le sirvieron. Fue arrastrado hasta uno de los bosques de bambú y, tras atar su largo pelo en la nuca para que no le ocultara la espalda, dos enmascarados comenzaron a azotarlo con rapidez fulgurante, imprimiendo a sus cañas una velocidad que las convertía en sombras. Daniel jamás había presenciado un castigo tan brutal. Al principio el creyente no parecía dispuesto a quejarse, y tensó los músculos agarrado a los bambúes mientras miraba desafiante a sus verdugos. Pero la paliza prosiguió hasta que el joven gritó, lloró y pataleó rogando que se detuvieran.

–¡Dejadlo! –gritó Daniel, pero un par de azotes le hicieron tragarse las palabras.

Cuando el tormento finalizó, Yilane tenía el rostro surcado de lágrimas y la espalda de trazos rojos amoratados en el extremo, lo cual, tratándose de un cuerpo diseñado, daba idea a Daniel de la fuerza de los golpes. Pero éste sospechaba que, infinitamente más doloroso para Yilane era su orgullo maltrecho.

Volvieron a conducirlos hacia la entrada de la cueva y los soltaron. Yilane se tambaleó hacia su mochila. Lloraba amargamente.

–¿Nos dejan marcharnos? –preguntó Daniel, esperanzado.

Sin contestar, el creyente abrió la mochila, la revisó y la cerró. Luego hizo lo propio con la de Daniel. Entonces lo miró.

–Nos han condenado al peor de los destinos, Daniel. –Se secó las lágrimas con el dorso de la mano–. La entrada de esta cueva da a un laberinto de cavernas subterráneas... Debemos penetrar en él, y si logramos alcanzar la salida, ello significará que el sacrificio no ha sido aceptado. Sólo entonces podremos escapar... Pero yo sospecho qué son estas cavernas...

–¿A qué te refieres?

Yilane no contestó. Rechazando la ayuda de Daniel, cargó con su mochila y dio varios pasos hacia las tinieblas.

–Yil, ¿qué has querido decir? –preguntó Daniel siguiéndolo–. ¿Qué sacrificio? ¿Quién tiene que aceptarlo?

Se encontraban envueltos en la oscuridad cuando oyeron los ruidos.

5

Maldiciendo en voz alta, Svenkov salió de su escondite y corrió hacia el otro extremo del claro. Aunque la muchacha había actuado por su cuenta, todavía esperaba contar con ventaja desde aquel...

Lo que no esperaba era toparse de frente con uno de ellos.

A tan corta distancia, la potente arma de dos cañones de Svenkov no era muy práctica, pero su error consistió en querer usarla pese a todo. En vez de armas, su oponente movió las piernas, derribándolo. Luego extrajo algo de un cinto y lo hizo resplandecer a la luz de la tarde. Un instante después, para alivio de Svenkov, una bala perforaba el brazo del enmascarado haciendo que el cuchillo que sostenía diera varias vueltas en el aire. El gesto de Anjali, alzando la pistola hacia Svenkov, fue como si dijera: «Estamos en paz».

Rowen tampoco parecía especialmente afortunado, y

forcejeaba con otro hombre, a quien Svenkov pudo ver de espaldas. La máscara de ojos azules y mejillas blancas se acercaba cada vez más al rostro de Rowen. Svenkov se situó de costado para afinar la puntería, y disparó un solo cañón. Acertó por poco. La cabeza del hombre se convirtió de pronto en una fruta pisoteada.

–¡Vivos! –gritó Darby, parapetado tras los helechos, hacia Svenkov–. ¡Debemos capturarlos vivos!

Déjalos vivos tú, pensaba Svenkov.

Maya Müller parecía imparable. Su clava cortaba el aire con un sonido similar a una risa contenida y su cuerpo embarrado se movía al mismo ritmo. Se enfrentaba a tres guerreros que, de improviso, quedaron reducidos a uno. Pero éste logró sorprenderla y descargó la maza contra su costado lanzándola hacia una pared de metal, quizá los restos de uno de los tejados derruidos. Hubo un estruendo de campana y la clava cayó debajo del trozo de pared. Maya quedó indefensa y aturdida.

Darby, que miraba la escena, vio con horror la tensión de los músculos de la espalda del guerrero, el brillo de su máscara al alzar el rostro y tomar impulso y la preparación de la maza para un golpe que parecía decisivo. Sólo Svenkov se encontraba en aquel momento libre, armado y pendiente de lo que ocurría, y hacia él se volvió Darby.

–¡Svenkov, dispare! –gritó.

El polinesio se limitó a mirarlo.

En el cerebro de Maya Müller la caída de aquella maza se dividió en incontables posiciones, imaginadas, anticipadas. Su centelleante finta, ejecutada en el último instante, cogió por sorpresa al creyente. La maza golpeó la pared de metal con un estrépito de gong destrozado. Simultáneamente,

Maya flexionó una pierna y derribó a su atacante de una patada, para saltar de inmediato y aterrizar de rodillas sobre él.

Todo terminó mucho antes que la ira de Svenkov.

–La próxima vez, obedece mis órdenes –le espetó a la muchacha cuando los únicos enemigos con vida que quedaban se retorcían en el suelo–. Eres ciega, pero no sorda.

–La próxima vez, da una orden que merezca la pena –respondió Maya Müller sin volverse.

Svenkov procedía de un sitio remoto en el cual parecía existir una norma: ninguna mujer desnuda y ciega podía decirle lo que tenía que hacer. Intentó demostrarlo, pero sucedió algo cuando amartilló los dos cañones. Algo que apenas pudo creer.

La punta de la clava se apoyaba en su garganta desde mucho antes. Svenkov no había logrado percibir cómo había llegado hasta allí. Pensó que la muchacha se había movido incluso antes de que aquel intercambio de frases tuviera lugar.

–No vuelvas a amenazarme, Svenkov –dijo Maya–. Soy ciega, ¿recuerdas? Cuando hago cosas como ésta, a veces no calculo bien y puedo dañar a alguien...

Se entregaron con denuedo a recorrer el santuario, examinando las chozas, las escalinatas de piedra y la gran Talla en la cima, una representación gigantesca de la Máscara y las Manos. El rostro era redondo y la lengua brotaba hinchada de los labios; los dedos consistían en simples elipses. Detrás, rodeada por robustos árboles, se extendía una laguna cristalina que sólo atrajo la mirada de Svenkov.

El desánimo invadió al grupo cuando hicieron una pausa.

–Ni siquiera hay rastros de Yilane y Daniel –murmuró Anjali sentándose en una piedra–. Por no mencionar lo que buscamos...

Darby lo resumió en breves frases:

–Quizá sea otro sitio, o quizá éste. ¿Cómo podemos saber cuál es el lugar exacto si no sabemos qué debemos buscar?

–«Chillido de pájaros» –recitó Rowen–. «Trampilla»... «Escalera de metal»... «Techo en ángulo»... No hay nada parecido a eso por aquí.

–Puede que sean símbolos –adujo la creyente india–. Quizá Daniel hubiese soñado más cosas de haber venido a este lugar...

–Tendremos que encontrarlos –repuso Rowen. Su herida estaba sangrando otra vez–. Y para ello debemos interrogar a los prisioneros.

Por algún motivo, los tres se volvieron hacia Svenkov. El polinesio parecía absorto en algo (Darby pensó que estaba mirando fijamente a Maya), pero en ese instante giró la cabeza en un gesto típico, sonriendo. Sostenía el velo rojo a la altura de los muslos y sólo entonces Darby se percató de que había estado curándose una herida. Su mirada y postura evidenciaban una indignación contenida.

–¿Por qué tendría que ayudaros ahora? –El polinesio, de pronto, convirtió su velo en una llamarada roja como sus mejillas y su pelo en un torbellino negro cuando giró violentamente hacia ellos–. ¿Por qué debería Svenkov hacer algo más por vosotros? ¿Qué importancia tengo? Ahora me buscáis, antes me despreciabais... –Darby tuvo que reprimir una sonrisa. Era como un niño lloriqueante–. ¿Por qué no le pedís ayuda a vuestra amiga la ciega...?

Rowen parecía tomárselo en serio. Hizo un ademán apaciguador.

–Escuche, Maya no hizo caso de sus órdenes, y le pedimos disculpas por ello, pero estamos desesperados por encontrar a nuestros amigos... Usted conoce mejor a estos creyentes, Svenkov... Sólo deseamos que los interrogue...

–Puedo encargarme de eso –dijo Svenkov sin mirarlos–. Pero exijo todas las joyas de heridos y cadáveres.

Rowen consultó las miradas. Darby se encogió de hombros y Anjali asintió. Maya permanecía al margen, alejada de todos.

–No hay problema –dijo Rowen.

Reunieron a los heridos, tres en total, arrastrándolos sin contemplaciones al pie de las escalinatas. Svenkov registró las chozas hasta encontrar lo que buscaba: una silla de bambú con el respaldo formado por una sola barra horizontal y varias cuerdas. De paso aprovechó para saquear los habitáculos de los creyentes y a estos mismos, a quienes despojó de collares, ajorcas y brazaletes. Por último, les arrancó máscaras y guantes con un fuerte tirón que desprendió parte de la piel de manos y mejillas de algunos.

Sin máscaras, los creyentes mostraban facciones y cabellos de diseños similares, con acentuados rasgos y tez oscura, como si llevaran otra máscara debajo. Los tres eran hombres, respiraban con esfuerzo y miraban a los rostros que los rodeaban.

–Muchos no se han quitado estas cosas desde hace años y se les han pegado a la piel... –explicó Svenkov mostrando las máscaras–. Conozco este clan. Viven al pie de las montañas, en la zona de Catlins. Son creyentes del Undécimo. Nunca hablan.

–¿Ha probado a pedírselo? –sugirió Darby.

–Existe un lenguaje universal, hombre biológico.

Svenkov eligió a uno que se apretaba el brazo derecho, partido por un golpe de la clava de Maya. No tardó en atar sus delgados brazos a la parte inferior de las patas traseras de la silla, dejando que la espalda se apoyara directamente en el respaldo. El pecho del prisionero se hinchaba al respirar. Su rostro no reflejaba más temor que antes de ser elegido. Parecía estar esperando, tan sólo, concentrado en lo que Svenkov iba a hacer.

Con el velo rojo anudado a la cintura, apoyado con un pie en el borde de la silla, el polinesio se inclinó hacia él.

–Nos habéis tendido una emboscada junto al río y habéis capturado a dos de nuestros amigos. Queremos saber adónde los habéis llevado.

El creyente siguió mirándolo y respirando con fuerza, sin hablar. Entonces Svenkov alzó el pie hasta casi rozar con la rodilla su propio rostro y lo descargó con fuerza descomunal contra el delgado pecho del nativo, a una altura ligeramente superior a la del respaldo, haciéndolo arquearse sobre éste.

Se oyó un ruido como de cáscara que se parte. Luego un gemido ronco y un grito ensordecedor, mientras la boca del prisionero se abría como un pozo de paredes rojizas.

Héctor Darby cogió a Svenkov del brazo.

–¿Está loco? ¿Qué es lo que hace?

–Interrogarlo. Antes me acusasteis de colaborar con ellos y tenderos una trampa... Es justo que quiera aclarar las cosas, ¿no? Además, ahora mismo los compañeros de este creyente están torturando a tus amigos en otro sitio... ¿A quiénes prefieres oír gritar, hombre natural? Y quítame la mano de encima, si no te importa...

Svenkov había hablado con tranquilidad, sin elevar el tono, pese a que algunas de sus palabras se habían perdido entre los alaridos del creyente. Darby retiró la mano y Svenkov volvió a apoyar el pie en la silla. Esperó hasta que el prisionero dejó de gritar.

–Sé que me estás escuchando –dijo Svenkov–. Y sé que tus creencias te impiden hablar. Pero yo puedo golpearte para que tus vértebras se rompan cada vez más arriba, sin matarte, hasta que sólo puedas mover los labios... Dime dónde los habéis llevado.

–Corriendo... –susurró el creyente. Todos se inclinaron hacia él–. En el desierto... Incontables épocas... El viento... hacia mi destino...

Cerraba los ojos, como concentrado en cada palabra.

Tras un rato de confusa expectación, volvió a hablar:

–Desciendo... Al vacío... En eras remotas... Negrura viscosa... Babel de ruidos... Huyo cuando se desploma... En mi mano albergo una caja...

Svenkov comenzó a levantar el pie de la silla, pero Darby intervino de nuevo, sujetándolo. Svenkov giró a la velocidad del rayo y agarró a Darby del cuello con una sola mano.

–No me toques –susurró–. Ya te lo advertí una vez.

–Yo también –dijo Maya. El cañón de una de las pistolas de repuesto del propio Svenkov se apoyaba en la cabeza del polinesio. Nadie la había visto acercarse. Nadie la había visto quitarle un arma–. Suéltalo.

Svenkov lo hizo y se apartó de la silla. Su expresión no se modificó, pero no dejaba de mirar fijamente a Maya. Anjali, por su parte, intervino para calmar a la muchacha, que bajó la pistola. Darby intentaba recobrar el resuello.

–¡Lo que está haciendo no sólo es cruel, Svenkov, sino inútil! ¡Ésta es la manera en que hablan, a imitación de esa charla «desmañada» y «torpe» que se menciona en el Undécimo! ¡Sus frases proceden de ese texto! ¡No obtendrá nada más!

Svenkov miraba a Rowen, que titubeaba entre uno y otro.

–¿Qué propones entonces, Héctor? –preguntó Rowen.

–Volver a registrar el poblado... Quizá encontremos alguna pista. ¡Cualquier cosa, antes que esto!

Svenkov vio que Rowen cedía y Anjali le apoyaba. A la muchacha ciega no la miró. Se encogió de hombros.

–Háganlo como quieran. No son mis amigos los que están en peligro.

Con rápidas zancadas se alejó del grupo y subió las escalinatas de piedra en dirección a la laguna.

6

Los ruidos provenían de lugares inconcretos de la oscuridad. Eran agudos, punzantes. El eco de las cavernas los mezclaba entre sí, impidiendo conocer su origen.

Daniel y Yilane los escuchaban como paralizados, y en el caso de Yilane, casi exánime. Pero su debilidad ya no parecía tan sólo provocada por la brutal paliza. Se volvió hacia Daniel, y a la escasa luz que penetraba del exterior éste contempló sus ojos desorbitados, los rojos labios trémulos. De la boca del creyente brotaron frases como «seres arcaicos», «semipólipos que dominaron la Tierra millones de años antes», «confinados en cavernas remotas por la Gran Raza»...

Daniel escuchaba con el corazón latiendo desbocado. Acarició las mejillas húmedas de Yilane y se abrazó a él para atenuar su pánico. Sin embargo, el miedo de Yilane, como una llama, lejos de mermar, inflamaba el de Daniel.

–La Gran Raza selló los abismos donde encerraron a estos seres –temblaba la voz de Yilane–, pero quedaron aberturas... ¡Esos... silbidos, Daniel...! ¡Los silbidos son sus voces! Dominan los vientos, pueden filtrarse por la roca...

–Yilane, escucha... –A Daniel le costaba esfuerzo hablar. El miedo le oprimía el pecho y, aunque respiraba hondo, no sentía que los pulmones recibieran ni un soplo de aire–. Es posible que sea cierto lo que dices, pero sea como sea tenemos que intentar salir de aquí...

–¡No podemos escapar de ellos! ¡No son seres corpóreos, Daniel! La Biblia...

–¡Olvida la Biblia por un momento! ¡Lo único que ahora importa es hallar una salida! –Cogió su cara entre las manos y besó sus labios para atenuar su miedo–. Debemos intentarlo, Yil... Estaremos juntos, pase lo que pase.

Las caricias, esas cálidas mantas que calman los escalofríos de los hombres, dieron resultado y Yilane dejó de temblar. Avanzaron entre la ciega tiniebla. Daniel hacía esfuerzos por no hacer caso de aquellos agudos sonidos (como silbidos de flautas enloquecidas) e intentar concentrarse. Los ojos le mostraban esbozos de sendas, túneles y ramales, pero sabía que tardarían más de un día en recorrerlos todos, y era muy posible que ninguno de ellos condujera al exterior.

Se detuvo en una encrucijada y escogió un túnel donde

creyó advertir cierto resplandor. Conforme se adentraban por él, las sombras se retiraban del suelo como una bajamar. El último tramo casi les pareció increíble por lo iluminado que estaba. Yilane gritó de alegría, pero Daniel, de pronto, no compartió su entusiasmo: era demasiado fácil para tratarse de una salida. Al llegar al final comprobó que sus peores temores se habían hecho realidad.

La brecha, entre dos rocas, era larga pero demasiado angosta. Incluso los esbeltos brazos de Daniel y Yilane habrían tenido dificultades para pasar por ella. A Daniel le parecía horrible hallarse tan cerca de la salvación y no poder acceder a ella.

La única suerte era que los espantosos sonidos ya no se escuchaban. Pero cuando regresaron a la encrucijada volvieron a oírlos. *Tiene que haber alguna explicación.* Daniel se resistía a creer en la historia que Yilane le había contado. *Alguna criatura no diseñada, como las de la selva, u otra clase de cosa.* El problema era esa «otra clase».

Pese a estar abrazado a Daniel, la voz de Yilane sonó remota, estrangulada por un miedo invencible.

–¡Daniel, ayúdame!

Ante el pavor descomunal de su compañero, los terrores propios le parecieron más manejables. Escogió otra salida. Esa vez no quiso detenerse a elegir la que pudiera tener más luz. La oscuridad era casi palpable, como si bucearan en las profundidades de alguna ciénaga.

En aquel nuevo túnel los sonidos se hicieron más intensos. Daniel decidió cubrir con la mano el oído de su compañero, manteniendo el otro pegado a su hombro, para lograr que avanzara.

–Estamos saliendo –mintió. La frase se convirtió para él

en una especie de plegaria. La repetía una y otra vez, a Yilane y a sí mismo, en voz alta o susurrada: *Estamos saliendo. Estamos cerca. Vamos a salir.*

El túnel se abría a nuevos grados de tiniebla y cuevas anárquicas donde las formaciones de roca se convertían en trampas afiladas. Era imposible moverse con rapidez sin darse de bruces contra una pared o estalactita. Aun así, algo le decía que debía caminar deprisa. Aquellos ruidos se habían hecho no sólo más intensos sino también compactos, como si la cosa o cosas que los producían hubiesen sufrido una mutación. *No son corpóreos.*

Intentó acelerar el paso y de repente su pie no encontró nada debajo.

Empezó a caer.

7

Minutos después, envuelto en el velo rojo y húmedo, tras un relajante baño en la laguna, Svenkov regresó a las chozas y no halló ni rastro de los prisioneros. Darby y la hermosa creyente india (una buena *pieza* de carne morena, según evaluaba Svenkov) se sentaban en una choza. La ciega se hallaba en la entrada de otra, y sólo verla avinagró la expresión del polinesio. Se acercó a Meldon Rowen, que se hallaba tendido de espaldas sobre una piedra plana. Parecía dormitar. Sobre su pecho se apoyaba una pequeña esfera verdosa.

–Frutas curativas. –Rowen sonrió ligeramente–. Anjali Sen asegura que cierran definitivamente una herida. Y creo que da resultado.

–¿Han averiguado algo? –preguntó Svenkov echándose el velo al hombro.

–Absolutamente nada. Estamos tan perdidos como al principio.

–¿Y los prisioneros?

–No han dicho nada más. Uno de ellos ha muerto de las heridas, los otros dos agonizan en las chozas.

–Eso pasa por no usar con ellos frutas curativas –se burló Svenkov–. Tú pagas, *manuhiri.* ¿Qué quieres que haga Svenkov ahora?

Rowen respiró hondo y el movimiento de su pecho hizo que la fruta rodara. La atrapó antes de caer y se sentó en la piedra.

–Escuche, Svenkov, no soy responsable de lo sucedido. De haber sido por mí, le hubiese dejado hacer lo que quisiera, pero no a costa de tener a mis amigos en contra... –Svenkov movía la cabeza asintiendo, como si lo que Rowen decía le pareciera muy razonable–. De todas formas, debemos encontrar a Daniel y Yilane. Sin ellos, nuestro viaje no puede proseguir...

–Están muertos, *manuhiri.* O morirán pronto.

–Pese a todo, es preciso intentarlo.

–Pero no sé dónde...

El grito los sobresaltó.

–¡Los percibo! –vociferaba Maya Müller echando a correr con la clava en las manos–. ¡Están bajo tierra!

8

En ocasiones le había ocurrido que un simple pero imprevisto escalón le había hecho sentir que se precipitaba por un vacío inacabable. En ese momento volvió a sentirlo, con una diferencia: el vacío era inacabable.

Braceó frenéticamente. Había perdido a Yilane, o Yilane a él, y aunque conservó la mochila, ésta sólo le sirvió para caer más rápido. Agudísimas piedras se esforzaron por lacerar su cuerpo diseñado. Cuando al fin se detuvo, lo que le rodeaba siguió moviéndose: llovieron guijarros junto a una ración de polvo que le hizo toser. ¿Cuánto tiempo había estado cayendo? ¿Dónde se encontraba? Lo ignoraba todo.

Se incorporó jadeante. Algunos puntos de sus extremidades le ardían, pero no creía tener nada peor que arañazos. Agradeció que el diseño lo hubiese protegido de roturas de huesos o heridas graves.

–Yilane... –musitó–. ¿Yilane?

Lo oyó, más que verlo. Sus jadeos eran ostensibles.

–Aquí...

–¿Estás bien?

–Eso creo... ¡Escucha...!

Daniel sintió que se le helaba la sangre. Los ruidos sonaban ahora muy próximos y parecían provenir de la cima de la pendiente por la que habían caído, pero *también* de algún lugar delante de ellos, ¿o quizá eran ecos?

Miró a su alrededor. La caída les había hecho descubrir, por azar, otro nivel de cavernas, mucho más visible que el superior debido a la copiosa luz que llegaba desde el fondo rebotando contra un techo de estalactitas altísimas.

Tuvo la certeza de que aquélla era la última oportunidad de la que dispondrían. Si no encontraban una salida en aquel punto, no habría otra.

Se arrastró a tientas hasta dar con Yilane y palpó su cuerpo preguntándose con repentina angustia si tendría alguna extremidad rota. Entonces encontró su rostro y en las yemas de los dedos tocó la cristalina tibieza de las lágrimas. Daniel intentó que su voz sonara esperanzadora.

–¡Vamos, Yilane! ¡La salida está cerca!

–Sigue tú, Daniel... A mí ya me tienen...

–¡Yilane!

Yilane no parecía oírlo. Daniel tomó su cara entre las manos. A la luz del distante resplandor la mirada del creyente se le antojaba distinta. Sus pupilas eran como rostros conocidos que ocultaran otras facciones debajo.

–Yilane, estás dejándote llevar por el miedo... ¡Yo *no* siento lo mismo que tú!

–Aún puedes salvarte...

–No me iré sin ti.

Pensó que Yilane se resistiría si lo obligaba a moverse a la fuerza, pero respiró aliviado al comprobar que el joven se levantaba por sí solo. Lo hizo con firmeza repentina, como si alguien más fuerte hubiese tomado el mando en su interior. Sin embargo, sus piernas temblaban. Daniel lo sostuvo y cargó con su mochila, arrastrándola por tierra y dejando que Yilane le pasara un brazo sobre los hombros. De esa guisa avanzaron en dirección al espectral decorado de luz y gritos.

–Mira a tu alrededor... –decía Yilane–. Surcos, túneles, pasillos... Estamos en *su* mundo, Daniel, un universo primordial anterior a lo creado... Escucha su llamada...

–Sólo veo una caverna grande y una luz al fondo –rezongó Daniel Kean.

Quiso convencerse de que lo que decía era cierto. No sólo eso: de que era lo único cierto. Pero resultaba difícil razonar cuando el terror adquiría voz y lanzaba alaridos que parecían ensordecer a sus propios pensamientos.

A mitad de trayecto se detuvo. Ya se había alejado lo suficiente del lugar donde habían caído y podía discernir mejor la dirección de los sonidos: le pareció que algunos provenían, en efecto, de la pendiente que habían dejado atrás, pero la mayoría se hallaban delante. Quizá a sólo quince o veinte metros. En cuanto cruzaran la muralla de rocas frente a ellos, los verían.

Si es que había algo que ver.

No son corpóreos.

Notó que Yilane lo abrazaba con fuerza.

–No pienses –le dijo Daniel–. No pienses. Sólo camina...

Siguió avanzando, desesperado, al encuentro de la luz y el horror.

Cuando le pareció que no iba a soportar dar un paso más, su terror cristalizó en una momentánea indiferencia. Le parecía que, más allá de lo que sospechaba o imaginaba que iba a encontrar, más allá de sus fantasías sobre lo que podía estar produciendo aquellos ruidos, no podía haber nada peor. Las posibilidades, como el vacío por el que había caído, se abrían al espacio, negras, insondables, peligrosas.

Rebasó la barrera de piedras con los ojos cerrados. Al abrirlos, advirtió un caos de sombras y estrépitos. Los gritos lo ensordecían. Entonces la luz se desprendió de la tierra y voló al techo, treinta metros o más por encima, plagado de rocas puntiagudas. El corazón de Daniel se paró.

Un instante después, cuando sus ojos habían comprendido de qué se trataba, los latidos dentro de su pecho prosiguieron.

La salida, enorme como un edificio, estaba tan inconcebiblemente a su alcance que no quiso cruzarla de inmediato por temor a que se disipase como un sueño. Se detuvo, dejó las mochilas, se desembarazó incluso de Yilane –que también contemplaba la salvación con la boca abierta– y se apoyó de pie en la pared de roca echando la cabeza hacia atrás y dejando que el cabello le cayera por la espalda.

Lloró, recobró la calma, volvió a llorar sin apremio y sin sonidos. Yilane jadeaba en la pared opuesta, como su reflejo. Daniel le sonrió.

–Gaviotas –dijo–. La caverna produce ecos, por eso sonaban así... Pero sólo era un grupo de gaviotas...

–No. –Los ojos de Yilane habían recobrado el brillo de orgullo y sabiduría–. No es *eso*, Daniel... Eso es lo que tú has creído ver.

Se sintió tentado de discutir, pero cambió de opinión al recordar que discutir con un creyente era llevar las de perder desde el principio. Bijou decía que... Bueno, Bijou lo habría sabido expresar mejor, si hubiese estado allí.

De cualquier forma, comprendió que nada le aseguraba que se hallaran a salvo. Recordó el brillo despiadado de aquellas pupilas de ojos saltones, los falsos rostros de nácar, el fuego inclemente de los azotes. Sabía que si los enmascarados volvían a apresarlos, ya no habría escapatoria para ellos.

–Salgamos de aquí –dijo.

9

Fue como si el contacto con la tierra se apagara.

Lo inesperado de aquella interrupción la hizo titubear. Sintió miedo.

Desde abajo, varios ojos ansiosos la observaban. Se volvió hacia ellos, luego regresó por el camino de altas piedras planas por el que había subido y esperó hasta acercarse al grupo para hablar.

–Los he perdido. –Su voz era tensa–. Quizá recorrieron algún subterráneo y han vuelto a salir de repente... Pero ha sido tan rápido que parece extraño...

–¿Hay otra posibilidad? –preguntó Rowen.

Maya Müller hizo una pausa.

–Quizá les ha sucedido algo.

Todos estaban demasiado fatigados, incluso Darby, para descartar aquella segunda opción. Svenkov abrió los brazos en un gesto que parecía querer significar: «Ya lo dije». Al fin, Anjali Sen tomó la palabra.

–Hay una forma de averiguarlo. ¿La playa está cerca, Svenkov?

–Detrás de ese acantilado –respondió el polinesio titubeante.

–Hay un poder en el Undécimo que podría probar –dijo Anjali hacia los demás–, pero necesito el contacto con el agua de mar. Si todo sale bien, me trasladaré a las mentes de Daniel y Yil y veré lo que están viendo. También puedo percibirlos desde la distancia y saber lo que les rodea...

–Ni lo sueñes –objetó Rowen–. Hasta yo sé que eso es muy peligroso. Si estuvieran muertos...

–¿Prefieres que no los encontremos? –lo interrumpió Anjali–. Ya hemos perdido quizá las posibilidades de hallar lo que buscábamos. ¿Quieres que perdamos también a Yilane y Daniel?

–Quiero que no te pierdas tú –repuso Rowen.

Svenkov meneó la cabeza y continuó el camino. Habló sin volverse y sin dejar de avanzar.

–Sea como fuere, tenemos que cruzar esos acantilados si queremos llegar a la playa antes del anochecer...

Rowen y Anjali no le hicieron caso. Parecían enzarzados en algo más que una simple discusión.

–Por favor, deja de pensar que todo depende de ti, Meldon.

–Sólo estoy opinando, Anja. No siempre vas a tener la misma suerte que en el laboratorio de Kushiro. Héctor, explícale lo que podría suceder...

–Lo sé perfectamente, no hace falta que Héctor me explique nada.

–¡Las posibilidades son mínimas!

–Las posibilidades siempre son mínimas, Meldon. Lo que importa es creer en ellas.

El debate se tornó amargo, quizá –opinaba Darby– porque tanto Rowen como Anjali se hallaban al límite de sus fuerzas. En un momento dado las bellas facciones de la creyente se endurecieron.

–Meldon, sé que esta búsqueda para ti no significa otra cosa que una aventura, un logro material, como para tu padre lo fue fundar una empresa... Pero para Yilane y para mí representa el sentido de nuestras vidas... Déjame hacer lo que debo.

Rowen la siguió con la mirada. Su expresión de incredulidad apenaba a Darby, que le puso una mano en el hombro.

–Puede salir bien –dijo Darby.

–Y puede salir mal –replicó Rowen secamente, y se apartó.

Accedieron a una playa de rocas que lindaba con aquella especie de montaña horadada por la enorme entrada de la caverna. Las gaviotas eran las únicas dueñas del lugar, y graznaban sin temor ante la presencia de dos indefensos y desnudos humanos. Incluso se posaban en la orilla, frente a ellos, y sólo alzaban el vuelo cuando Daniel y Yilane se acercaban demasiado. Eran gaviotas no diseñadas, extrañas, quizá inquietantes, pero sólo gaviotas.

Mientras caminaban hacia el mar como hacia un ejército que se enfrentara a ellos, Daniel miró la arena cremosa bajo sus pies, con señales indelebles de la presencia de agua no mucho tiempo atrás. Volvió la cabeza y comprobó que aquel barro se extendía hasta la entrada de la caverna.

–La marea –dijo Yilane, como leyéndole el pensamiento–. Las cuevas se inundan con la marea alta. Y está aumentando. –Señaló la línea de la orilla–. Tenemos que encontrar un sitio elevado.

Se dirigieron hacia la montaña y escogieron una ruta de fácil acceso. Cuando consideraron que ya habían escalado lo suficiente, hicieron una pausa para descansar. Daniel se felicitó de su suerte.

–Si hubiésemos salido más tarde, quizá habríamos muerto ahogados.

Yilane no contestó. Se hallaba en cuclillas sobre una roca hurgando en su mochila. Daniel se concentró en revisar la suya: pensar en Bijou momentos antes le había hecho recordar la hornacina. Lanzó un suspiro de alivio al comprobar que seguía allí. La contempló agradecido un instante, ya que tenía la sensación de que había sido aquel objeto el que, de alguna manera, les había ayudado a salir. Luego sonrió con tristeza al imaginar que Bijou hubiera comentado: «Eso es un pensamiento propio de creyentes».

También estaban las provisiones y la ropa. Sacó la petaca de agua y bebió un trago que acompañó con un poco de queso y galletas. No sentía demasiada hambre y, como diseñado, no le resultaba imprescindible comer todos los días, pero supuso que debía hacer acopio de energía.

Entonces se dedicó a observar su cuerpo. Había salido mejor librado de lo que creía: los azotes habían dejado marcas, pero estaban desapareciendo. Tenía varios cortes muy finos que apenas habían sangrado y raspaduras que sanarían pronto. Pensó en ponerse algo de ropa y sacó un velo blanco, pero se limitó a taparse con él. Ya se lo anudaría después. Cerró un instante los ojos, sentado sobre las rocas y abrazado a las piernas, mientras el viento peinaba sus rubios cabellos.

Entonces oyó el llanto.

Levantó la cabeza. Yilane seguía agachado frente a su mochila, de espaldas a Daniel.

–¿Qué te pasa? –preguntó Daniel, incorporándose.

El creyente se volvió apenas. Su bonito rostro estaba enrojecido y brillante.

–Qué te importa a ti, Daniel Kean –espetó. Su tono, casi furioso, confundió a Daniel, que decidió no insistir. Entonces el semblante de Yilane se relajó–. Lo siento.

Daniel sonrió.

–Soy yo quien lo siente... Disculpa si...

Yilane, que seguía dándole la espalda, su largo cabello castaño derramándose sobre la piedra, giró un poco hacia él y mostró el objeto que sostenía. Era un *scriptorium*. En su pantalla aparecía la imagen de un rostro de ojos rasgados. Daniel sólo apreció una diferencia con el Yilane de carne y hueso: la expresión del creyente en la imagen desprendía un aura de innegable firmeza, muy distinta de la mueca de sufrimiento con que miraba a Daniel en ese instante, acentuada por las huellas de azotes que cruzaban su espalda y nalgas. Pero Yilane lo sacó de su error.

–Es mi padre –dijo–. Ezra Obed Lane, creyente profundo del Decimotercero.

–Oh. –Daniel estaba asombrado–. Sois iguales.

–Me replicó a partir de una de sus células para que recordara siempre que debía perpetuar su memoria: él también fue gemelo de su padre. Me enseñó todo lo que sé antes de que Anjali Sen se convirtiera en mi maestra... Siempre llevo este Recordatorio conmigo. Verlo alivia mi miedo.

Daniel lo comprendía muy bien.

–Hay objetos que nos ayudan –dijo, pensando en la hornacina. Había extendido las piernas y una racha de viento intentó arrebatarle el velo. Lo sujetó contra su pecho.

Pero Yilane no parecía escucharlo. Su expresión era tan dolorida que por un instante Daniel se estremeció.

–Mi padre fue un hombre poderoso y sabio. Él fue quien conoció los detalles de la revelación de Kushiro, ¿lo sabías? Ocurrió por casualidad, a través de uno de los discípulos de Mitsuko llamado Shar. Mi padre conoció a Shar en Alemania, y Shar le confesó lo que Mitsuko les había contado a Ina, Olive y a él. Pero mi padre ya estaba muy enfermo del corazón y sabía que no iba a poder hacer nada por sí mismo. Entonces me confió el secreto. Yo decidí solicitar la ayuda de Anjali. Así fue como los demás se enteraron de todo. El mérito de lo que encontremos, si es que encontramos algo, se debe a mi padre... Él confiaba en mí. –Sus labios temblaron–. ¡Y yo lo he traicionado!

–Pero Yil...

Yilane miraba a Daniel con las finas cejas convertidas en una uve, al tiempo que los labios dibujaban otra uve en sentido inverso. Eran como flechas que apuntaran directamente a sus ojos.

–¡Lloré como un niño cuando esos creyentes me azotaron! ¡Me porté como un cobarde en la caverna, y supliqué que me ayudaras! ¡Soy creyente profundo del Capítulo del Mar, tengo una fuerza inmensa dentro de mí...! ¿Y para qué se supone que la utilizo? ¡Soy indigno de la confianza de mi padre y de la maestra Sen!

Daniel se levantó mientras el creyente lloraba y tomó sus manos.

–No, no... Es el miedo, Yil... No podemos luchar contra el miedo...

–Aún los llevas –dijo Yilane entonces, en otro tono.

–¿Qué?

–Los adornos rituales.

Recordó los pendientes de pequeñas conchas que Yilane había repartido en la playa. Había extraviado el collar pero los pendientes, en efecto, seguían en sus lóbulos.

–En aquel momento no les diste importancia –dijo Yilane–, pero ellos son los que nos han protegido, Daniel. Pudimos huir gracias a ellos, y por eso al final la amenaza se convirtió en simples pájaros chillando... La realidad es otra muy distinta, terrible, cósmicamente espantosa, pero esa protección nos ha servido para evitarla...

A Daniel le irritaba la insistencia de Yilane en querer ver lo que él no veía (como todo creyente), pero no deseaba alterarlo más.

–Quizá sea cierto que... –dijo mientras se levantaba y empezaba a anudarse el velo a la cintura. Entonces quedó inmóvil.

Simples pájaros chillando.

Miró a su alrededor. Un pequeño sendero descendía por el lado opuesto de las rocas. Decidió recorrerlo. El mar seguía avanzando y ya lamía las proximidades del acantilado. Las gaviotas chillaban a lo lejos.

–¡Daniel! –llamaba Yilane–. ¿Qué ocurre?

Chillido de pájaros.

¿No era ésa una de las frases que, según Darby, había pronunciado cuando estaba inconsciente, una de las claves de la revelación? Se disponía a decírselo a Yilane cuando, de repente, al llegar al borde de las rocas, otro panorama se extendió ante él.

Se quedó mirándolo boquiabierto.

11

Aunque el viento junto a la orilla no era muy intenso, Anjali Sen se sujetaba el largo pelo negro apartándolo del rostro. Las olas que acariciaban sus piernas eran suaves, pero al arrastrar los guijarros en su retirada producían un estrépito como de millares de pequeños pies de madera corriendo y golpeándose entre sí.

Ondas. El mar, su constante flujo y reflujo. Una ola podía haber alcanzado los más remotos confines antes de rozar su piel. De igual forma, mentes y cuerpos se expandían y replegaban conectados entre sí.

Anjali sabía que iba a intentar algo arriesgado. No obstante, le molestaban las continuas injerencias de Meldon. El gran defecto del empresario era querer controlarlo todo, y ella deseaba enseñarle que no iba a someterse a ningún dictado, salvo el de su propia creencia.

Sin embargo, no era el momento de pensar en Meldon. Encontró un lugar propicio, se arrodilló y se arqueó completamente hacia atrás, hasta sumergir los cabellos en la superficie fría y movediza del agua.

Conocía bien el Undécimo y el Duodécimo Capítulos. Ambos venían a decir lo mismo: la mente humana está conectada a criaturas remotas, seres que habitaron el mundo en épocas pretéritas, y esa conexión aún no está rota. Es posible hallarla y utilizarla, de igual manera que un transmisor «halla» a otro mediante el puente de las ondas.

Ondas. Mar. La Casa de Dios.

Las olas la recorrían como sábanas que alguien agitara sobre su cuerpo.

Permaneció quieta y extendió los brazos, dejando que las manos se mecieran. Su pelo semejó una medusa negra a la deriva. La posición de su cabeza le hacía contemplar el acantilado al revés: una inmensa estalactita gris.

Sobre todo, ante todo, no dejes que el miedo te use. Úsalo.

Flotaba, se dejaba ir. Mantener aquella postura requería esfuerzo, y ése era el «truco» (como hubiese dicho Meldon): el esfuerzo la distraía, la obligaba a concentrarse en sus músculos, a considerar su cuerpo como un saco arrastrado por las olas.

Sus pensamientos se diluían.

De repente se tensó como una ola encrespándose. Ya no estaba en la playa. ¿Dónde se encontraba?

Giró la cabeza, miró. Vio formas misteriosas a su alrededor y un espacio grotesco envolviéndola. Era terrible sentirse tan ajena a sí misma.

Por fin los veía.

Y algo más.

Una presencia imprevista, un peligro inmenso que Yilane y Daniel ignoraban, aunque se hallaba junto a ellos.

12

Daniel se detuvo en la playa, jadeante. No apartaba los ojos de aquel punto en el acantilado. La marea había ascendido lo suficiente como para circundar las grandes piedras más próximas a la orilla y cubrir sus tobillos. El viento agitaba su pelo dorado y el velo blanco atado a su cintura. Oía a Yilane como se oyen los sueños o los recuerdos. Sólo le interesaba el lugar que estaba contemplando, aquella cúspide en la roca.

De pronto bajó la vista y encontró al creyente bloqueándole el paso, de pie sobre la arena, las piernas separadas. La voz de Yilane contenía más ansiedad que nunca.

–Daniel, éste es el lugar, ¿no es cierto?

–No lo sé.

Pero mentía. Estaba casi seguro de que lo era.

Se encontraban en una cala rodeada de altos acantilados, el más pequeño de los cuales era el que acababan de abandonar. Frente a ellos se alzaba la mole de otro mucho mayor, de piedra oscura y pulida por una eternidad laboriosa, hendiendo el cielo azul. Los rayos del sol que declinaba daban en la cúspide señalando el punto donde la roca había sido dibujada. Enormes trazos de pintura blanca conformaban la silueta que tantas veces Daniel había visto representada en los ídolos y las máscaras de los guerreros: un rostro, unas manos.

Chillidos de pájaros. Máscara y Manos.

El rostro tenía retazos de ojos y una boca abierta en una mueca. Las manos eran grotescas.

Daniel contemplaba absorto aquella imagen.

Lo que más le asombraba era la coincidencia de su recuerdo con el hallazgo. Había oído «chillidos de pájaros», oteado el paisaje, visto aquel dibujo.

En ese momento vio otra cosa.

–Hay una abertura.

No la señaló. Dedujo que Yilane la vería también. Sin embargo, era difícil si no se miraba con detenimiento: se hallaba en la boca del dibujo. Un agujero pequeño desde aquella distancia, pero sin duda capaz de dejar pasar un cuerpo.

Yilane se limitó a volver la cabeza un instante y luego continuó mirando a Daniel. Se había sujetado a la muñeca una pulsera de pequeñas conchas encadenadas; su cuerpo finamente musculado estaba iluminado por los resplandores del sol de poniente y el viento alborotaba su cabellera rizada y parecía mover sus ojos y hacer temblar sus hermosos labios.

–Éste es el lugar –repitió. Pero ya no era una pregunta sino una enérgica afirmación–. Y lo has hallado tú, tal como dictaba la revelación... No debemos osar profanarlo sin antes entregarnos a los ritos.

–Oh, Yilane... –murmuró Daniel, apartándose.

–¿Ni siquiera haber llegado hasta aquí te hace creer? ¿Por qué no abandonas de una vez esa estúpida actitud? ¿No comprendes que eres la prueba de que todo lo que te hemos dicho es cierto?

Daniel pensó en las implicaciones que sugerían las palabras de Yilane. Si la creencia era real –se preguntaba–, ¿qué impedía que Bijou lo aguardara en algún lugar más allá de la muerte? Si la revelación de Kushiro estaba dentro de él, todo podría adquirir un sentido nuevo. La *Llave del Abismo* se ocultaría tras aquellas rocas, quizá en el interior de aquella misma abertura, y ellos sólo debían extender la mano y cogerla para que la sabiduría ancestral que simbolizaba les perteneciera para siempre.

Yilane pareció leer sus pensamientos, porque movió la cabeza afirmativamente.

–Sé que intuyes la verdad. Ven, vamos al final de la playa, donde el mar aún no llega. Debo explicarte algo... Te ruego que me permitas hablarte antes de hacer otra cosa...

Caminaron hacia las prehistóricas rocas, sombrías por el comienzo del ocaso. Allí, los ojos rasgados de Yilane se situaron a escasa distancia de los de Daniel.

–Sabes igual que yo lo que sucede, Daniel Kean. No puedes negarlo. Por mucho que pretendas vivir como vive la mayoría de la gente, ciego a las verdades profundas, aquí y ahora tus ojos han visto la nueva luz y ya nunca más serás ciego... Sea lo que fuere aquello que nos aguarde en este lugar, formamos parte de eso. El Undécimo Capítulo dice que somos nuestro pasado más remoto, nuestro propio origen... Aquí se encuentra ese pasado... ¿Por qué tiemblas?

Daniel sonrió. Sus mejillas ardían.

–Siento miedo, Yilane...

–Es justo lo que debes sentir –replicó el creyente–. Antes era yo quien lo sentía y tú, que no veías lo mismo que yo, me consolaste... Ahora tú eres el que ves: tu miedo, por tanto, ha aumentado. ¿Recuerdas lo que te dijo la maestra Sen ayer? Creer es conocer, y conocer nos atemoriza. Pero eso no es malo. Es natural y humano. Yo también siento miedo, Daniel. Un miedo puro, enfermizo, que doblega mi carne obligándome a buscar alivio en los otros... Un miedo como una ola que me arrancara de la tierra y me llevara hasta el mismo centro del océano... ¡Es lo que debemos sentir! ¡Y si me ayudas, juntos podremos atenuarlo lo suficiente como para traspasar esa abertura...!

El corazón de Daniel retumbaba frenético en su pecho.

–Qué quieres que haga... –susurró.

–Dancemos –propuso Yilane–. Una danza ritual. Ambos seremos uno solo. Déjate guiar por mí...

A Daniel, de repente, le apeteció. Yilane lo condujo a la zona de arena aún no bañada por el mar y le pidió que imitara sus gestos. No resultaba difícil, ya que, cuando Daniel se equivocaba, Yilane le ayudaba a colocar brazos o piernas en la posición adecuada. Pronto, todo empezó a transcurrir con fluidez, como el agua que poco a poco invadía la tierra bajo sus pies.

En un momento dado, Yilane tomó la cabeza de Daniel entre sus manos y lo besó. Casi sin darse cuenta, Daniel sintió que el miedo en su interior se apagaba como una llama sin aire.

De súbito percibió algo.

Al principio creyó que era un cambio del entorno, una

presencia que los vigilaba, una mirada proveniente de algún lugar entre las rocas, oculta. Luego ya no estuvo tan seguro.

La sensación no se parecía a nada que hubiese experimentado con anterioridad. Fue tal su vértigo que casi creyó desmayarse, como si hubiese bebido cantidades ingentes de licor. Se sentía, a la vez, exultante y confuso, alegre y aterrorizado. La visión se le nubló. Cuando recobró la serenidad, comprobó que Yilane se había alejado de él y se hallaba de pie junto a una enorme roca en la orilla, apretado contra ella como si pretendiera abarcarla con los brazos.

–¿Tú también lo has sentido? –preguntó Daniel. Yilane lo miró y asintió–. ¿Qué era?

–Quizá un efecto de realizar el rito hallándonos tan cerca del lugar de la revelación... –dijo Yilane no muy convencido–. O una advertencia, como si quisiera decirnos: «No sois lo que creéis ser». Vamos a concluirlo.

Reanudaron la danza, pero en esa ocasión con un objetivo concreto: entrelazaron furiosamente los cuerpos y buscaron el orgasmo frotándose uno contra otro. Gimieron al experimentar el placer que durante unos fugaces instantes despoja de todo temor.

Luego se miraron y sonrieron. El malestar de Daniel había pasado dejando en su interior un poso de fuerza, de energía recobrada. Yilane parecía sentirse igual. Miró hacia la oscura entrada en la boca del dibujo.

–Creo que podremos trepar hasta allí –dijo–. Hay una especie de sendero.

Recogieron las mochilas y las colgaron a la espalda. El mar había invadido ya el único sitio accesible entre las rocas y tuvieron que abrirse paso casi nadando. Una vez a resguardo del agua, Yilane se secó y vistió unos ceñidos pantalones rojizos y Daniel se puso una pieza azul corta y un collar amarillo. Con Yilane delante, comenzaron la difícil ascensión.

13

–¡Se hallan cerca! –exclamó Anjali–. ¡Detrás de ese acantilado! Y han encontrado el sitio de la revelación...

La noticia excitó a todos salvo a Svenkov, que quizá ni siquiera la había escuchado porque se acercaba en ese momento caminando con parsimonia sobre la arena.

Tras abrazar a Anjali, Rowen se apresuró a recoger su mochila.

–¡Vamos, no hay tiempo que perder! ¡Debemos hallarlos antes de que oscurezca!

–Hay algo más –añadió Anjali terminando de colocar su equipo sobre su cuerpo húmedo–. Pero no sé muy bien qué es.

–¿Creyentes tribales? –sugirió Rowen con un tono de impaciencia.

Anjali negó mientras se abrochaba los cinturones de armas.

–No... Muy distinto... Creo que corren un grave peligro y no lo saben...

Darby y Rowen se miraron con desesperación.

–¡La Verdad debe de haberlos seguido! –murmuró Rowen, y apenas terminó de decirlo cuando dio media vuelta y echó a correr en la dirección señalada por Anjali–.

¡Quizá logremos llegar antes de que sea demasiado tarde!

–¿«La Verdad»? –preguntó Svenkov confundido.

Nadie le respondió.

–Si se trata de la Verdad –dijo Darby como para sus adentros–, *ya es* demasiado tarde.

Duodécimo Capítulo

MONTAÑA

I

La entrada era oscura y parecía profunda vista de lejos, pero al llegar comprobaron que se trataba tan sólo de un paso a través de la roca. Se arrastraron hacia el otro lado y, para su sorpresa, salieron de nuevo al aire libre. Lujuriante vegetación, raíces grotescas y piedras pulimentadas con capas de limo constituían el paisaje. Yilane señaló algo más: unos rebordes en el suelo, dispuestos en varios niveles. Formaban una escalera que se abría paso ascendiendo entre los angostos canales de plantas.

Daniel, que no sabía bien qué esperaba encontrar, quedó un instante paralizado.

–¿Qué te ocurre? –preguntó Yilane, deteniéndose en uno de los peldaños.

Escalera de metal. ¿Había dicho eso también cuando estaba inconsciente? Pero aquella escalera no era de metal.

–No lo sé... Quizá esto no nos lleve a ninguna parte.

–No lo sabremos si no continuamos. –Yilane dio la vuelta y siguió pisando con los pies descalzos los peldaños cubiertos de moho.

No era un trayecto muy largo, pero las curvas de los distintos tramos y la espesura habían impedido vislumbrar el final desde abajo. Se trataba de otra abertura, esta vez más amplia, en lo alto de la roca. La humedad era densa, y a ello se unía cierto rumor creciente de agua.

La inmensa caverna a la que accedieron tenía la parte superior abierta al cielo. Su luz bastaba para revelar en gran medida el interior del recinto, aunque los rincones más alejados estaban sumergidos en la penumbra. Bajo esa relativa claridad era posible advertir una separación serpenteante entre los dos lados de la cueva, de unos treinta metros de anchura en su parte más dilatada, una especie de desfiladero que se introducía en las paredes formando aberturas en arco. Era un espectáculo extraordinario. Un puente prensil autoextensible cubierto de polvo permitía el paso de un lado a otro.

–Tiene la forma de un volcán. –Señaló Yilane las paredes de la caverna.

Daniel sólo cabeceó, incapaz de articular una palabra. Siempre había sabido que existían lugares así, procedentes del torturado período de cataclismos, pero encontrarse en uno de ellos se le antojaba desquiciante. Oía la explicación religiosa de Yilane como en sueños:

–En el Duodécimo se cuenta el origen de los Antiguos, una raza previa a la humanidad, cuya ciudad de hielo se hallaba en lo que semejaba ser un volcán sin serlo realmente...

Pero el temor de Daniel residía en sucesos más inmediatos.

–Puede haber alguien aquí dentro. –Indicó el puente.

–Quizá. O puede ser un vestigio de la expedición de Kushiro.

Se asomaron con cautela por el borde del desfiladero. Era un abismo tenebroso cuyo fondo no vislumbraban. Yilane arrojó una piedra, que desapareció en la oscuridad sin dejar rastro. Pero el sonido que llegaba desde algún punto de aquella negrura resultaba claramente identificable.

–Agua –dijo y miró a Daniel–. Un torrente, o una entrada hacia el mar. Veamos lo que hay al otro lado.

El puente parecía sólido. La luz mortecina revelaba traviesas de plástico y metal afirmadas con espículas de perforación a las rocas. Yilane arrojó una piedra al centro, y la estructura respondió con firmeza. Lo cruzaron. En su parte media se balanceaba ligeramente, y Daniel apartó una mano de la correa de la mochila y se sujetó a la baranda procurando no mirar hacia abajo. Cuando llegaron al otro lado y se adentraron en las sombras, descubrieron que la caverna finalizaba en aquel punto. Yilane parecía confundido.

–Si hay un puente, es porque debe de haber algo aquí –señaló.

El corazón de Daniel latía frenético. Avanzó hacia al fondo del desfiladero preguntándose qué era lo que buscaban. ¿Una «trampilla»? ¿Una «escalera de metal»? ¿Un «techo con ángulos»? Todo se le antojaba absurdo.

Fue entonces cuando, al mirar hacia el borde de roca del precipicio, lo vio.

–Una escalerilla –dijo Yilane acercándose–. Autoextensible.

De plástico y metal, como el puente. ¿Podría ser la escalerilla de la supuesta «revelación»? Daniel empezaba a pensar que podían estar engañándose. ¿Y si los chillidos de los pájaros y el posterior hallazgo del dibujo en la cima eran mera coincidencia?

Decidió decírselo a Yilane, pero al agacharse junto a él y mirar su rostro en la penumbra, comprendió lo que el creyente se disponía a hacer incluso antes de que lo dijera.

–¡No, Yilane! –lo detuvo.

Los ojos de Yilane contenían miedo, pero también una hambrienta determinación. Como si lo impulsara algo muy superior a él.

–Tenemos que conocer –dijo Yilane y lo apartó con delicadeza.

–¡Bajar por aquí es arriesgado!

–No mucho más que escalar hasta aquí.

En verdad, la escalerilla era gruesa y estaba firmemente sujeta al borde. Los travesaños parecían recios y, aunque se hallaban impregnados de humedad, semejaban ser resistentes. *Como si alguien lo hubiera dejado todo para indicarnos el camino*, pensó Daniel. Sin embargo, le asustaba no poder ver dónde finalizaba. Era como si condujera a otro mundo. ¿Al mundo de la *Llave*?

–Si quieres, espérame aquí –dijo Yilane.

Antes de que pudiese darse cuenta, Daniel se halló a solas, con la escalera chirriante por el peso de Yilane. Se asomó y vio los cabellos castaños del creyente como flotando en una ciénaga negra. Luego también ellos desaparecieron.

–¿Yilane? –llamó.

Aguardó la respuesta en vano.

2

Al distinguir el dibujo en la cima, Héctor Darby ya no albergó duda alguna.

Estaban a un paso de obtener la *Llave*.

La movediza Casa de Dios cubría casi toda la arena con sus olas, pero Anjali y Rowen, que iban delante, se habían abierto camino a través de las espumosas aguas y estaban subiendo por las rocas en dirección a la abertura. El lugar no parecía haber sido hollado durante siglos, aunque esta última impresión podía ser falsa, ya que la marea había ascendido y las olas lamían el borde de las rocas haciendo desaparecer cualquier rastro previo. Darby se preguntaba, ansioso, si llegarían a tiempo de impedir que les ocurriera algo a Daniel y Yilane. Necesitaba pensar en la peor de las posibilidades. La visión mental de Anjali les había dado a entender que estaban vivos pero en grave peligro, y no habían recibido respuesta al grito de sus nombres cuando llegaron a la cala.

Sea como fuere, tenían que subir.

Lo más difícil era llegar al acantilado, pues el mar batía con fuerza contra las primeras rocas y los cubría hasta la cintura. Maya, que avanzaba delante, parecía más firme que las propias piedras, pero se detenía de vez en cuando para ayudar a Darby. Svenkov, el último de todos, empapado hasta la cabeza, con la camisola blanca que vestía adherida al torso, caminaba con indiferencia y sólo hablaba para ordenar hoscamente a Darby que se moviera. En medio de ambos, el hombre biológico se tambaleaba agarrándose a las rocas para vencer el poder de succión del mar.

De repente Maya se detuvo. El agua aún le llegaba por las rodillas. Darby, que intentaba esquivarla, se paró un instante, y lo mismo hizo Svenkov.

–No –dijo ella.

–¿Qué? –preguntó Darby, pero su pregunta se deshizo bajo el sonido de otra voz.

–Arrojad mochilas y armas al agua.

Detrás de las rocas estaba una desconocida. Se erguía afirmando los pies entre las piedras, cubierta a medias por éstas. A Darby le impresionaron su belleza casi inhumana y el fascinante brillo de su cabello rubio y largo que la brisa apenas removía, como si se tratase de una escultura sobresaliendo de su cabeza. Era, en verdad, una mujer preciosa.

Pero cuando se fijó mejor en los destellos de sus ojos verdes, se dijo que no le apetecía acercarse a aquella mujer tan preciosa bajo ninguna circunstancia.

Quizá también influía el hecho de que sostuviera dos pistolas de ráfagas de cañones oscuros y fríos como el fondo de sus pupilas.

–No me hagas repetirlo, Maya Müller –dijo Turmaline.

La muchacha parecía titubear. Darby, que ya había obedecido y arrojado sus pertenencias, se preguntó por un momento si Maya y Svenkov contraatacarían.

En ese instante un brazo perfecto, blanco, como dibujado en el aire, envolvió su garganta desde atrás. Sintió un frío metálico en la cabeza.

–¿Quieres que empecemos por tu amigo, ciega? –dijo Svenkov alzando su pistola de repuesto hacia la sien de Darby.

Todo había sido una trampa desde el principio, comprendió Darby.

Se sintió perdido.

3

–¡Yilane! –volvió a gritar.

El silencio era abrumador tanto más cuanto que estaba repleto de sonidos inútiles: crepitaciones, rumor de aguas profundas... ¿quizá también gritos? Pero si era así, se oían fuera de la montaña. En cualquier caso, la voz de Yilane parecía haberse esfumado para siempre junto con su cuerpo.

Daniel aguardó hasta cerciorarse de que el creyente no respondería. Las dudas y temores lo detuvieron un instante más, pero concluyó que la soledad era mil veces peor que una muerte rápida. Entonces bajó un pie por el borde, lo apoyó en uno de los travesaños y, agarrándose a los lados, empezó a descender.

Durante un tiempo impreciso, estremecedor, se concentró en observar la pared de roca tachada por los travesaños, a la cada vez más escasa luz que llegaba de arriba. Pero cuando la oscuridad lo envolvió, perdió el poco ánimo que le quedaba. Y el inquietante sonido que subía desde las profundidades no ayudaba a tranquilizarlo: podía ser agua, pero ya no estaba tan seguro. ¿Acaso la respiración de alguna clase de enorme criatura? Quizá ése era el motivo –se dijo– de que Yilane no le oyera.

Fuera como fuese, se sentía incapaz de seguir descendiendo en plena oscuridad con aquel rugido bajo sus pies. Se apretó contra la escalerilla, pensando que no iba a poder continuar, cuando de improviso le llegó un súbito resplandor desde abajo.

Al mirar descubrió que la longitud del tramo de escalera que aún le quedaba por recorrer seguía siendo considerable, pero podía distinguir suelo firme al fondo y la figura de Yilane moviéndose de un lugar a otro.

Lleno de renovadas energías, prosiguió el descenso. Yilane lo aguardaba al final, pero no parecía alegre.

–No hay nada –dijo–, sólo estas luces.

Eran varios focos conectados entre sí a la palanca de un generador, que Yilane había activado tras tantear en la oscuridad. No revelaban otra cosa que una gruta de bordes estrechos y un enorme cauce central. El agua discurría a través de una inmensa brecha y ondulaba formando rizos de espuma que producían al golpear las paredes un retumbar constante. Su profundidad era difícil de calcular, pero no aparentaba ser un simple río.

El cauce se amoldaba a un recodo, en correspondencia con la forma del desfiladero. Las luces no alcanzaban más allá.

–¿Qué es todo esto? –Daniel alzó la voz para hacerse oír por encima del estrépito del agua.

–Algo nuevo –fue la respuesta de Yilane.

Enjugándose los labios de diseño, Daniel avanzó hacia el recodo. Distinguía extrañas sombras en aquel extremo. Se acercó y comprobó que Yilane se equivocaba.

Había algo más aparte de luces.

De hecho, muchas cosas: piezas, trozos de metal, cables cortados, herramientas, cajas apiladas, lienzos de descanso... Un sinfín de pequeños y grandes objetos aglomerados. Era como si un grupo de técnicos hubiese trabajado concienzudamente en esa zona, incluso vivido en ella, y luego hubiesen desaparecido dejándolo todo allí.

Cuando sus retinas genéticamente preparadas para aprovechar el mínimo rastro de luz empezaron a ofrecerle imágenes, deambuló por aquel cementerio. Ni siquiera sabía qué buscaba.

De pronto se detuvo.

La pared en aquel lado mostraba rebordes llamativos, como balaustradas o cornisas, pero no era eso lo que le había llamado la atención. El techo, que formaba una cornisa convexa en ese punto, presentaba en su centro una abertura que parecía dar paso a un pequeño recinto.

Era fácil llegar hasta ella: sólo tenía que subir por aquellos rebordes.

Trampilla en el techo.

Con el corazón latiéndole con fuerza, sin pensar siquiera en avisar a Yilane, Daniel dejó la mochila en el suelo, asió uno de los rebordes, se incorporó y llegó hasta la abertura. Se alzó por ella en plena oscuridad.

4

–Tráelos –ordenó la Rubia.

¿Y Anja y Meldon...?, pensaba Darby mientras avanzaba junto a Maya con las manos en la cabeza. Alzó la vista y los distinguió en lo alto de las rocas, junto al agujero de entrada. Una mujer de pelo rojo les apuntaba. Darby creyó reconocerla y se sobresaltó: era Mitsuko Kushiro... o lo que quedaba de ella, sin duda controlada por la Verdad. ¿Acaso la Verdad era aquella mujer rubia de ojos gélidos? ¿O se trataba del Amo?

Mientras era obligado a caminar a trompicones hasta las rocas, Darby se volvió hacia el polinesio.

–¿Ella le pagó más, Svenkov?

–Y me amenazó mejor –dijo Svenkov sin ningún énfasis.

Turmaline salió de las rocas. Sonreía ligeramente, y siguió haciéndolo al levantar las dos armas hacia la muchacha.

–Al señor Darby aún lo necesitaremos. En cuanto a ti...

–No, espera –dijo Svenkov–. Te dije que exigiría algunas prerrogativas con ciertos miembros del grupo...

–Te referías a Daniel Kean –observó Turmaline apuntando aún hacia Maya–. Y te serán concedidas en cuanto lo atrapemos.

–He cambiado de opinión. –Svenkov cogió a Maya del brazo–. Lo haré con ella.

–Es demasiado peligrosa para ti, idiota –repuso Turmaline, y Darby vio cómo sus bonitos y largos dedos índices se enroscaban como serpientes sobre los gatillos.

–Escuchad –dijo Darby alzando las manos–. Queréis la *Llave*, ¿no es cierto? Ya habéis llegado. Está ahí arriba. –Señaló el dibujo en la cima–. Subid y tomadla. Sabemos que hemos perdido, dejadnos marchar... –Pero Svenkov y Turmaline se medían con la mirada, sin prestarle atención.

En ese instante se oyeron disparos. La Rubia se volvió y su expresión adoptó otra clase de seriedad. Aunque Darby no logró averiguar lo que sucedía en lo alto del acantilado, la reacción de la mujer pelidorada le hizo pensar que, fuera lo que fuese, era ventajoso para ellos.

–No los pierdas de vista –dijo Turmaline a Svenkov y echó a correr.

–¿Quién es ella, Svenkov? –preguntó Darby mirando al polinesio, que no apartaba los ojos de Maya.

–Ni lo sé ni me importa. Se llama Turmaline. Me contrató poco antes de que me visitarais vosotros.

Yuli, el chico de la taberna, el que nos guió a Davenport, pensó Darby. Dedujo que todo había sido minuciosamente planeado: Yuli, bajo las órdenes de aquella rubia, los había llevado a Shane Davenport. Tal vez la mujer biológica estaba realmente loca y no fingía, pero sabían que acabaría mencionando el nombre de Svenkov.

–Me propuso un doble plan –dijo Svenkov–: la informaría en todo momento de la ruta por la que íbamos y la ayudaría luego a mataros a todos. A cambio, me quedaría con el dinero que estabais dispuestos a pagarme, además del que ella me pague. Una oferta inmejorable, ¿no crees?

–¿Y el ataque junto a la cascada? ¿Quién lo planeó? ¿Ella o usted?

Svenkov curvó sus labios en una ligera sonrisa.

–Digamos que no soporto que se cuestione mi autoridad... Quise castigar al rubio en la playa y su amigo el creyente me lo impidió... Ya he hecho tratos con tribus de enmascarados en otras ocasiones, ésta no tenía por qué ser una excepción...

–Pero lo era, ¿verdad, Svenkov? –intervino la muchacha. Sonreía con los ojos cerrados a escasa distancia del arma de Svenkov–. Esa mujer quiere a Daniel con vida. ¿Le ha parecido bien que lo vendieras a una tribu? –Svenkov titubeaba. Maya amplió la sonrisa–. ¿O acaso has sido lo bastante ingenuo como para decirle que no has tenido la culpa y pensar que te creería?

–Svenkov, escuche –interrumpió Darby–. Maya tiene razón: esa mujer va a matarlo también a usted en cuanto todo esto termine... Si nos ayuda, sobrevivirá.

Pero Svenkov no parecía tener otro interés que la figura desgreñada y desnuda hacia la que dirigía su pistola.

–Aseguran que eres peligrosa –dijo con voz suave y musical–. Veamos cuánto.

Sin dejar de amenazarlos con la primera arma, desenfundó la de dos cañones y apuntó a la pierna derecha de Maya en un mismo y rápido gesto.

La detonación hizo que Darby cerrara los ojos. Cuando los abrió, la muchacha se retorcía a sus pies con el rostro crispado y las manos aferradas a la rodilla derecha. Entre sus dedos se filtraban líneas de sangre. No gritaba, pero su garganta producía un sonido ronco, como de retener el aliento.

–¡Svenkov, cobarde! –gritó Darby queriendo arrojarse contra el polinesio, pero el cañón de la otra pistola apuntó hacia su frente. Svenkov retornó a la muchacha.

–No veo que seas tan peligrosa. De hecho, creo que eres completamente inofensiva. Pero te gusta amenazar a Svenkov y humillarlo... Probablemente, volverías a hacerlo si te dejara. No importa: hembras, machos y divergentes más fuertes que tú han bailado para mí y rogado que los use. Arrástrate hacia delante –ordenó. La muchacha siguió inmóvil–. Contaré hasta tres y dispararé a tu amigo. Uno... –La muchacha empezó a arrastrarse empleando las manos y la única pierna que lograba mover. Svenkov alzó el pie descalzo y le propinó una patada–. Más rápido. –Se divirtió observando cómo la muchacha imprimía a sus movimientos más velocidad. Sus manos se hundían en la arena como arañas, impulsando su cuerpo hacia delante a un ritmo febril. La rodilla derecha dejaba a su paso un rastro irregular de sangre.

Lo que a Svenkov no le gustaba era que ella no se quejara. Obedecía en silencio, como una máquina.

Al llegar a una franja de arena que las rocas resguardaban de la marea, Svenkov le ordenó detenerse. En ese momento se oyeron disparos desde el acantilado.

–Oh, ya veo que allí arriba os han ganado. –Permitió que Darby mirara. La figura de la Rubia se erguía a lo lejos, en dirección a la abertura. Cerca yacía un cuerpo. *¿Meldon?* se preguntó Darby. No podía estar seguro desde esa distancia, pero si era así, rogó por que la poderosa Anjali Sen hubiese logrado escapar.

El polinesio volvió a centrar su atención en Maya.

–Date la vuelta.

A Darby le costaba mirar a su amiga. Por diseñada que Maya estuviese, la perla explosiva del arma de Svenkov había convertido su rodilla en pulpa, y el proceso de girar el cuerpo tenía que producirle un dolor inconcebible, pero ella tan sólo respiraba más hondo, como si estuviese realizando algún tipo de ejercicio. Svenkov también parecía sorprendido. Se acercó y «aceleró» la lenta maniobra de Maya lanzando una patada de su talón contra la brecha sangrante de la pierna. Se oyó un crujido y un único pero escalofriante grito. La muchacha quedó boca arriba, con el hueso de la rodilla desviado en un ángulo imposible. Darby apartó la cara como si hubiese experimentado el dolor él mismo.

–Voy a matarle si puedo, Svenkov –gruñó, tembloroso.

–Pero no podrás. –Svenkov sonrió. A Darby su rostro le parecía injustamente hermoso–. Y te aconsejo que guardes tus escasas fuerzas de hombre biológico para cuando tengas que subir ese acantilado...

–¿Qué piensa hacer con nosotros?

–A ti, llevarte conmigo. En cuanto a la ciega... –Svenkov

bajó la vista hacia el cuerpo expuesto de la muchacha–. Veamos si es capaz de obedecer como *taurekareka*...

Empezó a dar órdenes. La muchacha las acató: alzó las manos a la cabeza y separó las piernas. En aquella postura, con la horrenda herida revelando la rótula fracturada, parecía completamente indefensa. Jadeaba, pero su rostro volvía a mostrar una especie de extraña calma. Svenkov se agachó y trazó líneas en la arena húmeda con la punta de la pistola, encerrando en ellas el cuerpo desnudo de su prisionera.

–Ahora nos iremos, tu amigo biológico y yo, y tú me esperarás aquí y en esta exacta posición. Me ocuparé de comprobarlo. Quizá te observe cada minuto, o quizá dentro de dos o tres horas, no lo sabrás... Si advierto que te has movido, no importa la causa, si has bajado las manos o te has desplazado por encima de una de estas líneas un milímetro con alguna parte de tu cuerpo, le volaré la cabeza a tu hombre biológico... Supongo que queda claro. –La muchacha asintió–. Cuando regrese, seguiré comprobando lo peligrosa que eres... –añadió, y se volvió hacia Darby–. En marcha.

Mientras se alejaban, a Svenkov le produjo especial placer comprobar que la muchacha se mantenía obedientemente inmóvil.

5

Era una especie de cámara clausurada. A la luz que penetraba por los focos del piso inferior, distinguió destellos metálicos y otra palanca similar a la de abajo. Más focos se encendieron al moverla. Casi parecían amenazarlo: apuntaban hacia él. Se volvió para llamar a Yilane y descubrió que el creyente ya estaba subiendo.

–¿Qué es esto? –preguntó Yilane.

A ninguno de los dos se le ocurría una respuesta sensata. Por un lado parecía una formación natural de roca, una especie de nicho un poco más grande de lo normal. Sin embargo, había interruptores, cables en buen estado, más herramientas, incluso un pequeño armario portátil... Al mismo tiempo, la propia piedra que lo sustentaba todo tenía unas irregularidades asombrosas, como relieves. La simetría y repetición hacían pensar en un origen artificial. Pero ¿quién podía haber tallado aquella locura y qué significaba?

Daniel elevó la vista al techo. La piedra, allí, había sido pulida y cortada formando ángulos, como el de una habitación común.

Ángulo en el techo.

Sintiendo que vivía en un sueño, siguió el recorrido de las líneas del zócalo, pero el brillo de los focos, situados en dos de las esquinas, le cegaba.

Entonces se fijó en el angosto armario metálico que se alzaba junto a las piedras talladas. Su puerta sólo se hallaba encajada.

Supo lo que iba a encontrar antes de abrirla.

Pero no era lo mismo saber que *encontrar.* Ver la escalera metálica autoextensible casi le hizo pensar que iba a volverse loco. La cogió, preguntándose de qué podía servirle. Entonces miró hacia arriba, justo encima del mueble.

Concentrado en los extraños relieves de piedra, Yilane ni siquiera se percató de lo que Daniel hacía hasta que éste sacó la escalerilla. Entonces se quedó mirándolo.

–¿Qué estás...? –Daniel le señaló la hendidura en el ángulo del techo y Yilane se interrumpió. Su semblante mostró una súbita, exacta comprensión.

Apartaron el armario entre ambos, Daniel colocó la escalera bajo la hendidura y apretó los interruptores de muelle. La escalera, una serpiente dócil, se estiró hasta el techo. Daniel subió por ella. La hendidura tenía el diámetro de un brazo y parecía profunda. Daniel extendió la mano y tanteó.

No había nada.

Se preguntó por un instante qué había esperado encontrar. ¿Quizá un objeto en forma de llave? La idea se le antojó ridícula. ¿Acaso no podía ser todo un cúmulo grotesco de coincidencias? Lo único que él había hecho en el desván del laboratorio de Kushiro había sido repetir frases relacionadas con lo que le había ocurrido. *Trampilla. Escalera de metal. Ángulo en el techo...* ¿O no? Se volvió hacia Yilane.

–¿Qué hay? –preguntó Yilane.

Daniel iba a responder cuando se fijó en la expresión esperanzada, casi desbordante de entusiasmo, de su compañero. El brillo de sus ojos le recordaba a Klaus Siegel.

¿Qué es la creencia? Buscar en un agujero, no hallar nada y no darnos por vencidos...

Con un escalofrío, alzó la mano y la introdujo de nuevo en la hendidura.

Decirnos: «Hay algo», y volver a buscar, sabiendo que encontraremos lo que buscamos...

Se le secó la boca al tocarlo.

Se hallaba al fondo, en uno de los lados. Sin duda, antes lo había confundido con una piedra. Era un objeto elíptico y oscuro de superficie tersa, como un huevo al que se le hubieran cortado los extremos. De pie semejaba una especie de pequeño barril. Daniel lo sopesó, sopló el polvo acumulado sobre él, y vio el pequeño cristal en uno de sus lados planos.

Temblando, bajó de la escalera con el objeto en la mano. Yilane lo miraba, el semblante tan crispado como el suyo.

Tenía que saberlo. Tenía que comprender por qué se hallaba allí, por qué él precisamente, entre todos. *Por qué somos elegidos los elegidos.* Llevó el dedo índice a aquel cristal redondo. Aunque el pequeño objeto se abrió lentamente tras emitir un zumbido, el ruido no procedía de él. Las paredes se estremecieron y varias herramientas colocadas en los rebordes cayeron al suelo. Yilane cerró los ojos y pareció murmurar una plegaria, ladeando el rostro.

–¡Viene de abajo! –gritó Daniel.

Descendieron por la abertura. El terror los paralizó.

El ruido, cada vez más titánico, provenía de las aguas.

Pero no lo producían las aguas, sino lo que *emergía* de ellas.

6

Por suerte, se dijo Anjali Sen, la japonesa funcionaba a poca velocidad: no sólo se movía, sino que era obvio que también pensaba a un ritmo muy lento. Pero las dos pistolas que sostenía podían disparar de manera considerablemente rápida.

Mitsuko los había sorprendido cerca de la entrada de la

cueva, mientras trepaban, por lo que no pudieron echar mano de las armas.

Sin embargo, no era Mitsuko en realidad. Quizá lo había sido, pero ya no lo era, y probablemente no lo sería nunca más. Su semblante, rígido, semejaba el inútil intento de un artista por dotar de expresión a una masa de cera. Todo en ella tenía aires de muñeco torpe.

Fue esta última circunstancia la que Anjali intentó aprovechar a su favor: cuando Mitsuko les ordenó arrojar las armas, agachó la cabeza y se apartó ágilmente de la invisible línea de tiro. Oyó varias detonaciones y escuchó el gemido de Rowen a su espalda. Casi sintió la tentación de retroceder y arrojarse contra Mitsuko. *Meldon*, pensó. No estaba preparada para la muerte de Rowen, con quien mantenía una relación de «amor», pero comprendió que lo ayudaría mucho más si lograba escapar con vida.

Rodeó la cima buscando una superficie sobre la que correr. Sólo encontró un borde de roca y unos treinta o cuarenta metros de vacío en vertical. El acantilado acababa en ese extremo. No lograría escalarlo con la suficiente rapidez como para eludir las balas de la japonesa.

Le quedaba una posibilidad.

Había un poder, entre los no muy numerosos del Duodécimo Capítulo, que proporcionaba la capacidad que en aquel momento necesitaba. A fin de cuentas, el Duodécimo era la Transición de la Tierra, y en sus páginas el Autor revelaba, por medio de conocidas metáforas, la fuerza oculta en las montañas. Si se equivocaba, se estrellaría desde treinta metros de altura contra los escollos. ¿Era preferible eso a una bala? Quizá no, pero al menos tendría más oportunidades.

Afirmó los pies en el borde del precipicio, separó las piernas enfundadas en unos llamativos pantalones de rayas rojas y respiró hondo. Se concentró en la metáfora del «avión radicalmente aligerado» en el que vuelan los protagonistas sobre los nevados picos de la Antártida simbólica. Su formación en la Escuela Sagrada de Bombay y sus viajes de peregrinación a las tierras de hielo del Sur regresaron a su memoria.

Ella también podía moverse así. Ella también flotaría sobre los nevados picos.

El viento pareció barrer todas sus percepciones y el espacio se convirtió en una pared gris sin fisuras y un suelo terso. Sólo tenía que caminar por allí. Sólo caminar.

Caminar por un suelo terso como si lo hicieras sobre un escenario...

–Feliz viaje –oyó a su espalda.

Giró la cabeza y vio que Mitsuko le disparaba.

Contempló la bala que podía matarla acercándose a inconcebible velocidad mientras adelantaba el pie derecho y pisaba el aire. *Un viaje, sí. Voy a viajar por este pasillo gris.* Sintió que una fuerza majestuosa la arrebataba. Aunque no hacía otra cosa que caminar, consiguió eludir el proyectil con la misma facilidad con que hubiese esquivado una pelota lanzada por un niño.

Entonces miró a su alrededor y reprimió un grito.

Se hallaba a varios metros de distancia del borde del acantilado. En el aire. *O no en el aire: caminando sobre el suelo gris.* Pero aquello no tenía nada que ver con caminar. Cuando deseó subir, se encontró de repente a una altura de unos quince o veinte metros por encima del punto anterior, lo cual le produjo un vértigo que casi le impidió concentrarse. Deseó bajar, y apareció de improviso tan cerca de las olas que podía tocarlas si extendía los brazos.

No tardó en controlar aquella nueva forma de desplazamiento. Todo consistía en tomarse las cosas con calma. No podía jugar con las dimensiones: tenía que seguir manteniéndose de pie sin apartarse demasiado de la montaña.

En un parpadeo se situó a espaldas de Mitsuko. El disparo, la bala y sus movimientos parecían haber ocurrido a la misma velocidad, y el sonido del arma aún perduraba, así como el humo que rasgaba el aire.

–Feliz viaje, Mitsuko –dijo.

Le bastó una patada. La mujer biológica salió despedida hacia delante. Cayó como caería un objeto, sin gritos, sin defensas. Golpeó dos, tres veces las rocas antes del golpe final, en los mortales escollos. Anjali deseó descender para seguir su trayecto y ver su conclusión, y apenas acababa de pensarlo cuando se encontró junto al cuerpo de Mitsuko en el instante en que éste se estrellaba contra la rompiente.

Apoyándose en las rocas contra las que había chocado, Mitsuko irguió el tronco, despatarrada sobre las olas. Su pelo era más rojo que antes y le cubría casi por completo el rostro. Pero no era pelo, observó Anjali, sino espesos colgajos de sangre. Sin embargo, aun con la cabeza destrozada, se movía.

Hasta cierto punto. Si antes lo hacía con lentitud, ahora parecía casi inválida. De pronto se paralizó, y las olas la embistieron como un escollo más. Anjali supo que, fuera lo que fuese lo que habían hecho con ella, negándole la muerte liberadora, ya no iba a moverse de nuevo.

No podía perder más tiempo. Había creído ver a otro enemigo al pie del acantilado capturando a Darby y Maya.

Regresó a la cima con demasiada rapidez y quedó flotando a decenas de metros por encima del cuerpo caído de Meldon Rowen. Ver a Rowen le dolió más de lo que había esperado. El aire a su alrededor pareció pasar por un cedazo hasta convertirse en finas y puras moléculas. Anjali notó con pánico que había perdido la concentración, cerró los ojos y al abrirlos descubrió que descendía hacia la cúspide abierta del acantilado, tras la abertura de la entrada, frente a unas escalinatas de piedra que conducían a otra abertura mayor.

Al pie de las escalinatas, junto a Svenkov y Darby, estaba la Rubia.

7

A Anjali le bastó una mirada para saber que Svenkov los había traicionado. Su llegada desde los aires había impresionado tanto al curtido guía que parecía haber perdido el control de sí mismo y de su rehén. Darby aprovechó para escapar y se alejó escaleras arriba. Svenkov dudó entre Anjali y Darby, y al final lo único que hizo fue retroceder buscando la protección del fabuloso diseño anatómico de Turmaline.

La Rubia, en cambio, no parecía impresionada, como si ver mujeres volando formara parte de su rutina. Sus ojos le dijeron a Anjali que estaba deseosa de matar, y que aquel momento era tan bueno como cualquier otro.

–De modo que ya has aterrizado –dijo Turmaline y disparó dos ráfagas de balas con sus armas gemelas. Anjali ya se había dejado caer hacia un lado y la piedra tras ella saltó en pedazos–. Y veo que se te rompieron las alas –añadió Turmaline, y volvió a apuntar.

En efecto, Anjali ya no iba a volver a volar. Pero percibió el error de la Rubia: después de los disparos había dejado a Svenkov al descubierto, sin duda pensando que no necesitaba ayuda. Svenkov, nervioso, tardó más de lo necesario en alzar los cañones de su pistola. No mucho. Lo suficiente.

Anjali bajó la cabeza de modo que el disparo de Svenkov y los de Turmaline se cruzaron en diagonal. Al mismo tiempo, se arrojó sobre el torso de Svenkov golpeándolo y haciéndolo estrellarse contra un árbol. Sabía que no tenía tiempo que perder.

Porque Cabellos Dorados...

Hizo girar a Svenkov, desenfundó su propia arma, usó a Svenkov de escudo, puso el cañón en la sien del polinesio...

... va a disparar de nuevo.

–¡Si te mueves, lo mato! –gritó.

–Me muevo –dijo Turmaline, y volvió a disparar.

Los bellos ojos de Svenkov se pusieron bizcos, como si hubiesen podido contemplar su muerte reflejada en el chorro de proyectiles. Una fracción de segundo después, su cuerpo era una bonita alfombra de piel a los pies de Anjali. La india quiso contraatacar, pero se dio cuenta de que ya no había obstáculos entre los humeantes cañones de Turmaline y ella. Soltó el arma y alzó los brazos.

–No existía demasiada amistad entre vosotros dos, ¿me equivoco? –dijo Anjali.

–Ninguna, a decir verdad. –En el extremo final entre los dos túneles que le apuntaban, la Rubia sonrió–. Curiosas facciones, ¿dónde te diseñaron?

–En la India –dijo Anjali Sen. Le pareció que decir el nombre de su país en el instante de morir era todo lo que deseaba.

–He estado un par de veces en la India –repuso Turmaline y disparó. Las balas, sin embargo, no brotaron en la dirección deseada a causa de la piedra que había golpeado su brazo izquierdo.

Imperturbable, Turmaline miró hacia atrás. El hombre biológico intentaba coger otra piedra. Fue ése el instante que Anjali decidió aprovechar.

–¡Héctor, vete de aquí! –gritó mientras se lanzaba de cabeza al vientre de la Rubia. Era una muralla de músculo de diseño, fina pero indeformable. Pese a todo, consiguió desequilibrarla. Completó el ataque elevando los puños desde abajo para golpear en la mandíbula de su oponente. Sin embargo, esa vez no alcanzó su objetivo. No sólo eso: sintió un dolor atroz, como si millares de agujas perforaran sus manos. Entonces se dio cuenta de que Turmaline había girado la cabeza dejando que su golpe se estrellara contra su cabello. Desconcertada, se contempló las manos sangrantes.

La Rubia imprimió un giro en sentido opuesto a su cabeza y, con un ruido de enjambre acorazado, un millón de agujas de oro volvieron a abalanzarse sobre Anjali. La creyente apartó la cara, pero no con la suficiente presteza. Trozos de piel saltaron por los aires y Anjali Sen cayó hacia atrás, dio varias vueltas por las escalinatas de piedra arrastrando un velo de sangre y se estrelló contra un árbol quedando inmóvil.

Pese a haber sido frenados por el golpe a Anjali, los cabellos de la Rubia siguieron girando y azotaron su propio brazo, que empezó a sangrar. Luego oscilaron un poco más, por último dejaron de moverse. Gotas rojas humedecían las puntas de oro y resbalaban por su deltoides.

A Turmaline no le importaba. Herirse con su pelo le resultaba fascinante.

Miró a su alrededor y se percató de que Darby había logrado ocultarse. Pero ya lo encontraría.

Hizo un rápido resumen de la situación. Había pensado en usar a Darby como rehén para capturar a Daniel con la ayuda de Svenkov, pero ahora Svenkov había muerto, Mitsuko también (lo percibía) y Darby había huido hacia la playa, con lo cual era preciso cambiar de planes.

Las expectativas, sin embargo, no eran malas. Anjali Sen y Rowen habían sido eliminados. Sólo quedaban Darby y la muchacha ciega, y esta última no iba a poder luchar con una pierna inútil. No obstante, la ciega era la más peligrosa de todos: resultaba necesario acabar con ella cuanto antes.

Matarían a la ciega y luego a Darby. No le sería difícil después encontrar a Daniel y Yilane. El Amo quedaría satisfecho.

Recargó las armas y se dirigió hacia la abertura de salida.

8

La cosa emergió de las profundidades con un eco ensordecedor, desplazando una ingente masa de agua. Ojos parpadeantes y móviles observaban en todas direcciones desde una enorme cabeza cilíndrica y rugosa que se alzaba soltando chorros de espuma desde sus infinitos rebordes, como una gran bestia anfibia que se sacudiera las gotas antes de dar los primeros pasos por tierra.

Yilane creía saber qué era. Un terror absoluto lo anonadaba y pensaba que, frente a lo que Daniel había despertado en aquella sala subterránea de los Antiguos, nada podía hacerse salvo pedir un fin rápido y misericordioso. Para ello se había vuelto de espaldas e inclinado hacia delante mientras miraba por encima del hombro, reproduciendo así el gesto sagrado de los personajes del Duodécimo Capítulo, que, al huir de la ciudad de hielo, se vuelven un instante y contemplan aquello que les persigue.

Para Daniel Kean fue como seguir consciente después de muerto. De forma atávica, sin saber si era correcto o no, había hecho igual que Yilane y girado con la cabeza inclinada, como si deseara hundirla en el cuerpo. Permaneció abrazado a sí mismo mientras a su alrededor la tierra retumbaba y se estremecía con aquella fuerza que buscaba su sitio en el nuevo espacio al que ascendía.

El nacimiento de la bestia cesó de repente con otro violento seísmo. En el aire quedaron rizos de humo, olor a herrumbre y ligeros chisporroteos. El agua hervía de espuma. Daniel y Yilane no modificaron su postura durante ese intervalo, cada uno abandonado a su propia angustia.

Por fin, Daniel decidió volverse.

–No, Daniel, no lo mires... –rogó Yilane, aunque él mismo no podía evitar mirar.

De algún modo Daniel supo que la cosa era mucho mayor bajo la superficie. Lo que quedaba a la luz tenía el aspecto de una mitad de esfera que ocupaba casi por completo los bordes de la zanja. Su diámetro total debía de ser de más de veinte metros. Sobre ella, coronándola, se erguía un cilindro de unos diez metros de anchura, aunque no tan alto como la fuerza de su aparición había hecho suponer. Tanto el cilindro como el trozo de esfera mostraban una superficie enmarañada, como el interior de una víscera.

–Daniel –susurró Yilane frenéticamente–, sé lo que es esta criatura... Los Antiguos las usaron para construir sus moradas bajo el agua... Se cree que se extinguieron con el paso de los eones, pero es posible convocarlas si...

Daniel no lo escuchaba. Frunció el ceño mientras contemplaba al monstruo. Sin saber por qué, a su mente había acudido una imagen súbita, inesperada.

El Gran Tren.

Dio un paso adelante.

–¡No te acerques...! –gritó Yilane, horrorizado.

Daniel siguió avanzando con los ojos muy abiertos.

–No es una criatura –dijo–. Es una máquina.

9

Maya Müller no se había movido de la postura en que Svenkov la había dejado. Se quedaría allí hasta que el polinesio regresara, y sólo intentaría hacer algo en caso de que ya hubiese matado a Darby.

Si, por el contrario, Héctor seguía vivo y en su poder (sospechaba que eso era lo más probable), soportaría todo lo que Svenkov le hiciera u obligara a hacer hasta encontrar alguna oportunidad de contraatacar sin arriesgar la vida de Héctor. Si no la encontraba, no atacaría.

Tal era su esquema de acción. Se sentía incapaz de intentar salvarse a costa de la perdición de Darby. La sola idea le repugnaba. Le debía la vida, y no podía pagarle ayudando a matarlo.

Había estado oyendo disparos y gritos confusos. Ahora sólo escuchaba el salvaje ruido del mar rompiendo contra la honda oscuridad de su interior. Aquella pausa se le antojó ominosa: si Rowen o Anjali hubiesen sobrevivido, ya habrían hecho notar su presencia. Pensó que, por horrible e insoportable que le pareciera, quizá era mejor que todos hubiesen muerto, incluyendo a Darby. Entonces ella podría reunir fuerzas y quedaría libre para vengarse.

Y se vengaría. Hasta el último hálito.

Oyó las rápidas pisadas chapoteando en el agua. Supo a quién pertenecían casi antes de oírlo hablar.

–¡Maya, estoy bien! ¡Svenkov ha muerto! ¡Cuidado con la...!

Una ráfaga de disparos desde la cima del acantilado hizo callar a Darby. Por un momento la muchacha gimió asustada, pero de inmediato percibió que el hombre biológico había resultado ileso y se había ocultado entre las rocas.

Sabía lo que Darby había intentado decirle: *Cuidado con la chica rubia.*

Bien. Eso era todo lo que necesitaba saber. Darby la había liberado. Habían intercambiado, al decir de la Biblia en el Duodécimo, una «elocuente mirada» en medio del viento, y a partir de ese momento el resultado final dependería de ella.

Pensó en las posibilidades. A juzgar por el sonido de los disparos, la Rubia se hallaba aún en lo alto del acantilado. ¿Por qué no había vuelto a disparar? Porque estaba bajando.

Bajando. A toda prisa. Hacia ellos.

Si era ágil, como le había parecido que lo era, en menos de treinta segundos se encontraría a distancia suficiente como para efectuar nuevos disparos, esta vez mortales.

–Maya –oyó decir a Darby desde su escondite de piedras, su voz agrietada por el temor–, sólo quedamos tú y yo, y tú no puedes pelear en esas condiciones... Ni siquiera puedes moverte... Quédate ahí, intentaré atraerla hacia mí...

–Héctor. –Levantó la cabeza apenas, cubierta de barro–. Vete.

–No te dejaré –contestó Darby.

–No voy a quedarme –resopló Maya entre dientes–. Sube la ladera que tienes junto a ti. Hay vegetación, podrás cubrirte.

Mientras hablaba, preparaba sus músculos.

¿Qué significaba no poder usar una rodilla? Muchas cosas y ninguna, todo dependía de lo que quisieras hacer. Ciertamente, no podía caminar, pero existían otras formas de moverse. Una rodilla sólo era una extremidad inutilizada: el cuerpo tenía cuatro. Apretó los dientes y se dispuso a usar de verdad las otras tres. Había recibido de niña golpes brutales, y había tenido que superarlos. Ahora contaba con más fuerza y experiencia. No iba a rendirse.

–¡Maya...! –jadeó Darby–. ¡Está llegando abajo!

Aún tiene que atravesar el trecho de agua, calculó. Eso la haría ir más lento.

Desplazó el cuerpo hacia un lado vertiginosamente. No tuvo que utilizar la articulación destrozada, logró hacerlo a la perfección. Pero cuando se dispuso a arrastrarse, estallidos simétricos a unos centímetros de su cabeza espolvorearon tierra por todo su ya de por sí embarrado cabello.

Está en el mar, pero su puntería es perfecta.

Se trataba, hubo de reconocer Maya, de una enemiga muy especial. Había impedido sus movimientos a base de disparos, sin duda sabiendo que, si la dejaba deslizarse hacia las rocas, le otorgaría una ventaja.

Lo intentó de nuevo, pero la arena volvió a saltar junto a ella, a escasa distancia de sus dedos. Era como arrastrarse entre bombas ocultas.

Entonces oyó los pasos. *¡Héctor, estúpido!*, pensó, sin llegar a gritar. Darby había salido de su escondite y corría a más no poder hacia el extremo opuesto de la cala.

Otra nueva ráfaga de detonaciones sonó lejos de ella. Decidió arriesgarse y dio una vuelta completa en dirección a las rocas, poniéndose a cubierto. El gesto le provocó un dolor de cristal que se hizo añicos en su interior convirtiéndose en fuego y vértigo. Durante unos instantes sólo consiguió gemir e intentar no desmayarse. Por fortuna, continuó oyendo las pisadas alejándose de ella, y supo que Darby tampoco había sido herido. Ambos estaban a salvo. *Por ahora.*

Había trazado un plan descabellado. Pero para realizarlo tenía que seguir moviéndose.

¿Cuánta sangre habría perdido? No lo sabía, suponía que mucha. No tanta, en cualquier caso, para que eso le preocupara.

10

Turmaline cruzaba la playa a buen paso hendiendo el agua con sus largas piernas, el cabello resonando a su espalda.

La Rubia estaba irritada porque las olas y la imprevista aparición de Darby le habían hecho fallar. Había dudado entre abatir al hombre biológico o seguir controlando a la ciega, a la que ya tenía acorralada. Queriendo cazar la pieza más fácil había perdido ambas. Eso era imperdonable.

Pero no volvería a cometer otro error. Los eliminaría a todos, dejaría el camino despejado para que la Verdad interviniera cuando deseara hacerlo, tal como el Amo le había ordenado. El Amo no tendría queja alguna de ella.

Darby había vuelto a escabullirse, pero la preocupación principal de Turmaline era la ciega. Si no hubiese permitido que Svenkov la dejara viva... Pese a todo, ¿qué podía hacer aquella chica? Tenía una pierna inútil y era realmente ciega. Turmaline estaba segura de que sólo debía acercarse y disparar. No la veía en aquel momento, pero el rastro de sangre en la arena la conduciría hasta ella.

Salió del agua y avanzó con rapidez bordeando las altas piedras por las que había visto desaparecer a su contrincante. De pronto percibió algo.

Miró hacia arriba. Apenas podía creerlo.

Le parecía imposible que la ciega hubiese trepado a las rocas en tan poco tiempo y se hubiese situado *sobre ella.* Pero allí estaba.

Durante la fracción de segundo en que la vio, Turmaline, incrédula, también pareció ciega.

Vértebras, músculos de espalda y brazos, venas marcadas bajo la piel, aire dilatando las fosas nasales: Maya Müller convirtió su cuerpo en un objeto pesado, una escultura desplomándose sobre la Rubia.

En medio de la caída, intuyó que Turmaline ya se había percatado. Aunque no contó con la sorpresa, la reacción de su oponente fue tardía y el impacto hizo que ambas rodaran por la arena. Turmaline soltó las pistolas, que rebotaron a escasa distancia, pero la suficiente como para que no pudiese utilizarlas de inmediato.

Ésa fue la única buena noticia para Maya Müller.

Todo lo demás resultó bastante malo: al caer, ondas de dolor se propagaron desde su rodilla como choques eléctricos de alto voltaje, dejándola por completo inmovilizada, boca arriba, en la peor posición para defenderse. Supo que no iba a poder hacer nada durante varios segundos, y a su contrincante le bastaría con la mitad de uno de ellos para eliminarla.

–Ah –dijo Turmaline–. A eso se le llama mala pata...

La Rubia se incorporó hasta quedar en cuclillas y, tomándose su tiempo, extendió todo su pelo con violentos gestos de la cabeza hasta desenredarlo y prepararlo. No quiso recuperar sus armas: le atraía que el golpe final fuese el toque ardiente de su cabello. Maya Müller no llevaba nada encima. En ritual simetría, Turmaline decidió despojarse de todo: mochila, resto de armas y perlas explosivas, la pequeña pieza de ropa. Pensó que en aquella lucha de un cuerpo contra otro, la muerte de su enemiga sería una clase especial de rito.

Se puso en pie y el oro del pelo lanzó destellos al atardecer. Su cuerpo perfecto, diseñado como una extraordinaria herramienta de placer y dolor, se desplazó hacia el de la muchacha, sus piernas se flexionaron, se sentó sobre su vientre, le inmovilizó los brazos con sus férreas manos y dejó expuestos su pecho y su rostro.

–Eres Maya Müller –dijo con calma–. El Amo me ha hablado mucho de ti, Maya. Te consideraba la pieza más difícil. Es un honor para mí acabar contigo. –Mientras hablaba levantaba el mentón dejando que su pelo colgara hacia atrás formando una sola masa. Quería saborear el momento. Sonrió al pensar que su víctima no moriría de inmediato: golpearía de tal manera que le perforaría el rostro sin matarla. Su agonía sería atroz. Turmaline tenía experiencia en agonías atroces.

Sujetó a la ciega del cuello exponiendo todavía más su rostro.

Fue entonces cuando el disparo le rozó el hombro. No resultó lo bastante certero para apartarla de Maya, ni siquiera para provocarle dolor, pero sí lo suficiente para impedirle realizar el ataque. Miró hacia el acantilado y vio a Anjali Sen con la cabeza ensangrentada y tambaleándose, pero apuntando con la pistola de Svenkov. *Debí haberla rematado*, pensó, y ese pensamiento la distrajo.

La pierna izquierda de Maya se alzó de improviso como un resorte haciendo que Turmaline diera una vuelta de campana. Liberada de su peso, Maya giró sobre la arena. Pero la Rubia se movió con escalofriante velocidad y descargó las púas como una lluvia de cuchillos manejados por otros tantos locos.

Maya esquivó dos ataques mientras la arena junto a su rostro era taladrada por aquellas colas de escorpión. Supo que, tarde o temprano, la Rubia efectuaría un golpe acertado. Y no podía confiar en recibir más ayuda: quienquiera que hubiese disparado (Anjali o Rowen, desde el acantilado), no iba a poder hacerlo de nuevo si su enemiga se hallaba tan cerca.

Decidió cambiar de táctica.

Esperó a escuchar el zumbido del pelo cortando el aire,

y, en vez de limitarse a volver a esquivarlo, hizo algo inesperado.

Lo atrapó.

Por un instante, Turmaline la miró, confundida. Tiró de su pelo hacia atrás y el puño cerrado de Maya se convirtió enseguida en un surtidor de sangre. Pero no se abrió.

Con otro tirón, la muchacha hizo que Turmaline perdiera el equilibrio. Entonces se incorporó situándose a su espalda y apoyándose sobre la rodilla izquierda mientras mantenía la derecha extendida. Procurando ignorar las lanzas de dolor que atravesaban su pierna derecha y su mano, sin soltar la presa de cabellos metálicos, empleó el brazo libre para rodear la garganta de Turmaline y obligarla a arquearse hacia atrás.

Turmaline casi sonrió. Otros habían intentado estrangularla antaño sin resultado. Sabía cómo protegerse tensando los fuertes músculos diseñados de su cuello y haciendo presión con las manos. Había sido creada como un arma mortal: nada ni nadie podía dejarla fuera de combate simplemente intentando estrangularla.

Pero en ese momento descubrió que la ciega no pretendía eso.

Maya giró su otro brazo hacia el lado opuesto y llevó el grueso mechón de cabellos dorados hacia el rostro de Turmaline, cubriéndolo casi por completo. Sabía que el cuello de la Rubia era una zona más frágil, pero las manos de su enemiga y su propio brazo lo bloqueaban.

No importaba: lo haría en el rostro.

–No –dijo Turmaline.

–Sí –dijo Maya. Tensó el bíceps y empezó a tirar.

Turmaline miró el mundo bajo barrotes dorados mientras las hebras de su propio pelo se hundían en sus facciones con tanta facilidad que, al pronto, ni siquiera sintió dolor, sólo sorpresa. Cuando quiso parpadear, finas lonchas de piel se desprendieron de lo alto de sus ojos. La luz que llegaba a sus retinas quedó taladrada como por una persiana de acero y las comisuras de sus labios se prolongaron de repente en miles de líneas rojizas; la lengua, atrapada en la formación de un grito, se transformó en un amasijo de gusanos planos que se movían a la vez soltando chorros de sangre.

Al llegar a la osamenta del cráneo, los cabellos se detuvieron. Turmaline seguía viva, pero la mano sangrante de Maya apenas podía reunir la fuerza necesaria para continuar.

Sin embargo, la muchacha sabía que «la fuerza necesaria» es sólo cuestión de voluntad.

Usó la otra mano, apoyándola sobre la que agarraba el cabello, y dio un fuerte tirón final. Con un sonido como de miles de pequeñas ramas quebradas a la vez, los metales de aleación se abrieron paso por la barrera del hueso y se clavaron firmes como anclas en algún lugar de los pensamientos de Turmaline, que dejó de pensar y de sentir al mismo tiempo.

Sólo entonces Maya Müller soltó aquellas hebras afiladas, y con ellas parte de la piel de la palma de la mano, y cayó jadeante sobre el cadáver de la Rubia.

Cuarta parte

ABISMO

¿Qué clase de lugar se hallaba ahí abajo? ¿Qué primigenia e inconcebible fuente de arcaicos ciclos míticos y acechantes pesadillas estaba a punto de descubrir?

Sagrada Biblia, Undécimo Capítulo, VI, 17

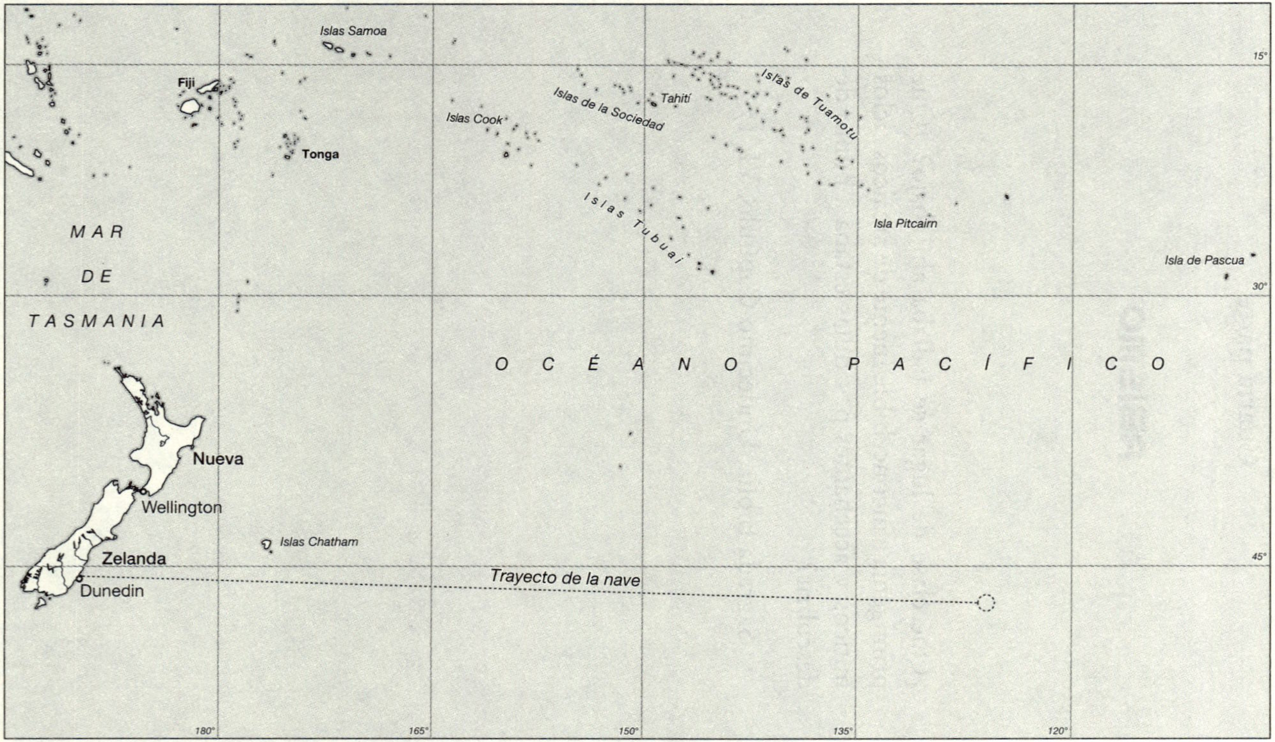

Situación aproximada de la Ciudad Sumergida de Dios según las coordenadas bíblicas.

Decimotercer Capítulo

CUERPO

I

No estaban preparados para lo que encontraron.

La nave –si de eso se trataba– era un objeto ovoide cuyo diámetro central se ensanchaba como el de un barril. Una escalerilla central la atravesaba de arriba abajo, cruzando los diferentes niveles. El extremo superior se prolongaba con un cilindro que, además de contener la escotilla de acceso, parecía servir al mismo tiempo de nave auxiliar de dos plazas. El primer nivel era el más grande y ocupaba toda la bóveda superior; semejaba una especie de sala de mandos con varias pantallas de *scriptoria*, paredes cromático-herméticas verdes con barras laterales, asientos y una mesa de cristal negro con una extraña oquedad central que recordaba la forma del objeto elíptico que Daniel había encontrado en el zócalo. En el siguiente nivel estaban los camarotes, con ventanales gruesos, confortables lechos y potente iluminación, cuyas puertas se distribuían en círculo alrededor de la escalera central. Eran seis en total, de modo que podían disponer de uno por tripulante. Una cabina clínica y otra a modo de almacén constituían el nivel inferior a los camarotes. El último nivel albergaba los generadores de energía y de reciclado de agua y oxígeno, así como un nuevo cilindro central que sobresalía, como el primero, del casco principal, y finalizaba en otra escotilla, aunque no parecía funcionar como nave.

Tardaron dos horas en explorarla, tras escalar las espículas de la superficie dentada y acceder por la escotilla superior. Las dimensiones los aturdieron: Rowen propuso las de una casa de cuatro plantas; Darby opinaba que la anchura de la zona central desbarataba cualquier comparación. Su decoración era un abigarrado museo de metales herrumbrosos y modernos instrumentos. El detalle más llamativo, aparte de la oquedad de la mesa en la sala principal, era un panel en un sector de la misma sala que mostraba peces pintados al estilo *sumi-e* japonés nadando en un agua gris.

Todo aquello parecía tener un propósito. Darby lo expresó cuando se reunieron en la sala tras el primer recorrido.

–La nave ya estaba aquí. No sé cómo, pero Kushiro y su equipo la repararon.

–¿La repararon? –Rowen, sentado de cara al respaldo de una de las butacas, arqueó las cejas bajo la pequeña venda de la sien–. ¿Quién la construyó entonces?

–No lo sé, pero su estructura parece muy antigua. Piensa, por ejemplo, en los paneles de la sala de máquinas... Las placas pétreas que hallamos detrás... ¿Yilane? Tú las examinaste...

El joven creyente, sentado en una de las barras, de espaldas a la pared cromática verde, pareció temblar cuando habló.

–No es piedra. Se trata de mecanismos sobre los cuales se ha depositado una capa mineral.

–Decir «muy antiguos» sería un eufemismo –completó Darby–. Hablamos de miles de años, o... quién sabe.

Se hizo el silencio.

–No pueden utilizarse máquinas en ese estado –objetó Rowen.

Darby acudió de nuevo a Yilane, que apoyó un pie descalzo en la barra donde se sentaba.

–Puede hacerse con creencia. –Los miró, uno a uno, con terrible seriedad–. Los paneles nuevos necesitaban un punto de conexión válido para extraer información de la masa de instrumentos. Lo consiguieron recuperando lo que está muerto y enterrado. Haciéndolo «hablar».

–Es un poder del Decimotercero –intervino Anjali Sen con el mentón apoyado en sus manos recién reparadas–. A partir de ahí, se logra establecer una conexión.

–Es como la cámara donde Daniel halló este extraño aparato. –Darby mostró el pequeño objeto en forma de barril abierto en dos mitades–. La piedra «tallada» es en realidad maquinaria. Su antigüedad es tan inconcebible como la de la nave, pero el equipo de Kushiro encontró la forma de recuperar los datos que contenía... Datos que se corresponden con el hallazgo que el propio Kushiro había efectuado en los viejos textos de la Biblia original... –Darby hizo girar el objeto de forma que todos pudieran ver su interior. En cada una de las mitades había una pantalla cubierta de símbolos parpadeantes–. Unas coordenadas que fueron suprimidas por los intérpretes de la versión final del Cuarto Capítulo. ¿Recordáis? –Y recitó de memoria–: «Avistaron una gran columna de piedra que surgía del mar, y... llegaron a una costa hecha de barro, cieno y construcciones ciclópeas, llena de algas, que no podía ser otra cosa que la tangible sustancia del supremo horror terreno... la ciudad-cadáver de pesadilla...». –Se detuvo y los miró–. Ése es el texto bíblico del Cuarto tal como lo conocemos, pero el original, al parecer, mencionaba un dato entre medias. Está en la pantalla de abajo... –Lo señaló–: «Avistaron una gran columna de piedra que surgía del mar, y *en latitud sur 47°, 9', longitud oeste 126°, 43'* llegaron a una costa...».

El silencio se hizo angustioso. Rowen se levantó lentamente del asiento.

–La Ciudad de Dios... –murmuró.

–La *Llave del Abismo* es la Ciudad de Dios –asintió Darby–. O está en ella. A más de cinco mil kilómetros al este de donde nos encontramos.

–¿Al este? –Rowen parecía desconcertado–. Espera, no hay nada en esa dirección, salvo el océano... ¿Acaso es una isla?

–No. –Darby alzó la cabeza–. Sea lo que sea, está sumergido.

–Como afirma la Biblia –añadió Yilane haciendo equilibrio con su ágil anatomía sobre la barra.

2

Cuando llegó el momento, Daniel se ofreció a ir en busca de Maya.

Había estado pendiente de su recuperación durante las últimas horas, agazapado junto a ella tanto en el camarote como en la clínica. Ignoraba el motivo. Suponía que necesitaba sentirla cerca debido al terror que lo sobrecogía. El miedo, que formaba parte de su carne, de la carne de todos, diseñados o biológicos, agudizado por el lugar donde se hallaban y lo que habían decidido hacer.

La encontró recostada sobre los líquidos curativos del receptáculo de la pequeña clínica, en el nivel inferior a los camarotes. Parecía dormida, pero estaba sometida a la tiranía de las pesadillas. Se retorcía y gemía en el reducido espacio blanco.

No era la primera vez que Daniel la veía sufrir malos sueños desde que había empezado su curación en la nave. Era cierto que sus heridas requerían más atención que las del resto, pero Daniel no creía que aquellos sueños se relacionaran con ellas.

No habían salido mal librados, después de todo. Darby presentaba sólo rasguños y Rowen un surco en el cuero cabelludo debido al roce de una de las balas de Mitsuko, la cual le había provocado un desmayo que al propio Rowen le molestaba recordar, pero que Anjali juzgaba providencial.

–Te hubiese matado si llegas a quedar en pie –le decía ella.

Las heridas de Anjali y Maya eran más serias. La india había perdido gran parte del lóbulo de la oreja derecha y tenía contusiones en la cabeza y cortes en las manos, pero nada que no fuese recuperable. En cambio, el estado de la rodilla y mano derechas de Maya hacían aconsejable algún tipo de intervención. Aunque encontraron en la cabina-clínica un receptáculo con luces y líquidos cicatrizantes y todo el instrumental reconstructivo necesario, las técnicas más complejas se hallaban fuera del alcance de cualquiera de ellos, y Darby volvió a echar de menos –no por primera vez– a Brent Schaumann. Por el momento se habían limitado a inmovilizar la rodilla de Maya para, colgada de las axilas, hacerla bajar suavemente por el desfiladero hasta el foso donde se encontraba la nave, y luego, ya en su interior, la habían sometido a sesiones de líquidos y reposo. El perfecto diseño de su organismo había empezado a actuar, epitelizando las brechas más profundas y reponiendo el hueso roto, pero seguiría cojeando hasta que regresara a la civilización. En cualquier caso, por fortuna, ya estaban de nuevo juntos y en el sitio correcto, aunque el objeto que Daniel y Yilane habían descubierto –una nave hermética flotando en el agua de un canal subterráneo– superase todas las expectativas.

Intentó no asustarla mientras la despertaba. En la muchacha, la transición hacia la vigilia resultaba extraña y silente, porque sus ojos seguían cerrados. Luego la ayudó a salir de la cabina y subir al camarote. Maya parecía necesitada de hablar, y Daniel decidió no interrumpirla.

–Soñé que volvía a contemplarme en un espejo mientras ejercitaba mi cuerpo, como hacía en la comuna de Yemen. Pero no tenía once o doce años sino mi edad actual. Me miraba en el espejo, colocado junto a una palmera, en las casamatas donde fui creada... y podía verme. Y esa visión me asustaba. Luego volvía a dormir con mis compañeras, en el suelo, cuerpo contra cuerpo, y a compartir orgasmos con ellas para aliviar mi temor. Y veía colores. Mis recuerdos son colores. El Sur está lleno de ellos. Dormía en una habitación amarilla. La piel de nuestros guardianes era oscura y las uñas y la sonrisa muy blancas. Los golpes eran rojos. Nos pegaban siempre, en todo momento. El miedo era de un tono marfil o hueso. No éramos seres humanos, ni siquiera entes vivos, sino cosas fabricadas para entrar en la

Ciudad de la Muerte. Si moríamos o enloquecíamos, simplemente nos eliminaban. Podían sustituirnos con facilidad, ya que creaban «perras» con frecuencia. Llegué a tener tanto miedo que no supe que lo tenía. Todo dentro de mi ser era miedo, no podía diferenciarlo de la vida. El orgasmo, que era blanco, de un blanco muy puro y brillante, como una luz, no nos pertenecía. Nos recompensaban permitiéndonos obtenerlo. Era nuestro alivio.

Daniel, recostado junto a ella en el lecho del camarote, tendió la mano hacia la suya. Aunque no habían compartido orgasmos, la muchacha había buscado uno la primera vez que él se había quedado a solas con ella en aquel lecho, pocas horas antes. Y lo había hecho como si se defendiera de algo: con una mano entre sus muslos y la otra en sus pechos, sin requerir la ayuda de Daniel pero sin que le importase su presencia, gimiendo entre aleteos de párpados cerrados.

Maya aceptó su mano y volvió el rostro hacia él.

–Una vez me preguntaste cómo me había quedado ciega. Nunca quiero hablar de eso, pero ahora te lo contaré. Nos obligaban a percibir el viento de la muerte y descender a la Ciudad bajo tierra, junto a los cadáveres. Teníamos que recorrerla a solas o con otras compañeras. La Ciudad era, casi siempre, una caverna inmensa y vacía en apariencia, pero un día, durante un descenso, encontramos algo. O algo *nos encontró* a nosotras. Nos habían dicho que era posible que ocurriera, y si así sucedía, teníamos que intentar huir sin mirarlo siquiera...

–¿Qué... era? –murmuró Daniel con la boca seca.

–No te serviría de nada saberlo –contestó ella temblando, tras una pausa–. Hay hombres entrenados como «perros» para buscar la Ciudad, pero tú no eres uno de ellos. Que te baste saber que la muerte, para muchos cuerpos, no es el final de la vida: así lo afirman el Decimotercero y el Último. Hay muertos que viven en abismos hondos, y tan sólo encontrarlos significa la locura... En realidad, *no sé lo que vi.* Pero sé que, a partir de ese instante, ya no vi nada más. A mi alrededor, mis compañeras aullaban. Fui la única que logré salir con vida... Descubrí entonces que el último color, el del pánico, es negro. Cuando llegué a la superficie y abrí los ojos, seguí viendo ese color. Y he continuado viéndolo toda mi vida. Me explicaron que quedarme ciega me había salvado. Mis compañeras, que habían *seguido mirando*, perecieron.

Hizo una pausa y prosiguió, recobrando la calma.

–La ceguera me permitió resistir, ya que me usaban menos que a otras. Y resistir me ayudó a sobrevivir. Cuando superas un límite de edad y comprueban que eres fuerte, procuran conservarte. Allí se dice: «Si vives lo suficiente, te harán vivir más». Pero diez años después decidieron venderme. Desconfiaban de poder hacer negocios con una «perra» ciega, y yo sabía que si no recibían una buena oferta por mí, me sacrificarían. Fue entonces cuando Héctor Darby me compró. Pensé que era un ritualista. Nunca había conocido a otra clase de individuos que no fueran ritualistas. Pero cuando se quedó a solas conmigo me dijo: «En realidad, compro libros, no personas». –Sonrió–. Añadió que podía marcharme a donde quisiera. Nunca me permitió agradecérselo. Sé que lo hizo porque se dio cuenta de que nadie iba a comprarme. Le pedí quedarme a servirle. Ayudarle. Defenderle. Me aceptó como colaboradora: a partir de entonces yo iba de un sitio a otro, conseguía libros para él y lo protegía cuando tenía que realizar un viaje a lugares remotos. Luego conocí al doctor Schaumann y al magnífico Meldon Rowen... y luego todos conocimos la leyenda de la *Llave.*

Daniel la miró largo rato durante el silencio que siguió. Se preguntaba qué clase de horrores ocultaban aquellos párpados cerrados, asediados de pecas.

–Te debía esta historia, Daniel Kean –dijo ella.

–Y te agradezco que me la contaras.

–Pero no has venido a oírme tan sólo.

Daniel se incorporó en la cama. Escogió las palabras antes de hablar.

–Debemos decidir entre todos lo que vamos a hacer, y nos gustaría que nos acompañaras. Héctor cree que la nave se pondrá en marcha cuando introduzcamos el artefacto que encontré en la muesca de la mesa de control. Entonces nos llevará directamente a la *Llave.*

–¿A la *Llave*? ¿Cómo nos llevará?

–Bajo el agua –replicó Daniel, y notó el estremecimiento de ella.

3

–Bajo el agua –insistió Darby. Estaba pálido y parecía contagiar a través de su mirada su palidez a los demás–. Al lugar donde Dios habita. Nadie ha llegado tan lejos jamás, que sepamos, aunque quizá Kushiro sí lo hizo. Pero también sabemos que sólo él regresó con vida y cordura para contarlo y planear su revelación. Ahora nos toca a nosotros. Decir que es probable que no todos sobrevivamos podría parecer redundante. Debemos decidir si queremos afrontar ese riesgo. Quien lo desee, puede abandonar esta nave ahora, antes de que introduzcamos el artefacto en la muesca.

Los sondeó con la mirada: Meldon Rowen, el joven y enérgico empresario de lustroso pelo negro y tez morena; la oscura creyente india Anjali Sen; el joven Yilane, de ojos rasgados; Maya Müller, la ciega de rostro pecoso; Daniel Kean, con su delicada delgadez y su pelo rubio con un mechón oscuro.

Nadie renunció, pero tampoco hubo asentimientos. Era como si supieran que el camino estaba trazado y no podían sino seguir avanzando.

Darby se volvió hacia Daniel y le entregó el artefacto abierto.

–Tú lo encontraste, Daniel. Es justo que seas tú quien lo haga.

Daniel contempló las dos pequeñas pantallas con el texto parpadeante. Cerró ambas mitades produciendo un pequeño clic. Por alguna razón sólo miró a Maya mientras dirigía el pequeño barril hacia la oquedad de la mesa, como si los ojos cerrados de la muchacha le resultaran tranquilizadores. Abrió la mano y dejó caer el objeto con suavidad. Éste se deslizó y quedó engastado en la oquedad.

Por mucho que lo esperase, no pudo evitar un grito de pavor.

Paredes y luces temblaron. Un resplandor cobalto lo llenó todo mientras el panel de los peces dibujados comenzaba a ascender descubriendo un cristal oblongo.

Se hundían. El agua anegó el cristal y el mundo se hizo negro. Reflectores que debían de estar situados en el ecuador de la nave revelaron sombras de peces vivos y un lecho rocoso. El vehículo tomó impulso, se deslizó por un túnel triangular y salió a mar abierto a través de una gigantesca grieta. Tras varios balanceos corrigió automáticamente su rumbo y el suelo del salón volvió a ser firme.

Pero en aquel momento nadie estaba pendiente de eso.

Todo el interés se centraba en el rostro que apareció en las pantallas de los *scriptoria*, la arrugada faz que cubría cada uno de los visores como el rompecabezas de una máscara dispersa en fragmentos.

–*Os doy la bienvenida, seáis quienes seáis los que habéis encontrado esto. Os lego un trabajo que ni mis discípulos ni yo hemos podido finalizar, después de ver lo que hemos visto y saber lo que sabemos... Confío en que una humanidad más fuerte lo herede, lo complete y utilice lo mejor posible...* –Daniel tenía la impresión de que Katsura Kushiro lo miraba a los ojos desde sus oscuras cuencas, donde brillaba un centelleo de terror–. *Preparaos: estáis a punto de conocer la verdad sobre la* Llave del Abismo...

Nadie habló cuando las pantallas se apagaron. Todos permanecían sujetos a la barra como petrificados mientras el casco de la nave latía entre sordos retumbos.

El Amo, que era uno de ellos, también sentía miedo. Pero por dentro intentaba serenarse.

Porque, aunque los planes habían dado un giro imprevisto debido a los últimos acontecimientos –Turmaline había fracasado en su intento de eliminarlos–, la Verdad aún seguía disponible y nadie sospechaba de su presencia.

Mientras la nave parecía hervir sumergiéndose cada vez más en aquella tiniebla, el Amo, aferrado a una de las barras, se permitió una sonrisa.

4

Sólo varias horas después, Daniel comprendió que sucedía algo extraño.

Hasta ese momento el viaje había sido únicamente abrumador. Sus compañeros parecían estar pasando por la misma etapa de estupor que él. Daban cuenta de las provisiones y se retiraban pronto, o permanecían en la sala y miraban absortos la oscuridad agitada tras el cristal. Nadie hablaba, pero Daniel podía imaginar lo que todos pensaban en la soledad de sus camarotes: que viajaban bajo el agua hacia el Lugar Temido, la materia de las pesadillas infantiles y el terror primigenio. Razonaba que Kushiro lo había planeado bien: si la nave no los hubiese llevado de forma automática, ninguno de ellos habría tenido el valor de dirigirla.

Sucedió durante una de sus visitas a la sala. Daniel acababa de subir la escalera y comenzaba a asomarse por la escotilla cuando lo oyó.

–Es muy probable que no obtengamos nada, Héctor... –Era el tono de Anjali Sen.

–Sea como sea, hay que intentarlo. –Era la voz cautelosa de Darby.

La única importancia que Daniel concedió al breve diálogo fue la que parecieron otorgarle sus protagonistas, que al verlo llegar se interrumpieron súbitamente.

Anjali, recostada en uno de los asientos, se examinaba las cicatrices cada vez menos visibles de sus manos. Luego estiró el flexible cuerpo con cierta languidez y se incorporó.

–Estaré en mi camarote –advirtió. Sonrió hacia Daniel antes de dirigirse a la escotilla por la que él acababa de subir.

Darby siguió sentado contemplando el oscuro espectáculo de la ventana. Llevaba una camiseta que dejaba sus velludos hombros al descubierto y pantalones holgados. Su barba presentaba un curioso aspecto de descuido nada común en él. Más allá del cristal hacia el que miraba se distinguían dos caminos de oro, dos realidades blancas y piramidales en medio de una nada absoluta. Peces asustados y horrendos parecían crearse y destruirse al atravesar aquellos raíles de luz. No había ni rastro del Color, pero Darby aseguraba que eso era «esperable»: la latitud por la que viajaban se hallaba muy alejada de la región donde persistía aquella radiación. Pese a todo, Daniel no sabía qué era preferible, ya que las sombras puras más allá de los reflectores resultaban atroces.

Mientras miraba por el ventanal, Daniel sintió de repente la tosca presión en su pierna desnuda de la mano del hombre biológico. Le confortó aquella caricia.

–A juzgar por nuestra velocidad y las coordenadas de destino, quedan unas veinticuatro horas para llegar a... lo que sea –dijo Darby con voz cansada. Parecía no haber dormido desde hacía días–. ¿Has venido a contemplar lo que ocultan las profundidades, jovencito?

–Me interesa más lo que ocultamos entre nosotros.

La respuesta logró arrancar la mirada de Darby del cristal. Con el velo color castaño transparente que vestía sujeto en su puño, Daniel le devolvió el escrutinio mientras apoyaba un pie en el asiento que Anjali había abandonado.

–Sigues dejándome al margen –añadió Daniel–, como cuando me mentiste en tu casa o me desdeñaste frente a Svenkov.

–No comprendo...

–Comprendes perfectamente. Estáis planeando algo.

–Vamos a intentar una cosa más bien arriesgada –concedió Darby al cabo del rato–. No queríamos comentarlo hasta no conocer sus consecuencias, y menos a ti...

–¿«Menos a mí»? ¡Estoy harto de que me dejes de lado cuando te interesa!

–Calma, jovencito, sólo pretendo...

–«¿Protegerte?» Es la palabra correcta, ¿verdad, señor Héctor Darby? ¡Olvidas que estáis aquí por mí!

–¡Y quizá tú olvidas que ninguno de nosotros quería que vinieras!

–Pero he venido. ¡Y sabes bien lo que busco! ¡De modo que si tienes alguna información sobre la Verdad o el Amo, me gustaría conocerla! –Después de aquel estallido, Daniel pareció recobrar la calma. Sentado sobre la mesa de control, bajó los ojos–. Lo siento.

El hombre biológico le restó importancia con un ademán. Siguió mirando el ventanal en silencio y al cabo de un rato dijo algo extraño:

–Hay oscuridad dentro y fuera.

Daniel lo miró.

–Y nos preocupa más la de dentro –añadió Darby–. La mercenaria que nos tendió la emboscada se llamaba Turmaline. Era una predestinada. ¿Sabes lo que son? Seres diseñados para fines tan específicos que se discute, incluso, si pueden considerarse humanos. El diseño de la predestinación no puede compararse a ningún otro: ni siquiera Maya es una predestinada. Turmaline había sido diseñada para matar o procurar placer, exactamente eso, sólo eso. Su cabello era un hetero-injerto de cuchillas. Otros rincones de su cuerpo distarían de ser tan duros, pero a su modo también serían peligrosos. Podía danzar hasta enloquecer a quien la mirara o acribillarlo en dos segundos. Era un ser lujoso, comprado y elaborado a gusto de un cliente particular. Mitsuko la obedecía, pero Anjali sospecha que ella no controlaba a Mitsuko, sólo le transmitía las órdenes que recibía. Llevaba un auricular orgánico y una microcámara en la retina izquierda con instrucciones. –Miró a Daniel–. No era ni la Verdad ni el Amo, sólo una herramienta.

–¿Quizá uno de ellos sea Moon?

Darby negó con la cabeza.

–Tu venganza se ha visto satisfecha parcialmente: Turmaline acabó con Moon antes de seguirnos a Nueva Zelanda. Ha quedado registrado en el auricular. Anjali acaba de extraer la información.

Daniel no experimentó ninguna alegría ante aquella noticia. Era como si la pérdida de Moon le hubiese despojado de posibilidades de venganza. Pensó que la Verdad y el Amo, los auténticos responsables, se hallaban, tras la muerte de Moon y Turmaline, algo más lejos que antes. Pero las siguientes palabras de Darby desmintieron su temor.

–Están cerca, Daniel. Más cerca que nunca. Las informaciones del auricular eliminaron automáticamente cualquier mención sobre ellos, pero sería una ingenuidad pensar que no nos han seguido hasta aquí. En realidad, creo que el peligro es mayor que nunca, porque nuestra victoria sobre Turmaline nos ha hecho confiarnos. Y quizá eso era lo que pretendía quien la envió.

Hasta aquí. Daniel intentó entender las implicaciones de lo que Darby decía. ¿Se refería a que podían estar en la nave?

Darby clavaba la vista en él.

–Sólo nos queda una posibilidad: interrogar a Turmaline.

–Pero... está muerta...

–Así es, y sin embargo... No sólo pretendíamos examinar su auricular cuando decidimos traer su cadáver a la nave.

Daniel dejó que el velo se deslizara por el centro de su cuerpo. Se abrazó a sí mismo y observó, más allá del ventanal, los simétricos senderos oscurecidos por vegetales y peces. Hablar con los muertos era una blasfemia que se sentía incapaz de imaginar.

–¿Puede hacerse? –preguntó.

–Los creyentes dicen que sí, y si ellos pueden, yo no veo inconveniente en aceptarlo. De hecho, me parece vital obtener esa información cuanto antes... Sinceramente, Daniel... –Darby retornó a contemplar el ventanal–. Aceptaría cualquier posible solución, fuera la que fuese. Porque creo que el peligro es mucho mayor que nunca.

5

–Tu padre conocía bien el Decimotercero –dijo Anjali Sen–. ¿Te explicó sus profundidades?

–No demasiado –se apresuró a responder Yilane, y su ansiedad despuntó en la voz.

Anjali observaba cómo su joven discípulo depositaba simétricas gotas de ungüento sobre sus brazos, pecho y vientre. Su trabajo era minucioso, pero las manos que sostenían el frasco temblaban.

–Haz lo que te indique y lo lograremos. –Anjali comprobó que la malla estuviera bien ceñida a sus piernas–. Vamos a la otra cámara.

El cadáver yacía en el suelo balanceándose con los casi imperceptibles movimientos de la nave. Su cabello metálico producía un tintineo como de pequeños adornos colgantes. Aunque el perfecto diseño de su piel y la temperatura del cilindro de congelación había retrasado cualquier signo de descomposición en Turmaline, las heridas del rostro seguían siendo un espectáculo difícil de contemplar.

Hubo un silencio. Sólo se oía el roce de las palmas de las manos de los dos creyentes al frotar sus cuerpos con el ungüento, y aquel ligero tintineo del cabello.

–Puede que no quiera contestar –observó Yilane–. Se dan casos...

–Entonces la haremos hablar. Tendrá que responder. No podrá negarse.

Una de sus manos se tendió en el aire y alcanzó el suave brazo de Yilane, que dejó de temblar.

–Yil: un cuerpo muerto es como un cuerpo vivo –dijo Anjali–. No nos deben dar más terror unos que otros. Quizá te agobie el pensamiento de realizar un acto blasfemo, pero recuerda que se trata de una predestinada. No son iguales que los seres humanos.

El joven creyente asintió, pero se alejó del contacto con Anjali, como queriendo demostrar que no la necesitaba. Una hora antes habían compartido orgasmos para menguar el infinito pánico que les infundía lo que se iban a hacer. Como en ocasiones similares, ella lo había acariciado al tiempo que lo hacía consigo misma, hasta obtener el placer en ambos. Yilane siempre respondía con una entrega total, pero Anjali había percibido su distancia. *Quiere probar que ya no me necesita*, pensaba. Le gustaba esa temeridad, pero no cuando comprobaba que, bajo ella, el fascinante Yilane seguía escondido dentro de sí mismo, tembloroso.

Anjali desvió la vista hacia su *scriptorium*, situado sobre la mesa. Quedaban apenas cuatro horas para que la nave llegara al final del trayecto, según los cálculos de Darby. Tenían que apresurarse.

Habían elegido la cabina que servía de almacén. Se trataba de una cámara cuadrada con una habitación adyacente más pequeña. Las paredes de la primera eran blancas y las de la segunda grises. Además de cajas con piezas de repuesto, la primera cámara contenía dos cilindros de congelación muy útiles. En uno de ellos habían introducido el cadáver de la Rubia al traerlo a la nave.

Habían pasado las horas previas sumidos en los preparativos. Anjali llevaba en su mochila una malla de rombos anchos y un frasco de ungüento. Yilane sacó sus ajorcas, brazaletes y collares. Luego entraron en el pequeño cuarto gris y se desvistieron. Anjali calzó la malla y Yilane se colocó las joyas. Entonces ambos empezaron a frotarse el cuerpo con los ungüentos que provocarían la emisión de sudor. El cabello azabache de Anjali, cuidadosamente peinado, ondeaba reflejando las escasas luces de la habitación en tonos opalescentes. La india sonrió hacia su discípulo y éste la imitó: teniendo en cuenta lo que se disponían a hacer, pensaba que se hallaban de bastante buen humor.

Yilane miró hacia el cadáver.

–Tiene el rostro destrozado...

–La lengua está cortada en finas capas, eso será un problema, pero podrá pronunciar palabras breves... ¿Preparado?

–Sí.

Yilane no se apartó esa vez cuando su maestra lo tomó del mentón.

–Saldrá bien, Yil –dijo Anjali–. Empezaré con los gestos. Te llamaré luego.

Los gestos de danza frente al cadáver debían ser secretos. Todo lo relativo a la muerte lo era, y ambos lo sabían. Cuando la puerta se cerró detrás de Yilane, Anjali comenzó una danza lenta en la que creyó vislumbrar que el rostro de Turmaline la miraba. En un momento dado sus giros despidieron gotas de sudor hacia el suelo. La malla recogía la mayor parte de ese sudor y lo cristalizaba, convirtiendo sus piernas en moldes de escarcha frágil. Luego esos delicados cristales constituirían parte de las «Sales Esenciales» que se precisaban para el rito.

Bailó sin pensar ni sentir otra cosa que su propio cuerpo y el calor de la transpiración. Cuando la capa cristalizada se hizo lo bastante opaca, se detuvo y regresó a la cámara gris, donde procedió a quitarse la malla con extraordinaria delicadeza al tiempo que desprendía los cristales con el cuidado de un orfebre. Al fin se bajó la malla hasta los tobillos y dejó que su cuerpo temblara enfebrecido.

Confiaba en que la información que les entregara Turmaline fuese útil. Opinaba, igual que Darby y en contra de Rowen, que sus adversarios seguían activos.

Y había algo más.

Aquello que había sentido al realizar el rito de traslación en la playa. Si bien no había logrado introducirse en las mentes de Daniel y Yilane, había percibido algo en el entorno de todos. No había querido comentarlo con nadie, pero su sensación no se correspondía con la simple presencia de una asesina profesional como Turmaline. Tampoco había sido un aviso de que Svenkov era un traidor. Lo que había sentido en aquel momento era mucho más importante y extraño. Le producía escalofríos sólo recordarlo. Había decidido que interrogaría al cadáver sobre eso.

Oyó ruidos en la cámara adyacente. Pensó que Yilane podía haber entrado por su cuenta, pero enseguida comprendió que eso era absurdo. Su discípulo no se atrevería a perturbarla en la intimidad de su descanso, cuando más débil se sentía, durante la recolección de cristales. ¿Podía ser Rowen, que no había cesado de acosarla desde que se había enterado de lo que querían hacer?

La puerta se abrió tan bruscamente que Anjali dio un respingo, sus experimentados sentidos vibrando a lo largo de su perfecto cuerpo. Pero se tranquilizó de inmediato al ver quién era.

–¿Qué ocurre? –preguntó.

La persona que había entrado cerró la puerta sin responder y se acercó.

6

Casi cuatro horas después, todos se hallaban reunidos en la sala. La sorpresa, el dolor y el llanto habían dado paso a un silencio desconcertado.

–Yil, por favor, ¿podrías contarnos otra vez lo que hiciste? –inquirió Darby.

El joven creyente alzó la vista revelando mejillas húmedas y ojos enrojecidos. Daniel sabía la adoración que Yilane experimentaba por su maestra, y podía comprender su actitud, así como la de Rowen. De hecho, sólo Maya y Darby parecían conservar la serenidad.

–Me ordenó que saliera para ejecutar ciertos gestos previos a la recogida de Sales Esenciales según los sagrados ritos del brujo del Decimotercero... Estuve fuera una hora o más, y cuando me pareció que tardaba demasiado en llamarme, entré... y la encontré en la habitación pequeña, en el suelo.

–¿Viste a alguien más cerca del almacén?

–No.

–¿Notaste algo extraño en ella o en algún objeto a su alrededor?

–Nada. Pensé que se había desmayado... Los ritos preparatorios del Decimotercero exigen mucha energía... La urna con el sudor cristalizado estaba volcada y tenía la malla en los tobillos... Creí que había perdido la conciencia. Intenté despertarla...

–¿Dónde estuviste esperando cuando ella te ordenó salir?

–Subí a mi camarote. –Yilane frunció el entrecejo–. No entiendo el sentido de tus preguntas...

Sin responder, Darby se volvió hacia la muchacha.

–¿Y tú, Maya?

–Estaba sola en mi camarote, descansando.

–Igual que yo –intervino Daniel.

Darby asintió.

–Meldon Rowen y yo estábamos juntos, aquí, en la sala principal. Oímos los gritos de Yilane, y Meldon bajó primero... Los demás estabais solos.

–¿Por qué no explicas de una vez lo que piensas, Héctor? –Rowen habló casi por primera vez desde que habían descubierto el cadáver de Anjali, y lo hizo con mucha lentitud, en tono de amenaza. No había llorado aún, y su rostro era una máscara crispada que contemplaba fijamente el lugar donde se encontraba la india: Daniel sabía que eran las señas propias de quien ha mantenido con alguien una relación de «amor».

La habían trasladado a la sala y colocado en un lecho oblicuo. El cuerpo de piel morena, aún con cierta impresión de vida, contrastaba con la blancura del lecho y las dos bandas azules con las que había sido sujetado a éste. Su rostro estaba cubierto con otra banda, pero su cabello formaba una almohada negra alrededor. A falta de urnas crematorias, tendrían que esperar a regresar para poder despedirla con los ritos apropiados. Pero antes de someterla al olvido del cilindro de congelación les parecía correcto contemplarla por última vez.

En el silencio que siguió, la voz de Héctor Darby adquirió una sonoridad especial. Se había levantado y situado junto al cadáver, como custodiándolo. Más allá, en la ventana, la nave parecía discurrir sobre una fosa a gran profundidad. Aquel tenebroso decorado se le antojó a Daniel horriblemente simbólico.

–Hay un punto que no debemos olvidar: Anjali Sen se disponía a interrogar el cadáver de Turmaline según las reglas del Decimotercero, para saber quién era su propietario... –Los miró, uno a uno–. ¿Y recordáis cuando realizó la traslación de mentes en la playa? Detectó algo que aún ignoramos...

–A Turmaline y Mitsuko –dijo Rowen.

–No –negó Darby–. Eso es lo que pensé al principio, pero una deducción muy simple me llevó a creer lo contrario. Sencillamente, Turmaline y Mitsuko aún no estaban allí cuando Anjali percibió a Daniel y Yilane. Era Svenkov quien les comunicaba dónde nos hallábamos unos y otros. Cuando Anjali los detectó y corrimos hacia la cala, Svenkov se retrasó para comunicar la nueva dirección a Turmaline, y ésta decidió dar un rodeo y tendernos una trampa en la cala. Pero en aquel momento aún no estaban allí, ni con Daniel ni con nosotros... Anja percibió algo distinto... Y ese «algo» puede tener relación con lo que Brent creyó percibir en Sentosa. –Darby les había hecho un resumen de lo que Daniel ya conocía. Todos estaban pendientes de las palabras del hombre biológico–. Por tanto, los dos percibieron una presencia en nuestro entorno, y los dos han muerto de un fallo del corazón. Me parecen demasiadas coincidencias.

De súbito, Rowen se volvió hacia Yilane. Sus ojos verdes relampagueaban.

–Tú encontraste ambos cuerpos: el de Brent y el de Anja... ¿Otra coincidencia?

–¿Eso me convierte en culpable? –La voz de Yilane sonó desesperada.

Darby intentó apaciguarlo, pero Rowen ya estaba lanzado.

–¡Maya, Daniel y tú estabais solos en la zona de camarotes! ¡Si hay un enemigo en nuestro bando, puede ser cualquiera de vosotros tres!

–Cualquiera de nosotros *cinco* –corrigió Maya–. No olvides que puede haber dos enemigos en lugar de uno.

–¿Qué?

–La Verdad es un mercenario contratado por el Amo. El hecho de que sea uno de nosotros no impide que el Amo también esté aquí.

Aquellas palabras hicieron que todos se mirasen entre sí.

A Daniel no le parecía imposible que tal cosa fuera cierta. Si había un traidor, ¿por qué no dos? Se alzaron varias voces a la vez, pero el imperioso tono de Rowen pareció poner las cosas en su sitio.

–¿Acaso crees que quien haya contratado a la Verdad iba a arriesgar su vida por llegar hasta aquí?

–Sí –dijo Darby de repente–. *Cualquiera* hubiese arriesgado algo más que su propia vida por llegar hasta aquí...

Todos lo miraron. El hombre biológico contemplaba, pálido, a través del cristal, el increíble lugar al que se aproximaban.

7

La montaña, alzada sobre el fondo de la fosa y revelada por los reflectores, parecía una formación demasiado regular para ser natural. Daniel advirtió en su cima una base plana con una ligera depresión en el centro.

El miedo y la tensión se reflejaban en los rostros. La muchacha era la única que no se había acercado al cristal y permanecía en silencio, de pie en el mismo sitio, con los ojos cerrados.

–La Ciudad de Dios... –decía Darby como para sí mismo–. En el sitio exacto que la Biblia profetizaba... –Se dirigió a las pantallas para observar los controles–. Hemos llegado –murmuró.

Conforme se aproximaban, la nave se le antojó a Daniel muy pequeña en comparación con aquella mole. El aparato inició una serie de precisas evoluciones que lo situaron en la cúspide. Luego se oyó un zumbido y las imágenes de todas las pantallas de la sala empezaron a parpadear al tiempo que la sensación de descenso se hacía patente. Con un estremecimiento final que despertó ecos en la estructura, el movimiento se interrumpió. Los esquemas tridimensionales de las pantallas no dejaban lugar a dudas.

–Se ha posado en la cima automáticamente –dijo Darby.

Durante un largo instante ninguno de ellos se movió. En la pausa se escucharon silbidos remotos, como el sonido de un cuchillo deslizando su filo sobre una superficie de metal. Después llegó el silencio.

–El cilindro inferior. –Rowen señaló las pantallas–. Se ha abierto.

Por el cristal de la nave se filtraba ahora tan sólo oscuridad: los reflectores externos se habían apagado. *Fin del trayecto*, pensó Daniel. Le pareció que había hecho un largo viaje, el más largo e importante de toda su vida, desde el Gran Tren hasta allí.

Entonces Darby se volvió hacia ellos.

–Creo que las circunstancias nos obligan a unirnos de nuevo. Luego resolveremos el asunto de la dolorosa muerte de Anja. Ahora se impone colaborar. Tendremos que ir armados. Propongo que adoptemos la precaución elemental de no separarnos...

Repartieron las armas que habían podido encontrar después de que Turmaline les obligara a arrojarlas al agua, y bajaron por la escalera hasta el cilindro inferior. Rowen fue el primero en cruzar la escotilla. Lo siguieron, por ese orden, Darby, Maya, Daniel y Yilane. Al salir del cilindro se encontraron en una oscura plataforma de superficie herrumbrosa con una rampa que descendía desapareciendo en la oscuridad. La plataforma, iluminada por débiles luces amarillas, parecía vacía. Un olor rancio lo llenaba todo, pero el aire era respirable.

–La estructura está preparada para soportar una gran presión, como la Zona Hundida –comentó Darby mientras descendían por la rampa. Su anchura permitía a cada uno ir junto a los demás sin estorbarlos–. De hecho, debemos de estar a más de mil metros bajo el mar.

Caminaban sumidos en sus terrores privados. Hasta la muchacha parecía llena de asombro, como si percibiera la grandeza de lo que le rodeaba. Sólo el silencio no era vasto: lo restringían remotos chirridos a los que resultaba difícil acostumbrarse.

Tras dar una vuelta completa a la rampa y situarse por debajo de la plataforma, Rowen comentó:

–No es una montaña... Estamos en su interior... Está hueca por dentro.

La rampa daba paso a otra plataforma. Al llegar a ella se detuvieron.

Las paredes de aquel nuevo recinto eran redondeadas y de un uniforme color azul cobalto, pero se hallaban cubiertas de llamaradas de óxido y sombras. En el espacioso círculo central había mesas con pantallas de *scriptoria* y asientos plegables. Junto a las paredes se distinguían oquedades albergadas en piedra oscura.

–Los *scriptoria* y los muebles son casi nuevos –indicó Rowen.

–Sin duda pertenecían al equipo de Kushiro –dijo Darby.

Yilane se había adelantado y en aquel momento se arrodilló junto a la pared.

–Los puntos de conexión han sido obtenidos por creencia. Han unido los *scriptoria* a máquinas de inconcebible antigüedad...

–Máquinas primitivas –sentenció Darby–. Como la nave que nos ha traído. El equipo de Kushiro logró restaurarlas y conectarse a ellas. Quizá extrajeron datos. –Miró a Yilane–. Me pregunto... Me pregunto si podrías ayudarme, Yil... –El joven creyente, que permanecía como perplejo, levantó la vista hacia Darby–. Creo que conoces tan bien como Brent la tecnología de los *scriptoria*... Éstos parecen modelos bastante simples. ¿Podrías rastrear la información que contienen?

Yilane los miró a todos, como buscando una aprobación general.

–Podría intentarlo –dijo.

Ocupó un asiento frente a una de las pantallas y depositó la mano en su superficie. De inmediato comenzaron a aparecer ramificaciones tridimensionales que rodearon su cabeza como fantasmas de insectos.

–Funciona... Creo que puedo hacerlo.

Darby se inclinó sobre su hombro. Al poco rato quedó claro que el proceso de descifrado tardaría horas, incluso días, pero el hombre biológico parecía muy animado.

–Creo que haré una parada aquí –dijo volviéndose hacia los demás–. Necesito estudiar esto junto a Yil, intentar hacer algún resumen... Estoy seguro de que aquí se ocultan las claves que hemos venido a buscar... Meldon, vosotros podéis seguir explorando el resto de... esta cosa.

–No debemos separarnos, Héctor –objetó Rowen–. Tú mismo lo dijiste.

–Lo sé, pero este hallazgo cambia el esquema. Si no nos repartimos las tareas, quizá no logremos nada. Tenemos los transmisores de Anja, el tuyo, el de Turmaline y el de Svenkov. Los probaremos para saber si funcionan y estaremos en comunicación directa todo el rato. –Rowen parecía titubear, pero la actitud de Darby era inflexible–. Meldon, ésta es la razón primordial de nuestra búsqueda. He aceptado muchos riesgos hasta llegar aquí y nadie me impedirá aceptar uno más...

Abrieron los transmisores y los probaron. Cuando se aseguraron de que funcionaban, Darby los despidió con un seco ademán, y se reunió con Yilane frente a las pantallas mientras Daniel, Rowen y Maya Müller continuaban por la rampa.

El descenso fue trabajoso. El diámetro de los siguientes niveles aumentaba, y como consecuencia, el tramo de rampa que se veían obligados a recorrer era cada vez más largo. Pero un hallazgo que se les antojó sorprendente fue comprobar que, en contra de lo esperado, los nuevos niveles ya no parecían ser más amplios.

–No es una pirámide –dijo Rowen tras inspeccionar el quinto nivel–. Adopta esa forma desde fuera a causa de los detritus acumulados durante eones... Bien puede ser un cilindro con una zona superior cónica.

Bajaron otros dos niveles más antes de hacer un alto. Los nuevos escenarios distaban de asemejarse al de la primera sala: por todas partes sólo había ruinas, penumbra, colosales espacios vacíos y siluetas de lo que podrían haber sido máquinas.

En el nivel donde se detuvieron los escasos trechos de luz revelaban algunos objetos en buen estado dispersos por la plataforma, como mantas o colchones. Rowen opinaba que habían sido usados por el equipo de Kushiro. El aire era fresco y húmedo, incluso ligeramente frío, y una capa de vaho recubría los alientos de los tres exploradores, pero el diseño les evitaba la incomodidad. Rowen comprobó una vez más el estado de Darby por el transmisor, luego se adentró en aquella sala seguido de Daniel y Maya.

–Es una ciudad –dijo–. Quizá ya estaba bajo el mar, o quizá se sumergió en la época de los cataclismos... Necesitaríamos más de una vida para recorrer esto...

–Con la mía me basta –replicó la muchacha recostándose en uno de los colchones. Aunque Maya no solía quejarse, Daniel sabía que no se encontraba en buena forma. Su maltrecha rodilla la obligaba a cojear, y le provocaba repentinos y fuertes dolores.

–Si al menos supiéramos dónde buscar... –Rowen lanzó el aliento retenido–. Sea lo que sea la *Llave*, si está oculta en estas ruinas, no daremos con ella jamás. ¿Qué opinas, Daniel?

Daniel parpadeó, como si despertara de un sueño.

–Me preguntaba el motivo de estos salones tan grandes... ¿Qué había aquí? ¿Por qué fueron construidos y por quién? ¿Qué hacían en ellos?

Por un instante los tres parecieron buscar las respuestas en el cúmulo de sombras que los rodeaban. Se hallaban en un ínfimo cuadrado de luz, con ecos de lejanos chirridos arañando el aire: a Daniel le recordaban los graznidos de gaviotas en las cavernas.

–Si esto es la Ciudad donde Dios sueña –dijo al fin Rowen–, todas tus preguntas tienen una sola respuesta...

Decidieron posponer el resto de la exploración de los niveles inferiores y regresaron a la planta de paredes azules. Darby y Yilane parecían haber quedado inmóviles en las posturas en que Daniel recordaba haberlos visto por última vez. El resplandor de las pantallas tatuaba sus rostros.

–Nosotros hemos hallado más o menos lo mismo que vosotros –dijo Darby cuando Rowen le hizo un resumen de la exploración–: muchos escombros de datos, la mayoría inútiles; ruinas de conocimientos desordenados... –Resopló–. Esto nos llevará días.

–Katsura Kushiro murió sin verlo acabado –repuso Rowen–. No pretendas hacerlo en unas cuantas horas. Además, lo único que nos interesa es la *Llave*, Héctor. Si hay alguna pista sobre dónde pueda encontrarse...

–Ya la hemos encontrado, Meldon.

–¿Qué?

–La *Llave.* Ya sabemos dónde está. –Darby tocó el hombro de Yilane y le indicó algo. Las manos del creyente se movieron frente a la pantalla y los datos que lo sitiaban desaparecieron, sustituidos por el esquema, borroso pero identificable, de un objeto cilíndrico dividido en líneas y niveles con una zona superior cónica. Era fácil reconocer el diagrama del interior de aquella «montaña» hueca. Pero todos los ojos estaban dirigidos hacia las palabras en fondo azul, escritas en idioma universal, al pie de la imagen:

La Llave del Abismo

–Es lo único que sabemos –dijo Darby–. Este lugar es la *Llave del Abismo.*

8

La exploración de los niveles inferiores se hizo más ardua, porque se hallaban en peor estado. La oscuridad les obligó a ir con precaución y usar linternas colgadas del pecho, y, aunque el creciente frío no perjudicaba a los cuerpos diseñados por desnudos que estuviesen, empezaba a resultar molesto. En esos niveles, además, el ruido de maquinaria en ciertas zonas superaba el umbral de lo soportable.

Moviéndose entre diversas piezas, sumidas en la eternidad de la herrumbre o el destrozo, lograron identificar contenedores a baja temperatura, largas filas de anaqueles para tubos de ensayo, vitrinas convertidas en quebradizo hielo y un sinfín de útiles de viejo laboratorio.

–¿Qué es todo esto? –preguntó Maya.

–Me recuerda la morada del viejo brujo del Decimotercero... –explicó Rowen–. Aquí se fabricaban seres humanos, estoy seguro... Conozco bien los equipos de mis empresas de genética. Los instrumentos tienen cierta similitud con los usados en los centros modernos, aunque revelan una remotísima antigüedad...

En el nivel inferior los techos estaban enhebrados de viejas tuberías, de alguna de las cuales se desprendía un chorro de agua a presión. Las linternas revelaron un pasillo lateral con el suelo inundado. Una de las paredes del extremo final mostraba varias compuertas con cierre hermético y mirillas, y frente a ellas, sobre una estantería, una colección de hornacinas dispuestas en hilera, así como media docena de lechos funerarios apoyados en la pared. Sus correas sólo sujetaban huesos.

–Las hornacinas tienen símbolos en antiguo japonés –anunció Maya, palpando la superficie de una de ellas.

–Los lechos también. –Rowen se volvió para examinar las compuertas–. Éstos son viejos crematorios... La mayoría de los cuerpos fueron incinerados, pero los últimos quedaron en los lechos...

La muchacha giró hacia el sonido de la voz de Rowen.

–Eran los hombres de Kushiro –afirmó.

–¿Qué pudo ocurrirles? –preguntó Daniel.

–Lo que encontraron en este lugar significó el fin de sus vidas –dijo Rowen.

Un estremecimiento recorrió a Daniel Kean mientras su linterna alumbraba como un sol que se desvanece la superficie de los huesos y las polvorientas cajas de metal.

–Al menos sabemos que los incineradores funcionan –dijo la muchacha.

Regresaron por donde habían venido y continuaron el descenso. La superficie de la rampa estaba anegada de agua gélida y los zumbidos de motores impedían hablar si no era a gritos. Continuos chorros dispersaban por el aire nubes de vapor. Cuando el nivel del agua llegó hasta las rodillas, Rowen propuso retroceder, pero la muchacha avanzó un poco más. La vieron cojear por el recodo de la rampa hasta perderse en plena oscuridad. Un instante después regresó y se detuvo frente a ellos, la rodilla herida en ligera flexión, chorreando de pies a cabeza bajo la fina red negra que vestía.

–No hay forma de seguir bajando. Las compuertas de acceso a las plantas inferiores están selladas y fundidas... Quizá hubo una inundación y algún control automático las cerró...

–Dispositivos antiguos, pero muy ingeniosos –convino Rowen.

Maya Müller asintió.

–Están diseñados para retroalimentarse sin control humano, quizá por eso han resistido tanto tiempo.

–Queda por averiguar para qué fueron construidos –dijo Daniel–. Y por quién.

La lluvia constante de los escapes de las tuberías marcó el silencio. De repente Rowen sacudió la cabeza. A Daniel le intrigaba la actitud reservada del empresario desde la muerte de Anjali: como si estuviese forjando pensamientos demasiado complejos para ser expresados. En aquel momento, sin embargo, pareció decidido a compartirlos.

–Deberíamos irnos –murmuró–. Quiero decir, regresar a la nave, a la civilización. Olvidarnos de todo... No es conveniente profundizar en estos conocimientos...

–No puedo creer que seas tú quien dice eso. –Daniel sonrió–. Pensé que tenías curiosidad por saber qué significaba...

La voz de Rowen creó ecos entre las paredes oscuras al interrumpirlo.

–¡Hay que ser precavidos con la curiosidad! En el Decimotercero, tras la destrucción del brujo de tiempos remotos, nadie quiere indagar más en su vida... El texto afirma, simbólicamente, que no desean «pintar una imagen definitiva» de la manera en que ha perecido... Y añade, en el idioma llamado latín: «*Tace ut potes*», que puede traducirse como: «Calla todo lo posible»...

Daniel lo miraba, incrédulo.

–¿Estás proponiendo que abandonemos la *Llave* sin intentar conocerla?

–¡Ya la conocemos! –Rowen movía los ojos, inquieto, de un lado a otro. Daniel nunca lo había visto tan exaltado–. Es la Casa de Dios, el Último Sitio... ¡Más allá no podemos llegar! ¡Financié este viaje porque quería obtener la *Llave* y ya la he obtenido! ¡Estoy en ella! Ahora ¿qué nos queda? No debemos pretender entenderlo todo... Anja solía decirlo... El Sagrado Misterio de la Divinidad no puede ser desentrañado... ¿Hablas de «curiosidad»? ¿Qué consecuencias acarreó esa curiosidad a Kushiro y sus hombres? ¿Y a Anjali...?

Ni Maya ni Daniel quisieron interrumpir el silencio entrecortado por sollozos en que Rowen se sumió. Más allá de los motivos de «amor» y recuerdo que sabía que impulsaban a Rowen a decir aquello, Daniel se preguntó si, de alguna manera, el empresario podía tener razón. ¿Acaso debían abandonar, como había hecho Kushiro? ¿Dejar que otros continuaran el trabajo? ¿Y por qué? ¿Qué peligro había en conocer más? *Creer es conocer, y conocer da miedo.*

Mientras permanecía pensativo el transmisor sonó.

–Creo que debéis volver –dijo la voz de Darby, muy tensa–. Ya conocemos algo.

9

En el instante en que Darby se disponía a hablar, las luces se apagaron con un ruido de maquinaria cansada. Reinó la confusión mientras las manos flotaban hacia las linternas, pero los generadores cobraron vida de repente y la sala volvió a iluminarse.

–Es un fallo intermitente del sistema de energía –explicó

Darby–. Según hemos visto en los diagramas, la *Llave* está abastecida por cuatro grandes generadores que aprovechan el agua del mar para recargarse sin fin, pero el inmenso tiempo transcurrido ha provocado perturbaciones... Los mecanismos se estropearon y se repararon a sí mismos varias veces. Dos han terminado fallando del todo, aunque Kushiro y su equipo sustituyeron las piezas que pudieron. El sistema de ventilación también es autónomo: recicla el agua para convertirla en aire respirable y extrae los residuos, utilizando la energía sobrante del proceso para mantener la temperatura y disminuir la humedad... En teoría, la *Llave* fue diseñada para perdurar durante muchísimo tiempo...

–¿Quién la diseñó? –preguntó Rowen, ansioso.

–Nosotros –dijo Darby–. Los seres humanos. Fue un trabajo de enormes exigencias técnicas que requirió varios años. Aunque, visto objetivamente, la construcción de la Zona Hundida de Japón resultara mucho más compleja, la *Llave* tiene el mérito de haber sido pionera... De hecho, gracias a que ya habíamos construido la *Llave*, pudimos enfrentar algo tan colosal como lo de Japón...

–Pero no existen registros históricos de su construcción... ¿Se hizo en secreto?

–Los registros desaparecieron tras la época de los cataclismos, Meldon.

–Quieres decir...

–La *Llave* es anterior al Color.

–¡Antes del Color no existían humanos capaces de hacer algo así!

–Los había, una civilización asombrosa –replicó Darby con calma–. Precisamente construyeron la *Llave* para proteger esa civilización...

–Anticiparon la caída del Color –intervino Yilane, apoyado en la pared azul, con semblante serio–, y la destrucción consecuente de toda la vida terrestre, y decidieron preservar diversas especies vegetales y animales, incluyendo la humana.

Darby asintió y señaló las pantallas.

–Por eso construyeron la *Llave del Abismo.* Sus cálculos afirmaban que cualquier cosa viva situada a nivel del mar perecería sin remedio. Incluso las criaturas de aguas someras serían destruidas. Sólo lograría sobrevivir lo que se hallara a gran profundidad. –Se detuvo y movió la cabeza–. Tuvo que ser una época espantosa. Los imagino sabiendo que la humanidad estaba condenada, tal como afirmaban ciertos textos remotos que ellos mismos consideraban sagrados... Y aunque nada podían hacer para impedir la catástrofe, la anticiparon con la suficiente antelación y decidieron intentar salvar la vida en la Tierra. Para eso concibieron la *Llave.* En ella albergaron millones de células humanas y de numerosas clases de animales y plantas. El hábitat tenía que poseer ciertas características: el tamaño apropiado, la independencia de cualquier tipo de control voluntario o de combustible perecedero... La idea genial consistió en usar el agua de mar, que ya había dado origen a la vida al principio de los tiempos. Se inventaron máquinas capaces de extraer de ella la energía, el aire, el agua potable y hasta los alimentos en forma de productos básicos. Sus constructores sabían que quienes vivieran en la *Llave* no podrían salir a la superficie hasta muchos años más tarde... Puede que siglos.

–¿Por qué? –preguntó Rowen.

–A causa de las alteraciones que el Color iba a provocar. Habían averiguado que se trataba de un conjunto compacto de átomos de una especie distinta a la que forma la materia normal. La llamaban «materia extraña». Al chocar contra la Tierra, esa materia se difundiría en la atmósfera en forma de radiación. Los efectos a largo plazo eran desconocidos, pero los inmediatos resultaban fácilmente deducibles: si algún organismo vivo salía de la *Llave* incluso años después de la catástrofe, no sobreviviría. Los seres vivos tendrían que residir en este entorno durante varias generaciones antes de que el planeta volviera a ser habitable. Y eso hicieron. Ignoramos el momento preciso en que los primeros humanos lograron por fin abandonar la *Llave* y colonizar la superficie, porque su cronología es un tanto peculiar, pero creemos que pudieron emerger unos doscientos años después de la caída del Color, al cabo de unas seis generaciones. Fue una época especialmente importante y quedó bien documentada. La *Llave* contaba con varias naves similares a la que Kushiro y sus hombres repararon, cuyo recorrido estaba trazado automáticamente. Nuestros antepasados las utilizaron para trasladarse a diversos puntos, uno de ellos a esas cavernas al sur de Dunedin... La leyenda, luego, hizo que los descendientes edificaran un santuario honrando «la Máscara y las Manos»... ¿Comprendéis? –Darby sonrió–. Quizá los primeros hombres que subieron a la superficie no confiaban en los análisis de los *scriptoria* y llevaron durante un tiempo máscaras y trajes especiales, y eso quedó grabado en la memoria colectiva de las tribus...

–Increíble –admitió Rowen.

–Sí, ésa es la palabra.

Hubo un extraño silencio.

–Supongo que estos hallazgos indican que la humanidad

contemporánea procede de aquí... –añadió Rowen mirando fijamente a Darby.

Darby asintió, como si esa evidencia le pareciera triste.

–Somos los herederos de los supervivientes creados en estos laboratorios. Sospecho que ése es el motivo de que nuestro control actual de la genética sea perfecto. La tecnología del diseño genético, que para nosotros no encierra misterios, fue un verdadero reto científico en la época de nuestros ancestros. Los supervivientes debían recrear la vida a partir de las células guardadas en los laboratorios, y todo el proceso sería supervisado por los que pertenecían a las primeras generaciones, que a su vez iban muriendo y siendo sustituidos por los más jóvenes... ¡Imaginad ese mundo clausurado y programado, destinado sólo a preservar las especies!

Se volvió hacia Yilane y le pidió que buscara algo en las pantallas. Yilane obedeció con extraña reluctancia. Mientras tanto, Darby seguía hablando.

–En primer lugar, el diseño genético de los seres tuvo que cambiar... Encerrada en la *Llave*, sin luz del sol, la vida no tenía ninguna posibilidad. Fue preciso crear otra clase de seres genéticamente más resistentes a las condiciones extremas... Quizá las primeras generaciones murieron muy rápido y sólo las siguientes lograron subsistir, modificando a su vez la creación de las posteriores... Al mismo tiempo –añadió señalando la pantalla–, hemos hallado pruebas de que la necesidad de repoblar el planeta en el futuro les obligó a otorgar un sesgo al sexo de los recién nacidos, que fueron en su mayoría mujeres... Al parecer, la vida de las especies más desarrolladas surgía en épocas remotas de las cavidades internas de las hembras...

–Pensé que eso era una leyenda... –Daniel recordaba su conversación con Ina.

–Ha habido mucho debate al respecto –asintió Darby–. El pobre Brent nunca lo creyó, por ejemplo. Pero los datos que hemos encontrado son irrefutables. La vida, antiguamente, venía de la vida, y la intención de nuestros antepasados era que volviese a surgir de ella. Con el tiempo, sin embargo, ese propósito se truncó. Sencillamente, resultó innecesario: las máquinas genéticas, en un solo día, podían producir cientos de miles de criaturas en buen estado... No obstante, ¿resulta sorprendente que, al final, los modelos genéticos de los cuerpos de los hombres terminaran pareciéndose a los de las mujeres? Existía, sin duda, la idea sobreentendida de que ellas eran mucho más importantes y dignas de imitación... A lo largo de decenas de años se unificó la estructura de ambos sexos, salvo en los órganos reproductores... Pero los hombres de antaño eran todos biológicos... –añadió, con un rastro de orgullo.

A una señal suya, Yilane manipuló el *scriptorium*. En la pantalla empezaron a desfilar toscas imágenes en dos dimensiones. Rowen y Daniel se acercaron a contemplarlas. La muchacha murmuró:

–Por favor, decidme lo que estáis viendo...

–Son... Parecen caras de hombres biológicos... –dijo Daniel.

Sin embargo, había algo extraño en aquellos rostros que Daniel no podía describir, pero que los diferenciaba por completo de seres como Darby. Quizá era la absoluta ausencia de *intención.* Se trataba de una galería de formas azarosas, sin dirección ni plan previo; una colección disparatada de narices rechonchas o finas, pequeñas o grandes orejas, mandíbulas prominentes o notorias papadas, rostros barbudos o lampiños, abotargados o angulosos. Y no sólo había hombres, aunque los rostros de las mujeres eran, asimismo, diferentes de los de personas como Shane Davenport.

–Son nuestros ancestros –afirmó Darby–. Los hombres y mujeres de hace miles, quizá millones de años, el equipo que construyó la *Llave del Abismo.*

Tras permanecer muy atento al desfile de rostros en las pantallas, Meldon Rowen sacudió la cabeza en un gesto de asombro.

–Es extraordinario –dijo–. Pero ya contábamos con historias bíblicas que afirman que procedemos de los Antiguos, unos seres que vivían bajo el agua y que, al ser expulsados por Dios, nos sembraron sobre la Tierra... ¡Sin duda se referían a esto! Lo cual prueba una vez más que Nuestro Libro ha sabido describir...

–Meldon –interrumpió Darby suavemente–. Yil y yo también hemos encontrado curiosos archivos sobre la Biblia. Todo indica que fue escrita *antes* de la caída del Color... Mucho antes, incluso, de la construcción de la *Llave.*

–¿Qué?

–Es lo que más nos desconcierta. –El hombre biológico abrió las manos–. Os lo explicaré tal como yo lo veo, y luego Yil os dará su opinión. –Tras una pausa, como si hubiese estado escogiendo las palabras, Darby prosiguió–: Veréis, los seres humanos habían descubierto una forma de sobrevivir a la catástrofe, pero sólo desde el punto de vista *orgánico*... ¿Qué ocurría con el resto de sus vidas? No somos animales o plantas: nuestra supervivencia tiene también mucho que ver con nuestra cultura... Existían conocimientos que necesitaban ser preservados para que la civilización continuara. ¿Y qué hicieron? Yilane: quizá tú puedas explicar esto mejor...

El creyente se levantó del *scriptorium* y caminó hacia la pared azul. Desde allí se volvió hacia todos para hablar. Su armónica figura ofrecía un contraste violento con las imágenes de los rostros en la pantalla.

–Los que diseñaron la *Llave* construyeron un *scriptorium*, tosco pero inmenso, que albergaría todos los datos que los seres humanos del futuro necesitarían conocer... Lo llamaron el Padre. Su biblioteca contenía la información necesaria para comenzar la civilización desde el punto en que se había interrumpido. –Hizo un gesto–. Estaba aquí, en la cúpula... Estas máquinas formaban parte de él.

–¿Y? –dijo Rowen.

Yilane miró a Darby, que tomó la palabra de nuevo.

–Aún no estamos seguros de qué sucedió, pero todo indica que, antes de que los seres humanos habitaran en la *Llave*, la Biblia no era la que conocemos... Había otra. La denominaban igual, «Biblia», pero era muy distinta. Probablemente heredamos el mismo nombre para Nuestro Libro...

–¿Distinta? Falsa, querrás decir –cortó Rowen.

–Es posible, pero nuestros antepasados la consideraban muy importante. De hecho, el nombre de la *Llave del Abismo* procede de uno de sus capítulos... que, por cierto, también habla de una estrella que cae del cielo y del fin del mundo... Quizá por eso llamaron así al lugar que preservaría al ser humano de la extinción total...

De repente la plataforma parecía ocupada por estatuas:

nadie efectuaba el más mínimo movimiento, ni siquiera semejaban respirar.

–¿Y cómo apareció nuestra Biblia después? –preguntó al fin Maya Müller.

–Es justo el punto de controversia entre Yilane y yo –dijo Darby–. En mi opinión, su origen fue el siguiente. Con el paso de las generaciones, la necesidad de una creencia unificada que explicara lo que estaba ocurriendo se hizo cada vez más acuciante para los seres de la *Llave*. El texto de la antigua Biblia no les decía nada, supongo. Necesitaban algo diferente, algo que explicase desde un ángulo metafísico el hecho de que no pudieran ver montañas, ríos o nubes sino una noche eterna habitada por extrañas criaturas submarinas... Necesitaban otra creencia, e hicieron lo único que podían hacer, lo que hubiésemos hecho todos en su lugar: acudieron al Padre. Fue el Padre quien les entregó Nuestro Libro.

El rostro de Rowen se crispó.

–¿Quieres decir que la Biblia la inventó un *scriptorium*?

–No, no, no. –Darby mostró las palmas de las manos–. Quiero decir que la buscó y se la ofreció a los nuevos hombres. Ya estaba escrita desde mucho tiempo antes. Ignoramos quién es el Autor, ya que todo rastro de su nombre se ha borrado... Probablemente, fueron los propios habitantes de la *Llave* quienes suprimieron esos datos, junto con muchos otros que no significaban nada para ellos, y conservaron sólo lo que parecía encajar en el mundo en que vivían.

–¿Y por qué el *scriptorium* les entregó Nuestro Libro? –preguntó Maya.

Darby subrayó la pregunta con un gesto afirmativo.

–Ése es el punto fundamental. ¿Por qué esos catorce textos precisamente, cuando los habitantes de la *Llave* le pidieron entender lo que sucedía? Yilane dice que escogió los textos sagrados que sus constructores almacenaron dentro de él... pero yo no lo creo. Si fuera así, ¿por qué tardó tanto en entregarlos? ¡Pasaron varias generaciones!

La atractiva sonrisa de Rowen se desplegó lentamente. Su voz, sin embargo, sonó ronca.

–Estoy seguro de que tú ya has elaborado una teoría, Héctor.

–Bien, yo... –Darby les dio la espalda. Empezó a pasear, inquieto, de un lado a otro–. Pensad que, a fin de cuentas, el Padre era sólo una máquina... Buscaba datos. Los nuevos seres humanos, queriendo conocer algo más sobre sus vidas que la simple historia científica, le pidieron todo lo relacionado con lo que sucedía. ¿Y de qué forma lo haríamos hoy? Con otros datos: fechas, coordenadas, descripción objetiva de acontecimientos... Eso es lo que hicieron los habitantes de la *Llave:* suministraron los datos que sabían, y el *scriptorium* rastreó y les ofreció... ¿qué? ¡Más datos, que concordaban con los ofrecidos! –Alzó las manos–. ¡No podía hacer otra cosa, era una máquina!

–¿Y qué datos eran ésos? –preguntó Rowen.

–Algunos muy generales: un mundo de oscuridad habitado por criaturas monstruosas, dioses sumergidos... Pero otros eran más específicos, y han quedado registrados: la caída de un meteorito y las coordenadas de la *Llave*. –Los miró, uno a uno–. He aquí el punto crucial. De alguna manera, las coordenadas del lugar donde nos encontramos, el lugar donde nacieron los nuevos seres humanos, coincidían *exactamente* con las mencionadas en el texto del Cuarto Capítulo, donde se habla de la Ciudad Sumergida de Dios...

–¡Es asombroso! –exclamó Rowen–. ¡Nuestro Libro lo profetizó! –Pero Darby lo interrumpió acercándose a él hasta situarse a escasos centímetros de su rostro.

–¿«Lo profetizó»? –Se quedó mirándolo fijamente–. Sí, quizá. Eso es lo que opina Yilane... Pero ¿no podría haber una explicación más fácil?

–¿Cuál?

–Pensad esto: introdujeron las coordenadas del lugar donde vivían, y el *scriptorium* les entregó un texto donde figuraban las mismas coordenadas... –Darby abrió los brazos–. ¿Y si se hubiese tratado, tan sólo, de una... coincidencia? ¿Y si el *scriptorium* les ofreció los textos sólo por ese dato, y los nuevos hombres consideraron sagrado *todo el conjunto*?

10

El silencio era denso. Fue Yilane quien lo quebró.

–Esto es lo que Héctor llama «una teoría» –dijo sonriendo, y a Daniel le sorprendió la burla, tan impropia de él, que vibraba en su voz.

–Absurdo –resumió Rowen.

Hubo otro corte de energía repentino, pero ni siquiera eso pudo acallar en esta ocasión el acalorado debate. En la oscuridad varias voces se alzaron, y se impuso la de Rowen.

–La Biblia del Amor y el Arte no consiste sólo en datos... ¡La Biblia *es* la realidad, Héctor! Habla del Color que cayó en la Tierra, de los poderes ocultos en el mar y la montaña, de los híbridos...

–¡No hay ni un solo hecho en Nuestro Libro que haya

podido ser probado sin lugar a dudas, Meldon! –discutía Darby.

La luz regresó tras esta declaración, revelando un grupo de rostros ansiosos. El de Darby brillaba de sudor. Sus ojos llameaban.

–¿Dónde están esos híbridos? –prosiguió–. ¡Hay tribus enteras que creen en ellos y se disfrazan como ellos, pero sólo los locos afirman haberlos visto! ¡Igual ocurre con «Dios» y su «Ciudad Sumergida»! –Dio una palmada en la mesa del *scriptorium*–. ¡Maldita sea con vosotros, cuerpos de diseño! ¿Acaso vuestras mentes también han sido diseñadas? ¡Razonad! ¡Si leemos Nuestro Libro con objetividad, no encontraremos ningún dato real, salvo esas malditas coordenadas! ¡Por ejemplo, la Biblia afirma que el meteorito era de pequeño tamaño y que cayó en el patio de atrás de una granja...!

–En una zona del Oeste, ahora desaparecida, llamada Nueva Inglaterra –corrigió Rowen–. Lo de la «granja» es metafór...

–¡Falso! –interrumpió Darby y giró hacia la pantalla, pero abandonó tras un nervioso intento–. Yilane, por favor, muéstranos el mapa del continente desaparecido...

Lanzando un suspiro, el creyente se inclinó sobre el *scriptorium*. Un instante después el mapa del mundo aparecía alterado hacia el Oeste, con la presencia de una enorme masa de tierra estrecha por el centro con los extremos norte y sur ensanchados.

–¡Aquí cayó el meteorito, Rowen! –Darby puso el índice en la zona norte mientras todos, excepto la muchacha, se acercaban para mirar–. Antes había aquí un continente entero, mucho mayor que Europa. Nueva Inglaterra sólo era una parte de él. Ahora queda únicamente un enorme cráter y varias islas dispersas al sur: es lo que llamamos «el Oeste». ¡Y el meteorito tenía kilómetros de diámetro!

Rowen meneó la cabeza, sin convencerse.

–¡Casi todos los nombres de la Biblia fueron borrados de las modernas versiones, Héctor, eso lo sabemos! Se averiguó hace mucho tiempo que son puramente simbólicos... De igual manera, las historias son parábolas. Explican la realidad más profunda pero no son historias reales... ¡El Autor no pretendía decirnos que el meteorito hubiese caído en una maldita granja! No sé qué quieres demostrar con...

–¡Quiero demostrar, Meldon, que algunas cosas significaban algo muy distinto en la época en que Nuestro Libro fue redactado! El idioma que usamos ahora, por ejemplo, no era el único que hablaban y entendían los seres humanos entonces... ¡Yil y yo acabamos de comprobarlo! ¿Recordáis los antiguos lenguajes que la tradición ha conservado en ciertas escrituras: japonés, alemán, latín...? Nuestro idioma, el inglés, era uno más, no el único, pero fue elegido idioma universal por los habitantes de la *Llave*. ¿Quieres saber por qué? ¡Porque los textos de la Biblia estaban escritos originalmente en ese idioma! ¡Hemos invertido el orden de causa y efecto, Meldon! ¡Nuestro Libro se hizo sagrado y, *debido a eso*, todo lo relacionado con Nuestro Libro se ha sacralizado!

Rowen parecía haber perdido repentinamente el interés por la discusión y se alejaba del grupo hacia la pared de la sala. Maya y Yilane movían sus cabezas con gestos escépticos. Sus comentarios eran similares: «No, no es cierto, Héctor», «Te equivocas, Héctor». Se habían acercado a

Darby de tal manera que parecían sitiarlo. Incluso Daniel pensaba que el hombre biológico estaba exagerando en su ataque a la Biblia.

–No estoy seguro de nada de lo que digo... –dijo Darby moderando el tono–. Puedo estar equivocado...

–Lo estás –sentenció Yilane con mucha más calma que Rowen–. Lo que ocurre es que no eres creyente.

–Héctor... –La muchacha movía la cabeza mientras sus párpados temblaban–. Tu teoría es interesante, pero hay algo que estás olvidando. Nuestro Libro, usado por un creyente profundo, *funciona.* La Biblia controla la realidad, Héctor. ¿Por qué?

Darby demoró en responder. Cuando lo hizo, pareció bruscamente abatido.

–En este punto tienes razón. He visto lo que la creencia consigue hacer y sabéis que la respeto profundamente... Pero no pretendía negar lo que un creyente hace sino... –su expresión se hizo casi suplicante– sino encontrar una explicación coherente al extraño mundo en que vivimos, al miedo absoluto que hemos heredado, a nuestra creencia en una divinidad maligna que vive bajo las aguas y en unas fuerzas oscuras que controlan nuestro destino... Es todo lo que pretendo.

Los ánimos parecían más apaciguados, y Darby aspiró antes de volver a hablar.

–De todas formas, no vamos a poder decidir esto ahora... Es demasiado complejo... Tendremos que dejarlo para los que son más sabios que nosotros... o dispongan de más tiempo. –Sonrió–. Hemos hecho un descubrimiento trascendental en la historia de la humanidad y debemos darlo a conocer para que otros saquen sus propias...

–No. –Las cabezas se volvieron hacia aquel de ellos que había hablado–. Eso es justo lo que he venido a impedir.

Había desenfundado la pistola, y les apuntaba.

11

–El problema con todos vosotros es que sois hombres de poca fe.

La voz de Yilane había adoptado otro tono, mucho más grave y firme. En aquella voz antigua parecían tener cabida varias gargantas. Era como un coro de ancianos perversos gruñendo amenazadoramente. Daniel, que era quien se encontraba más cerca, dio un paso hacia él. Sin dejar de apuntar con su pistola a los demás, el joven lo miró.

–¿Acaso crees que necesito disparar para matarte, Daniel Kean? –Y habló con aquella voz bronca, convirtiendo sus ojos en puntos luminosos–: *Retrocede.*

Daniel se sintió como impelido por una fuerza que lo empujara hacia atrás. Pero nada le impresionaba tanto como el aspecto de Yilane. No era que hubiese cambiado realmente, pero sus facciones poseían una dureza distinta, sin fisuras.

–Tú también, Meldon. –Yilane apuntó hacia el empresario–. No te acerques.

Rowen mantenía alzadas las manos, pero no había miedo en su voz cuando habló.

–¿Qué te ha ocurrido, Yilane?

–Yil, no puedo creer... –murmuró Darby, dolorido.

–¡Claro que no puedes *creer*, hombre idiota! –Yilane

mostró los dientes–. ¡Ése ha sido tu gran problema! ¡Y lo peor es que has odiado a los que sí pueden!

–No es cierto –negó Darby.

–Tus absurdas teorías lo demuestran. Pero ¿sabes lo más divertido? –Yilane, en efecto, parecía divertirse con sus propias palabras–. ¡Que has llegado hasta aquí precisamente debido al poder de la creencia!

–Lo sé –admitió el hombre biológico.

–No sabes nada aún.

Por un instante aquella aseveración flotó en el aire húmedo y frío. Entonces, repentinamente, Yilane volvió a sonreír y hablar como si nada hubiese ocurrido. Cuando lanzó el cabello castaño hacia atrás con un violento gesto incluso volvió a parecer, a los ojos de Daniel, el mismo joven de siempre. Pero había algo en su mirada que había cambiado por completo.

–Yo conocía la existencia de la *Llave* mucho antes de que os interesarais por ella, Héctor. Incluso antes de que Kushiro la encontrara. Llevo demasiado tiempo buscándola, aunque mis razones no hayan sido ni de lejos similares a las vuestras... Ahora me pertenece. Vosotros ni siquiera hubieseis llegado hasta ella de no ser por lo que *mi hijo* os contó...

–¿Tu hijo...? –Darby parpadeó sorprendido–. No, Jeremy Yin, no puedes creer...

–Yo sí puedo creer –replicó el joven–. Mírame, Héctor Darby, y dime quién soy.

–Eres Jeremy Yin Lane... Tu semejanza con tu padre es un simple diseño genético... Tu padre lo quiso así, igual que el mío deseaba que yo fuera biológico...

–No –balbució Rowen, de súbito atemorizado–. Tiene

razón, Héctor: se ha transferido a su hijo del todo. No es Yilane, es Ezra Obed.

–Correcto –aprobó Yilane–. Incluso los ignorantes como Rowen conocen el Decimotercero...

–¡Estás engañándote, Yil! –Darby había recobrado el aplomo–. ¡No eres tu propio padre! ¡Él influyó mucho en ti, pero no puedes dejarte anular por eso!

Algo en el semblante de Yilane pareció vacilar ante las palabras de Darby. Cuando habló, su voz volvió a ser juvenil y titubeante.

–No es lo que piensas... Mi padre vive en mí y yo en él, pero siempre ha dominado él, y es justo que así sea... –Súbitamente frunció el ceño y su tono se endureció–. Yilane es un inútil. Lloró y gritó cuando fue azotado por los adoradores de la Máscara, se aterrorizó en las cavernas y tuviste que consolarlo, Daniel, ¿recuerdas? A lo largo de todo el viaje he dejado que Yilane se exprese a su manera..., pero he hecho lo que tenía que hacer a sus espaldas y a las vuestras. Ahora ha llegado el momento de que Yilane desaparezca y quede Ezra Obed. Yilane era una simple cáscara, un disfraz útil... No merece concluir una búsqueda de esta envergadura. Fui yo, Ezra Obed, quien supo que la revelación de Kushiro iba a producirse, quien reclutó a la gente necesaria para secuestrar a Mitsuko y el resto de sus discípulos e interrogarlos... Mi error consistió en compartir con mi hijo ese secreto. Le insté a que no lo divulgara, pero Yilane confiaba demasiado en su maestra, Anjali Sen, como para callarse... Cuando quise impedirlo, ya era demasiado tarde. Anjali Sen lo sabía, y vosotros también... Tenía dos opciones: o eliminaros o utilizaros en mi beneficio. Elegí la segunda. Necesitaba tus cuantiosos medios económicos,

Meldon, así como los conocimientos de Héctor y la fuerza de Anjali y Maya para llegar hasta aquí, pero llevé a cabo mis propios planes comprando a servidores como Moon, Olsen, Turmaline o la Verdad...

–Hemos estado... luchando contra ti desde el principio... –murmuró Rowen.

–A mi favor, más bien. Ya he dicho que os necesitaba. En esta búsqueda he estado tan a oscuras como vosotros. Al principio creí que la *Llave* se ocultaba en Japón, y cuando sospeché que Kushiro podía, simplemente, haber dejado una clave más en su laboratorio, cambié los planes y envié sólo a Ina y a Olive con Daniel para que creyerais que habíais derrotado al enemigo... En ocasiones me sometía a los mismos peligros para que no sospecharais, como en la Zona Hundida, cuando mis propios mercenarios nos tendieron una emboscada, o en Otago, cuando fui hecho prisionero junto a Daniel por una tribu de enmascarados debido al necio de Svenkov... Dejar que mi torpe hijo permaneciera siempre en la superficie de mi ser me permitió, además, que ni siquiera Anjali me detectara... Nadie, salvo Turmaline, conocía mi identidad; eso me permitía actuar libremente.

–Aun así –intervino Darby–, Ezra Obed murió hace un par de años, y tú lo sabes. Asistimos a su funeral...

Yilane volvía a sonreír. Su voz mantenía aquel tono que horrorizaba a Daniel.

–Estoy vivo, Héctor Darby. Le di a Yilane las instrucciones necesarias. Sabía que haría todo lo que yo le ordenara, y así fue. El Decimotercero dicta que un cuerpo debe ser incinerado para poder ser revivido por un brujo. Mi hijo me revivió en secreto usando ese ritual. Después no me resultó difícil suplantarlo...

–Puedo aceptar que hayas planeado todo esto, Yilane –dijo Darby–, pero no pretendas convencerme de que has resucitado a tu padre...

De forma sorprendente, Yilane pareció reflexionar sobre las palabras de Darby.

–Quizá sea cierto lo que dices –dijo al fin, sonriendo–, pero de nada sirve, porque yo creo otra cosa.

–¿Y esa creencia... te hizo matar a Brent Schaumann? –En la voz de Darby había desprecio.

–Se acercó demasiado... a la verdad.

–Te refieres al último mercenario que has contratado...

Yilane sonrió y el ambiente pareció oscurecerse más.

–Está aquí –afirmó–. No me importa que lo sepáis. La Verdad se encuentra entre vosotros y será la encargada de acabar lo que empecé... Aunque yo muera, ella destruirá la *Llave* –concretó mirando fijamente a Darby–. Es lo único que importa ahora...

–Yilane, Ezra o quienquiera que seas –dijo Rowen–, yo también creo que no debemos indagar en la *Llave*, pero ¿por qué destruirla?

–Para impedir que otros indaguen en el futuro. Para salvaguardar la creencia, Meldon. A ti sólo te importaba la hazaña, ¿no es cierto? Pero la *Llave* es mucho más que un trofeo: significa la muerte de Dios y el fin de los tiempos, ¿lo habéis olvidado? Según la leyenda, la *Llave* puede acabar con todo lo que creemos, y ahora comprendo por qué... Pese a que tu «teoría», Héctor, es ridícula, no deja de presentar cierto venenoso peligro, que se acrecentaría si alguien más hallara este lugar... ¡Nadie debe saber que la Biblia pudo ser... –una mueca torció su rostro– elegida por casualidad!

–¿Y qué piensas hacer con nosotros?
–Mucho me temo que seréis destruidos con ella.
–No podrás regresar solo –lo desafió Rowen.
–No me importaría perecer, si con eso puedo impedir que lo que hay aquí sea conocido.
–Y a Anjali... –Rowen contenía su ira con esfuerzo–. ¿También le hiciste daño?
–Yilane jamás hubiese sido capaz de eso –intervino Maya.
Débiles músculos se contrajeron en el pétreo rostro de Yilane.
–Cierto, el estúpido de Yilane aspiraba a sentir «amor» por ella... Pero Anjali había percibido la presencia de la Verdad, igual que Schaumann. Además, se disponía a interrogar a Turmaline, que os hubiese revelado mi nombre... No me resultó difícil volver a entrar en la habitación antes del ritual, fingiendo ser Yilane, y sorprenderla, igual que a Schaumann en el jardín de Sentosa. Puedo hacer que un corazón deje de latir a voluntad... Anjali era poderosa, pero estaba herida y débil, y yo soy Ezra Obed Lane, creyente profundo del Decimoter...
–Te desprecio, Ezra Obed –cortó Rowen, enfurecido–. De una forma u otra, te haré pagar la muerte de Anjali...
El odio que veía en los ojos de Rowen infundió a Daniel valor para intervenir.
–Tú ordenaste secuestrar a mi familia y matar a mi esposa...
Yilane lo miró como si sólo en ese momento se percatara de su presencia.
–Oh, Daniel, jugar a dos bandas contigo fue apasionante... Eres un pobre tipo a quien Katsura Kushiro convirtió

en su *messenja*, aún ignoro por qué... Mientras tú te dedicabas a consolar a mi cobarde hijo, yo he gozado destruyéndote por dentro... Para mí no representas nada.

–Si no represento nada, no podrás hacerme nada –dijo Daniel, acercándose.

Pero antes de que pudiese dar otro paso, una oscura y atlética silueta lo rebasó, abalanzándose sobre Yilane con un grito.

Todo ocurrió muy rápido. Rowen y Yilane forcejearon, y sonó un disparo. Maya Müller, que también había saltado hacia Yilane, fue golpeada por el cuerpo en retroceso de Rowen.

–¡Basta ya! –gritó Yilane apuntando hacia ella su pistola humeante.

La muchacha se detuvo. Darby, agachado junto a Rowen, sollozaba. Daniel tampoco podía evitar las lágrimas al contemplar el torso destrozado de Meldon Rowen.

–Las cosas podrían haber terminado con más calma para vosotros –dijo Yilane–: pretendía dejaros con vida hasta el momento final, pero ahora creo que apresuraré ese momento...

Se volvió hacia Maya y apuntó a su cabeza. Daniel anticipó el nuevo disparo y cerró los ojos.

En ese instante todo fue ceguera.

Se oyó una detonación en la oscuridad y un breve estrépito. Cuando la energía retornó a la sala, Yilane había perdido el arma, sangraba por la boca y los oídos y la muchacha lo encañonaba. Pese a ello, el joven creyente sonreía.

–Siempre supe que eras la mejor, Maya Müller.

Darby se apresuró a arrebatar el arma a Maya y apuntó a Yilane.

–¡Has matado a todos los que amaba! –gritó el hombre biológico.

–¡Adelante, entonces, dispara! –Yilane sonreía desafiante–. ¡Vamos, hombre biológico, véngate de los diseñados, a los que odias y deseas por igual!

Darby temblaba con el dedo en el gatillo. Tras lo que pareció una eternidad, bajó el arma. Yilane lanzó una ronca carcajada.

–¡He aquí una diferencia entre tu biología y mi diseño: no eres capaz de matar a nadie mirándolo a la cara!

De pronto Maya se apropió de la pistola.

–Yo no necesito mirar –dijo.

Cuando el eco de la detonación se extinguió, Darby y Daniel se acercaron. En el suelo, frente a ellos, Yilane parecía seguir sonriendo.

–No fue culpa suya por completo –dijo Darby–. La influencia de su padre acabó por enloquecerlo y creyó que... –Se interrumpió y miró, pálido, hacia el cadáver.

Daniel siguió la dirección de su mirada y se dio cuenta. El cuerpo de Yilane estaba comenzando a disolverse.

12

Al principio semejaba una simple funda de piel que ocultara vísceras. Al momento siguiente, las vísceras perdieron entidad y la piel se hundió, como desinflada. Los músculos menguaron hasta circunscribirse a los huesos, que se derrumbaron fragmentándose hasta formar pequeños escombros, que a su vez se agrietaron y desmenuzaron.

Darby y Daniel contemplaron como ensimismados el lugar donde había yacido Yilane, que ahora era sólo una sombra de polvo y una imagen grabada en las retinas. El hombre biológico agitaba la cabeza como manteniendo una dura lucha interior.

–No... –Acompañaba sus palabras de gestos de negación–. No... Esto era lo que Yilane *creía*... Ha vivido con esa idea, y ha muerto con ella... Pero eso no quiere decir que no estuviera equivocado...

–Héctor –dijo la muchacha, el cabello ocultando a medias su rostro–, en el Decimotercero se describen formas de resucitar a un cuerpo a partir de sus cenizas... ¿Recuerdas los tatuajes y el medallón que usaba Yilane, con la serpiente de dos cabezas? Eran símbolos de los nodos ascendente y descendente de la invocación... No nos mintió: Yilane resucitó el cuerpo de Ezra, y Ezra lo suplantó...

Darby se disponía a replicar cuando una señal lo interrumpió. Se acercó presuroso a las imágenes de los *scriptoria*, que flotaban junto a las pantallas, y su voz mostró ansiedad.

–¡Los datos... están desapareciendo...! ¡Fue Yilane quien los extrajo!

Daniel giró con rapidez y se lanzó sobre los cables antes de que Darby o Maya reaccionaran, tiró de ellos y las pantallas se apagaron. Pero Darby movió la cabeza.

–Ya no tiene remedio. Yilane ordenó, sin duda, borrar toda la información. Estamos en el punto de partida: los datos siguen en el sitio donde se encontraban... Pero creo que podré intentar recuperar algunos antes de irnos usando mi propio *scriptorium*...

Tras asegurarse de que los *scriptoria* volvían a trabajar, Darby pareció calmarse. Se pasó la mano por la cara y los miró.

–Sólo quedamos nosotros tres. Es inútil seguir aquí. Propongo buscar objetos que llevarnos y convencer a otros de la existencia de la *Llave*... Además de los datos que logre copiar, quizá podáis traer algún viejo instrumento del laboratorio donde se incubaban los seres humanos... Luego regresaremos a la nave. Estoy seguro de que nos llevará automáticamente al santuario del sur de Dunedin.

–Quedamos nosotros tres –puntualizó Maya Müller–, y la Verdad.

Daniel y Darby se volvieron hacia ella. En el rostro del hombre biológico reapareció la preocupación, como un viejo amigo que nunca se hubiese marchado del todo.

–Yilane dijo que estaba con nosotros, y yo le creo –añadió Maya–. Además, se afirma que la Verdad es creyente profundo del Decimocuarto, el Último Capítulo. ¿Sabes lo que eso significa, Héctor?

Darby asintió. Su rostro había perdido color.

–Es capaz de apoderarse de las mentes de otros –dijo.

Daniel recordó a Mitsuko y tragó saliva.

–Podemos ser cualquiera de nosotros tres... –continuó la muchacha, impasible–. Puede estar controlándonos ahora mismo sin que los demás lo sepan.

–Pero si es así... –Darby la miró angustiado–. ¿Cómo vamos a saber quién es antes de que decida actuar?

Ni Maya ni Daniel respondieron. Durante un instante sólo se escucharon sus respiraciones y los chirridos metálicos de las profundidades de la *Llave*. A Daniel le hacían pensar en el gemido quejumbroso de alguna criatura.

–Por lo pronto, tenemos que asegurarnos de que no puede ser nadie más –dijo Maya. Mientras hablaba se colgó del cinto dos fundas de armas–. Anja y Meldon están muertos, pero existen formas de que una mente ajena resida temporalmente dentro de un cadáver. Hay incineradores en el nivel inferior. Debemos quemar sus cuerpos y disolver las cenizas en ácido, o expulsarlas al exterior. Podemos ir a por Anjali y luego llevarnos a ambos abajo...

–Yo tendré que quedarme a supervisar la recopilación de datos –dijo Darby.

–No quiero que vengas –concedió Maya–. Te quedarás con el transmisor abierto. Si oímos algo raro, o tú oyes algo raro, nos reuniremos de inmediato. Cuando nos libremos de los dos cadáveres, podremos irnos...

Darby y Daniel aceptaron el plan. Repartieron las armas que quedaban. Maya guardó la pistola de dos cañones de Svenkov, que aún contaba con munición, Daniel se quedó con la de ráfagas de Yilane y a Darby le entregaron la de Rowen. Se movían de manera afanosa. Sólo las manos de la muchacha ciega no temblaban.

Cuando estuvieron preparados, Maya y Daniel se dirigieron a la rampa, pero ella, que iba delante, se detuvo de repente.

–Otra cosa más. Nuestro enemigo es muy especial. No debemos dudar en disparar si uno de nosotros hace cualquier cosa que despierte nuestras sospechas, y eso me incluye a mí, por supuesto: no nos concederá otra posibilidad. –Hizo una pausa, como para que los dos hombres asimilaran aquellas palabras, y agregó–: La Verdad es una gran mentirosa, no lo olvidéis.

Sin esperar respuesta, continuó subiendo por la rampa.

Decimocuarto Capítulo

ÚLTIMO

I

Daniel reprimió un escalofrío al contemplar el cadáver de Anjali Sen. La rigidez había provocado que las bandas que lo mantenían fijo al lecho se tensaran. Cuando Maya Müller desató la banda del pecho, el cuerpo descendió pesadamente sostenido sólo por la cintura, y sus piernas se separaron. Luego, Maya descubrió el rostro, y los ojos de la creyente, dos ónices engastados en una horrible expresión, parecieron observar a Daniel desde más allá de la muerte.

–Pobre Anja –dijo la muchacha acariciando el vientre moreno del cadáver–. El crimen de Yilane fue espantoso: destruyó a la persona que más amaba en el mundo. Pero no fue él quien realmente lo hizo... –Tras una pausa sacudió la cabeza y convirtió otra vez sus manos en herramientas–. Ayúdame con estos cables...

Dos cables enganchados al techo mantenían la cama funeraria en la posición casi vertical requerida. Daniel movió un asiento y se subió encima. Logró desenganchar el cable de su lado mientras Maya hacía lo propio con el suyo. Entonces la muchacha procedió a hacer descender el lecho. Daniel, sentado en el respaldo, la contemplaba.

–Explícame cómo puede una mente invadir a otra incluso muerta –dijo.

–Es cuestión de creencia –repuso ella al tiempo que guiaba el lecho hacia el suelo–. Se basa en el Último Capítulo, que trata de una mujer que invade la mente de un hombre y ocupa su cuerpo, mientras la mente de él se introduce en el cadáver de ella... En el Capítulo se explica, metafóricamente, cómo realizar esa transferencia...

–La Verdad puede hacer eso –dijo Daniel, estremecido, pensando en Mitsuko.

Maya asintió. Estaba agachada junto a Anjali y abría la última banda que la sujetaba por las ingles.

–Es hechicería –comentó–. A los que lo hacen se les llama «nigromantes». Son brujos que utilizan los poderes del Último. Con ellos es posible crear blasfemias como una mente viva dentro de un cuerpo muerto, o un cadáver animado por la fuerza del espíritu que lo ocupa... Ya está... –Se quedó un instante en la misma postura, el rostro inclinado hacia Anjali–. Nos lo llevaremos. Puedo cargarla yo. Antes, rastrearemos los camarotes en busca del resto del equipo y cogeremos algo para transportar los cuerpos... Unas cuantas sábanas servirán.

Dejaron en el suelo a Anjali y bajaron a la zona de camarotes. Todo estaba en silencio. El transmisor, colgado del cinturón de pequeñas anillas metálicas de Maya, ronroneaba con zumbidos remotos. De vez en cuando se oía toser o hablar por lo bajo a Héctor Darby: «De acuerdo...», y «Eso es...» eran sus frases preferidas. Maya le preguntó si todo iba bien, y el hombre biológico contestó afirmativamente.

Al llegar a los camarotes se dividieron la tarea. Daniel entró en su habitación y se acuclilló junto a la repisa donde había dejado parte del agua y los alimentos para el regreso. Lo agrupó todo, y mientras lo hacía notó algo.

Miró a su alrededor, aún en cuclillas, pero no encontró el origen de aquella sensación. Era como si le llamara la atención un detalle que no lograba precisar.

Se incorporó y recogió la sábana. A su espalda, la puerta se abrió.

–¿Has terminado? –dijo la muchacha.

Maya ya había registrado los camarotes de Rowen y Darby. Buscaron en el de Yilane sin hallar nada más y retornaron a la sala principal. Maya cargó el cadáver de Anjali y Daniel hizo acopio de dos bolsas de sábanas y el equipo que habían conseguido reunir. Se dirigieron de nuevo a la escalera, descendieron hasta el cilindro inferior y cruzaron la escotilla para acceder a la *Llave*.

Para entonces, la sensación de que algo iba realmente mal se había hecho muy intensa en Daniel.

2

–¿Cómo va? –preguntó Maya Müller. Había dejado el cuerpo de Anjali en el suelo y lo estaba envolviendo en las sábanas.

–Lento –repuso Darby, lacónico.

A pesar de que habían estado en todo momento comunicados, el hecho de regresar a la sala azul y comprobar que Darby se encontraba bien, y tan abstraído como siempre ante las pantallas, constituyó una tranquilidad para Daniel. Sin embargo, aún no se había librado de aquella creciente inquietud.

Apoyó en el suelo las bolsas del equipo y utilizó las demás sábanas para envolver a Rowen. El cuerpo del empresario estaba frío y la rigidez empezaba a atenazarlo. Una oleada de tristeza anegó a Daniel, que deseó en silencio que el espíritu de Rowen se reuniera con el de Anjali en la ribera verde del Primer Capítulo.

Las luces se apagaron durante aquella fúnebre tarea, y en la oscuridad la alarma de Daniel se intensificó. Tocaba la piel gélida del cadáver de Rowen y escuchaba los comentarios de Darby, pero de repente todo eso se disolvió y se halló en otro lugar: una habitación bañada por una luz tan blanca que, paradójicamente, le impedía vislumbrar los detalles. Frente a él estaba la Verdad, como lo había estado en las fosilizadas alturas de la Vieja Torre de Tokio o el oscuro cilindro metálico de la casa de Svenkov, hablándole a través de... ¿de *quién*, en esta ocasión?

La luz le cegaba, no lograba ver su rostro, pero escuchaba su voz y sentía el infinito pavor de su presencia. *Soy lo último que verás antes de morir...*

Cuando la energía retornó, aquella especie de visión pareció ocultarse como tras una nube. Sin embargo, su inquietud no menguaba.

–Acabemos con esto –dijo Maya.

Daniel no podía apresurarse más, y la muchacha dejó su propia carga para ayudarlo. La mano de Maya, cortada en varios puntos por el pelo de Turmaline y aún vendada, se mostraba un poco torpe. Sin embargo, seguía pareciendo la más fuerte y preparada de los tres.

Cuando estuvieron listos, cargaron con los cadáveres, se despidieron de Darby e iniciaron el descenso por la rampa.

La bajada se reveló mucho más difícil de lo que Daniel

había supuesto. El peso del cuerpo de Rowen sobre su hombro era considerable, y el suelo húmedo y resbaladizo le obligaba a ir muy despacio. La vasta oscuridad, plagada de crujidos que se reflejaban con ecos en el alto techo, no contribuía a facilitar las cosas. Daniel empezó a pensar que los ruidos se habían hecho más frecuentes e intensos, como si en la eterna pugna mantenida durante eones entre la presión del mar y el armazón de la *Llave*, este último estuviera empezando a claudicar.

La muchacha tampoco parecía encontrarse bien. Daniel la oía jadear mientras cojeaba llevando a cuestas el cuerpo de Anjali. Una mano morena del cadáver era visible bajo el borde de la sábana balanceándose a la luz de la linterna de Daniel, que era la única que estaba encendida.

Atravesaron los niveles vacíos, fantasmagóricos, haciendo pausas durante las cuales se limitaban a respirar. Sólo en una de ellas Daniel rompió el silencio.

–¿Qué haremos si no funcionan? Los incineradores, me refiero.

La muchacha alzó la cabeza. Sus cabellos, de ordinario revueltos, habían terminado formando un mazacote rubio de mechones pegados al rostro. Daniel recordó lo distinta que parecía en Sentosa, aquella tarde en que habían cabalgado juntos.

–Deberían funcionar –dijo–. Pero si fuera preciso, quemaremos los cadáveres nosotros mismos.

Llegaron a los laboratorios y los cruzaron, introduciéndose entre las apretadas filas de mesas con incubadoras y vitrinas, hasta alcanzar un gran espacio despejado. Entonces ella se detuvo bruscamente.

–Descríbeme lo que hay delante.

–Una pared. –Daniel apuntó la luz hacia ella: ríos de agua bajaban por su superficie como si se tratase de una piel desangrándose–. Y una puerta cerrada.

Maya resopló y se agachó, depositando el cuerpo de Anjali en el suelo inundado. Luego pasó una mano por el agua y se la llevó a la boca.

–No es salobre, por suerte. –Su voz resonó con fuerza en la vasta cámara–. Quizá provenga de la misma avería de las salas inferiores. Los mecanismos de seguridad han sellado automáticamente las entradas, entre ellas, al parecer, la del pasillo de los incineradores. No podemos continuar... –Se quedó en la misma postura, la rodilla sana en alto, como si hubiera perdido de repente todo el ánimo.

–¿Qué hacemos ahora? –jadeó Daniel inclinándose para dejar a su vez el cadáver de Rowen junto al de Anjali. Lo invadía una vaga impresión de que algo no cuadraba.

La muchacha se puso en pie y cojeó hacia la pared. Sus botas de lazos chapoteaban en la laguna.

–Tendremos que encontrar otra entrada, o intentar desbloquear ésta. ¿Por qué no examinas esa otra pared? Quizá haya algún dispositivo de apertura...

–No creo que debamos separarnos...

–No vamos a separarnos. Yo buscaré aquí y tú allí. Estamos muy cerca...

Daniel terminó por aceptar y se alejó en dirección a la pared indicada, abriéndose paso con los pies descalzos en el agua. Al apuntar hacia aquel extremo con la linterna comprendió qué era lo que le había parecido incongruente.

–Nos hemos equivocado –dijo en voz alta–. La entrada hacia los incineradores está en este pasillo, lo recuerdo bien...

De repente sólo escuchaba los retumbos de su propia voz. Había dejado de oír los pasos de Maya y los chisporroteos del transmisor que ella llevaba.

Algo iba *realmente* mal.

–¿Maya? –Se giró sosteniendo la linterna.

El haz de luz reveló agua en el suelo, un par de botas rojas, unas piernas desnudas, una cintura, un torso y los dos cañones del arma de Svenkov apuntándole.

En ese momento los cañones dispararon.

3

Cuando el atronador eco se extinguió, Daniel supo dos cosas: que se hallaba ileso y que la muchacha no podía haber errado el tiro a aquella distancia. Tenía que tratarse de un fallo voluntario, aunque no entendía por qué ella había querido fallar (ni dispararle) y no tenía tiempo para entenderlo.

Los cañones seguían apuntándole, pero sólo uno humeaba. De algún modo intuyó que, en el siguiente disparo, Maya no fallaría.

Si es que se trataba de Maya.

Puede dominar las mentes a voluntad.

Tenía varias posibilidades: eligió, quizá de manera incoherente, llevar la mano a su propia pistola.

–Suelta el arma, Daniel –se limitó a decir ella desde las sombras.

Daniel no obedeció. Alzó la pistola y en ese momento se percató de que la muchacha se había movido condenadamente rápido y ya no estaba frente a él. Apuntó a un lado y a otro, pero descubrió que él tampoco quería disparar. Al menos contra ella.

Sin bajar el arma, se introdujo de espaldas en el pasillo de los incineradores. En ese momento otro proyectil arrancó centellas al marco de metal de la entrada del pasillo.

Entonces la vio, acuclillada junto a una de las mesas del salón inundado, recargando la pistola con gestos veloces.

–¡Daniel, suelta el arma! –repitió ella. Su voz sonó como un grito.

Fue ese grito lo que le impidió contestar al fuego. Retrocedió por el pasillo sin atreverse a dejar de mirar hacia la entrada, con la pistola en la mano y la linterna bailando en su pecho. Decidió que sólo dispararía si ella lo seguía hasta aquel túnel.

Pero ¿adónde iría? Escuchaba un confuso rumor de maquinaria desde algún sitio de la sala. Quizá podría ocultarse, intentar despistarla. Tenía que escapar, eso estaba claro. Frente a Maya Müller, o a la Verdad que ahora controlaba su cuerpo, carecía de posibilidad alguna de contraataque.

Mientras pensaba eso vio la sombra de la muchacha recortada en la embocadura del pasillo. Tensó el dedo, y cuando se disponía a efectuar el disparo la figura de su perseguidora pareció hundirse en la tierra. Apuntó con la linterna y observó el frenético intento de ella por ponerse en pie mientras su cinturón de anillas repiqueteaba contra el suelo. Sin duda, sus botas habían resbalado en el metal húmedo. Daniel no vio que llevara la pistola de Svenkov encima, quizá había rodado fuera de su alcance. En todo caso, no podía quedarse a comprobarlo. Echó a correr por el pasillo hasta llegar al recodo. Temía resbalar igual que Maya, pero ir descalzo le otorgaba ventaja.

En aquel recodo sonaban bocinas acompañadas de destellos de luces color naranja. Ignoraba cuánto tiempo llevaba activada la alarma, si es que se trataba de una alarma, y dedujo que quizá uno de los disparos había dañado algún tipo de circuito.

Varios bidones se hallaban adosados a la pared. Frente a ellos, a cierta altura, distinguió una entreplanta por la que parecían discurrir infinidad de tuberías y cables, dividida a su vez por grandes pilares. Pensó que, si conseguía subir hasta allí, quizá lograra escapar. O, al menos, ganar tiempo. Necesitaba tiempo para saber qué iba a hacer.

De un salto subió a uno de los bidones y lanzó la pistola al lugar donde pretendía llegar. Luego afirmó los pies sobre la tapa del bidón y se impulsó hacia el borde de metal, que agarró con todas sus fuerzas.

Mientras colgaba intentando trepar, escuchó los pasos de las botas.

A toda prisa, se alzó hacia la nueva plataforma, cogió el arma y apuntó el haz de la linterna que pendía de su pecho. Aquello era un dédalo de retorcidas tuberías: si se introducía por allí, estaba casi seguro de que la Verdad no podría encontrarlo.

Corrió a través de uno de los estrechos pasajes entre los cables de acero. Vagamente se preguntó qué podía ocurrir si un disparo acertaba en uno de aquellos conductos. ¿Estallaría todo? ¿Se inundaría?

Como para ayudarlo a despejar sus dudas, varias tuberías a su derecha saltaron por los aires en aquel momento. No ocurrió nada peor que eso, pero Daniel comprendió que ella había subido a la plataforma. Miró hacia atrás y la vio a escasos metros de distancia. Y lo peor era que sospechaba que no había fallado aquel último disparo adrede: ahora Maya trataba de matarlo.

Dobló por uno de los recodos, y de repente una plancha de metal herrumbroso y gastado del suelo cedió bajo sus pies. Intentó agarrarse a las tuberías, pero las gotas que las salpicaban las volvían resbaladizas. Capas de herrumbre, cables enroscados y algo que podía ser polvo de incontables siglos lo acompañaron en la caída. Tras el golpe, descubrió que había perdido la pistola. Un cable largo y grueso lo rodeaba, y en sus esfuerzos por liberarse se enredó aún más.

Oyó un ruido en el techo. Al mirar, supo que su perseguidora había tenido mejor suerte. Tanta, que, en cierto sentido, le favorecía también a él, ya que Maya no había caído y todavía se hallaba sobre una de las tuberías de la plataforma superior, quizá dudando entre si saltar o disparar desde allí. Los incesantes destellos de luces la mostraban como un animal salvaje. Daniel pensó que el sonido de la alarma también era ventajoso, pues provocaba que Maya se confundiera.

En un supremo esfuerzo, encogió las piernas, las deslizó por el laberinto de cable y logró zafarse.

No había salido tan indemne como creía: le dolía fuertemente un costado, pero sus piernas estaban ilesas, y en aquel momento eran la única parte de su cuerpo que le importaba.

Miró a su alrededor sin encontrar el arma. Para empeorar las cosas, su linterna había dejado de funcionar tras la caída. Echó a correr en la penumbra intermitente de luces y comprobó que los grandes pilares de la plataforma superior se prolongaban en la zona inferior. Se dirigió hacia uno y se ocultó tras él. Repitió la estratagema cuando oyó los pasos.

Vio a la muchacha caminar sin apresurarse en su dirección. Su cojera se había intensificado y arrastraba la pierna, pero parecía percibir a Daniel con tanta exactitud como si lo olfateara. Entonces la oyó.

–No tengo más remedio que hacerlo, Daniel...

Decidió arriesgarse. Salió de su escondite y corrió zigzagueando, usando los pilares como momentánea protección. Un disparo dio en uno de ellos, haciendo que la bala rebotara, enloquecida, dejando a su paso un eco de horribles silbidos.

Accedió al pasillo lateral, y descubrió que allí estaban los incineradores y que no había otra salida. Tendría que retroceder. Y retroceder significaba encontrar los dos cañones de Svenkov manejados por una experta luchadora cuya mente estaba controlada por un asesino.

Entonces vio los lechos verticales con los esqueletos atados a ellos. Usó uno como parapeto y aguardó su muerte.

Los pasos sonaron en el interior del corredor. De nuevo, su voz tensa.

–Ya *no eres* Daniel...

De repente Daniel Kean creyó verlo todo de otra manera.

Había huido pensando que la Verdad controlaba a la muchacha, pero las palabras de ella sugerían una explicación diferente.

–¡Maya, escúchame! ¡Soy Daniel! –Se detuvo a esperar la reacción: no hubo ninguna, sólo silencio–. ¿Quién crees que soy? ¿Qué te ocurre?

No hubo respuesta. Ni siquiera oía los pasos ya.

¿Y si ella lo estaba engañando? ¿Y si lo que le había dicho era un truco para que él dejara de huir y se delatara?

Pero entonces recordó los disparos fallidos del comienzo y le pareció que era la explicación correcta. La muchacha *no quería* matarlo: se veía *obligada* a hacerlo, quizá debido a que sospechaba de él. Pero ¿por qué?

Sabía que se arriesgaba a descubrir su escondite si continuaba hablando, pero ya no podía detenerse.

–¡Maya, respóndeme, por favor!

Entonces escuchó algo inesperado: un sollozo.

Se asomó y vio a la muchacha en el pasillo, frente a los incineradores, su silueta recortada por la espectral luz azul en lo alto de las compuertas. Había caído de rodillas, y en aquel momento soltó la pistola.

–Cógela... –rogó–. ¡Daniel, coge la pistola! ¡Cógela, por favor!

Podía ser una trampa, pero algo en el desesperado temblor de ella le hizo confiar. Salió de su escondite, se acercó y recogió el arma. Las culatas estaban calientes.

–¿Por qué sospechas de mí?

–No lo sé... –Ella seguía de rodillas–. No recuerdo nada... Empecé a pensarlo sin poderlo evitar cuando regresamos de la nave con el cuerpo de Anjali... No dejes de apuntarme... Puedo hacerte cualquier cosa... Es mejor que me dispares...

–No –dijo él, sabiendo que sería incapaz de hacerlo.

–Ha estado en mi mente... –gimió Maya–. Ha intentado convencerme de que debía matarte... Por favor, dispara...

–Quizá haya otra posibilidad. Tu cinturón. Dámelo.

Ella obedeció de inmediato, como si intuyera lo que él se proponía. Daniel comprobó que las anillas eran resistentes y el cierre difícil de abrir sin emplear ambas manos. No se trataba de una solución perfecta, pero le parecía lo mejor que podía hacer dadas las circunstancias. Retrocedió con el arma en alto.

–Ponte de pie y extiende las manos sobre la tubería –dijo. Empleó la correa de su propio cinturón como refuerzo, para impedir que el cierre metálico quedara al alcance de los dedos de ella. La muchacha colaboró apresuradamente. Cuando quedó encadenada, Daniel le quitó las bandas de cartuchos de repuesto y se las colocó alrededor de la cintura. Luego comprobó que el transmisor de ella estaba apagado. Lo conectó y al instante oyó la angustiada voz de Darby.

–¿Qué ha sucedido? ¡La comunicación se interrumpió!

–Estamos bien, Héctor –dijo Daniel, pensando que no podía explicarle en aquel momento lo sucedido–. Enseguida regresaremos.

Darby jadeaba de excitación.

–¡He encontrado algo! ¡Es muy importante! ¡Debéis venir!

Daniel le aseguró que así lo haría. Cerró el transmisor y contempló a la muchacha, que parecía aceptar las ataduras sin debatirse. Despojada del cinturón de anillas, su cuerpo sólo estaba cubierto por manchas de polvo y grasa. Los ojos cerrados y el brillo húmedo de su piel ofrecían la impresión de que se hallaba en medio de una horrible pesadilla. Daniel acarició su frente.

–No me gusta dejarte aquí, Maya, pero creo que es lo mejor. –Ella asintió. Al percatarse del lugar donde se encontraban, Daniel recordó algo–. Los cadáveres... Debo traerlos...

–No, escúchame, ya no importa –dijo Maya–. Si ha logrado entrar en mi mente, es que está *fuera*, en un cuerpo vivo... Y ambos sabemos *en cuál.* –Se removía, inquieta, con la cabeza inclinada y la mejilla apoyada en las tuberías, las hebras de su pelo como serpientes adheridas a los pómulos–. Tiene que ser él... ¡Sólo quedamos nosotros tres! ¡Tiene que ser *él*!

–No lo creo –dijo Daniel, pero conforme lo decía se preguntaba si ella podía tener razón–. Iré a verle.

Se alejó mientras escuchaba el grito de ella.

–¡Ten cuidado, Daniel! ¡*Tiene que ser* Héctor!

4

Ascendió sumido en una angustiosa pesadilla. No quería creer en lo que ella le había dicho pero, si pretendía engañarlo, ¿por qué no le había disparado cuando tuvo oportunidad? Quizá tan sólo se equivocaba, y en tal caso, ¿qué otra explicación podía haber? Darby, ella o... ¿O él mismo? ¿Cabía pensar en la locura de que, sin saberlo, él fuera la Verdad, o la albergara de alguna manera?

Una cosa era cierta: estaba solo. Por completo. No podría confiar en Maya ni en Darby. Se hallaba abrumadoramente solo y pensaba que quizá eso era lo que había anticipado Kushiro al elegirlo. Ahora todo dependía de él.

Llegó a la rampa de acceso a la sala azul y comenzó a subir, sosteniendo la pistola de dos cañones en actitud de disparo, aunque ignoraba de qué le iba a servir. Incluso si el hombre biológico confesaba ser la Verdad, Daniel estaba seguro de que no tendría fuerzas para matarlo.

–¿Héctor? –llamó.

No esperaba aquel silencio apenas perturbado por los remotos rugidos de las entrañas de la *Llave*. Se puso en guardia. La enorme pistola temblaba en sus manos.

Llegó a la plataforma suponiendo que la encontraría vacía, o quizá –le horrorizaba aquella posibilidad– con el cadáver de Darby en el suelo. Pero el hombre biológico se hallaba de pie y de espaldas al fondo de la sala, completamente inmóvil.

–Héctor... –Daniel apuntó el arma hacia Darby–. ¿Qué ocurre?

Darby pareció tomar aire antes de hablar. La camisa que llevaba estaba manchada de sudor.

–Hola, Daniel –dijo sin volverse, con voz serena, aunque Daniel percibió un extraño tono que le alarmó de inmediato.

–¿Qué tienes en la mano?

El hombre biológico se volvió hacia él y le mostró el libro.

–Es una Biblia. La traía en mi equipaje. –Entonces Darby parpadeó, observando la pistola. Y de repente su voz volvió a sonar igual que siempre–. ¿Qué haces? ¿Dónde está Maya?

Daniel decidió contárselo. Darby lo escuchó en silencio, abriendo mucho los ojos, iluminados por los reflejos de las imágenes del *scriptorium*, que seguían recibiendo datos. Cuando Daniel acabó de hablar, Darby hizo algo que lo dejó confundido: distendió los labios bajo la enmarañada barba y una sonrisa convirtió su rostro en una gárgola. Pero era una sonrisa extraña.

–Así que... la Verdad ha «invadido» la mente de Maya... ¿Eso es lo que creéis? –Darby extendió el brazo y Daniel alzó la pistola. Ante aquel gesto, Darby se detuvo–. Sólo pretendo dejar el libro sobre la mesa... Daniel, comprendo lo nervioso que estás, pero si esos nervios llevan a tu bonito y delicado dedo a apretar el gatillo, aunque sea por error, te quedarás sin saber algunas cosas interesantes...

Sin duda, aquélla era la manera de hablar del hombre biológico. Daniel la conocía muy bien, y al oírlo se tranquilizó un poco. Dio algunos pasos hacia el interior de la sala, colocándose en mejor posición frente a Darby, bajo las luces de las paredes azules. Sin embargo, no bajó el arma. Darby arqueó sus espesas cejas.

–¿Vas a seguir apuntándome con esa barbaridad de pistola, o me escucharás?

–Puedo hacer ambas cosas.

–Yo no –repuso Darby–. Cuando me amenazan, dejo de hablar. Es casi un acto reflejo. Mi lengua se mueve sólo cuando se siente lo bastante libre para hacerlo. –Y de improviso pareció perder la paciencia–. ¡Oh, vamos! ¿Qué es lo que temes? ¿Acaso estoy armado? Y si esos poderes de la Verdad son tan reales como afirmáis, ¿de qué va a servirte la maldita pistola...? –Volvió a esbozar aquella sonrisa que Daniel conocía–. Puedo asegurarte que no soy la Verdad, sólo voy a decirla...

Daniel titubeó un instante. Entonces bajó la pistola y la guardó en la funda que colgaba del cinto de pequeñas perlas explosivas de la munición.

Darby se mostraba ceñudo. No parecía más tranquilo que antes: de hecho, flotaba en su mirada un brillo suspicaz, como si, al obedecer su petición, Daniel le hubiese probado inequívocamente que su amenaza iba en serio. Sin embargo, una extraña calma se había apoderado de Daniel. Aún no estaba muy seguro de quién era el hombre que tenía delante, pero había decidido, como desde aquel primer día en la casa de Königshafen, confiar en él.

–Habla –dijo.

Al cabo de un rato, Darby sonrió y dejó el ejemplar de la Biblia sobre la mesa.

–Me alegro de que hayas optado por la decisión racional, Daniel. Porque, si hay algo peor que la Verdad, es creer en ella.

–Basta de juegos de palabras. ¿Qué quieres decir?

–Hablaré con claridad. –Darby abrió las gruesas, velludas manos–. La Verdad no existe, y si existe, no posee los poderes que creemos que tiene... No puede invadir la mente de otro ni vivir en un cuerpo muerto. Los poderes de los creyentes son meras ilusiones adornadas de voluntad... –Miró a Daniel, cuyo rostro mostraba sorpresa–. Es curioso, pero tú parecías saberlo desde el principio... Si no hubiese dejado de creer en los creyentes, hasta diría que Kushiro hizo bien en elegirte...

En ese instante se apagaron las luces. Pese a su deseo de seguir calmado, Daniel tuvo un sobresalto al sentirse indefenso en aquella confusa tiniebla. Llevó una mano hacia la pistola, pero algo le hizo detenerse y aguardar. La borrosa figura de Darby, de pie frente a él, se perfilaba en sus ojos. Cuando el hombre biológico habló de nuevo, no pareció afectado por la oscuridad sino por algo mucho más hondo y considerablemente más vasto.

–Daniel: ahora comprendo lo que impulsó a Katsura Kushiro a interrumpir su trabajo en la *Llave* y decidir que otros lo continuaran en el futuro... Ahora sé lo que hizo que sus hombres prefirieran morir antes que regresar y contar lo que habían averiguado...

Daniel aguardó en la oscuridad, pero Darby se había sumido en el silencio.

–¿Y bien?

–Nuestro mundo es falso –dijo la voz de Darby en tono angustiado.

En medio de aquella declaración regresó la luz con renovadas fuerzas. Darby prosiguió:

–Nuestro mundo está basado en catorce textos escogidos por el *scriptorium* de este habitáculo para educar religiosamente a los nuevos hombres que nacieron aquí. Pero las claves que usó para escogerlos fueron coincidencias: unas coordenadas y un meteorito le llevaron a elegir el Cuarto y Quinto Capítulos... Acabo de comprobar que los demás los encontró usando esos dos como referencia. De alguna manera, están escritos por el mismo anónimo Autor y mencionan similares nombres sagrados. El *scriptorium* los llama «Cuentos de los Mitos»... A partir de ellos, nuestro cerebro lo hizo todo: los leímos, los creímos, los fuimos adaptando a nuestra vida, suprimimos los nombres extraños y las frases que no encajaban... En suma, los convertimos en sagrados. –Observó pensativamente el libro sobre la mesa–. No soy creyente, ya lo sabes, nunca lo he sido, pero descubrir esto ha representado para mí un golpe brutal. Ignoro si también para ti, sospecho que sí. Y quién sabe lo que ocurrirá con la humanidad... Ahora comprendo el interés de Yilane en que nada de esto se conociera...

Daniel dio varios pasos, como intentando ordenar sus ideas.

–¿Qué pruebas tienes? –preguntó.

–En realidad, ninguna. –Darby pareció muy feliz de no tenerlas–. Son sospechas y deducciones, tan sólo. He revisado, muy por encima, miles... quizá millones de apuntes, anotaciones, entradas de diarios... Supongo que los historiadores sacarán mucho más partido a todo esto que yo. Pero he llegado a una conclusión: el inconcebible paso del tiempo... los millones de años transcurridos... nos han hecho invertir el proceso de causa y efecto. Pensamos que la creencia es real porque consigue hacer cosas, pero es justo lo contrario: debido a que pensamos que es real, nos *imaginamos* que consigue hacer cosas. –Dio un golpecito a las tapas del libro–. Creímos en estos Catorce Capítulos hasta el punto de transformar el mundo que nos rodea en ellos. La realidad entera, como arcilla fresca, se ajustó a nuestro molde... ¿Me pides pruebas? Están aquí. –Señaló la pantalla del *scriptorium*–. Según las anotaciones más antiguas, el mundo de antaño no era como el nuestro. Incluso *después* de la caída del Color tampoco lo fue... No existía un Dios maligno que soñara bajo las aguas, ni extraños híbridos que fueran sus hijos; nadie podía poseer a otra persona mentalmente, ni resucitar un cuerpo de sus cenizas, ni... pobre Maya... ni había ninguna Ciudad Sin Nombre bajo tierra, llena de cadáveres vivos. *Antes*, los seres humanos no compartían nuestro miedo.

–Pero Maya consiguió *encontrar* esa Ciudad... Y tú mismo viste a Anjali volar sobre el acantilado... –Daniel señaló un rincón del suelo hacia el que no quería mirar–. ¡Y ahí están todavía las cenizas en que se ha disuelto Yilane! ¿Y Kushiro? ¿Acaso no nos ha guiado hasta aquí debido a sus premoniciones?

–¡El molde! –exclamó Darby excitado, como si Daniel lo hubiese desafiado a una discusión intelectual–. ¡Ya te lo dije: la realidad es arcilla para la mente humana! Cuando

Maya me recordó que los creyentes hacen cosas imposibles, no supe qué responderle... ¡Ahora lo sé! A partir de esos catorce textos creamos un nuevo molde, y el perro dócil de la realidad se ha adaptado a él, ¡pero no por eso el molde deja de ser tan *falso* como los textos! Si lográramos *creer* en otra cosa... si el mundo supiera que esto... ¡Esto! –Enarboló el libro sagrado y lo agitó frente a Daniel–. Si el mundo supiera que esto es falso, ¡quizá en el futuro podríamos cambiar ese molde y vivir sin miedo, sin creencias fanáticas y carentes de sentido, originadas por simples errores de lectura! –Sus ojos brillaban de excitación–. La *Llave del Abismo*, Daniel... ¿Recuerdas la leyenda? Se decía que, al hallarla, llegaría el fin de los tiempos, mataríamos a Dios y nuestro miedo se extinguiría... ¡Quizá sea cierto!

A Daniel le escocían los ojos y se le había formado un nudo en la garganta. Por un fugaz instante fue como si algo destellara en su propia oscuridad. Ver a Héctor Darby tan entusiasmado le transmitía una sensación de vigor, de nuevos horizontes, pese a que la explicación que el hombre biológico le ofrecía se le antojara terrible.

¿Quizá por eso seguía sintiendo aquella inquietud?

Mientras sostenía el libro, Darby tendió los brazos, casi suplicante.

–Podemos modificar ese molde, Daniel... Quizá no lo veamos ni tú ni yo, y desde luego ya es demasiado tarde para personas como mi padre, a quienes la creencia enloqueció... Pero con el paso de los años, cuando la humanidad conozca la falsedad intrínseca de este libro... ¡la realidad cambiará!

El abrazo surgió tan repentina y espontáneamente que Daniel fue consciente de que rodeaba el cuerpo del hombre biológico sin apenas recordar en qué instante se había acercado, cuándo había cedido y extendido sus propios brazos dejándose arrastrar por el torbellino de emociones que poseían a Darby. Olió el olor pungente de Darby, carnal, biológico, y lo sintió jadear en su pulcro hombro desnudo.

–¡Daniel –gemía Darby–, la vida me ha arrebatado a Brent y a Meldon! ¡Cuánto daría por que estuvieran aquí, con nosotros, ahora mismo, y supieran lo que sabemos!

Daniel quería compartir su entusiasmo, pero algo vago aunque insoslayable seguía punzándole por dentro. De pronto miró a Darby como si no recordara qué hacía abrazándolo. Entonces se apartó de él.

–Ese molde... –dijo lentamente, sintiendo escalofríos–. Sea falso o verdadero... Ese *molde* ha cambiado la realidad, según dices...

Darby, que no había percibido la inquietud de Daniel, negó con la cabeza, entusiasmado.

–La realidad se ha adaptado a él, pero no ha cambiado intrínsecamente...

–Pero al adaptarse –lo interrumpió Daniel–, ha *cambiado*. Los creyentes pueden cambiarla. Pueden volar, controlar a otros... Como dice Maya, la Biblia funciona.

–Vemos lo que *creemos* que vamos a ver, Daniel –admitió Darby–. Si todo el mundo cree lo mismo, nuestros sentidos se deforman... O quizá...

–¿Qué?

Darby se cubrió la boca con la mano. Parecía reflexionar sobre algo nuevo.

–Quizá el meteorito ayudó a ese cambio de alguna manera –dijo–. Estaba compuesto de «materia extraña»... Nuestros antepasados creían que sólo afectaría a la superficie, pero ¿y el «Color»? ¿Qué ocurre con esa fosforescencia que todavía persiste en algunos lugares bajo el mar? ¿Y si el agua que consumieron durante tantas generaciones, extraída de ese mar y pese a los filtros, provocó... no sé... un *nexo*, un vínculo entre nuestro inconsciente y la realidad externa? Eso ayudaría a que la realidad se plegase a nuestro molde... Pero esto es pura especulación... ¿Qué te ocurre?

A Daniel le costaba respirar. Sentía los pulmones como si tuviese el pecho envuelto con gruesas cuerdas que le impidieran expandirlo. Apenas acertó a coger nueva munición y colocarla en su cinturón de cartuchos explosivos. Dejó que la cadena de proyectiles en forma de perlas colgase de su cintura.

–Héctor... –musitó mientras se aseguraba una y otra vez de que la pistola de Svenkov estaba cargada–. Maya está encadenada cinco niveles más abajo. Le he quitado el transmisor, pero podrás encontrarla en cuanto llegues. Llámala y te oirá.

–¿Sigues pensando que han invadido su mente?

–De alguna manera, sí. Pero sólo para hacer que sospechara de nosotros. La Verdad no es ella, ni tú, ni yo. Está aquí, ha venido con nosotros tal como dijo Yilane, pero no es ninguno de nosotros.

–¿Quién, entonces? Daniel, tu cara me da miedo...

Daniel no respondió: se sentía incapaz de expresar en palabras el horror que imaginaba. Decidió concentrarse en aspectos prácticos. Iba a necesitar otra arma, más manejable. Buscó a su alrededor y encontró la funda y el cinturón pectoral del arma de Darby. Introdujo la correa por la cabeza y la ató al pecho.

–Regresa con Maya, Héctor. Dile que estoy en la nave...

–¿En la nave? ¿Vas a subir a la nave?

Daniel dejó de mirarlo y elevó la vista. La indiferencia que su semblante había intentado construir se desplomó de repente en una mueca de terror y rabia.

–Está en la nave –murmuró–. Ha estado todo el tiempo allí.

–¿Por qué?

–Intenta hacer algo. Ha querido distraer nuestra atención provocando que sospechemos unos de otros mientras hace lo que le han ordenado... Regresa con Maya, por favor. En cuanto te vea, dejará de sospechar de ti, como he hecho yo. Pero, ante todo, *no subáis* a la nave. Si no he regresado cuando volváis, cierra la escotilla de acceso...

Corrió hacia la rampa, pero la voz imperiosa de Darby lo detuvo.

–¡Daniel, por favor, dime lo que crees saber y quizá pueda ayudarte!

Sintiendo que cada segundo era vital, Daniel renunció a explicarse, dio media vuelta y echó a correr por la rampa.

5

Maya Müller, en cuclillas junto a las tuberías a las que estaba encadenada, intentaba reflexionar.

Era consciente de que, al regresar a la *Llave* con el cadáver de Anjali Sen a cuestas, había empezado a pensar, cada vez con más fuerza, que Daniel Kean era la Verdad. Su convicción había llegado a ser tan poderosa que sólo con gran voluntad había logrado desviar las primeras balas que le había disparado. Incluso recordaba un momento en que había estado decidida a matarlo, sin más concesiones. ¿Cómo era posible?

Cuando Daniel le habló, lo comprendió todo: la Verdad se lo había hecho creer. Se encontraba en algún sitio, con ellos, y había depositado en su mente esa idea.

Pero ¿cuándo y de qué forma había invadido sus pensamientos?

Al principio había creído que se trataba de Darby, y así se lo había dicho a Daniel. Ahora ya no estaba tan segura. Lo peor era que, de nuevo, no advertía ningún fallo en su convicción, pero eso era justo lo que le hacía pensar que era errónea.

Había sido implantada en su cerebro, como la culpabilidad de Daniel.

Intentó serenarse, recuperar los recuerdos objetivos. Lo relacionaba todo con la visita que Daniel y ella habían realizado a la nave. Había un gran espacio en blanco en su mente a partir del cual las sensaciones de esa visita se disolvían.

Los camarotes. Cuando nos separamos.

Era capaz de rememorar paso a paso todo lo que había hecho en la nave, hasta ese punto.

Entré en mi camarote... y algo ocurrió.

Recordaba sólo la pared blanca y la silla verde de la habitación...

De pronto se detuvo. Una oleada de escalofríos recorrió su espalda. *Una silla verde, una pared blanca.*

¿Cómo era posible que recordase *colores*? ¿Qué estaba sucediéndole?

Comprendió, entonces, otra cosa. Sabía que el Último

Capítulo admitía la posibilidad de que un brujo pudiese hipnotizar a otros sólo con la mirada, sin necesidad de palabras. Pero para conseguirlo era preciso que ambos, hipnotizador y víctima, fuesen capaces de mirar.

De ver.

Sus párpados temblaron. Por primera vez desde que se había quedado ciega, deseó alzarlos. No lo hizo.

Se sentía confusa, atemorizada, y al mismo tiempo llena de energía, dispuesta a resolver esos enigmas. Decidió liberarse.

En otras circunstancias hubiese esperado a que Daniel y Darby regresaran, pero en aquel momento estaba percibiendo algo más, con una intensidad que superaba cualquier otra sensación. Presentía que su ayuda sería imprescindible.

No perdió el tiempo. El truco con que Daniel había intentado contenerla era burdo para ella: sólo su voluntad la había mantenido encadenada. En un gesto de bailarina, se encorvó, introdujo la cabeza entre los brazos, dio la vuelta y se libró de la correa. Abrir el cierre de la cadena fue aún más fácil. Carecía de armas, pero no tenía tiempo para buscar una. Porque, de súbito, aquella nueva sensación se había hecho alarmante.

Intuía que Daniel se encontraba en un grave peligro.

6

Al llegar a la sala de máquinas Daniel percibió que ya no estaba en la *Llave* debido al silencio puro que lo rodeaba. Atrás quedaban los chirridos de monstruo viejo del gigantesco hábitat submarino. En la modernizada nave en reposo la paz era absoluta.

Aquella atmósfera de catacumba le resultó inquietante. Se detuvo, jadeando, con el corazón batiéndole en el pecho. Hasta donde podía ver, la sala de máquinas se hallaba vacía y, en apariencia, normal.

Aferró la escalerilla y siguió subiendo sin enfundar la pistola. En el cargador había incrustado un cartucho con varios proyectiles de reserva. La cadena de perlas explosivas con el resto de la munición repiqueteaba alrededor de su cintura y muslos.

No podía controlar el temblor. Lo que más pánico le daba no era enfrentarse, por fin, a aquel asesino, sino ignorar *qué apariencia tendría.* La angustia de las posibilidades que imaginaba le provocaba casi una fiebre de terror puro.

Apenas tardó en comprobar que no había nadie en la sala médica. En el almacén sólo encontró el horrible cuerpo de rostro mutilado de la Rubia. Había empezado a descomponerse y únicamente el metal de su cabello parecía como nuevo. Cerró la puerta. No esperaba hallarlo allí tampoco.

Está en los camarotes.

Lo había sabido desde que había entrado en el suyo en busca de sábanas y percibido, casi de manera inconsciente, aquel detalle fugaz. El objeto que no debía estar allí, y que él en realidad no había visto *del todo* porque no esperaba hallarlo en ese lugar, como cuando se pasea la mirada por una habitación repleta de cosas y se capta algo que no encaja en el conjunto, sin llegar a saberse qué es exactamente.

Pero ahora sí lo sabía.

De hecho, se hallaba tan seguro que se reprochó su inmensa cobardía, su deseo de retrasar el encuentro buscando en sitios tan improbables como la sala médica.

Está en tu camarote.

Ve a por él de una vez.

Subió otro nivel. La rotonda de los camarotes estaba a oscuras. Había varias puertas abiertas que daban a otras tantas habitaciones: recordó que eran las de Maya, Darby, Yilane y Anjali. La suya y la de Rowen estaban cerradas.

Dio una vuelta en silencio deteniéndose para mirar el oscuro interior de los camarotes cuyas puertas se hallaban abiertas.

Nada.

Decidió abrir primero la puerta del camarote de Rowen. Apuntó, se asomó: todo oscuro, silencioso, vacío.

Quedaba una puerta más. La de su camarote. Escuchó desde fuera y no oyó nada. La abrió. La habitación había cambiado. Había luz en los paneles de cristal; la cama, al nivel del suelo, carecía de sábana; algunos asientos habían sido desplazados y, arrodillada sobre el diván de escabeles adosado a la pared de cristal, de espaldas a la puerta, se encontraba Bijou. Cuando Daniel entró, ella volvió la cabeza y lo miró un instante.

Estaba desnuda y parecía algo aturdida. Parpadeaba mucho, descolgaba la boca como bostezando y su expresión distaba de ser la de la joven inteligente y enérgica que Daniel Kean había conocido en el Gran Tren y «amado» durante aquellos cinco maravillosos años. El cabello, sucio, desgreñado casi, le caía en dos gruesas melenas, y una de ellas le cubría enteramente un pecho. Todos esos detalles, y algunos otros, la diferenciaban de la Bijou de siempre, pero había otros mil que la hacían idéntica.

–Hola, Daniel, pasa y ponte cómodo –dijo Bijou–. Estoy terminando esto... Enseguida charlamos.

Daniel entró y cerró la puerta, pero no se movió de allí. Había imaginado aquel encuentro de muchas maneras, salvo ésa. No creía estar «hipnotizado» ni dormido sino simplemente desconcertado. Para probárselo a sí mismo, alzó la pistola de dos cañones, pero se dio cuenta de que su objetivo le daba la espalda con soberana tranquilidad como si aquella amenaza no le importara lo más mínimo. O, más bien, como si no se hubiese dado cuenta de la amenaza. Claro está, eso también se correspondía con la Bijou de verdad, ya que ¿cómo iba ella a imaginar siquiera que Daniel le dispararía alguna vez, mucho menos por la espalda?

Te está engañando. No es Bijou.

Pese a todo, bajó el arma. Fuese o no Bijou, aquella chica ni siquiera le estaba prestando atención. Seguía subida en el diván, de espaldas a él, haciendo algo. Daniel se desplazó a un lado para ver qué era: vio una caja del tamaño de su mano, alargada, de color gris, llena de cables. Se hallaba adosada al cristal del panel de luces. Los bonitos dedos de Bijou tanteaban en ella con suma habilidad.

–Armar esto es muy laborioso –explicó Bijou volviendo la cara apenas para hablarle–. Hubo que traerlo en piezas sueltas, claro, como a mí... –Emitió una risita–. Llevo horas enfrascada, y quiero terminar de una vez... ¿Por qué no te sientas?

Daniel pensó en responder que no tenía ganas, pero calló. En realidad, la presencia de Bijou no le importaba tanto en aquel momento como sus pequeños recuerdos, los detalles que le habían hecho llegar hasta allí.

Rastreó con la mirada por la habitación hasta descubrirlo. El objeto se hallaba junto a la cama, en una posición simple, sobre uno de los cubos. Comprendió repentinamente la razón por la cual, al verlo la primera vez, no se había percatado de lo que era: se debía a que había cambiado. Su mente estaba acostumbrada a verlo cerrado y sellado. No destapado. Y vacío.

–La hornacina fue tu error –dijo Daniel. Bijou se volvió una vez más y echó un vistazo a la hornacina vacía, pero enseguida tornó a concentrarse en su tarea–. ¿Cuándo robó Yilane la ceniza? ¿Al hurgar en mi mochila, cuando éramos prisioneros de los enmascarados? No, no podía arriesgarse a que yo lo descubriera... En ese momento sólo se aseguró de que la hornacina seguía allí, ¿no? Lo haría mientras viajábamos a la *Llave*, sin duda. Luego, mientras su maestra se quedaba a solas durante el ritual y antes de regresar para matarla, extrajo la ceniza y te sacó. Tú permaneciste oculta en la nave hasta ahora...

–Me «sacó» –dijo Bijou, burlona–. Qué expresión más blasfema. La Biblia dice, en el Último: «liberación de un confinamiento especialmente estrecho». Ésa es la frase religiosa correcta, la que contiene el poder... –Y de repente giró de nuevo hacia él y lo miró con los ojos muy abiertos–. *¿Por qué existe la muerte, Daniel?*

El horror lo dejó petrificado. Aquel tono de voz era idéntico al de Bijou. Se quedó mirándola, incapaz de reaccionar. Sólo una convicción le devolvió las palabras.

–*Tú no eres* Bijou... Entraste en su mente cuando Olsen ordenó secuestrarla junto a mi hija... –Sentía que le faltaba el aire, pero se esforzó por seguir hablando–. Héctor Darby no entendía por qué Olsen me interrogó... La razón era que necesitabais matar a Bijou delante de mí, sabiendo que llevaría conmigo las cenizas para respetar el juramento que le hice... Pero aunque eran las cenizas de mi esposa, *tú* estabas dentro de ellas... –La figura que se parecía a Bijou se encogió de hombros y siguió manipulando el extraño artefacto, como si dejara a Daniel la libertad de creer en lo que le apeteciera–. Hay algo que no entiendo... ¿Qué hubiera ocurrido si yo no hubiese obedecido ese juramento? ¿O si Maya no llega a salvarme en las catacumbas, o no hubiese rescatado el cuerpo de mi esposa?

Bijou no respondió. Entonces pareció cambiar de opinión y dejó de ocuparse de la caja de cables, se volvió hacia Daniel, bajó del respaldo y se arrodilló en el diván. Durante un instante, mientras se echaba el desordenado cabello hacia atrás, mostró el espeluznante agujero de bala abierto en su sien. Daniel se estremeció.

–No hubiese sucedido nada –respondió ella sonriendo–. Simplemente, yo hubiese salido de su cuerpo y regresado al mío, que descansa en un cilindro de congelación en Tokio. Necesito cierto tiempo para hacerlo, pero lo hubiese logrado. No había ningún riesgo, y sin embargo, si todo salía bien, era el plan perfecto para llevarme con vosotros cómodamente, sin que nadie lo advirtiera...

–¿Cómo supisteis lo del juramento?

–Cuando invadí la mente de tu esposa le arrebaté todos los recuerdos. Nuestro plan original era usarla para obligarte a venir a Japón. Pero entonces detecté que ella tenía miedo de que, al morir, sus cenizas viajaran solas a la Ciudad subterránea, y a través de ese miedo supersticioso averigüé el juramento que te obligó a hacer. Debo admitir, sin embargo, que el plan fue idea del señor Lane. Me refiero al Amo, a Ezra Obed, claro. Al conocer ese curioso juramento, decidió utilizarlo a nuestro favor. Fue casi una improvisación, me la propuso y a mí me gustó. Ordené a Moon y a Olsen que «me mataran» mientras fingían interrogarte... Para tu alivio te diré que la mente de tu esposa ya estaba anulada desde un poco antes...

–¿Por qué no invadir la mente de uno de nosotros? ¿Por qué hacerlo de esta forma tan horrible?

–No se trataba de controlar una mente, como hice con Mitsuko Kushiro y Maya Müller. Para eso no necesito siquiera emerger de las cenizas. Se trataba de *trasladarme* a un cuerpo... Eso era imposible con la mayoría de los miembros del grupo. Eran demasiado poderosos. Y por lo que respecta a los no tan poderosos como Darby o tú, los demás lo hubiesen detectado enseguida. De hecho, el doctor estuvo a punto de encontrarme en Sentosa. Percibió mi presencia en la mansión, encerrada en un sitio pequeño, y esa noche se disponía a interrogarte para saber si llevabas algún tipo de... –Amplió la sonrisa–. Alguna clase de ceniza humana en tu equipaje. Le parecía increíble, y por eso no dijo nada hasta que fue demasiado tarde. Anjali Sen también me percibió, y Yilane tuvo que acallarlos a ambos, del mismo modo que Turmaline eliminó a Moon cuando empezó a sospechar lo mismo. Era vital conservar el secreto.

–Pero me revelaste tu presencia en la Torre de Tokio, y luego en aquel sueño que tuve en el dormitorio de Svenkov... ¿Por qué?

–Para avivar tus deseos de estúpida «venganza», Daniel Kean. ¿Aún no comprendes? Necesitábamos que acompañaras al grupo hasta el final; no podíamos permitir que, tras recobrar a Yun, regresaras a casa... Hemos jugado con tus sentimientos para usarte de... ¿cómo llamarlo? «Equipaje», quizá. Gracias a ti, pude viajar de incógnito. Las cosas se complicaron un poco cuando aquella tribu de falsos híbridos te hizo prisionero pero, por suerte, se llevaron también al Amo, y no tocaron la hornacina... Me pareció un plan delicado pero simple. Soy la Verdad, me gusta ser simple... –Permanecía erguida, de rodillas sobre el diván. Había abandonado ya cualquier intento de seguir manipulando el extraño aparato, como si la conversación con Daniel se le hubiese antojado más importante. Tras una pausa, prosiguió–: Lo que no soy capaz de entender es cómo un mediocre no creyente como tú hayas podido descubrirme... Por supuesto, ya es demasiado tarde para que puedas hacer algo, pero... dime... ¿cómo lo supiste?

–Darby me explicó que los creyentes del Decimotercero lograban resucitar cuerpos a partir de sus cenizas y los del Último controlaban las mentes. Ezra Obed y tú erais creyentes de *ambos* Capítulos... Luego recordé que había visto la hornacina abierta aquí, en mi camarote, momentos antes. El plan me pareció muy claro entonces: tú habitarías en la mente de mi esposa y Ezra te devolvería a la vida al llegar a la *Llave*, para contar con un aliado...

–Dejar la hornacina aquí fue un estúpido error de Ezra –admitió la Verdad–. Pero en comparación con el que has cometido tú viniendo solo, resulta banal.

Daniel estudió detenidamente a la figura que tenía delante: no comprendía cómo había llegado a pensar que aquel engendro se parecía, siquiera de lejos, a Bijou. Recordó la mirada alegre y llena de inteligencia, la sonrisa honesta y acogedora y el cuerpo vital de su esposa, y tuvo que reprimir las náuseas.

–No eres Bijou –insistió con repugnancia, y alzó la pistola.

La figura a la que apuntaba ni siquiera parpadeó.

–Sólo he robado su cuerpo, en efecto –dijo–, pero también me pertenecieron sus pensamientos más íntimos... ¿Sabías que hacía tiempo que había dejado de sentir «amor» por ti? ¿Sabías que se había hartado de tu inútil empleo de subalterno de tren y pensaba abandonarte llevándose a tu hija? –Daniel seguía apuntando, completamente inmóvil–. ¿Duele oír a la Verdad, Daniel? –La figura de Bijou lanzó una carcajada.

–Estás mintiendo.

–No puedo mentir, ya lo sabes. Y tampoco puedes matarme. –La Verdad fijó la mirada en sus ojos–. Hazte un favor a ti mismo y suelta las armas.

Daniel negó con la cabeza: un gesto lento, terco, prolongado. Mientras lo hacía oyó un estrépito a sus pies y se dio cuenta de que no llevaba ningún objeto encima: armas, correas y municiones se hallaban en el suelo. Sus brazos estaban flexionados y sus manos colocadas en ambos hombros y apoyadas con la punta de los dedos y sus piernas separadas. Intentó moverse en vano. Se sentía atrapado dentro de su cuerpo, como si viviera en la cabeza de un perro cuyo amo fuera otra persona.

Sin embargo, percibía algo en lo íntimo de su voluntad que no cedía. La Verdad no penetraba hasta ese punto.

–Noto tu resistencia –dijo la figura de Bijou–. ¿Cómo puedes siquiera soñar con desafiar a un creyente del Último, Daniel? No puedes oponerte a la Verdad, ¿nunca te lo han dicho? –La figura se incorporó sonriendo y descendió del diván. Seguía pareciendo Bijou, pero ahora su imagen era borrosa–. Échate –ordenó señalando la cama.

Daniel se encontró de repente tirado sobre las sábanas, bocabajo. La Verdad llegó al borde de la cama, extendió una mano y tomó su mentón. El recuerdo de la humillación a la que Moon lo había sometido pasó por la mente de Daniel en ese instante.

–Date la vuelta –dijo la Verdad.

Daniel giró, inexorable. Intentaba entorpecer sus propios gestos, pero sólo lograba ser consciente de su deseo de intentarlo. Su cuerpo era un girasol de carne que seguía fielmente el curso de la figura de Bijou. Sólo cuando la Verdad le dijo que se detuviera notó que sus movimientos cesaban. Se hallaba otra vez bocabajo.

–Hoy es la gran noche de Halloween, ¿lo sabías? –La Verdad acercó su rostro al de él–. Noche sagrada de máscaras y miedos. Puedo hacer lo que quiera contigo hoy: volverte del revés, obligarte a que te arranques los ojos, convertirte en mí... –Le apuntó con el índice–. No lo olvides. Ahora, déjame acabar, muchachito. Luego jugaremos.

Le dio una palmada en las nalgas y regresó al diván.

Desde la posición donde se encontraba, Daniel comprobó que la Verdad ya no tenía la apariencia de Bijou, o al menos él ya no la veía así, lo cual le pareció indicio de que su poder no era constante ni absoluto.

La Verdad era hombre. Su edad resultaba indeterminada: podía ser un chico muy joven o un anciano, pues, aunque su figura revelaba elasticidad y juventud, la mano que en aquel momento apoyaba en la cintura mostraba extrañas arrugas. El pelo era una ostentosa masa azabache no demasiado larga pero sí abultada, con cabellos de finas puntas distribuidos sin orden alguno. Vestía una fina chaquetilla de red con rombos negros. A Daniel, aquella visión, por espantosa que fuera, le hizo sentirse mejor, como si hubiese sorprendido al asesino en la intimidad de su guarida.

En ese momento la Verdad pareció percatarse de que Daniel lo estaba viendo y se detuvo. Torció los labios como si hubiese olido algo desagradable.

–¿Qué ocurre contigo? –dijo con una voz completamente distinta a la que había empleado hasta entonces–. ¿Quieres pasarlo realmente mal antes de morir?

–No tienes poder... –murmuró Daniel desde su postura inmóvil en el lecho–. Tu único poder te lo doy yo... –La Verdad lo miraba casi con curiosidad. Una guedeja de pelo negro se desprendió del conjunto y cayó delante de uno de sus ojos–. La creencia es falsa... Darby me lo ha dicho... No tienes ningún poder sobre mí...

El mercenario bajó la pierna que ya tenía puesta en el diván y se agachó hasta quedar en cuclillas, apoyando las arrugadas manos en el suelo sólo con la punta de los dedos, los negros cabellos rozando las rodillas.

–Qué interesante –dijo–. Sigue.

–Te haces llamar la Verdad, pero no lo eres... –Al oír esto, la Verdad arqueó las finas cejas en ademán de sorpresa–. Eres la mayor mentira de todas... Vivimos en un mundo falso... Héctor Darby lo ha descubierto... Ése es el secreto de la *Llave.* –Y de improviso Daniel Kean sintió como si no fuera él quien hablara, como si alguien, quizá Katsura Kushiro, lo utilizara para decir aquello–. Si dejáramos todos de creer, tú no tendrías fuerza alguna... Ocupas el interior de un cuerpo muerto sólo porque eso es lo que hemos imaginado hasta ahora... Pero la *Llave del Abismo* cambiará las cosas.

Hubo un silencio. La Verdad seguía inmóvil. Su aspecto

era el de algo vivo que aguardara respirando la oportunidad de atacar. Daniel sentía escalofríos al mirar sus ojos, donde el tiempo semejaba haber acabado ya: eran los ojos del fin de las cosas. Tras una pausa, como si hubiese esperado cortésmente por si Daniel tenía algo más que añadir, movió la cabeza.

–Lo que dices es... realmente... interesante. No sólo interesante: verosímil. Por eso debo completar mi tarea. Aunque el que me ha contratado haya muerto ya, el peligro de que la *Llave* llegue a ser conocida subsiste. No importa, siempre exijo el pago por adelantado... –Sonrió y añadió en otro tono–: Y ahora, cállate.

Daniel cerró los labios. No pudo separarlos por mucho que se esforzó. La Verdad se aferró a la tubería cromada, trepó de nuevo a lo alto del diván y colocó la tapa de la caja. Daniel se fijó entonces que la «caja» era el *scriptorium* que Yilane utilizaba supuestamente para albergar la imagen de su padre, sólo que ligeramente transformado.

–Lo que me has dicho –siguió la Verdad mientras ajustaba la tapa– me convence de que el viejo señor Ezra Obed Lane tenía razón al querer destruir este lugar... –Palpó con el dedo índice la pantalla situada en la caja–. Ya casi está... Yilane trajo este bonito artefacto en su mochila, y ha valido la pena. La potencia del explosivo no es muy grande, pero más que suficiente para destruir la nave y abrir una brecha en el interior del casco de la *Llave.* La presión se encargará del resto. Y ya que Ezra ha muerto, no necesito usar la nave auxiliar. Tengo el tiempo justo para trasladarme a mi verdadero cuerpo. Morirás junto a las cenizas de tu esposa, ¿no es una suerte para ti? Pero dado que me has ofrecido esa lección sobre la realidad del mundo, no quiero dejarte así... –Giró hacia Daniel y dictó otra orden. El cuerpo de Daniel se tensó y quedó de pie junto a uno de los asientos, las manos sobre la cabeza y las piernas separadas, completamente inmóvil–. Coge la pistola que está a tus pies y arrodíllate –dijo entonces.

Daniel percibía su mano como un extraño apéndice artificial que funcionara bajo control ajeno. Sus articulaciones, moviéndose como poleas, aferraron la pistola.

–*¿Quieres saber por qué existe la muerte?* –La apariencia y la voz de la Verdad volvían a ser las de Bijou–. Me temo que no lo sabrás tan rápido como desearías... No obstante, el dolor hará que no te aburras esperando... De ese modo, tendrás tiempo para reflexionar acerca de lo que me has dicho... y quizá descubras... dónde está realmente la Verdad... –Clavó los ojos en Daniel–. Dispara un cañón sobre tu vientre. Uno solo.

Daniel vio cómo los cañones se levantaban y giraban hacia su propio cuerpo.

No tiene poder.

El cañón completaba su giro, le presionaba el vientre.

Sólo se detuvo cuando vio la expresión preocupada del rostro del asesino. Era como si de improviso hubiese notado algo que le desagradara.

–Tus amigos suben hacia aquí –dijo.

NO TIENE PODER.

Quizá fue aquella mínima distracción, o quizá el simple hecho de convencerse de lo que estaba pensando. Fuera como fuese, por un momento sintió que volvía a ser dueño de su propio cuerpo.

Sin titubeos, alzó la pistola, la hizo girar hacia la figura que tenía delante y disparó ambos cañones sobre ella.

La Verdad saltó hacia atrás golpeando la tubería cromada, que se partió por la base. Cuando se incorporó, ya no se parecía a Bijou. A ojos de Daniel volvía a ser la Verdad, con su encrespada melena negra y sus ojos arcaicos. De la caverna abierta en su pecho no manaba la sangre. Ni siquiera parecía preocupada: se agachó y arrancó la tubería del todo con una fuerza insólita, sin dejar de mirar a Daniel, que se apartó en el último instante. El metal se estrelló contra el asiento cúbico, haciéndolo trizas.

–Una ventaja que tu esposa practicara esgrima con sable, ¿eh, Daniel? –dijo la Verdad–. Sus músculos se encuentran en perfecto estado...

Sin apresurarse, volvió a levantar la barra. No dejaba de mirar a su víctima mientras tanto, con una fijeza fría pero incesante. Daniel, que había recargado el arma y le apuntaba, titubeó. *Quiere que vuelva a dispararle*, pensó.

Dedujo que nunca le haría daño con un arma. Cambió de idea, soltó la pistola y se arrojó sobre la Verdad con las manos desnudas, antes de que la barra cayera de nuevo. El ataque cogió desprevenido al mercenario, que retrocedió y soltó la tubería. Ambos contrincantes rodaron por el suelo, cada uno intentando erguirse antes que el otro.

Volvieron a enzarzarse, y de repente Daniel notó algo.

La habilidad de su oponente parecía haber cesado. Era un individuo cualquiera, con tanta fuerza como la que podía tener él mismo, e incluso más débil conforme la lucha se prolongaba. Daniel intuía por qué. *Desea regresar a su verdadero cuerpo, pero dijo que necesitaba cierto tiempo para hacerlo...* Aprovechando la ventaja, Daniel giró y se sentó sobre su torso, golpeándole la cabeza contra el suelo.

–¡No puedes matarme! –chilló la Verdad mientras su cabeza (que ahora era de nuevo –para horror de Daniel– la de Bijou) recibía los golpes, abriendo de par en par sus ojos enrojecidos–. ¡Soy lo último que verás antes de morir, lo peor que descubrirás sobre ti mismo, el lugar al que irás cuando hayas muerto...! ¡Soy *la Verd...*! –De repente la imagen de Bijou volvió a disolverse. Los ojos de la Verdad mostraron las conjuntivas y su garganta emitió un ronco gruñido. Con expresión de dolorida repulsión, Daniel se levantó tambaleante y aferró la tubería.

–A partir de ahora habrá otra Verdad –dijo.

La boca abierta y oscura del mercenario reflejó su alarido en la pulida superficie de la barra que caía vertiginosamente.

Cuando Daniel logró calmarse, descubrió que la barra golpeaba, tan sólo, un suave polvo de ceniza. Quizá los restos de Bijou, de la única Bijou que había existido nunca.

–¡Daniel! –oyó la voz de Darby.

–Hay un explosivo... –murmuró mientras el hombre biológico y Maya entraban en el camarote. Señaló la caja en el panel de cristal. Pese a su rodilla maltrecha, la muchacha había saltado sobre el diván y extendía las manos, palpando.

–Está conectado –dijo, en tono de angustia.

Darby se unió a ella. Quitaron la tapa con extremo cuidado y Darby examinó los cables. El rostro del hombre biológico, al volverse hacia Daniel, expresaba todo el horror del fracaso.

–Tiene un contador... Va a estallar en menos de un minuto... –gimió–. Maya: ¿hay alguna forma de desconectarlo?

Maya recorría los cables uno a uno, con los gestos más

rápidos y delicados que podía conseguir con su mano herida. Sacudió la cabeza.

–Es uno de estos cables... Hay catorce, pero sólo uno es el de desconexión. Si tiramos de cualquiera de los otros, estallará.

–Debemos arriesgarnos –dijo Darby.

Maya volvió a recorrer los cables y eligió uno. En el momento en que iba a tirar de él, Daniel la detuvo.

–¡Espera!

Subió al diván y se acercó al aparato.

Catorce cables.

Cerró los ojos, recordando. Catorce cables pintados de rojo y sólo uno de blanco, enterrados en la carne del soñador. Del cable blanco pendía su dedo pulgar. Recordaba perfectamente cuál era: lo había intentado cortar él mismo, junto con Moon.

El tercero de su izquierda.

¿Por qué son elegidos los elegidos?

¿Y si todo formaba parte del mismo mensaje? ¿Y si Kushiro había vislumbrado ese preciso instante del futuro y hecho que el joven Klaus transmitiera la clave final con su propio cuerpo? Los caminos de la revelación, decía Darby, nunca son directos: era preciso dar vueltas, abrir puertas...

Pero él no era creyente. Nunca había creído en la revelación de Kushiro...

–¡Daniel! –gritó Darby–. ¡Sea lo que sea lo que quieras hacer, hazlo ya!

Abrió los ojos y contempló los números del contador en la pantalla. Quedaban apenas cinco segundos.

5, 4...

Llevó los dedos al tercer cable de la izquierda. Recordó que, en el Gran Tren, tirar de aquel cable había iniciado toda su pesadilla.

2, 1...

Clic.

EPÍLOGO

La tarde era sosegada en Sentosa. El brillo del horizonte tenía una tonalidad naranja remota, casi dorada. Héctor Darby dijo las últimas palabras y la ceremonia concluyó. Habían sido frases improvisadas, basadas en el afecto y los recuerdos. Aunque sostenía la Biblia del Amor y el Arte, no la había leído.

Daniel, con la máscara y el manto rituales, apretó afectuosamente los hombros de Yun mientras la hornacina que contenía las cenizas del cuerpo de Bijou, parte de las cenizas que habían logrado reunir en la nave y que un día habían sido horriblemente profanadas, era abierta cuidadosamente sobre el acantilado. Luego se repitió el mismo gesto con las que contenían los restos de Meldon Rowen, Anjali Sen y Jeremy Yin Lane, a quien Darby insistía en considerar como a los demás, aduciendo que sólo una enfermedad había podido transformarlo así. Cuando el aire terminó de dispersarlas sobre el mar, los asistentes se quitaron las máscaras y se retiraron.

Pese a la atmósfera triste que envolvía el día, la pequeña Yun sonreía, abrazada a Daniel. Lania le había dicho que Yun se hallaba mucho más feliz desde que él había vuelto, y Daniel sabía que era cierto. Había podido comprobarlo nada más llegar, cuando la niña, al besarlo, afirmó con extraña convicción:

–Ya has regresado del tren oscuro, papá.

Los cambios eran lentos, pero incesantes.

Aquella tarde, tras la ceremonia, Daniel entró en el salón de la casa de Rowen donde solía reunirse con Héctor Darby y Maya Müller a charlar. Todas las tardes charlaban sobre los hallazgos de la *Llave*. Esas conversaciones habían cambiado muchas cosas, no sólo entre ellos: Darby había hecho público el descubrimiento y varias universidades y centros religiosos de todo el mundo habían solicitado ya su presencia. Se preparaba una magna expedición de científicos y religiosos hacia la *Llave del Abismo*, y aunque habían surgido escépticos, no sólo entre los creyentes, parecía obvio que las conclusiones de Darby iban a transformar algo más que la opinión de unos cuantos bibliófilos.

Darby aún no había llegado a la sala, pero la muchacha aguardaba de pie frente a la ventana, donde el ocaso deslumbraba. Vestía una pieza negra ceñida y la postura en que se encontraba, de cara a la ventana, recordó a Daniel la que había adoptado en el salón de la casa de Darby aquella primera vez.

Con una diferencia.

Daniel se percató indirectamente, por el reflejo en el cristal de la ventana.

–¡Maya... tus ojos...!

Se acercó al tiempo que la muchacha, sobresaltada, giraba hacia él respirando agitadamente. En su rostro enrojecido los ojos seguían firmemente cerrados.

–Los tenías abiertos... Lo he visto en el reflejo... –La tomó del mentón con suavidad y contempló aquel semblante de mandíbula tensa, endurecido y al mismo tiempo dulce, donde los ojos se movían como pájaros encerrados en pequeños sacos de piel. Ella apartó la cara–. Tus ojos... son normales...

Iba a añadir: «Y muy hermosos», pero la muchacha negaba con la cabeza, una y otra vez.

–Son horribles... Me quedé ciega cuando vi *aquello*...

–¿Y si no es así? ¿Y si eso es lo que *crees*? ¿Y si es lo que siempre *has creído*? Es posible que todo forme parte de lo mismo, Maya... –Ella seguía negando con más fuerza–. ¿Por qué no abres los ojos? ¡Los tenías abiertos cuando entré! ¿Por qué no pruebas a abrirlos de nuevo?

–Tengo miedo... –Los párpados se separaron un poco, pero sólo brotaron lágrimas. Se abrazaron mientras ella sollozaba–. ¡Estoy cambiando! ¡No sé lo que significa, pero...! ¡Antes podía percibir cosas bajo tierra...! ¡Antes sentía la Ciudad! ¡Ahora todo es... muy confuso!

Él intentó tranquilizarla. Sabía que sólo era necesario un poco de tiempo. Igualmente sabía que, como había dicho Darby, ninguno de los dos experimentaría a lo largo de sus vidas un cambio radical. Se necesitarían varias generaciones para que los grandes cambios se produjeran pero, mientras tanto..., quizá una pobre muchacha ciega de terror se atrevería a ver la luz... ¿Por qué no?

Sonrió y tocó con la yema del dedo los párpados de ella.

–Aún no se sienten preparados para nacer... Pero un día podrás comprobar qué efecto causa mi sonrisa en mi rostro, te lo aseguro... aunque quizá te decepciones.

La muchacha sonrió débilmente.

–No creo que me decepcione.

Mientras la miraba Daniel se preguntó si podía estar forjándose entre ambos una relación de «amor». Era pronto para saberlo, pero el destino de Maya ya empezaba a preocuparle... y la preocupación por el destino del otro era señal inequívoca de que el «arte» cedía paso al «amor».

–Perdonad –dijo Darby desde la puerta–. Si interrumpo algo...

Ambos lo invitaron a entrar. El hombre biológico traía en sus manos la Biblia que había llevado a la ceremonia, pero a Daniel le interesó más su expresión. Ya lo conocía, y sabía que aquel brillo en la mirada sólo podía significar una cosa.

–Se te ha ocurrido otra idea extraña... –dijo.

–Yo también lo noto. –Maya asintió sonriendo.

–Puede que tengáis razón... –Darby eludió contestar y se rascó la calva–. Pero antes que nada quería deciros dos cosas, ambas inesperadas. La primera es que los familiares de Meldon Rowen acaban de comunicarme su última voluntad... Me ha legado esto. –Abrió los brazos–. Su casa de Sentosa. Nunca pude imaginarlo, pobre amigo... He venido a deciros que es tan vuestra como mía... De hecho, más vuestra que mía, porque tengo decidido regresar a Europa. Soy del Norte. Vivir en Sentosa me haría perder el maravilloso cuerpo biológico que aún me queda y me convertiría en un jovencito andrógino como vosotros... –Darby parecía extrañamente excitado pero Daniel sabía que no era debido a la noticia de aquella herencia–. En fin, podéis quedaros a vivir aquí si os apetece. Y me figuro que con el oro que nos ofrecen por las conferencias no tendréis más remedio que consideraros ricos...

A Daniel la idea de ver a Yun vivir y crecer en la mansión de Sentosa le parecía increíble. Miró a la muchacha, que sonreía con expresión burlona.

–Héctor, no has venido a decirnos sólo eso...

El rostro de Darby había enrojecido, como el de un niño a punto de cometer una espléndida jugarreta.

–Bien, tengo otra noticia... Muy curiosa, por cierto. Acaba de llegar la información que pedí a Alemania. ¿Recordáis a Shar, el discípulo de Mitsuko del que obtuvo Ezra Obed el anuncio de la revelación? Era amigo de Klaus Siegel... De hecho, gozaban juntos.

–Vaya coincidencia... –dijo Daniel.

–O quizá no –replicó Darby sonriendo–. Quizá Shar le contó a Klaus, mientras se besaban: «Habrá una revelación muy importante el día tal, a tal hora, en el Gran Tren de Hamburgo...». Y el pobre soñador, el loco Klaus, lo creyó a pies juntillas y decidió convertirse en el protagonista...

Daniel meditó en aquella asombrosa idea.

–¿Quieres decir que... todo fue invención de Klaus?

–Pero, Héctor –objetó Maya–, la revelación era cierta...

–Maya tiene razón. –Daniel asintió–. Gracias a ella encontramos la *Llave* y yo acerté a desconectar el cable que...

–¿Más coincidencias? –Darby los interrumpió sin dejar de sonreír–. ¿O quizá deseos de que así ocurriera? –Alzó la Biblia frente a ellos–. ¿O... tan sólo fantasías?

–¿Qué quieres decir? –Maya frunció el ceño.

–Que teníais razón: se me ha ocurrido otra idea extraña sobre Nuestro Libro. –Lo dejó sobre la mesa y empezó a dar cortos paseos–. He estado leyendo en estos días sus catorce capítulos, preguntándome qué son exactamente. Es decir, qué *fueron*... Si no describen el mundo real, ¿qué significado tienen y por qué se concibieron?

–Nos explicaste que quizá los redactó un grupo de religiosos que creían equivocadamente que el mundo era así –dijo Maya.

–Y no es que haya cambiado de opinión –advirtió Darby–, pero se me ha ocurrido otra teoría. Carece de pruebas, como todas las teorías ciertas antes de ser probadas...

–Y las falsas –arguyó Daniel.

–No obstante –replicó Darby riéndose–, ésta es lo bastante extraña como para resultar cierta. Veréis... Hasta ahora hemos creído que estos textos habían sido escritos por motivos religiosos o científicos... Pero ¿y si se tratara de simples invenciones? Me refiero a mentiras conscientes, voluntarias... Los historiadores afirman que en épocas muy remotas había poetas que escribían mentiras para solaz de los lectores...

En el silencio que siguió, Daniel observó que Maya perdía la sonrisa.

–Estás hablando de la Biblia, Héctor –dijo la muchacha moviendo la cabeza–. Del Libro Sagrado. El más importante de todos.

–Porque un *scriptorium* lo decidió así –repuso Darby.

–Porque nosotros lo decidimos así cuando el *scriptorium* nos lo entregó. –Maya, muy seria, encaraba a Darby con sus ojos cerrados–. Todavía estoy intentando asimilar la simple idea de que Nuestro Libro no define el mundo tal como lo conocemos... No aceptaré que, además, blasfemes de él...

–No pretendía blasfemar. –Darby parecía dolido–. He estado leyendo los capítulos como si no los hubiese leído nunca... Me ha parecido tan extraño todo lo que le sucede a los personajes... ¿Por qué no pudo ser así alguna vez? –Se defendió, algo tenso.

–Porque fue escrita con el propósito de llegar a la verdad

–dijo Maya–. Incluso si se demuestra que está equivocada, no podemos considerar a la Biblia del Amor y el Arte como simples fantasías de un poeta bromista...

–No he dicho que sea...

La tensión era palpable. Daniel quiso atenuarla con un comentario banal que acababa de ocurrírsele. Cogió el libro que Darby había dejado en la mesa y mostró la portada.

–Perdona, Maya, pero... ¿os habéis fijado? Quizá sea estúpido, pero no es «la Biblia del Amor *y el Arte*». Todo el mundo la llama así, pero el título exacto es «Biblia del *Amor Artesanía*». ¿Puede significar algo eso?

Maya se apresuró a responder.

–Ya lo creo que significa algo –dijo con tono reverencial, como si recitara una lección aprendida–. Nuestro Libro se llama «del Amor» porque habla de la pasión del espíritu, los ideales y las sombras que yacen bajo ellos. «Artesanía» se refiere a la manera en que debemos hacer las cosas, lo práctico, lo que realizamos con las manos...

–Eso ya lo sabía, pero...

–Por lo tanto –siguió Maya, interrumpiéndolo–, abarca todo lo que interesa al ser humano: el mundo interior de las pasiones y el mundo práctico de la realidad exterior. «Amor y Artesanía.»

No hay ninguna «y», pensó Daniel observando la cubierta, pero le pareció mejor no decir nada. La muchacha se volvió de nuevo hacia Darby.

–Héctor, respeto tus teorías y no puedo negar las evidencias que hemos encontrado en la *Llave*, pero opino que debes ir un poco más despacio... He vivido toda mi vida creyendo en este libro y ahora... quizá pueda admitir que está equivocado, pero... no puedo pensar que ha sido escrito por alguien que quería reírse de todos nosotros, burlarse del futuro y de la humanidad... Se trata de la Biblia. No fue concebida como un juego. Quien la hizo, *creía* en ella.

Darby asintió en silencio, pero cuando habló no parecía convencido.

–Sólo quise decir que nos hemos pasado la vida sintiendo miedo por culpa de estos catorce capítulos... ¡y quizá sólo sean mentiras creadas para divertir!

–Eso me daría *mucho más miedo* –repuso Maya. Sus ojos temblaban, pero no los abrió. Tras un repentino silencio agregó–: Perdonadme.

Los dos hombres quedaron callados mientras la muchacha caminaba hacia la puerta (su rodilla estaba cada vez mejor, pero Daniel notó que aún cojeaba) y la cerraba al salir. Un instante después, Daniel sonrió, intentando restar importancia a lo sucedido.

–Está nerviosa... Para ella ha sido mucho más difícil que para nosotros...

–Lo sé, soy un idiota... –Darby hizo un gesto de impaciencia–. Me duele haberla ofendido... Y, de todas formas, ¿qué pruebas tengo? ¡Con el paso del tiempo, sin duda, los pocos datos objetivos que albergó el *scriptorium* de la *Llave* fueron borrados o convertidos en otra cosa...! ¡No quedan datos! ¡Ninguno!

Mientras Darby paseaba por el salón rumiando sus cavilaciones, Daniel sacudió la cabeza sin saber qué decir. Volvió a mirar el grueso libro de tapas negras. El título estaba escrito en letras doradas, en relieve: LA BIBLIA SAGRADA DEL AMOR ARTESANÍA. Era un bonito ejemplar, aunque las letras habían perdido algo de color. Daniel sopló sobre ellas, las frotó con el borde de su velo, las contempló y se sintió satisfecho del resultado. Destellaban un poco más, formando palabras en el idioma universal llamado «inglés»:

The Holy Bible
Of Love Craft

NOTA DEL AUTOR

Escribir una novela basada en la obra de H. P. Lovecraft sin mencionar ni una sola vez (bueno, o *solo una vez*) su nombre ni el de ninguno de sus dioses y criaturas ominosas, y que pudiera ser leída y apreciada por aquellos que nunca se han acercado a Lovecraft, me parecía un reto que debía aceptar. La idea de considerar la obra lovecraftiana como una especie de religión es ya una vieja tradición en el mundo de la literatura de fantasía, y no carece de cierta lógica: a fin de cuentas, este genial «profeta» creó nuevos númenes, reunió adoradores en torno a él e inventó ritos y plegarias. Conforme redactaba mi novela, sin embargo, comprobé que un sinfín de nuevas posibilidades se abría ante mí como cajas chinas, permitiéndome reflexionar sobre aspectos que iban más allá de HPL. No obstante, ¿qué hubiera sido de este libro sin el enjuto caballero de Providence? Su llama prendió mi imaginación hace más de treinta años y sigue ardiendo como el primer día... ¡Gracias por esa mágica luz, señor Lovecraft!

Estoy en deuda con otra mucha gente que aquí y allí, en este mundo y en otros, me han ayudado en el proyecto. Jack Jaeger, Robert Wermli Sr. y, en particular, Will Forman, experto en diseño de submarinos, mantuvieron conmigo una incansable conversación sobre el abismo y las múltiples maneras de llegar a (y vivir en) él. Gracias a ellos, y a todos los que en Japón y Nueva Zelanda me ayudaron a conocer mejor lo que después *no iba* a contar, pero que influyó en lo que sí conté. No quiero dejar de mencionar la extraordinaria organización del New Zealand International Arts Festival y el trato exquisito de sus responsables.

Mis agentes Carina Pons, Gloria Gutiérrez y Carmen Pinilla, de la agencia Carmen Balcells, tienen un oficio mágico: logran transformar lo que no son sino ideas abstractas mostradas en la pantalla de un ordenador en un libro capaz de llegar a cualquier lector. Les agradezco también el constante ánimo y ayuda que me brindan.

No menos mágica es la intervención de los lectores, que transforman el libro, de nuevo, en ideas abstractas que regresan a mí por la misma pantalla, con el concurso de la red y espacios como el Foro de mi página web o el resto de los foros: ¡a todos ellos, muchas gracias!

Por último, sin María José, José y Lázaro nada de esto (incluyéndome) tendría sentido.

LA BIBLIA DEL AMOR ARTESANÍA

Incluyo la lista de los Catorce Capítulos de la Biblia del mundo de Daniel Kean, tal y como se relacionan con las catorce historias de *Los mitos de Cthulhu* de Lovecraft y los catorce capítulos de la novela. El lector interesado podrá cotejar las creencias de cada capítulo con el tema de las historias lovecraftianas.

Capítulo Primero	*Azathoth (fragmento)*
Capítulo Segundo	*La Ciudad Sin Nombre*
Capítulo Tercero	*El Ceremonial*
Capítulo Cuarto	*La Llamada de Cthulhu*
Capítulo Quinto	*El Color más allá del espacio*
Capítulo Sexto	*El horror de Dunwich*
Capítulo Séptimo	*El susurrador en la oscuridad*
Capítulo Octavo	*Los sueños de la casa de la bruja*
Capítulo Noveno	*El morador de las tinieblas*
Capítulo Décimo	*La sombra sobre Innsmouth*
Capítulo Undécimo	*La sombra más allá del tiempo*
Capítulo Duodécimo	*En las montañas de la locura*
Capítulo Decimotercero	*El caso de Charles Dexter Ward*
Capítulo Decimocuarto	*El ser en el umbral*

Para las citas escogidas de cada capítulo, que se refieren casi siempre a las historias de Lovecraft con que se relacionan, utilicé *ad libitum* las traducciones de Álvarez Garrido para Edaf y de Torres Oliver, Llopis y otros para Aguilar, pero no dejé de consultar las ediciones en lengua original anotadas y comentadas por S. T. Joshi para Penguin, y cuando lo creí conveniente ofrecí mi propia versión. Los «fragmentos prebíblicos de origen desconocido» citados al comienzo pertenecen, por este orden, a mi novela *Dafne desvanecida* y al Apocalipsis de la Biblia de Jerusalén. Pido disculpas por citarme a mí mismo, pero en mi descargo añado que, de hecho, la idea primordial de *La Llave del Abismo* está inspirada directamente en ese párrafo de *Dafne.*

J.C.S.
Madrid, 2007

ÍNDICE

Primera parte
ALEMANIA

Segunda parte
JAPÓN

Tercera parte
NUEVA ZELANDA

Cuarta parte
ABISMO

Diseño: Eva Mutter
Ilustración de la sobrecubierta: Araminta/IDEE
Foto de solapa: © Amaya Aznar

Círculo de Lectores, S. A. (Sociedad Unipersonal)
Travessera de Gràcia, 47-49, 08021 Barcelona
www.circulo.es
3 5 7 9 7 0 1 2 8 6 4 2

Este libro ha sido impreso en papel Supersnowbright
suministrado por Hellefoss AS, de Noruega

Depósito legal: B. 47019-2007
Fotocomposición: Fotoletra, S. A., Barcelona
Impresión y encuadernación: Printer industria gráfica
N. II, Cuatro caminos s/n, 08620 Sant Vicenç dels Horts
Barcelona, 2007. Impreso en España
ISBN 978-84-672-2858-8
N.º 39321